Echo Heron

Zustand: kritisch

Aus dem Englischen von
Eric D. Lombert

Knaur

Die englische Originalausgabe erschien 1994 unter dem Titel
»Condition Critical. The Story of a Nurse Continues«
bei Ballantine Books, New York.

Besuchen Sie uns im Internet:
www.knaur.de

Urban & Fischer Verlag, München · Jena 2003
ISBN 3-437-45516-8
Knaur Taschenbuch Verlag, München 2003

Umschlaggestaltung: ZERO Werbeagentur, München
Umschlagabbildung: Getty Images Germany
Satz: Ventura Publisher im Verlag
Druck und Bindung: Nørhaven Paperback A/S
Printed in Denmark
ISBN 3-426-62269-6

5 4 3 2 1

Für Mary Catherine Bianchi,
meine wahre Schwester,
in Dankbarkeit
für ihre vierzigjährige Freundschaft zu mir
und ihre bedingungslose Liebe.

Danksagungen

Ich möchte all jenen danken, die mich liebevoll unterstützt haben: Simon Day Heron, Janey O'Hara Justice, Catherine Murray Barnes, Colette Coutant Trembly, den Herons in Rexford und den Salatos in Scotia, Andra Loy Carson, Marty DeLaney, Laura Cray, Linda Stone, Kaye Manly-Hayes, Nancy J. Evans, Rinelle Shay, Margie Dingfelder, Nancy Schuepbach, Lee M. Eldridge, Robin Morgan, Michael J. McClure, Mary Dale und James Scheller, James »Doc« Nelson, Julie Griewe, Mary Sean Young, Elinor Mazzucchelli, Marle Glaser sowie Christine Mason für ihre liebevolle Fürsorge, Ambulanz-Erfahrung und diese unglaublichen Kekse!
Für ihren technischen Rat, ihre Unterstützung und ihre Beteiligung an der Entstehung dieses Buches danke ich Thomas M. Meadoff, Arzt; Dolores Miniaci, Vollschwester; Susan Moore, Vollschwester; Donna Diers, Vollschwester; Patricia Benner, Vollschwester; Glen R. Justice, Arzt; Jean Touroff, Dominick Abel, meinen Agenten sowie Leona Nevier, meiner Lektorin.
Und ganz besonderer Dank geht an die Mitarbeiter der Bücherei von Mill Valley für ihre bereitwillige und wunderbare Hilfe – selbst unter den merkwürdigsten Bedingungen.

Anmerkungen der Autorin

Ich habe dieses Buch geschrieben, um dem Leser meine Erfahrungen sowie meine Gedanken und Gefühle zu meinem Leben als Schwester auf einer Intensivstation zu beschreiben. Wie viele Autoren habe ich wahre Begebenheiten benutzt, und viele der Szenen in diesem Buch stützen sich auf wirkliche Ereignisse, die entweder ich selbst beobachtet habe oder die mir von anderen Beobachtern beschrieben worden sind. Mit Ausnahme einiger Personen (zum Beispiel: Janey Justice, mein Sohn Simon, David und ich selbst) habe ich fiktive Namen und Eigenschaften für alle Patienten, ihre Familienangehörigen, Ärzte und andere Mitarbeiter sowie für die hier beschriebenen Krankenhäuser, Schulen und anderen Institutionen verwendet. In einigen Fällen habe ich auch Eigenschaften mehrerer Personen in einer Figur kombiniert oder die Abfolge von Ereignissen geändert. Das Buch versucht somit nicht, Ereignisse als historische Tatsachen festzuhalten, noch soll es eine bestimmte Gruppe, Person oder Einrichtung einseitiger Kritik aussetzen. Jede Ähnlichkeit, die der Leser zu entdecken meint, ist unbeabsichtigt und gänzlich zufällig.

Prolog

Leise singt sie dem Jugendlichen mit dem Schädelbruch etwas vor, während sie das unaufhaltsame Verlöschen seines Lebens festhält. Sie versorgt seinen gequälten Körper, flüstert ihm Fragen zu, von denen sie weiß, daß sie die Antworten niemals hören wird. »Kannst du uns hören?« – »Hast du irgendeinen Schmerz gefühlt?« – »Was war dein letzter Gedanke?«

Nur noch ein paar Stunden, und der Tod wird sie machtlos machen, während sein Leben durch ihre Hände und in ihr Herz rinnt. Später, während seine Seele noch bei ihr weilt, wird die Hoffnungslosigkeit ihre schlaflose Nacht erfüllen und sie mit dem Klagen seiner Mutter quälen: »O Gott, warum mein Sohn? Bitte, nicht mein Sohn!« Dann wird die Vision einer weinenden Schwester kommen, die noch zu jung ist zu begreifen, weshalb ihr Lieblingsbruder nicht mehr lacht oder sie nicht mehr sein kleines Miststück nennt.

Ob diese Schwester nun das schwierige Gleichgewicht zwischen Mitleiden und Hoffnungslosigkeit, zwischen Intimität und Distanz gefunden hat oder nicht: morgen wird sie aus eigenem, freien Willen zurückkehren. Ihr Bedürfnis zu helfen ist etwas, von dem sie sich nicht abwenden kann – ganz gleich, wie sehr es schmerzt. Als Heilerin sieht sie nur, daß sie möglicherweise die Chance bekommt, dem Tod ein Kind zu entreißen oder mit nicht mehr als einer Berührung die Ängste und Schmerzen eines alten Menschen zu verscheuchen.

Und wenn sie den Schweiß des Leidens von Ihrer Stirn wischt, ist es ihr gleichgültig, ob Sie katholisch sind, protestantisch, ein

Jude oder ein Atheist; sie will nur, daß Sie keinen Schmerz mehr leiden. Wenn sie Sie in ihren Armen hält und Sie dem Frieden des Todes überreicht, überlegt sie nicht, ob Sie in einem Palast oder einem Pappkarton gelebt haben, sondern will nur, daß Sie friedlich und in Würde sterben. Wenn sie sich um Ihren schmerzenden Körper kümmert, ist ihr die Farbe Ihrer Haut gleichgültig; sie will nur, daß Sie wieder heil werden. Wenn Sie Angst haben, spricht sie sanft und verständnisvoll und fragt sich nicht, ob Sie eine Prostituierte sind oder ein Priester, denn sie kennt selbst die Einsamkeit der Furcht.

Diese fremde und intime Person an ihrem Bett ist nicht nur Ihre Krankenschwester, Ihre Beichtperson und Ihre Heilerin. Nicht die Medikamente oder die Behandlung heilen Ihr Leiden; es ist die Fürsorge eben dieser Krankenschwester, die Sie heilt.

Schwestern und Pfleger sehen Dinge, deren nachwirkende Bilder sie für den Rest ihres Lebens verfolgen. Aber sie sind keine verhärteten Monster, im Gegenteil: Sie haben ein mutiges und mitfühlendes Herz, und wenn Sie in das Gesicht einer Schwester oder eines Pflegers schauen, sehen Sie das Gesicht menschlichen Mitleids, ein menschliches Wesen, das ein Stoßgebet zum Himmel schickt, wenn irgendwo ein Martinshorn zu hören ist.

Und Sie, die Laien, die auf der »normalen« Seite des Lebens leben, fragen am Ende immer: »Wie können Schwestern und Pfleger diesen Beruf ertragen? Warum entscheiden sie sich immer wieder dafür, Tag für Tag Leid und Schrecken gegenüberzutreten? Wie können sie weiterhin fürsorglich sein, wenn es so sehr schmerzt?«

Die Antwort beschreibt die eine universelle Wahrheit über die wahrhaft Gebenden: Sie können all dies tun, weil sie in reichem Maße über die Gaben des Heilens, des Mitgefühls und der Liebe verfügen.

1. Kapitel

»Krankenschwestern … wir sprechen mit unseren Augen, lehren mit unseren Händen, trösten mit unserer Anwesenheit.«
Eunice K. M. Ernst, Krankenschwester

Während ich unter einem Berg frischer Bettwäsche zu Mr. Keillers Zimmer zurücklief, bemerkte ich, wie seitlich aus meinen Schuhen kleine Bläschen hervorquollen: Ich hatte sie zuvor mit einer Riesenmenge Desinfektionslösung ausgewaschen und nicht sorgfältig genug abgespült. Ich machte den Fehler, stehenzubleiben, um den Schaum wegzuwischen; so war ich nicht länger ein vorbeieilender Schatten, sondern greifbar, und Mrs. Normans Sohn steuerte sofort auf mich zu wie ein Pfeil auf eine schreckensstarre Ente.

Ich hatte mich immer wieder mal um Mrs. Norman gekümmert, seit sie zwei Wochen zuvor auf der Station für Herzkrankheiten des Redwood-Memorial-Krankenhauses aufgenommen worden war – mit einem riesigen Myokardinfarkt, auch als MI bezeichnet oder, in einfachen Worten und für den Laien: Herzinfarkt.

Mr. Norman trug den leicht genierten, verkniffenen Gesichtsausdruck von jemandem, der kurz davor steht zu fragen, ob er vielleicht Mundgeruch oder etwas gesellschaftlich Verwerfliches zwischen den Zähnen hat. Instinktiv wußte ich sofort, daß er mich nicht nur deshalb als Auskunftsperson ausgesucht hatte, weil die Bettwäsche mir die Arme herunterzog, sondern vor allem, weil die hartnäckige Wolke aus orangefarbenem Schaum mich in eine etwas ungünstige Position versetzte.

Einen Augenblick lang spielte ich mit dem Gedanken, in das

nächste Patientenzimmer zu meiner Linken zu flüchten und die Tür hinter mir zu schließen; aber ich wußte, daß Mr. Norman draußen auf mich warten würde, wenn ich wieder herauskäme. Wie seine Mutter im Umgang mit der Notrufklingel war er eine konsequent lästige Person. Außerdem konnte ich es mir gar nicht leisten, Katz und Maus zu spielen: Wie immer befand sich die Herzstation des Redwood Memorial in einem Zustand des Chaos, und wie immer waren wir unterbesetzt.

Die vierbettige Akut- und die vierzehnbettige Zwischenabteilung waren fast vollständig belegt, was daher kam, daß die Notaufnahme ihre Arbeit zu gut gemacht hatte: Neun der gegenwärtig 17 Patienten waren seit 11 Uhr vormittags aufgenommen worden, und es war jetzt erst halb fünf Uhr nachmittags. Was jedoch dem Ganzen die Krone aufsetzte, waren die fünf Patienten in der Zwischenabteilung, die so krank waren, daß sie eigentlich in die Akutabteilung gehört hätten.

Sicher, da waren die drei Patienten in der Zwischenabteilung, die so stabil waren, daß man sie in andere Abteilungen hätte abschieben können. Aber der Aufwand, alle betroffenen Ärzte zu finden und sie davon zu überzeugen, daß ihr Patient verlegt werden könnte, war so zeitaufwendig wie der Versuch, Kaugummi aus einem Flokati zu popeln.

Außerdem mußten wir uns noch auf den Lärm einstellen, der aus Mrs. Watsons Zimmer kam. Dr. Cramers laute Stimme drang bis in den Korridor hinaus, und man hörte Ausrufe wie »Verflixt!« oder »Trottel!« sowie die Anfrage, wo zum Teufel eine qualifizierte Schwester für Herzkrankheiten sei, wenn man sie mal brauche, verdammt noch mal!

Als ob das alles nicht genug gewesen wäre, schienen die Patienten auf der Zwischenabteilung einen Klingelwettbewerb abzuhalten. Seit dem Schichtwechsel um 3 Uhr nachmittags hatte jeder Patient nach Schätzung der Schwestern seine Klingel im Durchschnitt fünfmal je Stunde benutzt. Das ergab anderthalb

mal Klingeln je Minute – das ist eine Menge für drei Krankenschwestern.
Und natürlich war da noch Mrs. Guascos Herz, das seit dem Mittag zweimal stehengeblieben war. Das Blau-Code-Notfallteam wartete auf den dritten Alarm, aber statt dessen hatte Mr. Keiller seinen zweiten Anfall von Durchfall – zum Teil im Bett, zum Teil auf dem Fußboden vor dem Klo, zum Teil auf meinen Schuhen: ein Braun-Code von ungeheuren Ausmaßen.
Mrs. Normans Sohn war jetzt ganz nahe. Ich konnte sein pfeifendes, asthmatisches Atmen mit einer Frequenz von 30 Atemzügen pro Minute hören. Mein Bedürfnis nach Flucht überwältigte mich, und ich trat in Zimmer 18. Mr. Tyler, der dortige Patient, saß auf dem Klo und konzentrierte sich auf die kleine Blase, die den Infusionsschlauch entlang und in Richtung auf die Einstichstelle in seinem Arm wanderte.
Ich winkte und lächelte.
Er winkte und drückte.
Nur eine Krankenschwester, dachte ich, läßt man an einem so privaten Ereignis teilhaben. Krankenschwestern, daran besteht kein Zweifel, haben intime Begegnungen der dritten Art.
Hinter mir klopfte die ängstliche Anwesenheit von Mr. Norman.
»Entschuldigen Sie bitte, aber ich frage mich, ob ich Sie etwas fragen kann«, sagte er.
Aha. Der alte Trick, doppelt zu moppeln: ein Mann, so recht nach meinem Herzen.
Im Namen der Schicklichkeit drückte ich die Tür von Nr. 18 mit meinem schäumenden Fuß zu und spähte über meine Wäsche. Mr. Norman war ein undefinierbarer Mensch. Insgesamt hatte er die Aura eines geprügelten Hundes, ein Mann, der sich seiner Umgebung bis fast zur Auflösung anpaßte. Er wäre der perfekte Geheimagent für die CIA gewesen. In diesem Augenblick trug er jedoch einen zu großen Khaki-Freizeitanzug, und seine Angst stand ihm wie eine Leuchtschrift auf der Stirn.

»Schießen Sie los«, sagte ich und versuchte, über meine Wäsche hinweg aufgeschlossen auszusehen. Meine Arme begannen, unter dem Gewicht der Laken zu zittern.

Mr. Norman rang seine Hände, als ob er eine unsichtbare chinesische Fingerfalle an einigen seiner Finger trüge. »Ich wußte nicht, wen ich sonst hätte fragen können.« Er schaute in Richtung des Zimmers, in dem seine Mutter lag.

»Hier bin ich, die Frau, die alle Antworten für Sie hat.« Ich begann zu schwitzen. Ich hatte so ein Gefühl, als könnte Mr. Norman dieses Gespräch noch eine Weile so weiterführen.

»Ich muß einfach mit jemandem darüber sprechen, und ... Ich meine, wen könnte man eher fragen als eine Krankenschwester?«

»Nun, das hängt davon ab. Wenn es um Schweinehälften oder den Aktienmarkt geht ...« Ein leichter Plauderton, dachte ich, könnte ihn dazu bringen, die chinesische Fingerfalle ein wenig zu lockern, bevor er sich die Finger aus den Gelenken zog.

Mr. Norman brachte nicht einmal ein schwaches Lächeln zustande. Er schaute so todernst drein, daß ich einen winzigen Augenblick lang befürchtete, er könnte seiner Mutter eine Injektion Kaliumchlorid verabreicht haben oder sie sei aus dem Bett gefallen.

»Ich meine, Krankenschwestern bekommen eine Menge zu hören und zu sehen ... also Sie sehen so ziemlich alles, nicht wahr?«

»Und noch viel mehr.« Ich verlagerte die Bettwäsche auf meine Hüfte und schenkte ihm ein Lächeln mit sehr viel Zähnen, eines, von dem ich hoffte, es würde ihn veranlassen, endlich zur Sache zu kommen. Hinter seinem linken Ohr sah ich Dr. Cramer, der wilde Blicke durch den Korridor warf, auf der Jagd nach einer Krankenschwester.

Mit einer unverhofften, sehr schnellen Bewegung brachte Mr. Norman sein Gesicht ganz dicht an meines heran und

verschaffte sich so wieder meine Aufmerksamkeit. Nase an Nase flüsterte er in einem entschieden düsteren Tonfall: »Blähungen.«
»Ah ja, ich verstehe.« Ich nickte. »Flatus. Ich habe einen Abschluß in Blähungen.« Ich mußte kichern.
Mr. Norman ließ von seinem sorgenvollen Gesicht um gar keinen Preis los.
»Nun, was ich meine, ist ...« Er zögerte, stockte, dann ruckte er seinen Mund in einem Ausdruck allergrößter Sorge nach oben. »Meine Mutter. Sie hat sie. Schlimm.«
»Schlimm«, sagte ich. Auf der Schwesternschule hatten sie uns immer gesagt: Wenn ihr einmal nicht wißt, was ihr sagen sollt, wiederholt einfach, was der Patient als letztes gesagt hat.
»Oh, Gott sei Dank, Sie verstehen mich!« Er ließ seine Finger in Ruhe, und seine Miene hellte sich auf. »Mutter und ich haben uns gefragt, ob es da nicht irgendeine Art von Operation oder so gibt, die man machen lassen könnte ...«
Mein Prusten war auf dem Weg nach oben und draußen, als ich es gerade noch abfangen und zwingen konnte, an den Ort irgendwo zwischen Kehle und Nase zurückzukehren, wo diese Art von Geräuschen wohnt. »Wissen Sie, Mister Norman, ich glaube nicht, daß ein operativer Eingriff gegen Blähungen bei Ihrer Mutter wirklich machbar wäre. Sie ist nun einmal fünfundachtzig, und, nun ja, ab einem gewissen Alter läßt bei jedem von uns die Steuerung des Schließmuskels irgendwie nach ...«
Er ließ sich überhaupt nicht beeindrucken: »Was ist mit plastischer Chirurgie?« wollte er wissen. »Ich habe in der Geraldo-Show von diesem Eingriff gehört, bei dem man einen Holzkohlefilter ...«
Ich seufzte. Die Nachmittags-Talkshows schlugen mal wieder zu. Viele Leute hatten ihre abstrusen medizinischen Vorstellungen aus den Talkshows von Phil, Oprah oder dem nun wirklich beschränkten Geraldo. Und *natürlich* wäre Geraldo begeistert

von irgendeiner obskuren chirurgischen Prozedur, bei der es um die Implantation eines rektalen Schalldämpfers ging.

»Mister Norman, selbst *wenn* es irgendeine Operation gegen Blähungen gibt, bezweifle ich ernsthaft, daß Ihre Mutter für diesen Eingriff in Frage käme. Sie ist alt, sie hat einige ernsthafte Probleme mit ihrer Lunge, und sie erholt sich gerade von ihrem dritten Herzinfarkt in ebenso vielen Jahren.«

Mr. Norman ließ seine Schultern in die Stellung »allertiefste Depression« sacken. »Es ist so peinlich, wenn Mama und die übrige Bande die Stadt unsicher machen.«

»Die Stadt unsicher?« fragte ich mit höchst erstaunt hochgezogenen Augenbrauen. Immerhin sprachen wir hier über eine 85jährige Herzinvalidin. Daß sie Mitglied einer »Bande, die die Stadt unsicher macht« sein sollte, paßte nicht so ganz ins Bild. Bingo am Mittwochabend im Gemeindehaus von St. Adolphe – vielleicht, aber für Mr. Normans Mutter war auch das schon jenseits ihrer Möglichkeiten.

Hinzu kam, daß Mrs. Norman eine Frau war, die schwer unter dem litt, was ich das Schüttel-mir-das-Kissen-auf-Syndrom nannte: Sie war der Heb-mich-trag-mich-fütter-mich-wisch-mir-den-Hintern-ab-Typ.

»O ja, Mutter ist ein echter Paradiesvogel.« Er lächelte schwach. »Einer mit Blähungen, aber ein Paradiesvogel.«

»Mister Norman«, sagte ich mit fester Stimme. Mein Schuldgefühl wegen Mr. Keiller, der mit nacktem Hintern neben seinem Spülstein saß, machte mich kribbelig. Außerdem stand Dr. Cramer, seine 1,93 Meter Körperlänge in Dienstkleidung, voller Verzweiflung neben der Tür zum Stationszimmer und hatte die gekreuzten Arme, auf denen sein Kopf ruhte, gegen die Wand gelehnt. Er trat nicht sehr fest gegen die Wand, gerade fest genug, um die neue Farbe zu verkratzen. »Ihre Mutter soll irgend etwas gegen Magenübersäuerung einnehmen, die meisten gängigen Mittel sind in Ordnung. Wenn das nichts hilft, versuchen Sie es mit einer Diät: kein Kohl, keine kohlensäurehaltigen Getränke, keine Bohnen, Zwiebeln ... Sie wissen schon – alles, was bläht.«

»Also, Sie glauben nicht, daß eine Holzkohlefilter-Implantation für Mutter in Frage käme?« fragte Mr. Norman, der nicht zugehört hatte. »Vielleicht könnte man sie vor einer Operation mit Vitaminen ein wenig aufbauen?«

»Nein, Mister Norman.«

»Nein, wie?« Seine Worte kamen als unterdrücktes Krächzen heraus – ein Kind, das unterm Weihnachtsbaum nicht ein Päckchen sieht.

»Nein.«

Ich wartete, bis Mr. Norman niedergeschlagen ins Zimmer seiner Mutter zurückgeschlurft war. Dann rannte ich auf Zehenspitzen an Dr. Cramer vorbei, der immer noch gegen die Wand trat und etwas vor sich hin murmelte. Wie eine riesige Eidechsenzunge schoß ein langer, behaarter Arm blitzschnell hervor und legte sich um meinen Hals. Ich hatte vergessen, daß er Fänger in einer der hiesigen Baseballmannschaften war.

Er zog mich so dicht an sich heran, daß ich sehen konnte, daß seine Brillengläser von innen stark beschlagen waren.

»*Wo* sind alle Schwestern von der Herzstation?« fragte er.

Dr. Joseph Cramer, manchmal auch als »der Nuschler« bekannt, gehörte zu dem, was wir Schwestern manchmal das Kardiologenkartell nannten, einer der vier Gruppen von Kardiologen in unserer Gegend. Im Augenblick war er außerdem der »Doc in der Kiste«, was soviel hieß, daß er der für den ganzen Tag diensthabende Kardiologe des Krankenhauses war. Er war der Troubleshooter, der Doktor auf Abruf, der Mann, an den alle Herzensfragen gerichtet wurden.

»Nun, Joe, ich kann nur raten: Die wenigen von uns, die noch auf dieser Station arbeiten, haben jetzt doppelt soviel zu tun.«

»Was soll das heißen: die noch auf dieser Station arbeiten?« Er blinzelte, und seine dunklen Wimpern machten kleine Kratzer in

die beschlagenen Innenseiten seiner Brillengläser. »Wo sind all die anderen?«
»Sie zirkulieren, wie immer.« Hundert Kilo reiner Zahndruck preßten sich auf die gummierte Oberfläche meines Zahnschutzes, jene Vorrichtung, mit der ich meine Zähne davor bewahrte, in solchen besonders belastenden Momenten des Zähneknirschens zu Stummeln zerrieben zu werden. »Zirkulieren« war ein Thema, bei dem ich ohne große Aufforderung sehr bitter werden konnte. Es war eine der vielen Schattenseiten des Krankenschwesterdaseins, auch wenn es die eine oder andere seltene (oder seltsame?) Schwester geben mochte, die gern »zirkulierte«. Die Praxis unterschied sich von einem Krankenhaus zum anderen ein wenig, aber im Prinzip lief sie darauf hinaus, daß die jeweilige Krankenhausverwaltung das Recht hatte, Krankenschwestern und Pfleger aus ihren angestammten Stationen herauszunehmen und auf anderen Stationen einzusetzen, mit deren Pflegeanforderungen sie nicht vertraut waren. Auch wenn sie für diese Arbeiten nicht ausgebildet waren, wurde doch erwartet, daß sie vom ersten Augenblick an ihren vollen Anteil übernahmen und dabei ohne jede Hilfe auskamen.
Meistens gab es bei dieser Praxis nur Probleme. Es ist zum Beispiel unvermeidlich, daß sowohl Personal als auch Patienten in ein Riesenchaos geraten, wenn eine Schwester von der Säuglingsstation in der Geriatrie eingesetzt wird. Oder eine Schwester aus der inneren Abteilung, die eher mit chronisch Kranken vertraut ist, kommt auf die Station für akute Herzerkrankungen, bekommt dort einen Patienten in kritischem Zustand zugewiesen, der an einem Atemgerät, einem Arterien- und einem Swan-Ganz-Katheder sowie vier Infusionsleitungen mit jeweils einem anderen Herzmittel hängt: In kürzester Zeit fühlt sie sich, als säße sie auf Evel Knievels Motorrad mitten über dem Grand Canyon.
Das gleiche galt auch umgekehrt für Schwestern von der Inten-

siv-, Herz- oder Notfallstation. Wenn diese in die Innere »zirkuliert« wurden, bekamen sie oft bis zu zehn Patienten zugewiesen und mußten Pflegemaßnahmen durchführen, von denen sie seit ihrer Ausbildung nichts mehr gehört hatten. Dann konnte es nicht ausbleiben, daß sie mit ihrem Arbeitspensum nicht zurechtkamen und die ganze Station aus dem Häuschen geriet.
Und um dem Ganzen noch die Krone aufzusetzen, wurden Pflegekräfte, die auf fremden Stationen arbeiteten, in aller Regel ausgenutzt. Eine stationsfremde Schwester konnte sich fast immer darauf verlassen, daß man ihr die schwierigsten oder anspruchvollsten Patienten zuwies, mit denen sich alle anderen nicht mehr befassen wollten.
Auch wenn die Praxis des Zirkulierens oft gefährlich für die Patienten war, wurde sie doch als kluge Geschäftsstrategie angesehen, da sie dem Krankenhausträger Geld sparte, der auch so nicht gezwungen war, zu höheren Kosten über einen privaten Stellenvermittler zusätzliches Personal zu »mieten« oder besser geeignete ausgebildete Krankenschwestern einzustellen.
»Zirkulieren?« fragte Joe. Hatte er während seines Studiums denselben Trick mit dem letzten Wort gelernt?
»Ja, zirkulieren. Woanders hingeschickt werden. Du weißt doch, wie das geht, Joe – du findest eine von unseren Schwestern in der orthopädischen Abteilung, wo sie über Extensionsapparate stolpert und versucht, den Reißverschluß in jemandes Ganzkörpergips zu finden; oder du siehst eine in der Pädiatrie, die umherirrt und herumfragt, wie man die Vorderseite einer Windel von der Rückseite unterscheiden kann. Manchmal entdeckst du sogar eine bei der Aktenablage in der Verwaltung. Ist alles schon vorgekommen.«
»Aber wir brauchen sie hier«, knurrte er zwischen zusammengebissenen Zähnen hindurch. »Ich mußte gerade einen Arterienkatheter praktisch ganz allein legen, und es war für niemanden sehr angenehm – dafür hab' ich gesorgt.«

Ich lächelte. Was Joe Cramer zu einem Exzentriker machte, war zum Teil sein extrem trockener Humor. Diejenigen, die diesen als Humor erkannten, mochten ihn dafür; die anderen, die alles persönlich nahmen, gingen Dr. Cramer aus dem Weg, sobald sie ihn sahen.

»Ich will eine Krankenschwester!« sagte er sehr langsam und sehr ärgerlich. »Ich will eine Schwester für die Herzstation, und ich will sie jetzt.«

»Ach Joe, ich hab's dir schon so oft gesagt: Red mit der Verwaltung. Bis du sie dahin bekommst, daß sie uns genügend Personal schicken, was nach meiner Schätzung an dem Tag geschieht, an dem es in der Hölle friert, bis dahin mußt du mit dem auskommen, was du hast – wie wir andern auch.«

Aus der Tasche seiner Diensthose holte Joe Cramer ein kleines, schwarzes Büchlein hervor und notierte sich schnell etwas in seiner geradlinigen Schrift.

Dr. Cramers schwarzes Notizbuch war berühmt beim Personal des Redwood. Niemand wußte, was er da hineinschrieb, aber er hatte es immer dabei. Es ging das Gerücht, daß er manchmal eine Behandlung unterbrach, um ein oder zwei Zeilen festzuhalten, seine Handschuhe wieder anzog und weitermachte.

Während er kritzelte, sah ich auf meine Schuhe hinunter. Der orangefarbene Rand war jetzt an jedem Schuh etwa zweieinhalb Zentimeter breit. Das erinnerte mich an Mr. Keillers Durchfall und an die Tatsache, daß ich seinen Kardiologen vor über einer Stunde hatte anrufen lassen.

Es wäre sehr ungewöhnlich gewesen, wenn Meyers, der schwierigste Arzt im Kartell, auf den Anruf einer Krankenschwester geantwortet hätte, denn er betrachtete uns als lästig und nutzlos wie Stechmücken. Ich hätte auch noch eine Stunde länger warten können, aber Mr. Keiller hatte bereits einige verfrühte ventrikuläre Kontraktionen gehabt, eine Herzrhythmusstörung, die so beängstigend sein konnte wie der Times Square nach Mitternacht.

Als das schwarze Büchlein schließlich wieder in der Hosentasche des Arztes verschwunden war, sagte ich zu ihm: »Übrigens, kennst du Mister Keiller, den Angina-pectoris-Patienten von Doktor Meyers?«

»Wer?« (Des diensthabenden Arztes Standardantwort Nummer eins.)

Natürlich, ich *konnte* ja auch nicht erwarten, daß Dr. Meyers den »Doc in der Kiste« über seinen Patienten informiert haben würde. Es war ja auch so viel einfacher, die Schwester ihre Arbeit unterbrechen zu lassen, damit sie ihm statt dessen den vollständigen Bericht gab.

»Er ist achtundfünfzig, hatte Angina pectoris, Bluthochdruck und vor einem Jahr einen Herzinfarkt. Er hat neuerdings wieder Herzrhythmusstörungen, die Doktor Meyers seit zwei Tagen mit Chinidin behandelt. Das hat die Herzrhythmusstörungen nicht sehr beeindruckt, aber sehr wohl die Innereien des Mannes. Der Durchfall fing heute an, und er ist nicht sehr hübsch. Du mußt ihm ein anderes Antiarrhythmikum verschreiben. Wie wär's mit Procan?«

»Ich misch' mich in anderer Leute Anweisungen nicht ein. Das ist nicht mein Patient.« (Des diensthabenden Arztes Standardantwort Nummer zwei.)

»Ja, ich weiß, Joe, aber du *bist* der Diensthabende. Meyers ruft mich nicht zurück, und Mister Keillers nächste Dosis Chinidin ist jetzt fällig.«

»Warte, bis mein Dienst vorbei ist.« (Des diensthabenden Arztes Standardantwort Nummer drei.) »Gib ihm das Chinidin, bis du mit Meyers reden kannst.«

»Einen Moment! Willst du damit sagen ...« Ich unterbrach mich, zog einen Maulkorb über die scharfen Zähne meiner Stimme und fuhr fort, »... daß du den armen Kerl lieber zwölf weitere

Stunden mit seinem Durchfall allein lassen willst, als eine von Doktor Meyers Anweisungen zu ändern? Geht die Kollegialität da nicht ein bißchen zu weit? Du enttäuschst mich, Joe.«

Ich drückte ihm den Stoß Bettwäsche in den Arm. »Weißt du was? Warum gehst *du* nicht rein und gibst ihm das Chinidin; und dann kommst du gegen zehn wieder, wenn er seinen Stuhlgang gerade übers ganze Zimmer verteilt, und dann kannst *du* mit dem Mop tanzen!«

Mit einem Ausdruck des Ekels versuchte Joe, mir die Bettwäsche zurückzugeben. Ich trat einen Schritt zurück und stemmte meine Hände in die Hüften. Meine Stimme war jetzt ohne Maulkorb. »Dieser Mist ist so typisch, Joe. Wir sind am Ende die Bösen, weil ihr Kerle einander nicht weh tun wollt. Und ich muß Mister Keiller jetzt sein Chinidin geben, *obwohl* ich weiß, daß er Durchfall davon bekommen wird, und ich kann nichts dagegen tun. Klar, ich könnte Mister Keiller die Wahrheit erzählen und riskieren, daß er sich weigert, das Chinidin zu nehmen, aber dann werden seine Herzrhythmusstörungen wieder schlimmer und ... zack! Ein Blau-Code oder ein Braun-Code. Und danach, klar ...«

»Weißt du, Heron, für jemand, der Blasen an den Füßen wirft, bist du ganz schön lästig.«

Ungeduldig klopfte ich mit meinem blasenwerfenden Fuß auf den Boden. Am anderen Ende des Korridors gab eine IV-Pumpe Alarm, und drei Patienten lagen gleichzeitig auf ihrer Klingel. Einer von ihnen war Mr. Keiller.

Joe ließ einen theatralischen, schmerzerfüllten Seufzer hören. »In Ordnung. Gib ihm Procan, alle sechs Stunden siebenhundertfünfzig Milligramm, aber nicht mehr nach sechs Uhr früh. Meyers kann dann ja übernehmen.«

Sein Gesichtsausdruck sagte mir, daß er jetzt erwartete, ich würde vor ihm voller Dankbarkeit auf die Knie sinken.

Ich rollte mit den Augen. »O Mann, danke, Doktor, o mächtiger

Herrscher, Meister, Herr, aber wenn du schon da bist – da ist noch etwas ...«

Dr. Cramer gab mir das Bettzeug zurück und begab sich zu Mrs. Watsons Zimmer. »Keine weiteren Fragen, Heron. Ich muß jetzt Gottvater spielen gehen.«

Ich dachte an Mrs. Norman und ihren Sohn und die Gase, die da walten, und rief seinem Rücken hinterher: »Aber vielleicht könnte der große und gewaltige Cramer ein Antazidum für Mistress Norman gewähren?«

»Wer?«

»Arrrrrgh!«

»Okay, okay, gib ihr, was du willst.«

Lächelnd schüttelte ich die Blasen von meinen Schuhen und rannte zu Mr. Keiller, der nackt in seiner Tür stand und mir verzweifelt bedeutete, ich solle mich beeilen.

Wenn man bedachte, daß es erst 19 Uhr war, hatte ich im Spiel »Zeit gegen Krankenschwester« einen Vorsprung. Mr. Keiller war zum vierten Mal gewaschen und in ein frisches Nachthemd gesteckt worden, nur daß er diesmal im Bett lag und ständig eine kleine Bettpfanne unter sich hatte. Mr. Shirinian, mein postoperativer Gallenblasen-Herzinsuffizienz-Patient, war stabilisiert worden. Mrs. Norman hatte ihr Abendessen zusammen mit ihren elf Pillen bekommen. Mrs. Guasco hatte noch einmal Blau-Code ausgelöst, schaffte es aber nicht mehr bis zum vierten Mal. Meine beiden stabilen Lungenödemdamen in den Betten 14 und 15 waren ebenfalls gefüttert und mit harntreibenden Mitteln versorgt worden, was natürlich ganz sicher dafür sorgte, daß sie ständig Sturm klingeln würden, erst die eine, dann die andere, mit der Bitte, sie erst auf die Bettpfanne zu hieven und dann wieder herunter. Mrs. Englewood hatte Morphium gegen ihre Schmerzen in der Brust und eine Ladung Lidocain gegen ihre Herzrhythmusstörungen bekommen.

Durch das Fenster hinter der Schwesternstation sah ich, wie die untergehende Junisonne alles auf der Straße unter mir mit einem warmen, goldenen Schimmer beleuchtete. Auf dem Weg auf der anderen Straßenseite joggten Leute oder fuhren mit Rollschuhen durch Ringe aus orangefarbenem und goldenem Dunst.

Das da waren NORMALE LEUTE. NORMALE LEUTE hatten nichts mit den Schwächen und Anfälligkeiten des menschlichen Körpers zu schaffen. Von NORMALEN LEUTEN verlangte niemand, einen Zehnstundentag abzureißen, aber nur für acht Stunden bezahlt zu werden, jedes zweite Wochenende sowie in den Ferien zu arbeiten. Oder mit anderen Worten: NORMALE LEUTE würden es niemals als völlig normal ansehen, während des Essens über Blut, Stuhlgang und Schleim zu diskutieren.

Es war nicht so, daß ich nicht auch da draußen und bei ihnen hätte sein können; niemand zwang mich, abends zu arbeiten. Ich machte schon seit zehn Jahren die Schaukelschicht und hatte diese Position wohl gehütet. In meinen Augen waren die Alternativen, das heißt entweder Tages- oder Nachtschicht, schlimmer als der Tod.

Die Leute von der Friedhofsschicht, die von 7 oder 11 Uhr abends bis morgens um 7 arbeiteten, sahen ständig so müde und blaß aus, daß ich immer den Wunsch verspürte, ihnen eine Eisenpille in den Mund zu schieben oder an ihrer Stelle zu gähnen. Die Tagesschwestern andererseits, die um 7 Uhr morgens begannen und entweder nachmittags um 3 Uhr oder erst um 7 Uhr abends gingen, sahen einfach nur abgearbeitet aus; und das war angesichts des ständigen Bettenmachens sowie der Notwendigkeit, mit allen Ärzten gleichzeitig fertig werden, zwei Mahlzeiten servieren und ängstliche Familienangehörige beruhigen zu müssen – gar nicht zu reden von der eigentlichen Pflege der Patienten –, kein Wunder.

Die Leute von der Schaukelschicht hatten es am besten. Zwar

konnte sie einem das Privatleben ruinieren, aber niemandes Biorhythmus kam durcheinander, und das Haupttrauma der Tagschicht, nämlich sich ständig mit den Stimmungen und dem Benehmen der Ärzte herumärgern zu müssen, war zum größten Teil vorüber, bevor die Schicht begann.

Mein Magen grummelte laut, was Sandy, die diensthabende Schwester, veranlaßte, sich umzudrehen. »Warum gehst du nicht was essen, während du noch dazu kommst? In der Notaufnahme ist einer mit einem heißen Herzen, das vielleicht noch akut wird, und du bist mit der nächsten Aufnahme dran.«

Ich widersprach ihr nicht. Krankenschwestern, die auf der Herzstation arbeiten, lernten schon bald, immer dann zu essen, wenn sie Gelegenheit dazu hatten – oder mit dem Hunger und dem Unterzucker später fertig zu werden. Diejenigen von uns, die versucht hatten, während des Dienstes zu essen, mußten feststellen, daß es ziemlich unappetitlich und manchmal schlichtweg gefährlich war, wenn man versuchte, zwischen Patienten hin und her zu rennen und zwischendurch von seinem Butterbrot abzubeißen (das irgendwo in einer Schreibtischschublade oder unter einem Monitor versteckt war).

Der Stationskühlschrank, ein Ort ständiger und seltsamer biologischer Experimente und anderer Überraschungen, war bis oben hin mit den unterschiedlichsten braunen Papiertüten und halbvollen Gläsern gefüllt. In einer versteckten Ecke auf dem Boden, hinter der 15 Jahre alten Flasche mit dem grünen Etwas, die niemand jemals anfaßte, fand ich meinen luftdichten Plastikbehälter mit dem Salat.

Die Ohren gegen klingelnde Patienten fest verschlossen, ging ich in den Raum, in dem die Drähte der provisorischen Schrittmacher eingesetzt wurden, und ließ die schwere Tür hinter mir zufallen. Der plötzlich einsetzende Friede und die Stille umfingen mich, nachdem meine Ohren sich daran gewöhnt hatten. Hoffentlich brauchte niemand in der nächsten halben Stunde einen

provisorischen Schrittmacher, damit ich in Ruhe essen und mir Sorgen machen konnte.
Ich goß mein übliches kalorienarmes, geschmacksfreies Dressing über meinen Gesünder-geht's-gar-nicht-Salat, als das Glas mit Erdnußbutter und die Schachtel mit den Crackern, die ich in meinem Schließfach versteckt hatte, auf wundersame Weise meinen Namen riefen. Wie von süßen Zauberstimmen angelockt, stand ich auf und ging in den Umkleideraum.
Scheiß auf das gesunde Zeug, dachte ich. Ich geb' mir Kohlehydrate, Stärke und Fett zum Abendessen.
Aber als ich gerade die Tür öffnen wollte, stand meine Mutter, Hände in die Hüften gestemmt, vor meinem geistigen Auge. Ich blieb wie versteinert stehen. Weder meiner störrischen Widerstandskraft noch einer Therapie plus ganzen Bibliotheken voll Selbsthilfebüchern war es gelungen, all ihre Tonbänder in meinem Kopf vollständig zu löschen.
»Du bist keine junge Frau mehr, Echo«, sagte sie mit diesem autoritären, leicht britischen Unterton, den ich so gut kannte.
Widerstrebend mußte ich ihr recht geben; mein Friseur ließ in letzter Zeit Bemerkungen über gefärbte Haare fallen.
»Ab fünfunddreißig geht's bergab. Kalorien lösen sich nicht mehr in der Luft auf«, fuhr sie fort und drohte dabei mit dem Finger.
Ich bemerkte das Fett an ihrem Oberarm und wußte, da sprach eine kompetente Person.
»Hör zu, Mama, ich brauch' das Protein.«
»Pff. Erdnußbutter ist nur Fett, sonst nichts.«
»Ich bin einsachtundsechzig groß und wiege neunundvierzig Kilo. Die Leute sagen, ich wär' viel zu dünn.«
»Sie lügen. Vor drei Jahren hast du noch achtundvierzig Kilo gewogen. Und vergiss nicht die Schmerzen in der Brust, die du immer bei Streß hast – alles nur verstopfte Arterien von dieser ständigen Erdnußbutter. Außerdem siehst du auch nicht mehr so

gut aus. Nicht mehr lange, und du verlierst Östrogen. Und dann kommen Knochenbrüche und Herzkrankheiten. Du wirst früh Falten bekommen wie alle in der Familie deines Vaters. Nicht mehr lange, und ein massiver Herzanfall ...«

Ich lachte über die Absurdität ihrer Argumente und schaltete sie aus. Drei Minuten später saß ich mit fünf erdnußgebutterten Crackern wieder bei meinem Salat.

Als ich schließlich soweit war, daß ich die letzten Krümel und die noch verbliebenen Stückchen Salat zusammensuchte, beschloß ich, daß ich mich jetzt lange genug davor gedrückt hatte und es an der Zeit war, sich Sorgen zu machen.

Aus den tiefsten Tiefen meines Dienstkittels grub ich einen Stapel abgegriffener Blätter Papier hervor, die mit »Juni-Juli/Publicity Tour 1987« überschrieben waren. Mein Magen zog sich beim Anblick des Wortes »Publicity« zusammen und schickte mir eine schmerzhafte Welle des Protests durch meine Innereien.

Fast auf den Tag genau vor zwei Jahren hatte mich die Neuigkeit, daß mein Buch angenommen worden war, in einen Zustand sprachlosen Schocks versetzt; *Intensivstation: Die Geschichte einer Krankenschwester* war eine 370seitige Realität und stand in den Regalen der Buchhandlungen.

Wunderbar – nur daß es da diese eine Vertragsklausel gab, die besagte, daß die Autorin praktisch verpflichtet war, den Verkauf des Buches durch sogenannte »Buchtourneen« zu fördern. Das bedeutete, so erläuterte mein Agent in aller Ruhe, daß ich in Radio und Fernsehen aufzutreten und zu Tausenden, nein: Millionen von Menschen gleichzeitig zu sprechen hatte.

Aber ... aber ... wußte die Werbeabteilung denn nicht, daß ich seit meiner Kindheit Probleme mit Lampenfieber hatte?

Keine Sorge, sagten sie, da kommen Sie drüber weg.

Jaja ... Aber nicht einmal in meinem eigenen Wohnzimmer war ich in der Lage, zu mehr als zwei Personen gleichzeitig zu sprechen, ohne sofort zu verstummen.

Keine Sorge, sagten sie, da kommen Sie drüber weg.
Aber wußten sie denn nicht, daß Autoren die introvertiertesten und gehemmtesten Menschen auf dem Antlitz der Erde waren?
Keine Sorge, sagten sie, da kommen Sie drüber weg.
Wußten sie nicht, daß ich mit allergrößter Sicherheit in Ohnmacht fallen oder etwas ähnlich Peinliches machen würde, sobald ich auf Sendung wäre?
Keine Sorge, sagten sie, da kommen Sie drüber weg.
Aber ich bin nur ein Mädchen aus einer kleinen Stadt, eine Krankenschwester, verdammt noch mal. Ich weiß nichts über Fernsehen; ich guck' noch nicht einmal in den blöden Kasten. Und außerdem: Wußten sie denn nicht, daß ich immer wieder herausposaunte, was mir an die Stelle kam, wo einmal mein Verstand gewesen war?
Keine Sorge, sagten sie, da kommen Sie drüber weg.
Nur daß ich eben nicht drüber wegkam, und die Vorstellung, daß ich in der *Today*-Talkshow auftreten und – möglichst noch ganz lässig – irgend etwas sagen sollte, erfüllte mich mit unbeschreiblichem Horror. Ich hatte die gräßliche Vision, wie ich mich über Bryant Gumbels perfekt gebügelten Anzug übergab und anschließend in Jane Pauleys Schoß ohnmächtig zusammenbrach.
Ich würde nie das junge Starlet vergessen, das ich als Kind in der Jackie-Gleason-Show gesehen hatte und das auf der Bühne praktisch einfror, so daß es vor einem Live-Publikum weggetragen werden mußte. Ich würde es ihr nicht nur gleichtun, ich würde sogar noch einen draufsetzen – vor allem, da ich ja dieses autobiographische Buch geschrieben hatte, auf dessen Rückseite mein Foto in voller Größe prangte.
Um mir einen Eindruck von den kommenden Qualen zu verschaffen, hatte ich mir einen Monat lang Talkshows angeschaut: Jeder schien sich wohl und sicher zu fühlen. Anscheinend waren selbst Hausfrauen aus Idaho oder Minnesota in der Lage, vor

einer Million Zuschauern aufzustehen und Witzchen zu machen und prompte, intelligente Antworten zu geben und überhaupt die Sau rauszulassen.
Bekamen sie spezielle Drogen vor Beginn der Show? frage ich mich. Oder waren alle Talkshow-Teilnehmer in Wirklichkeit professionelle Schauspieler?
Ich schaute auf das Datum meines ersten Interviews: Ein Auftritt in einer Nachrichtenshow am Mittag in einem der örtlichen Sender sollte in drei Tagen stattfinden. Buddha sei Dank war der Auftritt nur vier Minuten lang, aber nach dem Datum stand da: »LIVE-INTERVIEW«. Mein Magengeschwür krampfte sich zusammen und trat um sich.
Ich gestattete mir, nach dem nächsten Eintrag auf der Liste zu schauen, und sah, daß für zwei Tage später ein Gespräch in einer örtlichen Radio-Talkshow geplant war. Radio war nicht schlecht; zumindest würden die Leute mich auf der Straße nicht so leicht wiedererkennen können.
Ich stellte mich meinem ganzen Elend und überflog die zweite und dann die dritte Seite des Zeitplans, und der kalte Schweiß brach mir aus. CNN. Die *Today*-Show. *Hours Magazine.* Plötzlich klopften der Salat, die fünf Cracker und die gute, alte Erdnußbutter mit den Erdnußstücken an der Rückseite meiner Kehle an, um herausgelassen zu werden – weg von einem Magengeschwür, das dabei war durchzudrehen.
Ich steh' das nicht durch, dachte ich. Mehr ist dazu nicht zu sagen. Ich werde mich ganz einfach weigern.
Nachdem dies nun feststand, ging ich zur Toilette, würgte ein paarmal, wusch mir Gesicht und Hände und ging wieder an meine Arbeit. In diesem Jahr der harmonischen Übereinstimmung würden mein Magengeschwür und ich in völligem Frieden miteinander leben – unabhängig von ein wenig äußerlichem Streß, der mit ein paar schrägen Tönen zu stören versuchte.
O ja!

Sandys Augen beobachteten mein Kommen in dem Weitwinkelspiegel, der über dem Stationszimmer hing. Sobald ich den Korridor betrat, winkte sie mir, daß ich mich beeilen solle; es gab schlechte Nachrichten, die ich unbedingt sofort hören mußte. Im Licht meiner Sorgen über die Publicity-Tournee konnte mich keine noch so schlechte Nachricht, die sie für mich haben mochte, erschüttern.

Bevor ich auch nur in die Nähe des Stationszimmers gekommen war, konnte ich schon den Tumult in der Akutabteilung hören. Ich peilte durch die Doppeltür und sah mehrere der Schwestern der Herzstation, die alle gleichzeitig redeten und zum Zimmer 2 hinein- und herausrannten, als ob es der Grand-Central-Bahnhof wäre. Dr. Cramer sah mich, runzelte die Stirn und verschwand hinter einem blauen Vorhang wieder im Zimmer. Es war immer ein Zeichen dafür, daß es Probleme gab oder demnächst jemand sterben würde, wenn der blaue Vorhang im gesamten Zimmer zugezogen war.

Sandy sprach sehr schnell mit einer Stimme, die ein Dezibel über normal lag: »Ich habe dir Bett zwei zugeteilt, das ist eine einunddreißigjährige Frau mitten in den Wehen. Doktor Cramer befürchtet, daß eine Herztamponade nötig wird. Sie steht unter Schock, hat kaum noch einen fühlbaren Puls. Vor einer Viertelstunde hatte sie einen Herzstillstand und mußte dreimal zurückgeholt werden. Das Kind ist gefährdet, hat eine Herzfrequenz von siebzig.« Sandy starrte mich mit einem fast boshaften Glitzern in den Augen an, als ob sie sagen wollte: »Nun, was machste jetzt?«

»Aber ... warum ist sie nicht auf der Entbindungsstation? Ich meine, wann kommt das Kind? Ist ein Gynäkologe dabei? Was ist mit einem Kaiserschnitt? Was ist mit der Kinderstation?« Ich merkte sofort, daß ich in meiner Panik dabei war, diese Krise in eine andere Abteilung abschieben zu wollen.

Eine Gebärende auf der Herzstation zu haben war ein ebenso

seltenes Ereignis wie ein Eohippus auf dem eigenen Rasen. Jede meiner Hirnzellen, in der irgend etwas, das mit Wehen und Geburt zu tun hatte, abgespeichert war, hatte ihren Posten verlassen oder war verlegt worden. Alles, was mir einfiel, waren nebulöse Techniken wie zu prüfen, ob die Nabelschnur sich um den Hals des Kindes gewickelt hatte, die Schultern einzeln herauszuholen oder eine Prozedur namens »Massieren des Fundus«; aber nichts von alledem nützte der Patientin in Bett 2 etwas.

Irgendwo im Hinterkopf hörte ich laut und deutlich Prissy aus *Vom Winde verweht*, wie sie mit dieser jaulenden Stimme kreischt: »Ich weiß doch aber rein gar nichts von Babys auf die Welt bringen, Miss Scarlett«, und brach in ein hysterisches, mental nicht sehr gesundes Lachen aus. Aber das brach den Bann.

Ich raffte meinen Verstand wieder zusammen, sauste zur Akutabteilung hinüber und war keineswegs überrascht, als die Klingel über dem Zimmer 2 in dem Moment losging, als ich durch die Doppeltür rannte.

Ich schnappte mir den Notfallwagen, rollte mir die knapp 100 Kilo über den Fuß, sagte das Wort, das mit S beginnt, und schob das Ding auf das Zimmer zu. Meine verschwitzten Hände rutschten am Griff ab, und ich stolperte über meinen verletzten Fuß. Ich schlug den Vorhang zurück und sah Dr. Cramer und vier Schwestern, die um das Bett herumstanden, schrien und mit den Armen fuchtelten – aber niemand schien irgend etwas für die Patientin zu *tun*.

Automatisch wanderten meine Augen zum Monitor neben dem Bett, der ein sehr geringes Herzflimmern zeigte, dann wieder zur Patientin. Durch die Mauer von Krankenschwestern sah ich eine blonde Haarsträhne und einen absurd riesigen Bauch, der selbst unter der schweren braunen Bettdecke nicht zu übersehen war. Er sah aus wie ein Erdhügel, auf dem etwas – vielleicht ein Mammutbaum – gepflanzt worden war und nun kurz davor stand hervorzusprießen. Am unteren Ende der Decke schauten zwei kleine Füße hervor – sie steckten in weißen Tennisschuhen. Daß niemand sich auch nur darum gekümmert hatte, der Patientin die Schuhe auszuziehen, machte mich wütend, aber mein Adrenalin bereitete sich auf wichtigere Tätigkeiten vor.

Joe zeigte auf mich und rief: »Du! Kümmer dich um die kardiopulmonale Reanimation!«

Die Frage, weshalb sich bisher niemand um die Wiederbelebung gekümmert hatte, schoß mir durch den Kopf, und während ich zum Bett sprang und die Decke zurückschlug, war ich schon dabei, einen Bericht über den Vorfall zu entwerfen: *Die Patientin hatte einen völligen Herzstillstand und eine Ansammlung von fünf medizinisch ausgebildeten Idioten an ihrer Seite, die nichts weiter taten, als mit den Arme zu flattern und herumzuschreien – offensichtlich zu keinem anderen Zweck als dem, Wind zu erzeugen.*

Ich war schon beim zweiten Absatz, als der »Bauch« der Patientin, ein riesiger, silberner Heliumballon in der Form eines Sterns, zur Zimmerdecke hochstieg. Völlig verblüfft schaute ich zur Patientin herunter und sah, daß es sich um Reanimargot handelte, die Übungspuppe der Herzstation. Einer ihrer schlabbrigen Arme drückte eine Flasche Champagner gegen ihren abnehmbaren Brustkasten aus Kunststoff.

Ich guckte wieder zum Ballon hoch. Auf ihm stand eine Botschaft, eindeutig in Sandys akkurater Handschrift: »Glückwunsch von der Herzstation. Hoffentlich verkaufst du eine Million Exemplare!«

Ich schaute in die Gesichter meiner Pflegekollegen Pia, Sandy, Risen und Nealy und dachte daran, wie sie meine Ersatz-Westküstenfamilie geworden waren, meine Schwestern, Brüder, Mütter und Väter. Ich war mit den meisten von ihnen zur Pflegeschule gegangen, ich kannte ihre Ängste und ihre Freuden. Irgendwann im Lauf all dieser Jahre hatten wir uns einer an des

anderen Schulter ausgeheult, wir hatten uns gezankt, hatten einander gehalten und getröstet und aus schwierigen Situationen herausgeholfen.
Pia, die Jüngste, die meinem Herzen am nächsten stand, umarmte mich. »Ist es nicht aufregend?« flüsterte sie. »Du bist eine richtige Autorin und erscheinst im Fernsehen vor all diesen Leuten, die hören wollen, was du zu sagen hast.«
Ich schaute sie an, um sicherzugehen, daß sie nicht dabei war, mich zu quälen, sah ihre Ernsthaftigkeit und zwang mich zu einem Lächeln. Aber in meinem Inneren vollführte mein Magen einen Salto und sprang mir in die Kehle.

Um 22 Uhr 27 klingelte das Telefon. »Das ist mein Neuzugang«, sagte ich, ohne von Mr. Keillers Karteikarte hochzusehen.
Es herrschte nicht gerade himmlischer Friede, aber seit fast sechs Stunden hatten wir keinen Zugang mehr gehabt. Das war einfach zu schön, um wahr zu bleiben; wir mußten also zum Ausgleich mit einem Zugang rechnen, der uns bis zum Ende der Schicht auf Trab halten würde.
Sandy ging an den Apparat, hörte eine Sekunde zu, schaute zu mir herüber und hob die Augenbrauen. Ich unterschrieb die Karteikarte und ging automatisch zum Zimmer 11/12, das vor kurzem – Dank Sandys und Risens hervorragenden Abschiebebemühungen – frei geworden war.
Nachdem ich mich davon überzeugt hatte, daß das Zimmer für einen Neuzugang vorbereitet war, ging ich zurück, um von Sandy eine Kurzfassung des Berichts über meinen Neuzugang zu bekommen.
»Der Patient ist auf dem Weg von der Notfallstation nach oben«, sagte Sandy und füllte dabei weiter ihre Karteikarten aus. Sie wollte unbedingt fertig sein, bevor die Übergabe an die Nachtschicht stattfinden würde. »Er ist fünfundzwanzig, ein Endokarditis-Patient von Doktor Cramer, hat zwei Jahre intravenösen

Drogenmißbrauch hinter sich und heißt Charlie. Seine Temperatur ist achtunddreißig Komma sieben. Die Notfalleute haben eine Infusion gelegt, und in diesem Augenblick bekommt er seine erste Dosis Penicillin. Er hat eine Sinustachykardie von hundert, Blutdruck ist hundertzehn zu sechzig, und ...«

Die Doppeltür öffnete sich, und eine »zirkulierende« Schwester betrat die Station. Sie schob einen Rollstuhl vor sich her. Auf den ersten Blick sah die Person im Stuhl aus wie ein verängstigter zwölfjähriger Junge. Sein gehetzter, müder Blick ließ mir keinen Zweifel daran, daß Dr. Cramer ihm bereits gesagt hatte, daß Endokarditis, eine Entzündung der Herzinnenhaut, tödlich verlaufen würde, wenn man sie nicht sehr schnell mit Antibiotika behandelte.

Während die Schwester ihn zu seinem Bett rollte, ging ich rasch Joes Anweisungen durch und anschließend in Zimmer 11/12. Dort fand ich Charlie, der auf dem Bettrand halb saß, halb zusammengesunken war. Er trug immer noch seine Jeans und Socken.

»Warum hast du dich nicht ins Bett gelegt?«

»Wollte Ihre sauberen Bettlaken nicht schmutzig machen«, flüsterte er, ohne seine Augen zu öffnen. »Habe seit« – er seufzte – »zwei Monaten kein Bad mit Seife mehr gehabt. War zu krank. Kein Geld.«

»Kannst du dich aufrecht hinsetzen, damit ich dir aus deinen Sachen raushelfen kann?« Ich zog vorsichtig am schweißnassen Patientenkittel, der seinen Oberkörper bedeckte.

Charlie versuchte, sich zu bewegen, aber er war zu schwach, um sich gerade hinsetzen zu können. »Hab' so 'n Durst. Kann ich ein bißchen Wasser haben, vielleicht ...«

Ich goß ihm ein Glas Eiswasser ein und setzte den Strohhalm an seine Lippen. Mit Mühe brachte er gerade einen Schluck Wasser hoch. Er hielt den Atem an, dann zog er wieder, diesmal mit mehr Kraft. Als das Glas leer war, öffnete er die Augen.

»Danke schön. Hab' in letzter Zeit nicht viel gegessen oder getrunken.«

»Glaubst du, daß du dich jetzt hinsetzen kannst?«

Charlie nickte. Ich schob meinen Arm unter ihn, und ganz, ganz langsam brachten wir ihn in eine aufrechte Sitzhaltung. Er lag in meinem Arm wie ein kleines, müdes Kind. Der dünne blaue Kittel rutschte von seinen Schultern. Darunter war sein ausgemergelter Körper schmutzverschmiert. Seine Arme und Handrücken waren mit violetten und roten Einstichen übersät – nicht so schlimm wie einige, die ich schon gesehen hatte, aber in wenigen Jahren würde er genauso vernarbt aussehen wie die schlimmsten von ihnen.

Nur der Bereich um die Einstichstelle der Infusion war gesäubert worden, und der weiße Hautfleck stach scharf gegen das übrige Grau ab.

Er wandte seine Augen zum Bad, wo die Tür zur Dusche offenstand. Die blitzenden weißen Kacheln waren eine einzige Aufforderung zur Reinlichkeit.

»O Mann«, krächzte er, »Ich würd' alles für eine Dusche geben.«

Sein Gesichtsausdruck war der eines zum Tode Verurteilten, der seinen letzten Wunsch äußert.

Ich brauchte etwa eine Sekunde, um das Für und Wider abzuwägen: Man hatte ihm Bettruhe verordnet und er war viel zu schwach, um auch nur ein paar Sekunden unter der Dusche stehen zu können. Andererseits ... wenn ich ihn im Bett wusch, wäre das nicht halb so erfrischend und entspannend für ihn; außerdem würde ich ihm dann seine Haare nicht waschen können. Und vor allem: Er wünschte sich so sehr zu duschen ...

Zwei Monate?

Nun, wenn ich mich beeilte ...

Ich legte ihn aufs Bett zurück, rannte ins Stationszimmer, schnappte mir ein paar Kartons Orangensaft, bat Nealy, die Aufsicht anzurufen und ein Abendessen für meinen Patienten hochzuschicken, ließ Sandys Frage unbeantwortet, warum Charlie noch nicht auf dem Monitor war, holte Seife und ein paar zusätzliche Handtücher, packte alles auf einen unserer kleinen Rollstühle und rannte ins Zimmer zurück.

Nachdem er mit ein paar Gläsern Orangensaft ein wenig zu Kräften gekommen war, konnte Charlie lange genug stehen, so daß ich ihm seine Hose ausziehen und in den Rollstuhl setzen konnte. Aus Gründen der Schicklichkeit legte ich ihm ein Handtuch über den Schoß, stopfte mir die Taschen mit Seife, Shampoo, Waschlappen und zwei Rasierern voll und rollte ihn trotz seiner Infusion in die Dusche.

Zunächst versuchte ich ihm zu helfen, indem ich um die Tür der Dusche herumlangte, aber das war ziemlich lästig – ganz abgesehen von der Tatsache, daß ich trotzdem klitschnaß wurde. Also dachte ich: zum Teufel damit!, zog mir Schuhe und Socken aus, stülpte mir eine Duschhaube über und trat zu ihm in die Dusche.

Ich wusch ihn vollständig ab, beginnend bei seinem Kopf und seinen knochendürren Schultern. Er war mitleiderregend dünn. Ich sah, daß er nur Haut und Knochen und, als ich erst einmal den Schmutz heruntergewaschen hatte, wachsbleich war.

Er war so fürchterlich schwach, daß ich seine Arme und Beine anheben mußte, um an alle verborgenen Stellen zu kommen. Auf eine ganz abstrakte Art und Weise erinnerte er mich an ein krankes Reh oder irgendein anderes großes, verhungerndes Tier, und es machte mich gleichzeitig sanfter und stärker. Dies könnte mein Sohn sein, dachte ich, und sollte mein Sohn jemals in eine solche Lage kommen, würde jemand anders *ihm* den gleichen Trost spenden.

Zunächst stöhnte Charlie buchstäblich vor Freude über das warme Wasser und den Geruch von Seife und Shampoo, dann begann er zu kichern. Wäre jetzt jemand ins Zimmer gekommen und hätte meine Schuhe und Socken da liegen gesehen und die Geräusche aus der Dusche gehört, hätte es wohl einige hochgezogene Augenbrauen und wilde Gerüchte gegeben, da war ich mir ganz sicher.

Schließlich begann er zu heulen.

Während er weinte und ich die Nadeleinstiche und seine dürren Knochen betrachtete, hörte ich ihm zu, wie er voller Angst schluchzte, er wolle nicht sterben, und es täte ihm alles so leid ...

»Du wirst nicht sterben, Charlie.« So vorsichtig wie möglich säuberte ich die infizierten Stellen zwischen seinen Zehen. »In ein paar Tagen wirst du dich wieder ganz gut fühlen. Was mir Sorgen macht, ist: Du wirst dich so gut fühlen, daß du vergessen haben wirst, wie schlecht es dir heute ging.« Ich schaute in seine schmerzerfüllten Augen. »Ich fürchte, du wirst dich nicht mehr daran erinnern, daß du nicht sterben wolltest.«

»Nein«, sagte er ganz ruhig, »ich werde das hier nie vergessen. Ich werde nie wieder dieses Leben führen. Bestimmt nicht. Ich schwöre bei Gott: nie wieder!«

Ich rubbelte ihn trocken, zog ihm ein frisches Hemd über, befestigte seine Infusion wieder mit einem Klebestreifen, brachte ihn ins Bett, schloß ihn an den Monitor an und trocknete mich anschließend ab, so gut es ging. Ich würde mir auf der Entbindungsstation trockene Dienstkleidung ausleihen müssen.

Während ich seine Karteikarte vervollständigte, kam Risen mit einem Tablett voller Essen ins Zimmer. Als er jedoch das Tablett an mir vorbeitrug, konnte ich sehen und riechen, daß das Essen ganz bestimmt nicht aus der Küche des Redwood stammte – es sah ausgesprochen genießbar aus und roch auch so.

Ich erkannte ein dampfendes Stück von Nealys selbstgemachter Pasta primavera; daneben stand eine Schale Hühnersuppe mit Nudeln, die Sandy sich für nach der Schicht aufgehoben hatte; das riesige Stück Pfirsich-Biskuit-Torte gehörte mit Sicherheit zu Pias Abendessen.

Risen stellte das Tablett ab und zog aus seiner Hemdtasche eine Banane. Obwohl ich sehen konnte, daß er hundemüde war, begann er, geduldig Suppe in Charlies Mund zu löffeln.
Zwischen Suppe und Pasta fing Charlie wieder zu weinen an.
»Warum machen Sie das?« fragte er. »Warum sind Sie so gut zu mir?«
»Weil wir«, antwortete Risen, »an die Lebenden glauben.«

Als ich mir trockene Dienstkleidung angezogen hatte und wieder ins Stationszimmer zurückgekehrt war, hatte Sandy sich inzwischen mit der Nachtschicht in den Aufenthaltsraum zurückgezogen, um die Übergabe zu machen. Nealy behielt die Monitore im Auge und wartete auf das Ende der Übergabe.
»Hey, vielen Dank für das Essen. Was war mit der Aufsicht? Ich dachte, sie sollte uns ein Abendessen hochschicken.«
Nealy schüttelte den Kopf. »Sie hat sich geweigert, ein Essen für den Patienten zu genehmigen, weil er, wie sie sagte, keinen Wohnsitz hat und nicht krankenversichert ist.« Sie verzog den Mund. »Ich wette, das heißt für sie nur, daß der arme Kerl kein Recht hat zu essen; also haben wir beschlossen, unsere Reste vom Abendessen zusammenzulegen. Ich meine, der Mann ist krank und am Verhungern.« Nealy zuckte mit den Schultern. »Seit wann sind eine Scheibe Brot und eine mickrige Schale Suppe mehr wert als Mitgefühl?«
»Kommt auf dieser Abteilung nicht vor«, gähnte Risen, stellte Charlies Tablett ab und ließ sich in den Stuhl neben mir fallen. Die Teller auf dem Tablett waren so bar jeden Essens, als seien sie abgewaschen worden. »Nicht in dieser Gruppe.«
Ich gähnte, dann Nealy, die sich davon anstecken ließ.
»Ja«, sagte Nealy lachend, »wir sind nun mal solche Trottel.«
»Nein, keine Trottel«, sagte ich. »Menschlich. Wir sind einfach nur menschlich.«

Ich setzte mich hin und schaltete das Licht ein. Es war 3 Uhr morgens, und mein Gehirn fühlte sich an wie ein Mixer mit Kurzschluß. Über meinem Bett winkte mir das violette Band von meinem silbernen Ballon fröhlich zu. Erschöpft zeigte ich ihm den Finger.

Mooshie, in sanfteren, alberneren Momenten auch bekannt als Mamas Kuka-Mann, Brauner Buddha und Mushu Pork mit Pfannkuchen, gähnte und streckte seinen biegsamen Katzenkörper zu einer erstaunlichen Länge.

Ich gähnte und streckte mich ebenfalls, wenngleich etwas steifer, und sah ihn an. Seine runden, goldfarbenen Augen schauten in meine – so ernst und freimütig, wie nur überfütterte Katzen das manchmal können. Für einen kurzen Augenblick legte er seine bakterienverseuchte Pfote auf meinen Mund, als wollte er sagen: »Komm mir nicht mit diesem Mamas-kleiner-Liebling-Quatsch, ich bin jetzt nicht in Stimmung.« Dann sprang er vom Bett hinunter und ging eine weniger belebte Matratze suchen. Ich nahm diese Zurückweisung nicht persönlich: Da er aus einer zerrütteten Familie stammte, war Mooshie, wie die meisten Katzen, ein Wesen mit einer ausgesprochenen Vermeidungshaltung.

Ich nahm den Füller in die Hand, den Autoren angeblich immer neben ihrem Bett liegen haben, und öffnete ein schickes, in Leder gebundenes Buch auf der ersten leeren Seite.

Irgend jemand hat einmal behauptet, daß den meisten Schreibern die besten Ideen im Schlaf kommen. Das beunruhigte mich, denn ich litt schon seit einiger Zeit an Schlaflosigkeit. Bedeutete dies, daß ich mir jetzt auch noch Sorgen über Schreibstörungen machen mußte?

Ganz oben auf der Seite schrieb ich: »Dinge, über die ich mir in letzter Zeit Sorgen mache und die mich nachts nicht schlafen lassen.«

1. *Die Buch-Tournee. (Kann jetzt keine Einzelheiten nennen, sonst muß ich mich übergeben.)*
2. *Wie werden die Leute von der Krankenhausverwaltung auf mein Buch reagieren, vor allem auf die Teile, in denen sie als die geldgierigen Drecksäcke beschrieben werden, die sie sind? Wird man mich symbolisch verbrennen oder persönlich lynchen? Wird man mich verklagen?*
3. *Wie werden die Ärzte reagieren, wenn sie entdecken, daß viele von ihnen in einem realistischen, d. h. alles andere als schmeichelhaften Licht gezeigt werden, daß sie z. B. hartnäckig daran glauben, daß nur noch Gott ihnen gleichkommt?*
4. *Was werden die anderen Schwestern denken? Kann man mir meine Zulassung entziehen?*
5. *Wird mein Vater einen Herzinfarkt bekommen, wenn er die Teile über mein Privatleben liest?*
6. *Könnte ich froh und zufrieden in China leben, wo niemand meinen Namen kennt (oder aussprechen kann)?*
7. *Ist Einsamkeit tödlich?*

Ganz ruhig ging ich meine Liste noch einmal durch, objektiv und mit gesundem Menschenverstand – ganz so, wie ich es in der Therapie gelernt hatte. Ich ging sie noch mal durch und dann noch einmal.
Ich bin kein religiöser Mensch; folglich überzeugte ich mich, als ich auf den Knien lag und Gott um Hilfe anflehte, davon, daß ohnehin niemand, den ich kannte, mein Buch lesen würde, es also keinen Grund gab, mir Sorgen zu machen.
Ein wenig erleichtert ging ich in die Küche, um mir eine Tasse heißen Tee mit viel Milch und Honig zu machen.
»Schlecht geträumt?«
Die tiefe Stimme ließ mich zusammenfahren; dabei tröpfelte

Honig auf Mooshie, der gerade damit beschäftigt war, meine Fußknöchel mit den Duftdrüsen zu markieren, die sich angeblich in der Nähe seiner Ohren befinden. Im Halbdunkel der Küchentür stand mein 16jähriger Sohn, Simon, und kratzte verschlafen seinen knochigen Brustkasten, auf dem er drei Haare spazierentrug, die er Boris, Eisenherz und Lucky Larry genannt hatte.

Es erstaunte mich immer wieder von neuem, wie leise Simon sich für jemanden, der so groß war wie er, bewegen konnte. Ich starrte den 1,90 Meter großen Mann voller Staunen an, als sei er mein eigenes, privates Wunder. War er *wirklich* einmal jene zahnlose Fußbodenratte gewesen, die ich unter dem Arm getragen und deren Windeln ich gewechselt hatte?

Eine geschiedene, alleinlebende Mutter eines Heranwachsenden zu sein war eine Erfahrung, die ich ganz gewiß sehr erzieherisch und anregend fand – vergleichbar mit einem mitternächtlichen Spaziergang durch ein Sumpfgebiet ohne Taschenlampe. Nicht nur hatte Simon mich Geduld gelehrt, sondern er hatte mich auch gezwungen, Lebensmitteleinkäufe spartanisch zu gestalten: Er aß solch riesige Mengen, und das so oft, daß ich von Zeit zu Zeit mit dem Gedanken spielte, für den nächsten Einkauf ein Darlehen aufzunehmen.

Auch meine kommunikativen Fähigkeiten waren erweitert worden. Simon machte mich mit einem einzigartigen Vokabular vertraut, das in keinem einzigen Wörterbuch zu finden war. Darüber hinaus wurde ich Zeugin zahlreicher Demonstrationen von telefonischer Telepathie: Stundenlang besetzte er das Telefon, wobei weder er noch seine Gesprächspartnerin ein Wort sagten, sondern statt dessen nur in die Muschel atmeten.

Er war mir ein ständig neues Rätsel – wie das Projekt in einem biologischen Labor, das aus dem Ruder gelaufen war. Obwohl er ein Kind der siebziger Jahre war, entwickelte sich Simon völlig anders, als ich dies erwartet hatte. Als er zehn Jahre alt war,

wußte ich schon, daß Si nicht die Art Oberschichtstudent werden würde, der Samstag morgens mit seinen Freunden Tennis spielt; niemals würde er Mitglied in der studentischen Selbstverwaltung sein oder an verbotenen Sit-ins teilnehmen, weil er irreale, aber radikale politische Grundsätze hatte.
Nein, der Sohn, den ich geboren hatte, war ein künstlerischer, verbal nicht vorhandener und launischer 87jähriger, der sich im Körper eines 16jährigen versteckt hatte. Manchmal konnte er Mutter Teresa in Verkleidung sein; zu anderen Zeiten war er Freddy Krueger in gräßlicher Person.
Künstlerisch war es in Ordnung, selbst wenn sein nervenzerfetzendes Gitarreüben à la Jimi Hendrix bis tief in die Nacht ging.
Vorzeitig alt war auch OK. Seine angeborene Klugheit gab mir immer wieder und unweigerlich das Gefühl, als ob ich ihm gegenüber benachteiligt war – wie wenn ich mit jemandem auf der Wippe saß, der schwerer war als ich.
Sogar launisch war akzeptiert, wenn ich mir klarmachte, daß er sich in der Altersgruppe der amerikanischen Teenager mit ihren hormonellen Traumata befand. Es war das verbal Abwesende, was mich schaffte, die Tatsache, daß ich niemals wußte, was hinter dieser Stahltür in seinem adoleszenten Gehirn vor sich ging.
Simons Vater, Patrick, der sich oft die elterlichen Verantwortlichkeiten mit mir teilte, stellte einmal fest, daß Simon und ich auf vielfältige Weise miteinander kommunizierten – als Bruder und Schwester, beste Freunde, Siskel und Ebert, Oscar und Felix. Für zwei so verschiedene Persönlichkeiten fand ich es bewundernswert, daß Simon und ich ein solches Verständnis füreinander hatten und wir uns so umfassend akzeptierten. Folglich geschah es an seinem 16. Geburtstag, daß ich die Kontrolle über ihn aufgab, die ich nie gehabt hatte.
Jetzt hörte ich auf, meinen Sohn anzustarren (Tip an alle Eltern von Teenagern: Heranwachsende anzustarren, treibt sie die

nackte Wand hoch) und kratzte mit einem Löffel den Honig von Mooshie wieder herunter.
»Ja, Simon, ich habe nicht nur, ich *lebe* einen Alptraum. Er heißt: Buchtournee.«
»Häh?«
»Ich mache mir Sorgen wegen der Tournee«, sagte ich und setzte mich mit meiner Tasse Tee mit heißer Milch an den wackligen Küchentisch. »Ich hasse es, in der Öffentlichkeit zu stehen. Ich habe Angst, daß ich mich im Fernsehen übergeben oder in Ohnmacht fallen werde.«
Eine Weile herrschte Stille, während der Simon mich mit etwas betrachtete, das entweder unendliches Mitleid war oder die Überzeugung, daß seine Mutter tatsächlich von einem anderen Planeten stammte. »Warum solltest du dich im Fernsehen übergeben oder in Ohnmacht fallen wollen?«
»Ich *will* nicht, Si, ich habe nur Angst, ich *könnte*, weil ich einen Horror davor habe, mich vor Millionen von Menschen zum Narren zu machen. Das ist alles.«
»Nun, wenn die Kameras angehen und die Scheinwerfer knallen auf dich runter und diese Millionen von Fernsehzuschauern beurteilen dich nach dem, was du sagst – tu einfach so, als wärst du zu Haus und würdest mit dir selbst reden, wie du das meistens machst.«
Ich machte ganz schmale Augen. »Ist Grausamkeit eine Krankheit deiner Altersgruppe, oder hegst du einen tiefsitzenden Groll gegen deine Mutter? Geh ins Bett. Ich will allein leiden.«
Simon zuckte mit den Schultern, öffnete einen Viertelliter Milch, trank sie in drei Zügen und ging in sein Zimmer. Wenige Sekunden später stand er wieder in der Küchentür.
»Ma?«
»Was ist?«
»Tu mir einen Gefallen: Wenn dich einer von den Interviewern danach fragt, sag bitte, daß du keine Kinder hast.«

Gegen halb 6 Uhr morgens schlief ich schließlich ein und hatte einen sehr unruhigen Traum. Er war in Farbe und spielte auf der Chinesischen Mauer. Der Verwaltungschef des Krankenhauses verfolgte mich mit einer gerichtlichen Vorladung, und hinter ihm rannte eine Gruppe von Ärzten, die nicht eingefettete Rektoskopierohre schwangen und meinen Namen schrien. Als ich an den Zuschauern vorbeirannte, bemerkte ich, daß die Kameras der *Today*-Show die ganze Episode live aufnahmen.

Entsetzt über dieses Spektakel, schauten Simon, mein Vater und meine Kollegen in eine andere Richtung und schworen allen Interviewern, daß sie mich noch nie in ihrem Leben gesehen hatten.

2. Kapitel

»Der Pflegeberuf bringt uns mit dem Menschlichen in Berührung ... Ohne auch nur gefragt zu werden, werden Krankenschwestern in die inneren Bereiche der Existenz anderer Menschen eingelassen; denn dort, wo es Leiden gibt, Einsamkeit, den erträglichen Schmerz der Heilung oder den einsamen Schmerz ständiger Veränderung, gibt es auch das Bedürfnis nach der Art menschlichen Dienstes, die wir Pflege nennen.«

Donna Diers, Krankenschwester

Ich erwachte am Mittwochmorgen in tiefschwarzer Stimmung. Die rot angelaufenen Abdrücke, die meine Fingernägel in meinen Handflächen hinterlassen hatten, waren ein Anzeichen dafür, daß ich im Schlaf Angst gehabt hatte. Diese Tatsache wurde noch durch den nur allzu vertrauten Schmerz bekräftigt, der gerade meinen Magen wie einen alten Fußball durch die Gegend kickte. Mit verschwommenen Augen peilte ich die Flasche mit der Magenmedizin auf dem Nachttischchen an und schluckte eine der bitteren Tabletten trocken runter.

Durch die Spinnweben eines durch zu wenig Schlaf noch zusätzlich verunreinigten Gehirns kam die tägliche Frage, welche Rolle ich wohl spielen würde, wenn ich mich schließlich aus meiner horizontalen Lage aufgerafft und in die Vertikale begeben haben sollte.

Ich schob meine Füße in die viel zu dicken Hausschuhe mit den winzigen Schwesternhäubchen auf den Zehen und tappte zum Badezimmer. Auf dem Weg dorthin trat ich auf Mooshie, der sich gerade für einen Teppich ausgab. In typisch melodramatischer Katzenmanier heulte er wie eine Sirene auf, sprang hoch, überschlug sich und schoß die halbe Höhe der Wand hoch. Dabei verwandelte sich sein Schwanz urplötzlich in eine Flaschenbürste mit Erektion.

Aus meiner Benommenheit aufgeschreckt, heulte ich ebenfalls auf, stolperte über seinen wieder gelandeten Körper und schlug der Länge nach, mit der Hüfte voran auf dem Fußboden auf. Ich starrte zur Zimmerdecke hoch: Zumindest hatte ich meinen täglichen Unfall hinter mich gebracht.

Ich hatte nicht nur immer wieder Tage, an denen meine Haare nicht sitzen wollten, sondern auch noch Unfalltage – jeden Tag. Im Lauf der letzten zwei Jahre war ich zu einer großen Gefahr für meine eigene körperliche Sicherheit geworden. Ich brach mir etwas, stach mich, verbrannte mich, riß mir etwas auf, holte mir blaue Flecken. Meine Ausflüge in die Ambulanz waren so zahlreich, daß meine Kollegen mich ganz sicher der traumatischen Selbstmisshandlung verdächtigten.

An manchen Tagen wachte ich auf und fragte mich, welches Unglück meinen Körper heute wohl treffen würde: Vielleicht verbrannte ich mir die Haare an einer Seite des Kopfes; morgen würde mir möglicherweise eine wichtige Sehne reißen – oder es konnte sein, daß ich mit einer einfachen Gehirnerschütterung davonkam.

Irgendwo hatte ich gehört, daß Ungeschicklichkeit und ein schlechtes Gedächtnis Anzeichen der einsetzenden Wechseljahre seien, aber ich konnte mich nicht an alle Einzelheiten erinnern. Um Informationshäppchen wie dieses nicht zu verlieren, hatte ich vor kurzem begonnen, alles in meinem von mir so genannten »Memopausenbuch« einzutragen.

Ich griff nach meiner Tasche, neben die ich praktischerweise gefallen war, und zog meinen Kalender hervor. Das Fach für Mittwoch sagte mir, daß ich für heute zum Dienst in der Ambulanz eingeteilt war. Sofort ging es mir besser, und ich sammelte mich vom Fußboden wieder auf. Die Ambulanz war eine Erfahrung wert.

Die Arbeit dort hatte eine Reihe von positiven Seiten: Sie war interessant und aufregend; man mußte bereit sein, sich allem, was zur Tür hereinkam, zu widmen – von Abschürfungen bis zu Vergewaltigungen, von Hämorrhoiden bis zu Schußwunden. Außerdem gab es kaum Karteikarten auszufüllen – eine Tätigkeit, die ich noch mehr haßte, als schleimige Gebisse voller Essensreste zu säubern.

Anders als die Schwestern auf der Herzstation, deren Spezialität die Fehlfunktionen von Herz und Lunge waren, befaßte sich eine Ambulanzschwester mit allen Teilen des Körpers; jede Krankheit, jede Verletzung und jedes psychische Problem, das in unsere Arena einmarschierte, mußte versorgt werden – und das schnell. Es war, wie Gus – einer der ständigen Pfleger in der Ambulanz – dies nannte, das Hü-hott-System: »Hol sie rein und tu sie so schnell wieder raus wie ein fettiges Schwein auf 'ner Rutsche.«

Andererseits hatte der Job auch seine Dornen. Ambulanzschwestern waren die ganze Schicht über auf den Füßen und rannten umher. Wenn man Probleme mit dem Rücken hatte, was bei den meisten Schwestern der Fall war, konnte eine Achtstundenschicht die reinste Hölle sein, zwölf Stunden waren Mord. Außerdem hing immer eine Andeutung von Gefahr in der Luft: Wer wußte denn schon, *was* von der Straße hereinkommen würde?

In jeder kleineren oder größeren Stadt halten alle armen oder mental labilen Leute die Ambulanz für einen allerletzten Zufluchtsort. Für viele dieser Menschen bedeutet eine Ambulanz die sofortige Heilung aller Leiden der Menschheit. Und wenn diese Heilung ausbleibt, können manche Leute ganz schön unangenehm werden: Ich habe persönlich zwei Krankenschwestern gekannt, die auf einem Parkplatz ermordet wurden, als sie

nach ihrer Schicht nach Haus fahren wollten; eine wurde von hinten erstochen, die andere in den Kopf geschossen. Beide Verbrechen wurden von unzufriedenen Patienten verübt.
In der Ambulanz zu arbeiten war wie ins Kino oder ein Museum für Sozialgeschichte zu gehen. Sie war, so viel stand fest, der Ort, an dem man menschliche Schwächen ungeschminkt zu sehen bekam.

Im Notfall-OP der Ambulanz, auch »Raum der Verdammnis« genannt, lag ein Mann auf dem Operationstisch. Er schien ruhig, fast unbeteiligt an dem zu sein, was um ihn herum vorging. Sarah, die Schwester der Abendschicht der Ambulanz, machte eine schnelle Bewegung, um etwas aufzuheben, das vom Tisch gefallen war, und rutschte in einer Blutlache aus. Instinktiv griff der Patient nach ihr, und der Infusionsbeutel am Galgen schwang heftig hin und her. Das Bild des Verletzten, der versuchte, der Krankenschwester zu helfen, prägte sich mir sofort ein.
Ich war vor allem aus Neugierde zum Notfall-OP gegangen, aber auch, um meine Hilfe anzubieten und Sarah zu informieren, daß Gus und ich jetzt den Dienst übernehmen würden.
Als ich auf den OP-Tisch zutrat, drehte Sarah sich blitzschnell zu mir herum. »Vorsicht, der Darm!«
Die Eindringlichkeit in ihrer Stimme ließ mich mitten im Schritt innehalten. Als ich ihrem Blick folgte, konnte ich meinen Augen nicht glauben und beugte mich ein wenig vor, um genauer sehen zu können:
Aus der klaffenden Wunde, die sich vom einen Hüftknochen des Mannes quer über seinen Bauch zum anderen hinzog, quollen mehrere empfindliche Schlingen rosafarbenen Darms hervor. Eine dieser Schlingen hing auf die Matratze herunter. Die Datenbank meiner Kindheitserinnerungen produzierte sofort das Bild, wie ich vor einem uralten Metzgerladen stand, in dessen Schau-

fenster Ringe von dunkelroten und graurosa Würsten an Drähten hingen und Fliegen anlockten.

Ich schaute Sarah an und hoffte auf eine Erklärung, aber sie ging schon wieder forsch und ganz geschäftsmäßig im Raum umher. Typisch Sarah: Ungerührt schritt sie über Blutlachen mit jenem Gleichmut hinweg, der sich einstellt, wenn man seit Anbeginn der Zeiten in der Ambulanz gearbeitet hat.

Sie warf mehrere Päckchen sterilen Verbandmulls in ein Becken mit Kochsalzlösung, öffnete dann fachmännisch ein Paar OP-Handschuhe und zog sie sich über die Hände, ohne die sterile Außenseite zu infizieren – eine beachtliche Leistung, die durchaus nicht immer gelingt. »Unser Freund hier hat versucht, mit einem Tranchiermesser Harakiri zu verüben«, sagte sie. »Ich freue mich, sagen zu können, daß er's nicht ganz geschafft hat.«

Der Patient schloß die Augen und seufzte. »Ich mach' immer alles falsch.«

»Ach was, Bill.« Sorgfältig wusch Sarah den Darm des Mannes ab und wickelte den freigelegten Teil in nassen Mull. »Es gibt viel zuviel, wofür es sich zu leben lohnt.« Sie unterbrach sich, und an die Stelle ihres rabiaten Tonfalls kam jene gewisse Sanftheit in ihre Stimme, über die nur Krankenschwestern verfügen; es war der weiche, runde Klang des Mitgefühls. »Es gibt immer noch Dinge wie Sonnenuntergänge, Liebe und warme Sommertage, auf die man sich freuen kann.«

Der Mann drehte sein Gesicht zur Wand, und seine breiten Schultern zuckten. Er versuchte, sein Gesicht zu verbergen, aber die Infusionen waren in seine Armbeugen gelegt worden, so daß er seine Arme nicht anwinkeln konnte.

Ich ging zum Kopfende des OP-Tisches und streichelte ganz leicht seine Hand. »Von jetzt an wird es gut werden«, sagte ich, und meine intuitiven Fühler erfaßten das Wesen dieses Mannes. Ich weiß nicht genau, wie man diese Fähigkeit, sich in die Situation eines anderen Menschen versetzen zu können, nennen soll;

aber ich weiß mit Sicherheit, daß einige Krankenschwestern nach einiger Zeit einen sechsten Sinn dafür entwickeln, was in den Menschen vor sich geht, um die sie sich kümmern. Es ist etwa so, wie wenn man vorhersagen kann, wann das Telefon klingeln oder welches Stück als nächstes im Radio gespielt wird. Ich wußte, daß der seelische Schmerz dieses Mannes ihn nicht wieder nach unten ziehen würde; nachdem er nun seinen dunkelsten Teil gesehen hatte, würde er daraus lernen und weitermachen.

Als seine Schultern sich entspannten, bat er um ein Kleenex und versprach Sarah, er würde seine Nase nicht zu kräftig putzen und dadurch weitere Innereien herausdrücken.

Seine Vitalzeichen waren für jemanden in seiner Lage bemerkenswert normal. Sarah erzählte mir, daß der Mann wie durch ein Wunder (er hatte ein vor kurzem geschärftes, 25 Zentimeter langes Tranchiermesser benutzt) alle wichtigen Blutgefäße und Organe verfehlt hatte. Soweit man das bisher feststellen konnte, war sein Darm nicht einmal geritzt worden.

Ich berührte seine Schulter: »Sie können den Leuten immer noch erzählen, Sie hätten eine Messerstecherei mit einem Zwerg gehabt.«

»Entweder das«, sagte Sarah, »oder daß sie sich überlegt hätten, Chirurg zu werden, und einfach nur üben wollten.«

Ich sah das Bündel seiner Kleider auf dem Tresen: Er hatte neue Khakishorts und ein T-Shirt getragen, auf dem ein Delphin und ein Wal nebeneinander schwammen. Die Überschrift des Bildes lautete: »Rettet unsere Freunde im Meer.« Ich schaute in das von Sorgen gezeichnete Gesicht des Mannes und fühlte seinen Schmerz und seine geistige Erschöpfung. Ich fing seinen Blick mit meinen Augen auf und dachte: *Wie konntest du so etwas nur tun? Das Leben ist zu kurz, zu kostbar. Schreie, schlag dir auf die Brust, heule, renne nackt durch die Straßen – alles, nur nicht dies.*

Der Mann zitterte.
Sofort ging ich zum Wärmapparat und holte zwei warme Flanelldecken hervor. Ich wickelte eine um seinen Oberkörper, wobei ich darauf achtete, die Wunde nicht zu berühren. Ich war gerade dabei, die andere um seine Beine zu legen, als Dr. Mahoney, die an diesem Tag Dienst in der Ambulanz hatte, ihren Kopf zur Tür hereinsteckte. »Wie geht's unserem Schlachterlehrling?«
Ich lachte über ihre Pietätlosigkeit und schaute den Patienten an, um zu sehen, ob er sich ärgerte. Er lächelte – und so reagierten die meisten Menschen auf Susan Mahoney. Die Frau gehörte zu den seltenen Menschen, die sich ungestraft eine unverschämte und etwas exzentrische Verhaltensweise leisten konnten.
»Seine Vitalzeichen sind stabiler als meine«, sagte ich.
»In Ihrem Fall heißt das wahrscheinlich nicht viel, Hall.« Obwohl ich Dr. Mahoney meinen Führerschein, meinen Pass und meinen Büchereiausweis gezeigt hatte, weigerte sie sich zu glauben, daß Echo mein richtiger Name war. Als Folge davon gab sie mir den Namen Widerhall und erklärte dazu, daß sie über dieses Zugeständnis nicht hinausgehen würde. Was meine Schwester Storm betraf, verbot sie mir, diesen Namen überhaupt zu erwähnen, und bestand darauf, daß ich von ihr nur als »Miss Lillian« sprach. »Ich möchte aber die erste sein, die Sie davon in Kenntnis setzt, daß es da draußen mehrere Notfälle gibt, die dringend Ihrer Dienste bedürfen.«
»Wie ist heute der CH-Level?« fragte Sarah, während sie vorsichtig eine mullumwickelte Darmschlinge auf das sterile Handtuch legte, das auf dem Bauch des Mannes lag.
Susans Kopf verschwand, tauchte aber eine Minute später wieder auf. »Stufe zweieinhalb, Tendenz steigend«, verkündete sie und war wieder weg.
Dr. Mahoney und Dr. Menowitz, unser anderer leitender Arzt in der Ambulanz, hatten irgendwann nachts während eines Wo-

chenendes, als wenig zu tun war, die sogenannte Redwood-Memorial-Ambulanz-Chaos-Level-Tabelle entworfen. Jedes andere Ärzteteam hätte sich in den Kojen im Aufenthaltsraum der Ambulanz schlafen gelegt, aber Dr. Mahoney weigerte sich, in einem Zimmer mit Dr. Menowitz zu schlafen: Sie behauptete, er gebe solch seltsame und gräßliche Geräusche von sich, daß sie grausige Bilder in ihrer Phantasie erzeugten; sie befürchte, irgendwann das Licht anzumachen und zu entdecken, daß er dabei sei, seine untere Gesichtshälfte aufzuessen.

Also hatten die beiden, statt zu schlafen, ihre freie Zeit der Erfindung von Dingen und Entwicklung von Ideen gewidmet, die alle mit der Arbeit in der Ambulanz zu tun hatten. Eines Nachts bauten sie aus einem Besenstiel, Klebeband, Gewichten und einem Zwanzigglitereimer einen Apparat, der sich als sehr hilfreich beim Wiedereinrenken von ausgerenkten Schultern erwies. Ein anderes Mal stellten sie eine billige, praktische, nicht rutschende und einfach zu bedienende Vorrichtung zur Ruhigstellung von Gelenken her. Ihre größte Leistung war jedoch die Chaos-Tabelle.

Wenn man nach der Redwood-Memorial-Ambulanz-Chaos-Level-Tabelle ging, stand Chaos-Stufe eins für streßarme und einfache Beschwerden wie kleinere Verbrennungen und Schnittwunden (gähn), Nasenbluten, eingewachsene Zehennägel, Magen-Darm-Störungen mit kleineren elektrolytischen Unausgeglichenheiten, langweilige Grippe und Halsweh, Kontaktdermatitis, Verstopfungen, Migränen und Säuglinge mit leichten Koliken und hypersensiblen Eltern.

Zu Stufe zwei gehörten Vergewaltigungen und sexuell hervorgerufene Verletzungen, Überdosen bei Bewußtsein, Schlägereien, Verbrennungspatienten, die in die Abteilung für Brandverletzungen verlegt werden mußten, Brustschmerzen mit Arrhythmien, Nierensteine, kleinere Amputationen, leicht gewalttätige psychische Fälle, vielfach gebrochene größere Knochen, Opfer von Motorrad- und Autounfällen bei Bewußtsein, Patienten mit Atemnot und kreischende Kinder jeglichen Alters.

Stufe drei umfaßte Überdosen ohne Bewußtsein, Stich- und Schußverletzungen, Wiederbelebung bei Herzstillstand, diabetisches Koma, Amputationen größerer Gliedmaßen, schwere Kopf- oder Wirbelsäulenverletzungen, Verbrennungsopfer mit akuter Atemnot, Patienten mit Atemnot und blauer oder grauer Gesichtsfarbe, Blutdruck unter 60 und Herzfrequenzen unter 30.

Level vier stand für mehr als zwei Vorkommnisse auf Stufe drei gleichzeitig.

Ich verschaffte mir schnell einen Überblick über das Hauptzimmer und sah, daß alle sechs Betten belegt waren. Am anderen Ende war die Tür zum Zimmer für Patienten mit Unterleibsbeschwerden, gemeinhin als das »Öffnungszimmer« bekannt, geschlossen, was bedeutete, daß auch dieses belegt war. Beide Betten im chirurgischen Teil waren in Benutzung, und ich wußte bereits, was im Notfall-OP los war: Wir hatten ein volles Haus.

Ileta, unsere Sekretärin, starrte mißtrauisch auf den geschlossenen Vorhang von Zimmer 4, das sich direkt in der Mitte der Ambulanz und keine anderthalb Meter von ihrem Schreibtisch entfernt befand.

»Irgend etwas Merkwürdiges geht da drinnen vor sich«, flüsterte sie, eine Frau in mittleren Jahren, und ließ den Vorhang nicht aus den Augen.

Ileta war die abendliche Hauptsekretärin der Ambulanz, seit Irene, die dieses Amt 20 Jahre bekleidet hatte, vor kurzem und sehr plötzlich gekündigt hatte.

Die arme Irene war das unschuldige Opfer einer Serie von drei Vorfällen in der Ambulanz gewesen. Als erstes kam jener Nachmittag, an dem eine unserer rachsüchtigeren Patientinnen, die »rollende Rita«, sie in ihrem Rollstuhl durch die Abteilung jagte und ihr schließlich in den Arm biß, weil Irene sich geweigert hatte, ihr das Telefon der Ambulanz zu überlassen, damit sie ihre

Schwester in Toledo anrufen und ein Schwätzchen mit ihr halten konnte.

Wir hatten Irene gerade beruhigt und ihr versichert, daß sie keine Tollwutimpfung brauche, als am nächsten Abend eine Dame, die wegen Halsweh gekommen war, zu ihrem Schreibtisch hinüberging, ihr einen vernichtenden Blick zuwarf und sagte: »Ich habe dir gesagt, daß ich dich eines Tages finden würde, Mildred. Du hörst auf, dich weiter mit Ed zu treffen.«

Wir schafften es gerade noch, der Frau das Springmesser zu entreißen, aber da hatte Irene, die über den Tresen gesprungen war, sich bereits einen Rückenmuskel gezerrt.

Eine Woche später war Irene wieder gesundgeschrieben und nach drei Tagen so unbekümmert wie immer – bis zu dem Augenblick, als der Patient, der kurz darauf in die Abteilung für psychisch Kranke verlegt werden sollte, auf ihren Schreibtisch sprang und auf ihr nagelneues Patientenaufnahmebuch urinierte.

Man hat mir erzählt, daß Irene sofort all ihre Sachen zusammensuchte. »Ein Biß, ein gezerrter Rücken – in Ordnung«, sagte sie, trocknete sich ab und warf ihre Kopfhörer und die Radiergummireste in ihre Tasche. »Damit werde ich fertig. Aber Urin auf meinem neuen Patientenbuch? Tut mir leid, da ist meine Grenze erreicht!«

Sie drückte die Schultern gerade, schüttelte eine graue Haarsträhne aus ihren Augen und marschierte über den schwarzen Läufer zum Ausgang. Kein Flehen half, kein zusätzlicher Urlaub, kein höheres Gehalt und auch nicht das Versprechen, man werde kugelsichere Wände um ihren Schreibtisch errichten: nichts konnte sie in die Ambulanz zurücklocken.

Ileta wußte von all den Nöten und Sorgen ihrer Vorgängerin und traute keinem Patienten, der sich ihrem Schreibtisch auf weniger als anderthalb Meter näherte. Manchmal machte sie sogar das Personal der Ambulanz nervös, vor allem Dr. Menowitz, der grüblerische und sarkastische Arzt, direkt aus der Hölle auf die Ambulanz des Redwood Memorial gekommen; in Wirklichkeit hatte er das Herz eines naiven Dichters.

»Schafft mir die Frau da wieder raus hier«, sagte Ileta und zeigte mit einem kurzen braunen Finger auf den Stapel Karteikarten, die in einem mit »Schwester« gekennzeichneten Kunststoffbehälter für Milchflaschen lagen, der neben einem weiteren, überquellenden Behälter namens »Doktor« stand. »Ihretwegen stehen mir die Haare im Nacken zu Berge.«

Ich warf einen Blick auf Iletas Nacken und sah, daß die Haare dort tatsächlich aufrecht standen – zusammen mit dem Rest ihrer gemäßigt kurzen Afrofrisur.

Mrs. Wades Ordner lag oben auf dem »Schwester«-Stapel. Das hieß, daß man sie wieder aus dem Warteraum geholt und auf einen OP-Tisch gelegt hatte, aber noch keine Schwester die Aufnahme ihrer Vitalzeichen und die erste Diagnose ihrer Beschwerden beendet hatte. Unter dem Feld »Grund für Kommen« wurde Mrs. Wade mit der Aussage zitiert, sie habe seit acht Uhr morgens noch keinen SG gehabt.

Unter der Rubrik »gegenwärtig eingenommene Medikamente« stand: »Exlax, Dulcolax, Swiss Kriss (letzteres hatte sie mit einem Sternchen versehen und dazu geschrieben: »das Beste!«), Fleets, Doxidan, DOSS, Metamucil und Kraftpflaumen-Elixier.«

O Gott, dachte ich, der Darmwahn hat die Stadt erreicht: erst Mrs. Norman, dann ein Darmschlingenexhibitionist und jetzt ein wahrhaftiges Stuhlschätzchen.

Unter Krankenschwestern sind Stuhlschätzchen notorisch. Jede Schwester und jeder Arzt hat lange vor dem Ende ihrer oder seiner Ausbildung mit mindestens 100 von ihnen zu tun gehabt. Zwar findet man Stuhlschätzchen in allen Altersgruppen (ich lernte mal ein zehn Jahre altes kennen, als ich den pädiatrischen Teil meiner Ausbildung absolvierte), aber die stärkste Konzentration gibt es unter den Leuten, die im ersten Drittel dieses

Jahrhunderts, sagen wir: zwischen 1910 und 1930, geboren wurden.
Nun weiß ich nicht so ganz genau, was damals so los war, außer daß Woodrow Wilson 1913 Präsident wurde und 1929 der große Börsenkrach stattfand, aber es müssen damals sehr merkwürdige Informationen betreffend Sauberkeitserziehung an junge Mütter weitergegeben worden sein, denn die damaligen Knirpse, jetzt unsere älteren Patienten, waren absolut besessen von dem Thema »Der Darm und die Vorgänge darin«.
Im Laufe meiner zehn Jahre als Krankenschwester hatte ich Hunderten von Stuhlschätzchen zugehört, die bis zum Erbrechen über Häufigkeit, Umfang, Farbe und Beschaffenheit ihres Stuhlgangs reden konnten. Und wehe, wenn ein Tag ausgelassen wurde! Im Denken eines Stuhlschätzchens war das eine monumentale Katastrophe, vergleichbar nur noch dem Vernichtungsgefühl, nachdem man entdeckt hatte, daß man aidsinfiziert war. Ihr gesamtes Leben war schlichtweg ruiniert, und reich mir mal das Dulcolax, bitte.
Nun, *irgend jemand* mußte Mrs. Wade zuhören, und da ich die einzige dienstbereite Teilzeit-Ambulanzschwester war und mir vorstellen konnte, daß sowohl Sarah als auch Gus vermutlich genügend Lobreden auf die Fähigkeit des menschlichen Körpers, Abfall zu produzieren, gehört hatten ...
Ich riß den Vorhang auf, was mein erster Fehler war. Ich hätte mich ankündigen und dann fragen sollen, ob ich ihn öffnen dürfe, *bevor* ich hineinplatzte. Auf diese Weise hätte ich Mrs. Wade eine Chance gegeben, sich wiederherzustellen, und mir wäre ihr Anblick erspart geblieben, wie sie, bar jeglicher Kleidung, auf dem OP-Tisch kauerte. Ihr Gesicht war vor Anstrengung verzerrt wie das eines Sumo-Ringers, so daß die Adern auf ihrer schweißbedeckten Stirn groß und blau hervorstanden. Sie hielt ihre hohle rechte Hand unter ihr breites Hinterteil, um aufzufangen, was da fallen mochte.

Ich war mir nicht sicher, was ich sagen sollte. »Hoppla« schien irgendwie nicht ausdrucksstark genug, aber »Himmel hilf! Was, um Gottes willen, treiben Sie da?« war auch nicht ganz passend.
»Oh. Hallo. Äh ... Mistress Wade?«
Sie fuhr zusammen, dann kletterte sie – was angesichts ihrer Körperfülle überraschte – recht anmutig vom OP-Tisch, machte sich aus dem Leintuch eine Art Toga und setzte sich hin, als ob alles völlig normal und in der Ordnung sei.
Ich stellte die auf der Hand liegende Frage: »Haben Sie ein Problem, Mistress Wade?«
»O ja, und ich kann Ihnen gar nicht sagen, wie es alles durcheinanderbringt.« Mrs. Wade hatte eine hohe, angestrengte Stimme wie eine unter Wasser gezupfte E-Saite einer Violine. »Ich mache es normalerweise dreimal am Tag, und man kann die Uhr danach stellen, aber heute habe ich meinen Mittag ausgelassen. Ich lasse *niemals* meinen Mittag aus.«
Ich mußte sie nicht fragen: Mittag was?
»Es ist fast vier Uhr nachmittags, und ich fühle mich schon unwohl.« Ihre Augen füllten sich mit Tränen. »Das ist schrecklich, schrecklich.« Sie ergriff meine Hand mit derselben Hand, die sie unter ihren Hintern gehalten hatte, und ich hätte mich treten können, weil ich nicht daran gedacht hatte, Handschuhe anzuziehen. Heutzutage tragen Krankenschwestern, vor allem Schwestern in der Ambulanz, routinemäßig Handschuhe. Ich bemerkte allerdings, daß ihre Hände kalt und feucht waren. Als ich genauer hinschaute, sah ich außerdem, daß ihre Haut dunkelgrau war.
»Mistress Wade, ich muß ihren Blutdruck und Puls messen, und dann werde ich dafür sorgen, daß der Doktor Sie so schnell wie möglich zu sehen bekommt.«
Sie ließ mich tun, was ich für richtig hielt, während sie sich den Schweiß abwischte, der ihr in Strömen von Stirn und Nacken

strömte. Ich war nicht überrascht, daß ihr Blutdruck 200 zu 100 und ihr Puls 110 und unregelmäßig war.
Ich trat einen Schritt zurück und schaute sie an: übergewichtig, kurzatmig, kalt und schwitzend. Das Bild begann sich zu runden. »Sagen Sie, Mistress Wade, tut Ihnen gerade irgend etwas weh?«
Ihre Hand wanderte genau zum Mittelpunkt ihres Brustkastens. »Tut höllisch weh hier. Alles Blähungen. Hab' ich seit mittag, als ich nicht konnte.«
Ich zwang mich, zu gehen und nicht zu rennen, als ich den Monitor für das EKG holte und ihn dann ins Zimmer 4 rollte. Als sie den Monitor sah, drehte Mrs. Wade leise durch. Ich benahm mich so ungezwungen wie möglich und beeilte mich sozusagen in Zeitlupe, wobei ich meine Stimme so gemessen klingen ließ wie die eines Bestattungsunternehmers. »Also, mal sehen: Ich brauche Sie hier liegend, damit ich Sie an den Monitor anschließen kann. Dann können wir sehen, was Ihr Herz so macht ...«
Mrs. Wade ergriff wieder meine Hand; sie war noch kälter und feuchter als zuvor.
»O Gott, hilf mir«, sagte sie und preßte unser beider Hände gegen ihre feuchtkalte Brust. »Mama hatte recht: Ich habe nichts gemacht, und jetzt werde ich sterben.«
Ich bemühte mich, nicht laut loszulachen, sondern lächelte statt dessen beruhigend. »Überhaupt nicht, Mistress Wade. Ich muß nur sichergehen, daß alles in Ordnung ist, bevor der Doktor herkommt.«
Mrs. Wade entspannte sich ein wenig. »Na ja, wenn das so ist ...«
»Möchten Sie ein wenig Sauerstoff?«
Wieder verkrampfte sie sich, und in einem vertraulichen Tonfall fügte ich hinzu: »Manchmal hilft es, Sie wissen schon, die Dinge ein wenig voranzubringen.«
Meine dreiste Lüge ließ sie strahlen. »Oh, wirklich? Ich wußte gar nicht, daß man Sauerstoff auch *dafür* verwenden kann.«

»Neueste medizinische Erkenntnisse«, sagte ich schnell und schämte mich nur sehr wenig. *»New England Journal of Medicine.«*

Als ich ihr die beiden Enden der Sauerstoffbrille in die Nase steckte, war Mrs. Wade aufgeregt, als ob ich dabei wäre, sie für eine Rundfahrt im Disneyland anzuschnallen. Der Monitor piepte gleichmäßig unregelmäßig, jeder dritte Herzschlag war eine verfrühte ventrikuläre Kontraktion. Wenn sie zusammen mit hohem Blutdruck und Brustschmerzen auftraten, war mit solchen Arrhythmien nicht zu spaßen. Ganz ruhig bat ich Ileta, das Labor anzurufen und ein EKG sowie Blutentnahmen für die Herzstation vorzubereiten.

Nachdem ich mich weiterer Lügen schuldig gemacht hatte, indem ich Mrs. Wade erzählte, es gebe eine intravenöse Medizin, die ihr Herz und damit auch ihren Darm entspannen würde, legte ich eine Infusion an ihren Arm, hängte eine Flasche mit Dextrose und Wasser an und injizierte anschließend einen Bolus Lidocain. Ihre Herzrhythmusstörungen legten sich fast augenblicklich. Danach gab ich ihr sublingual Nitroglyzerin gegen ihre schmerzhaften »Blähungen« und maß noch einmal ihren Blutdruck.

Ich fand Dr. Mahoney im Ambulanz-OP; sie war gerade dabei, einen langen Riß in der Kopfhaut eines jungen Mannes von knapp unter 20 zu nähen.

»Wie schon gesagt, Mark, wenn du das nächste Mal versuchst, dem Frankensteinmonster ähnlich zu sehen, dann ziele tiefer auf die Stirn.«

Der Patient lächelte unsicher, und sein Blick enthielt die Bitte, ich möge ihm doch bestätigen, daß die Frau, die da gerade seine Kopfhaut zunähte, mental vielleicht ein wenig unausgeglichen sei. Ich zuckte mit den Schultern und nickte.

»Doktor Mahoney, wir haben einen fünfundsechzigjährigen diaphorischen und vier Stunden alten Brustschmerz in Bett 4.

Blutdruck war zweihundert zu hundert, Puls hundertzehn und trigeminale Herzrhythmusstörungen. Leichte Rasselgeräusche.« Ich senkte die Stimme. »Sie ist ein sehr ängstliches Stuhlschätzchen.«

Susan beendete den letzten Stich; sie hatte eine Naht gelegt, deren sich der allerbeste Chirurg nicht hätte schämen müssen. In zwei Monaten würde der junge Mann nicht einmal eine Narbe zum Angeben haben. »Doch nicht etwa Myrtle W., oder?«

Ich nickte.

Dr. Mahoney seufzte. »Die gute alte Myrtle und ich kennen einander schon lange. Sie ist schwer abführmittelsüchtig und hat kaputte Koronararterien. Beides streitet sie heftig ab. Wir brauchen ein EKG und Blutproben. Legen Sie eine Dextroseinfusion, geben Sie ihr fünfundsiebzig Milligramm Lidocain und Nitro sublingual.«

»Schon geschehen«, sagte ich vorsichtig. Bei Dr. Mahoney wußte ich nie, wie weit ich gehen konnte. Gewiß, auf der Herzstation hatte das Pflegepersonal ständige Anweisungen, die uns in bestimmten Notsituationen absicherten, und deshalb war ich es gewohnt, selbständig zu arbeiten. Aber in anderen Abteilungen war es immer riskant, wenn eine Schwester sich die Freiheit nahm, etwas ohne schriftliche oder – wie in der Ambulanz – ausdrückliche mündliche Anweisungen eines Arztes zu unternehmen.

Es gab Ärzte, deren Egos wurden nicht damit fertig, wenn eine Krankenschwester ohne ihre direkte Anleitung handelte, andere nahmen diesbezüglich eine entspanntere Haltung ein – vor allem dann, wenn die jeweilige Schwester sich als kompetent erwiesen hatte. Solche Ärzte begrüßten es sogar und ermutigten eine Schwester, das zu tun, was sie für richtig hielt, zumal sie wußten, daß es ihnen langfristig Arbeit abnehmen würde.

Susan warf mir einen kurzen, schwer zu deutenden Blick zu: »Soso, haben wir ein wenig Heilkunde praktiziert.«

Ich lächelte unsicher, da ich nicht wußte, ob sie verärgert oder erfreut war. »Ihre Herzrhythmusstörungen haben sich fast gelegt, und ihr Blutdruck ist runter auf hundertfünfzig zu neunzig. Auf der Zehnerskala sind ihre Schmerzen von 6 auf 1 zurückgegangen.«

Susan nickte und zwickte den Jungen in die Wange. »Brauchst du eine Tetanusimpfung, mein Sohn?«

Mit aufgerissenen Augen sprang der Junge vom OP-Tisch herunter und ging zur Tür. »O nein! Bloß keine Medikamente und all so 'n Scheiß! Außerdem tut's gar nicht weh. Ich meine, ich hasse Spritzen. Ich hasse wirklich ...«

Ich schnappte ihn am Hemd und zog ihn wieder ins Zimmer. »Tetanus ist eine Impfung, die du brauchst, damit du keinen Starrkrampf bekommst, und der ist tödlich. Wir schauen nach, ob du in den letzten 10 Jahren eine bekommen hast, und wenn ja, kannst du gehen. Wenn nicht, ist es schnell vorbei – wie ein Bienenstich.«

Irgendwie schien der Patient dem Wort »Bienenstich« nicht zu trauen, denn er war schon wieder auf dem Weg zur Tür.

»Hör zu, Junge«, sagte Susan. »Diese Impfung hält 10 Jahre an. Wenn wir dir heute eine geben, heißt das, daß du von LKWs runterspringen kannst, bis du Ende Zwanzig bist: Du hast volle 10 Jahre Zeit, um an deinem Frankensteinimage zu arbeiten!«

Sarahs Darmschlingen-Selbstmordversuch war in die Chirurgie verlegt worden. Mrs. Wade, eine weitere, wenngleich andersgeartete Darmberühmtheit, wurde zur Herzstation gerollt; während der ganzen Zeit berichtete sie begeistert von den segensreichen Eigenschaft von Swiss Kriss. Sie hatte sich zunächst geweigert, auf die Herzstation zu kommen, bis Dr. Ostermann, das ausgeglichenste und angenehmste Mitglied des Kardiologie-Kartells, ihr alle Laxative versprach, die sie nur wolle. Ich hoffte inständig, daß man sie nicht zu Mrs. Norman legen würde.

Der Rest des Nachmittags war gewürzt mit den üblichen Schönwetter-Ferienzeit-Unfällen wie Baseball- und anderen Sportverletzungen. Dann war da noch das Pärchen, das von Gus versorgt wurde und das mit den exakt gleichen Symptomen einer schweren Kontaktdermatitis an ihren Geschlechtsteilen aufkreuzte; die beiden hatten sich an einer Stelle im Wald vergnügt, die dicht mit Gifteiche bewachsen war. Die Tiefe-Schürfwunden-voller-Straßendreck-Fahrradunfälle kamen zuhauf; aber alle zusammen waren sie nicht so zeitaufwendig wie das brüllende, 23 Monate alte Kleinkind mit einer Rißwunde am Kinn, das Sarah mit großer Mühe in eine Ganzkörperfixierung zwängte, die als das »Kindchenbrett« bekannt war.
Gus und ich waren gerade mit dem letzten Fahrradopfer beschäftigt, als die Männer vom Unfallrettungswagen 56 mit einer Anstreicherin hereinkamen, die aus dem dritten Stock eines Arbeitsgerüsts gefallen war. Sie lag auf einer Trage, und ihr Kopf war mit Klammern, breiten Klebestreifen und Sandsäcken vollkommen unbeweglich gemacht worden. Diese Vorsichtsmaßnahme sollte weitere Verletzungen der Wirbelsäule verhindern, was möglicherweise den Unterschied zwischen Bewegungsfähigkeit und Paralyse oder, in einigen Fällen, sogar zwischen Leben und Tod bedeuten konnte.
Äußerst vorsichtig nahmen die Sanitäter und ich die schmale Frau von der Trage und legten sie auf den OP-Tisch. Sie wog etwa soviel wie ein Sack nasser Federn.
»Das ist Kathy McCormack, Alter siebenundzwanzig«, sagte Russ, der Chefsanitäter von Wagen 56. »Sie hat vor ungefähr einer halben Stunde einen Hechtsprung aus siebeneinhalb Metern Höhe gemacht.« Er hängte den Infusionsbeutel der Patientin an einen Haken über dem Bett.
»Besser als die Wasserrutschen in der Marine World«, murmelte die Frau. Die breiten Klebestreifen drückten ihre Mundwinkel ein.

»Die Plane im ersten Stock war in der Mitte zerrissen, also nehmen wir an, daß sie erst dort aufschlug, bevor sie auf dem Boden landete. Niemand hat sie wirklich fallen gesehen, aber ihre Kollegen schätzen, daß sie noch etwa fünf Minuten ohne Bewußtsein war, nachdem jemand sie gefunden hatte. Sie sagt, sie kann sich daran erinnern, sich irgendwann auf den Rücken gerollt zu haben, aber vom eigentlichen Sturz weiß sie nichts mehr. Als wir hinkamen, war sie soweit klar, aber sie wird immer wieder ohnmächtig. Ihr Blutdruck war neunzig zu sechzig, Herzfrequenz war neunzig, keine Ektopie. Vor Ort war ihr Atmen zunächst mühsam, aber nachdem wir sie auf der Trage hatten, wurde es gleichmäßiger. Am Hinterkopf hat sie eine siebeneinhalb Zentimeter lange Schnittwunde, und das linke Schlüsselbein ist gebrochen.«

Kathy stöhnte und befeuchtete ihre Lippen. »Ich hab' gräßliche Kopfschmerzen.« Sie sprach ein wenig undeutlich. »Wenn ich mich ein wenig hinsetzen kann, geht's mir wohl besser. Kann ich ein ›Doktor Pepper‹ haben, bitte?«

Ich lächelte wegen der präzisen Bestellung. »In den nächsten ein oder zwei Tagen werden sie nichts zu essen oder zu trinken bekommen, danach werden wir für Ihr ›Doktor Pepper‹ sorgen.«

Ich ließ meine Finger in ihre rechte Hand gleiten und drückte. Es kam überhaupt keine Reaktion.

»Meine Arme fühlen sich seltsam an«, sagte sie, und in ihrer Stimme war ein leichter Unterton von unterdrückter Angst.

Russ beugte sich dicht an mein Ohr. »Sie bewegt nichts unterhalb des Halses«, sagte er noch leiser als ein Flüstern.

»Bin ich auf einen Nerv oder so was gefallen?« fragte sie mit weit offenen Augen. »Kann ich mich bitte für einen Moment hinsetzen?«

»Wir dürfen Sie überhaupt nicht bewegen, bis Doktor Schupbach kommt. Halten Sie's noch ein Weilchen aus. Alles wird ...«

Ich hielt inne, denn ich war dabei, den Satz zu sagen, den Kran-

kenschwestern eine Million Male am Tag sagen. Aber diesmal konnte ich nicht sagen: Alles wird gut! Denn diesmal glaubte ich selbst nicht daran.
Sie schaute mich – nein, sie schaute durch mich hindurch, und in meiner Kehle fühlte ich einen Kloß. Ich war nicht fähig zu sprechen, also massierte ich ihre Hand und sprach zu ihr mit den Augen. Ich sagte ihr, was sie schon wußte.
Ich wartete darauf, daß der Kloß in meinem Hals verschwand. Nach meinem Denken erlebte sie das Schlimmste, was jemandem überhaupt passieren konnte. Seit ich in der Schwesternausbildung mit meinem ersten doppelseitig gelähmten Patienten zu tun gehabt hatte, hatte ich Alpträume über den Verlust meiner Fähigkeit zu gehen, zu laufen und mich zu bewegen gehabt, die mich nachts schreiend aufwachen ließen. Niemals in meiner Laufbahn hatte ich einen Querschnitt- oder doppelseitig Gelähmten pflegen können, ohne auf meinem Weg nach Haus Buddha, die Jungfrau Maria und Mohammed zu bitten, mich und die Meinen vor einem solchen Schicksal zu verschonen. Von dem Augenblick an, als Simon groß genug war, solche Dinge zu verstehen, hatte ich ihm all meine Ambulanzschwesternreden darüber gehalten, daß Motorradfahrer den größten Anteil unter den Para- und Quadriplegiepatienten stellten, dabei allerdings nicht vergessen zu erwähnen, daß Gerüstbauer, Taucher, Dachdecker und Betrunkene, die in Swimmingpools sprangen, gleich danach kamen. Ich sagte, er dürfe *alles* tun – nach der Ausgangssperre nach Haus kommen, seine Anlage auf volle Lautstärke stellen, Mädchen mit auf sein Zimmer nehmen und die Tür abschließen, die Schule verlassen –, wenn er nur versprechen würde, kein Motorrad zu kaufen, solange ich noch am Leben war.
Ich wandte mich ihr wieder zu und lächelte. »Wir wissen noch nicht, was eigentlich los ist, aber die Ärzte werden es Ihnen sagen, sobald sie's wissen.«

»Tun Sie mir einen Gefallen?« fragte sie.
»Alles.« Und ich meinte es auch so; mein Schuldgefühl darüber, daß ich die Zeit nicht zurückdrehen oder eine Wundermedizin herstellen konnte, die sie wieder hätte aufspringen und umhertanzen lassen, gab mir den Glauben, daß ich alles tun würde.
»Kommen Sie näher zu mir.«
Ich hielt mein Ohr an ihren Mund.
»Sagen Sie ...« Ihre Stimme brach, und sie holte Luft. »Ich habe Kinder. Ich hab' zuviel zu tun. Sagen Sie mir, daß ich nicht in einem Rollstuhl sitzen werde. Bitte.«
Der Schmerz kehrte mit solcher Kraft in meine Kehle zurück, daß ich mich hinter meine innere Schutzwand zurückziehen mußte. Wenn ich mich emotional hineinziehen ließ, nützte ich ihr gar nichts.
Ich antwortete Kathy nicht sofort, sondern hielt statt dessen ihre Hand und blendete ihr Weinen aus, während ich im Geiste eine Liste der Dinge aufstellte, die ich für meine Patientin tun mußte. Aber meine Gedanken weigerten sich, auf der praktischen Seite dieses Problems zu bleiben, und wanderten ab in die philosophische Abteilung. War es schon immer das Schicksal dieser Frau gewesen, daß sich der Verlauf ihres gesamten Lebens im Bruchteil einer Sekunde ändern würde?
Nachdem ich Tausende von sinnlosen Katastrophen erlebt hatte, von denen Menschen getroffen worden waren, hatte ich mir zu meinem eigenen Schutz ein altes Sprichwort zu eigen gemacht: Alles geschieht aus einem Grund. Und das schloß sterbende Kinder, Mord und sogar querschnittgelähmte junge Mütter mit ein. Aber wie konnte es überhaupt einen Grund für die Tragödie geben, der diese Frau jetzt gegenüberstehen würde?
»Hören Sie.« Ich nahm einen Zipfel des Lakens und wischte ihr die Tränen aus den Augen. »Bei Unfällen wie diesem wissen wir niemals sicher, was passieren wird. *Was* wir wissen, ist, daß die Kraft des Geistes über den Körper sehr groß sein kann. Denken

Sie Bewegungen, glauben Sie daran, daß Sie die Dinge beeinflussen können.«
Ich spürte die Kraft und den Kampfgeist dieser Frau und fühlte mich besser. Denn schließlich, wer wußte schon, welche Fesseln der menschliche Geist sprengen konnte?
Kathy kam vom Scanner zurück und war noch lethargischer als zuvor. Sie schien nur vage zu bemerken, daß Dr. Schupbach einen Streifen ihres roten Haares von Ohr zu Ohr wegrasierte. Wie in einer Art mittelalterlichem Folterritual nahm er eine Zange mit scharfen Spitzen und schraubte die Enden in die Seiten ihres Kopfes. Sobald sie richtig mit der Streckvorrichtung verbunden war, würde die Zange ihren Kopf und Hals vollkommen unbeweglich machen. Der Arzt arbeitete ohne Betäubungsmittel, und obwohl Kathy überhaupt nichts fühlte, tat uns anderen die Kopfhaut allein schon vom Zusehen weh.
Ich bemerkte, daß Dr. Schupbach die abgeschorenen Haare sorgfältig in eine steriles Tuch wickelte. Später, als Sarah das morbide Päckchen an Kathys Ehemann übergab, begriff ich erst, daß dies ein Akt der Höflichkeit war: Sollte Kathy nicht überleben, würde man im Leichenschauhaus die Haare brauchen, um den kahlgeschorenen Teil wieder bedecken zu können.
Nachdem Kathy sicher in die Intensivstation überführt worden war, kam Dr. Schupbach zurück, um noch einmal einen Blick auf den Bericht der Sanitäter vom Rettungswagen 56 zu werfen.
»Nun?« frage ich.
»Schwer zu sagen«, antwortete er. »Ihre Verletzung liegt in Höhe des fünften und sechsten Halswirbels. Auf dem Scanner sieht die Wirbelsäule normal aus, aber der fünfte und sechste Wirbelkörper sind teilweise gebrochen. Nichts ist verrenkt, und es ist auch nichts in den Wirbelkanal eingedrungen.«
»Also, was bedeutet das hinsichtlich späterer Beweglichkeit?«
»Es bedeutet, daß wir nicht wissen, wie viele der Funktionen wiederkommen, bevor die Schwellung nicht zurückgegangen

ist. Es wird davon abhängen, wie stark die Nervenschädigung tatsächlich ist. Bei diesen Dingen weiß man erst dann etwas, wenn man es ganz sicher weiß.«

»Sagen Sie mir etwas, Doc: Haben Sie jemals jemanden mit einer Wirbelsäulenverletzung gesehen, der entgegen aller Voraussagen auf seinen eigenen zwei Beinen wieder nach Haus ging?«

Dr. Schupbach dachte einen Augenblick lang nach, wobei er stocksteif dastand. Seine Brillengläser waren so dick wie das Glas einer Colaflasche, und das grelle Licht der Leuchtstofflampen überdeckte vollständig seine Augen. Er erinnerte ein wenig an Daddy Warbucks.

»Tatsächlich«, sagte er langsam, »habe ich mal so etwas erlebt. Es war ein ganz eigenartiger Fall drüben in Bakersfield.«

Wir mußten beide über diesen letzten Satz laut lachen. Bakersfield war ein seltsamer Ort, an dem eine Menge eigenartiger Dinge passieren konnten – und wohl auch passierten.

»Da war dieser Junge, zweiundzwanzig Jahre alt oder so. Er fuhr auf seinem Motorrad mit etwa achtzig Stundenkilometern gegen einen geparkten Sattelschlepper. Mit oder ohne Helm hätte ihm der Aufprall eigentlich den Kopf abreißen müssen. Statt dessen wurde sein Kopf nach hinten gerissen, und sein Nacken brach wie ein Zweig. Er war in einem fürchterlichen Zustand. Wir dachten, er hätte nicht die allerkleinste Chance, lebend davonzukommen, geschweige denn jemals wieder einen Muskel in seinem Körper bewegen zu können.

Aber acht Monate später marschierte er, ohne auch nur einen Spazierstock zu brauchen, zum Krankenhaus hinaus. Keiner von uns konnte glauben, was wir da sahen.

Bis heute weiß ich nicht, was damals passiert ist. Ich meine, wir schauten uns die Röntgenaufnahmen an und dann wieder den Jungen, und es schien völlig unmöglich zu sein.« Dr. Schupbach wandte sich wieder dem Bericht der Sanitäter zu. »Nichts, was ich je erlebt habe, war einem Wunder so ähnlich; und deshalb sollte man nie Ergebnisse vorhersagen ... selbst wenn sie einem scheinbar ins Gesicht springen.«

Um sechs Uhr wußten wir bereits, was dieser Abend für uns bereithalten würde. Die meisten Abende gehörten zur Schnittwunden-und-Angina-Sorte. Sarah, Gus und ich assistierten bei nicht weniger als zehn Nähten von Schnitt- und Rißwunden, die von allem möglichen verursacht worden waren – von einem Angelhaken bis zu einer Motorsäge. Darüber hinaus nahmen wir für die Herzstation im Lauf von zwei Stunden vier Patienten mit Schmerzen in der Brust auf.
Um 19 Uhr wurde Sarah von Don, einem der ständigen Ambulanzpfleger, und Dr. Mahoney von Dr. Menowitz abgelöst. Dr. Menowitz, der unangefochtene Schrecken der Ambulanzstation des Redwood Memorial, eine leicht ergraute Version von Harpo Marx mit einer vorstehenden Hakennase, trat auf mit einem Teller in den Händen, auf den der Inhalt von mindestens zwei Dosen Schweinefleisch und Bohnen geleert worden war. Diese erlesene Anhäufung von Nahrungsmitteln war mit einem Schwall Kneipen-Ketchup bedeckt. Er stellte den Teller auf dem 15 mal 20 Zentimeter großen Fleck ab, der die Arbeitsfläche des Arztes darstellte, und schlang das Ganze hinunter, als habe er in den letzten Jahren kaum feste Nahrung zu sich genommen.
Alle, die in der Ambulanz arbeiteten, kannten dieses Schauspiel bereits und schauten zumeist in eine andere Richtung – die einen aus Höflichkeit, die anderen, damit ihnen nicht übel würde. Einmal stoppte ich sein Kauen mit 140 Bewegungen pro Minute; irgendwie mußte dies eine Art Rekord sein.
»Schweinefleisch?« sagte ich und hob die Augenbrauen missbilligend wie Molly Goldberg. »Ein Morton Menowitz ißt Schweinefleisch zu seinen Bohnen mit Ketchup? *Oi vei.* Ihre Mutter bekommt einen Herzanfall, wenn sie davon erfährt.«

»Soll ich etwa Schmalz dazu essen?« Er zuckte mit den Schultern, ohne jedoch seine Kaugeschwindigkeit im geringsten zu verlangsamen. Dann, um nur ja seinen Ruf als Dr. Grantig nicht in Gefahr zu bringen, schaute er sich vorsichtig nach allen Seiten um, bevor er mir einen schnellen Kuss auf die Wange gab.

»Glückwunsch. Wie fühlt man sich, wenn man im trüben Licht der Öffentlichkeit steht?«

Sofort verkrampfte ich mich und wurde hysterisch. »Was meinen Sie damit: im Licht der Öffentlichkeit? Ich stehe nicht im Licht der Öffentlichkeit. Warum sagen Sie, daß ich im Licht der Öffentlichkeit stehe? Haben Sie irgendwas gehört oder gelesen? Hat irgend jemand irgend etwas erwähnt?«

Dr. Menowitz unterbrach sein Kauen und schaute mich erstaunt an. »Halt! Entspannen Sie sich! Ich habe mit der Frage nichts *gemeint* – ich habe nur Ihr Buch vor ein paar Tagen in einem Buchladen gesehen und in der Zeitung eine Besprechung gelesen.«

Diese Situation traf mich in den Solarplexus wie ein Medizinball aus Blei. Jetzt war es raus: Mein Gesicht und mein Name waren auf einem Buch, in dem ich mich über mein Leben, meine Arbeit und all meine privaten Gedanken und Ängste ausgelassen hatte. Während ich hier stand, gab es da draußen Leute, die das Ding tatsächlich lesen würden oder bereits gelesen hatten.

Meine Schläfen wurden heiß vor Panik, und einen Augenblick lang dachte ich, der Schock würde mich ereilen. Was zum Teufel hatte ich mir nur dabei gedacht, als ich das verdammte Ding schrieb? Warum war ich mir nur so sicher gewesen, nicht mehr als ein einziges Exemplar zu verkaufen?

Ich hielt meinen Kopf mit beiden Händen fest und stöhnte.

»Was ist los?«

»Ich schäme mich.«

Dr. Menowitz nahm sein Kauen mit erhöhter Geschwindigkeit

wieder auf und schaffte es trotzdem, nebenher weiterzusprechen. »Warum schämen Sie sich? Ich hab' es auf einen Sitz gelesen. Natürlich gefielen mir die Teile über mich selbst am besten, obwohl Sie mich als so eine Art wehleidigen Diktator dargestellt haben. Um die Wahrheit zu sagen ...« Sein Satz blieb in der Luft hängen, als ob er noch einmal genau überlegte, was er hatte sagen wollen.

Ich hielt den Atem an, während mein Magengeschwür ordentlich auf Touren kam. Würde jetzt kommen: »Um die Wahrheit zu sagen: Eigentlich wollte ich Sie verklagen« oder »Um die Wahrheit zu sagen: Ich fand es das schlechteste Buch, das ich je gelesen habe«? Morton Menowitz war nicht nur ein unersättlicher, sondern auch ein unerbittlicher Leser.

»Um die Wahrheit zu sagen: Ihr Buch hat mir gefallen, und ich bin verdammt neidisch, daß ihres veröffentlicht worden ist und meines nicht.«

Langsam atmete ich wieder aus, und mein Herz klopfte mir im Hals. Natürlich, er versuchte einfach nur, nett zu sein – aber immerhin: Buddha sei Dank.

»Übrigens: Wer ist eigentlich Doktor Drigeley? Ein paar von uns haben versucht rauszufinden ...?«

Und wieder fuhr ich mit angehaltenem Atem auf der Panik-Paranoia-Achterbahn nach unten. »*Ein paar* von uns? Was meinen Sie mit ›ein paar von uns‹?«

»Doktor Kin, Doktor Gillespie und Doktor Kelsie. Wir kamen zu dem Schluß, es müsse sich ...«

»Wollen Sie sagen, daß *die* es auch gelesen haben?« Meine Stimme war jetzt ganz hoch und ganz dünn.

Ich konnte an nichts anderes mehr denken als an meinen Traum von der Nacht zuvor, in der eine Bande wütender Ärzte mich mit Rektoskopierohren verfolgt hatte.

»O ja, zwei Exemplare zirkulieren im Ärzteaufenthaltsraum mit ...«

Gus' großer, dunkler Haarschopf kam um die dünne Trennwand herum. »Oh, und dann hört euch das hier an!« Sie verzog das Gesicht. »Gestern abend war unsere liebe stellvertretende Oberschwester auf dem Weg zum Krankenhaus raus und paßte nicht auf, wohin sie lief, und lief direkt in mich rein. Ein Exemplar von deinem Buch fiel ihr unter dem Mantel herunter. Ich dachte, sie würde auf der Stelle einen Herzanfall bekommen.
Ich blieb so cool wie eine tiefgefrorene Rübe. ›Sagen Sie mal‹, sagte ich, ›ist das nicht *Intensivstation?*‹, und sie fängt an, zu rotieren und mit den Händen zu flattern wie hundert wilde Gänse und herumzustottern. ›I-i-i-ch h-h-h-ab' es auf meinem Sch-schreibtisch ge-f-f-funden. A-a-a-ber ich w-w-werd's nicht lesen, natürlich nicht, ich s-s-s-eh' zu, daß es wirklich verschwindet.‹«
Wir lachten alle, aber innerlich machte mir mein Magengeschwür zu schaffen, es war nicht zu glauben. Zantac. Wo zum Teufel war mein Zantac? Die Ärzte lasen es *und* jetzt auch noch die Verwaltung. O mein Gott: Ich würde in dieser Stadt und auch in keiner anderen noch als Krankenschwester arbeiten können.

Es muß so gegen 21 Uhr gewesen sein, als sozusagen die Kacke zu dampfen anfing: Durch die automatische Tür taumelten sechs Lebensmittelvergiftungen gleichzeitig, die an beiden Enden beträchtlich leck waren (Mrs. Wade wäre vor Neid geplatzt). Alle sechs hatten früher am Abend im selben Restaurant gegessen. Dann gab es noch zwei weitere Schnittwunden, einen Mann mit einem Krebsgeschwür, einen Alzheimerpatienten, der aus einem Pflegeheim entlaufen war und schließlich nackt in der Mill-Valley-Bücherei aufgefunden wurde, einen 18jährigen, der geglaubt hatte, die Warzen auf seinem Penis seien Insektenstiche, zwei weitere Fälle von Angina pectoris, eine 22jährige Frau im achten Monat mit Genitalherpes, eine Migräne, gefolgt von ei-

nem kleineren Autounfall und einem zehn Monate alten Säugling mit rasend hohem Fieber.
Don und ich rannten hin und her mit mal vollen, mal leeren Bettpfannen und Nierenschalen, während Gus von Bett zu Bett ging und Infusionen legte. Dr. Morton Menowitz war uns immer einen Schritt voraus, überblickte alles und leitete uns an, als ob wir das Heer von Besen aus dem *Zauberlehrling* wären.
Wenige Minuten nach seiner Ankunft hatte der Säugling einen Schüttelkrampf, und seine Eltern wurden hysterisch. Die Mutter klammerte sich an mich und weinte, während der Vater so unter Schock zu stehen schien, daß er sich nicht mehr bewegen konnte. Ich packte drei Wolldecken und zwei Flanellstrampelanzüge aus und erklärte, daß es nicht ungewöhnlich sei, wenn kleine Kinder mit hohem Fieber einen Schüttelkrampf hätten. Ich stellte den Eltern einen Eimer mit kaltem Wasser hin, gab ihnen einen Schwamm und wies sie an, das Kind abzuwaschen. Das war die Anwendung einer weiteren Lektion aus der Schwesternschule: Gib den wandelnden Verletzten (sprich: den Familienangehörigen) etwas Einfaches zu tun, um die Angst abzubauen; bitte zum Beispiel einen werdenden Vater, Wasser für das bevorstehende Kind heiß zu machen.
Ich nahm den nächsten vom langsam kleiner werdenden Stapel der Ordner von Patienten, die noch behandelt werden mußten, herunter und bemerkte, daß der darunterliegende Ordner denselben Namen trug.
Whisper und Rainbow Hanes. 15 beziehungsweise 17 Jahre alt. Adresse: General Delivery, San Rafael. Unter »Grund für Kommen« hatten beide in Kinderschrift geschrieben: »Zeitverlust«.
Ich verdrehte die Augen. Konnte es nicht eine einzige Nacht in der Ambulanz ohne Spinner geben? Jetzt hatte ich gleich zwei zugedröhnte Kinder von Kindern der Blumenkinderzeit.
Ich ging zum Warteraum und stellte mir schon die Geschichte

vor, die ich gleich hören würde: Wie sie von einigen Außerirdischen entführt und in einem Raumschiff zu einem Sternenhaufen der Pleiaden geflogen worden waren, wo sie Shirley MacLaine und Whitley Strieber getroffen hatten, die sie besoffen gemacht und gezwungen hatten, Milch von außerirdischen Kühen zu trinken, wovon sie diesen seltsamen Hautausschlag und ihren Gedächtnisverlust bekommen hatten ... bla, bla, bla.

Dann würden sie noch hinzufügen, daß sie seit drei Tagen nichts gegessen hätten und ob ich ihnen vielleicht eine Tasse Suppe, etwas Kwell und das Geld für den Bus geben könne, und dann würden sie sich sofort auf den Weg machen.

Auf der anderen Seite der automatischen Tür leuchtete das grelle Neonlicht den vollen Warteraum wie eine Bühne aus. Zwei ältere Frauen und ein uralter Mann saßen auf den orangefarbenen Plastikstühlen und betrachteten ihre Hände, wie alte Menschen das manchmal tun, wenn sie sich in unendlicher Geduld üben.

Auf dem gefliesten Boden lag eine junge Frau in Wanderkleidung und stöhnte, während ein junger Mann einen Eisbeutel an ihr Bein hielt, das violett und geschwollen war und ganz nach dem üblen Biß einer Schwarzen Witwe aussah. Eine Gruppe von fünf Iranern, alle in den gleichen schwarzen, pyjamaähnlichen Klamotten, schritten um einen Rollstuhl herum, in dem eine sichtbar kränkelnde alte Frau saß, die fast sicher ihre Großmutter war.

Ein attraktiver junger Schwarzer mit einem blutverschmierten Hemd und einer leichten Messerwunde im Gesicht saß in der Ecke zusammen mit zwei mürrischen Freunden, von denen der eine einen Arm in einer provisorischen, blutgetränkten Schlinge hatte. Alle drei trugen auf der Brust den gleichen Aufnäher mit der Inschrift »Kugeln & Klingen«.

Neben der Telefonanlage und auf einer völlig anderen Wellenlänge als seine Mitleidenden stand ein Mann im Smoking gegen

die Wand gelehnt und lieferte eine recht gute Imitation von Meade Lux Lewis und dessen *Whistling Blues*.
Niemand hier paßte zur Beschreibung von zwei Teenagern mit außerirdisch hervorgerufenem Hautausschlag. Als ich zur Damentoilette ging, um dort nachzusehen, ging ich durch den dunklen Vorraum, der seit 20 Uhr geschlossen war, und betrat den schwach erleuchteten Korridor. Aus dem Augenwinkel sah ich, wie sich auf dem Fußboden etwas bewegte; instinktiv duckte ich mich und stellte mich mit dem Rücken zur Wand.
Im Schatten des Vorraums erhoben sich zwei Bündel schmutziger Lumpen und kamen graziös auf mich zu. Im dämmrigen Licht sah ich zwei Paar grüner Augen und zweimal dasselbe strähnige, kupferrote Haar. Aus irgendeinem Grund, der mir in diesem Augenblick nicht klar war, schienen mir ihre Gesichter vertraut zu sein.
Die Mädchen waren beide unterernährt und mit Schmutz bedeckt; was mir jedoch vor Staunen die Sprache verschlug, war die Tatsache, daß ihre schmutzverschmierten Gesichter dennoch wunderschön waren.
Die größere der beiden jungen Frauen tat einen Schritt nach vorn und sprach mit der Autorität derjenigen, die es gewohnt ist, das Wort zu führen. »Suchen Sie uns?«
»Rainbow und Whisper?«
Sie nickte ernst, als ob ich gesagt hätte, daß es Zeit für sie sei, in die Gaskammer zu gehen. Das jüngere Mädchen wimmerte und drückte sich fest an seine ältere Schwester, wodurch diese aus dem Gleichgewicht geriet. Das größere Mädchen stieß sie fort – nicht ärgerlich, sondern eher, um zu zeigen, daß sie keine Angst haben müsse.
»Ich bin Rainbow, aber man nennt mich Rainy, und dies ist meine Schwester Whisp. Wir möchten zusammen untersucht werden?« Sie hob ihre Stimme, so daß ihr Satz wie eine Frage klang.

Ich war drauf und dran, ihr zu sagen, daß dies nicht üblich sei, als mir klar wurde, weshalb sie mir so bekannt vorkamen: Es waren die Schatten von Schmerz und Angst hinter ihren Augen, der typischen Gespenster, die missbrauchten Menschen so vertraut sind. Diese beiden waren mit sehr viel Elend großgeworden.

»In Ordnung«, sagte ich, meine Meinung ändernd. »Ich werde dafür sorgen, daß ihr beiden zusammenbleiben könnt, aber ihr müßt mir schon sagen, was ihr mit ›Zeitverlust‹ meint.«

Das jüngere Mädchen ergriff den Arm seiner Schwester. In ihren Augen sah ich ein Mißtrauen gegen die ganze Welt wie ein hartes, grünes Glitzern. »Tu's nicht, Rainy«, bat sie. »Sag's nicht. Sie werden die Bullen holen. Laß uns gehen, ja?«

Rainy nahm ihre Schwester bei den Schultern, und zunächst dachte ich, sie würde sie durchschütteln; statt dessen jedoch strich sie ihr das Haar aus dem Gesicht, immer ein paar lose Strähnen gleichzeitig. »Pssst. Weißt du noch, was ich dir gesagt habe?«

Sie schauten sich eine Weile an, dann lehnte sich die jüngere Schwester resigniert gegen die Wand.

Schließlich sah Rainy mir direkt in die Augen. »Wir sind von einigen Kerlen vergewaltigt worden«, sagte sie müde. »Ich glaube, sie haben uns Drogen gegeben. Ich bin mir sicher, das war vor zwei Tagen, aber Whisp glaubt, es war erst gestern abend.«

Es herrschte eine kurze Pause. Rainy trat von einem Fuß auf den anderen und sah aus, als würde sie vor Wut anfangen zu schreien oder zu weinen. »Sie haben mich auch verprügelt«, sagte sie, zog ihr Bluse hoch und zeigte ihre jungen Brüste. Eine war voller Kratzspuren und blauer Flecke, und die andere sah aus, als sei die Brustwarze teilweise abgerissen worden. Rote und violette Striemen bedeckten den übrigen Oberkörper und den Bauch.

Sanft zog ich ihre Bluse wieder herunter und zählte innerlich

bis zehn. »Okay«, sagte ich ohne jeden weiteren Kommentar, »kommt mit.«
Beide gingen mit hängenden Schultern und Köpfen mit mir zum Raum für Unterleibsuntersuchungen, ihre Gesichter hinter den roten Vorhängen ihrer Haare versteckt.
Nachdem die Mädchen sich hingesetzt hatten, lief ich in den Hauptraum und bat Ileta, den Notdienst für Vergewaltigungen anzurufen und um eine Freiwillige zu bitten. Aus den Vorratswagen holte ich zwei der unbeschrifteten Kartons, in denen sich unsere Untersuchungssets für Vergewaltigungsfälle befanden, sowie zwei Sets für Unterleibsuntersuchungen. Als ich zurückkam, saßen die beiden Mädchen auf dem Untersuchungstisch und hatten jeweils einen Arm um die Schulter der anderen gelegt.
Ich gab ihnen je eine warme Decke, ein sauberes Nachthemd und eine braune Papiertüte, auf der »Beweisstücke« stand. Dann bat ich sie, vorsichtig ihre Kleidung auszuziehen und alles, auch die Schuhe und Socken, in die Tüten zu tun.
Der Schicklichkeit wegen drehte ich ihnen den Rücken zu und begann, die offiziellen Polizeisiegel auf den Kartons aufzubrechen. Auf den Deckel jedes Kartons schrieb ich die genaue Uhrzeit und das Datum und setzte meine Unterschrift darunter. Dann holte ich die seltsame Ansammlung von Dingen, die den Inhalt bildeten, heraus und legte sie auf den Tisch: eine fünf mal fünf Zentimeter große Mullkompresse, einen sehr feinen Kamm, einen hölzernen Zahnstocher, mehrere Glasplättchen, mehrere verschieden große Tupfer, Briefumschläge, mehrere Reagenzgläser und ein offizielles Meldeformular für Vergewaltigungen.
Während ich auf jeden Gegenstand ein Etikett mit Rainbows Krankenversicherungsnummer klebte, frage ich sie nach ihren Eltern.
»Unser Vater starb an einer Überdosis Heroin, als wir noch klein waren, und unsere Mutter ...« Rainbow unterbrach sich, und

Whisper beendete den Satz ohne eine Pause, »... lebte bis vor ein paar Monaten mit ihrem Freund in Las Vegas, aber wir wissen nicht, wo sie jetzt ist.«
Rainbow sprach weiter. »Ich bin eine emanzipierte Minderjährige. Ich arbeite ... also gut, ich arbeitete bei Taco Bell. Seit unsere Mutter wegging, habe ich mich um meine Schwester gekümmert. Meistens schlafen wir irgendwo, manchmal können wir auch bei Freunden bleiben. Wenn ich ein wenig extra Geld verdiene, mieten wir für eine Woche ein Zimmer im Last Stop, aber ich lasse Whisper dort nicht gern allein.«
Das Last Stop Motel machte seinem Namen alle Ehre. Es war eines von diesen heruntergekommenen kalifornischen Etablissements aus den vierziger Jahren, der rosa Stuck war schmutzig und rissig, und auf der Terrasse aus schwarzem Beton gab es einen rostigen Grill, den niemand jemals benutzte. Das Last Stop war so deprimierend, daß es sogar die Leute aus der Nachbarschaft vermieden, an ihm vorbeizufahren.
Mehr als eine der Messerstechereien, Schießereien oder Überdosen, die bei uns durch die automatischen Türen hereinkamen, hatten ihren Anfang dort genommen. Und weil es an einer der Hauptstraßen lag, war es der Ort, an dem die Prostituierten bevorzugt ihren Geschäften nachgingen.
»Wir sind fertig«, sagten sie unisono. Sie hatten eine Decke um ihre Beine und eine um ihre Schultern gelegt; ich war überrascht zu sehen, daß sie nicht auch ein einziges Nachthemd teilten.
Ich schaute in die beiden hübschen Gesichter. Es war herzzerreißend zu sehen, daß zwei alte Menschen aus den schönen Gesichtern dieser Kinder schauten, Kinder, die bereits mehr als zur Hälfte resigniert und völlig erschöpft waren.
Sie mußten beide würgen, als sie auf den trockenen Mullkompressen kauten und die Stückchen in Briefumschläge spuckten, auf denen »Speichelprobe« stand. Andererseits fanden sie es komisch, als sie unter ihren rissigen Fingernägeln kratzten und den

Schmutz in zwei weitere, mit »Fingernagelschmutz« beschriftete Umschläge taten. Wir vermieden es, einander anzusehen, als ich mit den feinen Kämmen durch ihre Schamhaare ging und sie dann in Umschläge mit der Aufschrift »Haarproben« legte. Die Reagenzgläser, Objektträger und Schälchen mit Nährboden waren für die Untersuchungen, die Dr. Menowitz später durchführen würde.

Ich war bei der Hälfte der ersten Seiten der beiden identischen offiziellen Vergewaltigungsberichte und kreuzte die jeweiligen Kästchen an – oder auch nicht.

»Nun, wurde eine von euch beiden gezwungen, Fellatio zu machen?«

Sie schauten einander und dann wieder mich mit ausdruckslosen Gesichtern an.

Ich wand mich vor Peinlichkeit; diese beiden Kinder durch die dunkle Straße des klinischen Sexualvokabulars führen zu müssen war keine erfreuliche Aussicht.

Ich spielte mit meinem Füller und gab ihnen Zeit genug, mich vor weiteren Erläuterungen der Frage zu bewahren.

»Fellatio?« frage Rainy. Der Wir-wiederholen-das-letzte-Wort-Trick schien weit verbreitet zu sein.

Mir wurde warm hinter den Ohren, und ich zwang mich, das Erröten unter meinem Kinn aufzuhalten. »Nun, erinnert ihr euch, ob einer der Männer seinen Penis in euren Mund gesteckt hat?«

»Sie meinen, ob sie uns gezwungen haben, ihnen einen zu blasen?« fragte Whisper sachlich.

»Ja«, sagte ich. Das Erröten hatte meinen Hals erreicht und wanderte jetzt abwärts. »Genau das meine ich.«

Sie nickten beide. Ich kreuzte die Fellatio-Kästchen an, ging zur nächsten Frage in der Liste über und zuckte zusammen. »Hat einer der Männer Cunnilingus an euch praktiziert?«

Wieder wurde ich angestarrt. Ein leichtes Erröten breitete sich auf meiner Brust aus.

Ich räusperte mich. »Äh, nun, hat einer der Männer seinen Mund an eure Genitalien gehalten?«

»Sie meinen, ob sie uns gel...«

»Ja«, sagte ich schnell.

Wieder nickten sie beide, und ich kreuzte die Kästchen an.

»Ist es bei beiden von euch zu vaginaler Penetration gekommen?«

Zweifaches Bejahen.

»Kam es zu analer Penetration?«

Whisper und Rainbow berieten sich im Flüsterton. Rainy nickte: ja, Whisper: nein.

»Kondome?«

Nein. Keine Kondome.

»Wurden irgendwelche Gegenstände in eure ...« Ich zögerte. Ich wußte, daß Whisper hierzu wieder eine Frage haben würde, und seufzte. »Okay, was sie wissen wollen, ist, haben die Männer irgend etwas anderes als ihre ...«

Entweder bemerkte Rainy das Erröten an meinem Hals, oder sie fühlte, wie unbehaglich mir war, denn sie unterbrach mich, bevor ich die Frage zu Ende bringen konnte.

»Ich glaube nicht«, sagte sie, dann hob sie die Hand wie ein Polizist auf einer Kreuzung, der Autos anhält. »Soll ich Ihnen nicht lieber die ganze Geschichte erzählen? Vielleicht können Sie dann die Fragen besser beantworten, wenn Sie hören, wie es passiert ist. Ist das in Ordnung?«

Ich nickte und war erleichtert, weil meine Aufgabe nun einfacher geworden war.

Rainy holte tief Luft und schloß für einen Augenblick ihre Augen – so, wie ich es schon bei Leuten vor ihrem ersten Bungeejump gesehen hatte.

»Montag abend hingen wir im Quik Stop in der Front Street herum. Es war so gegen acht Uhr, *MacGyver* lief im Fernsehen. Dann kamen drei Typen in diesem wirklich heißen Auto angefahren, und sie fingen an, mit uns zu quatschen, und fragten uns, ob wir mit ihnen mitfahren würden. Sie sagten, sie würden uns zu einem netten Restaurant mitnehmen und dann ein paar Filme ausleihen. Sie sagten, sie wohnten in einem großen Haus oben am Mount Tam, und wenn wir Lust hätten, könnten wir mit ihnen kommen und die Filme angucken, und sie würden uns wieder nach Haus fahren, wann immer wir wollten.«

»Sie haben uns angelogen«, unterbrach Whisper sie, und ihre Augen waren vor Wut geweitet. »Ich hasse sie. Wenn ich sie je wiedersehe, bringe ich sie um.« Ihre weichen, kindlichen Hände ergriffen den OP-Tisch. Wo sie ihre Fingernägel fast bis aufs Blut abgekaut hatte, waren ihre Fingerspitzen rosa.

Ich nickte Rainy zu fortzufahren. Zufrieden darüber, daß ich ihr zuhörte, holte sie wieder tief Luft und fuhr fort.

»Wir fuhren also eine Weile rum, und sie gaben uns Wodka mit Cola aus einer Thermosflasche. Ich hatte etwa eine Tasse voll getrunken, bevor ich anfing, mich beschissen zu fühlen. Nicht betrunken, aber benommen und müde. Ich saß vorne und sagte zu dem Typ, der fuhr, er solle anhalten und uns rauslassen, aber er fuhr einfach weiter. Whisper war auf dem Rücksitz, und ich sah, daß sie völlig hinüber war. Die beiden anderen Typen hatten sie ganz ausgezogen und machten all diese schweinischen Sachen mit ihr, ihre Finger in sie reinstecken und an ihr nuckeln. Ich wollte, daß sie damit aufhörten, aber ich konnte nicht reden oder mich bewegen. Ich weiß genau, daß sie uns was in die Drinks getan haben; von dem bißchen konnten wir gar nicht betrunken sein. Und das Zeug schmeckte richtig übel – als wenn es verdorben gewesen wäre. Danach muß ich ohnmächtig geworden sein, und als ich wieder aufwachte, lag ich auf einer Matratze in einem Zimmer wie in einer Blockhütte. Ich kann mich nicht erinnern, wie wir dahin gekommen sind.«

Rainbow zögerte einen Augenblick, und ich sah an dem leichten Kräuseln ihres Kinns, daß sie kurz davor stand zu weinen. Whis-

per und ich blieben ganz still und warteten. Dann fuhr sie mit leiserer Stimme fort.
»Das erste, was ich sah, waren drei ganz helle Lampen und eine Videokamera, und an der Wand hingen weiße Laken. Ich bekam Angst, weil ich dachte, wir hätten einen Unfall gehabt und ich wäre jetzt im Krankenhaus und würde operiert werden. Als ich dann mehr zu mir kam, wurde mir klar, daß die Arschlöcher dabei waren, sich zu filmen, während sie uns vergewaltigten. Mir war sehr kalt, und sie drückten mich so fest auf den Boden, daß ich fast nicht atmen konnte. Zwei machten sich gleichzeitig an mir zu schaffen, und der dritte wollte mich zwingen, ihm einen zu blasen. Sie taten mir richtig weh, und ich konnte mich fast nicht bewegen. Ich tat so, als wäre ich wieder ohnmächtig geworden, aber ich hab' sie durch die Augenlider beobachtet. Ich wollte mir merken, wie sie aussehen, damit ich sie beschreiben konnte. Dann hörte einer von ihnen mit mir auf und ging in ein anderes Zimmer. Ein paar Minuten später trug er Whisper rein. Sie war ganz weiß im Gesicht und ihre Augen nach oben gedreht, und ich dachte wirklich, sie wär' tot.« Ihre Stimme erstarb. »Da bin ich durchgedreht. Ich fing an, ganz laut zu schreien, und versuchte, zu Whisp rüberzukommen. Einer von ihnen nahm einen Gürtel und fing an, mich festzubinden, aber ich hörte nicht auf, da gaben sie mir eine Spritze in den Arm, und ich fiel wieder in Ohnmacht. Danach weiß ich nichts mehr, bis wir heute morgen drüben in Lagunitas aufgewacht sind. Wir lagen neben der Straße, ganz zugedeckt mit Gras und Dreck.«
»Wie Tiere«, flüsterte Whisper.
Die Verzweiflung in der Stimme des Kindes tat mir weh; auf meiner Skala »Unmenschlichkeit gegen Menschen« war ein neuer Tiefpunkt erreicht worden. Als ich schließlich die Formulare ausgefüllt hatte, fragte ich sie, ob sie sich an andere Einzelheiten erinnern könnten. Dann hob Whisper langsam eine Hand; ich mußte lächeln über diese kindliche Geste.

»Ich weiß ihre Autonummer, würde das was nützen?«
Ungläubig starrte ich sie an. »Du weißt ihre Autonummer?«
»Sicher«, sagte sie, und ihr Gesicht erhellte sich. »Ich merke mir Autonummern die ganze Zeit. Das ist wie ein Spiel; Rainy und ich machen das manchmal um die Wette, wer sich die meisten Nummern am längsten merken kann. Ich hab' sie mir gemerkt, bevor wir ins Auto eingestiegen sind.«
Ich notierte die Autonummer auf den Formularen und stellte mir vor, wie man sich im Büro des Sheriffs freuen würde, als Whisper vom OP-Tisch herunterrutschte und ganz verzweifelt und ungewohnt direkt fragte: »Was passiert jetzt mit uns?«
»Nun, Doktor Menowitz wird gleich kommen und euch beide untersuchen. Er wird euch noch mehr Fragen stellen und bei euch beiden einen Abstrich von der Vagina machen; das Labor wird eine Blutprobe nehmen. Wahrscheinlich werdet ihr Antibiotika gegen mögliche Infektionen bekommen. Danach werden wir uns um alle anderen Verletzungen kümmern, die ihr sonst noch habt. Wenn wir damit fertig sind, wird eine Frau von der Nothilfe für vergewaltigte Frauen kommen und mit euch reden; sie wird euch Kleidung bringen und wahrscheinlich mit zu sich nach Haus nehmen. Dann wird jemand von der Polizei euch weiter ausfragen, damit sie die Männer finden kann, die euch dies angetan haben. Danach ...«
Whisper schüttelte den Kopf. »Nein, das mein' ich nicht«, sagte sie. »Ich meine, was passiert mit *uns*? Wie sollen wir jetzt anständig sein? Es ist, als ob wir kaputtgemacht worden sind. Die Leute werden denken, wir wären schlecht wie die Nutten im Last Stop.«
Die Hoffnungslosigkeit und Verzweiflung in der Stimme dieses Kindes drang durch meinen Zorn. Einem plötzlichen Gefühl folgend, nahm ich ein zartes Kinn in jede Hand und schaute in die beiden grünen Augenpaare.
»Jetzt hört mir mal genau zu: Ihr seid nicht kaputt, und was pas-

siert ist, macht euch nicht zu Huren. Es ist euch etwas Schlimmes zugestoßen, aber das macht euch nicht schlimm. Ihr habt es nicht geschehen lassen, es ist einfach passiert – so, wie manche Leute einen Unfall haben. Ein Weile werdet ihr euch ganz mies fühlen, dann werdet ihr wütend sein und vielleicht sogar Alpträume haben über das, was passiert ist, aber ihr werdet da durchkommen. Hierherzukommen und zu erzählen, was passiert ist, war sehr mutig von euch. Ihr habt Anstand, und ihr kümmert euch umeinander. Das ist mehr, als viele Menschen von sich sagen können.«

Sie saßen bewegungslos da, still wie Bäume ohne Blätter. Ihre Augen antworteten mir nicht. »Habt ihr verstanden, was ich euch gerade gesagt habe?« fragte ich sie. »Ihr werdet beide okay sein, weil ihr beide nicht unterzukriegen seid. Ihr habt richtig gehandelt, und eigentlich müßtet ihr einen Tapferkeitsorden bekommen.«

Völlig frustriert schwieg ich jetzt. Es war so viel Schaden angerichtet worden. Wer würde sich um sie kümmern, so daß sie dies überstehen könnten? »Ich glaube, am wichtigsten für euch ist jetzt, zu begreifen, daß ihr beide es verdient, geliebt zu werden und Schönes zu erleben.«

Meine Worte schwebten in der Luft und verwehten.

Gleichzeitig begannen sie zu weinen.

Kann wieder nicht schlafen, aber diesmal ist es nicht die Tournee. Wenn ich die Augen schließe, sehe ich diese beiden Mädchen. Sie werden niemals erwachsen werden, nur älter. Ich möchte wissen, was aus ihnen wird. Ich versuche, mir selbst einzureden, daß mit ihnen alles in Ordnung kommt, daß sie mit der Kraft der Jugend wieder auf die Beine kommen. Aber dann höre ich sie wieder weinen, und es ist, als ob mir ein Messer durch die Brust fährt. Und wenn ich mir dann noch vorstelle, daß dies

Frauen jeden Tag und überall auf der Welt geschieht, dann krampft sich mir alles zusammen. Was zum Teufel geschieht mit diesen Menschen?
Ich schließe die Augen, und ich sehe die Augen der Malerin vor mir, wenn man ihr sagt, daß sie nie wieder gehen wird. Ich frage mich, wie ihr Mann reagieren wird und ob ihre Freunde zu ihr halten werden.
Ich schließe die Augen, und ich höre um so deutlicher ihre gebrochenen, verletzten, bittenden Stimmen.
Ich schließe die Augen und versuche, mich selbst mit ihren Augen zu sehen, und ich frage mich, ob sie sehen, wie sehr sie mich berühren. Man muß nur hinsehen, mehr braucht es nicht.
Ich schließe die Augen und schaue in den Brunnen meines Herzens hinunter:
Wird er jemals austrocknen?

3. Kapitel

»Ärzte werden vom Staat bevollmächtigt, Medizin zu praktizieren, d. h. zu diagnostizieren, zu therapieren, zu verschreiben und zu operieren ... an Krankheiten, nicht an Menschen.
Alles andere ist Pflege.«

Der berüchtigte Dichter wurde auf einem OP-Tisch hereingefahren, begleitet von einer Schwester und drei Gefängniswärtern von San Quentin. Drei Wärter hieß: Dies war ein schlimmer Finger, einer aus den Todeszellen.
Wenn die Gefangenen aus San Quentin nur einen Wärter dabeihatten, hieß dies: ein Leichtgewicht – gewaltlose Kriminelle, die vielleicht einer alten Dame Geld gestohlen oder in der Firma ein paar Dollar unterschlagen hatten. Zwei Wärter bedeuteten schon etwas Ernsteres, zum Beispiel bewaffneter Überfall. Drei Wärter bedeuteten Mord und Schlimmeres. Das einzige Mal, daß ich vier Wärter auf einen Haufen sah, war, als wir den Gefängnisdirektor als Patienten hatten.
Der Mann in dem Bett streifte unbeabsichtigt meine Hand, als ich die Monitordrähte, die kreuz und quer über seine Brust liefen, zurechtlegte. Die kurze Berührung dieser eiskalten Finger jagte mir einen Schauder über den Rücken. Ich hatte keine Lust, ihn noch einmal zu berühren, aber im Augenblick war ich die Person, die ihn am Leben zu halten hatte.
Ich biß die Zähne zusammen, bis mir der Kiefer schmerzte, nahm seine Vitalzeichen auf und erhöhte die Menge Dopamin, die durch die Infusion in seine Vene tropfte. Wenn die Medizin an-

schlug, würde sie seinen Blutdruck in einen akzeptablen Bereich bringen.
Hinter mir beobachteten die drei Wärter jede meiner Bewegungen, was die übliche Verhaltensweise war, wenn eine Schwester mit dem Gefangenen in einem Raum war. Manchmal fragte ich mich, ob diese Vorsichtsmaßnahme tatsächlich zum Schutz des Pflegepersonals oder vielmehr des Gefangenen gedacht war. Oder vielleicht waren die Wärter einfach nur neugierig; oder vielleicht dachten sie auch, wir würden ihm eine Waffe und einen Stadtplan mit den besten Fluchtwegen zustecken.
Nicht sehr wahrscheinlich, dachte ich. Nicht heute und vor allem nicht bei diesem Gefangenen.
Max war 45 – sehr jung für einen Herzkranken mit zwei Infarkten hinter sich. Andererseits wiesen die tiefen Linien in seinem Gesicht darauf hin, daß er sein Leben auf vollen Touren gelebt hatte; und nach allen Geschichten, die ich von den Krankenschwestern im Gefängnis gehört hatte, war das Leben in den Todeszellen von San Quentin alles andere als leicht.
In Wahrheit war Max als Herzpatient ein hoffnungsloser Fall. Die Ärzte hatten alles versucht, aber keine der verschriebenen Medikationen hatte seine chronischen Hypertonien oder die andauernden Herzrhythmusstörungen und Schmerzen in der Brust unter Kontrolle bringen können. Sein gegenwärtiger Besuch war die Folge einer sogenannten Synkope, das heißt, einer kurzen Ohnmacht infolge geringer Gehirndurchblutung. Es war so gut wie sicher, daß er auf Grund der immer wieder auftretenden Herzrhythmusstörungen ohnmächtig geworden war.
Ich konnte von Glück reden, daß Max mir noch niemals zuvor zugeteilt worden war. Er war anders als die anderen Gefangenen von San Quentin. Diese waren zumeist lebhaft und fröhlich; aber dieser Mann hier war immer mürrisch. Er sprach nur, um seine Bedürfnisse bekanntzugeben, und sah selten jemanden direkt an; wenn er es aber doch tat, hielt man so-

fort inne und fragte sich, mit wem man es da eigentlich zu tun hatte.

Daß die Augen die Fenster zur Seele sind, trifft für die Leidenden sicherlich zu. Wenn ich zum Beispiel in die Augen eines sterbenden Patienten schaue, sehe ich meistens entweder die verzweifelte Bitte von jemandem, der zur Hälfte schon in, zur anderen Hälfte noch außerhalb dieser verstörenden anderen Welt lebt, oder eine geheimnisvolle Gelassenheit.

Max' Augen zeigten weder das eine noch das andere. In ihnen spiegelte sich die gleiche Undurchdringlichkeit wie bei jedem anderen Mörder, den ich je gepflegt habe; seine Augen waren jedoch noch kälter als die der üblichen, ganz gewöhnlichen Mörder. Der Gedanke, daß diese Augen das letzte gewesen sein sollten, das seine Opfer noch sahen, hatte etwas unglaublich Grausames an sich.

Sein Haar beunruhigte mich fast so sehr wie seine Augen: Die schulterlange Mähne, in ölige Büschel unterteilt, sah aus, als ob sie vor Jahren zum letzten Mal Shampoo und Wasser gesehen hatte. Bei Max konnte dies durchaus der Fall sein, denn seine Theorie über persönliche Reinlichkeit lautete, daß die großen Intellektuellen niemals ein Bad nahmen. Das war eine der vielen seiner Marotten, die bis in seine frühen Teenagerjahre zurückreichten.

Ich überprüfte noch einmal seinen Blutdruck und war beunruhigt festzustellen, daß er trotz des Dopamins immer noch sehr tief hing. Schnell ging ich die ganze Situation im Geiste durch und ließ meinen sechsten Sinn als Krankenschwester spielen. Nun gut, er sah nicht gerade blendend aus, aber andererseits auch nicht *so* schlecht. Irgend etwas stimmte hier nicht.

Ich war gerade dabei, zum dritten Mal seinen Blutdruck zu messen, als seine blutarmen Finger die Manschette abrissen und sie quer durch den Raum warfen. Einer der Wärter machte sofort ei-

nen Schritt auf das Bett zu, so daß ich ihn gerade noch aus den Augenwinkeln sehen konnte.
»Sie sollen meinen Arm nicht so drücken«, sagte Max in ganz ruhigem Ton und fixierte mich mit seinen Augen. Er benutzte sie wie eine Waffe. »Wo ist das Problem, Miss ...?« Er schaute nach meinem Namensschild; anscheinend hatte er die Anweisung der Krankenhausleitung vergessen, derzufolge alle Schwestern den Nachnamen auf ihrem Namensschild abdecken mußten, wenn sie mit einem Gefangenen von San Quentin zu tun hatten.
»Sie können mich ›Schwester‹ nennen«, sagte ich rundweg und fühlte mich in diesen Augen wie in einer Falle. »Ihr Blutdruck ist niedrig, und Sie haben einen unregelmäßigen Herzschlag. Ich lasse einige Medikamente durch Ihre Infusionen laufen – eins, um ihren Blutdruck hochzubringen, und das andere, um Ihr Herz zu beruhigen.«
Der Mann gab einen unterdrückten Laut von sich, der wie eine Art Lachen klang. »Verschwenden Sie nicht Ihre Energie«, sagte er und starrte zur Uhr hinüber; dabei rezitierte er (mit der Hand auf dem Herzen, wohlgemerkt): »Das schwarze Herz wird müde zu tragen seine Pein, und mit dem süßen Tod werd' ich bald zusammensein.«
Dieses theatralische Gehabe schien so im Widerspruch mit seiner sonstigen Bitterkeit zu sein, daß ich gespannt darauf wartete, ob er nun etwas folgen lassen würde, das mit seiner Person eher übereinstimmte, zum Beispiel eine lebendige Mokassinschlange aus seinem Ohr zu ziehen.
Als klar wurde, daß er seiner Vorstellung nichts hinzufügen würde, notierte ich seinen Blutdruck auf der laufenden Kartei, stellte ein blaues Kunststoffurinal auf das Seitentischchen und etikettierte alle Infusionen. Dann machte ich den Fehler, seine hervorstehenden Füße zu berühren.
Der schnelle und sehr genau gezielte Tritt ließ meine Karteikarten gegen die Wand fliegen. Zwei der Wärter reagierten sofort

und griffen nach ihren Gummiknüppeln, die von ihren schweren Ledergürteln herunterhingen.

»Berühren Sie niemals meine Füße.« Jedes Wort knurrte er mit zusammengebissenen und leicht gebleckten Zähnen einzeln hervor: eine recht gute Clint-Eastwood-Imitation.

Ich ergriff das Fußende des Bettes und lehnte mich über seine Füße; ich war jedoch vorsichtig genug, diese nicht zu berühren.

»Und treten Sie nie wieder nach mir, Mister, sonst ...«

Der mittlere der beiden Wärter, dessen Hände so groß und fleischig waren, daß sie aussahen, als könnte er eine fünfköpfige Familie eine Woche lang damit ernähren, trat zwischen mich und das Bett und nahm mir die Sicht auf den Patienten.

»Müssen Sie irgendwas mit seinen Füßen machen?« Sein Tonfall war ruhig, aber bedrohlich, nur war nicht ganz klar, *wem* er drohte.

»Ich habe versucht, den Puls in seinen Füßen zu fühlen, um seine Blutzirkulation zu überprüfen; ich bin aber nicht so neugierig, daß ich dafür getreten werden möchte.«

Der Wärter drehte sich nach Max um. »Laß die Schwester ihre Arbeit machen, Max. Kein Treten mehr.«

Max sah mich mit ganz schmalen Augen an, als wolle er sagen: versuch's nur, du wirst schon sehen. Und plötzlich war ich wieder sechs Jahre alt, stand auf dem Hof der Mohawk-Schule und wurde von einem größeren Mädchen aus der Nachbarschaft namens Bambi als Schwächling verspottet. Zum Teufel mit dir, dachte ich, und ohne jeden weiteren Kommentar sammelte ich meine Karteikarten auf und verließ den Raum.

Im Schwesternzimmer ordnete ich die Karteikarten wieder und dachte darüber nach, daß ich dumm gewesen war, gleich zu Beginn der Schicht nicht um eine andere Zuteilung gebeten zu haben; andererseits ließ die Personalknappheit einen solchen Luxus kaum noch zu. Jetzt würde ich mein Verhalten in seiner Nähe ständig unter Kontrolle halten und sorgfältig darauf ach-

ten müssen, ihn unvoreingenommen und wie jeden anderen Patienten zu behandeln.
In Wirklichkeit wußte ich, daß dies nicht der Fall sein würde.

Drei Monate lang wurde jede Woche eins von Max' Gedichten in jeder größeren Zeitung in Nordkalifornien abgedruckt. Es war wie in einem dieser Radiowettbewerbe, bei denen die Zuhörer einen bestimmten Sender einstellten, um die Hinweise zu hören, die sie dann zum verborgenen Schatz führen würden. Zwischen den Zeilen seiner Gedichte gab Max verborgene Hinweise auf seinen Aufenthaltsort, und eine Million Leser unterstützten die Gesetzeshüter bei der Aufgabe, die verschlüsselten und raffinierten Verse zu entziffern.
Alles in allem brauchten die Behörden sechs Monate, bevor sie das selbsternannte Genie fanden, das eines Tages eine Schrotflinte gekauft und vor den Augen seiner entsetzten Mutter das Gehirn seines Bruders über die Wände der Küche verteilt hatte. Dann hatte er seinen Zeigefinger als Feder und den offenen Schädel seines Bruders als Tintenfass benutzt und ein kurzes Abschiedsgedicht auf das weiße Plastiktischtuch geschrieben, seinen Kaffee ausgetrunken und anschließend seine Mutter auf dieselbe Weise hingerichtet.
Der Name seiner Mutter war Amanda, und ich rechnete mir später aus, daß in dem Augenblick, als er sie in die andere Welt schoß, ich gerade den Tisch zum Tee für sie und mich gedeckt hatte.

Amanda und ich trafen uns immer nur in meinem Haus, nie bei ihr. Als wir uns vor etwa fünf Jahren anfreundeten, sagte sie mir, ihr jüngster Sohn sei extrem ungesellig und wolle keine fremden Besucher im Haus.
Das machte mir wenig aus, aber Amanda tat mir leid. Max war die große Last in ihrem Leben, wie sie es ausdrückte; von Zeit zu

Zeit sprach sie andeutungsweise von seinen emotionalen Problemen und seiner Weigerung, die Hilfe eines Fachmanns zu suchen. Wann immer das Gespräch auf dieses Thema kam, wurde sie unruhig und etwas verschlossen – so als habe sie Angst, er könne heimlich irgendwo an ihr eine Wanze angebracht haben. Nur einmal, als sie hinkend, voller blauer Flecken und Furcht an meine Tür kam, gab Amanda zu, daß sie vor Max Angst habe. Gerade wegen ihrer beständigen Abneigung, über diese Dinge zu reden, hatte ich darauf verzichtet nachzubohren. Nach dem Mord an ihr wünschte ich mir dann, ich hätte es getan. Die jetzt einsetzenden Selbstvorwürfe verfolgten mich noch jahrelang; ein weiterer Punkt auf meiner Liste »Persönliche Schuld und Schande«, die länger war, als mir lieb sein konnte.

Die Freundschaft zwischen Amanda und mir gründete sich auf unsere gemeinsame Liebe zur Gartenarbeit, meinen italienischen Rezepten und ihrer Fähigkeit, mit einer Nähmaschine Wunder zu bewirken. An jenem Sonntagmorgen waren wir für elf Uhr verabredet; ich wollte ihr das Rezept meines Vaters für die beste Pizza der Welt von Anfang an erklären und sie mir zeigen, wie ich meine neue Hose kürzen konnte, die so lang war, daß sie als Hose mit Schleppe oder angesetzten Gamaschen durchgehen konnte.

Drei Stunden, zehn vergebliche Anrufe und eine Schüssel stark aufgegangenen Pizzateigs, der schon eine Kruste bekam, später beschloß ich, zu ihrem Haus zu fahren. Als ich ihr Auto in der Auffahrt sah, nahm ich nicht an, sie sei krank oder habe unsere Verabredung vergessen – ich wußte, sie war tot und Max hatte irgendwie damit zu tun.

Feige, wie ich war, fuhr ich zur nächsten Telefonzelle und machte einen kurzen, anonymen Anruf im Büro des Sheriffs.

Es war 19 Uhr 30, und ich aß gerade meinen Salat bei den Monitoren. Das verstieß gegen die Vorschriften des Krankenhauses:

Eine von Hunderten von sinnlosen Anordnungen und Regeln, die die Verwaltung des Redwood herausgegeben hatte, um einer Krankenschwester das Leben schwerzumachen und ihr vor Augen zu führen, daß sie ganz weit unten rangierte, besagte, es sei unprofessionell, während der Arbeit essend gesehen zu werden. Obwohl unsere Tätigkeit, so wie sie war, es oft nicht zuließ, daß wir eine Essenspause einlegen konnten, war es in den Augen der Verwaltung besser, professionell auszusehen und hungrig zu bleiben.

Es interessierte niemanden, daß ich seit Beginn der Schicht um 15 Uhr nicht zur Toilette gegangen war, und wen kümmerte schon, daß ich Unterzucker hatte? Tatsache blieb nun einmal, daß niemand da war, der mich hätte ablösen können. Und soweit ich auf der Zwischenabteilung sehen und hören konnte, würde es bis 23 Uhr, wenn meine Schicht zu Ende war, auch niemanden geben.

Ich hatte die Wahl: Entweder hielt ich mich an die Vorschriften, machte mir in die Hose und fiel wegen Unterzucker in Ohnmacht, oder ich fand einen Kompromiss.

Ich entschied mich für den Kompromiss: Ich aß am Schreibtisch, und wenn ich mir deshalb in die Hose machte, würde ich wenigstens gewissenhaft den Stuhl saubermachen.

Ginger, eine Schwester der Herzstation, die schon vor vielen Jahren ausgebrannt und eingeschlafen war, saß nicht weit von mir entfernt und telefonierte mit einer Person unbestimmten Geschlechts, die auf den Namen Bubu hörte. Nach meiner Uhr hatte sie bereits eine Stunde und 32 Minuten mit Bubu gesprochen.

Ich arbeitete ungern mit Ginger, die meiner Meinung nach faul und ausgesprochen aggressiv war (sie nannte dies »moderne Bestimmtheit«). Gingers Grundeinstellung gegenüber der Pflege war, daß sie die Arbeit haßte, damit andererseits ihr Geld verdiente. Sie war die einzige mir bekannte Krankenschwester,

die verzweifelte oder ängstliche Patienten eiskalt allein lassen konnte, um eine Zeitschrift lesen zu gehen, während sie weinten.
Ihren Kollegen schenkte sie noch weniger Beachtung.
Um 17 Uhr war sie aus der Zwischenabteilung abberufen worden, um sich Mr. Wongs, eines 63 Jahre alten akuten Infarktpatienten mit zu hohem Blutdruck, in Zimmer 4 anzunehmen. Sie machte einen oberflächlichen Versuch, sein Stammblatt auszufüllen, warf ein Urinal auf sein Bett, verpaßte ihm ein wenig Lasix und Morphium, ließ aber die Klingel außerhalb seiner Reichweite hängen. Dann machte sie es sich hinter dem Schreibtisch bequem und rief Bubu an.
Da ich die stellvertretende diensthabende Schwester war, übernahm ich die Pflege von Mr. Wong; dazu mußte ich meine Zeit zwischen Max' Blutdruck und Herzrhythmus und Mr. Wongs Angina pectoris sowie seinem Urinal aufteilen. Die ganze Zeit rannte ich hin und her, aber ich kam zurecht.
Als Max' Blutdruck und Herzrhythmus sich wieder verschlechterten und Mr. Wong seinen dritten Anfall mit Brustschmerzen bekam, die auch durch Morphium nicht zurückgingen, unterbrach ich Ginger höflich, erklärte, ich müsse ins Zimmer von Max, und bat sie, sich um ihren Patienten zu kümmern.
Sie reagierte, indem sie mich fortwinkte und Bubu bat zu wiederholen, was er/sie gerade gesagt hatte, denn es sei ein lästiges Geräusch in der Leitung.
Genau in der Sekunde, als ich mich vorbeugte, um die Telefonschnur aus der Wand zu ziehen, bekam Max einen Anfall von Kammertachykardie. Bis obenhin voller Adrenalin rannte ich in sein Zimmer und stolperte über die Beine des Wärters mit den riesigen Händen. Ich gewann mein Gleichgewicht gerade noch rechtzeitig, um zu sehen, daß Max seine Augen verdrehte, jenes unfehlbare Anzeichen eines Anfalls.
Ich machte eine doppelte Faust und schlug damit auf die Mitte

seines Brustkorbs. Einen Augenblick lang gab es wegen der Unterbrechung der Drähte ein Durcheinander von Wellen auf dem Monitor. Während ich darauf wartete, daß sich auf dem Bildschirm wieder eine Art Rhythmus einstellte, hielt ich den Atem an und fühlte seine Halsschlagader. Sein Hals war kalt und schweißnaß; die ersten langsamen Schläge, die auf dem Monitor erschienen, stimmten mit dem schwachen Puls in der Arterie unter meinem Finger überein.

Hinter mir jedoch hatten zwei der Wärter, aufgeschreckt durch die ungewöhnliche Aufregung, neben der Tür eine gebückte Haltung eingenommen. Der eine, der mit den riesigen Händen, stand weniger als 30 Zentimeter von mir entfernt und hatte seinen Revolver gezogen. Plötzlich fühlte ich mich wie eine Mutter, die auf einen Haufen ungestümer Jungs auf dem Spielplatz aufpaßt.

»Oh, verdammt noch mal, stecken Sie das Ding weg!« zischte ich. »Das ist ein Krankenhaus und kein Schießplatz.«

Verschämt steckte der Wärter seinen Revolver wieder in das Halfter und ging zu den anderen Jungs zurück.

Ich maß Max' Blutdruck, erhöhte die Dosis Dopamin, die durch seine Infusion tropfte, und rannte los, um einen Bolus Lidokain zu holen. Als ich an Ginger vorbeilief, warf ich ihr einen Blick zu, der sie vom Hals abwärts hätte lähmen müssen, und flüsterte in ihr freies Ohr: »Hör auf zu telefonieren, Ginger, bevor ich dich mit einer Insulinspritze ersteche. Ich brauche Hilfe, und zwar sofort.«

Meine Drohung veranlaßte sie lediglich, sich von mir wegzudrehen und ihre Hand auf das freie Ohr zu legen und auf diese Weise mich und die gesamte Abteilung aus ihrer bewußten Wahrnehmung auszuschließen.

Max' Herzrhythmus und die anderen Vitalzeichen stabilisierten sich gerade, als Sandy ihren Kopf durch die Tür steckte und mir mitteilte, daß ich gleich einen Patienten aus der Am-

bulanz bekommen würde, einen 56jährigen Mann in allerschönstem Delirium tremens und mit einem frischen Innenwandinfarkt.
Ich schaute zu Max' Monitor und den Myriaden von intravenösen Medikamenten hinüber, dann nach dem blassen und schwitzenden Mr. Wong, der immer noch nach seiner Brust griff und Grimassen zog. Meine Augen wanderten als nächstes zu Bett Nr. 2, das für meine Neuaufnahme aus der Hölle vorbereitet werden mußte, und schließlich blieben sie auf Ginger ruhen, die alles nur noch schlimmer machte, indem sie ihre Füße hochnahm und sie gegen den Monitorständer stützte.
Ich lief mit geballten Fäusten und zusammengebissenen Zähnen zur Zwischenstation. Ich würde zu einer ganz primitiven Taktik greifen: Ich würde Ginger verpetzen.
In der blinden Entschlossenheit meiner Wut rannte ich mit voller Geschwindigkeit durch die Doppeltür und gegen Beth, unsere neue Schwester in der Schaukelschicht. Unsere Hüftknochen prallten so heftig aufeinander, daß meine Zähne knirschten.
»Um Gottes willen, hast du deine Hüften schon polizeilich als tödliche Waffe gemeldet?« fragte Beth und krümmte sich, wobei sie ihre linke Hüfte rieb.
»Nein«, stöhnte ich; der Schmerz breitete sich von meiner rechten Hüfte zu meinem Knie aus und schien alles andere zu betäuben. »Aber ich hab' schon daran gedacht, sie entschärfen zu lassen.«
Wir lächelten beide, als in unseren beiden Dachkammern ein Licht des Erkennens anging und zwei Menschen mit gleicher Denkweise beleuchtete. In unserem Fall war es die gleiche Haltung, die gleiche Einstellung, die sagte: »Ich bin ein respektloser Aufwiegler.« Ich war bereit, darauf zu wetten, daß wir beide mindestens sechs verschiedene Persönlichkeiten mit starkem Willen gemeinsam hatten.
Beth ließ als erste ihre Hüfte los und stand wieder gerade. Ich

bemerkte, daß sie die Bluse ihrer Schwesternkleidung so trug wie die heißen Schwestern in New York oder Boston: den Kragen hochgestellt und die Ärmel bis zum Ellenbogen hochgeschoben. »Wenn ich wieder gehen kann«, sagte sie, »kann ich rüberkommen. Meine Patienten geben eine Weile Ruhe, und Sandy sagte, du brauchst Hilfe.«

»Sandy weiß ganz genau, daß ich seit Jahren Hilfe brauche, aber für den Augenblick bin ich schon zufrieden, wenn mich jemand zurückhält.«

»Was ist das Problem?«

»Bubu.«

Leicht besorgt runzelte sie die Stirn, während sie mich von oben bis unten beschaute. »Tut's dir irgendwo weh?«

»Nein, Bubu ist die Person auf der anderen Seite der Leitung.« Ich deutete mit dem Daumen in Gingers Richtung. »Sie hält das Ding schon so lange gegen ihr Ohr gedrückt, daß man es als die erste Ohr-Telefon-Verschmelzung bezeichnen könnte. Ich kümmere mich gerade um ihren Patienten und um meinen. Gleich kommt ein neuer Infarkt mit DT aus der Ambulanz, und ich schaff' es nicht, die Frau in die Gänge zu kriegen.«

Beth lächelte mich wissend an. Sie war groß und schlank und bewegte sich elegant auf Ginger zu. Mit einer raschen Bewegung riß sie ihr das Telefon aus der Hand, wobei sie ein paar von ihren blonden Haaren erwischte.

»Hallo, Bubu?« sprach Beth ohne zu zögern in den Apparat. »Tut mir wirklich leid, aber Ginger hat einen häßlichen Unfall mit dem Defibrillator gehabt und kann jetzt nicht ans Telefon kommen.«

Es entstand eine kurze Pause. »Nein, nein, ruf nicht wieder an«, sagte sie, »oder wir müssen mit der Herzmassage wieder ganz von vorn anfangen.«

Ich war beeindruckt. Das war kein Schaf im Schwesternpelz. Diese Frau zeigte die allerbesten Ansätze, ein Mitglied des inneren Kreises der »ungeliebten aufständischen Schwestern« zu werden. Wir suchten dringend neue Mitglieder; es gab nur noch Pia, Nealy und mich, und Nealy zeigte in letzter Zeit Anzeichen von nachlassender Begeisterung auf unserem Kreuzzug für mehr Schwesternrechte, seit sie alleinerziehende Mutter von drei Kindern war.

Ginger betrachtete dieses Eingreifen aus einem völlig anderen Blickwinkel als Beth und ich, die wir breit grinsend dastanden. »Entschuldige bitte«, sagte sie, und ihr Gesicht nahm einen feindseligen Ausdruck an, »aber ich war beim Telefonieren. Wer bist du, und was gibt dir das Recht ...?«

»Gestatte, daß ich mich vorstelle«, sagte Beth und tat so, als ob sie Mr. Wongs Stammblatt eingehend studierte. »Ich bin Beth Prochaska, die Schwester von deiner Oberschwester. Ich werde eine Weile hier in der Abendschicht arbeiten. Annie hatte das Gefühl, sie hätte keinen Kontakt mehr mit dem Personal von der Spätschicht, und wollte, daß ich danach sehe – du weißt schon: alles im Auge behalten und drauf achten, ob hier Schwestern sind, die sich nicht voll einsetzen. Außerdem macht sie sich Sorgen wegen der hohen Telefonrechnungen auf dieser Station.«

Ich stopfte mir die Finger in die Ohren, da ich fest damit rechnete, daß Ginger eine verbale Messerstecherei beginnen würde. Aber statt dessen verzog sie nur ihren Mund zu einer harten, dünnen Linie. Dann schnappte sie sich nicht allzu sanft Mr. Wongs Stammblatt und verschwand in Richtung Schwesternzimmer.

Beth tippte ihr auf die Schulter und deutete auf Mr. Wongs volles Urinal, das hart am Rand seines Bettisches lag. »Da fällt gleich ein goldener Schauer, Ginger. Warum sparst du dir nicht den Ärger und leerst das Ding? Außerdem bin ich sicher, daß der Patient gern vor dem Ende der Schicht deine Bekanntschaft machen würde.« Beth schielte zum Monitor hinüber. »Sieht aus, als

ob seine S-T-Strecken angehoben wären. Ich vermute, daß er Schmerzen hat, wahrscheinlich braucht er Morphium und einen neuen Satz Vitalzeichen, meinst du nicht auch?«
Wenn Blicke töten könnten, wäre Beth schon dreimal tot gewesen, und zwar ohne jede Aussicht auf Wiederbelebung.
»Bist du wirklich Annies Schwester?« fragte ich ein paar Minuten später, als wir das Zimmer für den neuen Patienten vorbereiteten.
Beth warf ihr pechschwarzes Haar von einem Paar Augen in derselben Farbe zurück und runzelte die Stirn. »Spinnst du? Wenn ich mit der Geschäftsleitung verwandt wäre, würde ich mich eher umbringen, als es herauszuposaunen.«
Sie schaltete den Monitor neben dem Bett ein, stellte die Alarmstufen ein und sortierte die miteinander verschlungenen Drähte. Irgendwo hatte diese Frau etwas Hartes, das ich nicht zuordnen konnte; entweder war es absolute Selbstsicherheit oder eine Verteidigungsmauer.
»Ob du's glaubst oder nicht«, fuhr sie fort, »als ich jung und naiv war, arbeitete ich in der Verwaltung eines der großen Krankenhäuser in New York. Ich kenne das Spiel ›greif die Kohle und bescheiß die Schwester‹ aus erster Hand. Ich hörte damit auf, als mir klar wurde, daß ich nicht über den notwendigen Mangel an Gewissen verfüge.«
Wir klappten das Bett wieder herunter und legten die übrigen routinemäßigen Dinge für eine Aufnahme bereit: Stammblatt, Medikamente zur Erstbehandlung, Infusionsgeräte und Elektroden. Beth überprüfte das Sauerstoffgerät, indem sie es vollständig aufdrehte, so daß es zur Anfeuchterdüse heraus- und ihr ins Gesicht blies. »Einige von den Sachen, die in den Managementsitzungen gang und gäbe waren, machten mich rasend«, sagte sie und atmete den Sauerstoff ein paarmal tief ein. »Aus den Schweinereien, die in manchen Krankenhausverwaltungen laufen, könnte man ein großartiges Buch machen.« Sie warf mir ei-

nen kurzen, schrägen Blick zu. »Übrigens hörte ich, daß du ein Buch geschrieben hast.«
Ich errötete sofort und beschäftigte mich eingehend mit der Absaugvorrichtung. »Hm, ja.«
»Wovon handelt es?«
Das war die Frage, von der mir mein Verleger gesagt hatte, daß sie immer wieder gestellt werden würde, und obwohl ich mir seit Wochen das Hirn zermarterte, hatte ich immer noch keine passende Antwort. Mir kam die Idee, einfach nach meinem Gefühl zu antworten und zu sehen, was dabei herauskam. »Es handelt davon, wie man sich fühlt, wenn man jeden Tag in den Schuhen einer Krankenschwester herumläuft. Du weißt schon: all die Dinge, die wir erleben und mit denen wir fertig werden müssen ... weshalb wir uns kaputtmachen. Es handelt von dem, was hinter den Kulissen der Stationen vor sich geht.«
Beth lehnte sich träge zurück und schob ihre Hüfte hervor, anscheinend die natürliche Haltung ihres Körpers. »Gibt's auch ein paar so richtig miese und dreckige Stellen?«
»Nun ja, ich vermute, wenn man darüber mit dem normalen Menschenverstand nachdenkt, dann ist das Ganze ziemlich mies und dreckig. Ich meine, wie viele Bücher erzählen von Kakerlaken, die im Haar von einem Menschen hausen, oder davon, wie es ist, zweiunddreißig Sicherheitsnadeln aus einem Penis herauszuholen?«
Meine Antwort schien sie zufriedenzustellen, denn sie lächelte ein wenig und nickte.
»Und der Titel?« fragte sie mit einem leicht herausfordernden Unterton.
Ich dachte eine Sekunde nach, gab ihr das gleiche Grinsen zurück und sagte: »Es heißt *Satanische Schwestern.*«

Der Zirkus hatte angefangen, und ich war die Schwester auf dem hohen Seil und ohne Netz.

Mr. Hathaway, der Neuzugang, stand offensichtlich an einem Schwimmbecken und war begierig darauf, bei einem Sprungwettbewerb seinen Spezialkopfsprung vorzuführen. Mr. Wongs S-T-Strecken waren immer noch leicht angehoben, und Max bereitete sich auf einen weiteren Anfall von Herzrhythmusstörungen vor. Ginger hatte in Mr. Wongs Zimmer die Vorhänge zugezogen, die Füße auf die Seitengitter seines Bettes gelegt und schaute jetzt Fernsehen, während der mit Morphium randvolle Mr. Wong unruhig schlief.

Die zentrale Materialausgabe ignorierte meine wiederholte Anforderung von Lederriemen zur Ruhigstellung; also bekam mein halluzinierender Mr. Hathaway mehr intravenöses Haloperidol, als ich in meiner gesamten Laufbahn jemals einem Patienten mit weniger als 90 Kilo Gewicht gegeben hatte. Leider hatte der Tranquilizer auf seine Unruhe etwa soviel Einfluß wie das Husten einer Fliege.

Schließlich hatte Dr. Meyers seinen großen Auftritt – noch in Golfkleidung und zwei Stunden nach meinem letzten Notruf. Von dem Augenblick an, da er zur Tür hereinkam, hatte er kaum Kontrolle über sich selbst. Ich sah ein kleines Stück Rasen an der Krempe seines Hutes kleben und war mir sicher, daß er weit über Par gespielt und dabei auch noch Geld verloren hatte.

»Gib ihm noch einen Bolus Lidokain!« rief er und wies mit dem Daumen auf Max. »Laß seinen Brustkorb röntgen! Gib ihm vierzig Milligramm Lasix IV! Ruf das Labor an! Schaff das Lidokain an Bord und in den Tropf bis vier Milligramm! Bereite eine arterielle Infusion vor und halte eine Intubation bereit! Warum hat er sein Lasix noch nicht bekommen? Dreht das Dopamin auf. Holt die Laborleute sofort rauf!« Dr. Meyers schnalzte dicht an meinem Ohr mit dem Finger. »Los, los, los, Bewegung! Ich will ...«

»Schauen Sie, Doktor Meyers«, sagte ich wütend, während ich so schnell, wie ich es verantworten konnte, den Bolus in Max' Infusion injizierte; wenn dieses Medikament zu schnell gegeben wurde, konnte dies einen Anfall hervorrufen. »Was soll ich als erstes tun? Ich kann immer nur eine Anweisung zur selben Zeit ausführen. Also, wenn Sie jetzt vielleicht diesen Bolus zu Ende injizieren, kann ich auf die andere Seite laufen und schauen, ob eine andere Schwester sich um den Schreibtisch kümmern kann, während ich die Arterieninfusion mache. Andernfa...«

»He, ihr Arschlöcher«, ließ Max sich vernehmen. »Warum laßt ihr mich nicht in Ruhe? Ich will diese ganze Scheiße sowieso nicht. Schick mich in den Knast zurück, Mann, ich will da sterben.«

Dr. Meyers klopfte ihm beruhigend, wenngleich völlig ahnungslos auf die Schulter. »Nun, nun, Max, wir müssen dir doch wieder auf die Beine helfen, damit es dir bessergeht.«

Der Gefangene wandte seinen eiskalten Blick Meyers zu, der davon fasziniert zu sein schien. »Warum? Damit ich ein Beispiel vollkommener Gesundheit bin, wenn ich die Todeszellen entlang in die Gaskammer marschiere? Wird das dem Steuerzahler wohl gefallen bei dreitausend Dollar Kosten am Tag? Ihr gebt all dies Geld aus, um mich am Leben zu erhalten, damit ihr mich als nächstes hinrichten könnt? Scheiße, Mann, ihr seid verdammt noch mal die Verrückten!«

Ganz im stillen dachte ich, daß Max da nicht völlig unrecht hatte.

Dr. Meyers andererseits stolperte durch seine Sammlung von Platitüden: »Du wirst die Dinge anders sehen, wenn es dir bessergeht, mein Sohn.« Und mein persönlicher Liebling: »Morgen ist auch noch ein Tag.« Als er in der Mitte von »Morgen ist auch noch ein Tag« war, ließ ich Max' Lidokaintropf bei drei Milligramm, erhöhte sein Dopamin um ein paar Tropfen und zog los, um zu sehen, ob ich Beth noch einmal von der anderen Seite ausleihen könnte.

Eine wilde Armbewegung erregte meine Aufmerksamkeit.

Trotz der zehn Milligramm Morphium zusätzlich zu der großen

Menge Haloperidol balancierte Mr. Hathaway auf dem Fußende seines Bettes in der Haltung von jemandem, der kurz davor steht, von einem Sprungbrett zu springen. Hinter ihm verliefen die Monitordrähte, die wie durch ein Wunder immer noch an seinem Brustkorb befestigt waren. Eine Blutspur lief von seiner herausgerissenen Infusion über das ganze Bett.
»Louise!?« schrie er dem an der Wand befestigten Monitor zu. »Louise, schau dir diesen Salto rückwärts an. Versuch ihn mit dem Video festzuhalten!«
Er streckte seine Arme aus, und meine Beine kamen in Bewegung. Ich ergriff ihn, als er zum Absprung tiefer in die Knie ging. »Halt! Mister Hathaway, einen Augenblick.«
Mr. Hathaway fühlte sich kalt und verschwitzt an. Sein Puls war über 120. Er schaute mich verärgert an. »Sind die Kampfrichter noch nicht soweit?«
»Nein. Sie wollen, daß Sie zurückgehen und sich wieder hinlegen, bis Ihre Nummer aufgerufen wird. Sie sind noch nicht an der Reihe, es kommen noch andere Springer vor Ihnen.«
»Nun gut, meinetwegen«, keuchte Mr. Hathaway kurzatmig, »so was Lächerliches hab' ich noch nie gehört. Louise wartet. Laßt mich einfach vor und die Sache abhaken.« Bevor ich mich bewegen konnte, machte der Mann einen Salto rückwärts vom Fußende des Bettes und landete auf seinem Hintern. Er war nicht sehr schwer, aber der Boden und die Fenster bebten von der Wucht des Aufpralls.
»Was zum Teufel haben sie mit dem Wasser gemacht?« brüllte er. »Die verdammten Bastarde haben das Wasser abgelassen, als ich nicht aufgepaßt habe. Ich verlange eine Wiederholung.«
»Und wir sorgen dafür, daß Sie eine bekommen, sobald das Wasser wieder aufgefüllt ist«, sagte Beth, die herbeigeeilt war, um mir zu helfen, den Mann wieder auf die Beine zu bringen.
Wir untersuchten ihn nach Knochenbrüchen, dann schoben wir ihn langsam rückwärts zum Bett.

»Ich hab' am anderen Ende des Ganges gefühlt, wie der Boden zitterte. Das übrige Personal sitzt unterm Schreibtisch und denkt, es ist wieder ein Erdbeben. Ich dachte mir schon, daß du es bist.«
»LOUISE!« Mr. Hathaway riß sich los und versuchte, uns beide zu schlagen. »Hände weg von mir«, rief er. »Louise, sie versuchen, mich zu disqualifizieren. Unfair! Betrüger! Ruf die Feuerwehr, Louise! Beeil dich!«
Wie bei vielen hingebungsvollen und langfristigen Alkoholikern waren auch seine Arme und Beine dünn, aber in seinem gegenwärtigen Zustand war er zu einigen kräftigen Schlägen und Tritten in der Lage. Beth konnte sich vor seinen Schlägen wegducken, fing sich aber einen Tritt am Schienbein ein. Außerdem machte sie den Fehler, ihr Stethoskop um ihren Hals hängen zu lassen. Mr. Hathaway ergriff es und riß ihren Kopf nach unten. Anstatt sie zu beißen, womit ich jetzt rechnete, leckte er ihre Wange.
Als Vergeltung kitzelte Beth ihn an der Seite, was ihn völlig hilflos machte. So konnten wir ihn ins Bett manövrieren und seine Hände mit Baumwollstreifen an den Seitengittern festbinden.
Ich schaute gerade noch rechtzeitig hoch, um zu sehen, wie Dr. Meyers mit steifem Nacken zur Abteilung hinausmarschierte.
»Können Sie sich einen Augenblick um Mark Spitz kümmern?« fragte ich ihn. »Mein anderer Patient geht den Bach runter, und Meyers will tausend Sachen gleichzeitig und sofort. Klar, wenn er mich vor zwei Stunden zurückgerufen hätte, hätte ich das meiste schon erledigt gehabt, statt ...«
»Wo ist Ginger?«
»Hat sich bei ihrem Patienten verschanzt und guckt Fernsehen«, antwortete ich. »Ich hab' noch keine Minute Zeit gehabt, mein Gewehr zu laden und sie zu fragen, wie es ihr geht.«
Beth verzog den Mund und nickte, dann widmete sie sich der Aufgabe, Mr. Hathaways Infusion wieder in Gang zu bekommen.

Dr. Meyers hatte Max' Ordner in Mr. Wongs Fach gelegt. Und natürlich hatte er auch vergessen, die Anordnungen für die Labor- und Röntgenuntersuchungen aufzuschreiben, also war ich gezwungen, wieder von vorn anzufangen und ihn suchen zu lassen. Wenn die Anordnungen nicht von der Ambulanz kamen, schauten sich Labor und Radiologie einen Patienten ohne Durchschlag der vom Arzt ausgefüllten und unterschriebenen Anweisung nicht einmal an. So lauteten die Vorschriften.

Ich führte die Anweisung für die Röntgenuntersuchung des Brustkorbs aus und fügte hinzu, daß es sich um eine mündliche Anordnung von Dr. Meyers handle. Dann bereitete ich die Geräte für das Legen der Arterieninfusion vor. Eine halbe Stunde später stolzierte Dr. Meyers herein wie Kleopatra in Ägypten.

»Also gut, wo sind die Labor- und Röntgenergebnisse?« fragte er.

»Die Röntgenaufnahme ist auf dem Bildschirm. Die Laboruntersuchung ist noch nicht gemacht worden.«

Dr. Meyers öffnete den Mund.

Ich hielt warnend eine Hand hoch. »Sie sind weggegangen, ohne eine Anordnung auszufüllen. Außer bei einer Ambulanzanweisung oder einem Notfall hat es in diesem Krankenhaus seit etwa dreißig Jahren keine Laboruntersuchung ohne schriftliche Anordnung gegeben. Ich habe Sie dreimal ausrufen lassen, und als Sie nicht geantwortet haben, habe ich die Anweisung für das Thoraxröntgen selbst ausgeschrieben. Und ich hätte vielleicht die fürs Labor auch ausgefüllt, aber ich wußte nicht genau, was Sie wollten, und ich wollte nicht riskieren, später von Ihnen wegen Gedankenlesens kritisiert zu werden.«

Ich kreuzte die Arme. Um eine abgegriffene Formulierung zu gebrauchen: In seinem Gesicht braute sich ein Donnerwetter zusammen. Ich konnte sehen, wie sein Unterkiefer arbeitete, und zum ersten Mal fiel mir auf, daß sein Kopf im Verhältnis zu seinem Körper recht groß zu sein schien. Wie nicht anders zu erwarten, nahm er Zuflucht in seiner Arroganz.

»Sie haben mich niemals ausrufen lassen!« gab er zurück.

»Die Vermittlung hält jede Bitte um Ausrufen fest.« Ich nahm das Telefon in die Hand. »Fragen wir sie doch einmal und stellen fest, wann genau ich Sie habe ausrufen lassen.«

Er ignorierte das Telefon. »Wenn ich einer Schwester sage, sie soll Laboruntersuchungen anfordern, erwarte ich, daß das sofort geschieht. Ich war's leid, auf Sie zu warten, bis Sie endlich fertig waren, in dem anderen Patientenzimmer rumzuhampeln, und bin in die Ambulanz runtergegangen, um da einen Neuzugang zu untersuchen.«

»Aber erst haben Sie fünf Minuten damit zugebracht, vor Wut zu schäumen, weil ich nicht zu Ihrer Verfügung stand. Warum haben Sie die Zeit nicht genutzt, selbst beim Labor anzurufen?« Ich nahm seinen rechten Zeigefinger in die Hand und schaute ihn mir mit übertriebener Sorge an. »Er sieht nicht gebrochen aus, Doktor.«

Er zog seine Hand fort. »Es ist nicht meine Aufgabe, meine eigenen Laborarbeiten in Auftrag zu geben; das ist Ihr Job.«

»Meiner Meinung nach war es wichtiger, daß mein DT-Patient *nicht* von seinem Fußende runtersprang und sich verletzte. Und es ist nicht *meine* Aufgabe, Laboruntersuchungen anzufordern, für die ich keine Anweisungen habe. So sind die Vorschriften.«

Dr. Meyers blieb unbeeindruckt und mürrisch.

»Wissen Sie noch? Vor zwei Jahren haben die Ärzte ihr Veto gegen die Bitte der Schwestern eingelegt, Untersuchungen oder Medikationen anordnen zu dürfen, die sie für richtig halten.«

Der Doktor starrte mich mit Augen an, die kälter waren als die seines Patienten. »Ich will keine Ausreden, ich will Bewegung sehen! Ich hab' die Nase voll von der Arbeitshaltung der Schwestern auf dieser Station, und ich werd' was dagegen unternehmen ...«

»Was zum Beispiel, Doktor? Selbstmord begehen?«
Wir drehten uns beide um, um zu sehen, wer diese blasphemischen Worte gesprochen hatte, und sahen Beth hinter uns stehen. Sie hatte einen Ausdruck von diebischer Freude im Gesicht.
»Hallo, Doktor Meyers, ich bin Beth Prochaska, die neue Schwester hier. Haben Sie ein Problem?«
»Das geht Sie nichts an«, sagte er kurz.
Beth legte den Kopf ein wenig schief und drohte scherzhaft mit dem Finger. »Es geht mich etwas an, wenn ich sehe, wie eine Kollegin verbal plattgemacht wird von jemandem, der ein Teamkollege sein soll. Es geht mich auch etwas an, wenn ich sehe, daß ein Arzt versucht, seinen eigenen Fehler zu verstecken, indem er der Schwester den Schwarzen Peter zuschiebt.«
Dr. Meyers ignorierte sie und wandte sich abrupt an mich. »Ich will die Laborarbeiten sehen, und dann brauch' ich Sie da drinnen« – er zeigte wild in die Richtung von Max' Zimmer –, »um mir mit dem Legen der Infusion zu helfen. Also los!«
Ohne Vorwarnung glitt meine Stimmung auf einen helleren, freundlicheren Weg, und mein Kopf schaltete auf Wunschdenken um: Plötzlich wollte ich Dr. Meyers anlachen, wollte, daß er Hände schüttelte und verkündete, der uralte Ringkampf zwischen unseren beiden Berufen sei vorbei. Ich wollte, daß wir uns darin einig seien, für ein und dasselbe Ziel zu arbeiten – die Gesundheit und das Wohlergehen unserer Patienten –, selbst bei einem Patienten wie Max. Und dann, nach einer Weile, würden wir eine Pause machen, zu den Automaten im Untergeschoß runtergehen und einander Bonbons und Kaugummi ausgeben.
Ich stand auf und berührte ihn am Arm. Unter meinen Fingern wurde sein Körper sofort stocksteif, und sein Gesicht bekam diesen gehetzten Ausdruck, als ob ich drauf und dran sei, ihm etwas von Shakespeare oder einen langen Abschnitt aus der Verfassung vorzulesen.
»Schauen Sie, Doktor Meyers, Sie haben gerade das Schlüssel-

wort benutzt: ›brauchen‹. Sie brauchen mich.« Ich versuchte es mit einer ganz direkten Frage: »Ich meine, sagen Sie doch einmal ganz ehrlich: Was würden Sie ohne Krankenschwestern anfangen?«

Ich glaubte, eine leichte Aufwärtsbewegung an seinen Mundwinkeln wahrnehmen zu können – so als sei sein Gehirn dabei, sich zu erinnern, welche Muskeln für ein Lächeln benötigt würden.

»Wir würden Paviane ausbilden, die Arbeit zu machen«, sagte er schließlich.

Empörung, schlicht und einfach Empörung ließ Beth halb aus ihrer Sitzhaltung hochschnellen, die Fäuste geballt. Ich beschloß, daß wir uns jetzt genug geprügelt hatten, und brachte es trotzdem fertig weiterzulächeln. »Okay, Doc, ich helfe Ihnen. Aber ich muß Sie warnen: Sobald Sie aufhören, mich zivilisiert zu behandeln, werde ich den Raum verlassen und versuchen, eine der anderen Schwestern zu überreden, Ihnen zu helfen. Das dürfte nicht ganz einfach sein.«

»Ja«, sagte Beth wütend und strich ihr Haar zurück. »Zumal Krankenschwestern immer menschenähnlicher werden.«

Der Rest des Abends brachte noch ein paar kleine Überraschungen.

Max unterschrieb das Einverständnis für das Legen der arteriellen Infusion ohne weitere Fragen und akzeptierte sogar das intravenöse Valium, das Dr. Meyers angeordnet hatte. Sein Sanftmut überraschte mich nicht; er gehörte einfach zum wilden Ausschlag des Pendels im Kopf eines Schizophrenen – zwischen Gewalt und Geduld.

Dr. Meyers war erstaunlich ruhig, während er die Infusion in Max' Oberschenkelarterie legte; auf Grund seiner Geschicklichkeit sah es nicht schwieriger aus, als ob er eine Scheibe Toast mit Butter bestrichen hätte.

Fünf Minuten nachdem Dr. Meyers begonnen hatte, schloß ich

die Infusion an; die Welle erschien klar und deutlich auf dem Monitor und teilte uns mit, daß Max' Blutdruck 90 zu 48 betrug. Während Dr. Meyers die Infusion festnähte, gratulierte ich ihm zu seinen Fähigkeiten.

»Und das ist der Grund, weshalb ich der Arzt bin und Sie nur die Schwester«, sagte er und warf die Nadel achtlos in den Abfall.

Ich zuckte unter der Dummheit seiner Bemerkung zusammen und begann, seine Unordnung aufzuräumen. Da ich »nur die Schwester« war, gehörte es zu meinen Tätigkeiten, den Haufen OP-Abfall nach den anderen scharfen Gegenständen zu durchsuchen, die er ebenfalls benutzt hatte. Jede Schwester, die ich kannte, hatte sich mindestens einmal an einem Skalpell oder einer Nadel, die die Ärzte nach getaner Arbeit einfach in die Gegend warfen, geschnitten oder gestochen.

Eine Stunde später war alles wieder so weit unter Kontrolle, wie das auf einer Intensivstation eben möglich ist. Max und zwei seiner Wärter schnarchten lautstark, während sie schliefen. Mr. Hathaway lamentierte immer noch über leere Schwimmbecken und Salto rückwärts; andererseits hatte sich das Haloperidol so weit bemerkbar gemacht, daß er mit Sicherheit keine Gefahr mehr für sich oder andere darstellte.

Während Beth und ich unsere Anweisungen abarbeiteten, tauschten wir Ärzte-Horrorgeschichten aus und fragten einander, weshalb manche Ärzte Krankenschwestern so behandelten und diese arrogante Haltung überall zu finden sei.

»Nun«, sagte Beth ganz sachlich, »zum Teil kommt das daher, daß die Schwestern es zulassen, und zum anderen Teil ist ihr Denken in dieser Haltung, etwas Besseres zu sein, vom Beginn ihrer medizinischen Ausbildung an geschult worden. Es geschieht nicht jeden Tag, daß es ein Arzt mit Schwestern wie uns zu tun bekommt, auch wenn ich glaube, daß die Zeit schnell näherrückt. Man muß sich nur anschauen, wie diese Kerle ausgebildet werden. Sie bringen zwölf Jahre Studium und Fachausbildung hinter sich und hassen jede einzelne Minute. Und wer kann es ihnen verübeln? Es ist eine einzige Ausbeutung. Sie sind sechsunddreißig bis achtundvierzig Stunden am Stück auf den Beinen, kaum noch in der Lage zu funktionieren und müssen sich Klagen von allen Seiten anhören. Und jeden Morgen werden sie von ihren Patienten gelöchert. Ärzte sind ziemlich frustrierte Leute, wenn sie die Uni verlassen. Diejenigen, die sich der realen Welt nicht wieder anpassen, glauben, sie hätten sich durch ihr Leiden das Recht verdient, ein Arschloch zu sein.«

»Und um das Maß voll zu machen, leben wir in dem einen Land auf der Welt, in dem der Beruf des Arztes als über allen anderen Berufen stehend angesehen wird. Gott zu spielen bedeutet eine Menge Verantwortung; und wenn diese Verantwortung eine Last wird, sind die Schwestern die idealen Sündenböcke.«

Beth nickte zustimmend. »Sie sind so auf den klinischen Teil der Medizin fixiert«, sagte sie, »daß die meisten von ihnen weder mit den Patienten noch mit dem Personal zu kommunizieren lernen. Die Ärmsten, sie haben eine solche Angst, sich auf irgend jemanden einzulassen – sie könnten ihre scheinbare Macht verlieren oder – schrecklich, schrecklich! – emotional *betroffen* sein.«

»Kommt hinzu, daß sie Angst davor haben, daß Schwestern in ihre Arena treten könnten«, fügte ich hinzu. »Tätigkeiten und Verantwortlichkeiten, die einmal ihnen vorbehalten waren, gehen jetzt auf die Schwestern über; aber statt sich nun erleichtert zu fühlen, fühlen sie sich bedroht – oder sollte ich sagen: ihr Portemonnaie fühlt sich bedroht?«

Max' Monitoralarm ließ sich kurz vernehmen, als einige kurze Herzrhythmusstörungen über den Bildschirm wanderten und dann wieder verschwanden. Beth stand auf und strich sich den Rock glatt, der ihre langen, schlanken Beine gut zur Geltung kommen ließ. »Ärzte, Krankenhäuser, Versicherungen – alle wissen, daß Krankenschwestern der Schlüssel zur Senkung von Gesundheitskosten sind«, sagte sie. »Die einzigen, denen das nicht klar ist, sind die Konsumenten der Gesundheitsvorsorge selbst. Du wirst auf deiner Buchtournee bestens in der Lage sein, ihnen das zu sagen.«

Ich beobachtete die drei unterschiedlichen Wellenlinien auf den Monitoren und dachte an meine vielen Jahre der praktischen Pflege am Krankenbett. Ich dachte an die Patienten, mit denen ich geweint und die ich gerettet hatte und die ich hatte sterben sehen. Dieser Teil meiner Arbeit hatte so wenig mit Geld oder den Machtkämpfen zwischen Schwester und Arzt oder Schwester und Verwaltung zu tun.

Gegenüber den Ärzten und der Krankenhausleitung für mich selbst und die Patienten einzutreten war eine Sache, dachte ich; aber eine Revolution anzuführen war etwas, in das ich nicht verwickelt werden wollte. Oder, wie Simon es manchmal sehr passend zu sagen wußte: »Früher wollte ich nicht spielen, und jetzt will ich immer noch nicht.«

Ich habe kein gutes Ohr für Akzente. Weil das so ist, muß ich ständig Menschen, die aus fremden Kulturen stammen, bitten, sich zu wiederholen, was sehr lästig ist, wenn man im Schmelztiegel San Francisco lebt und arbeitet. Ob texanische Sprechweise oder der Akzent eines Chinesen, der gerade mit dem Schiff angekommen ist – es klingt für mich alles gleich unverständlich.

je älter ich wurde, um so mehr Probleme bekam ich mit meinen zurückgebliebenen Ohren. Ich ging sogar nochmals aufs College, um Zeichensprache zu lernen. Das hatte den Nachteil, daß jedesmal, wenn ich sie benutzte, Leute mit einem starken Akzent glaubten, ich sei taub, und zu schreien anfingen, wodurch sie nur noch schwieriger zu verstehen waren.

Gegen 11 war ich mit meinen Einträgen in die Karteien fast fer-

tig, als Mrs. Shirinian auf die Akutabteilung kam und sich langsam, schüchtern und mit gesenkten Augen auf das Stationszimmer zubewegte, wie dies ältere iranische Frauen oft tun.
Unbewußt verkrampfte ich mich und machte mich ganz klein; vielleicht würde sie mich nicht sehen. Es funktionierte nicht. Sie stand vor mir und sagte etwas mit einem iranischen Akzent, das meinem unmusikalischen Ohr wie »Dariraikom?« klang.
Ich seufzte. Das würde sehr kompliziert werden. Es war schwierig genug gewesen, Mr. Shirinian, meinen postoperativen Gallensteinpatienten mit Stauungsinsuffizienz seit zwei Tagen, zu verstehen, und er war seit 15 Jahren in Kalifornien; seine Frau war erst vor zehn Jahren hier angekommen und hatte sich mit der Sprache noch nicht angefreundet.
Sie hielt mir eine offene Plastikdose entgegen und wiederholte ihren unverständlichen Satz.
»Verzeihung?« fragte ich. Ich begann mein übliches Ritual immer mit »Verzeihung?«, ging dann über zu ein paar Runden mit »Was?« und »Häh?«, schaltete um auf »Entschuldigung!« und zuckte am Ende mit den Schultern, gleichzeitig andeutend, daß ich schwerhörig und außerdem geistig viel zu sehr zurückgeblieben sei, um das Gesagte begreifen zu können.
Sie drückte mir die Dose in die Hand und lächelte. »Schirmira mainahme.«
Ich gab nach und nickte und lächelte zurück. Vielleicht würde sie ja wieder gehen.
Sie zeigte auf die Dose mit einer Geste, die ich als ein Angebot deutete. »Stainaa. Stainaa. Fonnäähman«, sagte sie.
Ich schaute in die Dose und war angenehm überrascht, sie voller schokoladeüberzogener Rosinen zu finden. Ah, dachte ich erleichtert, das Rätsel war gelöst: Sie wollte mir etwas anbieten, weil ich mich um ihren Mann gekümmert hatte.
Nun bin ich noch nie wild auf Schokolade gewesen, aber ich war am Verhungern; und seit ich mir mit 35 Süßigkeiten am Abend

abgewöhnt hatte, fiel es mir schwer, irgend etwas Süßem nach 9 Uhr abends zu widerstehen.
Ich dankte ihr überschwenglich, schüttete ein paar Rosinen in meine Hand und warf sie mir in den Mund.
Eine seltsame Mischung von ungläubigem Staunen und Entsetzen machte sich in Mrs. Shirinians Gesicht breit. Ihre dicken Augenbrauen schossen zu ihrem Haaransatz hoch wie ein Rollo, das man zu schnell losläßt.
Welch entsetzlichen kulturellen Fauxpas ich begangen hatte, konnte man daran ablesen, daß Mrs. Shirinian ihre Hände über dem Kopf zusammenschlug und zu schreien anfing.

Freitag, 2 Uhr 45 – Meine Zähne tun immer noch weh, zum Glück habe ich mir keinen Schneidezahn herausgebissen. Nun ja, wahrscheinlich gehe ich irgendwo als die einzige Person in die Geschichte ein, die je eine Handvoll iranischer Gallensteine aß.
Als müßte ich mich mit keinen anderen traumatischen Erlebnissen herumschlagen: Morgen ist der Tag des Jüngsten Gerichts, und wenn ich nicht ein wenig Schlaf bekomme, werde ich eine Extratube »Erace« für die Schatten unter meinen Augen brauchen.
Matthew hat seiner Tante Echo eine tote Spinne, eine Zeichnung von einem Fisch und ein Stück Zehennagel geschickt, das mir auf meiner Tournee Glück bringen soll. Zum Teufel, warum auch nicht? In diesem Augenblick ist jede Hilfe willkommen.

4. Kapitel

»Wo sind die Artikel, in denen die Myriaden von Krankenschwestern gelobt werden, die jenen die grundlegende, einfühlsame Pflege geben, die ihrer am meisten bedürfen? Wer spricht über die Schwester am Krankenbett?«

Das rote Licht an der Kamera leuchtete auf und trieb meine Atemfrequenz auf über 40 Atemzüge pro Minute. Mein Blut geriet in Wallung. Bis zu diesem Augenblick hatte ich alles völlig unter Kontrolle gehabt. Ich hatte sogar Witze mit dem Kameramann gemacht, der versprochen hatte, die Kamera von mir wegzuschwenken, sobald ich mich übergeben oder in Ohnmacht fallen würde.

Darüber hatte er ein wenig unsicher gelacht, dann gefragt, ob ich es ernst meine. Erst ein Jahr später, als ich die Videoaufzeichnung dieses Interviews zu sehen bekam, begriff ich, weshalb er sich Sorgen machte: Ich ähnelte sehr dem »Vorher«-Foto in einer Anzeige für Pepto-Bismol.

Mein Kopf, der sich anfühlte, als sei ich soeben vom Aussichtsturm des Empire State Building gesprungen, konzentrierte sich auf die Hitze, die von den Lampen ausging, sowie auf die etwa zwei Zentimeter dicke Schminke im Gesicht meines Interviewers. Auf seinem gestärkten Hemdkragen sah ich einen winzigen Spritzer Haarschaum, und irgendwie konnte ich mir vorstellen, wie sein so nachlässig aussehendes Haar Strähne für Strähne sorgfältig zurechtgelegt worden war.

Ich griff nach einem magersüchtigen Hoffnungsstrahl: Vielleicht würden, da es ja Mittagszeit war, nur fünf, höchstens zehn

Leute die Nachrichten anschauen. Der Rest der Bevölkerung der Bay Area wäre dann beim Mittagessen.

Ich beantwortete die erste Frage in einem ganz normalen Tonfall (obwohl ich mich zu dem Zeitpunkt fragte, *wessen* Stimme das eigentlich sei), als mir klar wurde, daß dies vielleicht so etwas wie eines jener Erlebnisse war, wie sie Menschen berichten, die bereits klinisch tot waren, und daß ich in Wirklichkeit über allem schwebte und dem Geschehen unter mir zuhörte. Dann erregte etwas, das der Interviewer sagte, die Aufmerksamkeit meines körperlosen Gehirns.

»... folglich ist Medizin ein Thema, das mich brennend interessiert. Mein Vater ist Arzt ...« (An dieser Stelle gab es ein selbstgefälliges Lächeln, das weiße Zähne im Wert von etwas 10 000 Dollar sehen ließ.) »... und ich bin sicher, daß Sie als Krankenschwester ...« (Das Lächeln verschwand, und das Wort »Krankenschwester« kam mit derselben Intonation heraus, mit der er »Kanalarbeiter« sagen würde.) »... wissen, wie wichtig und notwendig die Anleitung des Arztes für Ihren Beruf ist.« (Ein leicht bedrohliches Knittern machte sich in der Schminke um seine Augen herum breit.)

Ungläubig fragte ich mich, ob er mich gezielt aus meiner Reserve locken wollte. Auf dem Tonband hört man eine deutliche Pause. Und während dieser Pause kehrte mein Denkvermögen in meinen Körper zurück; das Gefühl der Empörung hatte sich durch die betäubende Schicht Lampenfieber hindurchgefressen. »Ich würde, was die Ärzte den Krankenschwestern geben, nicht unbedingt ›Anleitung‹ nennen.« (Auf dem Band hört man, wie mein Fuß beginnt, irritiert zu klopfen.) »Ärzte sehen Schwestern nach wie vor in der Rolle der bettpfannenschwenkenden ...« (Von meinem Mund flog ein wenig Spucke auf den Einband meines Buches, das der Interviewer in seinen perfekt manikürten Händen hielt.) »... Dienstmagd anstelle einer Fachfrau, die mit ihnen zusammenarbeitet. Ärzte sind eines der größten Hindernisse bei der Weiterentwicklung unseres Berufes. Sie betrachten Krankenschwestern als Bedrohung ihrer ...« Ich hatte mich inzwischen weit nach vorn gebeugt und befand mich fast im Gesicht des Mannes. An dieser Stelle machte die Kamera einen Schwenk zum Interviewer.

»Nun, ich bin sicher, dieses Buch wird für jede junge Dame, die sich für die Krankenpflege interessiert, eine interessante Lektüre darstellen.«

»Es ist *nicht* nur ein Buch für Frauen und Männer, die sich für die Krankenpflege interessieren«, unterbrach ich ihn. Als hätte ich sie überrascht, machte die Kamera eine schnelle, abrupte Bewegung zu mir zurück und dann, bevor ich zu Ende gesprochen hatte, wieder zum Interviewer zurück. »Es ist auch für den Laien, für Leute, die keine Ahnung haben, was hinter den Türen eines Krankenhau...«

Auf dem Band sieht man, wie der Interviewer mit seinem Finger das »Schnitt!«-Zeichen über seine Kehle macht; er fing sich wieder, indem er seine Krawatte zurechtlegte und lächelte. Aber man kann sehen, daß sein Lipgloss fast völlig eingetrocknet ist.

»Ja, ja, und vielen Dank. Und unser Gast war Echo Heron, Autorin von ... bla, bla, bla, bla.«

Ein Interview abgehakt; nur noch 44 vor mir.

Ich war im Flugzeug und auf dem Weg nach Los Angeles, aber in Gedanken war ich auf dem Weg durchzudrehen.

Janey, meine langjährige Freundin aus der Schwesternschule, stellte das Leselicht auf die Zeitschrift ein, die sie im Flughafen gekauft hatte, und fuhr fort, laut vorzulesen.

»Carly Simon hat seit langer Zeit Angst, vor Publikum aufzutreten. Lampenfieber wurde für die beliebte Sängerin zu einem solchen Problem, daß sie schließlich die Dienste eines Hypnotiseurs in Anspruch nahm.«

Ohne von ihrer Zeitschrift hochzublicken, langte Janey zu mir herüber und lockerte meine Hand, die wie ein Schraubstock die Armlehne umklammerte. »Derzeit ist Carly Simon in der Lage, vor kleinerem Publikum zu erscheinen ...«

Ich hörte nicht länger zu, sondern richtete meine Aufmerksamkeit wieder auf den gelben Lichtstrahl, der durch das Fenster hereinfiel. Langsam glitt er durch die Kabine und auf meinen Schoß wie ein Stück schmelzender Butter. Gleichzeitig versuchte mein Magen, sich einen Weg meine Speiseröhre hinauf zu bahnen.

»Ich kann das nicht, Janey«, stieß ich hervor. »CNN ist das Schlimmste von allem. Ich in einem kleinen Raum mit einer Kamera einen Meter vor meinem Gesicht? Und Millionen von Menschen starren mich live an?«

»Du kannst das und du machst das«, sagte Janey entschlossen.

Ich antwortete ihr nicht, denn ich war mit der für diese Fälle vorgesehenen Tüte beschäftigt. Dann flüsterte ich mit einem Mund voll Galle: »Kann nicht.«

»Kannst und wirst«, flüsterte Janey wütend. »Ich hab' nicht Mann und Kinder allein gelassen, um von Los Angeles herzufliegen und dich wieder dorthin zu begleiten, damit du vor aller Welt umkippst. Du wirst heute abend in diesem Studio sein.« Sie tätschelte meine Hand – nein, genaugenommen hämmerte sie mit ihrer Faust auf meine Hand und löste wieder deren Griff um die Armlehne.

Medienbegleiter sind wie Lebensrettungssysteme. Sie halten einen noch dann aufrecht, wenn Herz und Verstand sich schon verabschiedet haben. Sie werden von der Abteilung für Öffentlichkeitsarbeit des Verlags angeheuert und müssen Autoren oder andere Berühmtheiten vom Flughafen zum Hotel und von dort zu den Interviews begleiten. Ich kam mit fast allen Medienbegleiterinnen gut zurecht; sie waren für mich jeweils die freundliche und fürsorgliche Mutter, die ich niemals hatte. Medienbegleiter achten darauf, daß man rechtzeitig kommt, gegessen hat und mit dem Tratsch vor Ort vertraut ist. Sie sind eine unerschöpfliche Quelle von Informationen über die politische Situation der Stadt, die man gerade besucht. Sie erzählen einem zum Beispiel: »Es gibt gerade jetzt einen großen Streit, weil die Schwestern im XYZ-Krankenhaus mit Streik drohen.«

Außerdem setzen sie einen über die politischen und persönlichen Ansichten der einzelnen Interviewer in Kenntnis. Ich habe alles mögliche zu hören bekommen, von: »Ihr nächster Interviewer hat letzte Woche einen Arzt, der in seiner Show zu Gast war, in der Luft zerrissen. Seine Mutter ist in einem Krankenhaus langsam und elend gestorben, und er haßt das ganze Gesundheitssystem« bis hin zu: »Diese Interviewerin geht mit weiblichen Gästen ziemlich ruppig um. Aber sie näht ihre gesamte Kleidung selbst, wenn Sie ihr also ein Kompliment zu ihrem Kleid machen, ist sie vielleicht nicht ganz so hart.«

Medienbegleiter können einem das Leben zu einem Traum oder Alptraum machen, und, wie ich bald entdecken sollte, die von ihnen begleiteten Personen können die gleiche Wirkung auf sie haben.

Barbara, meine Begleiterin in L. A., war jung, hochgewachsen, schlank und hübsch und warf damit schon einmal meine Vorstellung über den Haufen, daß alle Begleiterinnen mittleren Alters und matronenhaft sein müßten. Sie trug eine Sonnenbrille, weiße Söckchen zu schwarzen, hochhackigen Lackledersandaletten und einen sehr kurzen Pulli mit Tupfen und Schulterpolstern, die so breit waren wie die eines Footballspielers.

Wenn ich sie nur ansah, wußte ich, daß ich nur in L. A. sein konnte – dem Land der ultraschönen und schlanken Menschen mit dem makellosen Körper, wo selbst die Kellnerinnen eine Augenweide sind. »La-La-Land« ist der eine Ort, an dem man sich

mit Sicherheit schuldig fühlt, wenn man irgend etwas mit Kalorien drin bestellt oder nicht europäisch schönheitssalongestylt aussieht.
Als ich die Gangway herunterkam, streckte mir Barbara ihre Hand entgegen und stellte sich vor. Sofort begann ich zu weinen.
»Sie werden mich hassen«, sagte ich.
Sie betrachtete mich leicht amüsiert, erwartungsvoll und ein wenig ängstlich. »Nein«, sagte sie langsam, »ich glaube nicht.«
»Doch, doch, Sie werden!«
Janey stellte sich rasch als meine Begleitung vor, ergriff mich im Nacken und knurrte: »Du kannst und, verdammt noch mal, du wirst es schaffen!«
Barbara starrte erst Janey, dann wieder mich neugierig an. »Warum soll ich Sie hassen?«
»Ich kann heute abend nicht bei CNN auftreten.«
Janey reckte sich (ich bin 18 Zentimeter größer als diese kleine, täuschend zart aussehende Frau, die behauptet, meine Freundin zu sein) und schlug mir mit der zusammengerollten Zeitschrift, in der der Artikel über Carly Simons Lampenfieber gestanden hatte, an den Hinterkopf.
»Sind Sie krank?« fragte Barbara, dabei Janeys Ausbruch übersehend.
Ich hätte mir alles so viel einfacher machen können, wenn ich nur »Ja« gesagt, mich noch einmal übergeben und anschließend etwas von einem verdorbenen Tofuburger im Flugzeug gemurmelt hätte. Statt dessen sagte ich ihr die Wahrheit: »Ich habe fürchterliches Lampenfieber. Ich kann's nicht, ich kann's einfach nicht!« Meine Stimme wurde immer lauter.
»Lampenfieber? Puh! Das ist gar nichts. Ich zeige Ihnen ein paar Übungen, die werden Ihnen helfen. Ich dachte, Sie würden mir sagen, Sie hätten eine Blinddarmentzündung oder so et...«
»ICH KANN ES NICHT!« schrie ich. »Ich gehe zu jeder Show, in

der Sie mich haben wollen – morgen. Ich steh' nur diese nicht durch.«
Janey änderte jetzt den Tonfall ihrer Stimme in süßlich und verständnisvoll um, aber sie täuschte mich nicht eine Sekunde lang. Ich wußte, daß sie nichts lieber wollte, als mir mit der Zeitschrift weh zu tun – oder noch lieber mit dem Taschenmesser, das sie an ihrer Schlüsselkette trug. »Nun, Ec, denk doch einmal an ...«
»Ich kann es nicht.«
Janey schlug mir auf den Kopf. Zweimal.
Barbara zog Janey fort. »Es ist wirklich nicht schlimm«, gurrte sie und legte einen tröstenden Arm um meine Schultern. »Das Interview ist vorbei, bevor Sie bemerkt haben, daß es angefangen hat. Sobald Sie erst einmal anfangen, Fragen zu beantworten, verschwindet Ihre Nervosität. Sie müssen sich nur konzentrie...«
»Ich sagte, ich kann es nicht. Es tut mir leid.« Zum Beweis fing ich an zu würgen und ließ meine Beine einknicken.
Janey stöhnte. Barbara ließ die Schultern hängen.

Janey O'Hara Justice ist keine rachsüchtige Person. An jenem Abend jedoch lernte sie alles Notwendige über Boshaftigkeit. Sie weigerte sich während des gesamten Abendessens, mit mir zu sprechen, und wollte mir nicht einmal den Salzersatz herüberreichen. Und während des leidenschaftlichen und tränenreichen Berichts über die lange Geschichte meines Lampenfiebers seit der Zeit, als ich ein Säugling war, gähnte sie vor Langeweile.
Ich versuchte, die Situation dadurch ein wenig aufzuhellen, daß ich sie an einige der lustigeren Momente erinnerte, die wir während unserer Ausbildung als Krankenschwestern erlebt hatten. Ich machte sogar Witze über unsere alten Schulschwestern und ahmte Miss Telmacks besenstielgeraden Gang und Miss Pearsons monotone Sprechweise nach. Sie schaute nur

von ihrer Zeitung hoch, als sie die Bedienung um eine weitere Portion fettlosen Hüttenkäses für ihren organischen Obstsalat bat. Nichts konnte den verkniffenen Ausdruck um ihren Mund lockern.

In unserem Hotelzimmer warf ich mich aufs Bett und zog mir die Decke über den Kopf; anders wußte ich mir nicht mehr zu helfen. Völlig demoralisiert durch meine Unfähigkeit, mich selbst aus meiner völligen Versagerhaltung herauszureißen, und auch in der Hoffnung, so etwas wie Mitleid zu erregen, fing ich an zu weinen.

Janey saß auf der anderen Seite auf ihrem Bett, las ein Buch mit Cartoons von Gary Larson und brüllte vor Lachen.

Als es soweit war, schaltete Janey die *CNN-Abendnachrichten* in voller Lautstärke ein. Es gab einen Ersatzgast, der dort saß, wo ich hätte sitzen sollen, über das ganze Gesicht strahlte und sich wie ein Schneekönig darüber freute, alles zum Thema »Sicherheit im Eigenheim zur Sommerzeit« mitteilen zu dürfen.

»Das könntest du sein!« schrie sie mit solcher Lautstärke, daß völlig klar wurde: Sie hatte den ganzen Abend auf diesen Augenblick des Triumphs gewartet. Sie verengte ihr Augen zu schmalen, bösen Schlitzen. »Du könntest dort sein und für die Krankenschwestern im ganzen Land sprechen und etwas für deinen Beruf bewirken. Du bist ein Feigling, und ich kann nur sagen: Wenn du dich bis morgen nicht zusammengerissen hast, werde ich nie wieder zulassen, daß du über mich schreibst.«

Einer der Bühnenhelfer trug mich in den Szenenaufbau des *Hour Magazine* und setzte mich auf dem Sofa ab. Er befestigte ein winziges Mikrofon an meinem Revers und ging kopfschüttelnd weg. Wahrscheinlich, dachte ich, war ich die erste Person, die er in die Sendung hatte tragen müssen.

Die Stars der Show machten eine kleine Pause, also hatte ich ein wenig Zeit, mich zu sammeln und mir zu sagen, daß die Sen-

dung zwar landesweit ausgestrahlt, aber auf Band aufgenommen wurde.
Das Publikum im Studio war allerdings sehr »live«.
Einmal wagte ich es, kurz in die Reihen der Leute zu schauen, und sah Janey auf einem der Außenplätze in der ersten Reihe. Sie hatte den Kopf in die Hände gestützt. Neben ihr saß Barbara, kaute auf ihrem Daumennagel und sah um zehn Jahre gealtert aus.
Auf dem Monitor erhaschte ich einen Blick auf mich selbst, weiß wie ein Gespenst und hektisch atmend. Wenn ich mich selbst so in die Ambulanz hätte marschieren sehen, hätte ich auf baldigen Herzstillstand getippt. Ich fand es noch nicht einmal witzig, daß das Gespräch sich um die Frage drehen sollte, wie Schwestern auf Intensivstationen mit Streß fertig werden.
Ich schaute in die Kamera, dann ins Publikum und beschloß, den Unsinn nicht weiter mitzumachen. *Intensivstation* würde eben ein Buch sein, das sich durch Mundpropaganda verkaufte. Ich hakte das Mikrofon los und bereitete meine Beine gerade auf meinen Abgang vor, als sich ein dunkelhaariger Mann neben mich setzte und sich als Psychiater vorstellte, der regelmäßig in dieser Show auftrat.
»Ich höre, Sie haben ein wenig Lampenfieber«, sagte er.
Ich brachte ein gekrächztes »jede Menge!« hervor. »Ich muß hier raus.«
Er legte einen Arm um meine Schulter und drückte mich an sich. »Ich verspreche Ihnen, Sie werden großartig sein. Der Talkmaster ist ein netter Kerl. Er wird nicht versuchen, Sie reinzulegen. Vergessen Sie die Kameras, vergessen Sie die Leute da draußen. Konzentrieren Sie sich einfach auf die Fragen, und wenn Sie anfangen, in Panik zu geraten, werde ich dasein. Ich werde nicht zulassen, daß Ihnen etwas geschieht.«
In den Augen des Mannes sah ich eine Mischung aus Mitleid und Fröhlichkeit, und ich beschloß, die Stellung zu halten. Okay,

dachte ich, aber wenn ich in Ohnmacht falle oder mich übergebe, dann auf deine Hose, Freundchen.

Die Show verlief ohne größere Störungen. Abgesehen von einem deutlich sichtbar hektischen Atmen und geblähten Nasenlöchern (eine unwillkürliche Reaktion, wenn ich sehr aufgeregt bin), beantwortete ich die mir gestellten Fragen, ohne allzusehr wie ein Trottel zu klingen.
Der beste Teil kam, nachdem das Kameralicht ausgegangen war. Ich ging (mit eigener Kraft) hinaus, als mein Sofabegleiter mir auf die Schulter klopfte und fragte, ob er mich im Konversationszimmer allein sprechen könne.
Noch bevor er die Tür richtig geschlossen hatte, fragte er: »Warum glauben Sie immer noch den ganzen Müll, den Ihre Mutter Ihnen über Sie erzählt hat?«
Meine Augen wurden riesengroß. »Bitte?«
»Warum lassen Sie immer noch zu, daß Ihnen Ihre Mutter im Nacken sitzt und Ihnen sagt, Sie verdienten keine erfolgreiche Tournee?«
Ich starrte ihn fassungslos an. »Jetzt sagen Sie mir nicht, daß Sie auch zu *Ihnen* kommt!«
Der dunkelhaarige Mann lächelte. »Jedesmal, wenn jemand so viel Angst hat wie Sie, sich selbst mit einer eigenen Leistung zu präsentieren, kann ich fast garantieren, daß im Hintergrund immer und immer wieder ein Elterntonband abläuft, das ihn völlig verunsichert und ihm sagt, daß er den Erfolg nicht verdient.«
Ich begann zu weinen, und er ließ mich eine Weile in Ruhe.
»Suchen Sie sich jemanden, der Ihnen hilft, dieses Tonband abzustellen«, sagte er schließlich. »Bevor Sie nach New York zur *Today*-Show fliegen, sollten Sie einen zugelassenen Hypnotiseur aufsuchen – als Notfall.« Er brachte mich zur Tür. »Viel Glück, und vergessen Sie nicht, Ihrer Mutter zu sagen, daß dies Ihre Show ist und nicht ihre.«

Ich schaffte es, mein Restprogramm in L. A. abzuhaken, das aus mehreren Radioshows und einem Zeitungsinterview bestand. Ich machte bei einer Live-Fernsehsendung in einem örtlichen Sender mit, aber außer mir waren noch zwei weitere Krankenschwestern da, und ich überließ ihnen die meiste Zeit. Außerdem konzentrierte sich die Aufmerksamkeit sowohl des Kameramannes als auch des Talkmasters zum größten Teil auf eine vollbusige (*so* vollbusig, daß ich bezweifle, daß irgend jemand ihr Gesicht bemerkt hat) Rothaarige, die Schwesternhelferin gewesen war und jetzt als Privatschwester für einen Studiomanager in Hollywood arbeitete.

Vor der Show hatte sie im Konversationszimmer 40 Minuten ununterbrochen darüber gesprochen, daß die Arbeit als private Krankenschwester sehr viel vorteilhafter als die in einem Krankenhaus sei.

»Es ist ein Kinderspiel«, sagte sie und stieß mir in die Rippen. Dabei machte sie einen Collagen-Schmollmund, der so übertrieben war, daß es aussah, als könne sie Eier aus einer unfruchtbaren Henne saugen. »Du lebst wie eine Prinzessin, reist überall rum und triffst eine Menge wichtiger Leute. Du mußt nur den ganzen Tag am Swimmingpool rumhängen, einen winzigen Bikini tragen, den alten Scheißer zum Mittagessen begleiten und jede Menge Dekolleté zeigen, ihm rechtzeitig seine Pillen geben und seinen Blutdruck messen, wenn er anfängt, elend auszusehen. Wenn er sich besäuft und umkippt, mußt du ihn nur auf die nächste ebene Fläche rollen, eine Decke über ihn schmeißen und seinen Kopf zur Seite drehen, damit er nicht erstickt, wenn er kotzt.«

Etwa drei Minuten lang klang es sehr verlockend, bis mir klar wurde, daß mir die wichtigste Referenz für diese Tätigkeit sowieso fehlte: Irgendwann zwischen 23 und 30 war mir mein Dekolleté abhanden gekommen.

Janey und Barbara setzten mich ins Flugzeug nach San Francisco; ich glaube, beide waren froh, mich abreisen zu sehen. Janey küßte mich auf die Wange. »Du wirst das schon schaffen«, sagte sie, immer mit ihrem gräßlichen Optimismus bei der Hand. »Jemand wird dich hypnotisieren, dich veranlassen, ihm dein ganzes Geld zu überschreiben, Sex mit dir machen und sich um dein Lampenfieber kümmern – alles in einer Sitzung. Du wirst bettelarm und geschlechtskrank sein, aber du *wirst* mit allem Selbstvertrauen der Welt in der *Today*-Show aufmarschieren.«

Jane Pauley war kleiner als ich, und ihre Hände waren kälter als meine. Außerdem erinnerte sie mich an Virginia Bradley, ein blasses, sommersprossiges Kind, mit dem ich zur Schule gegangen war.

Zu diesem Zeitpunkt wußte ich über Jane Pauley nur, daß sie mit Garry Trudeau verheiratet war und mich interviewen würde. Ich erinnere mich noch daran, daß ich dachte, sie sei eigentlich zu jung, um als Talkmasterin viel Erfahrung zu haben. Ich hoffte nur, daß, wenn ich steckenblieb, sie den Gesprächsfaden würde aufnehmen und so lange weiterspinnen können, bis jemand in den Kulissen mich an den Beinen vom Sofa gezogen haben würde.

Meine Medienbegleiterin schärfte mir ein, nett zu Mrs. Pauley zu sein. Jane, so sagte meine Begleiterin, habe in der Nacht zuvor, der ersten Nacht des Streiks bei NBC, auf dem Sprechertisch geschlafen, Kopf an Kopf mit Bryant Gumbel, weil man ihnen gesagt habe, sie dürften die Streikposten nicht passieren.

Natürlich glaubte ich diese alberne Geschichte nicht, aber andererseits sah ich sehr wohl, daß die Restmannschaft, die noch im Studio war, einen gestreßten Eindruck machte. Und Mrs. Pauley sah wirklich müde aus.

Jemand vom Team befestigte gerade das Mikrofon am Kragen

meiner Jacke, als ich mich vornüberbeugte und sie fragte, warum ihre Hände so kalt seien. Wenn sie nicht gerade eben mit Eis hantiert habe, würde ich Vitamin C und B vorschlagen und vielleicht ein wenig Eisen dazu.
Zu meiner Überraschung entschuldigte sie sich für ihre Hände und setzte sich mir gegenüber. »Arbeiten Sie noch als Krankenschwester?« fragte sie und rieb ihre Hände.
Mir fiel auf, daß ihr Kostüm perfekt saß und nicht die kleinste Knitterfalte aufwies, und fragte mich, worin sie wohl auf dem Sprechertisch übernachtet hatte. »Ja. Ich bin im Urlaub.«
Jane legte den Kopf schief und hob die Augenbrauen. »Sie machen diese Tournee in Ihrem Urlaub?«
Ich nickte und dachte einen Augenblick daran, ihr zu erzählen, wie schwierig es für Schwestern auf Intensivstationen war, Urlaub zu bekommen. Ich nahm nicht an, daß sie mir glauben würde, wenn ich ihr sagte, daß manche Schwestern sich selbst verletzten, nur um freizubekommen.
Jemand von der Produktion gab Mrs. Pauley ein Exemplar meines Buches, und hinter mir kam eine Männerstimme aus dem Dunkel, die sagte: »Dreißig!« Ich wußte, dies bedeutete, daß es noch 30 Sekunden dauern würde, bevor das rote Licht oben auf der Kamera angehen würde.
Panik kroch meine Schläfen hoch und von dort in meine Ohren und meinen Kopf. Das bekannte benommene Ich-will-hier-raus-Gefühl übernahm die Führung wie eine außer Kontrolle geratene Rakete. Das Klingeln in meinen Ohren machte mich taub, und ganze Teile meines Sehvermögens waren verschwunden. Es war Lampenfieber in Vollendung!
Automatisch bildeten mein Daumen und Zeigefinger einen Kreis, wobei ich die Kuppen ganz fest zusammendrückte. Dies war das Entspannungssignal, das der Hypnotherapeut mir zwei Tage zuvor einprogrammiert hatte. Wie in einer Vision kurz vor dem Tode (das heißt, wenn man an dieses alte Klischee

vom Leben, das noch einmal vor einem abrollt, glaubt) rasten die Höhepunkte des Tages beim Hypnotherapeuten an mir vorbei.

Ich war in seine Praxis gekommen, ein verkrampftes, defensives Wrack, und hatte ihm in sehr deutlichen Worten versichert, daß es ihm in einer Million Jahren nicht gelingen würde, mich zu hypnotisieren. Drei Stunden später glitt ich hinter das Lenkrad meines Wagens und fühlte mich, als säße ich auf dem Rücken eines Delphins – genauso hatte er es vorausgesagt.

Ich bekam mein Seh- und Hörvermögen wieder, als Jane Pauley ihr Mikrofon zurechtrückte und ihre Notizen aufnahm. »Eine der Fragen, die ich Ihnen stellen werde«, sagte sie, »ist, warum die kleinen Schwestern aus England hierher in die USA kommen und Arbeit suchen.«

Der Mann hinter ihr sagte: »Zehn, neun, acht, sieben ...«

Kleine Schwestern? Wer oder was zum Teufel waren die kleinen Schwestern, und was hatten die Briten jetzt schon wieder vor? Könnten sie irgend etwas mit Mutter Teresa zu tun haben? Oder Monty Python?

Die zurückflutende Welle der Panik stieg wieder hoch. Es gab keine kleinen Schwestern in meinem Buch, außer vielleicht in der Danksagung. Plötzlich war ich davon überzeugt, daß sie das verkehrte Buch hatte oder das richtige Buch, aber die verkehrte Autorin; oder, da ein Streik im Gange war und der Sender sich in völligem Chaos befand, hatte sie vielleicht den verkehrten Tag erwischt.

»Um Gottes willen, fragen Sie mich nur das nicht!« flüsterte ich rasch. »Ich weiß nichts über kleine Schwestern in England. Ich spreche nur für ...«

Das rote Licht leuchtete auf.

Ich brachte meine fünf Minuten mit Jane Pauley in intaktem Zustand hinter mich. Als sie mir die Frage über die kleinen Schwestern aus England stellte, brachte ich irgendwie eine Ant-

wort zustande – keine, die auch nur im entferntesten mit der Frage zu tun hatte, aber immerhin eine Antwort.
Als ich wieder vor dem Studio stand, fühlte ich mich plötzlich lebendig. Ich konnte mein nächstes Interview nicht erwarten; egal, wo und mit wem: her damit!
Und so erwachte das Medienmonster in mir, das in den Schatten meines Geistes gelauert hatte, und wurde aus seinem Versteck gezerrt.

In derselben Woche, als mein Buch in die Läden kam, erschien auf der ersten Seite der *New York Times* ein Bericht über den Pflegenotstand in den USA. Über Nacht bekam ich eine überwältigende Anzahl von Anfragen, in allen möglichen Shows aufzutreten, von *Oprah* bis zu religiösen Sendern. Plötzlich wollte jeder wissen, wohin all die Krankenschwestern verschwunden waren ... und warum.
Das Muster der Interviews war immer dasselbe, ob sie nun im Radio, im Fernsehen oder für eine Zeitung oder Zeitschrift stattfanden. Etwa 30 Sekunden lang befaßte man sich mit meinem Buch, und die übrige Zeit widmete man sich dem Pflegenotstand und der Gesundheitsfürsorge. Die Leute, so stellte ich fest, wollten immer wieder wissen, was Krankenschwestern motivierte und worin unsere Arbeit tatsächlich bestand. Sie wollten von einer Insiderin wissen, was *wirklich* hinter den geschlossenen Türen der Krankenhäuser vor sich ging. Es gab Hunderte von Fragen: Wie kamen die Schwestern mit all dem Leid und dem Sterben zurecht? Inwiefern hatte es einen Einfluß auf unser privates Leben? Was war der Grund für den uralten Konflikt zwischen Ärzten und Krankenschwestern? Warum war das Verhalten mancher Krankenhausverwaltungen so bösartig? Wie fühlte man sich, wenn man ein sterbendes Kind im Arm hatte? Was konnte man als Krankenversicherter tun, um sich zu schützen? Und – die häufigste Frage – wie hielten wir das alles nur aus?

Ich gewöhnte mir an, mit der Wahrheit zu antworten. Ich ließ mit dem größten Vergnügen den Mythos von der aufopferungsvollen, untertänigen Krankenschwester zur Hölle fahren, und wenn ich weiter nichts gemacht hätte in meinem Leben, das allein wäre schon genug gewesen. Früher hatte ich immer geglaubt, mit der politischen Arena nichts zu tun haben zu wollen; jetzt watete ich knietief darin herum, bis zum Rand meiner Gummistiefel. Ich verbreitete mich über alles, vom Patientenrecht bis zu Schwesternrevolution und Eigenverantwortlichkeit und kotzte mich, wie meine Mutter es auf ihre mißbilligende Weise zu sagen pflegte, vor jedermann aus.
Wohin ich auch kam, warfen Krankenschwestern ihren Schafspelz ab und wurden zu quietschenden Rädchen in einer Revolte gegen die Systeme, die sie Hunderte von Jahren stumm gemacht hatten. Ich konnte nur hoffen, daß diese quietschenden Rädchen einen Aufschrei hervorrufen würden, der durch alle Institutionen der Gesundheitsfürsorge dieses Landes hallen würde.

So, wie die Nadel durch meinen Handrücken drang, erinnerte sie mich an einige der Spezialeffekte von Mr. Spielberg. Außerdem veranlaßte sie die Damen in meiner Vermittlung, die roten Alarmknöpfe zu drücken.
Seit ich im Alter von drei Jahren mit dem Handgelenk voraus in eine zerbrochene Milchflasche gefallen bin, habe ich mir das Innere meines Kopfes als eine Schaltzentrale vorgestellt, in der viele winzige Frauen (die alle wie Lily Tomlin aussehen) an den Steckverbindungen sitzen.
Wie jedermann weiß, gibt es, wenn ein Unfall passiert, einen Sekundenbruchteil, in dem das Denken sich weigert zu glauben, daß dieser Unfall tatsächlich passiert ist. Und während dieses winzigen Augenblicks drückt jemand auf den roten Alarmknopf; und ich stelle mir vor, daß diese klitzekleinen Frauen alle hereinkommenden Leitungen auf der Schalttafel des Gehirns

unterbrechen. Erst wenn sie zu viele Leitungen ausstöpseln, erleidet man einen Schock und fällt in Ohnmacht.
Ich starrte die scharfe Spitze der Nadel an und fühlte, wie der Schmerz durch meinen Arm in meine Schulter schoß. In meiner Phantasie schüttelten die Damen in der Schaltzentrale den Kopf über ein weiteres meiner Mißgeschicke und sagten zueinander: »Herrje, wieder ein roter Alarm? Das ist der sechste diese Woche. Was für ein Trampel!«
Erst als ich am Spülbecken stand und die Wunde reinigte, wurden die anderen beunruhigenden Gedanken von den Damen in meiner Vermittlung durchgestellt, einer nach dem anderen.
Also gut, ich hatte mit voller Kraft in die etwa vier Zentimeter lange intramuskuläre Nadel gegriffen, die mit der Spitze nach oben aus dem Karton mit Spritzen hervorschaute.
Und der Patient, der seit vier Tagen in dem Zimmer lag, war ein junger Mann, der wegen Schmerzen in der Brust und »Fieber mit unbekannter Ursache« gekommen war.
Der Mann war schwul und, wie er selbst zugab, ein Fixer.
Volltreffer – und willkommen in der wunderbaren Welt der Pflegeberufe!

Die Frau, die auf den Boden der Ambulanz blutete, war betrunken. Sie trug Handschellen, und links und rechts von ihr saß jeweils ein Polizist. Einer von ihnen hielt ihr in einer ungewöhnlichen Demonstration von Freundlichkeit einen Gazeverband gegen die Schnittwunde, die ihre Nase deutlich in zwei Hälften teilte.
Ihr gelbes, getupftes Kleid, das bis zur halben Schenkelhöhe geschlitzt war, zeigte lange, dünne Beine in weißen Netzstrümpfen, die sie wahrscheinlich seit den sechziger Jahren aufbewahrt hatte. Unter dem enganliegenden Stoff sahen ihre Brüste (um es vorsichtig zu sagen) übertrieben aus: Sie trug eindeutig ihre Berufskleidung.

Sie hob eine Hand, um sich auf dem Kopf zu kratzen, und die andere hatte auf Grund der Kette keine andere Wahl, als der ersten zu folgen. Die kurzen, grotesk roten Fingernägel gruben sich in rosafarbene Löckchen, und wie ein großes, totes Stück Zuckerwatte rutschte die Perücke in Zeitlupe über ihr Gesicht nach unten und fiel in eine Blutlache.
Sie murmelte etwas im Falsett vor sich hin und trat mit ihrem mit gelben Steinchen besetzten Stilettoabsatz nach der Perücke. Diese drehte sich mehrere Male in der Luft, bevor sie auf meiner Schuhspitze landete. Sofort nahm ich sie hoch und gab sie der Frau zurück.
Höflich nahm sie sie an, dann schob sie sie in den Nackenausschnitt ihres Kleides. Einer der Polizisten schüttelte ihren Arm. »Bedanken Sie sich gefälligst bei der Schwester«, sagte er.
Ihr sauber rasierter Kopf wackelte von einer Seite zur anderen, während sie versuchte, ihre unfreiwillig umherschweifenden, blutunterlaufenen Augen unter Kontrolle zu bringen. Sie versuchte kurz, ihre vollen 1,85 Meter in eine stehende Position zu bringen, und legte eine der beiden gefesselten Hände demonstrativ auf ihre nach außen gedrückte Hüfte. Zeitgleich mit dieser hochmütigen und provokativen Hüftbewegung, die einmal Mae West bekannt gemacht hatte, brachte sie ihre Schulter fast bis in Höhe ihres Wangenknochens und ließ ihre extra langen, falschen Wimpern flattern. Ich war fasziniert von den winzig kleinen, glitzernden Steinchen, die ihre Lider säumten. Aufeinander abgestimmte Schuhe und Augenlider: Modebewußtsein in San Francisco. »Nun«, sagte der Transvestit, »soll ich Garland oder Streisand für Sie machen?«
Einer der Polizisten zog ihn etwas rüde wieder auf seinen Sitz zurück.
»Wie wär's mit Streisand?« sagte ich und ging in Richtung von Zimmer 6 davon, wo Sarah schon stand und die beiden für mich

bestimmten Spritzen vorwärmte. Sie hielt die Tetanusspritze unter ihrem linken Arm eingeklemmt, und unter ihrem rechten Arm wartete die Injektion aus der Hölle auf mich: Gammaglobulin. Es war eine ungewöhnliche, aber wirkungsvolle Art und Weise, die Medizin im Inneren der Spritze aufzuwärmen, damit sie beim Eintreten in den Muskeln weniger schmerzte.

»Also gut, Mädel, laß die Hosen fallen und beug dich nach vorn, Füße nach innen.«

»Ich will nicht.« Ich kreuzte meine Arme über der Brust und schmollte; ich haßte Injektionen bekommen fast so sehr wie geben.

Sarah legte die Spritzen an der Kante des Tisches ab. »Also gut, du kannst warten, bis ich irgendwann noch mal wiederkommen kann; aber ich muß dich warnen: Die Bude ist voll, und es kann gut noch eine Stunde dauern. Bis dahin kannst du ...«

Von der anderen Seite des Vorhangs kam eine schöne, wohlmodulierte Stimme.

»Come to me, my melancholy baby ...«

Es klang so sehr nach Streisand – wir hätten genausogut im Central Park sein können.

Sarah verdrehte die Augen. »Siehst du, was du angerichtet hast? Jetzt hör auf mit dem Scheiß, beug dich nach vorn und vergiss nicht, morgen vor der Arbeit zum internen Gesundheitsdienst zu gehen – für deine erste Serie von Aidstests.«

Ich beugte mich vornüber und biß in das Laken auf dem OP-Tisch; eine Gammaglobulin-Injektion ist nicht gerade ein Wespenstich. Sie ist auch nicht vorbei, sobald die Nadel herausgezogen worden ist: Ich würde noch tagelang hinken.

»Cuddle me up and don't be blue ...«

Schnell stach Sarah die Nadel in meine Hüfte. »Ich hab' dich auf *People Are Talking* gesehen«, flüsterte sie. »Mir gefielen deine Bemerkungen über Krankenschwestern, die als bettpfannenschwenkende Dienstmägde behandelt werden, und daß sie für das Gesundheitswesen das Sonderangebot des Jahrhunderts sind.«

Ich ließ das Laken los und holte ein Stück davon von meiner Zunge. »Warum flüsterst du?«

Sarah zog die Nadel wieder heraus. Es fühlte sich an, als ob man eine Tasse voll heißen Bleis in meinen Muskel gegossen hätte.

»Wir dürfen während der Arbeit nicht darüber reden.«

»Worüber reden?« Ich stand wieder gerade und zog das Durchziehband meiner Hose zusammen.

»Schwesternprobleme.« Sarah wischte meinen Oberarm mit Alkohol ab und setzte die Tetanusinjektion. Ich zuckte zusammen; nie wieder würde ich einem Patienten erzählen, es sei nur ein kleiner Stich.

»Die Geschäftsleitung hat die Losung ausgegeben, daß man es mißbilligt, wenn wir uns deine Interviews ansehen. Die stellvertretende Leiterin hat zu Gus gesagt, sie fände es unangemessen und die Leitung sei der Meinung, was du zu sagen hättest, sei unprofessionell.«

Zorn stieg in mir auf. »Unangemessen? Mein Gott, ich kann mir nichts Angemesseneres vorstellen als Krankenschwestern, die sich Leute ansehen, die für sie eintreten, damit sie anständig behandelt werden«, sagte ich. »Und wenn ich unprofessionell bin, weil ich Schwestern auffordere, ihre Rechte als Fachfrauen zu verlangen, dann frage ich mich, was die Geschäftsleitung unter ›professionell‹ versteht. Ich vermute, wenn alle zwei Millionen von uns auf ihren Plätzen als unterdrückte Frauen blieben, wäre sie vollkommen glücklich. Hundert Jahre Machtlosigkeit sind genug, meinst du nicht?«

Sarah klebte ein Pflaster über die Einstichstelle an meinem Arm, aus der ein wenig Blut zu meinem Ellbogen hinuntertröpfelte. »Vielleicht«, sagte sie langsam, »aber ich glaube, du wirst noch merken, daß auch die Schwestern bei einigen Problemen unterschiedlicher Meinung sind. Nicht jede ist bereit, sich zum Fenster rauszuhängen; einige von uns haben Schulden abzuzahlen und Kinder zu versorgen.«

»... Every cloud must have a silver lining.«

Darüber konnte ich mit Sarah nicht streiten; ich erinnerte mich an die Show, bei der ich zwei langweilige Male hintereinander an einer Podiumsdiskussion teilgenommen hatte. Die Gesprächsleiterin hatte sich nach Kräften bemüht, ihre Wut unter Kontrolle zu behalten, während die teilnehmenden Krankenschwestern sich über jedes Thema, das zur Sprache kam, stritten, von sexueller Belästigung am Arbeitsplatz bis hin zu gewerkschaftlicher Organisation. Ständig wurde gleichzeitig gebuht und geklatscht; es war weiß Gott ein sehr lebhafter und zerstrittener Haufen.

An einer Stelle wurde ich ausgebuht, weil ich gesagt hatte, daß gewerkschaftliche Organisation eine der Möglichkeiten für Krankenschwestern sei, für ihre Rechte zu kämpfen, ohne Angst vor Kündigungen haben zu müssen. Die empörte Gesprächsleiterin nahm ihre berühmte Hornbrille ab, und während die Adern an ihrem Hals zum Platzen angeschwollen waren, fragte sie das Publikum, was das Problem sei, wenn doch gewerkschaftliche Organisation die beste Antwort auf alle Klagen der Schwestern sei.

Nach einer Reihe von zustimmenden und ablehnenden Antworten stand eine Frau im Publikum auf und sagte: »Ich glaube, niemand wird im Fernsehen über Gewerkschaften reden, wenn die Leute schon Angst haben, darüber zu sprechen, während sie im Krankenhaus in der Kantine zusammensitzen.«

Ich seufzte. »Nun, Sarah, solange wir nicht anfangen, uns über die wichtigsten Dinge zu einigen, werden wir weiterhin als die Trottel des Systems und nicht als das Rückgrat des Krankenhauses angesehen werden, und unser Gehalt wird weiterhin gerade eben die Lebenshaltungskosten decken.«

»Ja, Ec, aber wir sind Frauen und arbeiten in einem Frauenberuf; wer wird denn schon auf *uns* hören?«

Ich legte einen Arm um sie. »Jeder, der jemals eine Krankenschwester brauchen wird.«
»... Smile my honey dear while I kiss away each tear ...«

Ich steckte meinen Kopf durch die Tür. »Pssssst.«
Kathy McCormack, vom Kinn bis zu den Hüften eingegipst und aussehend wie eine riesige Backform mit Brüsten, drehte ihre Augen so weit wie möglich in meine Richtung. »Ich kann Sie nicht sehen, wer immer Sie auch sein mögen.«
Ich erkannte meinen Fehler und bewegte mich in ihre Blickrichtung. »Hallo. Erinnern Sie sich überhaupt an mich?« fragte ich.
Sie lächelte. »Hey, Sie sind die Schwester aus der Ambulanz. Wir haben überall nach Ihnen gesucht. Mein Mann ist sogar ins Personalbüro gegangen, aber die sagten, sie hätten noch nie von Ihnen gehört.«
Typisch, dachte ich. »War wohl eine neue Sekretärin. Wenn Sie mich noch mal suchen: Sie finden mich auf der Herzstation ... Wie geht's Ihnen?«
»Mir geht's ganz gut«, antwortete Kathy. Ihre rotblonden Haare waren kürzer geschnitten worden, damit sie besser zu dem nachwachsenden Haar an den rasierten Stellen paßten. Oberhalb des Körpergipses standen ihre Augen groß und dunkel in ihrem blassen Gesicht. »Man hat mir endlich die Eispickel aus dem Schädel geholt und mich von diesem Folterbett befreit, auf dem man stundenlang hin und her gedreht wird. Mein Kinn und meine Stirn tun immer noch weh von diesen blöden Bändern, mit denen ich angeschnallt war.«
Eine Schwester betrat den Raum, sah mich, guckte schockiert und ging unter Entschuldigungen rückwärts zur Tür hinaus. Ich fuhr mir mit der Hand übers Gesicht, um sicherzugehen, daß nichts vor meinen Augen hing, dann schenkte ich Kathy ein verwirrtes Lächeln. Sie hob ihre Augenbrauen, was ich als Ersatz für ein Schulterzucken deutete.

»Ich muß noch fünf Wochen in diesem Gips bleiben, dann sechs Wochen in einem Stützkorsett für den Nacken.«
»Wie sieht die Prognose über Beweglichkeit aus?«
Kathy zögerte einen Augenblick. »Nun, als ich zum ersten Mal auf der Intensivstation aufwachte, erzählte mir eine Perle von einem Arzt, den meine Schwiegermutter angeheuert hatte, ich könne bestenfalls darauf hoffen, den Rest meines Lebens in einer Pflegeeinrichtung und festgeschnallt in einem verstellbaren Rollstuhl zu verbringen. Ich dachte natürlich sofort, dieser Drecksack erzählt *mir* nicht, daß mein Leben vorbei ist. Ich hab' zwei kleine Kinder zu Haus, die ihre Mutter brauchen. Also schickte ich ihn raus und bat wieder um Doktor Schupbach; der läßt mir wenigstens meine Hoffnung.«
Ich mußte über diese Aussage lächeln. Dr. Peters, einer der Onkologen am Redwood, erzählte einmal, was er den Patienten sage, wenn es keine Hoffnung mehr gebe. »Man nimmt einem Patienten niemals die Hoffnung«, sagte er. »Selbst wenn man Informationen unterschlagen muß: Man darf nie vergessen, daß Hoffnung möglicherweise das einzige ist, was ihn am Leben hält. Und manchmal führt sie sogar zu einem vorübergehenden Rückgang der Symptome, den niemand mehr für möglich gehalten hätte.«
»Fünf Tage nach meinem Sturz konnte ich meinen linken großen Zeh bewegen«, fuhr Kathy fort. »Am nächsten Tag schickte mich Schupbach in die Physiotherapie. Als sie mich vor einer Woche in diesen Panzer gesteckt haben, konnte ich meine Knie anderthalb und meine Arme fünf Zentimeter anheben. Ich konnte sogar aufrecht sitzen, ohne in Ohnmacht zu fallen. Wie gefällt Ihnen mein Busen?« Sie senkte ihre Augen auf die sorgsam geformten Brüste aus Gips mit ihren aufrecht stehenden Brustwarzen. »Ich hab' den Jungs, die den Gips gemacht haben, gesagt, sie sollten mich um eine Größe größer machen.«
»Sie könnten ein wenig Leben in die Bude bringen, indem Sie je-

manden bitten, sie anzumalen«, sagte ich. Ich trat näher an ihr Bett heran und schaute ihr in die Augen. »Also, wie geht's Ihnen wirklich?« Ich tippte mit einem Finger leicht gegen ihren Kopf. »Was geht da drinnen vor sich?«

In der Mitte ihrer Stirn trat eine Ader hervor, und sie wandte ihre Augen von mir ab.

»Wissen Sie, als ich zum ersten Mal begriff, was eigentlich los war, war ich ein einziges Bündel Selbstmitleid. Ich meine, ich haßte jeden, der gehen und seine Arme bewegen konnte. Dann, nachdem ich etwa zwei Wochen da gewesen war, bekam ich eine Zimmergenossin, der man beide Beine abgenommen hatte. Diese Frau war eines der bemitleidenswertesten Geschöpfe, die ich je gesehen habe. Zweimal am Tag war die Physiotherapeutin hier und versuchte, ihr beizubringen, sich auf ihren beiden künstlichen Beinen fortzubewegen. Also versuchte sie es einen Abend allein und schwang sich halb durchs Zimmer. Ich konnte nicht mehr sehen als ihren Körper, der mit flatternden Armen an mir vorbeiflog und auf den Boden knallte.«

Kathy kicherte, und damit durchbrach sie meinen Vorsatz, nicht auf dieses Bild zu reagieren. Zusammen lachten wir lauthals – und schämten uns gleichzeitig.

»Die Frau lag da und weinte und stöhnte, daß sie für den Rest ihres Lebens ein Krüppel bleiben würde und wie nutzlos und wertlos sie wäre und so weiter und so weiter. Zunächst tat sie mir ebenso leid wie ich mir selbst, aber dann wurde mir klar, daß ich eine Wahl hatte: Ich konnte ein Krüppel und glücklich sein oder ein Krüppel und ein elendes, selbstmitleidiges Miststück. Also fand ich einen Kompromiß: Krüppel und glückliches Miststück.«

Ich legte eine Hand auf ihren Gips. »Ich habe so ein Gefühl, als ob der Arzt, der Ihnen gesagt hat, Sie würden sich nie wieder bewegen, ihnen mehr geholfen hat, als Ihnen klar ist. Wut kann eine wirksame Waffe sein, wenn man in den Ring geht.«

»Ja, wahrscheinlich«, sagte sie. »Ich war so sauer, daß ich zu

Schupbach sagte, ich würde auf meinem Weg aus diesem Krankenhaus die Diagnose von dem Kerl unter meinem Absatz zertreten.«
»Nun«, sagte ich, »wenn Sie hier weggehen, will ich dabeisein.«

Mooshie lag aufgerollt auf meiner Stirn, und der Kassettenrecorder lag auf meinem Magen. Ich besprach gerade eine Kassette für Janey und erzählte ihr eine lustige Geschichte, die ich von Simon gehört hatte, über einen Rechtsanwalt und einen Elch, als das Telefon klingelte.
Ich schaute auf meine mickrige Rolex-Imitation, und mein Herz drehte sich einmal um und ließ einen Schlag aus. Es war ein Uhr morgens.
Ja nun, jede Mutter eines Jugendlichen weiß: Wenn das Telefon nach Mitternacht klingelt, ist es entweder die Polizei oder das Krankenhaus. Seit Simon angefangen hatte, später als vorgeschrieben nach Haus zu kommen und mit Freunden unterwegs zu sein, die einen Führerschein hatten, wartete ich auf diesen Anruf.
Beim zweiten Klingeln schickte ich ein Stoßgebet zu den Mächten empor, die unser Schicksal bestimmen, und nahm den Hörer auf.
»Ja«, sagte ich, »hier spricht Simon Herons Mutter.«
»Um Gottes willen, sagst zu nie erst mal ›hallo‹?« fragte Beth.
Ich seufzte, und drei Knochen in meinem Nacken und meinen Schultern knackten vor lauter nachlassender Anspannung. »Oh, ja, hallo, äh, nun, wenn er nachts um diese Zeit noch nicht wieder zu Haus ist, bin ich immer davon überzeugt, daß sein Schädel irgendwo die Autobahn pflastert. Was gibt's?«
Es gab ein langes Ausatmen, dann ein langsames und träges: »Oh, nichts. Wollte nur reden, das ist alles.«
Ich erkannte dieses bestimmte Ausatmen, ein häufiges Interpunktionszeichen in der ziellosen Unterhaltung von Alkoholi-

kern. Ich kannte auch die nächtlichen Anrufe und das leichte Nuscheln am Ende bestimmter Wörter.
Wie oft waren dieselben betrunkenen Laute in Tausenden von Nächten meiner Kindheit an mein Bett gedrungen?!
Ich nickte traurig mit dem Kopf; auf diese plötzliche Enttäuschung war ich nicht gefaßt. Ich hatte mir Beth nicht als Trinkerin vorgestellt, aber andererseits gehörte ich zu den Leuten, die für diese Art von Hinweisen völlig blind sein konnten.
Ich konnte so blind sein, daß ich einmal sechs Stunden in einem Zimmer voller Leute verbrachte, die von Kokain vollkommen zu waren, und mir nicht der geringste Verdacht kam. In aller Unschuld glaubte ich, sie alle hätten einen Schnupfen, zu viel Kaffee getrunken und seien sehr spitz – und alles gleichzeitig.

Freitag, 1 Uhr 30 – Ich liege gegenüber der linken Seite meines Bettes, die seit Jahren leer ist, und fühle die Einsamkeit, die von ihr ausgeht. Wenn der Mond so hell ist, daß es den Augen weh tut, möchte ich, daß jemand da ist, zu dem ich mich umdrehen und sagen kann: »Hey, guck dir mal diesen Mond an!« Ich möchte, daß ein warmes, haariges Bein da ist, an dem ich nachts meine eiskalten Füße wärmen kann.
Ich rede mir ein, daß das nie passieren wird. Außerdem bin ich ziemlich festgefahren; mir gefällt es, daß ich niemandem für meine seltsamen Verhaltensmuster Rechenschaft schuldig bin.
O ja, gewiß, erzähl uns was Neues, Schätzchen!
Wurde in eine politische Debatte mit Beth, Dr. Cramer und Dr. Mahoney verwickelt. Was mich faszinierte, war Susans Meinung, daß auch unter den Ärzten Frauen als »weniger« angesehen werden. Dazu gab es Beths Kommentar, daß es keinen Unterschied macht, ob eine kompetente Frau den

Mund hält oder sich klar äußert, da ja doch niemand auf sie hört.
Mir wird immer stärker bewußt, daß Feminismus und der Pflegeberuf so eng miteinander verbunden sind, daß es schwierig wird, zwischen ihnen noch zu unterscheiden.
Simon hat mal wieder die Ausgangssperre überschritten, und ich bin wütend, daß er nicht einmal eine Nachricht hinterlassen hat, wo er sich aufhält. Und sein Zimmer – es entspricht seinem hormonellen Zustand. Ich frage mich, ob das der Grund ist, weshalb die meisten Eltern um die 40 sind, wenn ihre Kinder Teenager werden: Wir hätten so viel mehr Zeit gehabt, Selbstkontrolle zu üben.
Als ich heute abend aus der Ambulanz auf die Herzstation zurückkam, erzählte mir Nealy von einer Schwester in der Onkologie B, die sich an der Nadel eines Aidspatienten verletzte. In der dritten Testserie stellte man fest, daß sie HIV-positiv war. Obwohl der ganze Vorfall lückenlos dokumentiert ist, weigert sich das Krankenhaus nach wie vor, irgendeine Verantwortung zu akzeptieren oder weitere Tests zu bezahlen. Die Schwester, die seit 1956 hier arbeitet, wurde sofort entlassen.
Der Gott der Schlaflosigkeit regiert heute nacht in seiner ganzen Herrlichkeit, und mir geht *Melancholy Baby* nicht aus dem Kopf.

5. Kapitel

»Pflegen bedeutet, sich um den Strom des Lebens zu kümmern.«
Marie Therese Connell, Vollschwester

Trotz seiner architektonischen Verwirrung ist das Redwood-Memorial-Krankenhaus ein Beispiel dafür, daß die menschliche Architektur eine Landschaft nicht zerstören muß. Irgendwie schaffen es das Hauptgebäude und seine vier Ambulanzeinrichtungen, sich dem palmenbesetzten kalifornischen Hügel anzupassen, auf dem sie stehen. Die gesamte 247-Betten-Anlage wird jedoch von acht zum Krankenhaus gehörenden Parkplätzen umgeben – und hier liegt mancher Hund begraben.

Die Parkplätze 1 bis 3 sind sehr gut ausgeleuchtet und liegen nur knapp 20 Meter vom Haupteingang entfernt; sie sind ausdrücklich für Rettungsfahrzeuge, Ärzte und das Verwaltungspersonal.

Die Plätze 4 bis 6 sind für Besucher gedacht; sie sind zwar nicht beleuchtet, aber leicht zugänglich und nur etwa 70 Meter vom Eingang weg.

Die Plätze 7 und 8 werden vom Personal auch »Untere Vierzig«, »Vergewaltigers Paradies«, »Mörderbucht« und »Straße der Verlassenen« genannt. Sie grenzen auf der einen Seite an eine Straße und auf der anderen an ein offenes Sumpffeld und Vogelschutzgebiet, in dem sich des öfteren menschliche und nichtmenschliche Tierwelt herumtreibt. Von diesen Plätzen zum Krankenhaus ist es ein langer und darüber hinaus dunkler Weg.

Die Plätze 7 und 8 sind für das Pflegepersonal, das zu 97 Prozent weiblich ist. Die meisten von ihnen gehen zu oder kommen von ihren Autos in der Dunkelheit. Allein.
Die Ärzte und Verwaltungsangestellten sind zu 97 Prozent männlich. Die meisten von ihnen verlassen das Krankenhaus vor 8 Uhr abends. Sie müssen die knapp 20 Meter zu oder von ihren Autos bei guter Beleuchtung zurücklegen. Ebenfalls allein. Zumutung!
Irgendwann in meiner Zeit beim Redwood hörte ich auf, im »Vergewaltigers Paradies« zu parken. Ich bin mir nicht ganz sicher, aber ich glaube, es hatte damit zu tun, daß zwei weibliche Angestellte auf dem Weg zu ihren Autos angegriffen wurden; eine von ihnen wurde von einem umherstreifenden Geisteskranken erschossen.
Kurz nach dieser Schießerei ließ ich naiv eine Bittschrift unter den weiblichen Angestellten kursieren, in der vor allem für die Schwestern der Spät- und Nachtschichten um sichere und nahe gelegene Parkmöglichkeiten gebeten wurde. Sie wurde der Verwaltung vorgelegt, und fünf Wochen später wurde die offizielle Antwort ausgehängt:

In jüngster Zeit ist die Verwaltung des Redwood-Memorial-Krankenhauses darauf aufmerksam gemacht worden, daß immer mehr Angehörige des Pflegepersonals ihre Automobile auf den nur für Ärzte und Besucher vorgesehenen Parkplätzen abstellen.

Die Verwaltung legt allergrößten Wert auf die Bequemlichkeit und Sicherheit unserer Ärzte und Besucher. Wir weisen darauf hin, daß Schwestern, die außerhalb der ihnen zugewiesenen Plätze parken, damit rechnen müssen, daß ihre Autos auf ihre Kosten abgeschleppt werden.

Ich bog in den Parkplatz Nr. 5 ein, an dem deutlich »NUR für Besucher« stand, und schaute auf meine Uhr: 14.56. Perfektes Timing. Ich hatte noch vier Minuten, um den Hügel hinauf, durch die Eingangshalle und neun Treppen hoch bis zur Herzstation zu rennen.

Ich nahm mein Abendessen und mein Stethoskop, stieg aus dem Auto und stieß gegen das Ende eines ausgestreckten Zeigefingers.

»Hey, arbeiten Sie hier?« fragte der uniformierte junge Mann, der am Ende des Fingers befestigt war und gegen meine Schulter pikste. Seine Stimme klang noch leicht gebrochen, kaum eingeübt. Er zeigte seine Zähne: Durch die Reste von senfverschmiertem Weißbrot, das sich in den Drähten gefangen hatte, glänzte seine Zahnklammer wie neu.

»Ja. Weshalb?«

»Steigen Sie wieder ins Auto. Dann will ich, daß Sie hier verschwinden. Parken Sie auf einem der unteren Plätze.« Er hörte auf zu piksen.

»Die unteren Plätze sind voll, Söhnchen.« Dieses »Söhnchen« kam heraus, bevor ich es verhindern konnte.

Ein seltsames Leuchten trat in seine Augen – möglicherweise Gewalttätigkeit. Etwa zwei Sekunden lang sagte er gar nichts. Es war, als hätte ich ihn geschlagen.

»Dann parken Sie drüben bei St. Adolphe. Da lass' ich die anderen Schwestern parken.«

Die St.-Adolphe-Kirche lag 400 Meter weiter unten an der Straße, an der auch die »Mörderbucht« lag. Ruhig schloß ich meinen Wagen ab. Ich beobachtete Söhnchen, der seinen Schlagstock ganz aus dem Halfter gezogen hatte, während ich – rückwärts! – die Stufen hinaufging. Eins hatte ich im Verlauf der Antivietnamkriegsdemonstrationen in den sechziger Jahren gelernt: Drehe niemals deinen Rücken einem Mann in Uniform zu, der einen Schlagstock in der Hand hält.

»Söhnchen, um Mitternacht, wenn du sicher und wohlig in deinem Bett liegst, werde ich von der Arbeit kommen und im Dunkeln ganz allein zu meinem Auto gehen müssen. Ich habe nicht vor, in der Statistik über vergewaltigte Krankenschwestern aufzutauchen. Das Auto bleibt, wo es ist.«

Söhnchen machte eine drohende Bewegung auf mich zu, die Adern auf seiner Stirn traten zornig hervor. Er hob tatsächlich seinen Schlagstock in Brusthöhe. Ich beschloß zu warten, bis er Schulterhöhe erreicht hatte, um mir dann die Seele herauszuschreien.

»Man hat mir gesagt, ich darf alles machen, um euch Krankenschwestern aus den Parkplätzen für Ärzte und Besucher rauszuhalten. Wundern Sie sich nicht, wenn Sie Ihr Auto heute abend nicht wiedererkennen, wenn Sie von der Arbeit kommen.«

Söhnchen zwang sich ein Lächeln ab, aber die Adern auf seiner Stirn sahen immer noch angestrengt aus.

Nun ist es nicht so, daß ich autoverrückt wäre – wie viele andere Leute in Kalifornien, die so tun, als sei ihr BMW oder Mercedes ihr einziger für sie bestimmter Seelenverwandter –, aber wenn jemand den Blauen Prinzen auf oder neben der Straße direkt bedroht, dann macht mich das sehr böse.

Ich schaute mir meinen alten Honda Civic mit seinen Dellen und wachsenden Rosttumoren in der verblassenden blauen Lackierung an und fühlte eine Zärtlichkeit für dieses Fahrzeug, die ich zuvor nie gefühlt hatte. »Söhnchen«, sagte ich ruhig, »wenn du auch nur eine rostige Stelle auf der Motorhaube von diesem Auto berührst, wirst du dich nach einer anderen Arbeit umsehen müssen.«

»Sie wissen ja nicht mal meinen Namen«, sagte Söhnchen. Einer seiner Finger zuckte immer noch über dem Griff seines Schlagstocks.

»Muß ich auch nicht«, sagte ich und ging weiter. »Wie viele Aufpasser arbeiten hier, die unter fünfundzwanzig sind, weniger als hundertfünfzehn Kilo wiegen und die Pickel *und* einen Mund voller Silber haben?«

Nachdem ich mein Abendessen in den Kühlschrank mit den Wundern der Wissenschaft gestopft hatte, verkrampften sich meine Muskeln wie bei jedem anderen, der in den Vorraum ging, um auf die Wandtafel mit der Arbeitseinteilung zu schauen.
Es gab viele Gründe für diese Besorgnis. Der erste war die Frage, ob man »zirkulieren« würde oder nicht. Der zweite Grund hatte damit zu tun, ob einem zu viel oder gefährliche Arbeit zugeteilt worden war. Das dritte potentielle Problem waren die Leute, mit denen man zusammenarbeitete – waren sie hilfsbereit und nett, oder arbeitete man mit jemandem wie Ginger? Noch schlimmer als die Gingers waren die hoffnungsvollen Nachwuchsmanager, die einen beim allergeringsten Vorfall aufschrieben. Und für diejenigen von uns, die Rückenprobleme hatten, war die vierte wichtige Frage, ob wir einen oder mehrere Patienten hatten, die über 90 Kilo wogen.
Mein Nacken, Rücken und Magengeschwür zuckten vor Freude: Ich hatte vier Patienten, mittelschwere Fälle; Pia hatte die Leitung, und Beth, Nealy und Risen arbeiteten mit mir zusammen. Disneyland, es kann losgehen!
Pfeifend ging ich zum Übergabezimmer.
Die Übergabe ist im Grunde eine Weitergabe von Informationen über jeden einzelnen Patienten in zusammengefaßter Form von der »gehenden« zur »kommenden« Schwester. Es gibt mehrere unterschiedliche Vorgehensweisen bei der Übergabe; und wie nicht anders zu erwarten, war die Methode im Redwood die umständlichste und ineffizienteste von allen.
Von jeder Schwester, die ihre Schicht antrat, wurde erwartet, daß sie die Angaben über jeden Patienten notierte, ob dieser ihr nun zugeteilt war oder nicht. Es war somit überhaupt nicht ungewöhnlich, wenn man zwei Seiten schriftlicher Informa-

tionen über Patienten hatte, die man niemals zu Gesicht bekam.
Es war in früheren Zeiten sogar üblich gewesen, daß die jeweils leitende Schwester ihren Kolleg(inn)en über die Schulter sah, um sicherzustellen, daß sie oder er nicht nachlässig waren, sondern jede Einzelheit festhielten. Es erinnerte schon sehr an die Grundschule, und auch mit rotem Stift geschriebene Anmerkungen wie »OK« oder »BESSER AUFPASSEN« fehlten nicht. Dieses Verfahren wurde jedoch aufgegeben, als Patienten anfingen, sich darüber zu beklagen, daß die Schwestern bei Schichtwechsel immer so lange abwesend waren.
Die Übergabe war meistens eine langweilige und triste Angelegenheit, und sie wurde noch unerträglicher, wenn die berichtende Schwester langatmig oder die »kommende« Schwester sehr unerfahren war und eine Menge nutzlose, nicht zur Sache gehörende Fragen stellte. (»Hat dieser Patient irgendwelche Vettern namens Belinski, die in Iowa im Fleischgroßhandel gearbeitet haben?«)
Dem Lachen und dem Lächeln bei dieser Übergabe konnte ich entnehmen, daß ausnahmsweise einmal alle Patientenzuweisungen ausgeglichen waren. Die leitende Schwester von der Tagschicht gehörte zu den ruhigen, intelligenten Leuten, die nicht an antiquierte Regeln und Zeitverschwendung glauben. Sie gab jeder von uns einen knappen Bericht über unseren jeweiligen Patienten, und Pia als »kommende« leitende Schwester war die einzige, die über alle Patienten den Bericht entgegennahm.
Nach der Übergabe war noch Zeit für eine kurze Unterhaltung. Risen erzählte uns von der letzten Ausstellung seiner Bilder in Cunninghams Galerie, Beth sagte, sie sei deprimiert und wolle sich umbringen, weil sie demnächst ihre Tage bekäme und sich ganz aufgeschwemmt fühle, Pia zeigte uns ein Foto von sich im Reitkostüm, wie sie nach einem Dressurreitwettbewerb einen Preis annahm, Nealy erzählte uns von den Windpocken ihrer

Jüngsten, und ich ließ das jüngste Foto von Mooshie herumgehen, auf dem er seitlich auf seinem Bauch lag, um ihn herum sechs Spielzeugmäuse so drapiert, als saugten sie an ihm.
Ich lachte, bis mir die Luft wegblieb; die anderen sahen mich mit einem Ausdruck ernsten Zweifels an.

Clara Tuttles lange und knochige Finger schlossen sich um meine Hand. Die groben und gelblichen Fingernägel schienen nicht zu den zerbrechlichen, weißen Fingern zu gehören.
Ich fühlte ein unmerkliches Ziehen an meinem Arm.
»Sprechen Sie«, flüsterte ich und beugte mich vor; dabei streifte ich das Zelt, das ihre aufgestellten Beine mit der Bettdecke bildeten. Ihr Kopf drehte sich auf dem schweißnassen Kopfkissen hin und her, und die Laute, die sie in ihrem Schmerz von sich gab, drangen deutlicher an mein Ohr. Beim Anblick ihrer Qualen zog sich mein Magen zusammen.
Sie hatte Leberkrebs im fortgeschrittenen Stadium; ihre dunkelgelbe Haut lag eng an ihrem Schädel, und ihr Gesicht war bereits eine dunkle Totenmaske aus gelbem Ton. Langsam rollte eine einzelne Träne ihre hohle Wange hinab.
»Helfen Sie mir«, sagte sie mit einer Stimme, die kaum mehr als ein Seufzen war. »Bitte geben Sie mir etwas gegen die Schmerzen.« Sie atmete schwer, und ihr Körper wand sich in einem Schmerzanfall, während ihre bläulichen Lippen sich zu einem stummen Schrei verzerrten.
Ich hörte ein Schluchzen und drehte mich um. Hinter mir stand Ruth, Mrs. Tuttles Tochter, die im Arm ihres Vaters lag und weinte.
Ich nahm die Vitalzeichen der sterbenden Frau auf: Blutdruck 180 zu 70, Herzfrequenz 110 und unregelmäßig, Atemfrequenz 44, Körpertemperatur oral 39,1 °C. Ich war wütend auf die Tagesschwestern, weil sie die Frau medikamentös nicht richtig versorgt hatten, bevor sie auf die Herzstation kam, und durchsuchte

alle Aufschriebe nach Zeitpunkt und Umfang der letzten Gabe Schmerzmittel, fand aber nichts.
»Was zum Teufel ...« Ich schaute zu Mr. Tuttle und seiner Tochter hinüber, entschuldigte mich und verließ das Zimmer. Im Stationszimmer ging ich alle Ordner noch einmal ganz genau durch, Seite für Seite. Siehe da: Während der letzten sieben Tage, die sie im Krankenhaus gewesen war, gab es nicht eine einzige Daueranweisung für ein Schmerzmittel. Nicht nur das: Dr. York hatte die auf der Herzstation routinemäßig verabreichten Gaben an Morphium und Demerol ausdrücklich gestrichen. Ich überflog die Abschnitte in den Schwesternaufschrieben, die sich mit den Schmerzen der Patienten befaßten.
»Pt. erbat Schmerzmittel. Rief Doktor York an und bat um Verschreibung. Verschreibung verweigert.«
»Pt. scheint schwere Schmerzen zu haben. Sagt, es tut ›überall weh‹. Auf Drängen der Tochter Doktor York wegen Verschreibung von Schmerzmittel angerufen. Bitte um Morphium IV abgeschlagen. Verschrieb Acetaminophen mit Kodein oral. Pt. konnte die Tabletten wegen Geschwüren in der Kehle nicht schlucken.«
Und noch einmal: »Pt. hat nach wie vor zunehmende Schmerzen in Kehle, unterem Abdomen und Rücken. Dysphorisch, Blutdruck 170/100. Erbat Verschreibung von Schmerzmittel von Dr. York. Doktor sagt, ihre Schmerzen ›sind alle nur in ihrem Kopf‹.« Dr. York weigerte sich, irgendein Schmerzmittel zu verschreiben.
An jedem einzelnen Tag der ersten Woche standen in den entsprechenden Spalten der Berichte ähnliche Anmerkungen, dann plötzlich gab es überhaupt keine Eintragungen zu Dr. York mehr, außer daß die Patientin nach wie vor unbehandelte Schmerzen habe, vor allem im Abdomen und in der Kehle.
Ich hörte auf zu lesen, und meine Gedanken wanderten zu Jan Tobin, der jungen Schwester auf der Herzstation, die vor weni-

gen Jahren an der Hodgkinschen Krankheit gestorben war. Als meine Mentorin und engste Freundin hatte sie mir während der letzten Monate ihrer Krankheit oft anvertraut, daß die Schmerzen in ihrer mit Geschwüren durchsetzten Kehle fast unerträglich seien.

Jemand berührte mich ganz leicht und ängstlich am Rücken. Hinter mir stand Mrs. Tuttles tränenüberströmte Tochter. Ihre zu kleine Strickjacke war von einer Schulter gerutscht und ließ eine verknitterte rosa Bluse sehen.

»Bitte verschaffen Sie meiner Mutter etwas gegen ihre Schmerzen«, bat sie. »Das kann so nicht weitergehen. Die Person in dem Bett ist nicht mehr meine Mutter.«

Ich rückte ihre Strickjacke zurecht und führte sie in die verlassene Küche. Unter dem hellen Neonlicht waren die dicken, blauen Venen, die ihre Waden verunzierten, ganz deutlich sichtbar. Man konnte sie sich leicht als Bedienung in der Abendschicht von Bob's Truck Stop vorstellen.

»Ich begreife nicht, was hier vor sich geht«, sagte ich und lehnte mich gegen den Kühlschrank. »Warum bekommt Ihre Mutter kein einziges Schmerzmittel?«

Ruth Tuttle rang die Hände. Diesen ängstlichen, gequälten Ausdruck hatte ich schon tausendmal in den Gesichtern von Patienten oder Familienangehörigen gesehen; er sagte: Ich finde schrecklich, was hier passiert, aber ich möchte keinen Ärger machen.

»Ich möchte mich nicht beschweren«, sagte sie mit einem kaum hörbaren Flüstern.

»Beschweren.« Ich lächelte matt. »Wir reden hier über Ihre Mutter; außerdem zahlen Ihre Eltern und deren Krankenversicherung einen Haufen Geld für diesen Krankenhausaufenthalt. Sie haben jedes Recht der Welt, sich zu beschweren.«

»Wenn ich Ihnen sage, was passiert ist, versprechen Sie dann, nichts weiterzusagen? Ich meine, versuchen Sie so« – die Frau

schaute mich entschuldigend an – »diskret wie möglich zu sein. Ich möchte nicht, daß irgendwer meinetwegen in Schwierigkeiten kommt.«
»Was Sie mir erzählen, wird keinen Einfluß darauf haben, wie ich diese Situation handhaben muß«, sagte ich. »Ich bin verpflichtet, Doktor York zu fragen, weshalb Ihrer Mutter Schmerzmittel verwehrt worden sind. Es war ein schwerer Fehler, daß man sie überhaupt hat leiden lassen, geschweige denn so lange. Ich kann das nicht einfach übersehen.«
Ruth nickte und ließ die Arme hängen. »Die Schmerzen sind grauenhaft. Seit über zwei Wochen haben mein Vater und ich Doktor York bedrängt, ihr etwas dagegen zu geben, aber er hat sich geweigert.«
»Haben Sie ihn gefragt, weshalb?«
»Er sagt ...« Ihr Mund wurde ganz hart. »Er sagt, er ist der Arzt, und er ist derjenige, der bestimmt, wann sie wirklich Schmerzmittel braucht. Er sagt, wenn wir anfangen, sein Urteilsvermögen in Frage zu stellen, können wir uns gleich einen anderen Arzt suchen – wenn wir einen finden –, der sich um Mutter kümmern soll. Ich weiß nicht, was ich glauben soll. Doktor York ist seit zwanzig Jahren Mutters Arzt, und ich denke mal, er hat das Gefühl ...« Ruth unterbrach sich, als habe sie Angst, schon zu viel gesagt zu haben. Sie schüttelte den Kopf.
»Kommen Sie schon, sagen Sie's mir«, drängte ich sie. »Heraus damit.«
»Vielleicht stimmt es ja auch nicht«, sagte sie nach einer Weile, »aber ich glaube, er ist wütend auf sich selbst, weil er alles falsch gemacht hat. Sehen Sie: Mutter ging vor ein paar Jahren zu ihm, weil sie sich ständig müde fühlte. Wenn Sie Mutter kennen würden, würden Sie wissen, daß das überhaupt nicht zu ihr paßte, sie hat nie über irgend etwas geklagt.«
Ich nickte. Wie die Mutter, so die Tochter; die eine hatte der anderen die Haltung vererbt.

»Doktor York verschrieb ihr Eisentabletten und sagte, sie werde schon in Ordnung kommen und solle sich keine Sorgen machen.«

Ruth fuhr sich mit einer Hand über das Gesicht, als würde sie wieder von alten, schmerzhaften Erinnerungen gequält. »Sechs Monate später konnte sie noch nicht einmal mehr zur Toilette gehen, ohne müde zu werden, und ihre Leber tat die ganze Zeit weh. Eines Tages trug mein Vater sie schließlich zum Auto raus und fuhr sie zu Doktor York und verlangte von ihm, er solle herausfinden, was ihr fehle. Dad sagte, Doktor York sei ganz und gar nicht glücklich darüber gewesen, aber schließlich hätte er ein paar Blutproben genommen. Als sie wieder gingen, sagte er zu Dad, Mutters Probleme seien alle in ihrem Kopf. Ich war so wütend, als Dad mir erzählte, was geschehen war, daß ich Doktor York selber anrief.«

Ich sah zu, wie Ruth mit der Hand über einen Ärmel ihrer Strickjacke fuhr. Er war so weit ausgedehnt, daß er aussah wie eine ausgestellte Manschette.

»Ich sagte ihm, er müsse blind sein, wenn er nicht sähe, wie krank Mutter sei.«

Immer noch voller Empörung legte die Frau eine Hand auf ihre Hüfte. »Und wissen Sie, was er darauf machte?«

Obwohl ich es mir vorstellen konnte, schüttelte ich den Kopf.

»Er fing an, mit *mir* zu schimpfen. Er sagte, ich solle einen Psychiater aufsuchen und herausfinden, weshalb ich unbedingt wolle, daß meine Mutter krank sei, denn sie sei es *nicht,* und er wisse besser als ich, was los sei. Und als Mutters Laborergebnisse kamen? Er sagte: ›Nun, Clara, diesmal hast du dich ja ganz schön in was reingeritten.‹ Als ob es *ihr* Fehler gewesen wäre! Er hat sich nie entschuldigt oder irgend etwas dazu gesagt, daß er so lange nichts unternommen hat. Es war, als hätten wir ihn noch niemals konsultiert. Als wir ihn baten, uns genauer darüber zu informieren, was eigentlich los war, sagte er, das sei zu

kompliziert, wir würden es doch nicht verstehen, und er sei der Arzt, und wir sollten alles ihm überlassen.«
Eine plötzliche Wut ließ mich ein neues Loch in meinen Zahnschutz beißen. »Hat er Ihre Mutter an einen Onkologen überwiesen oder vorgeschlagen, daß Sie die Meinung eines weiteren Arztes einholen?«
»Ich fragte ihn nach einem Spezialisten, aber Doktor York versicherte uns, der könne auch nicht mehr als er selbst. Dad und ich haben uns damit zufriedengegeben, bis diese Schwierigkeiten mit dem Schmerzmittel für Mutter anfingen.«
Als ich mich wieder ein wenig gefangen hatte, zwang ich mich zu einem Lächeln. »Um dies einmal für die Zukunft klarzustellen: Dieses ...« Ich mußte mich hier unterbrechen, um nicht »Arschloch« zu sagen, was wohl unprofessionell geklungen hätte. »Dieser Arzt arbeitet für Sie, nicht umgekehrt. Ihre Familie und vor allem Ihre Mutter hat Rechte, von denen das erste darin besteht, daß Ihnen jede Einzelheit – von der Ursache bis zur Behandlung – über die Krankheit Ihrer Mutter mitgeteilt und so lange erklärt wird, bis Sie alles verstehen und *ein Teil* des Personenkreises sind, der entscheidet, was das beste für sie ist. Doktor York ist verpflichtet, auf Sie zu hören und mit Ihnen zusammenzuarbeiten. Ihre Mutter braucht Schmerzmittel. Die Schwestern haben diese Tatsache jeden Tag dokumentiert, seit sie hier ist. Es ist außerdem festgehalten worden, daß Doktor York sich beharrlich geweigert hat, ihr Schmerzmittel zu verschreiben. Meine wichtigste Aufgabe besteht jetzt darin, dafür zu sorgen, daß Clara schmerzfrei wird.«
Ruth senkte die Augen und war voller schuldbewußter Ergebenheit. Ich hätte wetten können, daß unter ihrem Foto im Jahrbuch der High-School »Sweet Baby Ruth« gestanden hatte.
»Sagen Sie«, fragte ich sie, aber ich sprach mehr zu mir selbst, »wie kommt es, daß die Leute sich von einigen Ärzten so schäbig

behandeln lassen? Es ist, als ob sie einfach ihren Körper übergeben und danach taub, stumm und blind werden.«

»Ich weiß nicht.« Ruth schüttelte den Kopf. »Angst, denke ich mal. Wir haben keine Ahnung von Medizin, wir wissen nicht, was richtig und was falsch ist. Die meisten Leute denken, wenn sie ihrem Arzt nicht mehr vertrauen, sind sie verloren.«

»Aber wissen die Leute denn nicht, daß sie nicht auf einen einzigen Arzt angewiesen sind?« fragte ich.

»Es ist zu teuer und zu schwierig, den Arzt zu wechseln«, antwortete Ruth. »Außerdem: Der Arzt, bei dem man zuerst war, macht einem immer *solche* Schuldgefühle.«

Ich schaute Ruth einen Augenblick ganz genau an. Wenn sie sich weiter von Dr. York einschüchtern und ihre Mutter leiden ließ, würde sie mit ihrem Zorn und ihrer Schuld noch kämpfen, wenn diese schon lange tot war.

Ich hielt die Küchentür auf.

»Nun gut, zunächst einmal werde ich Ihrer Mutter ein Schmerzmittel geben – mit oder ohne Doktor Yorks Einwilligung. Zweitens: Vertrauen Sie Ihrem Instinkt; Doktor York ist nicht Gott, und er ist auch nicht der einzige Arzt weit und breit. Es gibt andere kompetente Ärzte, die bereit sind, sich *anzuhören,* was Sie und Ihr Vater zu sagen haben.«

Ich betrachtete Ruths zweifelnden Gesichtsausdruck und lächelte sie aufmunternd an. »Denken Sie daran: *Sie* haben hier das Sagen.«

Die Frauenstimme am anderen Ende der Leitung weckte in mir das Bild von Roseanne Barr als Frau mit Verstopfung.

»Doktor Bradley Yorks medizinische Einrichtungen.«

Ich schnaubte verächtlich. Dr. York hatte drei winzige Zimmer in einem schäbigen Bürogebäude. »Doktor Yorks medizinische Einrichtungen? Was, haben Sie noch eine Besenkammer dazugemietet?«

»Kann ich Ihnen helfen?« Die Frage war kurz, die Stimme eisig kalt – wie die eines britischen Butlers.
»Hier ist die Herzstation vom Redwood. Kann ich den Doktor sprechen?«
»Welchen von Doktor Yorks Patienten betrifft dies?«
Ich fühlte mich versucht zu fragen, ob er mehr als einen habe, aber ich riß mich zusammen. »Mistress Tuttle.«
Am anderen Ende gab es ein irritiertes Stöhnen und ein müdes »Oh, nicht schon wieder«, dann hörte ich ein Klicken.
Ich wartete und lauschte in die Stille hinein. Dr. Yorks Praxis war nicht auf der Höhe der Zeit: Bei den meisten Ärzten hörte man während der Durchstellpausen so großartige Musik, daß ich mich meistens ärgerte, wenn sich schließlich jemand meldete.
»Ich kann nur hoffen, daß es nicht um Schmerzmittel geht«, so begann Dr. York das Gespräch. Das war eine alte Taktik, die manche Ärzte benutzten, um Krankenschwestern einzuschüchtern.
»Es geht ganz sicher um Schmerzmittel, Doktor.« Das war die Antwort der Schwester, die sagen sollte: Sie haben es hier nicht mit einem Schwächling zu tun, hoho! »Ich möchte eine Verschreibung für Morphium. Mistress Tuttle hat große Schmerzen, ihre Vitalzeichen fallen von der Decke runter. Wir müssen dieser Frau Erleichterung verschaffen.«
»Sie haben mit der Tochter gesprochen. Lassen Sie sich von der nicht einwickeln.« Dr. York senkte seine Stimme, als ob er mich in sein Vertrauen ziehen wolle. Irgendwie hatte ich das Gefühl, er glaubte, ich würde ihm so eher über den Weg trauen. »Diese Frau hat vom allerersten Tag an versucht, Narkotika für ihre Mutter zu bekommen. Wenn Sie mich fragen, ich glaube, sie will ihre Mutter aus dem Weg haben, damit sie den Besitz in die Finger bekommen kann.«
»Ich glaube nicht, daß das der Fall ist, Doktor York. Die Patientin selbst hat darum gebeten. Sie hat starke Schmerzen.«

»Aber ich bitte Sie, wir wollen doch nicht übertreiben.« Er lachte leise vor sich hin – über *mich*. Er hatte seine Einschüchterungstechniken ohne Zweifel alle parat. »Ich war den ganzen Tag dort, und die Patientin zeigte keinerlei Anzeichen, daß sie Schmerzen hatte.«
Seine Lüge versetzte mich in Erstaunen; der Mann mußte verzweifelt bemüht sein, sich selbst zu schützen, dachte ich, so verzweifelt, daß er eine sterbende Frau einfach leiden ließ. »Nun gut, ich kann Ihnen nur sagen, was ich beobachtet habe, seit ich um fünfzehn Uhr meinen Dienst angetreten habe: Diese Frau hat sehr starke Schmerzen.«
»Wahrscheinlich Blähungen oder Hysterie, weil sie von unten auf die Herzstation verlegt worden ist. Das geht vorüber.«
»Entschuldigen Sie, Doktor, aber ich glaube nicht, daß das vorübergeht. Wir sprechen hier über allerstärkste Schmerzen, und ich möchte ...«
»Das sind Blähungen«, wiederholte er. »Werden Sie nicht dramatisch.«
Er log nicht nur verzweifelt, sondern verweigerte einfach alles. Ich beschloß, es selbst mit ein wenig Einschüchterung zu versuchen.
»Doktor Ostermann hat sie kurz gesehen«, log ich, »und er ist ebenfalls der Meinung, daß diese Schmerzen umgehend behandelt werden müssen.«
Es entstand eine kurze Pause, dann kam ein Seufzer. »Mann, ihr laßt euch wirklich von diesen hysterischen Frauen einwickeln, was?«
Hysterische Frauen. Ich hatte diese Formulierung millionenfach in meiner Laufbahn gehört. Es gab immer noch Ärzte, die alle Frauen als hysterisch betrachteten und sie nicht ernst nahmen: Man verschreibe ihnen ein wenig Xanax oder ein paar Antidepressiva, gebe ihnen ein aufmunterndes Wort und ein Schulterklopfen auf den Weg und schicke sie nach Haus zur Wärmflasche.

»Clara Tuttle hat Krebs im Endstadium. Sie ist nicht hysterisch, abgesehen von den Schmerzen, die sie seit Wochen hat. Ich möchte eine Verschreibung für Morphium, zusammen mit einer für Demerol, Doktor York.«
Der Mann lachte fröhlich. »Nun, Sie werden sie nicht bekommen. Ihr Leute auf der Herzstation seid verwöhnt. Ihr gebt Morphium heraus, als sei es Wasser. Ich will nicht, daß Mistress Tuttle eingeschneit wird.«
»Das Pflegepersonal macht sich Sorgen wegen ihrer Schmerzen«, sagte ich scharf, unfähig, die Lautstärke meiner Stimme zu kontrollieren. Daraufhin lugte Pia über die Monitore, und Risen blieb im Gang stehen. Nealy hörte auf, ihre Hände zu waschen und lehnte sich gegen das Spülbecken, um zuzuhören. »Das ist nämlich unsere Aufgabe: eine sterbende Frau schmerzfrei zu halten. Ich will von Ihnen eine Verschreibung für ein Schmerzmittel für diese Patientin, oder ich werde meine Vorgesetzte informieren und dann zur Stationsleitung gehen.«
»O verdammt!« Er spuckte förmlich ins Telefon. »Geben Sie ihr dreißig Milligramm Kodein subkutan, aber nur einmal.«
Die Leitung wurde mit einem lauten Klicken unterbrochen. Pia, Nealy und Risen schauten mich erwartungsvoll an.
»Dreißig Milligramm Kodein«, sagte ich, »einmalige Verschreibung.«
Wir wußten alle, daß dreißig Milligramm Kodein bei Kopfschmerzen etwas ausrichten konnten, aber im Fall von Mrs. Tuttle war es, als ob man von einer Fliege erwarten würde, den Mount McKinley fortzutragen.
Risen konnte es nicht fassen. »Mann, was für ein Problem hat dieses Würstchen bloß?«
»Er ist ein inkompetenter Schweinehund«, sagte ich.
»*Wer* ist ein inkompetenter Schweinehund?«
Wie üblich von einem Ohr zum anderen grinsend, kam Dr. Ostermann herein, setzte sich und wartete auf den Rest des

Witzes. Ich schielte zu ihm herüber und kam zu dem Schluß, daß dies sein echtes Grinsen sein müsse; bei ihm war das schwer zu sagen, denn es war ein Teil seines normalen Gesichtsausdrucks.

Nachdem ich ihm alles erzählt hatte, bat ich ihn, die üblichen Anweisungen auf der Herzstation über die Verabreichung von Morphium wieder in Kraft zu setzen.

Dr. Ostermann zog die Schultern hoch und streckte seine Hände aus. Er hatte jetzt weniger Ähnlichkeit mit einem Kardiologen als mit einem jüdischen Lebensmittelhändler von der Lower East Side, der einem gesteht, daß ihm die »Knishes« und »gefillde Fisch« ausgegangen sind.

»Was soll ich Ihrer Meinung nach tun? Ich bin nur der beratende Arzt, der behandelnde ist er.«

Ich stöhnte und preßte meine Hände zu harten Fäusten. »Bitte, tun Sie das nicht, Harry. Wir brauchen eine Verschreibung für ein Schmerzmittel.«

»Das kann ich nicht machen.«

»Warum«, fragte ich, da ich seine Ambivalenz spürte, »können Sie nicht tun, was Sie anscheinend gern tun würden?«

»Ich habe nicht das Recht, Schmerzmittel für eine Patientin von Doktor York zu verordnen, es sei denn bei kardialen Störungen.«

Ich setzte mich neben ihn. »Harry, die Frau leidet. Stellen Sie sich vor, es sei Ihre Mutter oder Ihre Frau. Wir können hier nicht rumsitzen und sie so sterben lassen.«

»Okay, okay«, sagte er schließlich, »ich rufe York an.« Er vermied es, mich anzusehen, griff aber nach dem Telefon.

Ich lief zum Schränkchen mit den Narkotika.

Dr. Ostermann tippte mit seinem Schreiber gegen seine graumelierten Koteletten, während er darauf wartete, daß Dr. York an den Apparat kam.

»Hallo, Brad, Harry. Wegen dieser Mistress Tuttle, die Schwestern sind der Meinung, sie braucht Schmerzmittel.«

Meine Zuversicht schwand sofort. Ich öffnete den Mund, um zu protestieren, aber Dr. Ostermann hielt mir seine Hand entgegen.

»Das weiß ich nicht, Bradley. Ich bin grad drin gewesen, und ich bin auch der Meinung, daß sie ziemliche Schmerzen hat. Was hältst du davon, wenn ich etwas Morphium verschreibe?«

Es gab eine längere Pause, in der Dr. Ostermann seine Wange auf sein Kinn stützte und ein paarmal »hm, hm« sagte.

Immer noch voller Hoffnung öffnete ich das Schränkchen und schrieb eine Injektion Morphium für Mrs. Tuttle aus.

»Nun, gut«, sagte er und legte auf.

»Mit wieviel kann ich anfangen?« fragte ich und klopfte die Luftblasen ans Ende der Spritze.

»Bradley ist ein Fan von Mistress Reagan: Er sagt ›nein‹ zu Drogen.«

Wie vor den Kopf geschlagen ergriff ich die runde Lehne des Stuhls und ließ mich fallen. »Um Gottes willen, warum?«

»Er sagt, er will nichts durcheinanderbringen.«

»Durcheinanderbringen?!« Meine Stimme war auf dem Weg nach oben. »*Was* durcheinanderbringen?«

»Ich weiß auch nicht ... Irgendwie will er sicher sein, daß sie bei klarem Bewußtsein ist, weil er glaubt, sie könnte Metastasen im Gehirn haben.« Dr. Ostermann tat einen tiefen Seufzer und rieb seine Schläfen. »Ich weiß auch nicht, was zum Teufel er eigentlich gemeint hat.«

»Gehirnmetastasen?« schrie ich. »Diese Frau hat ebenso viele Gehirnmetastasen, wie Königin Elisabeth in Armut lebt. Harry, sie ist seit zwei Wochen in diesem Zustand!«

Meine Wut machte mich allmählich blind und beeinträchtigte mein Urteilsvermögen. Hilfesuchend schaute ich Pia an.

»Echo, tu, was du tun mußt«, sagte Pia. »Setz einfach alles auf eine Karte.«

Ich griff nach dem Telefon, das Dr. Ostermann gerade benutzt hatte. Es war noch warm von seiner Hand. »Krankenschwestern haben sich an bestimmte Regeln zu halten, um ihre Patienten zu schützen, Harry. Wenn ich für meine Patientin keine Verschreibung für ein Schmerzmittel bekommen kann, werde ich meine Vorgesetzte und den medizinischen Leiter zu Haus anrufen und ihnen erklären, was hier passiert ist.«

Ich drückte zwei Nummern – ganz langsam, um ihm Zeit zum Nachdenken zu geben. »Sie können mir Zeit sparen und sich selbst einige Fragen *er*sparen, wenn Sie das Morphium jetzt anordnen, anstatt darauf zu warten, daß die medizinische Leitung es an Ihrer Stelle tut.«

Ich drückte noch zwei Nummern.

»Okay, okay, schon gut!« Dr. Ostermann machte ein mürrisches Gesicht. »Aber geben Sie ihr erst das Kodein subkutan. Dann warten Sie ein paar Minuten, danach kann sie bis zu fünfzehn Milligramm Morphium IV pro Stunde bekommen, bis sie keine Schmerzen mehr hat.«

Ich umarmte ihn und küßte ihn in den Nacken.

Dr. Ostermann bemühte sich, seinen mürrischen Ausdruck beizubehalten. »O ja, gewiß, *jetzt* sind Sie freundlich. Wo blieben die Umarmungen, als ich mich mit Bradley-Schätzchen herumgeärgert habe? ... York geht in die Luft. Sie können Gift drauf nehmen, daß er diese Verschreibung rückgängig macht, sobald er hier aufkreuzt; sehen Sie also zu, daß Sie ihr das Morphium so schnell wie möglich geben, ohne die Frau umzubringen.«

Ich segelte an Ruth und Mr. Tuttle vorbei, spritzte das Kodein, zählte bis drei und injizierte vier Milligramm Morphium intravenös. Nach zehn Minuten entspannte sich Mrs. Tuttles Körper, der Schmerz ließ nach. Ihr Blutdruck ging auf 150 zu 60 herunter, ihre Herzfrequenz auf 100, nur ihre Atemfrequenz blieb mit 36 pro Minute hoch.

Ruth und ich hielten jede eine der dürren Hände. Mr. Tuttle saß am Fußende des Bettes und massierte die Füße seiner Frau. Cla-

ras Atem machte ein leises, trockenes Geräusch, wie Herbstblätter, die auf einem Bürgersteig umhergewirbelt werden.
Ich wischte den Schweiß von ihrer Stirn, und sie öffnete die Augen.
»Gott segne Sie«, flüsterte sie. Ihre Stimme schien in die Luft zu sickern; sie war so schwach, daß man kaum glauben konnte, sie noch am Leben zu sehen.
Eine Stunde später gab ich ihr weitere vier Milligramm Morphium, und als ich sicher war, daß sie vollkommen schmerzfrei war, rollte ich sie sanft auf jede Seite des Bettes, während ich jeweils ein schweißnasses Laken wechselte.
Ruth und ihr Vater halfen mir, den abgemagerten Körper zu waschen. Ruth wusch ihre Mutter vorsichtig mit einem Schwamm und warmem Seifenwasser ab, und Mr. Tuttle trocknete und puderte sie. Sie achteten auch auf die Kleinigkeiten – darauf, daß ihre Hände warm waren, daß sie die papierdünne Haut nicht zu stark rieben – und fragten sie, ob dies das Puder sei, das sie so gern mochte.
Mr. Tuttle, rotgesichtig und gebeugt wie ein Rotahorn, berührte meine Schulter, nachdem wir unsere Arbeit verrichtet hatten. Seine knorrige Hand war mit Altersflecken übersät und sah sehr spröde aus. »Wegen dem hier werden wir immer an Sie denken«, sagte er freundlich. »Wir werden nie vergessen, was Sie hier getan haben, o nein!«
Ich errötete und wußte nicht, was ich sagen sollte. Es war doch nichts Großes oder Besonderes geschehen; Mrs. Tuttle hatte ganz einfach bekommen, was ihr gutes Recht war: Sie war schmerzfrei.
Als die Tür sich öffnete und jemand hereinkam, mußte ich mich nicht einmal umdrehen, um zu sehen, wer es war. Dr. Yorks Gegenwart war so mit Feindseligkeit geladen, daß sie sofort das ganze Zimmer erfüllte. Er schaute beleidigt drein, und seine beiden dicken Lippen schmollten; er übertrieb seinen Ausdruck so

stark, daß es aussah, als habe er zwei zusammengepreßte Hot dogs im Gesicht.
Er beachtete uns drei überhaupt nicht, sondern lehnte sich über Mrs. Tuttle. »Clara!« rief er und zog sie grob am Arm. Mrs. Tuttle stöhnte und zog sich störrisch von ihm los – wie ein Kind, das sich weigert, für die Schule aufzustehen.
Er drehte sich zu mir um, und sein Gesicht war voll von verletztem Stolz. »Nun, ich sehe, Sie haben es geschafft, sie einzuschneien. Sie sind mit Absicht über meine Befugnisse hinweggegangen, um diese Verschreibung für Morphium zu kriegen.« Er starrte mich haßerfüllt an, als ob ich jemand sei, der Drogen an unschuldige Kinder verkaufte.
Bevor ich antworten konnte, wanderten seine anklagenden Augen zu Ruth. »Wollen Sie wirklich Ihre Mutter in *diesem* Zustand sehen, wenn sie stirbt? Eine mit Drogen vollgepumpte Puppe?«
Ruth zuckte vor ihm zurück und setzte sich auf die Kante des Bettes, so daß ich sie vor seinen Blicken verbarg.
»Es ist sehr viel besser, als wenn sie leiden würde, Doktor York«, sagte ich. »Mistress Tuttles Vitalzeichen sind jetzt viel stabiler, und sie fühlt sich wohler. Ich bin der Meinung, das Morphium hätte schon vor Wochen ohne Risiko verabreicht werden können.«
Dr. Yorks Gesicht lief rot an. »Sie brauchte das Zeug vor Wochen nicht, und sie braucht es auch jetzt nicht.«
»Also, das ist nicht wahr!« Ruth war aufgestanden und schaute dem Mann direkt ins Gesicht. »Meine Mutter hat die schlimmsten Schmerzen gehabt, die ich je gesehen habe. Dad und ich haben sie seit Wochen leiden sehen. Sie wissen nicht, was wir mitgemacht haben ...« Ruths Stimme schwankte, und sie sprach leiser. »Sie wissen es einfach nicht.«
Dr. York schien nicht zu wissen, was er tun sollte, und als er wieder sprach, merkte jeder, daß sein Feuer erloschen war. »Sie wa-

ren entschlossen, meine Diagnose in Frage zu stellen, nicht wahr?«

Es wurde still im Zimmer. Dr. York setzte sein letztes bißchen Macht ein, indem er versuchte, sie einzuschüchtern. Ich traute mich nicht, Ruth anzuschauen, aber im stillen bat ich sie, nicht nachzugeben.

»Ich glaube, Doktor Ostermanns Anweisung, meiner Mutter Morphium zu geben, war das Beste, was er tun konnte.« Ruth sagte dies mit einer sehr leisen Stimme, aber es war eine Stimme.

Dr. York fuhr zurück, als ob sie ihn geschlagen hätte. Es entstand eine Pause; er schaute mich an, dann Mr. Tuttle und schließlich wieder Ruth. Dann schnaubte er angewidert. Wir waren Verschwörer, und gegen uns drei hatte er keine Chance – und er wußte es.

Seine Schuhe quietschten, als er zur Tür ging. »Na schön«, sagte er. Seine Stimme war rauh, aber sein Gesicht blieb ausdruckslos. »Wenn Sie es so haben wollen ... Ich ziehe mich von diesem Fall zurück und überweise Ihre Mutter an Doktor Ostermann.« Er warf mir einen vernichtenden Blick zu. »Sollen sich doch Fremde um Ihre Mutter kümmern.«

Eine Sekunde lang schien es, als würde Ruth einknicken. Sie hob zu einer Entschuldigung an, dann besann sie sich.

»Zwanzig Jahre«, murmelte Dr. York leise – aber so, daß wir es gerade noch hören konnten. Dann ließ er den Kopf hängen und schaute auf den Fußboden, als ob er dort eine verlorene Fahrkarte suchte. Dann schaute er noch einmal zu seiner schlafenden Patientin hinüber und verließ das Zimmer.

Ruth fühlte sich elend vor lauter schlechtem Gewissen. »Ich hätte das nicht tun sollen«, sagte sie.

»Doch, du mußtest das tun«, sagte Mr. Tuttle und ging langsam zum Bett seiner Frau. »Du hast genau das Richtige getan, Ruthie. Der Kerl hatte keine Ahnung ... Clara?«

Sie öffnete die Augen und lächelte das vertraute Gesicht an. Ihre Hände berührten sich und umfaßten einander über der Decke.
»Clara? Wir haben Doktor York gefeuert. Was sagst du dazu?«
Clara schloß die Augen. »Oh, gut«, murmelte sie schwach. »Er war so ein Idiot.«

Sein richtiger Name war Osbert. Die meisten Leute nannten ihn Oz, aber für uns auf der Herzstation war er »Risen«.
Diesen Spitznamen bekam er nach einer besonders langweiligen Nachtschicht. Gegen halb vier Uhr morgens beschloß Osbert, in das leere Bett von Zimmer 2 zu schleichen und dort ein wenig zu schlafen.
Während der Arbeit zu schlafen – selbst wenn man nichts zu tun hatte – war ein gravierender Verstoß gegen die Vorschriften für das Pflegepersonal. Um also sicher zu sein, daß er 15 Minuten würde schlafen können, ohne erwischt zu werden, zog Osbert alle Vorhänge im Zimmer zu und bedeckte sich von Kopf bis Fuß mit einem weißen Laken.
Früher am Abend war ein Patient in der Zwischenabteilung gestorben, und erst gegen 3 Uhr 35 fiel dem überarbeiteten Angestellten in der Leichenhalle ein, daß er einen Toten von der Herzstation abholen mußte. Weil er nicht die Aufmerksamkeit auf sein Versäumnis lenken wollte, fragte er nicht bei den Schwestern ab, wo der Tote zu finden sei, sondern suchte diesen auf eigene Faust. Ohne ein Geräusch zu machen, zog er den schlafenden Osbert mit so viel sanfter Ehrerbietung auf die Bahre, daß der Pfleger ungestört weiterschlief.
Osbert meinte später, er hätte wohl den Rest der Nacht in der Leichenhalle zugebracht, wenn er nicht im Traum in einem hinabstürzenden Fahrstuhl gewesen wäre. Er fuhr aus dem Schlaf hoch und rang laut nach Luft.
»Es war ein richtiger Horrortrip«, erzählte er später. »Ich komme aus dem Tiefschlaf und finde mich tatsächlich in dem Fahrstuhl

wieder, von dem ich geträumt habe. Und nicht nur das, sondern ich sitze auch noch auf der Bahre, und der Mensch von der Leichenhalle drückt sich gegen die Tür und schreit: ›Er ist auferstanden, er ist auferstanden!‹«

Ich mußte an diese Geschichte denken, während ich im Aufenthaltsraum für die Schwestern den letzten Salat dieses Tages verdrückte. Weil ich meistens dreimal am Tag Salat aß, versuchte ich manchmal, mein langweiliges Essen dadurch zu beleben, daß ich mir vorstellte, eine Kuh oder irgendein anderes grasendes Tier zu sein, das sich von Endivien- oder Eisbergsalat ernährte. Risens Gegenwart hatte mir Gelegenheit gegeben, an etwas anderes als an Kühe zu denken.

Ich stellte mir das Gesicht des Mannes aus der Leichenhalle vor, als Risen auferstand, und brach in Lachen aus, woraufhin ein wenig Endiviensalat aus meinem Mund flog und auf dem Hemd von Risens Dienstkleidung landete.

Er schaute herab, sah den verirrten Salat auf seinem Hemd, schnippte ihn fort, ohne mich auch nur anzusehen, und fuhr fort, den grauen Eishockeypuck zu verzehren, der einen Hamburger darstellen sollte und wie ein Nebenprodukt eines der Pferde von Pia roch.

»Die Preise in dieser Cafeteria sind eine Unverschämtheit«, jammerte er. »Dieser Hamburger, zwanzig tiefgefrorene Pommes frites und eine Tasse lauwarmer Tee kosten mich sechs fünfzig. Kannst du dir das vorstellen? Ich könnt' mich zu Tode aufregen!«

»Legen die meisten Krankenhäuser für das Kantinenessen ihrer Angestellten nicht was drauf?« fragte ich – wohl wissend, daß das Redwood eines der wenigen in dieser Gegend war, die dies nicht taten.

Risen sprang sofort auf den Klagezug auf. »In diesem Krankenhaus fressen sie Katzenstreu. Die Leute sind so unglaublich knickerig. Letzte Woche, als hier wenig los war, bat ich um

einen freien Tag, ach was, ich bettelte darum; aber sie haben es abgelehnt und mich auf die Intensiv zirkuliert. Auf der Intensiv bekomme ich zwei Patienten mit Totalisolierung wegen brüllender Serratiainfektionen sowie eine frische Kraniotomie. Erst mal hab' ich mich beschwert und gesagt, ich fänd' es nicht so toll, wenn man ansteckende Patienten mit frischen postoperativen zusammenschmeißen würde. Da sagten sie, wenn meine Isolierungstechnik gut wäre, könnte auch nichts übertragen werden. Alles klar? Okay, dann hab' ich denen gesagt, daß ich mich nicht gern um die Serratiapatienten kümmern würde, weil ich wegen einiger Allergien auf Steroiden war und wegen der geschwächten Abwehr nicht gern mit solchen ansteckenden bakteriellen Infektionen zu tun hätte. Sie sagten, und hier zitiere ich die exakten Worte der leitenden Schwester: ›Das ist dein Pech, Ozzie.‹« Risens Nasenflügel bebten vor Empörung.
»Sechs Stunden später, nachdem ich also bis zum Hals in Serratiabakterien gestanden habe, kommt die Leitung und sagt mir, auf der Herzstation sind drei Neuzugänge, und deshalb holen sie mich jetzt von der Intensiv. Ich sagte, sie könnten mich mal. Ich sagte, wenn man die Herzstation ihre eigene Arbeitseinteilung machen ließe – mit ein wenig Spielraum –, müßte niemand im ganzen Krankenhaus rumrennen und überall das Pflegepersonal der Herzstation wieder abziehen.«
Ich nickte zustimmend, und beide waren wir eine Weile ruhig. Risen lehnte seinen Stuhl so weit zurück, daß ich allein vom Zusehen weiche Knie bekam. Nach einer Weile trat ein merkwürdiger Ausdruck in sein Gesicht, eine Mischung aus Belustigung, Peinlichkeit, Neugier und selbstgefälliger Mißbilligung.
»Einige von den Schwestern und ein paar von den Docs haben sich letzte Woche über dein Buch unterhalten«, sagte er.
Peng.
Ich ging darauf nicht ein und stellte auch nicht die auf der Hand liegende Frage. Risen war eine der schlimmsten Tratschtanten

im ganzen Krankenhaus, also wartete ich auf das, was noch kommen mußte. Ich nahm einen weiteren Bissen Salat und kaute mit dem Gesichtsausdruck einer Kuh.
»Sie sind der Meinung, sie müßten in deiner Gegenwart vorsichtig sein, damit sie nicht in einem Buch landen oder im Radio oder Fernsehen durchdiskutiert werden.« Risen lachte und stand auf. »Mein Gott, wenn ich an deiner Stelle wäre, würde ich die Leute an allen Ecken und Enden bloßstellen.«
Ich blieb unbewegt, graste weiter und tat so, als sei ich eine Guernsey-Kuh; ich hoffte, er würde endlich ein paar Namen nennen. Statt dessen stand er auf, ging zum Spiegel und kämmte sein schütteres, rötliches Haar mit einem von diesen schwarzen Kämmen, wie nur Männer sie benutzen. Ich konnte sehen, daß er auf sein Kämmen gar nicht achtete, sondern statt dessen mich im Auge behielt und einzuschätzen versuchte, wie ich auf seine nächste Frage reagieren würde.
»Kennst du Beth sehr gut?«
»Warum?« fragte ich. »Willst du mit ihr ausgehen?«
Das war ein Witz: Jeder wußte, daß Risen schwul war.
Der große, dünne Pfleger rollte mit den Augen, drehte eine Hüfte auswärts und wedelte mit einer schlaffen Hand. »Puh, doch nicht *wirklich,* Schäääätzchen. Es ist nur so, daß ihr beiden euch so gut zu verstehen scheint, also dachte ich, du weißt vielleicht, was los ist.«
»Was meinst du?« Risen hatte jetzt meine ganze Aufmerksamkeit, und ich hörte auf zu grasen.
»Heute abend hab' ich ihr geholfen, Mr. Elgin umzudrehen, und der Geruch von Alkohol, ich glaube, es war Jack Daniels, haute mich fast um. Mr. Elgin kann es nicht gewesen sein, denn der ist Mitglied bei den Vedanta-Society-Puristen. Und dann: Hast du sie draußen bei der Aufnahme gesehen? Vor Gott und aller Welt sprüht sie sich alle fünf Minuten Binaca in den Mund, als ob's eine Delikatesse wär'. Ich dachte, ich fall' um, ehrlich.«

Ich schaute weg und tat uninteressiert, weil ich fürchtete, daß er meine Besorgnis sehen könnte. »Ach, Risen, vielleicht hatte sie zu Mittag ein Bier oder so. Du weißt, wie man noch Stunden später nach einem Bier riechen kann.«

»Glaub mir, das war was Stärkeres als Bier. Außerdem war das nicht das erste Mal, daß ich es bei ihr gerochen habe. Neulich abend hatte sie richtig einen Schleier vor den Augen.« Er drückte seine Haare über die kahle Stelle auf seinem Kopf und kontrollierte seine Zähne auf Hamburgerreste. »Ich glaube, wenn es mir wieder auffällt, werde ich was sagen.«

Risen trat an den Tisch und begann, seine Taschen von dem üblichen Kram zu leeren, den Schwestern und Pfleger immer mit sich rumtragen: Schreiber, Reinigungstücher mit Alkohol, keimtötende Kompressen, Büroklammern, versiegelte Päckchen mit Verbandmaterial, Einmalspritzen, Gummibänder, Pflaster, Mullkompressen, Gummihandschuhe. Der Haufen kam mir bekannt vor. Wie die meisten Schwestern hatte auch ich zu Haus einen ganzen Korb voll mit solcher Beute.

»Hast du Mattie drüben in Vier-Süd gekannt?« Lässig steckte er ein paar der Gegenstände wieder ein.

»Was meinst du mit *hast ... gekannt?*« fragte ich, sofort auf eine Katastrophe gefaßt. Hatte die Mörderbucht ein weiteres Opfer gefunden?

»Sie wurde gefeuert.«

»Was?« Ich saß kerzengerade. Mattie war eine Institution im Redwood. Sie war seit den Tagen des weißen Stützstrumpfs und der Schwesternhäubchen Krankenschwester gewesen.

Risen ließ einen dramatischen Seufzer hören und klimperte mit den Augen – überglücklich, diese Geschichte zu erzählen, die er an diesem Abend vermutlich schon sechsmal berichtet hatte.

»Du weißt, daß Schwestern und Pfleger ständig diesen Müll da mit nach Haus nehmen, nicht wahr?« Risen zeigte auf die Ansammlung auf dem Tisch. »Nun, sie fand, daß hundert Schreiber und fünf Pfund Alkoholwischtücher ein bißchen übertrieben seien, also steckte sie alles in eine Papiertüte und brachte es zum Krankenhaus zurück.

Da steht sie also im Fahrstuhl auf dem Weg nach Vier-Süd, als Heidi, die Kontrolleurin an dem Tag und mit ihr im Fahrstuhl, sie fragt, was denn da in der Tüte wäre. Sie glaubt noch, sie bekommt ein Extralob, und sagt, was drin ist und was sie damit vorhat.«

Es war typisch für Risen, daß er in diesem Augenblick einen Finger hob, zur Toilette schoß, dort pinkelte und, mit einem Stück Klopapier aus seiner Tasche hängend, zurückkam.

»Am nächsten Tag haben sie sie gefeuert – wegen Diebstahl«, nahm er den Faden wieder auf. »Nicht nur das, sondern sie haben damit gewartet, bis sie zur Arbeit erschien, um ihr vor allen Leuten zu kündigen und sie öffentlich zu demütigen.«

Ich muß vor Wut knallrot geworden sein, denn Risen klopfte mir auf den Rücken und lachte.

»Komm, komm, dreh nicht durch, Ec. An Mattie streift sich keiner die Füße ab. Sie wird Redwood verklagen, und ich glaube, sie wird nicht nur gewinnen, sondern für die öffentliche Demütigung auch noch eine Entschädigung bekommen.«

»Was ist mit diesen Leuten los?« fragte ich und konnte die Dummheit der Geschäftsleitung einfach nicht fassen. »Warum versuchen sie ständig, uns fertigzumachen?«

»Wieso, *du* bist doch diejenige, die es beim Namen genannt hat, Ec: Macht, Kontrolle und Geld – das wird hier gespielt.«

Es war acht Uhr abends, und über die Lautsprecher kam die Ansage, daß die Besuchszeit auf allen Stationen jetzt zu Ende sei. Vielen Dank für Ihren Besuch und guten Abend.

Mr. Knapp, mein 47jähriger Infarktpatient, brachte seine Frau und seine junge Tochter zur Tür. Ich schaute von der anderen

Seite der Monitore zu, wo ich Pia abgelöst hatte, damit sie etwas essen konnte.
Eine Hand an die Tür gelegt, beugte sich Mrs. Knapp, eine elegante Blondine von Ende 30, nach vorn und küßte ihren Mann leicht auf den Mund. Sie zog sich wieder ein wenig von ihm zurück und lächelte ihn an; es war ein Lächeln voller Versprechen und Verführung.
Ich hoffte, man hatte ihnen gesagt, daß sie es die erste Woche nach seiner Entlassung ruhig angehen lassen sollten. Als jedoch Mr. Knapp seine Frau an sich zog und mit einem langen und leidenschaftlichen Kuss antwortete, war mir klar, daß dieser Teil der Informationen über Verhalten während der Rekonvaleszenz ausgelassen worden war.
»Ich liebe dich«, sagte Mr. Knapp ernst und hielt ihren Blick mit seinen Augen fest.
Meine Kehle wurde mir eng, und ich mußte wegschauen, um nicht zu weinen. *Das* will ich in meinem Leben, dachte ich, einen Freund und Liebhaber, der meine Augen mit den seinen festhält.
»Morgen«, sagte sie, immer noch mit diesem leichten, sinnlichen Lächeln.
»Morgen«, sagte er.
Er gab seiner Tochter einen schnellen Kuss auf den Kopf und nannte sie seine »Honigmelone«. Dann wartete er, bis die Türen sich hinter ihnen geschlossen hatten. Er winkte ihnen durch die Seitenfenster zu und schaute ihnen so lange nach, bis die letzte rosa Rüsche von »Honigmelones« Kleid um die Ecke verschwunden war.
Er wandte sich um und stolzierte zu den Monitoren herüber; dabei war seine Freude deutlich sichtbar.
»Meine Frau und meine Tochter«, verkündete er stolz.
»Sie sind wunderschön.«
»Jawoll.« Er nickte und schaute zur Tür zurück, als ob das Bild

der beiden dort noch verweilte. »Morgen ist mein Geburtstag«, sagte er plötzlich.

»Das ist noch mal ein Geburtstagsgeschenk: Sie kommen nach Haus.«

»Und was noch besser ist: Ich *lebe* und komme nach Haus.«

Damit hatte er völlig recht. Drei Wochen zuvor war er eingeliefert worden, nachdem er auf dem Tennisplatz einen Herzstillstand gehabt hatte. Die ganze erste Woche hing er am Respirator, zeigte aber keine Reaktionen. Sein Herz war so stark geschädigt worden und sein Zustand so labil, daß wir mit seinem Überleben nicht mehr rechneten.

Aber, um es einmal in den Worten Buddhas zu sagen: Man kann nie wissen, oder?

»Haben Sie irgendwelche Fragen zu Ihrem morgigen Laufbandtest, Mister Knapp?«

»Nö. Ich werde so lange gehen, bis Dr. Cramer müde wird oder das Laufband abgenutzt ist – was immer auch als erstes passiert. Danach verschwinde ich nach Haus, wo eine sehr persönliche Pflege auf mich wartet.«

Mr. Knapp zwinkerte mit den Augen, führte einen Abgang à la Jackie Gleason (»Und ... schon ... sind ... wir ... weg ...«) mit dazugehörender tiefer Kniebeuge vor und verschwand mit einem dumpfen Schlag hinter dem Tresen.

Ich kicherte über seine Albernheiten und hoffte, daß er sich das Knie nicht allzusehr aufgeschlagen hatte. Diesen Kerl zu einem langsamen Aufbautraining anzuhalten würde nicht einfach sein; er war der Typ, der vermutlich versuchen würde, an seinem zweiten Tag zu Haus ein hartes Tennismatch zu spielen.

Die roten Alarmleuchten auf den Monitoren zogen meine Aufmerksamkeit auf sich. Auf dem schmalen Monitorstreifen, der Mr. Knapp darstellte, sah ich eine gezackte, schlangenähnliche Linie, wie sie zu Kammerflimmern gehört.

Voller Zweifel an dem, was ich da sah, rief ich seinen Namen und schaute in den Weitwinkelspiegel an der Wand: Mr. Knapp lag wie ein Haufen alter Wäsche regungslos hinter dem Monitortisch.

Im selben Augenblick schoß Beth aus Zimmer 9, stutzte und rannte zu seinem zusammengesunkenen Körper, dabei schnappte sie sich gleichzeitig den Notfallwagen. Ich rief die Notfallvermittlung an und sagte ihr, auf der Herzstation gebe es einen Code Blau.

Zwei Sekunden nachdem ich aufgelegt hatte, hörte ich die quäkenden Lautsprecher: *»Achtung, alle Mitarbeiter: Code Blau, Herzstation.«*

Während ich um den Tresen herumging, betete ich im stillen, daß Mrs. Knapp schon außerhalb des Gebäudes war. Sie sollte zumindest noch anderthalb Stunden Frieden haben, bevor wir ihre Welt in Stücke schlugen.

Beth und ich drehten Mr. Knapp auf den Rücken und rissen ihm die Kleidung von der Brust. Aus lauter Gewohnheit fühlte ich nach seinem Puls, obwohl ich wußte, daß da keiner sein würde. Beth verabreichte ihm den Präkordialschlag, während ich das Mundstück des grünen Beatmungsschlauchs in seinen Mund zwängte. Nachdem die Maske des Sauerstoffgeräts richtig auf seinem Gesicht saß, drückte ich seinen Kopf nach hinten und ließ den Sauerstoff in seine Lungen strömen.

Risen und Pia rannten herbei, um zu helfen. Risen befestigte die Elektroden des Notfallwagenmonitors an Mr. Knapps Brust; Pia saß rittlings über ihm und drückte im Takt mit der stoßweisen Sauerstoffzufuhr auf seine Brust. Immer wieder unterbrach sie sich und schaute erst auf ihn und danach auf den Monitor, ob irgendwelche Lebenszeichen zu sehen seien. Nealy fettete sofort die Elektroden des Defibrillators ein und schaltete das Gerät ein.

Wir warteten ewige drei Sekunden, bis der Defibrillator seine 360 Watt aufgeladen hatte; plötzlich flog die Tür auf, und der Rest des Notfallteams kam hereingerannt.

Wir alle gaben unser Bestes, um ein Leben zu retten, das uns bereits entglitten war. Wir taten alles, was es nur zu tun gab. Und dennoch, als alles vorüber war, waren wir alle sehr ernst und fühlten uns schuldig; wir zermarterten uns den Kopf, um herauszufinden, ob wir nicht doch noch etwas hätten tun können, um ihn zu retten.
Als ich half, seinen Körper auf die Bahre zu heben, zwang ich mich, daran zu denken, daß es nicht Teil unserer Aufgabe war, darüber nachzugrübeln, was wir hätten tun können, um das Ergebnis im nachhinein zu ändern. Unsere Aufgabe war es nur, unser Bestes zu geben, bis uns die Entscheidung abgenommen worden war.

Dr. Ostermann übernahm den Anruf bei Mrs. Knapp. Während wir auf die sich vor unseren Ohren abspielende Tragödie lauschten, taten wir so, als seien wir sehr beschäftigt: Beth und ich beluden den Notfallwagen wieder und räumten die Unordnung auf; Risen und Nealy kümmerten sich um die Ordner; Pia behielt die Monitoren im Auge und füllte den Personalanforderungsbogen für die Nachtschicht aus.
Er fragte zunächst, ob jemand bei ihr sei.
Ihre Schwester. Gut.
Dann gab er ihr die Nachricht in einem einzigen, schnell gesprochenen Satz ohne Satzzeichen: »Wir hatten hier einige Probleme nachdem Sie gegangen waren wir haben alles getan um ihren Mann zu retten aber leider war er tot bevor wir ...«
Wir hörten die Verwirrung und den Schrei, ein hohes, dünnes Heulen, das aus der Hörmuschel drang.
»Es tut mir leid, es tut mir leid, es tut mir leid«, sagte Dr. Ostermann immer wieder ganz langsam mit einer leisen, fast unhörbaren Stimme.
Aber wir wußten, daß außer uns niemand hinhörte.

Um 22 Uhr 45 schlug Mrs. Tuttles Herz plötzlich schneller, wurde wieder langsamer, dann unregelmäßig und blieb schließlich ganz stehen.
Dank Dr. Ostermann war sie zu einem Nichtnotfall erklärt worden, was bedeutete, daß wir sie in Frieden gehen lassen konnten. Kein unnützes Heldentum, keine späteren, unnötigen Enttäuschungen.
Ich rief Dr. Ostermann zu Haus an und berichtete ihm. Er schwieg lange Zeit, und ich konnte seine Trauer durch das Telefon förmlich fühlen.
»Lassen Sie mich die Verwandten anrufen«, sagte ich leise. »Ich glaube, die Tochter würde es am liebsten von mir hören. Gehen Sie schlafen. Ich werde den diensthabenden Arzt in der Ambulanz bitten, den Totenschein auszustellen.«
»Sie sind ein gutes Kind«, sagte er und legte auf.
Ohne Vorwarnung begann ich zu weinen. Risen ließ seine Karteikarten liegen und legte einen Arm um mich. Beth machte das gleiche von der anderen Seite. Nealy lehnte sich gegen Beth, und nach einem Augenblick kam Pia hinter den Monitoren hervor und legte ihre langen Arme um uns alle.
So fand uns die Nachtschicht vor, als sie kam: mit unseren Köpfen zusammen und trauernd um jene, die wir nicht retten konnten.

Mittwoch, 1 Uhr 30 – Noch ein Tag, und dann habe ich drei Tage hintereinander frei. Ich bin so erschöpft, daß ich nicht einmal klar denken kann, und wenn diese Migräne mich nicht umbringt, besorgen das meine Rückenschmerzen.
Ich frage mich, was Mrs. Knapp in diesem Augenblick tut. Wie wird sie es »Honigmelone« beibringen? Statt heute abend Liebe zu machen, wird sie eine Beerdigung planen. Sie hat ihren leidenschaftlichen, lächelnden Helden verlo-

ren. Wie oft habe ich die Angetrauten davonschleichen sehen, die Verwundeten auf zwei Beinen? Ja, ich weiß: Ihr Schmerz von heute wird allmählich, ganz allmählich nachlassen, bis er nur noch die Erinnerung an den Schmerz ist. Nun gut, ich glaube, ich weiß, was uns das hier lehrt: Lebe für heute, von einem Augenblick zum nächsten. Erwartungen werden immer enttäuscht.

Ich schrieb einen Bericht über den Vorfall mit Dr. York und hinterlegte ihn in Annies Büro. Mal sehen, wie weit das noch geht. Es gibt sieben Zeugen, davon zwei Ärzte und zwei »normale Leute«. Es ist nur traurig zu wissen, daß, wenn die Schwestern die einzigen Zeugen wären, der Bericht nicht ein Gramm Gewicht hätte.

Während ich auf das Ende der nächtlichen Übergabe wartete, schrieb ich: »Warum? Was ist die Antwort?« und reichte die Frage an Beth weiter. Ihre Antwort lautete: »Arbeitet noch dran. Behindert durch Stand der Ausrüstung und Mangel an Informationen. Versucht vielleicht weiterhin zu lieben.«

Beth. Was soll ich nur tun. Soll ich sie direkt angehen und ihr sagen, was den Leuten aufgefallen ist? Mein Instinkt sagt mir, geduldig zu bleiben.

Gestern abend war ich entschlossen, Simon in den Boden zu rammen, weil er sich wieder nicht an die Ausgehzeit gehalten hatte; aber dann kam ich mir albern vor, einem Mann ins Gesicht zu sehen, der mich überragt und fast fünfzehn Kilo schwerer ist als ich, und ihm zu sagen, er solle sich auf sein Zimmer begeben. Wie wär's, wenn ich ihm eine Woche lang seinen Elektrorasierer wegnehme?

Heute abend, in diesem Kreis von Armen, konnte ich nichts anderes denken, als daß wir eine richtige Familie sind. Ich liebe die Sicherheit unseres gegenseitigen Verständnisses. Ich liebe diese freundlichen, besorgten Menschen, die jeden

Tag den Tod sehen und dennoch lachen. Es ist tröstlich, von seinesgleichen unterstützt zu werden, wenn das Schiff sinkt: Man weiß, daß man nicht allein untergeht.

Nachdem Risen mir das erzählt hat, habe ich einen leichten Verfolgungswahn. Ich habe bemerkt, daß sich manche Leute auf der Station in meiner Gegenwart unwohl fühlen. Gehen sie mir aus dem Weg, fragen sie sich, ob die Autorin Negatives über sie abspeichert? Ich dachte schon, mein Deo hätte versagt.

Zwei Fragen des Tages: Kriegen Pinguine Hornhaut an den Füßen? Und ist es wirklich fair, wenn schwerhörige Leute denen, die gut hören können, einen Streich spielen?

Ach ja: Alles Gute zum Geburtstag, Mr. Knapp.

6. Kapitel

»Was eine Schwester auf der Intensivstation so besonders macht, ist ihre Fähigkeit, innerhalb von dreißig Sekunden eine Situation vollständig zu erfassen und zu handeln, bevor irgend jemand anders noch begriffen hat, was eigentlich los ist.«

Linda Stone, Vollschwester

Es war einer von diesen »freien« Tagen, an denen jeder, den ich sah, entweder humpelte oder knallrotes Haar hatte. Sogar die alten Leute, die in der Stadt herumhingen, waren vollzählig da in ihren phosphoreszierenden, zitronengrünen Polyesterjacken und den schnieken geflügelten, braunen Sonnenbrillen.

Auch Simon ging es nicht sehr gut. Sein Asthma, von dem wir geglaubt hatten, er werde ihm entwachsen, war wieder auf Besuch da. Aber nicht nur das: Ich erwischte ihn, wie er sich um 10 Uhr morgens völlig hingerissen eine Wiederholung von *Der Preis stimmt!* anschaute. Nun gut, seine Wahl mochte davon beeinflußt gewesen sein, daß die junge Mitspielerin, die begeistert der Aufforderung »Kommen Sie herunter!« Folge leistete, die Stufen hinunterhüpfte und dabei dem jubelnden Publikum im Studio alles bloßlegte, als ihr Tanktop bis auf die Taille herunterrutschte.

Auch wenn dies ein im Fernsehen relativ seltenes Ereignis war, fand ich es doch eine seltsame Programmwahl für einen Heranwachsenden, der *niemals* fernsah, es sei denn, alte Berichte über Jimi Hendrix oder Woodstock wurden gesendet.

Und auch an Mooshie war die seltsame Stimmung dieses Tages

nicht vorübergegangen. Auf meinem Weg zum Briefkasten sah ich ihn sitzen, mit dem Rücken an einen der Hinterreifen des Hondas gelehnt, und unter seinem untersetzten Burmakatzenkörper war ein gut abgekauter Stengel Katzenminze halb versteckt. Er sabberte.

Unter den Rechnungen waren drei Briefe, die mein Verleger von Lesern von *Intensivstation* weitergeleitet hatte; sie teilten mir mit, daß sie sich um eine Ausbildungsstelle in der Krankenpflege beworben hatten.

Dann war da noch ein Brief von einer Leserin, der an meine richtige Adresse geschickt worden war. (Gott allein weiß, wie sie *das* geschafft hatte; in gewissen postalischen Kreisen bin ich als Echo Salinger bekannt.) Diese Frau behauptete, Gottes Mund sei an ihrem Ohr. Sie wollte mir nur mitteilen, daß sie das Buch gelesen habe und es ihr gefiele. Aber sie riet mir, *sehr* ernsthaft zu Jesus um Vergebung und göttliche Führung zu beten. Wenn ich dies täte, so fuhr sie fort, würde er mir *vielleicht* vergeben, daß ich so unverhohlen sündige und Satan wohlgefällige Blasphemien geschrieben hätte.

Den Leuten, die sich in der Krankenpflege beworben hatten, schlug ich vor, das Buch vielleicht noch einmal zu lesen – ganz besonders sorgfältig die Teile über die Härte der Schwesternausbildung und die Geschwüre hervorrufenden Auswirkungen derselben. Wenn sie nach nochmaligem Lesen dieser Teile immer noch mitmachen wollten, nun, willkommen an Bord, ihr Trottel.

Den Brief von der Frau, die mich getadelt hatte, weil ich Satans Werkzeug sei, verschloss ich wieder und strich meine Adresse mit einem knallroten Markierstift durch. Daneben schrieb ich in Druckbuchstaben: »ZURÜCK AN ABSENDER. EMPFÄNGER ZUM TEUFEL GEGANGEN.«

Als ich beim Gesundheitsdienst für das Pflegepersonal hereinkam, schaute Miss Milks, die Krankenschwester des Redwood für

Pfleger und Schwestern, über den Rand ihrer Bifokalgläser, die sie zuvor auf einen sehr unordentlich aussehenden Schreibtisch gerichtet hatte, auf dem stapelweise Papier, Rollen Klebeband und Schachteln mit Spritzen lagen und standen.

»Heron, Sie sollten Ihren Hintern für den HIV-Test gestern hier reinbewegen«, grummelte sie.

Ich zuckte mit den Schultern. »Tut mir leid, hab' ich vergessen. HIV-Tests sind nicht gerade etwas, auf das man sich freut, Miss Milks.«

Miss Milks, Vollschwester, war ein Relikt aus der Zeit des Zweiten Weltkriegs. Sie war tatsächlich eine WAC gewesen, ein Mitglied des weiblichen Armeekorps. Wenn ich meine Augen schloß, konnte ich sie mir vorstellen, rotes Haar in Dauerwellen und nach allen Seiten unter ihrer Offiziersmütze hervorquellend, während sie in irgendeinem Offiziersclub den Lindy Hop tanzte.

Dieser zähe alte Vogel nuckelte gerade an einer Zigarette – ihren nikotinverfärbten Zähnen und dem Geruch in ihrem Büro nach zu urteilen, ein ständiger Begleiter.

»Ja nun, wenn Sie das nächste Mal einen Termin ausfallen lassen wollen, dann denken Sie bitte daran, daß Aids auch kein Vergnügen ist, Heron.«

»Lungenkrebs auch nicht, Miss Milks.«

Wie eine Schildkröte klappte sie ihre Kiefer auf. Einen Augenblick lang dachte ich, sie würde mir den halbgerauchten Sargnagel in die Kehle rammen. Statt dessen lächelte und hustete sie gleichzeitig; dieses, so nahm ich an, war ihr Lachen.

»Ziemlich frech«, rief sie mit ihrer zigarettengebeizten Stimme. »Werde die verdammten Dinger nicht los. Weiß gar nicht, was ich, zum Teufel, anfangen soll, wenn es Gesetz wird, daß ich hier drinnen nicht rauchen darf.«

Wieder hustete sie laut und trocken, diesmal ohne dabei zu lächeln; dieses war ihr Emphysem.

»Krempel den Ärmel hoch und laß mich die Seile sehen.«
Ich tat, wie mir geheißen, zeigte allerdings keine Seile, sondern nur fadendünne Venen.
»Bemitleidenswert.« Miss Milks seufzte und zog die Druckmanschette fest. »Haben Sie nicht mehr zu bieten, Heron?«
»Leider nein.«
Ihre mißgestalteten, gelb gefleckten Finger, deren Gelenke so dick wie Glasmurmeln waren, tasteten ein wenig umher und stachen dann die Nadel so sauber in meine Vene, wie ein heißes Messer durch Butter fährt. Die alte Streitaxt hatte den Bogen immer noch raus.
»Nehmen Sie Drogen IV, Heron?« Sie lockerte die Manschette und kniff ein Auge zu, um es gegen den Rauch zu schützen.
»Natürlich nicht. Sie müssen sich nur meine Venen ansehen, um zu wissen, daß ...«
»Praktizieren Sie sicheren Sex?«
Ein ganzes Buch voll möglicher Antworten auf diese direkte Frage öffnete sich vor meinem geistigen Auge. Um keine Pause entstehen zu lassen, gab ich ihr jedoch die Standardantwort: »Ich bin eine wiedergeborene Jungfrau am Rande der Verkümmerung.«
Miss Milks hustete und schnaubte verächtlich. Trotzdem wackelte die Nadel kein bißchen.
Ich schaute weg von dem kirschroten Blut, das das Reagenzgläschen füllte. Ich wollte nicht an das Ergebnis des Tests denken. Ich wollte mir nicht vorstellen, wie Miss Milks sagen würde: »Tut mir leid, Heron, aber Sie sind positiv. Komm, komm, Kopf hoch. Nehmen Sie's wie ein Mann.«
Es gab in der Tat eine Reihe von Schwestern und Pflegern, die sich mit dem Virus angesteckt hatten. Nach Aussage des Gesundheitsministeriums konnte unsere Arbeit als gesundheitsgefährdend angesehen werden.
Ich fing an zu schwitzen. Was *würde* ich sagen, wenn ...?

Ohne nachzudenken sagte ich laut: »Himmel, wenn ich positiv wäre ... ich glaub', ich würde sterben.«
Miss Milks starrte mich seltsam an. »Das würden Sie ganz gewiß, Heron, daran gibt's keinen Zweifel.«

Miss Milks schickte mich weg mit drei Karten für HIV-Untersuchungstermine, die über einen Zeitraum von neun Monaten verteilt waren. Außerdem gab sie mir die Anweisung, in einer Woche anzurufen und nach dem Ergebnis des ersten Tests zu fragen.

Während ich die Stufen zur Herzstation hinaufging, hatte ich das alptraumartige Bild von Händen und Armen, die vor Blut glänzten, vor mir; und dieses Bild löste die Erinnerung an einen Vorfall aus, der sich erst sechs Monate zuvor ereignet hatte.

Pia war auf sein Klingeln hin zu einem Patienten gegangen, bei dem früher am selben Nachmittag ein Herzkatheter gelegt worden war. Der Patient klagte darüber, er sei »am Hintern ganz naß«. Wissend, was sie vorfinden würde, wenn sie die Decke zurückzog, hätte sie an Handschuhe denken müssen; aber der Instinkt einer Intensivschwester sagt ihr, daß sie *sofort handeln* muß.

Schuld war die Kathetereinstichstelle in der rechten Oberschenkelarterie, die jetzt im Takt des Herzschlags regelrecht das Blut herausspritzte *(bubb, blubb,* spritz, *bubb, blubb,* spritz). Immer noch ihrem Instinkt folgend, preßte sie ihre nackte Hand gegen die Wunde und hielt den Druck.

Ich hatte Pia in das Zimmer gehen sehen, und als die Klingel nicht sofort abgestellt wurde, war ich doch mißtrauisch genug, einmal nachzusehen. Die Laken waren blutgetränkt, und Pia war von den Fingernägeln bis zu den Handgelenken mit einem klebrigen roten Film bedeckt. »Hol mir Handtücher und ruf Doktor Meyers an, sofort!« schrie sie, sobald ich im Türrahmen auftauchte. »Er hat viel Blut verloren.«

Ich rannte zum Stationszimmer und rief jemandem zu, das »Kartell« anzurufen. Aus Zimmer 9/10 schnappte ich mir ein paar Handtücher und lief zu Pia zurück. Hastig streifte ich mir ein Paar Handschuhe über (und steckte dabei drei Finger in den Daumen), zog sie beiseite und schob sie zum Spülbecken.

»Schrubb dich ab, jetzt!«

Ich faltete zwei Handtücher und bedeckte den Blutstrom, wobei ich mich mit solcher Kraft auf den Mann lehnte, daß ihm fast die Luft wegblieb.

Pia, die den Unterton in meiner Stimme gehört hatte, schrubbte sich drei Minuten mit der OP-Seife ab. Als sie fertig war, kam sie zu mir und hielt ihre Hände zur Inspektion hoch, Zwischen dem Zeigefinger und Daumen jeder Hand waren Risse, die lebhaft bluteten. »Ich hab' heute ein neues Pferd eingeritten«, sagte sie traurig, und ihre Augen waren irgendwo in der Ferne. »Ich hatte meine Reithandschuhe vergessen.«

Nachdem die Blutung des Patienten gestillt worden war und während wir darauf warteten, daß Dr. Meyers unseren Anruf beantwortete, gingen wir durch die Karteikarten und stellten fest, daß der Patient verheiratet war, zwei Kinder und niemals Drogen IV genommen hatte. Enorm erleichtert schwor Pia, niemals auch nur Blutdruck zu messen, ohne dabei Handschuhe zu tragen.

Gegen 20 Uhr, während sie versuchte, Mr. DeLong davon zu überzeugen, wie gut seine neue Diät ohne Salz, Fett, Zucker und alles andere schmecken würde, rief Dr. Meyers an. Im Hintergrund konnte ich das Radio des Clubhauses plärren hören: Mitch Ryder and the Detroit Wheels mit *Devil with a Blue Dress On.*

Er hörte sich meinen Bericht über den Vorfall an und gab mir dann Anweisungen für das Labor. Dann, als ob er mir noch einen Zusatzauftrag erteilen würde, fügte er hinzu: »Ach ja, tun Sie mir einen Gefallen und tragen Sie irgendwo in seiner Kartei ein, daß der Kerl HIV-positiv ist. Sein behandelnder Arzt rief heute morgen von Stanford an, um mir das zu sagen. Danke.«

Er legte auf.
Völlig benommen beobachtete ich Pia, die ein maßstabsgetreues Kunststoffmodell eines menschlichen Herzens hochhielt und auf die verschiedenen Kammern zeigte, die sich öffnen ließen, um Studenten oder Patienten einen Blick ins Innere zu ermöglichen. Als sie zur linken Herzkammer, der größten und wichtigsten aller Kammern, kam, ließ sie sie aufspringen, und drinnen stand eine winzige Mickymaus, die winkte. Sie lachte ihr ansteckendes, wieherndes Lachen. Mr. DeLong warf den Kopf zurück und brüllte.
Aus den Tagen der Schwesternschule erinnerte ich mich an die überschwengliche 19jährige Pia, die der Klasse verkündete, niemals in ihrem Leben wolle sie alt oder krank sein oder sterben.
Ich rief bei der Vermittlung an und erfragte die Nummer des Golfclubs. Als Dr. Meyers sich meldete, mußte ich erst schlukken, bevor ich sprechen konnte.
»Warum haben Sie nicht irgend jemandem gesagt, daß dieser Kerl HIV-positiv ist?« Meine Stimme war belegt und zittrig. »Wissen Sie, daß Pia da drin war, ohne Handschuhe, und bis zu den Ellbogen im Blut von dem Typ? Sie hat auf beiden Händen Risse so groß wie der Grand Canyon.«
Am anderen Ende war Schweigen.
»Tut mir leid«, sagte Dr. Meyers, aber er klang nicht so, als ob es ihm leid täte. »Ich hab' vergessen, die Information weiterzugeben. Ich hatte heut morgen viel zu tun. Hören Sie, was glauben Sie, wie *ich* mich gefühlt habe, als ich den Katheter legte?«
»Ich denke ...«, mittlerweile knurrte ich richtig. »Ich denke, Sie fühlten sich ziemlich sicher mit zwei Paar Handschuhen an den Händen. Was glauben Sie, wie *Pia* sich fühlen wird, wenn ich ihr sage, daß Sie ›vergessen‹ haben, ihr zu sagen, daß der Mensch Aids hat?«
»Tut mir leid.«

»Ich muß dies schriftlich melden, Dr. Meyers. Pia wird getestet werden müssen.«
Er wiederholte, daß es ihm leid täte.
»›Leid tun‹ ist nicht genug, Dr. Meyers«, sagte ich und legte auf.
Als ich es Pia mitteilte, sagte sie kein Wort; aber ihr Gesicht bekam den verzweifelten Ausdruck eines Menschen, der verloren ist.

Während ich mein Abendessen im dubiosen Kühlschrank der Herzstation verstaute, versuchte ich an die positive Seite der Angelegenheit zu denken: Pias erste zwei Testserien waren negativ gewesen. Wenn der dritte Test auch negativ wäre, würden wir eine wilde Party schmeißen.
Dann, weil es zum Tag paßte, knirschte ich mit meinem Zahnschutz, bevor ich auf das Brett mit der Arbeitseinteilung schaute:
»ZIRKULIEREN: Heron, 15.00 bis 19.00 Intens.; 19.00 bis 23.30 Amb.«
Die Einteilung auf der Intensivstation machte mich sauer. Ich hatte ein sehr ungutes Gefühl und stellte mir vor, welche Patienten mir zugeteilt sein würden: frische, postoperative Lebertransplantationen, eine infizierte Brustbeindurchtrennung, Querschlägerwunden mit Hunderten von Drainagen, ein oder zwei Dünndarmthrombosen. Mit solchen Problemfällen befaßte ich mich nicht jeden Tag oder auch nur all fünf Jahre.
Oh, gebt mir Herzinfarkte oder schickt mich auf die Ambulanz. Wenn nicht, gebt mir einen Tag frei.

Ich bekam eine 65 Jahre alte Aidspatientin, die mit einer Pneumocustis-carinii-Lungenentzündung kämpfte, einen 40jährigen, dessen rechter Arm aus der Schulter gerissen worden war, als sich sein Ärmel in einem Bootsmotor verfing, einen 19jährigen, der dabei war, an Hodenkrebs zu sterben, und

einen 22jährigen mit septischem Schock und einer frischen Kolostomie.
Diese Zuteilung hörte sich gar nicht so schlecht an, wenn man bedachte, daß es keine infizierten Brustbeindurchtrennungen oder Querschlägerwunden gab. Nachdem jedoch die Übergabe vorbei war, kam mir durchaus der Gedanke, daß ich mich in dem Augenblick hätte krank melden sollen, als ich die knallroten Haare und die neonfarbenen Polyesterjacken sah.

Die vier Stammkarten teilten mir schwarz auf weiß mit, daß jeder einzelne meiner Patienten ein mittelschwerer Akutfall war. In der Sprache der »normalen Leute« bedeutete dies, daß kein menschliches Wesen in der Lage war, alles für sie Notwendige innerhalb von vier Stunden zu tun. Es war körperlich unmöglich.
In einer Tagschicht wären die vier selben Patienten auf zwei Intensivschwestern verteilt worden. Weil jedoch die Schwestern der Abendschicht eine Zulage auf ihr Gehalt bekamen, bestand die Krankenhausleitung darauf, daß die Personaleinteilung straffer gehandhabt wurde. In der Nachtschicht wurden solche Patienten *plus* zwei weitere gleich schwere oder schwerere Fälle jeweils einer Schwester zugeteilt, denn das Personal der Nachtschicht verdiente die höchsten Zulagen.
Diese Betrachtungsweise der Leitung *klang* sinnvoll, denn schließlich schliefen die Patienten nachts, nicht wahr? Aber Tatsache blieb, daß in der Intensivpflege der Wechsel von Tag und Nacht für Patienten oder Schwestern keinen großen Unterschied bedeutete: Verbandwechsel, Absaugen, Umbetten, Verteilung von Medikamenten und ständige Überwachung von Geräten und Vitalzeichen fanden 24 Stunden am Tag statt. Es war nicht ungewöhnlich, wenn Patienten, die mehr als eine Woche auf der Intensivstation waren, auf Grund von Schlafentzug an einer Psychose zu leiden begannen, die euphemistisch »Hospitalitis« genannt wurde.

Fragen der Personaleinteilung hingen immer vom Umfang dessen ab, was eine Krankenhausleitung sich erlauben konnte. Ich schaute zum Telefon hinüber und überlegte mir, ob ich die Kontrollbehörde von der Situation in Kenntnis setzen und sie bitten sollte, einen schriftlichen Zuteilungsprotest aufzunehmen. Damit wäre ich abgesichert, falls einer meiner Patienten zu Schaden kam oder starb, weil ich nicht in der Lage gewesen war, mich rechtzeitig um ihn zu kümmern. Außerdem wäre es ein weiterer Biß in die Hand, die uns verhungern ließ: Wenn das Krankenhaus oft genug ermahnt wurde, bestand Hoffnung, daß man eines Tages mit dieser gefährlichen Arbeitseinteilung aufhören würde.

Wenn das nicht funktionierte, so spekulierten die Schwestern, würden sie so lange warten müssen, bis genügend Patienten gestorben waren, um die Öffentlichkeit darüber zu informieren, daß etwas nicht in Ordnung war – oder auch nicht, denn der Besitzer der größten Zeitung der Gegend war gleichzeitig Mitglied des Aufsichtsrats des Redwood.

Ich breitete die Stammkarten vor mir aus und legte einen Zeitplan fest, in dem das jeweils absolut Notwendige berücksichtigt wurde: ein Verbandwechsel hier, dort einen auslassen; bei diesem Patienten Vitalzeichen jede halbe Stunde, bei ihr nur einmal die Stunde; Zeiten für die Verteilung von Medikamenten zusammenfassen, das heißt etwas früher hier, etwas später dort; Absaugen alle 40 anstatt alle 20 Minuten; und beten, daß niemand an einem Schleimpfropf erstickt oder verblutet.

Ich rezitierte mein Motto: »Ich habe nur zwei Arme und Beine, und ich tue, was ich kann«, bereitete mich vor und ging ins nächstgelegene Zimmer.

In meinen blauen Paranoiaklamotten sah ich aus wie eine Figur aus einem Buch von Robin Cook oder Stephen King: Schuh-

überzüge, Handschuhe, Papierkittel, Maske und riesengroße Schutzbrille mit der dreifachen Abdichtung an den Rändern.
Mrs. Mazzucci kannte das schon. In den drei Jahren, seit sie sich bei einer Bluttransfusion mit dem Virus angesteckt hatte, hatte sie Gesundheitsfürsorge in ihrem ganzen Umfang kennengelernt.
Ein »normaler« Zuschauer hätte automatisch angenommen, daß die Schutzmaßnahmen für mich seien; in Wirklichkeit dienten sie der Sicherheit von Mrs. Mazzucci: Wir wandten an, was man korrekt »umgekehrte Isolierung« nannte, denn unsere Hauptsorge war es zu vermeiden, daß sie mit irgendwelchen Keimen, die wir vielleicht in den Raum brachten, in Kontakt kam. Sie hatte schon genug damit zu tun, ihre Lungenentzündung zu überleben.
»Nun, wie gefällt Ihnen meine Kreation aus Paris?« fragte ich, stolzierte hin und her und drehte mich wie ein Mannequin auf dem Laufsteg. Das blaue Papier raschelte mit jeder Bewegung.
Mrs. Mazzucci lächelte an ihrem Endotrachealtubus vorbei und machte das O.-K.-Zeichen.
»Le Bleu Lumpensack von Schlabberfeld.«
Sie schüttelte ihren Kopf, wobei sie darauf achtete, den Respirator nicht ins Stolpern zu bringen, und warf mir einen vorwurfsvollen Blick zu: »Bringen Sie mich nicht zum Lachen, sonst ersticke ich.«
Ich kalibrierte ihren Arterien- und den Swan-Ganz-Katheter, überprüfte das Sauerstoffmessgerät, hängte ihre Pentamidin- und Gentamidininfusionen auf und notierte ihre Vitalzeichen auf dem EKG-Streifen. Nach diesem technischen Teil bereitete ich schnell eine Schüssel mit Seifenwasser zu, denn Mrs. Mazzucci hatte sich beschmutzt. Laut den Aufzeichnungen war dies das vierte Mal an diesem Tag. Die Lache mit flüssigem Stuhl war durch die Matratze gesickert und hatte sich von ihren Fersen bis zur Mitte ihres Rückens ausgebreitet. Während ich arbeitete, be-

schrieb ich ihr die Pläne der Krankenhausleitung für die Neugestaltung der vorderen Eingangshalle.
»Die Möbel sind eine Kreuzung aus früher Postmoderne ... oder post mortem ... und Geröllheimer. Die Wanddekoration ist eine Zusammenstellung aus großen Lippen und deprimierenden Aquarellen von berühmten Leuten mit mißgebildeten Köpfen oder ...«
Mrs. Mazzucci hörte längst nicht mehr zu, sondern starrte die verfärbten Knötchen auf ihren dünnen Beinen und ihrem Bauch an. Sie berührte eines mit dem Finger, und ein Ausdruck von Ekel trat in ihr Gesicht.
»Kaposi-Sarkom«, sagte ich.
Sie nickte traurig, dann hustete sie so heftig, daß sie beinahe den Respirator aus dem Takt brachte. Sie deutete auf ihren Endotrachealtubus und hob die Schultern in der Haltung von jemand, der tief Atem holt. Es war das übliche Zeichen von langfristigen Respiratorpatienten, daß man sie absaugen solle.
Ich wusch sie zu Ende, wechselte die Bettlaken und wechselte die sterilen Handschuhe, alles im Zeitraffer. Da ich ihren Hunger nach Luft fühlte, entfernte ich hastig die Seitenöffnung ihres Tubus und spritzte ein wenig sterile Salzlösung in das Innere, um festen Schleim, der sich an den Wänden des Tubus und den oberen Teilen ihrer Lunge abgelagert haben mochte, zu verflüssigen. Daraufhin fing Mrs. Mazzucci so stark an zu husten, daß der Alarm des Gerätes ausgelöst wurde; sein schrilles Heulen ging mir durch Mark und Bein.
Ich wartete, bis Mrs. Mazzucci einen verzweifelten Atemzug tat, und leitete dann reinen Sauerstoff in ihre Lunge. Als ihr Lufthunger nachließ, fädelte ich den Absaugkatheter in den Tubus, bis ich auf Widerstand stieß. Ich verschloß das Absaugloch mit meinem Daumen und zog den Katheter langsam zurück, wobei ein Geräusch entstand, als ob ich Schlamm vom Boden eines Teichs hochsaugte. Die meisten »normalen Leute« wären nie im-

stande, es zu verstehen, aber für eine Krankenschwester ist dieses üble Geräusch außerordentlich zufriedenstellend.
Was durch den Katheter nach oben kam, war reichlich dicker, grüngelber Schleim, durchsetzt mit blutigen Fäden. Ich war so begeistert, daß ich die Prozedur zweimal wiederholte, bevor ich Mrs. Mazzucci wieder an den Respirator anschloss. Der ganze Vorgang glich einem gründlichen Frühjahrsputz.
Tränen liefen ihr Gesicht hinunter, während sie nach Luft schnappte, woraufhin das Gerät ins Stolpern kam und ihr einige zusätzliche Atemzüge verschaffte. Gleichzeitig tätschelte sie meine Hand, ergriff sie dann ganz fest und hielt sie, bis ihre Gesichtsfärbung wieder normal war und sie nicht mehr um jeden einzelnen Atemzug kämpfen mußte. Als sie mich schließlich ansah, standen in ihrem Blick Dankbarkeit, Erbarmen, Vergebung und die unmißverständliche Botschaft: »Ist das Leben nicht beschissen?«

Jonas Yi erinnerte mich an eine von diesen kleinen Statuen, die man in chinesischen Restaurants oft neben der Kasse stehen sieht: die Gottheit der Lebensfreude und des Glücks. Trotz des traumatischen Verlusts seines rechten Arms lächelnd und rundlich, sah er überhaupt nicht nach einem Bootsbesitzer aus Sausalito aus.
Die Bootfahrer von Sausalito waren eine völlig andere Rasse, sie repräsentierten eine vollkommen andere Zeit. Sie waren die älter und klüger gewordenen Blumenkinder, deren ergrauendes Haar bezeugte, daß sie ein wenig schlaff geworden waren. Sie waren Künstler, Schriftsteller, Musiker – und chronische Seelensucher allesamt. Sie lebten in einer engen Gemeinschaft, miteinander verbunden durch Alan Watts, Krishnamurti und vor allem die San-Francisco-Bucht, deren stahlgraue Schönheit ständig von den anmutigen Art-déco-Linien der Golden-Gate-Brücke eingerahmt wurde.

Der riesige, unförmige Verband, der seine Schulter bedeckte, verringerte nicht meinen seltsamen Wunsch, den rechten Arm dort zu sehen, wo er hätte sein sollen: Das Auge mußte erst lernen, das Fehlen der Extremität zu akzeptieren.

Ich steckte das Thermometer unter seine Zunge. »Ich werde mich jetzt um Ihren Arm kümmern«, sagte ich.

Eine Nanosekunde verging, bevor ich den Satz hörte, den ich soeben gesagt hatte, und ich wünschte, der Boden würde sich unter mir öffnen und mich verschlingen.

O Gott. Noch so ein Ausrutscher über eine Mißbildung, die unerträglichste Peinlichkeit von allen! Sofort fiel mir mein schlimmster Fauxpas dieser Art ein: Ich war gerade mit der High-School fertig geworden, es war mein erster Tag als Kassiererin in einem Buchladen. Ich zählte die Einkäufe einer Kundin zusammen, die an jeder Hand sechs Finger hatte. Ich zwang mich, ihre Mißbildung zu übersehen, sah ihr direkt ins Gesicht und sagte, nett und freundlich: »Das macht fünf Dollar und sechsundneunzig Finger, bitte.«

Mr. Yi sah mich seltsam an, ohne Zweifel verwundert wegen des dramatischen Wechsels meiner Gesichts- und Halsfarbe. Ich wandte mich ab, um mich wieder zu fangen, bis das Brennen aufhörte. Danach begann ich, den riesigen Verband abzuwickeln, der seine Schulter bedeckte.

»Brauchen Sie Schmerzmittel?« Phantomschmerzen in einem amputierten Körperteil war ein häufiges Problem, und man hatte mir gesagt, er habe über ein brennendes, stechendes Gefühl im unsichtbaren Ellbogen und Unterarm geklagt.

(Den breiten Gazestreifen zweimal um den Oberkörper wickeln. Über Kreuz auf der Schulter. Vergiss nicht zu notieren, daß auf den äußeren Schichten Anzeichen von Drainage sind. Gelb. Kein Geruch.)

»Mir geht's jetzt ganz gut«, sagte Mr. Yi und beobachtete nervös das Abwickeln.

»Haben Sie die Wundstelle schon gesehen?«
(Über den äußeren Teil des Stumpfes abwickeln. Nicht wirklich ein Stumpf. Eine Stelle, an der einmal ein Arm war. Festhalten, daß die Drainage jetzt eine Stelle von etwa zehn Zentimeter Durchmesser und hellbraun gefärbt ist. Kein übler Geruch.)
»Ja, zweimal bisher.«
Ich lächelte. Man mußte ihn aus seinem Versteck locken. Es schien, als müßte man alle Chinesen aus ihrem Versteck locken.
»Und was denken Sie so?« Ich hatte eigentlich fragen wollen: »Und wie fühlen Sie sich?« Aber ich hatte es hier mit einem Chinesen zu tun; ihn nach seinen Gedanken anstatt nach seinen Gefühlen zu fragen, schien mir sicherer – und höflicher zu sein.
»Es ...« Er unterbrach sich, und das Lächeln verschwand von seinen Lippen. »Es ist der Preis, den ich für meine Unachtsamkeit gezahlt habe«, sagte er langsam.
Hätte er gesagt: »Es ist häßlich«, oder: »Mein Leben ist ruiniert«, hätte ich ihm mit dem Krankenschwesterntralala über Hoffnung und Prothesen geantwortet. Seine Feststellung, dies sei ein Preis, den er für seinen Fehler »gezahlt« habe, ließ mir kaum eine Möglichkeit zu einer Antwort.
»Wird Sie dies bei Ihrer Arbeit beeinträchtigen?«
(Noch eine Tour mit dem Streifen, und jetzt die Schicht mit den absorbierenden Kompressen. Durchweicht. Aber sauber – nichts Grünes gedeiht hier. Ha, ha.)
Jonas Yis Lächeln kam wieder zurück. Ruhig sagte er: »Ich arbeite mit einem Messer.«
Ach so, mit einem Messer. Ich stellte ihn mir in der Küche eines chinesischen Restaurants vor, wie er hinter riesigen Truthähnen und großen Scheiben Rindfleisch stand und in jeder Hand ein langes Messer hielt. Ich seufzte erleichtert auf. Wenn er gesagt hätte, er sei Konzertpianist, wäre ich umgefallen. Aber dann kam mir der Gedanke, daß er vielleicht ein bildender Künstler sein könnte, ein Holzschnitzer vielleicht.

»Sie meinen ...«
»Ja. Seit vielen Jahren stelle ich mittelalterliche Figuren und Szenen aus Holz her. Haben Sie sie schon gesehen?«
Ich starrte ihn mit weit offenem Mund an. Ich hatte die Arbeiten dieses Mannes nicht nur gesehen, ich hatte mich in sie verliebt, seit ich im »Sommer der Liebe« in San Francisco angekommen war. Seine »Schnitzereien« waren erlesene Kunststücke, Zauberer mit fließenden Bärten und Gewändern, knorrige Bäume, in denen makellose Vögel saßen, Jungfrauen in langen Kleidern, allesamt unglaublich detailliert und lebendig in dem polierten Holz. Seine Gestalten waren in meinen Träumen oft als Gäste aufgetreten.
»Oh, mein Gott«, sagte ich, »*Sie* sind derjenige, der diese Dinge macht?«
Er nickte, nicht geschmeichelt, sondern mit dem wissenden Selbstvertrauen des Meisterhandwerkers. »Ja, das sind meine Kinder.«
»Mister Yi, ich fühle mich so geehrt, Ihnen zu begegnen.« Ich streckte meine rechte Hand aus, zog sie schnell zurück und gab ihm meine Linke. Sein Händedruck war kräftig. »Ich liebe Ihre Arbeiten. Ich ... ich habe sogar einen kleinen Zauberer von Ihnen. Er steht auf meinem Kaminsims. Er ist ...«
Zwei Dinge dämmerten mir gleichzeitig. Erstens, ich mußte mich beeilen und die letzten Schichten des Verbands entfernen und die Wunde freilegen; zweitens, er schnitzte mit seinen *Händen.* Mehrzahl.
Mein Herz sank wie ein Stein. Keine mittelalterlichen Wunder würden mich mehr begeistern, wenn ich an den Fenstern der Galerien vorbeiging. Sammler würden ausschwärmen und jede Galerie und jedes Geschäft der Stadt ausplündern.
(Langsam, vorsichtig die letzten ein, zwei, drei, vier, fünf Kompressen wegnehmen und ...)
Beide starrten wir die geschwollene Wunde an. Es war ein roter,

gelber und violetter Stumpf mit einem Muster aus kreuz und quer laufenden Nahtlinien – wie eine Patchworkdecke. Der Stumpf war häßlich, aber er heilte. Kein Geruch einer Staphylokokken- oder einer anderen krankenhaustypischen Infektion. Keine verdächtige Drainage.

Mr. Yi schaute besorgt drein. »Ist alles in Ordnung? Diese Farben und die Schwellung – kein Gangrän?«

»Nein. Es verheilt sogar sehr ordentlich. Es wird nur seine Zeit brauchen.«

Sein Seufzer der Erleichterung sagte mir, daß die Angst vor Wundbrand ihn sehr beschäftigt hatte. Unter Beachtung allerstrengster steriler Techniken begann ich, seine Schulter zu reinigen und neu zu verbinden. Die Uhr am Kopfende des Bettes zog immer wieder meinen Blick auf sich und nörgelte mich an, daß ich spät dran sei.

Das war das Kernproblem des Personalmangels: Wenn ich mich beeilte, führte das zu schlampigem Arbeiten, worunter die Patienten zu leiden hatten; wenn ich mir jedoch die Zeit nahm, korrekt und genau zu sein, mußten einer oder mehrere meiner Patienten auf einen wichtigen Teil ihrer Pflege verzichten.

Die Stimme von Tessie, meiner Lieblingslehrerin im zweiten Jahr meiner Schwesternausbildung, war über das Lautsprecher-System in meinem Kopf zu hören.

»Denk dran, was ich dir gesagt habe, Echo, eine nicht richtig ausgeführte Arbeit wird dich und den Patienten verfolgen; langfristig werdet ihr beide dafür zu zahlen haben. Tu so, als ob du diesen Verband bei Simon oder Janey anlegst. Besser noch: Stell dir vor, du siehst, wie eine andere Krankenschwester bei einem von den beiden pfuscht. Stell es dir vor. Stell es dir so lange vor, bis du diesen ausgezeichneten Verband angelegt hast.«

Zufrieden mit dem Ergebnis meiner Bemühungen (ein tadelloser Neiman-Marcus-Verband), beeilte ich mich, um zu sehen, ob ich

die Zeit bei meinem nächsten Patienten würde einholen können.
Mr. Yi tätschelte den Rücken meiner Hand.
»Bitte, machen Sie sich aber keine Sorgen wegen meiner Schnitzerei.«
Ich schaute ihn traurig an.
»Nein, nein. Verzweifeln Sie nicht. Ich habe noch Glück.« Sein Lächeln wurde breiter. »Sehen Sie: Ich bin Linkshänder.«

Dieser Neunzehnjährige kaukasischer Abstammung kam hierher mit disseminiertem Choriokarzinom und Metastasen bis zur Lunge. Prognose für diesen Jugendlichen ist sehr schlecht, trotz Orchidektomie und beidseitiger retrograder Lymphknotendissektion vor sechs Monaten sowie nachfolgender Bestrahlung des Abdomens. 2 bis 3 Wochen nach der Operation setzte Chemotherapie mit Cisplatin, Velban und Bleomycin ein.
Heute leidet der Pt. unter erheblichen Atembeschwerden mit ARDS zusammen mit schwerer Lungenentzündung. Röntgenaufnahmen des Thorax zeigen auffällige Zunahme pulmonarer Infiltrate und sich verschlechternde Blutgase. Hat zur Zeit eine Beatmungsmaske (100 % Nichtrückatmung). Zu diesem Zeitpunkt bezweifle ich Dr. Cohens Vermutung (pulmonale Toxizität, hervorgerufen durch Bleomycin). Werde Intubation nur als allerletzte Möglichkeit in Betracht ziehen, abhängig von Prognose. Wenn Pt. weiterhin über pleuritische Brustschmerzen klagt, Morphium infundieren.
Beträchtliche Schmerzen auch infolge geschwollener Brustdrüsen auf Grund Gynäkomastie durch von Tumoren freigesetzte Hormone.
Habe mit Pt. und Angehörigen über ungünstige Prognose gesprochen. Entscheidung getroffen, jede medizinische Intervention zu erbitten, außer bei Herzstillstand. Mor-

phiuminfusion zur Schmerzlinderung gegen Ende und als letzte Möglichkeit diskutiert und von allen akzeptiert. Wirklich eine deprimierende Situation.

Dr. Elias Peters

Ich legte meine Hand leicht auf die glatte Brust meines Patienten und zählte seine mühsamen Atemzüge. Unter meinen Fingern flatterte sein Brustkasten mit der Bewegung seines schnell schlagenden Herzens.

»Paul?«

Seine dunklen Wimpern öffneten sich langsam, und zwei schöne, blaue Augen schauten mich an.

»Mama?« keuchte er.

»Nicht Mama, deine Krankenschwester, Echo.«

Er sammelte seine Gedanken und versuchte, sich hinzusetzen, schaffte es jedoch nicht. »Ich hab' geträumt, ich wär' im Sommerlager.« Er sah sich um und zitterte. Die dunklen Ringe unter seinen Augen schienen zu einem so jungen Gesicht nicht zu passen. »Könnten Sie mir noch ein paar Decken geben? Ich friere.«

Ich schaute über seinen Kopf hinweg zum Monitor: Seine Bluttemperatur betrug 39,5 °C. Dies war wieder so eine dieser kleinen, aber wichtigen Entscheidungen, denen sich das Pflegepersonal jeden Tag gegenübersah: Sollte ich der humane und barmherzige Engel sein, dem sterbenden Jungen eine Heizdecke geben, die ihm Linderung verschaffte, aber seine Körpertemperatur hochdrückte, oder sollte ich die professionelle medizinische Person sein, die seine gegenwärtigen Leiden noch verstärkte, indem sie ihn auf eine Kühldecke legte in der Hoffnung, sein Fieber und das Zittern zu verringern? Und gleichzeitig wußte ich: Was immer ich auch tat, er würde sterben.

»Glaubst du, du hältst es noch eine Weile aus? Du hast Fieber. Wie wär's mit ein paar Minuten auf der Kühldecke?«

Er stöhnte und drehte den Kopf weg, und seine Zähne klapperten. »Nur das nicht. Tun Sie mir das nicht an.«
Ich strich ihm sein schweißnasses Haar aus der Stirn. Er war sehr blaß. »Okay. Wir lassen das mit der Kühldecke, aber ich muß dein Fieber runterkriegen. Mal sehen, welche Tricks ich noch auf Lager habe, bevor ich dich in die Kühltruhe werfe.«
Mrs. Mazzuccis Respirator schlug einige Sekunden lang laut kreischend Alarm und hörte dann mit einem kurzen *Skriiiepp* auf. Das Geräusch erinnerte mich daran, nicht zu trödeln.
Ich überprüfte die Infusionen und die IV-Medikamente, dann sah ich wieder nach dem Jungen. Seine Augen baten mich, ihm zu helfen. Ihm sein Leben zu erhalten.
Ich nahm seine Hand in meine. *Ich bin für dich hier, Paulchen. Wir sind nur Fremde, aber ich bin hier, um deine Schmerzen zu lindern und dich bis zum Tod zu begleiten, wenn das auf dich wartet.* Ich stand auf und strich eine weitere Strähne aus seiner Stirn.
Er hat mehr verdient, Ec. Ob er nun stirbt oder nicht: Er leidet und er hat Angst. Tu, was du für ihn tun kannst. Gib dein Bestes, denn es wird sein letztes Geschenk sein.

Ich durchsuchte die Verordnungen und die anderen medizinischen Unterlagen, um einen Fluchtweg aus Pauls Fieber zu finden, als Dr. Peters hereinkam und sich hinsetzte. »He, Elias, ich wollte dich gerade anrufen wegen dem Fieber von dem jungen Crowell.«
Elias ließ die Schultern hängen und seinen Kopf zurückfallen. Ich konnte die roten Stellen mit den eingewachsenen Haaren in seinem Nacken, am Rand seines Bartes sehen. Er hatte sich beim Rasieren geschnitten und auf sein Hemd geblutet.
»Ich weiß es nicht, Ec«, sagte er langsam und starrte zur Zimmerdecke. »Dies ist ein lausiger Fall. Ich hab' heute morgen mit dem Jungen gesprochen. Er hat Angst. Ich konnte fühlen, wie er

mich anbettelte, ihm eine Chance zu geben – als ob ich die Macht hätte, ihn da rauszuholen. Er verläßt sich ganz auf mich, daß ich ihm seine Schmerzen nehme und am Atmen halte. Er glaubt, ich kann den Krebs zum Verschwinden bringen. Er hat mich gebeten, nicht aufzugeben. Er sagte, wenn ich zerbräche, würde er auch brechen. Und da stand ich dann und versuchte, ihm die Rede über die Optionen zu halten: Wir können dich mit Morphium Schritt für Schritt aus deinem Leiden erlösen, Paulchen, oder wir können dich mit einem Schlag auslöschen, wenn der Schmerz nicht mehr kontrollierbar ist.«

»Um Gottes willen, Elias, hast du das *gesagt*?«

Dr. Peters lockerte seinen Schlips und öffnete den oberen Hemdknopf. »Ich sagte ihm, wir könnten nur hoffen, daß die Dinge sich zum Besseren wenden würden, aber ich nannte ihm auch seine Optionen für den Fall, daß sie es nicht täten.« Er nahm die Karteikarte unter meinem Arm. »Der Junge hat nicht die allerkleinste Chance. Wo zum Teufel bleibt die Kavallerie, wenn man sie mal braucht?«

»Hör auf, Elias, du hast getan, was du konntest.«

»Ich weiß nicht«, sagte er müde. »Paulchen ist nicht der erste, und er wird nicht der letzte sein, aber niemand gibt gern einen neunzehnjährigen Jungen auf.«

Ich nickte und ließ im Geiste ganz schnell all die Kinder und jungen Leute vorüberziehen, die ich hatte sterben sehen. Immer wenn Schwestern und Ärzte jemanden sterben sahen, der jünger war als sie, taten sie alles Erdenkliche und gingen dabei weit über die Erfüllung der normalen Pflichten hinaus.

Im Augenblick jedoch war es notwendig zu tun, was getan werden mußte; die Trauer konnte später noch kommen.

»Okay, Elias.« Ich wandte mich der Anschlagtafel mit den Medikationen zu. »Was werden wir also tun, um das Fieber von dem Jungen runterzukriegen?«

Ich wusch Pauls Gesicht mit einem kühlen Tuch. Als ich den leichten, pfirsichweichen Flaum fühlte, begann ich über den Tod und seine Ungerechtigkeit und alle Dinge nachzudenken, um die er diesen Jungen betrog. Ich betete, daß er wenigstens einmal Liebe gemacht hatte, daß er eine Person hatte, der er sagen konnte, daß er sie liebte.

Ich ließ alle Angehörigen und Freunde auf einmal zu ihm herein, was ihn ein wenig von seinen Schmerzen ablenkte. Seine Freundin saß auf dem Bett und so dicht bei ihm, wie dies nur möglich war, und ließ seine geschwollene, fleckige Hand nicht einmal los. Sie schien sich vor allem Sorgen um sein Atmen zu machen. Ich konnte sehen, wie sie versuchte, auf dieselbe Weise zu atmen wie er, flach und schnell. Ob sie es aus Mitgefühl tat oder weil sie es einfach nur ausprobieren wollte, konnte ich nicht sagen; aber sie hielt es auch nicht lange durch.

Pauls Mutter war etwa in meinem Alter. An der Art und Weise, wie sie ihn nicht aus den Augen ließ, konnte ich sehen, daß sie nach dem allerkleinsten Anzeichen für eine Verbesserung suchte. Jedesmal, wenn sie sein Gesicht mit einem Schwamm abwusch oder seine Hand berührte, blieb die ihre einen Augenblick auf ihm ruhen, als ob sie sichergehen wollte, daß sie ihm nahe genug war, ihn ins Leben zurückziehen zu können, wenn er zu entgleiten drohte.

Als ich ihr Leid sah, begannen meine Kehle, mein Herz, meine Eingeweide vor Mitgefühl zu schmerzen. Ich spürte ihre Hilflosigkeit und fühlte mich gleichzeitig auch schuldig, denn ich war dankbar dafür, daß nicht mein Sohn sterbend auf diesem Bett lag.

»Wenn ich nach Haus komme ...«, er unterbrach sich, um tiefer Luft zu holen; das Sprechen fiel ihm sehr schwer, »werde ich trainieren ... jeden Tag.«

Das wird nicht passieren, Paulchen, dachte ich. Laut sagte ich: »Großartig. Du und Schwarzenegger, mein Junge.«
Er war dabei, sich eine Zukunft zu schaffen – oder versuchte er, ein Geschäft mit einer höheren Macht zu machen? *Wenn ich dies oder jenes tue, wirst du mich leben lassen?*
Paul lächelte so breit wie möglich, es war nicht mehr als ein Zucken in einem seiner Mundwinkel. »Nikki – das ist meine Freundin – wird ausflippen, wenn ich nach Haus komme.«
Ja, das wird sie, Paulchen. Nikki wird lange trauern. Irgendwann, in vielen Jahren, wird sie ihrer heranwachsenden Tochter erzählen, wie sie die erste Liebe ihres Lebens an den Tod verloren hat, und sie wird weinen. Sie wird weinen, weil sie die Erinnerung an dich immer noch lieben wird.
»Kann's gar nicht abwarten, nach Haus zu kommen ...« Seine Stimme wurde schläfrig, und er schien auf einen weit entfernten Punkt zu schauen. Als er wieder zurückgekehrt war, wandte er sich um und sah durch mich hindurch. »Ich komm' doch nach Haus, oder?«
Ich nickte. »Ja.« Nimm ihnen niemals die Hoffnung. »Du wirst wieder nach Haus kommen.«
»O Gott, ich bin so müde«, sagte er und schloß die Augen.

Es stimmt, dachte ich, ein Bild sagt mehr als tausend Worte. Wie vom Donner gerührt studierte ich die vor der Operation gemachten Röntgenaufnahmen meines Patienten. Durch die schattenhaften Grau- und Weißtöne sah ich die dunklen Umrisse von zwei Gegenständen, die ebenso fehl am Platze zu sein schienen wie Ronald Reagan bei einem Treffen der Mensa.
Groucho Marx bewegte wild seine Augenbrauen und schnippte seine Zigarre in *Blühender Blödsinn.* »Sag das magische Wort und gewinne hundert Dollar. Es ist ein gebräuchliches Wort, eines, das man jeden Tag zu Haus hört.«
»Eine Vase und ein Kleiderbügel?« sagte ich laut.

Keine gerupfte Ente fiel von der Decke, aber genau das sah ich. Ich las die Aufzeichnungen der Aufnahme und kämpfte mich beharrlich (ich konnte hören, daß Mrs. Mazzucci auf der anderen Seite des Ganges dringend abgesaugt werden mußte, und das rote Licht an Mr. Yis Zimmer sagte mir, daß er Schmerzmittel brauchte) durch die Handschrift von Dr. Seitz. Offensichtlich hatte er, und das gründlich, den *Leitfaden für Ärzte zur Erlangung einer unleserlichen Handschrift* studiert – oder er war dazu übergegangen, mit der verkehrten Hand zu schreiben.

Mein Patient, ein 23jähriger Dressman/Schauspieler aus L. A., war mit seiner Freundin in San Francisco (der Stadt, in der »alles erlaubt« ist) von einer Party zur anderen gezogen. Anscheinend waren die Drogen sauber und die Partys wild, denn eines Abends fand er sich mit einer peinlich großen Vase in seinem Rektum wieder.

Wenn er sich zu diesem Zeitpunkt einer Ambulanz anvertraut hätte, wäre wahrscheinlich noch alles in Ordnung gekommen. Da aber die Angst vor Demütigungen eine starke menschliche Kraft ist, beschloß er, daß anstößige Gefäß selbst zu entfernen – und zwar mit – nein, ich veralbere Sie nicht – einem rostigen Kleiderbügel.

Ich unterbrach meine Entzifferungsbemühungen, da sich ein Wortspiel in das kranke Hirn geschlichen hatte, wohin es auch gehörte: Ich dachte mir, wenn man es unter rein technischem Gesichtspunkt betrachtete, hatte der Patient versucht, eine Selbst-Vasektomie durchzuführen.

Das Ergebnis war grauenhaft: Er hatte seinen Dickdarm so stark perforiert (weil schließlich auch der Kleiderbügel hängenblieb), daß nichts anderes übrigblieb, als eine Kolostomie vorzunehmen. Und wenn man sich die Kombination »rostiger Kleiderbügel plus perforierter Dickdarm« klarmachte, konnte es nicht überraschen, daß der Patient am Ende einen septischen Schock erlitt, komplett mit einem Kreislaufkollaps und Nierenversagen.

Zunächst hatte niemand erwartet, ihn anders als in einem Leichensack das Krankenhaus verlassen zu sehen. Aber sein Überlebenswille hatte seinem Körper diese an ein Wunder grenzende Kehrtwendung aufgezwungen.

Ich ging meine übliche Mechanikerprozedur durch: Ich kalibrierte arterielle und Pulmonalarterieninfusionen, berechnete die Fließgeschwindigkeit des Dopamins neu, öffnete einen neuen Beutel mit Antibiotika (was sich immer als ebenso schwierig erwies wie das Öffnen dieser Bestecktüten, die man im Flugzeug zusammen mit dem Essen bekommt) und hängte ihn neben die Elektrolytinfusion, leerte die halbvollen Kolostomie- und Urinbeutel, gab weitere Medikamente und wechselte das Oberlaken. Der Patient hing mittlerweile nicht mehr am Respirator und war während der Tagschicht extubiert worden – ein Segen für uns beide.

Schließlich schaute ich mir den Patienten selbst an. George. »George, der Hinreißende« kam der Wahrheit näher. Der Mann sah so gut aus, daß er nicht wirklich zu sein schien. Er sah aus wie ein Foto in einer Männermodezeitschrift, und wenn ich nur die Seite umblätterte, würde er verschwinden.

»Mein Arm tut weh«, krächzte er. Seine Stimmbänder würden Tage brauchen, um sich von der unangenehmen Gegenwart des Endotrachealtubus wieder zu erholen. Ich wickelte den sehr komplizierten Verband um die Einstichstelle seiner Infusion ab und sah, daß die Infusion paravenös gelaufen war.

»Ihre IV-Nadel ist durch die Wand ihrer Vene gedrungen, und Flüssigkeit ist ins Gewebe gekommen«, sagte ich müde. »Ich werde sie neu legen müssen.«

Es war sechs Uhr. Die Zeit reichte nicht, die Infusion neu zu legen, Mrs. Mazzucci abzusaugen, alle Fünf- und Sechsuhrmedikamente zu verteilen, Mr. Yi und Paul Schmerzmittel zu geben, Vitalzeichen zu notieren, die Karteikarten auszufüllen, alle Laborresultate zu überprüfen und – Dr. Seitz, Dr. Bell, Dr. Peters

und Cohen kamen durch die Doppeltür auf die Station – Dr. Peters über Paul, Dr. Bell und Dr. Seitz über George und Mr. Yi und Dr. Cohen über Mrs. Mazzucci und Paul zu berichten.
Ich drehte meine Arbeitsgeschwindigkeit jetzt auf Hyperpflege: Ich unterteilte die Zettel mit den Laborresultaten nach Patient und gab sie den jeweiligen Ärzten, saugte Mrs. Mazzucci ab, legte neue Infusionen, machte einen Verbandwechsel, schaffte noch mehr Urin fort, gab Paul einen Kuss, während er schlief, verteilte Medikamente (und hoffte, daß ich sie in der richtigen Dosierung an den richtigen Patienten gab), überprüfte einen Blutdruck hier und eine Temperatur da.
Als letztes füllte ich die Karteikarten auf eine Weise aus, die für einen Rechtsanwalt, der sich auf Kunstfehler spezialisierte, die Erfüllung aller Träume bedeuten mußte.
Es war 19 Uhr 35, als ich die konfuseste und wahrscheinlich ungenaueste Übergabe des Jahres machte; ich war überrascht, daß die übernehmende Schwester nicht verlangte, meine Schwesternlizenz zu sehen. Zwischen 19 Uhr 04 und 19 Uhr 35 rief die Ambulanz viermal auf der Intensivstation an und erkundigte sich, wann zum Teufel ich zur Arbeit erscheinen würde; man brauche mich, und man brauche mich *jetzt*.
Mein Magen knurrte, meine Füße und mein Rücken schmerzten, und ich war wirr im Kopf. Wie ich die nächsten vier Stunden durchstehen sollte, war mir schleierhaft.
Ich gab jedoch meine Gewohnheit nicht auf, mich von jedem Patienten zu verabschieden. Ich winkte Mr. Yi (mit der Linken – aus Solidarität) zu und wollte gerade in Georges Zimmer gehen, als ein Mann, der eine lange, schmale Schachtel mit einer weißen Schleife drauf in der Hand hielt, auf mich zukam.
»Sind Sie Echo Heron?«
»Kommt drauf an, ob Sie eine gerichtliche Vorladung haben oder nicht.«
Der Mann gab mir ohne zu lächeln die Schachtel. Ich konnte

wetten, daß er solche und ähnliche Sätze etwa so häufig gehört hatte wie ich Witze über meinen Namen. Ich war nicht fair gewesen; immerhin hatte er nicht gesagt: »He, gibt's hier drinnen ein Echo? Ha, ha.«

Die Grußkarte war mit einem roten Band an der Schleife befestigt.

Liebe Schwester Heron,
wir werden niemals vergessen, was Sie für Mutter getan haben, und werden Sie jeden Tag in unser Gebet aufnehmen. Dad und ich hätten uns gewünscht, daß Sie und Mutter einander kennengelernt hätten; Sie wären sicher gute Freundinnen geworden.
Sie hätte sich gewünscht, daß Sie für Ihre Mühe etwas Hübsches bekommen. Wir dachten uns, daß diese Blumen zu Ihnen passen. Wir danken Ihnen sehr, daß Sie für uns alle da waren.

Gott segne Sie,
Ruth und Albert Tuttle

Im Inneren der Schachtel lag ein Dutzend langstieliger weißer Rosen.

Mein Hunger und meine Benommenheit verschwanden wie weggeblasen. Meine Füße und mein Rücken taten nicht mehr so weh.

George, der die ganze Szene verfolgt hatte, winkte mich mit dem Finger zu sich.

Ich ging näher an sein Bett heran. In seinem blassen Gesicht war ein leichtes Lächeln.

»He, Schwester«, flüsterte er heiser. »Brauchen Sie 'ne Vase?«

In dem Augenblick, als die pneumatischen Türen sich mit einem Zischen öffneten, wußte ich, daß etwas Schlimmes passiert war.

Die Atmosphäre war schwer wie Blei. Ileta, normalerweise eine aufgeräumte und lustige Dame, fummelte mit den Papieren auf ihrem Schreibtisch herum und vermied meinen Blick, sobald sie mich sah.

»Was ist los?« flüsterte ich.

Sie schüttelte den Kopf und zeigte mit dem Daumen in die Richtung des Traumazimmers.

Durch das kleine Fenster in der Tür zum Notfall-OP sah ich Dr. Mahoney, die mit gekreuzten Armen an der jenseitigen Wand lehnte. Ihr Mund bewegte sich ununterbrochen, wahrscheinlich gab sie einer anderen Person im Raum einen Bericht. Dr. Packard, ein Kinderarzt, stand mit dem Rücken zu mir und versperrte die Sicht auf Kopf und Oberkörper des Patienten. Don stand am Kopfende der Trage und beatmete den Patienten. Er unterbrach sich, um sich mit dem Unterarm den Schweiß aus dem Gesicht zu wischen, dann wischte er seinen Schnauzbart an seiner Schulter ab.

Sarah befand sich auf der anderen Seite der Trage und half anscheinend einer Labortechnikerin, nach einer Vene zu suchen, während ein Beatmungstechniker bei Don stand und einen Streifen Klebeband vorbereitete, der als Befestigung für den Endotrachealtubus dienen sollte. Eine weitere Schwester saß in der Ecke und füllte eines der rotgeränderten Überweisungsformulare aus. Alle sahen – in Ermangelung einer besseren Beschreibung – sehr deprimiert aus.

Nur die »zirkulierende« Schwester war lebhaft, ging schnell von einer Seite des Raums zur anderen und räumte auf. Sie stellte eine weiße Plastiktüte auf den Tresen am Fußende der Trage, und in diese legte sie ein stark zerrissenes T-Shirt mit einem aufgedruckten Bild von den New Kids on the Block, das fast völlig von Blutflecken überdeckt war, ein Paar blutgetränkter Jeans und abgetragene, schwarze Air-Jordan-Basketballstiefel.

Diese Gegenstände bildeten die vertraute Uniform eines typi-

schen neun oder zehn Jahre alten Jungen. Simon hatte den größten Teil seiner Jahre, bevor er ein Teenager wurde, in einem ganz ähnlichen Outfit gelebt, nur daß es statt der New Kids on the Block die Independent Skateboard Trucks gewesen waren. Eines Tages, so vermutete ich, würden T-Shirt-Aufdrucke auf einfache, aber akkurate Weise angeben, welche Moden die aufeinanderfolgenden Generationen jeweils mitmachten.
Dr. Packard verlagerte sein Gewicht, und jetzt sah ich ganz deutlich den Jungen auf der Trage. Sein Körper war so dünn und seine Haut so bleich, daß es so aussah, als ob das Kind bereits verblutet oder auf schnellstem Wege dorthin war. Der kleine weiße Körper war von vier oder fünf häßlichen, violetten und roten Stellen entstellt, die ich als Stichwunden erkannte. Eine fast leere Blutkonserve hing vom Galgen neben Sarah. Es war eindeutig, daß sie das abgepackte Blut so schnell wie möglich in ihn hineingeschüttet hatten.
Der Beatmungstechniker bereitete das mitgenommene Gesicht für den Klebestreifen vor; er wischte das getrocknete Blut fort, das um den Mund des Jungen eine Kruste gebildet hatte. Eine Schwester kam durch die Seitentür, die den Röntgenraum mit der Ambulanz verband, und gab Sarah eine frische Blutkonserve. Während Sarah die Beutel austauschte, bemerkte sie mich am Fenster und bedeutete mir, draußen zu warten.
Ich trat vom Fenster zurück und schluckte schwer.
Ich wollte dies nicht mehr, dachte ich. Ich wollte diese Dinge nicht mehr sehen. Ich wollte eine »normale Person« sein.
Sarah kam heraus und gab Ileta das rotgeränderte Überweisungsformular. »Ileta, bring dies auf den Weg und finde raus, wo zum Teufel der Rettungswagen bleibt. Der Junge muß sofort ins Mercy rüber, oder er kommt nicht durch!«
Sarah wandte sich mir zu. An dem leicht resignierten Unterton in ihrer Stimme konnte ich hören, daß sie in ganz schlechter Stimmung war.

»Er schafft's sowieso nicht, aber wir wollen ja die Hoffnung nicht aufgeben, nicht wahr? Übrigens: Nett von dir, daß du auch noch kommst, Ec.« Ihr übermüdeter Gesichtsausdruck sagte mir, daß sie keine Entschuldigungen hören wollte.
»Was ist hier eigentlich los?« fragte ich.
Müde winkte Sarah die Frage ab und begrüßte die beiden Polizisten aus San Rafael, die den Hauptraum betraten. Sie zog sie beiseite, damit die Patienten sie nicht sehen konnten.
Don kam aus dem Notfall-OP und dehnte seine Schultern. Er fuhr sich mit einer Hand durchs Haar und sein Gesicht. Er stand ruhig und mit geschlossenen Augen da und holte einmal ganz tief Luft, ließ sie langsam heraus und ging in den Notfall-OP zurück. Dr. Mahoney kam als nächste heraus, gefolgt von der Aufsichts- und der »zirkulierenden« Schwester.
Ich hielt letztere an; ihr Namensschild sagte »Jean, Vollschwester«.
»Kann mir mal irgend jemand sagen, was hier los ist?«
Sie ging zum Spülbecken, um ihre Hände zu waschen. »Ein zehnjähriger Junge. Sein Vater hat ihn zusammengeschlagen und dann mit einem Küchenmesser auf ihn eingestochen, weil seine Mutter mit ihrem Freund abgehauen ist. Der Junge ist böse dran, aber Packard glaubt, er hat eine bessere Chance in der Intensivabteilung für Kinder im Mercy.«
»Wo ist der Vater?«
»Gefängnis.«
»Die Mutter?«
Sie schüttelte den Kopf. »Weiß ich nicht. Ileta sagt, eine der Nachbarinnen rief vor 'ner Stunde an und erkundigte sich nach dem Jungen. Sie sagte, man würde in den Kneipen der Gegend nach der Mutter suchen oder vielleicht den Freund anrufen.« Die Schwester zitterte und verschränkte die Arme vor ihrem Oberkörper. »Armer Junge. Mein Gott, warum ...?« Sie unterbrach sich und ging fort. »Was soll's?«

»Warum?« ist nicht die richtige Frage, Schwester; sie lautet: »Welche Lektion lernen wir hier?« Frage niemals »warum?«, denn die Antwort könnte gefährlich werden für deinen Geisteszustand oder deine Haltung gegenüber deinen Mitmenschen.
Weniger als zwei Minuten später kamen die Unfallsanitäter mit ihren für eine Überführung notwendigen Geräten zur Tür herein. Innerhalb von sieben Minuten hatten sie ihre verletzte Fracht zusammen mit Dr. Packard und der »zirkulierenden« Schwester eingeladen und waren auf dem Weg zum Golden Gate.
Eine Zeitlang sagte niemand etwas, außer um sachliche Fragen zu stellen: »Hat Bett vier seine DT-Injektion bekommen?« – »Ist das Nahttablett vorbereitet?« – »Sind die Laborergebnisse von Bett drei schon da?«

Gegen 20 Uhr 43 verließ ich den übelriechenden Pflegearbeitsraum, wo ich gerade eine Urin- und eine Stuhlprobe nach okkultem Blut untersucht hatte. Ich bemerkte eine kleine, übergewichtige Frau, die an der Seitentür der Ambulanz stand und versuchte, sich eine Zigarette anzuzünden.
Ich war im selben Augenblick bei ihr, als die Flamme ihres Bic-Feuerzeugs das Ende ihrer Zigarette berührte.
»Ich glaube nicht, daß Sie die hier anzünden sollten«, sagte ich und nahm ihr das Feuerzeug aus der Hand.
Voller Überraschung und Gin reagierte die Frau zunächst nicht, sondern ihre Hand verharrte in derselben Position. Sie betätigte das nicht vorhandene Feuerzeug und inhalierte. Dann nahm sie die Zigarette aus dem Mund und starrte das Ende in dumpfer Verwirrung an.
»He, warum tun Sie das, hä?« Sie schaute mich mit vorwurfsvollen, blutunterlaufenen Augen an.
»Im Krankenhaus wird nicht geraucht«, sagte ich und ließ das Feuerzeug in ihre zerkratzte, weiße Handtasche fallen, die sie an

einem Riemen über der Schulter trug. »Außerdem ist es schlecht für Ihre Gesundheit.«
Die Frau grunzte und wanderte auf unsicheren Beinen zum Hauptraum, wobei ihre Plastiksandalen gegen ihre schmutzigen Fersen klatschten. Ihre kurz abgeschnittenen Jeans ließen einen beträchtlichen Teil ihrer wabbeligen Schenkel sehen. Die schweren Knochen ihres Hinterteils knackten, als sie sich auf den vorderen Teil eines orangefarbenen Rollstuhls setzte, und ein Büschel dunkler Schamhaare entkam der Innenseite ihrer Shorts. Nein, eine Elfe war sie nicht.
»Wo ist mein Kind?« fragte sie in der tiefen und rauhen Stimme des passionierten Rauchers; sie war Miss Milks' Stimme sehr ähnlich.
»Welches Kind?«
Die Frau erhob sich auf einer Hinterbacke und zog an ihren Shorts, wo sie ihr in den Schritt schnitten. Ich trat einen Schritt zurück, als ihr saurer Schweißgeruch meine Nase wie ein giftiges Gas traf.
»Eine von diesen neugierigen Nachbarinnen sagte, ich soll herkommen, weil Vic krank iss. Was hat der kleine Drecksack jetz' schon wieder, oder iss das 'n Trick von seim Alten, daß ich hier runterkomm' und er mich wieder vermöbeln kann?«
Langsam drang die Erkenntnis, wer diese Frau war, durch die Hintertür meines Hirns. Die Damen in meiner Vermittlung schickten ein leichtes Panikgefühl durch meinen Körper, als mir außerdem klar wurde, daß sie keine Ahnung hatte, was vorgefallen war.
»Bleiben Sie bitte einen Augenblick hier sitzen, und ich erkundige mich, was mit Vic los ist, okay?«
Sie nickte nicht sehr interessiert, da die Aktivitäten im Hauptraum jetzt ihre Aufmerksamkeit beanspruchten. Sie nahm das Stirnband aus ihrem wirren Haar und kratzte hingebungsvoll ihren Kopf. Mehrere gelbliche Kopfschuppen fielen auf die Vor-

derseite ihres schwarzen Tanktops, das sich über ihre großen Brüste spannte.

Ich fand Sarah in der Gipsverbandecke des OP, wie sie gerade eine Handgelenkschiene für einen alten Mann machte, der nach altem Urin und Bourbon stank.

»Wie heißt der kleine Junge – Victor?«

Sarah fuhr herum und sah mich an. »Ja, Victor Boyd. Warum? Haben sie angerufen? Ist er ...?«

»Nein ... nun, ich meine, ich weiß nicht recht, aber seine Mutter ist da. Sie weiß von nichts.« Ich zeigte auf Mrs. Boyd, die vom Rollstuhl zur Tür gewandert war. Sie war unruhig und unglücklich, weil sie unbedingt eine Zigarette wollte.

Als sie den Raum halb durchquert hatte, bat Sarah mich, bei ihr zu bleiben, und ich willigte sofort ein. Einer Mutter zu sagen, daß ihr Mann auf ihr Kind eingestochen hatte und dieses wahrscheinlich sterben würde, war nichts, was man gern allein hinter sich brachte.

Mrs. Boyd muß unseren ernsten Gesichtsausdruck als aggressiv und disziplinierend interpretiert haben, denn als wir näher kamen, hielt sie beide Hände wie zur Verteidigung hoch. »He, ich hab' gar nich' geraucht. Außerdem hab' ich nirgends ein Schild gesehen, daß man hier drinnen nich' rauchen darf.«

Sarah berührte sie leicht am Arm. »Gehen wir doch in ein anderes Zimmer, wo sie rauchen können, Mistress Boyd.«

»Nennen Sie mich Babe«, sagte sie, glücklich, irgendwo rauchen zu dürfen. »Ich heiß' nich' mehr wie der Arsch.«

Wie üblich war der Aufenthaltsraum verlassen. Ich bemerkte, daß die häßliche ananasförmige Lampe und die Fototapete mit einem sonnenbeschienenen Wald immer noch so aussahen wie an dem lange zurückliegenden Tag, als ich einer anderen Frau gesagt hatte, ihr Kind sei tot.

Mrs. Boyd ließ sich auf das kleine Sofa fallen und zündete sich

sofort eine an. »Also, wo iss Vic?« fragte sie und pflückte sich träge einen Tabakkrümel von der Zunge.
»Ich habe schlechte Nachrichten für Sie, Mistress Bo... Babe«, sagte Sarah. Ihre Stimme klang angespannt.
Babe zog an ihrer Zigarette und betrachtete Sarah abwartend. In ihren Augen leuchtete feindseliges Mißtrauen auf. »So?«
»Ihr Sohn ist sehr schwer verletzt worden. Er wurde vor einer Stunde auf die Kinderintensivstation des Mercy gebracht. Er ist ...«
»Ich wette, der kleine Drecksack hat gesagt, ich hab' ihn verlassen, oder?« sagte Babe aufsässig. Sie lief rot an und wuchtete ihren schweren Körper an den Rand des Sofas. »Das war der Alte, müssen Sie wissen. Hat ihn gegen mich aufgebracht, hat ihm einen Haufen dreckiger Lügen erzählt. Er hat keinen Respekt für mich nich' mehr, aber iss auch egal. Was mich betrifft, können sie sich beide ins Knie ...«
»Mistress Boyd, Sie scheinen nicht zu verstehen. Ihr Sohn schwebt in Lebensgefahr. Vielleicht kommt er nicht durch. Haben Sie irgendwelche Freunde oder Verwandte, die wir für Sie herholen sollen?«
Babe sog sehr heftig an ihrer Zigarette, und ich hoffte, daß die Ernsthaftigkeit der Situation langsam zu ihr durchdrang.
»Mein Freund iss da, Lloyd. Wartet auf mich beim Eingang.«
Plötzlich kicherte die Frau. »Oh, Mann, der kriegt 'n Anfall, wenn er hört, daß wir den ganzen Weg zum Mercy fahren sollen, um das Gör zu sehen. Seine gottverdammte Karre iss keinen Scheißdreck mehr wert.«
Sarah und ich sahen einander an.
»Man hat auf Ihren Sohn eingestochen, Mistress ... Babe«, sagte Sarah rundweg. »Es war Ihr Mann, und wir wissen nicht, ob das Kind es überleben wird. Ihr Mann wurde in Gewahrsam genommen, und zwar in ...«
»Wo iss 'n hier das Scheißhaus?« fragte Babe und erhob sich mühevoll vom Sofa. »Ich muß pissen wie 'n Rennpferd.«

Ich sah, wie Sarah sich ausklinkte. Ihre Augen wurden blicklos, und ich konnte sehen, wie die Damen in *ihrer* Vermittlung alle Leitungen unterbrachen.
»Babe, verstehen Sie, was Sarah Ihnen gerade sagt?« fragte ich.
»I-Ich weiß nicht.« Sie kramte blind in ihrer Tasche nach der Zigarettenschachtel. Als sie sie gefunden hatte, zündete sie die zweite Zigarette an der ersten an, obwohl diese kaum halb geraucht war. Das einzige, was mir sagte, daß sie begriffen hatte, was los war, waren ihre Hände, die stärker zitterten als zuvor.
»Ich muß erst pissen.« Irgendein Gefühl schlich sich in ihre Stimme, es klang wie eine Mischung aus Wut und Panik. »Zeigen Sie mir, wo das Scheißhaus iss, dann will ich nichts als raus hier. Muß nachdenken.«
Ich brachte sie zur Toilette und war nur geringfügig überrascht darüber, daß sie schon auf halbem Weg dorthin ihre Shorts zur Hälfte runtergezogen hatte. Dann ging ich Lloyd suchen und betete, er möge in einer besseren Verfassung sein, um mit der Situation umzugehen.
Ich entdeckte ihn sofort. Er sah genauso aus, wie ich ihn mir vorgestellt hatte: Er war mittleren Alters, groß und dürr, trug einen breitkrempigen Cowboyhut und aufwendig verzierte, spitze Stiefel – einer von diesen wettergegerbten Cowboys, wie man sie im Film sieht. Er war in einer Ecke der Couch weggesackt, und sein Schnarchen übertönte den lautstarken Fernseher. Ich setzte mich neben ihn und schüttelte ihn wach.
»Lloyd?«
Der Mann grunzte, wischte seinen Mund am Ärmel seiner mit Fransen besetzten Wildlederjacke ab und öffnete zwei blutunterlaufene Augen.
»Uuuh, ja?«
»Es ist was passiert. Babes Junge ist schwer verletzt. Er ist drüben im Mercy-Krankenhaus. Glauben Sie, Sie können sie hin-

bringen und bei ihr bleiben, oder kennen Sie irgendwelche Verwandte, die wir anrufen können?

»Oh, Mann, das ist schlimm«, sagte er langsam und rieb sich den Nacken. Er zog eine Schachtel Camel aus seiner Hemdtasche und zündete sich eine an.

Er schien meine Frage vergessen zu haben, also stellte ich sie noch einmal.

Lloyd setzte sich ein wenig aufrechter hin. Seine Zigarette sah aus wie ein langer, weißer Schornstein in dem Dach, das seine Hände bildeten. »Teufel, ich weiß wirklich nicht«, machte er gedehnt. »Ich kenn' Babe noch nicht so gut. Wir haben uns erst vor 'n paar Wochen kennengelernt.«

Ich lehnte mich in meinem Sessel zurück und fühlte mich plötzlich sehr müde. Mehr als alles andere wollte ich jetzt nach Haus gehen oder auch nur meinen Kopf zurücklehnen und schlafen.

»Also, glauben Sie, Sie können sie ins Mercy-Krankenhaus bringen?«

Lloyd wälzte die Frage eine Weile hin und her, dabei massierte er seine Kniescheiben und drückte anschließend seine Haare mit dem Cowboyhut zurecht. Er ließ einen nassen, rasselnden Raucherhusten hören und zupfte dann an den silbernen Spitzen seines Cowboyschlipses.

»Könnt' schon möglich sein«, sagte er schließlich, als Babe schwankend um die Ecke bog und einen Schwall Zigarettenrauch ausstieß. Sie stürzte schnurstracks auf ihn los, wobei sie mich an eine Dampflok erinnerte, die auf ein unschuldiges Opfer zurast, das auf den Schienen festgebunden ist.

»Mußt mich ins Mercy bringen, Lloyd. Der Schweinehund ist mit 'nem Messer auf das Gör los, ist das zu fassen? Der Arsch versucht mir eins auszuwischen, weil ich mein Leben lebe und er nicht.«

Lloyd stand auf und wischte sich mit der Hand über seinen Mund. Die Spitze seines Hutes stieß an die Unterseite des an der

Wand befestigten Fernsehers. Irgendwie hatte ich das Gefühl, daß er mühevoll ein Lachen unterdrückte.
»Äh, okay ... Hoffe nur, der alte Chevy hält durch, das ist alles.«
»Wenn nicht«, kicherte Babe, »suchen wir uns 'ne schöne Kneipe und saufen uns ein' an wie zwei Stinktiere in 'nem Weinfaß.«
Lloyd brach in ein brüllendes Gelächter aus, dann sah er meinen Blick und brach sofort ab. Unter der breiten Krempe seines Cowboyhuts ordnete er seinen Gesichtsausdruck und ahmte jetzt recht gut jemanden nach, der soeben eine nicht übermäßig beunruhigende Nachricht erhalten hat.

Gegen 21 Uhr tat mein Magen so weh, daß ich auf die Herzstation rüberflitzte und einen halben Liter Milch im Karton sowie ein paar Grahamcracker holte. Ich aß im Laufen, einen Bissen pro Schritt und am Ende jeder Treppe einen Schluck Milch. Um 21 Uhr 07 war ich wieder in der Ambulanz, Abendessen beendet. Sarah assistierte Dr. Mahony mit einer kombinierten Schnittverletzung/Verbrennung am linken Bein und Knöchel einer Frau, während Don immer wieder aus dem »Öffnungszimmer« schoß und mit Gegenständen wie einem Hammer, Vaseline oder Eiswürfeln sofort zurückrannte. Elmo, einer der Techniker des Redwood, ein lieber Mensch, der aussah wie Boris Karloff, schoß immer hinter ihm her. Ileta hatte an jedem Ohr ein Telefon, führte zwei Gespräche gleichzeitig, während sie mehrere neue Karteien einsortierte.
Ich ordnete die drei Karteikarten für die Entlassungen (eine Grippe, ein gebrochener Mittelfinger, eine Blasenentzündung) und füllte Medikationen und Anweisungen aus; dabei hielt ich mich streng an die Vorschriften und setzte alle Unterschriften dahin, wo sie hingehörten.
Dann nahm ich vier neue Karten (eine obere Speiseröhre, die sich um eine große Vitaminpille verengt hatte, einen verstauchten Knöchel, einen Neunjährigen, der sich den Kiefer an einem

Riesenbonbon von der Größe von Mooshies Kopf ausgerenkt hatte, und ein Augenlid, das vom getrockneten Stengel eines Topinamburs verletzt worden war) und führte die Patienten zu den drei inzwischen frei gewordenen OP-Tischen.

Nachdem ich eine der winzigen Nitroglyzerinpillen unter die Zunge des Patienten mit dem verengten Ösophagus geschoben hatte, legte ich eine kalte Kompresse um den verstauchten Knöchel, gab dem Neunjährigen ein paar aufmunternde Worte und machte einen Sehtest mit dem Topinambur-Auge. Als ich hinter dem Vorhang von Bett Nr. 2 hervorkam, gingen der Techniker, Don, Dr. Mahoney und Sarah alle auf einmal in das »Öffnungszimmer« und schlossen die Tür hinter sich.

»Ileta, was ist da drinnen los?«

»Schätzchen«, sagte sie, »sei froh, daß du's nicht weißt.«

Jetzt war ich wirklich neugierig geworden und ging zum Zweiwegespiegel in der Tür hinüber. Auf Zehenspitzen stehend, schaute ich in den Raum und hatte eine prächtige Aussicht auf das frischgewellte aschbraune Haar von Dr. Mahoney, das ihren Kopf wie ein steifes Ballettröckchen umrahmte.

Ich klopfte einmal gegen das Glas.

Susan drehte sich sofort um und öffnete die Tür einen Spalt. »Was ist?« Es war, als wollte sie mich beißen. »Was wollen Sie, Hall?«

»I-Ich wollte Ihnen nur sagen, daß Sie ...« Was zum Teufel wollte ich ihr sagen? »Daß Sie noch mehr Aufnahmen bekommen.«

»Ha! Das glauben Sie. Im Augenblick bin ich nicht in der Lage, irgend etwas aufzunehmen. Und jetzt gehen Sie und machen Sie sich nützlich!« Sie schlug die Tür zu und öffnete sie sofort wieder. »Und sagen Sie Ileta, sie soll den verdammten Flaschenkerl ans Telefon holen.«

Flaschenkerl?

Als ich ihr die Botschaft überbrachte, runzelte Ileta die Stirn und legte ihre Hand über die Sprechmuschel. »Sagen Sie der

Idiotin, daß ich den Mann gerade bei sich zu Haus anrufe«, schimpfte sie. »Hab' den armen Kerl aus dem Bett geholt und alles. Seine Frau ist auch nicht sehr begeistert. Oh. Hallo? Mister Dycek? Würden Sie eben am Apparat bleiben, ich hole Doktor Mahoney.«
Susan Mahoney und Sarah kamen aus dem Unterleibsraum und Ileta reichte das Telefon weiter.
»Mister Dycek? Tut mir leid, Sie wieder zu stören, aber ich muß Sie noch was fragen wegen der Nähte. Wenn wir mit einem Gummihammer draufschlagen ...«
Dr. Mahoney schwieg, nickte und machte sich Notizen.
»Oh, ja, ja, hm. Wie groß? ... Oh, ja, hm. Genau in der Mitte oder weiter oben? ... Ah, ja, okay. Großartig. Ich danke Ihnen, Mister Dycek. Gehen Sie wieder schlafen, ich verspreche Ihnen, das war heute nacht das letzte Mal. Vielen Dank.«
Bevor ich sie fragen konnte, was los sei, verschwand Dr. Mahoney im »Öffnungszimmer«. Zwei Sekunden später trabte der Techniker durch die Türen. Ich ging zu Sarah hinüber, die sich die Hände am Spülbecken wusch.
»Was ist da drinnen los?« fragte ich sie flüsternd.
»Ach, da ist dieser Kerl, der ...« Sarah begann zu lachen, was merkwürdig war, denn das passierte nicht sehr oft; sie lachte eigentlich nur auf der Weihnachtsfeier der Ambulanz, wenn sie zwei Gläser von Dr. Biggins rotem Punsch getrunken hatte.
Sarah richtete sich auf. »Dieser arme alte Mann dachte, weil er ...« Wieder brach sie in Gelächter aus, nur diesmal hatte es einen deutlich hysterischen Unterton. Sarah schlug mit der Hand auf das Spülbecken, holte tief Luft und prustete. Daraufhin lachten wir beide; dann begann Ileta leise vor sich hin zu lachen, und ich sah, wie die Patienten in den Betten 2 und 4 um ihre Vorhänge schauten und über den vermutlich recht albernen Anblick zu lachen anfingen: zwei Krankenschwestern in Dienstkleidung und eine ehrbar aussehende, ältere Frau, die vornüber-

geneigt prusteten und mit schlaffen Händen gegen Stühle, Wände und einander schlugen. Jedesmal, wenn eine losprustete, fingen alle anderen wieder an – nur lauter. Wir klangen wie drei krähende Hennen mit gleichzeitigen Asthmaanfällen und Orgasmen.
Sarah kreuzte ihre Beine und versuchte, zur Personaltoilette zu gehen, aber ihre Beine waren vom Lachen ganz schlaff und trugen sie nicht geradeaus. Ich kniete vor einem leeren Rollstuhl und schlug mit der Hand auf den Sitz, wobei ich auszurechnen versuchte, wer von uns sich als erste naß machen würde.
Das Telefon klingelte, aber niemand ging ran; Ileta konnte kaum Luft holen.
Die Patientin aus Bett 2, die mit dem Topinambur-Augentrauma, stand von ihrem OP-Tisch auf und nahm für uns den Hörer auf. Sie nahm eine Nachricht entgegen und sagte dem Anrufer, hier gebe es gerade eine vorübergehende allgemeine Geistesverwirrung und wir würden so bald wie möglich zurückrufen.

Elmo rannte wieder durch den Hauptraum zurück, sah Sarah, die jetzt keuchend am Spülbecken stand, und hielt zwei Gummihämmer in die Luft, wobei er triumphierend lächelte. Daraufhin fing sie wieder an.
Ileta hatte sich inzwischen wieder gefangen und telefonierte; für sie war der verrückte Anfall vorüber. Ich hielt mir den schmerzenden Magen und begriff plötzlich, daß ich immer noch nicht wußte, was eigentlich so komisch war. Ich vermied es, Sarah anzusehen, spritzte mir kaltes Wasser ins Gesicht und holte ein paarmal tief Luft; dabei wehrte ich mich gegen ihr Gelächter mit ernüchternden Gedanken an kleine Jungs mit Stichwunden.

Als Sarah aus dem Waschraum kam, kümmerte ich mich gerade um den verstauchten Knöchel. Sarah nahm eine Frau auf, deren Finger von einem zu engen Ring schmerzhaft abgeschnürt war.

Sie wies die Frau an, ihre Hand über den Kopf und in Richtung Zimmerdecke zu halten. Im Schränkchen für »ausgefallene Hilfsmittel« suchte sie eifrig nach dem Ringfaden, einem dünnen Faden, den man um einen geschwollenen Finger wand, um so das Blut vom Ring weg und in die Fingerspitze zu zwingen.
»Okay, also, jetzt erzähl mir, was im ›Öffnungszimmer‹ vor sich ging«, sagte ich ernst.
»O Gott«, seufzte Sarah und kramte in einer Schachtel, die voller merkwürdiger Dinge war, wie zum Beispiel einer Flasche »Adolphs Fleischzartmacher«, einem Salatbesteck, Draht, Kneifzangen, Kerzen, Streichhölzern und drei Rollen Zwirn.
»Da ist ein Kerl, sechsundsechzig Jahre alt, der verlor vor etwa einem Jahr seine Frau, und jetzt beschloß er, sich dem Haufen der lebenslustigen Singles anzuschließen. Aber erst« – Sarah hielt einen Finger hoch und kicherte – »dachte er, er müßte sich für all die wilden Frauen da draußen fit machen, und weil er nicht so besonders reichhaltig ausgestattet ist, dachte er, er könnte sich mit täglichen Übungen ein wenig vergrößern.«
Sie biß sich auf die Lippe. »Also fand er eine kleine Sodawasserflasche, die ihm gefiel, und machte sich daran, ihn da reinzustecken und dann zu ziehen, um ihn so zu vergrößern. Das Problem war nur, er schwoll so an, daß er nicht mehr rauskam.«
Es konnte einfach nicht wahr sein, daß ich eine Vase und jetzt eine Flasche in ein und derselben Schicht haben sollte. Ich schaute Sarah genau an, um festzustellen, ob sie mich vielleicht hochnahm. Aber dem war nicht so.
»Willst du damit sagen, daß er in der Flasche feststeckt? In einer *Sodawasserflasche* mit diesen winzigen Öffnungen, in die man nicht einmal seine Zunge ganz reinbekommt?«
Sarah nickte, und ich konnte den Abdruck ihrer Zähne immer noch auf ihrer Lippe sehen. »Wir haben alles versucht ... Eis, Öl, Vaseline, klopfen, reiben, wir haben den Techniker gerufen, aber dem fiel nur ein Glasschneider ein. Doktor Mahoney fand das zu

riskant und wollte die Meinung eines Fachmanns; also rief sie in der Abfüllfabrik an und ließ sich die Nummer vom Vorarbeiter geben. Als der endlich glaubte, daß ihn kein durchgedrehter Witzbold anrief, sagte er, ein Glasschneider würde nicht funktionieren. Das einzige, was wir tun könnten, ohne Scherben zu machen, wäre, mit zwei Gummihammern gleichzeitig gegen die beiden Nähte der Flasche zu schlagen.«

»Nun, *ein* Gutes hat das Ganze vielleicht«, sagte ich, wagte es aber nicht, Sarah dabei anzusehen. »Der Mensch hat vielleicht ein neues Hobby entdeckt.«

Sarah hielt den Kopf fragend schief.

»Könnte sein, daß er besonders begabt für den Bau von Buddelschiffen ist.«

Noch bevor Sarah den Mund öffnen konnte, prustete Ileta hinter mir ins Telefon und begann zu gackern.

Eine Stunde später schlurfte ein sehr erleichterter Mr. Goodwin zur Tür hinaus – mit Anweisungen, sich von engen Orten fernzuhalten. Er sah überhaupt nicht wie ein Flaschenmißbraucher aus, vielmehr wie ein netter, weißhaariger Großvater, der die meiste Zeit damit zubrachte, die Blätter vom Bürgersteig zu fegen und in seiner eigenen Werkstatt Vogelhäuser zu bauen.

Bevor wir nach Haus gingen, rief Don auf der Kinderintensivstation des Mercy an. Vic war immer noch in kritischem Zustand, und seine Mutter war nicht aufgekreuzt.

> Montag, 1 Uhr 30 – Als ich nach Haus kam, machte ich ein Feuer an, und Simon kam aus seinem Zimmer, um eine Weile bei mir zu sitzen. Es war eine dieser seltenen Gelegenheiten, wenn er wirklich über seine Gefühle sprach, und erinnerte mich an die Abende, als er noch ein Junge war und mich stundenlang ziellos umherfahren ließ, damit wir ungestört reden konnten.

Er sprach von all seinen Ängsten über die heutige Welt – Umweltverschmutzung und Kriege – und erzählte mir von seinen Vorstellungen, wie man ein besseres, gesünderes Leben ermöglichen könnte. Er war so stolz auf seinen Entwurf für eine Skateboardschanze. Mein ehrlich gemeintes Lob brachte mir so viel von seinem Vertrauen ein, daß er mir seine Idee einer chemikalienfreien, energiesparenden Abfallbeseitigung vorstellte, an der er die letzten beiden Wochen gearbeitet hatte. Ich genoss jeden Augenblick und jedes Lachen mit ihm, und als ich sein Gesicht beobachtete, während er sprach, fühlte ich mich sehr reich.
Später, nachdem Simon wieder ins Bett gegangen war, gingen meine Gedanken natürlich zu Paul. Ich erinnerte mich daran, daß einmal seine Angehörigen zu Besuch kamen und einen seiner jüngeren Neffen mitbrachten. Das Kind setzte sich an das Fußende des Bettes seines Onkels und untersuchte jedes seiner Spielzeuge – überprüfte, wie sie funktionierten, und den Wert – und ich bemerkte, daß alle ihn fasziniert beobachteten, sogar Paul.
Wie doch Unschuld die Menschen anzieht. Behalten wir sie nur so lange, wie wir unverletzt bleiben?
Ging noch einmal meine Vortragstermine durch. Nächste Woche bin ich Gastsprecherin bei der Diplomvergabe der Abschlußklasse des Buchanan. Ich bin nervös – nicht nur, weil es meine Alma mater ist, sondern weil die Neuen noch so idealistisch und verletzbar sind. Wie kann ich ihnen, die noch voller Hoffnung sind, erzählen, was ihnen alles bevorsteht? Ich darf nicht vergessen, was es bedeutet, so voller Antrieb zu sein, anderen zu helfen.
Auf meinem Weg zum Krankenhaus ging ich an Cunninghams Galerie vorbei und schaute mir Risens Arbeiten an. Welch ein Talent; jedes Bild erzeugt eine Million Gefühle. Ich habe Risen immer als einen etwas albernen Mann be-

trachtet, aber jetzt, nachdem ich in ihm herumgegangen bin, glaube ich, daß ich den inneren Menschen gesehen habe, den er uns nicht zeigt. Wenn ich ihn das nächste Mal sehe, werde ich mich etwas unwohl fühlen, ein wenig eingeschüchtert. Wie sonst soll man sich gegenüber jemandem fühlen, den man nicht gut, aber intim kennt?

Eins von den Gemälden war ein kleines Bild von einer Holzhütte mitten auf einer einsamen Ebene am Rand einer kleinen Gruppe winterlicher Bäume. Und der volle Mond warf eine Art Mondlichtung auf den Schnee. Ich war so gefangen von dieser Szene, daß ich die kalte Luft auf meinem Gesicht und die Melancholie dieses Ortes fühlen konnte.

Vielleicht liegt es am Sommer, aber die Einsamkeit verfolgt mich wie ein ruheloser Geist. Ich bin jetzt fünf Jahre allein, und manchmal habe ich das Gefühl: Welch eine Verschwendung! Mein Liebesleben ist wie ein EKG: Es fing an mit einer normalen Sinuskurve, sah dann ein paar Fibrillationen und ist nach einer längeren asystolischen Periode abgestorben.

Janey rief an und erzählte, daß sie angefangen hat, eine Biographie zu schreiben, Titel: *Michael Jackson: ein hormonelles Wunder.*

Vielleicht kann ich heute nacht ja schlafen. Vielleicht auch nicht. Ich bin fast schon zu erschöpft zum Schlafen. Ich versuche, meine Gedanken durch Meditation zu beruhigen, obwohl Gedanken von außen ständig die kleinen Fortschritte bombardieren, die ich in Richtung einer Art inneren Friedens mache.

Morgen früh, bevor ich mich zum Schreiben hinsetze, werde ich zum Berg hochgehen und Beeren sammeln ... obwohl, wenn ich jetzt genauer darüber nachdenke, glaube ich, daß in Wirklichkeit die Beeren uns jeden Sommer sammeln.

7. Kapitel

»Es gibt viele wortlose Momente in der Krankenpflege, und diese wortlosen Momente gehören zu unseren schönsten Augenblicken, und sie werden versteckt bleiben. Und das ist auch in Ordnung so, denn diese Augenblicke müssen von anderen nicht belohnt werden; sie sind für sich selbst Belohnung genug.«

Der Anblick von roten Rosenknospen an weißen Uniformrevers löste eigene Erinnerungen an meine Abschlußfeier aus. Die Aula des Buchanan College roch immer noch nach Möbelleim, Treibhäusern und alten Zeitungen und klang nach Erleichterung und Beifall. Fast alles schien tatsächlich ebenso zu sein, wie es damals gewesen war – einschließlich der kleinen Kinder, die aufgeregt riefen: »Das ist *meine* Mama, sie kriegt 'ne Auszeichnung!«
Eine der neuen Abgängerinnen stand am Podium und begrüßte das Publikum zur Eingangsfeier für ihren neuen Lebensabschnitt, als ich ein scharfes Klopfen auf meiner Schulter fühlte. Ich drehte mich so weit um, daß ich gerade eben Miss Telmack hinter mir sehen konnte, eine der Ausbilderinnen im zweiten Jahr und meine alte Rachegöttin.
Ihr stahlharter Griff auf meiner Schulter hinderte mich daran, mich ganz umzudrehen. »Keine Politik, Heron«, zischte sie. »Wir wollen diese Kinder nicht entmutigen, bevor sie noch nicht mal ins Wasser gesprungen sind.«
Ich drehte meine Augen so weit wie möglich in ihre Winkel. Miss Telmacks Gesicht, schwach erleuchtet von dem Licht auf der Bühne, erinnerte mich an das eines Frettchens. Eine Sekunde

lang war ich wieder die Schülerin, eingeschüchtert von dieser bösartigen Stimme. Im nächsten Augenblick kam meine ganze Empörung in meinen Eingeweiden hoch wie die Kotze in Linda Blairs vom Teufel besessenen Körper.

»Ich schreibe mir meine Reden selbst, Miss Telmack – ich werde die Wahrheit sagen, nicht mehr und nicht weniger. Ich verkaufe keine Lügen. Meiner Erfahrung nach wollen diese ›Kinder‹ Ehrlichkeit, also gebe ich ihnen Ehrlichkeit.«

Der harte Griff auf meiner Schulter ließ nach, aber ihre Stimme blieb scharf: »Sie werden die Wahrheit schon noch früh genug herausfinden. Unwissenheit ist Glückseligkeit. Sie sollen sich ihre eigene Meinung bilden.«

Ich drehte mich auf meinem Sitz ganz herum und sah sie direkt an. »Unwissenheit kann schmerzhaft sein«, flüsterte ich. Die Leute auf den benachbarten Sitzen merkten allmählich, daß irgend etwas los war. »Meinen Sie nicht, es wäre besser, Sie würden diese Leute auf das vorbereiten, was sie erwartet, indem Sie ihnen die Mittel an die Hand geben, sich zu wehren, anstatt sie mit einem Haufen glückseliger Pferdescheiße zu füttern?«

Ein Mann, der hinter Miss Telmack saß, legte seine Finger auf den Mund und starrte mich wütend an.

»Wenn Sie ihnen Selbständigkeit beibringen würden, anstatt ihnen zu sagen, wie sie ihre Augen und ihren Mund geschlossen halten, wären sie ein ganzes Stück besser dran. Haben Sie wirklich erwartet, ich würde die Wahrheit zensieren, weil Sie ...«

Die Damen in meiner Vermittlung ließen einige Alarmlichter aufleuchten. Ich fühlte eine angespannte Stille und sah mich um. Noch in den übernächsten Reihen saßen die Leute und starrten uns an. Kein Wunder: Miss Telmack und ich saßen kerzengerade auf unseren Plätzen und blitzten einander an wie zwei Wombats, die drauf und dran sind, bis zum letzten Atemzug gegeneinander zu kämpfen.

Auf der Bühne war die Schülerin von der Leiterin der Pflegeschule ersetzt worden, die jetzt von einer Schülerin sprach, die vor Jahren auf ebenderselben Bühne gesessen hatte, bla, bla, bla, und bitte begrüßen Sie: Echo Heron.

Ich blendete Miss Telmack aus, stand auf und ging die Stufen zur Bühne hinauf, während ich an meine Rede dachte. Statt Miss Telmacks Händen fühlte ich jetzt Selbstzweifel wie Klauen nach mir greifen. Es stimmte, daß einige der konservativeren Schwestern mich ein gewerkschaftliches Mitglied im Club der Irren nennen. Vielleicht waren die neuen Abgängerinnen tatsächlich zu zart besaitet, um die harte Wahrheit zu hören. Als ich am Podium ankam, hatte ich im Geiste viereinhalb von fünf Seiten der Rede gestrichen. Ich würde sie begrüßen, ihnen alles Gute wünschen und wieder verschwinden.

Dann sah ich Miss Telmacks mißbilligendes Gesicht oberhalb des Rampenlichts, und mein Blick schweifte über die Gesichter der neuen Graduierten – und meine Selbstzweifel verblaßten. Ich schaute auf den ersten Absatz und dann wieder ins Publikum. Angesichts all der Leute in ihrer Sonntagskleidung und der zahlreich vertretenen Kinder war es sicher besser, wenn ich den Witz über meinen prämenstruellen Zynismus ausließ und gleich mit dem zweiten Absatz anfing.

Ich wartete auf mein inneres Stichwort, während ich auf das leise, aufregende Raunen der Erwartung lauschte, das nur ein großes Publikum zustande bringt, und im richtigen Augenblick fing ich an.

Ich begann mit dem Ereignis des Nachmittags. Mr. Brachman brach im Korridor mit einem Infarkt zusammen, und vier der Schwestern der Herzstation brachten sein Herz und seine Atmung wieder in Gang und stabilisierten ihn ohne die Hilfe eines Arztes – nur um dann fünf Stunden später zu hören, wie Mr. Brachman Dr. Meyers für das Wunder der Lebensrettung dankte. Natürlich nahm Dr. Meyers den Dank entgegen – errötend und mit den Füßen scharrend wie ein unschuldiges Schulmädchen.

Aber als er wieder aus dem Zimmer kam, warteten wir alle vier auf ihn.
»He, Doktor Meyers, da haben Sie aber wirklich ein Wunder vollbracht«, sagte Nealy und klopfte ihm so fest auf die Schulter, daß er ins Schwanken kam.
»Ja«, stimmte ich ein. »Es muß ganz einfach ein Wunder gewesen sein – den alten Mister Brachman vom Golfplatz am anderen Ende der Stadt zu retten.«
Was ich damit sagen wollte, so fuhr ich fort, war, daß Krankenschwestern das Rückgrat eines Krankenhauses seien. Wir seien die Stimmen der Patienten und gleichzeitig ihre Beschützerinnen, unsere vordringlichste Aufgabe sei es nicht, dem System zu dienen, sondern unsere Patienten so gut zu pflegen, wie uns das nur möglich sei.
Ich schaute nicht in Miss Telmacks Richtung, als ich auf die feministischen Aspekte der Krankenpflege zu sprechen kam. Ich begann mit der Prämisse, daß diese immer »Frauenarbeit« war und noch ist, was sich nach wie vor in der schlechten Bezahlung niederschlägt, und fuhr fort mit einer kleinen Geschichte, die zeigte, wie Schwestern, die ja in einem von Männern dominierten Bereich arbeiten, oft jede Eigenständigkeit und Achtung verwehrt wird.
Ich beschrieb ihnen möglichst ironisch das Büro eines Verwaltungsleiters, das ich einmal gesehen hatte, ein riesiger, etwa 110 Quadratmeter großer Raum, ganz in »maskulinen« Farben gehalten (Braun, Schwarz und Grün), einschließlich Toilette und einer gekachelten Dusche, Klima- und Stereoanlage, Hometrainer, dickem Teppich, handgeschnitzten Holzenten von Gump's, schweren Ledermöbeln und Designerbeleuchtung.
Eine Tür weiter befand sich das Büro der Oberschwester, ein dunkler Raum von drei mal vier Quadratmetern ohne Fenster, mit schlechter Luft, darin ein grauer Metallschreibtisch, eine billige Vase, ein Bürostuhl und ein Aktenschrank mit vier Schubladen.

Von hier ging ich über zu einigen abschreckenden Tatsachen und Horrorgeschichten (diesen Teil richtete ich direkt an Miss Telmack, die, Zitronen lutschend und mit schlaffer Rose am Hals, dasaß), dann stieg ich wieder auf zu Themen wie Erfüllung, Solidarität und notwendigem Humor. Nach 40 Minuten beendete ich meine Rede mit einer Bitte, die nirgendwo in meinen Aufzeichnungen stand:

»Wenn Sie das nächste Mal bei der Arbeit sind, schauen Sie in das Gesicht einer anderen Krankenschwester, die gerade jemanden reanimiert oder einen ängstlichen Patienten tröstet oder sich den Familienangehörigen widmet oder sonstwie ihr Bestes gibt, um dem Schmerz und dem Tod einen Schritt voraus zu sein, und denken Sie daran, daß Sie in das Gesicht menschlichen Mitgefühls schauen. Dann denken Sie daran: das ist auch Ihr Gesicht. Seien Sie stolz darauf, denn trotz aller Mühen und Belastungen, trotz aller Auseinandersetzungen sind Sie ein Mitglied des unglaublichsten Berufsstandes auf dieser Welt.«

Was mich selbst erstaunte, war: Als ich »danke schön« sagte, wußte ich mit absoluter Sicherheit, daß ich gern Krankenschwester war. Es gab keinen vergleichbaren Beruf auf der ganzen Welt, und wir waren tatsächlich eine Familie, alle zwei Millionen von uns – dadurch, daß wir andere pflegten.

Im anschließenden Frage-und-Antwort-Teil, der immer auf meine Reden folgt, werde ich unausweichlich gefragt, was meine Kollegen von mir denken. In scheinbar direktem Widerspruch zu meiner Botschaft der Solidarität und der gegenseitigen Zuneigung durch den gemeinsamen Beruf muß ich zugeben, daß es nicht leicht ist, mit mir zu arbeiten.

»Jede meiner Kolleginnen würde Ihnen dies sagen – und noch einiges dazu. Wenn Sie sie fragten, würden sie sofort erzählen, daß ich in meiner Arbeit meistens stur bin, manchmal reizbar und immer rundheraus. Um es ganz deutlich zu sagen: Ich bin nicht Mutter Teresa. In Ordnung, aber zu meiner Verteidigung möchte ich doch sagen, daß ich meine Kolleginnen oft zum Lachen bringe (ob sie nun über mich lachen oder mit mir, ist gleichgültig – was zählt, ist, daß sie lachen), und ich glaube nicht, daß ich jemals eine andere Krankenschwester im Stich gelassen habe. Ich glaube, die meisten meiner Mitschwestern würden mir hier zustimmen – sogar diejenigen, die sich bekreuzigen oder anfangen zu zischeln, sobald ich die Station betrete.«

Dr. Cramer stand am Geländer zwischen dem dritten und vierten Stock und war dabei, etwas in sein berühmtes schwarzes Buch einzutragen. Er war so intensiv beschäftigt, daß er nicht gehört hatte, wie ich hinter ihm die Treppe hochkam.

Ich ergriff diese großartige Gelegenheit wie ein Säufer das Freibier, und bevor ich auch nur die Chance hatte, mich zu fragen, ob das wohl klug sei, schaute ich ihm über die Schulter.

Ich sah eine senkrecht geteilte Seite. In der ersten Spalte stand eine Liste von Namen mit dazugehörenden Dollarbeträgen. In der zweiten stand, geschrieben in seiner akkuraten, engen Schrift: *Das war der Augenblick, da Beemans großer Kaugummi an der Unterseite ihres billigen Halbschuhs klebenblieb.*

Er wußte von Anfang an, daß sie Italienerin war, aber als eher leidenschaftlicher Mann (es ging das Gerücht, er sei halb Deutscher, halb Mensch) konnte er das Problem nicht vorhersehen, das schließlich eines Friseurs heißes Rasiermesser mitten durch ihre Liebe würde fahren lassen: das ständige Verheddern ihrer beider Schnurrbärte bei jedem quälenden Kuß.

Nur Admiral Jack konnte ...

»Jiiiuuuch!« Dr. Cramer schlug das schwarze Buch über dem Füller zu und drehte sich um. »Spionieren steht dir nicht, Heron, vor allem, wenn du riechst, als ob man dich in Marinade eingelegt hätte.«

Ich schnüffelte. Der Duft von Essig veranlaßte mich, in meiner Essenstüte nach der verräterischen Flasche mit dem Basilikum-Essig-Dressing zu schauen, deren Inhalt meine Arbeitshose hinunter und auf den Fußboden leckte.

»Ich habe nicht spioniert«, sagte ich aufsässig. »Ich habe nur meine krankhafte und überwältigende Neugier befriedigt.«

Ein übles Grinsen spielte um Joes Mundwinkel. »Und was hast du gesehen, Heron?«

Ich biß mir auf die Lippe. »Oh, nicht ... viel. Du schreibst so klein – als ob du etwas sehr Wichtiges verdrängst.«

Joe warf mir einen zweifelnden Blick zu, dann zuckte er mit den Schultern. »Schon in Ordnung, Heron, aber du wirst deine Strafe bekommen. Warte nur, bis du den Anschlag mit der Arbeitseinteilung siehst.«

Mein Kinn fiel nach unten, während ich im Geiste alle widerlichen Möglichkeiten durchging. Ich stellte mir die Schrecken vor, die nur eine Krankenschwester kennen kann: vier Patienten mit Ballonkathetern und Infusionen und allen nur denkbaren Medikamenten; sechs DT-Fälle mit Herzstillstand; schleimige Zahnersatzdetails; sieben kranke, aufgeregte, des Englischen nicht mächtige Patienten, deren Angehörige im Zimmer kampieren durften. Was immer es auch war: Das Leuchten in Dr. Cramers Augen versicherte mir, daß es ganz gewiß nicht schön sein würde.

Er ging dieselbe Treppe hinunter, die ich soeben heraufgekommen war, offensichtlich sehr zufrieden mit sich selbst. Aber bevor sein Scheitel sich meinen Blicken entzog, zwang ich mich zu einem verächtlichen Lachen und schrie so laut, daß das Geländer vibrierte: *»Das ständige Verheddern ihrer beider Schnurrbärte bei jedem quälenden Kuß ...?«*

Die Fotos waren in einem Halbkreis an der Wand über dem Kopf meiner Patientin aufgehängt worden. Es waren die traditionellen amerikanischen Hochzeitsfotos, wie wir sie alle kennen: Die Braut und der Bräutigam schieben einander große Stücke glasierter Torte in den Mund, die Brautjungfern haken einander unter, die Verwandten tanzen zu den Klängen der angemieteten Band, jemandes Lieblingsonkel küßt jemandes jungfräuliche Tante, ein noch kleiner Ringträger hält Händchen mit einem älteren, peinlich berührten Mädchen, die Menge der jungen Männer wartet gespannt auf das Strumpfband aus blauer Seide und weißer Spitze, und der Kreis der hoffnungsvollen Frauen, die nach dem Brautstrauß springen.

Ein Foto lenkte meine Aufmerksamkeit mehr als alle anderen auf sich, und ich zwängte mich zwischen das Kopfende des Bettes und die Wand, um es besser sehen zu können.

Ihre riesigen Augen mit den langen Wimpern waren leuchtend und voller Liebe und ganz auf das schmale, blasse Gesicht des Bräutigams konzentriert. Der neue, glänzende Ehering war der Mittelpunkt des Bildes und offensichtlich zu weit für ihren schlanken Finger. Wenn ich nicht so sehr auf die weniger offensichtlichen Details geachtet hätte, wäre mir entgangen, wie sanft ihre Finger auf seiner Wange ruhten.

Ich strich einige Strähnen ihres Ponys aus den Augen meiner Patientin und verglich das Foto mit der wirklichen Frau, die da im Bett vor mir lag. Oberflächlich gab es keinen großen Unterschied; die weiche Haut war vielleicht etwas blasser geworden, und auch das Leuchten war verschwunden, aber es waren dieselben langen Wimpern, derselbe Leberfleck unter ihrem rechten Auge und derselbe Ehering. Es war die nicht körperliche Veränderung, die so sichtbar war, das Fehlen ihres Geistes oder ihres Wesens oder was immer sie zu der Person machte, die sie war.

Das Foto ist drei Tage alt, dachte ich, es wurde nur Minuten oder Stunden aufgenommen bevor ... was?

Bevor sie der Leichnam in Bett 4 wurde, angeschlossen an ein Atemgerät und eine Reihe von Kathetern.

Auf meinem Weg zur Station war mir im Wartezimmer der gutaussehende Mann aufgefallen, schmal und blasser als auf seinem Hochzeitsfoto. Er hatte die Ellbogen auf die Knie gestützt, und seine Hände bedeckten die Augen. Ein jüngerer Mann, der ihm sehr ähnlich sah, hatte seine Arme um die Schultern des weinenden Mannes gelegt.

Der Geruch und die Laute der Trauer füllten den Korridor. »Normale Leute« wissen nicht, daß Trauer tatsächlich einen Geruch und Klang hat. Aber sie sind da; man muß sie nur jahrelang erlebt haben, um den schwachen, wächsernen, kerzenähnlichen Geruch wiederzuerkennen und die besondere, staubige Stille zu hören, die die Lücken zwischen den Lauten des Weinens füllt.

Ich fragte mich, ob Chris, die Schwester von der Tagschicht, die gerade die Übergabe herunterrasselte, sich darüber im klaren war, wie sehr sie der Patientin in Bett 4 ähnelte – die Ähnlichkeit war unheimlich.

»Sie ließ sich gern ›Willy‹ nennen, nicht Millicent«, sagte Chris in einer vor Entmutigung monotonen Stimme, und auch ihre Verwendung der Vergangenheitsform war mir nicht entgangen. »So nannte sie ihr Bruder, als er zwei Jahre alt war, und der Name blieb hängen.«

Ein Monitoralarm ging los und piepste mit einer Frequenz von 100 pro Minute. Gleichzeitig klingelte das Telefon. Phoebe, die an diesem Abend die Monitore überwachte und die Schreibarbeiten erledigt, rollte ihren Stuhl zwischen die beiden Geräte, streckte die Arme weit aus und kümmerte sich um beide Geräusche gleichzeitig.

»Sie war dreiundzwanzig«, fuhr Chris fort, »und Beschäftigungstherapeutin für Behinderte; ihre Gesundheit war ausgezeichnet, sie trank nur bei festlichen Gelegenheiten, rauchte nicht, nahm, außer täglich einigen Vitamintabletten, keine Medikamente. Sie heiratete am Samstag, und irgendwann gegen Ende der Feierlichkeiten verschluckte sie sich anscheinend an einem Hors-d'œuvre. Statt nun auf sich aufmerksam zu machen, ging sie in ein leeres Zimmer; anscheinend gelang es ihr nicht, den Fremdkörper, der die Luftröhre blockierte, zu entfernen. Der Bräutigam fand sie etwa zehn Minuten später, da zeigte sie schon keinerlei Reaktion. Als die Sanitäter eintrafen, waren ihre Pupillen fixiert und geweitet.«

Chris schüttelte den Kopf und nahm ihre Augen nicht von der Stammkarte. »Rob Naylor vom Rettungswagen 20 sagt, sie war tatsächlich blau im Gesicht. Sie hatte Fibrillationen, aber man verpaßte ihr einen Schock mit dem Defibrillator. Seitdem ist das Herz in Ordnung. Ihr EEG zeigt null Aktivität. Alle anderen Systeme, einschließlich ihrer Nieren, sind in bestem Zustand. Cramer gab ihr am Anfang eine niedrige Dosis Dopamin, aber das wurde gestern abgesetzt.«

Müde öffnete Chris den Ordner und schaute auf das oberste Blatt; sie hatte mich noch immer nicht angesehen. »Der Ehemann und die Verwandten haben sich mit dem Organspendernetzwerk in Verbindung gesetzt, sobald der Hirntod bestätigt wurde. Anscheinend hatte sie dies mit ihrer Familie vor langer Zeit schon besprochen; außerdem ist ein Organspenderaufkleber auf ihrem Führerschein.« Chris bearbeitete für einen Augenblick ihre Fingerknöchel. »Sie sagen, daß dies genau zu ihr paßte.«

Schließlich schaute sie mich mit einem traurigen Lächeln an. »Du kennst diese Art«, sagte sie, »eine von diesen ewig Fürsorglichen.«

Ich kannte sie sehr gut. Ich dachte an den Abend vor mehreren Wochen zurück, als alle Schwestern der Schicht die Fotos ihrer Führerscheine miteinander verglichen hatten, um festzustellen, ob irgend jemand von uns so merkwürdig aussah, daß sie Ähnlichkeit mit ihrem Foto hatte. Dabei fiel uns auf, daß in sechs der sieben Führerscheine der kleine rosa Kreis klebte, der die Fahrerin als Organspenderin im Falle ihres Todes auswies.

Aus der Innentasche der Akte holte Chris einige Papiere. »Wie auch immer, hier sind die Organspenderunterlagen. Es gibt eine offizielle Koordinatorin für die Beschaffung von Spenderorganen namens Mary, die Willy zugeteilt wurde. Sie ist die für die ganze Angelegenheit zuständige Krankenschwester. Doktor Cramer hat ihr freie Hand gelassen, Anweisungen für alles herauszugeben, was für die optimale Erhaltung des Körpers notwendig ist. Sie hat sich bereits die von ihrem Ehemann unterschriebene Zustimmung geholt und sich ganz genau sagen lassen, was die Familie spenden will – was, nebenbei gesagt, alles einschließlich Gewebe ist. Das ist noch mal Engagement: Die Frau war den ganzen Tag hier und hat die Laborergebnisse und die serologischen Untersuchungen überprüft.« Chris verzog das Gesicht. »Am Sonntag hat sie sechzehn Stunden lang Willys medizinische und persönliche Geschichte zusammengetragen und erforscht. Sie hat sogar ihren Kinderarzt aufgetrieben. Schau's dir mal an.« Chris klopfte auf den braunen Aktendeckel. »Es ist faszinierend. Hast du zum Beispiel gewußt, daß jedes Empfängerkrankenhaus für jedes Organ ein eigenes OP-Team hat?«

Ich schüttelte den Kopf. »Sieht so aus, als ob es im OP ziemlich voll werden könnte.«

»Ja, das hat Mary auch gesagt. Erst kommen die Jungs von den festen Organen dran, danach die vom Gewebe.«

Ich rückte etwas dichter an Chris heran und senkte meine Stimme. »Ich hab' schon immer wissen wollen, ob die Organe tatsächlich ... also, wie sie transportiert werden.«

Chris hatte meine Frage erwartet. »Ja, in Kühltaschen. Ob es Igloo oder Playmate sein sollte, hat sie nicht angegeben.« Sie lachte. »Das hab' ich auch gefragt. Wie auch immer: Mary hat ihren Piepser dabei; wir sollen sie rufen, wenn irgendwas passiert. Die Nummer ist überall angeklebt.«

Ich konnte selbst sehen, daß die rotweißen Aufkleber überall zu sehen waren: zwei auf der Stammkarte, vier auf der Außenseite des Patientenordners und über ein Dutzend auf mehreren Seiten im Inneren. Ich bekam den Eindruck, daß es ihnen wirklich ernst damit war, ein paar Organe zu bekommen.

Schließlich schaute Chris mir in die Augen. Sie sah völlig erschöpft aus.

»Der Mann ist total am Ende; die Mutter und der Vater sind sehr gefaßt – zumindest momentan. Wir haben so viele Anrufe von Freunden bekommen, daß die Vermittlung sie in die Warteschlange hat tun müssen.«

Die Klingel von Bett 3 war zu hören, und Chris rannte hin, um nachzusehen. Als sie zum Schreibtisch zurückkehrte, ließ sie sich schwer auf den Stuhl fallen und stöhnte.

»Die Angehörigen haben bestimmt, daß sie sie heute abend um 23 Uhr für den OP freigeben.« Sie legte den Kopf schief. »Ich weiß, daß sie vielen Menschen von Nutzen sein wird; aber, es tut mir leid ... Ich hab' gehört, wie die Koordinatorin sagte, sie ginge heute abend zur Ernte; ich kann mir nicht helfen: Es klang, als ob sie den Gemüsegarten leerpflücken wollte. Oh, Mann.« Sie ging langsam zu dem vollständig zugehängten Raum, und ihre Augen wurden hart. »Es ist alles so gottverdammt deprimierend.«

Esther Rau wurde in großer Eile in den Warteteil von Zimmer 2 gebracht. Wir arbeiteten mit dem Rollbrett: Gus schob, während Pia und ich Mrs. Rau vom Ambulanz-OP aufs Bett zogen. Pia zog sie aus und koppelte sie vom tragbaren Ambulanzmonitor ab, sobald wir sie an unseren angeschlossen hatten. Von einem Sicherheitsnetz zum nächsten.

Gus, die stärker nach Südstaaten klang als alle Schauspieler von *Tobacco Road* zusammen, lieferte den Bericht ab, während sie den Monitor zusammenpackte und den Ambulanz-OP aus dem Weg rollte.

»Diese nette Dame war gerade beim Abendessen (Speck, Sardinen und Cracker), als ihr linker Arm und ihr Kiefer zu schmerzen anfingen. Stimmt's, Mistress Rau?« Gus sprach Rau wie »Ruu« aus.

Die 74 Jahre alte Witwe nickte auf eine Art und Weise, die deutlich sagte, daß es ihr ziemlich gleichgültig war, was Gus sagte.

»Etwa eine Stunden später hatte sie ein Gefühl, wie wenn sich ein festes, einschnürendes Band um ihre Brust legte, und sie wählte den Notruf.«

Mrs. Rau griff sich an die Brust und die Linien zwischen ihren Augen wurden tiefer. Die Elektrode auf ihrer linken Schulter fiel herunter, und als ich eine neue an dieselbe Stelle drückte, fühlte ich, daß ihre Haut kalt und schweißnaß war.

»Bevor wir gingen, war der Blutdruck immer noch im oberen Hundertfünfziger-Bereich«, fügte Gus hinzu, während ich den Knopf auf der automatischen Blutdruckmanschette drückte.

»Doktor Ostermann ist immer noch im ›Raum der Verdammnis‹ und schaut sich ihren Blutdruck und das EKG von der Aufnahme an. Er sagte, er sei in fünfzehn Minuten oben, um ihr eine Arteriensonde zu legen und die Lyse zu machen. Armes Ding (ausgesprochen ›Däng‹), hat keine Verwandten in der Gegend, also wird sie ihr Einverständnis selbst unterschreiben müssen.«

»Ich muß mich aufsetzen!« keuchte Mrs. Rau und kämpfte sich hoch.

Pia hielt sie an den Schultern fest. »Pssst. Ich werde das Kopfende hochstellen. Sie machen nichts anderes, als sich aufs Entspannen zu konzentrieren.«

Keuchend legte Mrs. Rau sich wieder hin und überließ sich den Fremden, die geschäftig um ihr Bett herumliefen. Sie wimmerte: »Ich habe Angst.«

Ich wischte den Schweiß von ihrem Gesicht, und sie griff nach meiner Hand und hielt sie so fest, daß es weh tat. »Haben Sie keine Angst«, sagte ich, »wir werden nicht zulassen, daß Ihnen etwas geschieht. Wir werden erst einmal sehen, daß Sie Ihre Schmerzen loswerden, dann kümmern wir uns um alles andere. Atmen Sie erst einmal langsamer, tief und entspannt.«

Mrs. Rau feuchtete ihre Lippen an und nickte; sie atmete aus, dann holte sie tief und zittrig Atem und ließ ihn durch gespitzte Lippen wieder heraus. Ich schaute mir ihren Herzrhythmus auf dem Monitor an: Er war so unregelmäßig, daß er humpelte.

»Hat Doktor Ostermann mit Ihnen darüber gesprochen, was er alles machen wird?«

Sie nickte. »Er sagte, er würde mir eine Medizin in meine Adern geben.«

»Das stimmt, aber ich werde es Ihnen ein wenig genauer erklären, und Sie müssen ein Papier unterschreiben, das Doktor Ostermann die Erlaubnis dazu gibt. Einverstanden?«

Bevor sie noch antworten konnte, kreischte der Blutdruckalarm durchs Zimmer. Mrs. Raus Augen öffneten sich sofort ganz weit – so weit, daß meine Augäpfel stellvertretend weh taten.

»Waaaa...?«

»Das ist nur die Blutdruckmaschine.«

Pia schaltete das Geräusch aus und schaute auf den Bildschirm. »Hundertvierundsiebzig zu vierundneunzig.« Pia bewegte lautlos ihre Lippen.

»Erst wird Doktor Ostermann einen kurzen Draht in Ihre Leiste legen, etwa hier.« Ich drückte mit einem Finger auf ihre Oberschenkelarterie. »Wir nennen das eine Arteriensonde, und sie zeigt uns jederzeit Ihren Blutdruck an. Andernfalls würde diese Maschine hier alle zehn Minuten Ihren Arm zusammendrücken.«

»Ich mag das Ding nicht.« Mrs. Rau machte einen Schmollmund. »Es tut mir weh.«

»Nun, sobald die Sonde gelegt ist, wird Doktor Ostermann eine blutverdünnende Medizin durch Ihre Infusionsnadel spritzen; die Medizin ist ein Thrombolytikum, das heißt, sie wird den Pfropf in der Arterie, die um Ihr Herz läuft, auflösen, damit das Blut wieder Sauerstoff zu dem Teil Ihres Herzmuskels bringen kann, der ihn braucht. Danach sollten Ihre Schmerzen rasch verschwinden.«

Mrs. Rau sah zweifelnd drein. »Doktor Ostermann sagte, es könnte Probleme mit Blutungen geben.«

»Stimmt. Ihr Blut wird eine ganze Weile nicht normal gerinnen können, also werden wir gut auf Sie aufpassen müssen. Wir werden Ihr ganzes Blut durch einen Filter führen, der schon in Ihre Vene gelegt worden ist, und wir werden darauf achten, daß Sie sich nicht verletzen, oder ...«

Wie immer mußte ich abwägen, ob ich ihr von allen möglichen Risiken erzählen solle oder nicht; ich sah sie zittern und beschloß, es nicht zu tun.

Ich nahm die weichen Gazekompressen von Willys Augen und spritzte die künstlichen Tränen auf die Hornhäute. (Fast neue Hornhäute zu verkaufen, kein Kratzer drauf!)

Die sehr unwissenschaftliche Spekulation kam mir in den Sinn, ob der Empfänger ihrer Hornhaut die Welt irgendwie anders sehen würde, vielleicht ein wenig so, wie Willy sie gesehen hatte. Ich wußte, daß das absurd war, aber wenn ich diese Augen bekommen sollte, würde ich doch auf die geringste Wahrnehmung achten, die nicht vollständig die meine wäre.

Ich schaute durch die Vorhänge, sah, daß Dr. Ostermann noch nicht in Mrs. Raus Zimmer eingetroffen war, und wandte mich wieder Willys Körper zu. Ich wusch und massierte die zarte Haut, die weicher war als jede andere Haut einer Person kaukasischer Abstammung, die ich je berührt hatte. Und während ich sie bewegte und sie herumdrehte, war es, als ob ich mit einer Rolle kostbaren Stoffs hantierte, der darauf wartete, zugeschnit-

ten und verarbeitet zu werden: Augen, Haut, Gelenke, Gewebe, Innenohr, Herz, Milz, Leber, Nieren, Lunge, lange Knochen. Wer nichts verschwendet, leidet keine Not.
Es war ein unheimlicher Gedanke, daß eine gesunde Person sterben mußte, damit eine kranke Person leben konnte. Wie immer man es auch betrachtete: Organtransplantation schien von Natur aus etwas Perverses zu sein.

Die S-T-Strecken auf Mrs. Raus EKG gingen etwa 15 Minuten nach der thrombolytischen Behandlung auf Normalgröße zurück; das war das Zeichen, daß das Gerinnsel sich aufgelöst hatte.
»Wie steht's mit den Schmerzen, Esther?« fragte Dr. Ostermann über seine Schulter hinweg. Seine Augen waren auf den EKG-Apparat geheftet, der einen ständigen Strom von Papier ausstieß, welcher sich zu Dr. Ostermanns Füßen stapelte und bis zu seinen Knöcheln reichte.
»Ist weg«, flüsterte sie. Ihr Gesicht war immer noch ernst und immer noch voller Sorge.
»He«, sagte ich und rieb ihren Arm, »Sie halten sich großartig. Machen Sie sich keine Sorgen.«
»Nicht meinetwegen. Es ist wegen Dobbie«, sagte sie, und ihr Kinn zitterte. »Sie ist noch nicht gefüttert worden, und keiner führt sie aus.«
»Dobbie ist Ihr Hund?«
Sie nickte. »Ein Golden Retriever. Ich bekam sie, nachdem mein Mann letztes Jahr gestorben war.«
»Haben Sie keine Nachbarn, die ...«
Tränen liefen die Falten in ihren Wangen herunter. »Bill und Ellen sind in Urlaub, und Marcella ist die Woche über in Houston. Hinter mir wohnt eine alte Frau, aber die kann nicht gehen.«
Eine 74jährige, die jemand anders »alt« nannte: Ich mußte

lächeln. »Nun gut, wo wohnen Sie?« fragte ich und nahm direkten Kurs auf die unvermeidliche Lösung.
Mooshie würde durchdrehen.

Um Viertel vor 7 war ich immer noch dabei, Dr. Ostermanns detaillierte Anweisungen abzuarbeiten, als die Gegensprechanlage summte.
»Hallo, ich bin Gladys Ryan, Willys Schwester. Darf ich hereinkommen und sie sehen?«
Ich dachte eine Sekunde lang nach und versuchte, mich zu erinnern, wer in der Stammkarte als nächste Familienangehörige aufgeführt waren. Ich hatte nichts von einer Schwester gelesen – ein Bruder, ja, aber keine Schwester.
Aber ich war zu müde, der Sache nachzugehen und die Stammkarte zu suchen. »Ja, okay«, sagte ich. »Gehen Sie durch die Doppeltür am Ende des Korridors rechts von Ihnen.«
Vier Sekunden später ging die Doppeltür auf, und eine junge Frau mit der Hautfarbe von gebrannten Mandeln ging schnell am Schreibtisch vorbei.
»He! Einen Augenblick! Sind Sie die Person, die sich gerade als Willys Schwester gemeldet hat?«
Sie antwortete mir, ohne mit der Wimper zu zucken: »Ja.«
Ich nahm meine Brille herunter. »Nun, das ist aber mal 'ne gesunde Gesichtsfarbe, die Sie da haben, Schwesterchen.«
Fünf Minuten später summte die Sprechanlage wieder: Zwei weitere Schwestern und eine Halbschwester wollen rein. Zehn Minuten danach waren es ihre vier Brüder.
Gegen 19 Uhr waren 15 Leute am Schreibtisch vorbeimarschiert und in Willys Zimmer geschlüpft; unter ihren Geschwistern waren alle Farben, Altersstufen, Größen und Formen vertreten.
Ich wartete darauf, ein Weinen zu hören, aber nichts kam. Statt dessen hörte ich den einzelnen Ton einer Stimmpfeife, und dann

begann ein Chor von Stimmen *For a Dancer* von Jackson Browne zu singen.
Ich rollte meinen Stuhl um den Tisch und zu den Glastüren ihres Zimmers und fand eine Lücke in den Vorhängen: Sie hatten sich in einem ganz engen Kreis um Willys Bett herum aufgestellt, den linken Arm um die jeweils links von ihnen stehende Person gelegt, während ihre rechten Hände Willy berührten. Ich studierte ihre Gesichter, während sie so dastanden: Sie schickten ihre Liebe durch ihre Hände zu Willy hinab.
Ich zwinkerte und ging noch ein wenig dichter heran, um mir zu bestätigen, daß ich richtig sah. Die Veränderung, war dramatisch: Willys Haut war rosig, der aschgraue Tod stand nicht länger in ihrem Gesicht.
Alle Augen schauten sie an. Manche weinten, manche lächelten. Und sie sangen, bis sie sich verabschiedeten.

Nachdem die erste Aufregung vorüber war, sagte Mrs. Rau, sie könne nicht glauben, wie wohl sie sich jetzt fühle – für jemanden, der gerade einen Herzanfall hinter sich habe. Das würde noch auf Jahre hinaus riesigen Gesprächsstoff bei ihren Ikebana-Treffen abgeben.
Mrs. Rau diktierte, und ich schrieb auf, wann Dobbie gefüttert werden, Gassi gehen und sich austoben mußte, welches ihre Lieblingsspielzeuge waren und wo sie am liebsten gestreichelt werden wollte.
Danach ging ich durch den Inhalt ihrer Tasche – Kleenex, Taschentuch, abgenutztes Lederportemonnaie, wintergrüne Lifesavers, Vergrößerungsglas, Reisehandlotion, Lippenstift, Pillendöschen, Rosenkranz, zusammenfaltbare Regenhaube, eine alte Einkaufsliste, die an einige Coupons festgepinnt war –, bis ich den einzelnen Hausschlüssel auf dem Boden der Tasche fand.
»Wie fühlen Sie sich, Mistress Rau?«, fragte ich, faltete den Zettel

mit den Dobbie-Anweisungen um den Hausschlüssel und ließ beides in meine Brusttasche gleiten.
»Nennen Sie mich Esther«, sagte sie in ihrer zitternden Altfrauenstimme. »Ich bin müde.«
Ich schaute sie genauer an. Sie hatte ein freundliches Gesicht, eines, das einen denken ließ, daß sie viel Zeit damit zugebracht hatte, Veilchen und Geranien zu pflanzen und Mahlzeiten für die weniger Glücklichen zu kochen.
Aber da war etwas, das mir Sorgen machte. Oberflächlich schien sie in Ordnung zu sein, alle Körpersysteme funktionierten hervorragend; aber auf einer anderen Ebene fehlte etwas, und ich konnte nicht genau ausmachen, was es war. Ich war dabei herauszufinden, ob dies jetzt mein sechster Sinn als Krankenschwester oder einfach nur neurotisch war, als sie meine Hand suchte und sie festhielt. Ich konnte fühlen, wie ihre alten Knochen die Wärme meiner Hand förmlich aufsogen.
»Wußten Sie, daß ›Esther‹ einer meiner Lieblingsnamen ist?« fragte ich. »Und wenn man Echo heißt, will das etwas sagen.«
Mrs. Rau verzog das Gesicht. »Hab' ›Esther‹ nie gemocht. Ich wollte meinen Namen immer in ›Esmeralda‹ ändern.« Sie lachte, wie alte Damen das tun, auf diese leichte und beruhigende Art und Weise. »Ich hatte vor vielen Jahren in Oregon eine Freundin, die Echo hieß. Ich komme ursprünglich aus Portland, bevor ich heiratete. Sie kommen nicht aus Oregon, meine Liebe, oder?«
Ich schüttelte den Kopf. »Ich stamme aus der Gegend von Schenectady, New York.«
»Ah, ja«, sagte sie, »Heimatort von Charles Steinmetz und Ort der ersten Fernsehausstrahlung.«
Erstaunt schaute ich sie an. Wahrscheinlich war sie eine sehr gute Trivial-Pursuit-Spielerin.
Eine Weile saßen wir so da, ohne zu sprechen, und genossen unser Schweigen.

»Wie steht's mit Ihnen? Geht es *Ihnen* gut, meine Liebe? Sie sehen ein bißchen niedergeschlagen aus.«

»Ach nein«, sagte ich und fühlte mich völlig niedergeschlagen, »nur ein wenig müde.«

»Ach Gott.« Ihr Seufzen klang wie ein Seidenschal, der ein Bett heruntergleitet. »Ihr Mädels arbeitet so schwer. Ich wollte, sie würden mich etwas tun lassen.«

»Nun, am anderen Ende des Korridors sind ein paar Zimmer, die müssen gereinigt werden.«

Esther erhob sich auf ihren Ellbogen und kicherte wie ein Mädchen. »Geben Sie mir ein Staubtuch und ein Haarnetz, und zeigen Sie mir, wo's ist.«

»Werden Sie einfach nur gesund«, sagte ich und lachte. »Das ist jetzt Ihre Arbeit.«

»So Gott will« – wieder seufzte sie und fiel in ihr Kissen zurück –, »werde ich Dobbie noch eine Zitronenbaisertorte backen.«

Mutter, Vater und der jüngere Bruder waren zum letzten Mal zusammen im Zimmer. Die Mutter war ruhig und sachlich, während sie zielgerichtet all die kleinen Aufmerksamkeiten erledigte, die ihrer Tochter in ihrer Vorstellung gefallen hätten: ihre Haare flechten, Öl in die verhärtete Nagelhaut reiben, Parfüm auf das Kissen sprühen. Später würde sie sich an all diese Dinge erinnern, und es würde ihr Entsetzen verringern. Es schien, als würden ihre Tränen von einem dünnen Schleier der Entschlossenheit zurückgehalten, während sie das Gesicht ihrer Tochter mit einem warmen Waschlappen abwusch und dabei mit einer Stimme, als erzählte sie beim Kaffee den letzten Klatsch, über Doreens und Alans neues Haus und das Walnußschränkchen unten bei Braverman sprach, das ihrer Meinung nach perfekt in das Herrenzimmer im ersten Stock passen würde.

Ihr Vater ging ziellos um das Bett herum, studierte die Infusions-

pumpe und die Anzeigen auf dem Respirator; wahrscheinlich dachte er über verbesserte Konstruktionen nach, um die Erinnerungen noch eine Stunde länger fernzuhalten.
Er schaute genau hin, während ich sie absaugte, sein Gesicht war nur wenige Zentimeter von meinem entfernt. Ich konnte seinen Schmerz sehen und fragte mich, ob er, wenn er sie jetzt ansah, sich daran erinnerte, wie sie sich umdrehte und ihn küßte, als er sie dem Bräutigam übergab. Oder dachte er an den Ausdruck im Gesicht der Organspendenkoordinatorin, als sie den Körper seiner Tochter nach nützlichen Teilen abschätzte, die zu »ernten« waren?
Ihr Bruder, im blauen Pullover eines Footballkapitäns, saß an ihrem Fußende. Er hatte seine Hände ineinander verschränkt, und seine Kiefermuskeln arbeiteten ununterbrochen.
Ich kam etwas näher, um ein frisches Pflaster über ihre Infusionsnadel zu kleben, und sah die ganz schwache Kruste, die alte Tränen im Flaum auf seinem Gesicht hinterlassen hatten. Nicht einmal veränderte er seine Haltung; vielleicht hatte er Angst, den Schlaf seiner Schwester zu stören.
Ohne Vorankündigung sprach er plötzlich von dem Sommer, in dem sie ihm gezeigt hatte, wie er Spielkarten mit Wäscheklammern an den Speichen seines Fahrrads befestigen konnte, so daß sie das Geräusch eines Motorrads erzeugten.
Seine Mutter, sein Vater und ich unterbrachen für einen Augenblick, womit wir gerade beschäftigt waren (Waschen, Umhergehen, Kleben), und hörten ihm zu, während er beschrieb, wie leicht ihr Haar gewesen war, als er es von der eingefetteten, schwarzen Fahrradkette fernhielt.
He, Willy Nilly, wo bist du?

»Hallo?«
Mrs. Rau unterbrach ihre Beschreibung, was genau sie meinte, wenn sie sagte, sie fühle sich ein wenig »komisch«, aber sie rea-

gierte nicht auf die Frau, die in ihrer Tür stand und auf das Glas klopfte.

Ohne Erlaubnis erhalten zu haben, betrat die Frau den Raum.

»Ah, Verzeihung, kann ich Ihnen helfen?« Ich war verärgert über dieses Eindringen in unsere Privatsphäre. Ich hatte kein Abendessen gehabt und fühlte, wie der hypoglykämische, prämenstruelle und zänkische Teil meiner Persönlichkeit durchbrach.

»Ich bin Mary Giesen«, sagte die zierliche Frau und streckte ihre Hand aus. »Die Organkoordinatorin.«

Sie war vielleicht klein, aber ihr Händedruck war der eines übereifrigen Vertreters. Wenn sie nur etwas von ihrem Dale-Carnegie-Enthusiasmus über Bord werfen würde, dachte ich, wäre sie durchaus liebenswert.

»Ah«, sagte ich, eifrig bemüht, meine Hand davor zu bewahren, zerdrückt zu werden.

»Millicent Ryerson gehört zu meinem Bereich. Sind Sie die Schwester, die hier alles für uns erledigt?«

Bereich? Um Gottes willen, es klang tatsächlich, als ob sie den vierzigsten Bezirk Süd abklappern wollte.

»Mistress Ryerson ist meine Patientin, das stimmt.« Ich bemerkte selbst den scharfen Ton in meiner Stimme und schlug mir im Geiste auf die Hand.

»Ich würde gern mit Ihnen reden, wenn Sie ein wenig Zeit haben ...«

Die Stimme der Organspender-Schwester verstummte, während ihre Augen auf Mrs. Rau ruhen blieben. Ich stellte mir vor, daß sie unbewußt den Körper der Frau Teil für Teil betrachtete und einschätzte. Das Bild eines Geiers entstand vor meinem geistigen Auge.

Ohne nachzudenken, trat ich vor sie hin und verstellte ihr so die Sicht.

»In einer Minute bin ich draußen, okay?«

»Hoffentlich. Vor dreiundzwanzig Uhr ist noch eine Menge zu erledigen.«

Als die Schwester gegangen war, öffnete Mrs. Rau wieder ihre Augen und nahm meine Hand. »Sie vergessen Dobbie nicht, meine Liebe?«

»Ich verspreche es. Machen Sie sich keine Sorgen; aber erzählen Sie mir erst zu Ende, inwiefern sie sich ›komisch‹ fühlen.«

Wieder ging der Monitoralarm los, und Phoebe schrie zu mir herein, ich solle mich doch bitte darum kümmern. Zum dritten Mal in einer Stunde justierte ich die Obergrenzen für Mrs. Raus Herzfrequenz- und Blutdruckalarm neu. Ihr Blutdruck war etwas höher und ihr Puls etwas niedriger.

»Ich bin zu erschöpft«, sagte sie mit Mühe und schloß die Augen. »Ich mach' jetzt ein Schläfchen, danach fühl' ich mich besser.«

»Versprochen?«

Mrs. Rau lächelte.

Am Schreibtisch bat ich Phoebe, mich mit Dr. Ostermann zu verbinden, und holte Mrs. Raus Ordner hervor. Ich ging die Aufzeichnungen des Heilungsfortschritts durch, als ich fühlte, daß jemand auf mich herabsah.

»Können wir eben besprechen, was noch getan werden muß, bevor wir Millicent zum Organzentrum bringen?« fragte Mary.

Ich rollte meinen Stuhl einen halben Meter zurück, um vom Hochschauen keinen Knick in den Nacken zu bekommen. »Es geht jetzt nicht. Meiner anderen Patientin geht es nicht sehr gut. Ich muß mich erst mit ihr befassen, bevor ich auch nur an etwas anderes denken kann.«

»Macht es Ihnen was aus, wenn ich mich um Mistress Ryerson kümmere, bis Sie frei sind?«

»Überhaupt nicht. Setzten Sie's mir auf die Rechnung, und ich schulde Ihnen eine Leber oder so.«

Die Schwester zuckte keineswegs zusammen: »Eigentlich«, sagte sie todernst, »brauchen wir zur Zeit in erster Linie Nieren.«

Mrs. Rau schien zu schlafen, als ich bei ihr eintrat. Ich stellte den Ordner auf das Tischchen neben dem Bett und legte vorsichtig meine Hand auf ihren Brustkorb, um zu fühlen, wie tief sie atmete. Ihr Körper war feucht und kühl, und ein panischer Schock durchzuckte mich.
»Esther!« Ihr Körper leistete keinen Widerstand, er war schlaff und klamm wie der Tod. Als ihr Kopf zur Seite rollte, lief eine große Menge Speichel seitlich aus ihrem Mund und ihre Schulter sowie den Hals hinunter und machte die Vorderseite ihres Nachthemds naß.
Ungläubig drehte ich mich um und sah auf den Monitor hinter mir. Ihr Rhythmus war langsamer, die Komplexe breiter – es sah ganz nach dem endgültigen Todesmuster aus. Ich warf die Decke zurück, schob ihr Nachthemd bis zur Hüfte hoch und fühlte gleichzeitig nach dem Puls in der Oberschenkelarterie.
Er war da, schwach und dünn, aber fühlbar. Auf dem Monitor fing die Welle des Pulses an, flacher zu werden. Dementsprechend fiel auch ihr Blutdruck. Ich schrie Phoebe zu, Dr. Ostermann sofort herzuholen, schüttelte wieder Mrs. Rau und riß das Kissen fort. Ihr Kopf fiel aufs Bett wie der einer Stoffpuppe.
Das Ende der Geschichte wurde mir klar, als ich die Augenlider hochschob. Sie war gegangen, hatte sich herausgeschlichen, als ich nicht hinschaute, und wir würden sie nicht mehr zurückholen – was auch immer wir unternahmen. Dann erinnerte ich mich lebhaft daran, daß das Notfallkästchen in ihrer Stammkarte angekreuzt war: Ihr Körper würde uns entgleiten, und ich mußte handeln, obwohl das, was folgte, nicht mehr als eine groteske Parodie des Lebens sein würde. Wir würden alle Notfallmaßnahmen ergreifen, sie an die lebenserhaltenden Maschinen anschließen und lebensverlängernde Medikamente geben, würden ihren Körper noch Tage, vielleicht noch eine Woche am Leben erhalten, bis ihre Nieren oder ihr Herz versagten.
Ich war wütend auf mich selbst, weil ich nicht auf mein Gefühl

gehört hatte. Wie zum Teufel hatte mir eine so offensichtliche Gehirnblutung entgehen können? Mußte sie denn eine helle Leuchtschrift auf ihrer Stirn haben?
Sofort wandelte sich das Schuldgefühl in Wut. Welches gottverdammte Recht hatten wir denn, eine 74jährige mit neumodischen Drogen vollzupumpen, die ihr Blut in Wasser verwandelten? Warum konnten wir diese zerbrechlichen alten Menschen nicht in Frieden lassen?
Mary stand in der Tür und wollte etwas fragen. In meiner momentanen Wut und Verwirrung sah ich sie wieder als einen Geier, der nach Beute sucht. Die Damen in meiner Vermittlung schickten mir eine Wiederholung der Szene in *Zorba, der Grieche,* in der die Geliebte von Anthony Quinn feststellt, daß um ihr Totenbett herum alle alten Weiber versammelt sind und nur auf ihren letzten Atemzug warten, um sich auf ihre irdischen Besitztümer zu stürzen.
»Raus!« schrie ich. »Scheren Sie sich raus hier!«
Ich setzte Mrs. Raus Bett tiefer, faßte in ihren Mund und holte ihre Zahnprothese heraus und schob den grünen Kunststofftubus hinein. Bevor ich ihr dies antat, bat ich sie um Verzeihung.

»He, Kumpel«, sagte er und streichelte das Gesicht seiner Frau. In ihrer geheiligten Gegenwart war seine Stimme sanft und voller Ehrfurcht vor dem Ort, an dem er sich befand. »Ich möchte mir gar nicht vorstellen, was die Jungs sagen würden, wenn ich ohne meine Frau in die Flitterwochen fahren würde.« Er hielt Willys Hand, küßte sie und hielt sie schnell gegen seine Stirn, als ob er sich plötzlich an einen alten Schmerz erinnerte.
»Will? Kommst du hier klar? Wir müssen uns beeilen.«
Ein Frösteln lief mir den Rücken hinunter. Ich schaute von dem Katheter hoch, den ich gerade entwirrte, und erkannte diesen Blick, der sagt: Du darfst nicht sterben.
O mein Gott, dachte ich, hat ihm denn niemand erklärt, was hier

los ist? (»Das ist nicht Ihre Frau, Mister Ryerson, das ist ein 4-H-Projekt.«) Mein Magengeschwür erwachte und schmerzte beim Anblick des jungen Mannes, der den Tod von seiner Geliebten fortbeten wollte.

Als er sich gegen das Bett lehnte, hatte sein Gewicht ihr Nachthemd herabgezogen, und eine ihrer Brüste lag bloß. Ohne seine Augen von ihrem Gesicht zu nehmen, zog er das Hemd hoch und knotete den Träger wieder zu.

»Sie friert die ganze Zeit. Wir müssen ihr wirklich noch eine Decke beschaffen.«

»Mister Ryerson ...«

Er beachtete mich nicht, sondern weinte und lächelte, während er sie ansah. Es war ein ganz unheimlicher Ausdruck der Trauer.

»Drei Decken hat sie auf ihrem Bett und immer noch kalte Füße. Ich will nicht, daß sie Lungenentzündung oder so was kriegt.«

Mit zitternden Fingern löste er ihren Zopf auf, nahm die Haarbürste vom Bettischchen und setzte sich neben sie. Auf die ungeschickte Weise eines Mannes, der vom Haar einer Frau fasziniert ist, aber nicht mit ihm umgehen kann, begann er vorsichtig die Bürste durch die blonde Seide zu ziehen.

»Will? Warum wachst du nicht auf, Liebling? Sieht dir ähnlich, so 'ne Überraschung an unserm Hochzeitstag. Du hättest ...«

»Mister Ryerson?«

»Psssst.«

»Mister Ryerson, hören Sie: Willy ist nicht ...«

»Psssst! Sie kann Sie hören. Dies ist meine beste Freundin auf der ganzen Welt. Ihr hier kennt sie nicht, wie ich sie kenne. Sie ist die beste ...« Die Bürste blieb in der Mitte einer Haarsträhne stecken.

Ich ging hinüber, legte meine Hand auf seinen Arm und ließ sie dort, bis er mich ansah. Sein Elend traf mich so hart, daß ich tief Luft holen mußte.

»Sie ist tot«, flüsterte ich.

»Nein.« Er hielt inne, dann schüttelte er langsam den Kopf. »Nein, ist sie nicht. Nicht wirklich. Sie ist die lebendigste Person, die ... Sie ist alles, was ich habe. Sie kann nicht tot sein.«
Er drückte sein Gesicht gegen ihre Brust. Sein Kopf hob sich mit jedem Atemzug, den der Respirator in ihre Lungen drückte.
»Sie kann nicht tot sein. Sie ist meine beste Freundin. Sie würde mich nie verlassen. Sie würde nicht weggehen ...«
»Kommen Sie«, sagte ich und zog sanft an seinem Arm. »Ich möchte, daß Sie mir helfen, sie umzudrehen. Sie ist zu schwer für mich.«
Das war natürlich gelogen; Willy wog etwa fünfundvierzig Kilo. Aber ich mußte ihn von seinem Schmerz wegholen, und wenn es nur für einen kurzen Augenblick war. Depression und Trauer konnten manche Menschen in eine Falle locken, aus der sie manchmal nicht mehr entkamen. Jeder, der jemals diesen nebligen Ort erlebt hat, weiß, daß es dort sehr unheimlich und ein Mensch fern vom Rest der Welt ist.
Ich fand ein frisches Laken in einem der Bettzeugschränke und breitete es an der Seite des Bettes aus, wo der Respirator stand. Ich wollte, daß er so wenig wie möglich mit den Maschinen zu tun hatte, die sie am »Leben« hielten.
»Rollen Sie sie zu sich«, sagte ich und hob den schmalen Körper mit dem Laken an. Er ergriff die Kanten und zog den Körper seiner Frau zu sich hin. Als sie bei ihm war, ließ er das Laken fallen, schob seinen Arm hinter ihren Rücken und barg sein Gesicht in ihrem Haar. Ich weiß nicht, wie viele Minuten er so verharrte – wahrscheinlich weniger, als es mir schien.
»Wir lieben uns, seit wir auf der High-School waren«, sagte er und bewegte sich nicht.
Ich hörte nicht auf, ihren Rücken zu reiben, und sagte nichts.
»Sagt nichts, hört zu«, hatte Tessie uns eingeschärft. *»Laßt die Leute ihrem Leiden eine Stimme geben. Laßt sie so viel wie möglich nach außen holen, damit es sich nicht innen drin verwirrt*

und zu eitern beginnt. Hört zu, bis ihr nicht mehr zuhören könnt.«

»Sie liebte es, anderen Menschen zu helfen. Das ist auch der Grund, weshalb ich die Erlaubnis gegeben habe, daß man ... ihre Organe ... benutzt ... Ich weiß, sie kommt nicht zurück.« Er stand da und starrte die geliebte Person an. »Ich vermisse sie. Sie fehlt mir so sehr, daß ich es nicht aushalte.«

Es gab nichts, was ich dazu hätte sagen können. Ich legte meine Arme um seine zitternden Schultern und ließ ihn weinen. Er würde die Zeit, seine Quälerin und schließlich Heilerin, intim kennenlernen. Er würde den verrückten Tanz der Trauer lernen: auf und ab, schwach und stark.

Ich fragte mich, ob das Wissen, daß ein Teil von ihr nach wie vor lebte, es ihm erleichtern würde, seinen Schmerz zu ertragen – und wenn, ob er herausfinden würde, welcher Mann ihre Augen hatte oder in der Brust von welcher Frau ihr Herz schlug.

Ich stellte mir vor, daß er das wahrscheinlich tun würde.

Ich bereitete Mrs. Rau auf die Leichenhalle vor, als Mary hereinkam. Ich sah nicht sofort zu ihr hinüber, sondern fuhr fort, den Körper zu waschen.

Sie ging im Zimmer umher und räumte den Abfall eines kurzen und vergeblichen Wiederbelebungsversuchs auf.

»Viele Menschen verstehen nicht, was ich mache. Sogar Leute, die im Gesundheitsbereich arbeiten, vor allem Ärzte, tun sich schwer damit. Sie sehen Organspendeschwestern als Geier.«

Ich zuckte zusammen, weil ich mich an meine früheren Gedanken erinnerte.

»Können Sie sich vorstellen, daß sogar meine Freunde glauben, ich ginge von einem Autowrack zum nächsten mit einer Kühltasche in der Hand?«

Ich lächelte schwach. »Es tut mir leid, daß ich Sie angeschrien habe. Sich um jemanden so jung wie Willy kümmern zu müssen, ist schon schwer genug. Wenn dann noch diese Hochzeit, die Angehörigen und die Sache mit der Organspende dazukommen, dann ist es fast zu viel.«

Die Schwester schaute Mrs. Rau an. Sie holte einmal tief Luft und entließ sie dann langsam wieder. »Oh, glauben Sie mir, ich weiß das nur zu gut. Ich mache dies jeden Tag. Fast immer ist der betreffende Patient jung. Ich werde zu vielen Kindern geschickt, und ich spreche von Kindern zwischen drei Tagen und zwanzig Jahren. Wenn Sie glauben, die Sache mit Willy sei hart, dann versuchen Sie's mal mit einem Sechs- oder Sechzehnjährigen. *Das* ist hart.«

Ich band Mrs. Raus Handgelenke mit einem langen Gazestreifen zusammen. Mary stand mir gegenüber und sah verletzt aus. Einen Augenblick lang konnte ich verstehen, welch schwierige und schreckliche Aufgabe sie hatte.

Sie schaute mich an. »Ich muß erst noch einem Organspender begegnen, bei dem ich das Gefühl habe, daß er tot besser dran ist. Dies hier ist Willy an ihrem Hochzeitstag zugestoßen. Ich kann Ihnen von all den besonderen, tragischen Umständen nicht erzählen, die die meisten Organspender zum Zeitpunkt ihres Todes umgeben.« Sie schüttelte den Kopf. Ihre Augen wanderten zum Fenster. »Es ist *immer* eine solche Geschichte: Ein Kind fährt zum ersten Mal von zu Haus zum College, der Tag, nachdem jemand in Pension gegangen ist, eine Mutter, die gerade ein gesundes Kind geboren hat. Es ist beinahe unheimlich.«

Zusammen zogen wir das Laken über Mrs. Raus Körper; sie war nackt bis auf das Etikett an ihrem Zeh, den Gazestreifen, den Arterienkatheter, den Endotrachealtubus und den Katheter in ihrem rechten Handgelenk. Nach dem Gesetz mußte Mrs. Rau obduziert werden, denn sie war innerhalb von vierundzwanzig Stunden nach Einlieferung ins Krankenhaus gestorben. Der Gedanke, daß der Körper der alten Frau untersucht werden würde, schien absurd.

»Wir sind jetzt soweit, daß wir Willy nach unten bringen können. Würden Sie uns helfen?« Marys Augen kehrten zu mir zurück.
»Okay«, sagte ich, »aber ich möchte, daß die Angehörigen ihr ein letztes Mal Lebewohl sagen.«

Es war eigenartig, wie friedlich es zuging, als sie Willy abholten. Normalerweise sind Überführungen lärmend und ein wenig konfus. Ich vermutete, daß Mary alle Räder geölt hatte, damit sie sich reibungslos drehen konnten: Sie hatte hart daran gearbeitet, daß alle OP-Teams richtig zusammengestellt und zur rechten Zeit da waren, daß alle Formulare ausgefüllt und unterschrieben waren, daß Durchschläge der Patientenunterlagen vorhanden waren und nichts übersehen worden war.
Willys Angehörige hatten hinter verschlossenen Vorhängen und jeder für sich von ihr Abschied genommen. Ihr Mann ging als letzter hinein, küßte sie und flüsterte ihr etwas ins Ohr.
Er nahm ihr den breiten Ehering ab und steckte ihn auf seinen kleinen Finger, dann steckte er seinen Ring auf ihren Zeigefinger.
In der Tür zögerte er und kämpfte offensichtlich mit sich selbst. Nach einem kurzen Augenblick entschloß er sich, nicht noch einmal zu ihr zurückzuschauen, sondern ging weiter.

Gegen ein Uhr morgens war der Akutteil der Station verlassen. Phoebe und Mary waren schon längst nach Haus gegangen, und im Augenblick war niemand krank genug, ein Akutbett zu brauchen. Das harte Neonlicht, von dem ich so oft Migräne bekam, war auf Nachtlicht gedämpft worden, und das Summen des Gebäudes lullte mich in eine Art Frieden. Die frühen Morgenstunden in einem Krankenhaus sind manchmal so; es ist fast, als ob das Gebäude während des Tages all den Frieden des Schlafes und des Todes aufgesogen hätte und ihn jetzt in die Luft entläßt. Als ich die beiden Zimmer reinigte, die soeben von Esther und

Willy verlassen worden waren, brach ich noch ein paar Regeln und öffnete die riesigen Fenster, um frische, süße Luft hereinströmen zu lassen. Der abgestandene, kranke Geruch verschwand, und zum ersten Mal während dieser Schicht hatte ich das Gefühl, etwas wirklich Sinnvolles getan zu haben.

Ich war gerade dabei, die Patientenblätter zu unterschreiben, als Beth sich näherte, Jacke und Tasche in der Hand und den Kopf zur Seite gelegt. Sie sah aus wie ein Pferd, das man scharf geritten hatte und dann schweißnaß hatte stehenlassen.

»Hast du eine Minute Zeit?« fragte sie.

»Ich habe Minuten zuhauf. Setz dich und erzähl mir die ganze Geschichte.«

Beth setzte sich auf den Stuhl links von mir; das Knacken hätte Tote aufwecken können. »Ich ...« Sie senkte ihren Blick und schaute zu den offenen Fenstern hinüber. Ich konnte hören, wie draußen der Wind in den Bäumen spielte.

»Bist du in Ordnung?« frage ich.

»Nein.« Beth nahm ein Stück Schmierpapier vom Schreibtisch und räusperte sich. »Ich war dreieinhalb Jahre trockene Alkoholikerin.« Sie schwieg und schaute auf das Papier, ohne es zu sehen. Als sie wieder sprach, war ihre Stimme fester. »Der Mann, mit dem ich drei Jahre lang zusammenlebte, hat mich betrogen. Vor einem Monat verließ er mich wegen einer anderen. Der Wodka, der klare Geist in der Flasche, war da und wartete darauf, daß ich dort weitermachte, wo ich aufgehört hatte.« Sie schüttelte den Kopf. »Ich sterbe, und ich will nicht sterben. Ich habe eine Kontaktperson, aber ich bringe es jetzt nicht fertig, sie anzurufen. Ich ... ich will all das Gerede von den zwölf Schritten nicht hören. Ich will mit dem ganzen gefühllosen Mist von einem Haufen von Zwölf-Schritt-Nazis nichts zu tun haben.«

Beth ließ ihren Kopf hängen, und Tränen fielen auf den Schreibtisch wie durchsichtige, runde Steine.

»Meine Kontaktperson hat alles: ein Zuhause, Kinder, eine glück-

liche Ehe. Was weiß sie schon, wie das ist, einsam zu sein oder einen Job wie den hier zu haben?« Sie kreuzte die Arme vor ihrer Brust, als wollte sie versuchen, sich zusammenzureißen. »Ich brauche jemanden, an den ich mich eine Zeitlang anlehnen kann. Ich habe gerade nicht allzu viele Freunde.« Beth beobachtete mich, und ihre Augen waren bedürftig und abwartend.
»Was machst du sonst noch? Ich meine, du mußt doch noch was anderes tun« – ich breitete die Arme aus, um die Station anzudeuten –, »als hier zu arbeiten.«
»Ich tanze«, sagte Beth, und ich glaubte zu sehen, daß in ihre Augen ein winziges bißchen Leben kam. »In der Stadt gibt's ein Studio, wo man hingehen und so tun kann, als würde man sich auskennen. Jazz, moderner Tanz, Ballett – was immer man will. Es hilft. Es ist auch eine Sucht, aber es hilft.«
Ich spielte mit meiner Brille und dachte, daß das, was Beth von mir erwartete, unfair uns beiden gegenüber war. Leider wandte der immer noch vorhandene, opferbereite Ja-aber-Teil von mir ein, daß sie weit genug unten war, um Hilfe zu erbitten; und vielleicht fand ich ja die richtigen heilenden Worte ...
Okay, okay. Ich würde sie also nicht im Stich lassen, und ich wußte es auch.
»Ich werde tun, was ich kann, bis du dich durch diese erste schwierige Zeit gearbeitet hast. Aber ich werde nicht für dich dasein, wenn du trinkst. Alkoholiker sind schlecht für meine Gesundheit.«
»Gut«, sagte sie mit einem schwachen Lächeln und beugte sich zu mir herüber, um mich zu umarmen. »Immerhin opferst du dich nicht *völlig* auf.«
»Aber auch nur nach Jahren intensiven Trainings, meine Liebe.«
Training. Das Wort hallte durch die Kopfhörer der Damen in meiner Vermittlung. Training. Training. Bei Fuß, Hasso!
Ich saß plötzlich kerzengerade aufrecht und schaute auf meine Uhr.

»Wo wohnst du?« fragte ich.
»Novato.«
»In einer Wohnung, oder hast du ...«
»Zur Zeit bin ich dabei, eine Eigentumswohnung von meinem Vater zu mieten – zu einer herabgesetzten Miete für die Bedürftigen.«
Ich nahm ihre Tasche und Jacke vom Tisch und legte sie mir über den Arm. »Komm mit mir, Schätzchen. Ich möchte dich Dobbie vorstellen. Sie wird dir gefallen – ihr beiden habt eine Menge gemeinsam.«

Dienstag, 2 Uhr 45 – Heute abend hing mal wieder der Haussegen beträchtlich schief. Simon kam eine Stunde nach Ausgangssperre (arrgh – du gibst ihnen den kleinen Finger, und schon hast du verloren), und ich war schon wütend auf ihn, weil sein Zimmer ein solches Chaos ist. Ich schwöre: Wenn ich da reingehe, kann ich Dinge atmen hören, die nicht menschlich sind. Neulich ging ich rein, um seine Post hinzulegen, und konnte seinen Schreibtisch nicht finden. Ich weiß nicht, ob er ihn verkauft hat oder ob er wirklich noch da drinnen ist. Auf dem Weg hinaus stolperte ich über etwas, das ich zunächst für ein ausgestopftes Pelztier hielt, das sich bei näherem Hinsehen jedoch als ein Käsebrot aus längst vergangenen Tagen herausstellte.
Der Haufen schmutziger Wäsche bewegte sich auf mich zu, ich weiß nicht, ob er darum bettelte, gewaschen zu werden, oder ob er nur Freiübungen machte. Ich schrie: Gesundheitsrisiko – aber das fiel auf die selektiv tauben Ohren meines Sohnes. Ich hätte Robert Fulghums Rat befolgen sollen: »Gehe niemals, niemals in das Zimmer deines Kindes, nachdem es in die Pubertät gekommen ist.«
Wir – nein, ich meine: ich – hatten die übliche Diskussion über Verantwortung übernehmen, ein Mitglied der Familie

sein, bla, bla, bla. Das Generationenkonflikt-Schürzenband-Dilemma läßt mich vorzeitig grau werden.
Vielleicht hat strenge Liebe etwas für sich: Vielleicht sollte ich strenger werden. O ja, entschuldigen Sie mich einen Augenblick, während ich brülle.
Heute erzählte Risen mir, daß die Schwestern einen Rückzieher bei der Frage der Sozialleistungen machen. Wieviel Bus-, Zug- und Flugzeugreisen habe ich gemacht – werde ich noch machen –, bis sie mir zuhören? Die Ausgebeuteten zum Widerstand und die Unwissenden zum Lernen zu bringen ist nicht einfach.
Aber andererseits: Bin ich denn besser? An einem Tag stehe ich vor tausend Schwestern, predige von Stolz und Hoffnung und unserem erhebenden Beruf, und am nächsten Tag gehe ich in mein eigenes Krankenhaus und wappne mich gegen die neueste Pferdescheiße, die man mir zumutet, oder frage mich, welcher Arzt sich wieder aufspielen und welche kriechende Krankenschwester mich bei der Geschäftsleitung verpetzen wird, weil ihr meine Frisur nicht gefällt. Es ist schizophren.
Ging heute morgen zu einem Vortrag bei den Sanitätern, und als speziellen Gast hatten sie eine Schwester aus der Mikrochirurgie im Mercy. Sie zeigte uns Dias von Amputationen – vorher und nachher – einschließlich eines armen Irren, der sich seinen Penis abgehackt hatte (er sagte, dieser hätte ihn nachts mit seinem ständigen Reden wach gehalten).
Der Teil über medizinische Blutegel, die bei postoperativen Patienten verwendet werden, um Schwellungen zu bekämpfen, ließ sogar Menowitz blaß werden. Die Schwester erklärte uns, wie sie die Dinger in einem regelmäßigen Turnus einsetzen, sie lassen sie saugen, bis sie von allein abfallen. Außerdem sagte sie, die schlauen Dinger müßten ständig

überwacht werden, und erzählte die Geschichte von einem postoperativen Patienten, an dessen wiederangenähten Finger man einen Egel gesetzt hatte; als sie ein paar Minuten später wieder ins Zimmer kam, war der fette Drecksack dabei, sich an der Halsschlagader des Mannes gütlich zu tun. Zum Schluß hörten wir noch, daß diese schleimigen, diplomierten Blutsauger in England ein Multi-Millionen-Dollar-Geschäft sind, in das schwer investiert wird. Ich frage mich, ob ich einen Haufen (Pulk? Wurf? Schwarm?) im Bach hinterm Haus aufziehen sollte. (»Wir hören, Mistress Heron, daß Sie ein interessantes Hobby haben, mit dem Sie Ihre Einkünfte aufbessern ...«)

Zwischen Dobbie und Beth war es Liebe auf den ersten Blick. Während Beth das Hundefutter und das Spielzeug zum Kauen zusammensuchte, ging ich durchs Haus und sah nach, ob alles zu und ausgeschaltet war, bis Mrs. Raus Nichte aus Houston wiederkommt.

Es war das Haus einer alten Dame, kein Zweifel – bis hin zu den Häkeldeckchen auf den Armlehnen der viel zu schweren Sessel und den Porzellankörben voller Pfefferminz- und anderer Bonbons. Es roch sogar nach alter Dame – Bratfett, Zimt und Mottenkugeln.

Im Wohnzimmer stand ein kleiner, runder Tisch (ja, das gleiche cremefarbene Häkeldeckchen wie auf den Sesseln lag drauf); auf ihm standen drei Dutzend oder mehr Fotos von Menschen, die ein Teil ihres Lebens gewesen waren. Ich fand eins von der jungen Mrs. Rau, wie sie im Hafen sitzt und ein Paar umwerfende Beine sehen läßt. Auf der Rückseite stand: »Juni 1937 – Teeter an der Promenade.«

Dieses Leben ist zu Ende gegangen, und alle Tage, alle Klugheit, alle Gefühle und alle Ereignisse, die Teil dieses Lebens waren, sind nicht mehr. Es kommt mir wundersam und traurig zugleich vor.

Jemand kam gerade auf meine Veranda; dann rannte er weg, als ich aufstand. Mein Gott, wie ich dieses Leben allein hasse. Ich glaube, ich würde die Nachteile auf der anderen Seite des Zauns in Kauf nehmen.

Sarah rief aus der Ambulanz an, um mir zu sagen, daß Victor gestern gestorben ist. Die Schwestern im Mercy erzählten ihr, daß die Mutter ihn nicht einmal besucht hat. Ich hoffe, daß irgend jemand bei ihm war, um ihn zu halten, während er starb. Was für ein Leben muß dieses Kind gehabt haben! Gab es auch nur einen einzigen Tag, an dem er glücklich war?

Ich bin todmüde. Muß schlafen. Mooshie hält ständig meinen Füller mit seiner Tatze an und gähnt mir ins Gesicht. Sein Atem ist durchaus stark zu nennen.

Kommt her, Träume, der Filmvorführer wartet.

8. Kapitel

»Selbst in schlimmsten Zeiten hat die Pflege einen Vorrat an Freude.«

Mary Mallison, Krankenschwester

Es könnte einem ganz natürlich erscheinen, wenn Krankenschwestern in metaphysischen Dingen ein oder zwei Wörtchen mitzureden hätten. Immerhin sind sie mit dem Tod vertraut und tanzen oft genug mit umherschwebenden Seelen, daß man eine Menge unheimlicher, übernatürlicher Geschichten erwarten könnte. Aber in Wirklichkeit gibt es nicht viele wabernde und lockende Gestalten oder ektoplasmatische Geschehnisse. Ich habe ein paar Wunder gesehen, aber außer zahlreichen Patienten, die sterben und voller Geschichten von weißem Licht und Tunneln zurückkommen, kann ich nur mit einer einzigen echten Geistergeschichte in meinem Berufsleben dienen.

Noch sieben Wochen nach einem massiven Schlaganfall, der ihn stumm, unbeweglich und, wie ich glaube, völlig verrückt zurückließ, war Mr. Cheauvington Seymour Dillworth, der reiche Schiffsmagnat, in Bett 6. Angesichts seiner habgierigen Veranlagung und der Beharrlichkeit, mit der er an seinen Millionen festgehalten hatte, war es nicht überraschend, daß er mit dem Leben ebenso verfahren würde. Wir alle waren der Meinung, daß er auf Zeit spielte, Geschäfte mit dem Teufel machte und gleichzeitig harte Verhandlungen mit Gott führte, um dann beide gegeneinander auszuspielen und noch mehr Zeit zu gewinnen.

In der Sprache der Krankenschwestern sind Leute, die bis zu einer Woche im Krankenhaus sind, Patienten; bleiben sie zwei bis vier Wochen, nennen sie sie »langfristige Insassen«. Die seltenen Unglücklichen, die noch länger dableiben, werden als zum Inventar gehörend angesehen. Der alte Mr. Dillworth war so sehr »Inventar«, daß die Schwestern begannen, von Zimmer 5/6 als dem »Dillworth-Zimmer« zu sprechen. Nur in äußersten Notfällen legten wir einen Patienten in Bett 5, solange er Bett 6 belegte.

Vielleicht war das ein Fehler, vielleicht hätten wir ihn von einem Zimmer ins nächste verlegen sollen, anstatt zuzulassen, daß er sich so sehr an Bett 6 gewöhnte, daß er fast ein Teil von ihm wurde. Wenn ich heute daran zurückdenke, glaube ich, daß für Mr. Dillworth Bett 6 das einzige wirkliche Zuhause war, das er je gekannt hatte. Stundenlang starrte er friedlich zum Fenster hinaus und auf die Hügel mit ihren Rehen und wilden Blumen. Er war so versessen auf diese Aussicht, daß wir befürchteten, sein Nacken, den er viele Stunden am Tag in derselben Stellung hielt, würde Schaden nehmen.

Und Gott helfe der armen Seele, die ohne viel nachzudenken sein Fenster schloß (das seitdem das berüchtigte Dillworth-Fenster ist). Obwohl es März war und so kalt wie in Buffalo im Dezember, drehte er durch, wenn jemand auch nur erwähnte, daß sein kostbares Fenster geschlossen werden sollte. Mit »durchdrehen« meine ich, daß seine Augen ganz wild dreinblickten und sein ganzer Kopf vor Wut wörtlich zitterte. Der Speichel floß in großen Mengen, während er im Takt seines Zahnfleisches blinzelte und »Ung! Ung! Ung!« rief (Nein! Nein! Nein!).

Nierenversagen war der Grund seines endgültigen Ablebens. Noch bis zur Minute, in der er in das Koma glitt, aus dem er nie wieder erwachen sollte, behielt er den visuellen Zugang zu seinem Fenster. Als er wegzudämmern begann, verstellte Pia seinen Blick, während sie seinen Mund aussaugte. Innerhalb von Sekunden schoß ein angeblich kraftloser Fuß hervor und trat sie so heftig, daß sie auf ihrem Hintern landete.

Drei Monate nach Mr. Dillworths Tod begann der Ärger mit Zimmer 5/6.

Angesichts der scharfen Sparmaßnahmen im Redwood hatten die schichtführenden Schwestern einen lausigen Job. Zur Liste ihrer Aufgaben gehörten die Koordination der Patientenzuteilungen für die Schwestern, die Überwachung der Monitore, Papierkram, das diplomatische Besänftigen aller Aufgeregten, das Beantworten der Fragen von Patienten und Angehörigen, das Entgegennehmen von Telefonaten, noch mehr Papierkram; außerdem mußten sie mit Ärzten fertig werden; die Geschäftsleitung überlisten; Ärzteanweisungen durchgehen und weiterleiten; die Besetzung der nächsten Schicht planen und dafür Personal erst anfordern, dann erbetteln; Patienten in andere Abteilungen abschieben, um Platz für Neuzugänge zu schaffen; noch mehr Papierkram erledigen; alle Krisen und Machtkämpfe mitbekommen und beilegen; und ... jetzt kommt's: Außerdem hatten sie sich noch um die ihnen zugeteilten eigenen Patienten zu kümmern.

In früheren Zeiten ging es humaner zu; die schichtführende Schwester hatte all diese Dinge zu erledigen, aber sie bekam keine Patienten zugeteilt. Im Sinne der Sicherheit der Patienten war dies die Regel gewesen.

Patientensicherheit war immer noch wichtig; aber die schlichte Wahrheit war, daß in gewinnorientierten Gesundheitsinstitutionen der Etat Priorität hatte.

Von Anfang an war ich ambivalent, wenn ich schichtführende Schwester sein sollte. Einerseits erinnerte es mich zu sehr an die Arbeit hinter dem Schreibtisch einer Beschwerdeabteilung, aber auf der anderen Seite gab es mir die Möglichkeit, auf den reibungslosen Ablauf der Dinge Einfluß zu nehmen.

Die schichtführende Schwester ist alles für alle Leute: Für ihre Kolleginnen muß sie die wohlwollende Mutter sein, die alle Antworten auf die Geheimnisse des Lebens hat; gleichzeitig muß sie bereit sein, die böse Stiefmutter zu spielen. (»Ich weiß, daß du schon sechs Patienten hast, Pia, aber du *wirst* die nächste Aufnahme übernehmen, und das bitte herzlich, verstehst du?«)

Für die Patienten ist man der Boss, der große Beschützer und das letzte Wort. (»Also gut, Mistress Smith, Ihr Bridgeclub darf herkommen, aber wir werden keine Kekse servieren und uns auch niemandes Krampfadern anschauen.« Oder: »Ich verspreche Ihnen, Mister Fisk, daß Ginger nicht wieder in Ihre Nähe kommt. Aber sagen Sie doch noch einmal ganz genau, womit sie Ihnen gedroht hat, wenn Sie noch einmal klingeln?«)

Für den Arzt ist die schichtführende Schwester die Person, bei der alle Beschwerden und alle Lasten abgeladen werden. *(»Wie viele* dringende Neuzugänge haben Sie?« Oder: »Nun, Doktor Meyers, es tut mir leid, daß Sie so über Krankenschwestern denken; vielleicht sollten Sie Ihr eigenes Krankenhaus aufmachen und gleich Ihre eigenen Paviane mitbringen.«)

Für die Verwaltung ist man der Gegner, der darum kämpft, alles für die anderen Schwestern und die Patienten zu bekommen. (»Was soll das heißen: Sie können uns nicht mehr als zwei Schwestern für die Nachtschicht zuteilen?« Oder: »Wo steht geschrieben, daß wir auswärts kein Essen für einen Patienten bestellen dürfen, der dabei ist, wegen unseres Essens an Unterernährung zu sterben?«)

Kurz und gut: Die schichtführende Schwester ist der Klebstoff, der verhindert, daß die Station zusammenbricht, das Schmiermittel, damit alle Räder sich reibungslos drehen – ohne daß jemand durch Unachtsamkeit stirbt oder ein Kunstfehlerverfahren droht.

Zwei Jahre nachdem ich auf der Herzstation angefangen hatte zu arbeiten, beschloß Annie, daß ich nunmehr in der Lage sei, eine Schichtführung zu übernehmen. Das geschah an dem Tag, an dem ich ihr versprach, daß ich aufhören würde, meinen bodenlangen schwarzen Pullover über meiner Dienstkleidung zu tragen. Sie können sich nicht vorstellen, welch ein Zugeständnis das war, denn auf der Herzstation ist es immer recht kühl, ich bin eine von diesen traurigen schlappen Tanten, die ständig darüber klagen, daß sie frieren – sogar noch, während sie in der Sauna schwitzen.

Normalerweise wurde die Schichtführung Sandy oder Pia übertragen; sie genossen die Betriebsamkeit und die Machtposition, die damit verbunden waren, mehr als wir anderen. Andererseits stand meine alljährliche Bewertung kurz bevor, und ich mußte innerhalb von 30 Tagen mindestens zwei Wochen Schichtführung nachweisen, damit man sehen konnte, wie belastbar ich war.

Zu Beginn der Schicht hatte ich schon schlechte Karten: Wir hatten 13 gemäßigt hochakute Patienten in der Zwischenabteilung, und zwei Neuzugänge warteten in der Ambulanz, von denen einer in die Akut- und der andere in die Zwischenabteilung kommen würde. Beth war in der Akutabteilung mit drei Eins-zu-eins-Patienten und konnte unmöglich den vierten übernehmen. Pia, Honey und ich arbeiteten in der Zwischenabteilung. Eine so knappe Personalbesetzung war eine Garantie dafür, daß es Probleme geben würde.

Außerdem war Honey eher eine Behinderung.

Beth, Pia und ich waren ausgebildete Intensivstationsschwestern mit mindestens zehnjähriger Berufserfahrung auf der Herzstation. Honey war nach wie vor ein Neuling; und, um es einmal freundlich auszudrücken, sie schien nicht immer ihren vollen Satz Zündkerzen dabeizuhaben.

Mit ihrem schönen, blonden Haar und ihren langen Beinen war sie ein echtes kalifornisches Surfer-Girl. Sie gehörte zu diesen kalifornischen Frauen, die Hanteltraining machen, weil sie den Geruch von Fitneßstudios erotisch stimulierend finden.

Honey hatte außerdem ihren Brüsten Kosenamen gegeben, Whip

und Flippy. Ständig erzählte sie jedem, der es hören wollte, daß Whip ein klitzekleines bißchen größer, Flippy aber *viel* empfindlicher sei.

Obwohl Annie es bestätigte, hatten einige Schwierigkeiten zu glauben, daß Honey ihre Ausbildung auf einer sehr angesehenen Schwesternschule gemacht und mit einem BSN-Diplom abgeschlossen hatte. Andererseits bezweifelte niemand, daß sie mit ihren Talenten fünf Schönheitswettbewerbe gewonnen hatte.

Ich nahm den Übergabebericht der Ambulanz zum Neuzugang entgegen und teilte ihn Honey zu, stellte die Monitoralarmstufen ein, machte den 4-Uhr-EKG-Ausdruck, ging die Patientenordner nach möglicherweise übersehenen Arztanweisungen durch, klebte alle noch fehlenden Laborergebnisse ein und übertrug sie in meinen Übergabebericht für die Ärzte. Damit waren die Aufgaben der schichtführenden Schwester für die nächsten 15 Minuten erledigt, während ich nach meinen Patienten schaute.

Mr. Schiff und Mrs. Kelly, beides Infarktpatienten und seit fünf Tagen stabil, waren kein Problem. Ich notierte die Vitalzeichen und die Krankenbeobachtungen, räumte ihre Zimmer auf, schrieb Bestellungen für Snacks und Eiswasser aus, beantwortete Fragen zu Laufbanduntersuchungen und Angiogrammen und gab ihnen die 4- und 5-Uhr-Medikamente.

Mr. Williams und Mr. Rose waren ein anderer Fall. Beide waren sie Insassen von San Quentin und in Zimmer 11/12 gelegt worden. Sie galten zwar als schwere Fälle, waren aber alles andere als Todeszellenkandidaten und teilten sich drei Wärter.

Mr. Rose war eine Berühmtheit. Der Prozess des 65jährigen war wegen seiner humoristischen und romantischen Aspekte groß und breit in der Presse erschienen. Mr. Rose hatte eine Schwäche für reiche Witwen: Er heiratete sie, ließ sich ihr Vermögen überschreiben und machte anschließend einen Abgang. Zum Zeitpunkt, als sein Fall vor Gericht kam, war er mit fünf

Frauen verheiratet und mehr als 4 Millionen Dollar schwer. Außerdem litt er an zu hohem Blutdruck auf Grund verstopfter Arterien – ohne Zweifel eine Folge all jener üppigen, kerzenbeleuchteten Abendessen in sündhaft teuren französischen Restaurants.
Drei seiner Ehefrauen riefen jeden Tag an, um ihn ihrer Liebe und guten Wünsche für seine Genesung zu versichern. Das war verständlich, denn obwohl er eher einem schnurrbärtigen Cherubim aus einem Barockgemälde ähnelte, war er ein charmanter und witziger Mann. Ich hatte kaum seine erste Krankenbeobachtung notiert, da lachten und unterhielten wir uns schon miteinander, als ob wir uns jahrelang kannten. Ich machte allerdings klar, wo die Grenze verlief, als er vorschlug, zwei Abendessen im »Chez Josephine« zu bestellen.

Wahrscheinlich ist es schrecklich, wenn man so darüber denkt, aber wir hatten Glück: Honeys Neuzugang für die Zwischenstation verließ gegen den ärztlichen Rat wieder das Krankenhaus, und der akute Neuzugang, um den Pia sich nicht hätte kümmern können, brach im Fahrstuhl zusammen und starb, bevor er auch nur den dritten Stock erreicht hatte. Dr. Meyers war, zumindest vorübergehend, in großzügiger Stimmung (nur zwei über nach 18 Löchern) und war damit einverstanden, daß einer seiner stabileren Patienten in die Innere verlegt wurde.
Honey saß neben mir und teilte mir ihre Sorgen in einer hauchigen Miss-America-Stimme mit, während sie eine Locke ihrer zweifarbig blonden Farrah-Fawcett-Frisur um einen Finger wikkelte, der in einem fünf Zentimeter langen und feuerwehrwagenroten Fingernagel endete.
»Aaahlso, ich *sage* ihm, daß ich nicht auf seinem Rücken gehen würde. Ich meine, er wollte, daß ich mir Massageöl auf die Füße gieß' und auf ihm rumrutsche. Oh, jaaah, was mich auch noch stört: Er starrt die ganze Zeit auf Flippy und Whip.«

Ich beobachtete den messerscharfen Fingernagel, der sich um eine platinblonde Strähne langsam nach oben drehte und dabei ihrem schwer geschminkten Auge näher kam. Ich fragte mich, was wohl mehr Schaden anrichten würde: Würden die mascarabewehrten Augenlider den Nagel zerbrechen, oder würde der Nagel durch ein paar Wimpern schneiden?

»Hast du schon mal dran gedacht, deinen Reißverschluß hochzuziehen, anstatt ihn in Höhe des Nabels zu tragen?« fragte ich, und mein Blick wanderte von ihrem erstaunlich wohlentwickelten Busen wieder weg. Er sah aus, als könne er eine ganze Truppe von Trampolinisten aushalten.

»Oh, ich *hasse* es, die armen Dinger einzusperren«, piepste Honey. »Das wäre nicht fair ihnen gegenüber. Sie werden ganz verschwitzt und kriegen Ausschlag.«

»Honey, bitte! Es klingt, als ob wir hier über Tierquälerei sprächen, dabei geht's nur um die Kleiderordnung. Hör zu, zieh ein Patientenhemd über deine Uniform, und zieh es in der Taille zusammen. Wenn dann der Patient immer noch will, gibst du ihm eine ganze normale Rückenmassage ... mit den Händen.«

»Aaaahlso gut, aber was ist mit dem Fenster?«

»Mit welchem Fenster?«

»Du weißt schon. Das Fenster in Zimmer 5/6 bleibt nicht zu, und die Klingel geht die ganze Zeit von selbst. Mr. Emory sagt, es ist unheimlich. Er will aus Bett 5 in ein anderes Zimmer verlegt werden.«

»Ruf den Techniker. Ist wahrscheinlich nur ein Kurzschluß.«

»In Ordnung, aber was ist mit dem Fenster?«

»Schließ es ab, Honey.«

»O ja!« Erleuchtung breitete sich auf und um einem Pfund Make-up aus. »Warum hab' ich nicht selbst dran gedacht?«

Ich verkniff mir die auf der Hand liegende Antwort auf diese Frage, indem ich tief Luft holte und eine Hand auf meinen Mund legte.

Honey stand auf und vollführte eine von Jane Fonda genehmigte Dehn-streck-dreh-Übung. Durch den dünnen Stoff ihrer Uniform konnte ich sehen, daß auf dem linken Körbchen ihres BHs in Rot »Whip« und auf dem rechten »Flippy« eingestickt war – und auf dem dehnbaren Teil zwischen beiden stand »vorne«.

»Mr. Williams?« Ich schüttelte den muskulösen, etwa 40 Jahre alten Mann sehr kräftig. Ich wußte, daß er einen Puls hatte, denn als ich ihn zuvor schon nicht hatte aufwecken können, hatte ich seine vollständige Krankenbeobachtung gemacht und dabei auch die Lunge durch sein Schnarchen hindurch abgehorcht. Seine Augen waren allerdings wirklich nach oben verdreht, und ich hatte ihn so stark gezwickt, daß meine Finger weh taten.
»Williams!« schrie ich direkt in sein Ohr.
Zwei der Wärter sprangen auf und rannten zum Bett, die Hände auf die Gummiknüppel gelegt. Ich schenkte ihnen einen vernichtenden Blick über den Rand meiner Brille, was ausreichte, sie wieder zu ihren Posten bei der Tür zurückzuschicken.
Mr. Williams schnarchte, bewegte sich, furzte und wälzte sich auf den Rücken. Langsam öffnete sich ein blutunterlaufenes Auge mit ganz enger Pupille, rollte hin und her und betrachtete mich benebelt und nystaktisch zitternd von oben bis unten. »Hab' unnträhliche Schmerzen«, murmelte er. »Brauch' Morphium.« So, wie er es aussprach, klang es wie »Moophum«.
Klinisch war der Mann einem Stupor nahe. Ich ging schnell durch seine Medikationskartei und war verblüfft über die Menge Morphium, die er während der letzten drei Schichten bekommen hatte. In den Aufzeichnungen der Schwestern stand nur, daß der Mann jede Viertelstunde über starke Schmerzen in der Brust klagte. Sein Verhalten war immer dasselbe: Er weigerte sich, das sublinguale Nitroglyzerin zu nehmen, und verlangte statt dessen

Morphium. Danach fuhr er fort, über »unnträhliche« Schmerzen zu klagen, bis die Maximaldosis für diesen Zeitraum erreicht war.

Ich machte ganz kleine Augen und studierte ihn genauer. Sein Herzrhythmus war regelmäßig, sein Puls, Blutdruck und seine Atemfrequenz waren ein wenig niedrig, alle Infarkt- und Lungenembolietests waren negativ, sein EKG war normal, und – ich hatte zehn Minuten gebraucht, um ihn wach zu bekommen.

Ich war bereit, eines von Mooshies Leben zu verwetten, daß Mr. Williams die Gefängnisinsassen-Version eines Drogenabstaubers war, einer von diesen Leuten, die regelmäßig mit irgendwelchen angeblichen Beschwerden von einer Ambulanz zur nächsten ziehen, bis sie einen Arzt finden (einen, der eine Todesangst vor einem Kunstfehlerprozeß hat), der sie im Krankenhaus aufnimmt.

So stellt sich der Abhängige seine Ferien vor: Wo sonst wird er gehätschelt, während er seine Drogen umsonst bekommt? Wenn er erst einmal aufgenommen worden ist, schreit er vor Schmerzen, bis er ganz legal ins Land des Vergessens betäubt worden ist. Das dauert so vier, fünf Tage, bis alle Tests durchgeführt worden sind und niemand irgendeinen Grund für Schmerzen finden kann.

Zu dem Zeitpunkt sind die Schwestern ihm auf die Schliche gekommen; ihnen fällt auf, daß der Patient behauptet, unerträgliche Schmerzen zu haben, ansonsten aber ganz entspannt ist, schläft, Fernsehen schaut und alles ißt, was er nur greifen kann. Wenn dann das Drogenbuch kontrolliert wird, stellt man fest, daß der Vorrat an Demerol, Morphium oder Dilaudid von einem einzigen Patienten aufgebraucht worden ist.

Meistens ist der Drogenabstauber in dem Augenblick zur Tür hinaus, in dem die Drogen abgesetzt werden, und auf dem Weg zu einer anderen Ambulanz, bevor man »Hau ab!« sagen kann.

Die Schmarotzer, die gleichzeitig Häftlinge waren, stellten ein gewisses Problem dar. Erstens konnten wir ihnen nicht sagen, daß sie verschwinden sollten, zweitens hatten sie die Neigung, »Diskriminierung von Strafgefangenen!« zu schreien, wenn wir ihnen nicht gaben, was sie verlangten. Andererseits ging es mir schwer gegen den Strich, einen Drogenabhängigen vollzupumpen, nur weil er sein Dope umsonst wollte. Was mich noch wütender machte, war die Tatsache, daß die Schwester der letzten Schicht ihm weiterhin Drogen gegeben hatte, obwohl klar war, daß es dafür keine medizinische Notwendigkeit gab.
Ich schaute nach der Unterschrift dieser Schwester. Natürlich: Ginger war mal wieder den Weg des geringsten Widerstands gegangen.
»Wo haben Sie diese unerträglichen Schmerzen, Mister Williams?« fragte ich.
Mr. Williams war entschlummert.
Nun bin ich eine treue Anhängerin des alten Sprichworts »Schlafende Hunde soll man nicht wecken«; aber während ich meine Hände abtrocknete, hörte ich das gedämpfte Klingeln eines Weckers.
Mr. Williams schnaubte und prustete sich wach, griff unter sein Kissen und zog einen kleinen Reisewecker hervor. Er fluchte und fummelte so lange mit dem Ding herum, bis er es endlich abgestellt hatte. Sein Kopf wackelte und schwankte, während er im Bett umhertastete, um die Klingel zu finden. Er war so stoned, daß er nicht einmal sah, wie ich meine Hand über die Klingel legte.
Wie er anstatt der Klingel meine Hand drückte, fuhr er hoch. »He! Ich hab' unnträhliche Schmerzen. Will mein' Schuß.«
Meine Augen wurden ganz groß. »Ihren *was*?«
»Mein' ... mein Schmerzmittel, ich brauch' mein Schmerzmittel, ganz dringend. Es ist Zeit für mein Morphium, und dieser Schmerz hier bringt mich noch um.«

»Ich wüßte gern Genaueres über Ihre Schmerzen, Mister Williams«, sagte ich, erstaunt, wie klein seine Pupillen waren. »All Ihre Tests sind negativ, was den Herzanfall betrifft, und all Ihre Vitalzeichen verweisen auf die Tatsache, daß Sie überhaupt keine Schmerzen haben dürften.«

Ich wartete eine Weile, bis das bei ihm angekommen war. Der Mann kämpfte dagegen an, wieder einzuschlafen. Er hielt seine Arme hoch über seinen Kopf und schüttelte sie. Die Tätowierung auf der Innenseite seines rechten Arms zeigte eine rote Schlange, die sich um eine mollige schwarze Frau ringelte, die auf der Innenseite des linken Arms eine zusammengerollte Klapperschlange.

»Sie haben schon viel zu viele Betäubungsmittel bekommen, Mister Williams, und ich kann Ihnen beim besten Willen kein Morphium mehr geben. Ich gebe Ihnen gern eine Nitrotablette, aber das ist alles, was Sie einstweilen bekommen werden.«

Damit hatte ich Alvin Williams' verschleierte Aufmerksamkeit.

»He, also, erzähl keine Scheiße«, nuschelte er. »Ich hab' Schmerzen. Sie müssen mir Morphium geben, oder Sie kriegen Ärger mit dem Doktor. Wenn Sie mir kein Morphium geben, will ich Demerol. Ich habe auch Rechte!«

»Mister Williams, es tut mir leid, aber ich kann Ihnen keine Narkotika mehr geben. Ihr Blutdruck und Ihre Atemfrequenz sind zu niedrig. Sie haben winzige Pupillen, und Ihre Aussprache ist undeutlich.«

Diese Auskunft schien ihn zu schockieren. »He, was sagen Sie da? Die andern Schwestern geben mir alle Morphium. Was stimmt nicht mit Ihnen? Warum müssen Sie mir so 'n Ärger machen?«

»Wenn Sie es mit dem Nitroglyzerin nicht versuchen wollen, werde ich Doktor Ostermann rufen und ihn fragen, ob Sie etwas anderes bekommen können.«

»Wonach wollen Sie fragen?«

»Kodein und Tylenol.«
Mr. Williams schüttelte den Kopf und lachte leise. »Sie machen nur Ärger, nicht wahr? Was ist los mit Ihnen? Ich wette, Sie haben was gegen Nigger, was?«
Der wohlbekannte Satz aus zwei Worten war dabei, meine Zunge auf einer Kugel rotglühender Wut zu verlassen, aber ich verbiß ihn mir gleich hinter dem *F.* Ich mußte erst einmal Luft holen und überlegen: Mr. Williams war ein Drogenabhängiger. Er würde alles unternehmen, um meinen Entschluß, ihm keine Drogen zu geben, zu manipulieren, herumzudrehen und zum Einsturz zu bringen.
»Mister Williams« – ich lächelte ihn freundlich an –, »mir ist es vollkommen egal, welche Farbe Sie haben. Mir wäre es sogar wurscht, wenn Sie ein Republikaner wären oder in Engelszungen reden würden. Aber Sie können mir so viel Dreck erzählen, wie Sie wollen: Ich geben Ihnen keine Narkotika mehr. Ich werde mit Dr. Ostermann reden, und wenn er sagt, Sie sollen noch etwas bekommen, dann gebe ich es Ihnen. Andernfalls komme ich mit einem nicht narkotischen Schmerzmittel zu Ihnen.«
»Ich glaube« – Mr. Rose hatte den Vorhang zurückgezogen, der ihre beiden Betten voneinander trennte –, »was diese liebliche junge Dame Ihnen zu sagen versucht, Kumpel, ist, daß Sie am Ende sind. Der Abstauberzug ist soeben in seinen letzten Bahnhof eingefahren. Ich glaube, ich kenne das Geräusch dieser Bremsen.«
Ich riß den Vorhang aus seiner Hand und schenkte ihm einen sehr unfreundlichen Blick, dann wandte ich mich wieder Mr. Williams zu.
»Was ist Ihre Nummer, Mädchen?« wollte er wissen.
Beinahe hätte ich gelacht. Mr. Williams nahm an, daß wir, wie im Gefängnis, mit Nummern angeredet würden. Wenn man sich klarmachte, wie das Krankenhaussystem funktionierte, war es

fast passend. Ich rasselte die erste Nummer herunter, die mir in den Sinn kam: »Ich bin vier-zwei-fünf-acht. Warum?«
Mr. Williams hörte lange genug auf, hin und her zu schwanken und zu wackeln, um mir einen giftigen Blick zuwerfen zu können. »Weil's bald 'ne Beerdigung bei Ihnen zu Haus geben wird, und ich will sicher sein, daß Sie ein paar Blumen kriegen.«

Honey verlegte Mr. Emory auf sein Drängen aus Zimmer 5/6. Er sagte, das Gerumpel in der Nacht ginge ihm auf die Nerven. Außerdem bekäme er das Gefühl, das Zimmer wolle ihn nicht da haben.
Honey schwor, sie hätte das Fenster zweimal abgeschlossen, und zweimal hätte sie es kaum zehn Minuten später wieder offen vorgefunden. Der Techniker meinte, die Klingel von Bett 6 sei völlig in Ordnung, nahm sie aber trotzdem mit. Als die Klingel eine Stunde nachdem sie abgetrennt worden war zu klingeln begann, war niemand von uns bereit, hineinzugehen und nachzusehen. Statt dessen riefen wir den Techniker.
Er verließ das Zimmer wieder ganz schnell und murmelte etwas von »Kurzschluß« irgendwo in der Leitung.
Vom Schreibtisch aus konnte ich das Fenster von Zimmer 5/6 sehen. Es stand halb offen. Ohne viel nachzudenken, marschierte ich hinein, schaltete alle Lichter ein, machte das Fenster zu und schloß es ab.
Ich ging zum Schreibtisch zurück, suchte und fand einen Kugelschreiber und einen Personalanforderungsbogen und schaute zum Fenster zurück.
In meinem Brustkasten verrutschten einige Teile und sprangen mir in die Kehle: Das Fenster stand weit offen.

»Was brauchen Sie, Mister Williams?« fragte ich, wohl wissend, daß seine Antwort dieselbe sein würde wie bei den letzten acht Malen, als ich auf sein Klingeln hin gekommen war.

Das Tablett auf seinem Essenstablett sah aus, als ob es von einer Horde verhungernder Nager überfallen worden war. Sein Mund war voll, und er kaute, als ob er einen Groll gegen die Firma Baked Chicken Surprise hege. Ich persönlich hatte dafür volles Verständnis.

»Hören Sie, ich frage noch einmal: Geben Sie mir Morphium?«

»Schauen Sie, Mister Williams, ich kann Ihnen Kodein und Tylenol anbieten. Doktor Ostermann hat es ganz meiner Entscheidung überlassen, was ich Ihnen gegen Ihre Schmerzen gebe. Um ehrlich zu sein: Ich sehe keinen Mann mit Schmerzen vor mir. Ich sehe jemanden, der sich gern vollknallt.«

»Du Drecks...« Mr. Williams spuckte das halb abgenagte Hühnerbein aus und trat heftig gegen das Bettischchen. Das Essenstablett knallte auf den Fußboden. »Ich hab' Rechte!« grölte er. Ein Wärter ging lässig durch das Zimmer, als ob dieses Verhalten zu erwarten gewesen wäre. Er nahm eine Gabel und einen Kaffeebecher auf und legte sie aufs Tablett, das am Fußende von Mr. Roses Bett gelandet war.

»Ich hau jetzt ab aus diesem Scheißladen hier. Schickt mich in' Knast zurück. Hörst du, du Schlampe?! Ruf diesen Doktor Otterman und schick mich zurück. Ich brauch' Medizin gegen diese schrecklichen Schmerzen in der Brust.«

Vielleicht war es, weil ich auf diese Vorführung nicht reagierte oder weil einer der Wärter sagte, er solle »den Scheißdreck lassen«, aber plötzlich und mitten in seinem Geschrei änderte er seine Taktik.

Er griff sich an die Mitte der Brust und drückte ein paar Tränen hervor. »Oh, warum tun Sie mir das an? Ich bin ein armer alter Nigger mit einem kranken Herz, und Sie lassen mich in diesen Schmerzen sitzen. Hast du denn gar kein Mitgefühl?« Er bedeckte sein Gesicht mit seinen muskulösen Händen.

Ich versuchte, nicht zu lachen, aber ich konnte die Damen in meiner Vermittlung nicht daran hindern, Ausschnitte aus alten

Bürgerkriegsfilmen aufzurufen. Ich kicherte völlig unkontrolliert, und nach einer Minute zuckten seine Schultern, als ob er über sich selbst lachte.

»Oh, mein Gott«, sagte ich schließlich und klopfte ihm auf den Rücken, »Sie verdienen einen Oscar, Mister Williams. Sie hätten für *Roots* vorsprechen sollen.«

Er nickte, immer noch leise vor sich hin lachend. »Ja, aber ...« Sein Lächeln verschwand, und er guckte wieder gemein. »Ich hab' immer noch diese Schmerzen.«

Ich hörte ebenfalls auf zu lachen und schaute ihm direkt in die Augen. »Der einzige Schmerz, den Sie haben, kommt von zwei Tagen Entzug.«

Hinter mir kicherte einer der Wärter boshaft.

»Mister Williams, Sie werden *keine* Drogen mehr von mir bekommen, also legen Sie sich hin und versuchen Sie, Ihren Aufenthalt bei uns ohne sie zu genießen.«

Seine Augen verengten sich zu Schlitzen, und seine Nasenflügel bebten.

Von der anderen Seite des Vorhangs ließ Mr. Rose ein langgezogenes Geräusch hören; es klang wie das Warnsignal einer alten Dampflok: »Uh huuuuuh!«

Beth schaute angsterfüllt um die Ecke. »Hilfe, Hilfe!« Sie machte die alte Dame in der Fernsehwerbung nach. »Ich bin hingefallen und kann nicht aufstehen!«

Lachend lehnte sie sich gegen die Wand zwischen den beiden Abteilungen und ließ dabei ihren Blick nicht von den Monitoren.

»Also, Ec, wenn du's wissen willst: Die Lage ist wirklich sehr unsicher hier drüben.« Sie schaute mich aus den Augenwinkeln an. »Glaubst du, es besteht Aussicht, daß du uns zwei Schwestern für die Nacht besorgen kannst? Meine Zweiundneunzigjährige ist nicht so krank, wie sie stur ist, aber meine andere Dame in

Bett 4 ist dabei, auf dem allerkürzesten Wege draufzugehen. Mister Goulds neues Ventil leckt, und Doktor Cohen operiert ihn vielleicht heute nacht noch. Das heißt also striktes Eins-zu-Eins, wenn er zurückkommt.«

»Ich werde drum betteln«, sagte ich, »aber wahrscheinlich stehen die Chancen besser, daß Elvis von den Toten aufersteht und dich ausführt, als daß du da drüben noch 'ne Schwester bekommst.«

Beth reckte den Hals, um in Bett 2 sehen zu können. »Ja«, sagte sie abwesend und mit den Gedanken schon wieder bei der Arbeit. »Nun, wenn der King aufkreuzt und noch einigermaßen in Form ist, schick ihn zu mir. Ich will endlich mal wieder ausgehen.«

Bei meinen Fähigkeitstests auf der High-School hatte ich immer hohe Punktzahlen im 90-Prozent-Bereich in zwei Bereichen: Unterhaltung und technisches Verständnis. Meine Beraterin hatte einige Probleme, mir einen Rat für meine natürlichen Begabungen zu geben – außer dem, Bauchrednerin oder singende Mechanikerin zu werden. Der technische Teil erwies sich natürlich als sehr praktisch in der Zeit, als ich meinen 57er Chevy fuhr. Außerdem half er mir in einem Beruf, in dem es von Maschinen nur so wimmelt. An nicht funktionierenden Infusionspumpen, Ventilatoren, Computertastaturen und elektrisch verstellbaren Betten herumzufummeln, fiel mir normalerweise sehr leicht; daß ein Fenster mich vor ein unlösbares Problem stellte, machte mich wütend.

Ich konnte nicht sehen, weshalb das Fenster an Bett 6 sich von allein öffnen konnte, und der Sperriegel an der Unterseite funktionierte perfekt.

Ich schloß das Fenster, bis ich die Verriegelung einschnappen hörte. Jetzt versuchte ich mit so viel Kraft wie möglich, das Fenster nach oben zu drücken. Es rührte sich nicht.

Offensichtlich war das das Problem gewesen: Niemand hatte

darauf geachtet, den Sperriegel einrasten zu lassen. Nachdem mein Technikerherz nun zufrieden war, wandte ich mich zum Gehen und fühlte einen kalten Luftstrom. Ich wirbelte herum in der Meinung, die Kälte komme vom Fenster her, aber es war und blieb geschlossen.
In diesem Augenblick ging plötzlich die Klingel von Bett 6 los.

»Ich sagte, wir haben drei Neuzugänge, die gleich von der Ambulanz raufkommen, und wir alle sind jetzt schon überlastet. Du mußt uns unbedingt jetzt jemand herschicken, und außerdem brauch' ich für die Nachtschicht sechs Schwestern.«
Nan, die nachgiebigste und großzügigste unserer Verwaltungsschwestern, nahm ihre schwarzgeränderte Brille ab und studierte mehrere der Listen, die sie in der Hand hielt. Ich fragte mich, wie lange es wohl dauern würde, bis auch sie ihre Zeit auf der Herzstation vergessen und zu einer gleichgültigen Verwaltungsperson werden würde.
»Nun, Sally zirkuliert gerade ...«
Ich wußte nicht, wer zum Teufel Sally war, und es war mir auch egal. »Großartig. Wenn Sie vier Finger und einen gegenüberliegenden Daumen an jeder Hand hat, nehmen wir Sie.«
»Aber sie will nicht auf der Herzstation arbeiten.«
»Warum?«
»Sie hat nie auf der Intensiv gearbeitet, und sie hat Angst.«
Ich kannte das Gefühl sehr gut. Jedesmal, wenn ich auf die Säuglingsabteilung »zirkuliert« wurde, fühlte ich mich genauso.
»Schick sie trotzdem hoch; sie braucht nur lesen, schreiben und Vitalzeichen aufnehmen können. Wir werden nett zu ihr sein.«
Nan steckte ihre Nase wieder in ihre Listen und summte *Row, Row, Row Your Boat.* Nach einer Minute schlug sie mit dem Handrücken gegen die Listen, streckte sich und lächelte.
»Ich kann euch keine sechs für die Nacht geben. Wenn ihr drei bekommt, habt ihr noch Glück.«

Meine Antwort kam sofort. Laut dem *Handbuch des Feilschens für Flohmarktbesucher* hatte ich in dieser Situation einen »Verhandlungsvorteil«. »Wenn ich weniger als sechs bekomme, dann muß ich dir jetzt mitteilen, Nan, daß ich die Abteilung schließen und den Direktor anrufen werde. Dieses Krankenhaus kann sich durchaus um mehr Krankenschwestern bemühen.«

»Ich kann kein Blut aus einem Stein pressen.«

»Und ich werde die Sicherheit der Patienten nicht gefährden.«

Mr. Williams' Klingel ging wieder los. Ich schickte einen wütenden Blick in Richtung seines Zimmers und legte mir mein Stethoskop um den Hals. »Sechs Schwestern, Nan. Nicht fünf oder weniger. Sechs.«

Nan seufzte und ging noch einmal ihre Listen durch. Im stillen segnete ich sie, weil sie sich wenigstens bemühte, obwohl ich wußte, daß sie wahrscheinlich die Lehren ihres Managerkurses befolgte und Kosten addierte, anstatt an die Patienten zu denken.

»Kannst du die Monitore im Auge behalten, während ich Medikamente verteile und meine Acht-Uhr-Beobachtungen mache?«

Nan nickte abwesend.

»Und wenn du schon dabei bist«, flüsterte ich und hoffte, daß meine Worte in ihr Unterbewußtsein einsickern würden, »laß Sally ausrufen, leg drei Stammkarten für die Neuzugänge zurecht und finde sechs Schwestern für die Nachtschicht.«

Gegen 21 Uhr machte ich die EKG-Ausdrucke, hakte Anweisungen in den drei neuen Stammkarten ab und versuchte, die meines eigenen neuen Patienten auszufüllen, als Beth durch die Doppeltür gerauscht kam.

»Meyers ist ausgeflippt«, flüsterte sie mit einem Unterton von Panik. »Er ist da drüben und verlangt, ich soll Mistress Pope vorbereiten, damit er ihr eine Arteriensonde und einen Swan-Ganz-Katheter legen kann. Er hat eine halbe Stunde lang versucht, sie zu ihrer Einwilligung zu überreden, aber sie weigert sich. Dann

kam er raus und sagte, er würde sie auf jeden Fall legen, ob die alte Dame sie nun will oder nicht.« Beth zuckte zusammen. »Mistress Pope unterschreibt die Einwilligung nicht, und ich weiß nicht, was ich tun soll.«
»Ist sie noch so auf Draht, um zu begreifen, was los ist?« fragte ich. »Hat sie Verwandte, die wir anrufen können?«
»Also, für zweiundneunzig ist sie ziemlich helle«, sagte Beth nachdenklich. »Ich meine, sie erinnert sich nicht an die Namen ihrer Brautjungfern von 1916, aber wer tut das schon? ... Sie hat einen Sohn in Tiburon. Ich hab' drei Nachrichten auf seinem Anrufbeantworter hinterlassen, daß er sofort anrufen soll.«
»Braucht sie die Sonde und den Katheter wirklich?«
Beth schaute mich ausdruckslos an. Ich wußte, was ihr durch den Sinn ging. Verräterin.
»Ich muß das fragen, Beth. Wenn Meyers tatsächlich einen Grund dafür hat, ist es schwieriger, was zu unternehmen.«
Sie klopfte mit ihrem Kugelschreiber gegen das stählerne Bein meines Stuhls. »Diese Frau ist seit sechs Tagen hier, Ec. Sie ist nicht in allerbester Verfassung, aber im Augenblick ist sie stabil. Ich als Krankenschwester meine, daß die ganze Prozedur zumindest so lange warten kann, bis wir die Einwilligung von ihren Angehörigen bekommen.«
»Hast du dich geweigert, ihm zu assistieren?« fragte ich.
»Ich sagte ihm, mir sei nicht wohl bei der Sache ohne unterschriebene Einwilligung. Dazu sagte er nur, ich solle ihr Valium IV geben.«
Widerstrebend stand ich von meinem Stuhl auf und bedeutete Beth, sie solle meinen Platz hinter den Monitoren einnehmen. Die schichtführende Schwester in mir drückte ihre Schultern durch und ging in die Höhle des Löwen.

Dr. Meyers ignorierte die Liste mit den Patientenrechten, die ich ihm unter die Nase hielt. »Sie sind nicht berechtigt, diese Proze-

dur durchzuführen – ohne ihre Einwilligung oder die eines Angehörigen. Der Patient hat das Recht, eine Behandlung abzulehnen. Da steht es.« Ich zeigte auf Patientenrecht Nr. 2.
Dr. Meyers wedelte das Papier beiseite. »Sie weiß nicht, was sie braucht. Sie fällt in meine Zuständigkeit, und ich bin der Meinung, sie braucht die Sonde und den Katheter.«
»Das mag so sein, Doktor Meyers, aber hier steht zur Debatte, daß die Patientin die Prozedur nicht will, und wir finden im Augenblick keinen ihrer Angehörigen, um deren Einwilligung zu bekommen. Meine Schwestern wollen Ihnen nicht assistieren, bis diese Einwilligung von jemandem unterschrieben worden ist.«
»Dann mach ich's eben allein«, sagte er und ging zum Besteckwägelchen.
Ehrlich gesagt, hatte ich eigentlich mehr Widerstand oder doch zumindest ein größeres Gezeter erwartet.
Mein Besuch bei Mrs. Pope verlief ebenso kurz.
»Verstehen Sie voll und ganz, warum Doktor Meyers diese Prozedur bei Ihnen durchführen will?« fragte ich.
Mrs. Pope nickte. Ihr weißes Haar stand nach allen Richtungen weg, wie bei Albert Einstein. »Will ich nicht. Ich bin zweiundneunzig Jahre alt. Ich will nicht, daß Leute Nadeln in mich stechen, damit dies alte Wrack wieder in Gang kommt. Könnt ihr denn nichts zu Ende gehen lassen?«
Ich seufzte und schaute durch das Glas. Am Schreibtisch durchsuchte Dr. Meyers einen Haufen Geräte und sortierte aus, was er brauchte. Traurig drehte ich Mrs. Pope den Rücken zu. Man würde sie nicht in Ruhe lassen, und ich wünschte mir, ich könnte ihr erklären, weshalb.

Am Ende war es Nan, die die Aufgabe übernahm, sich mit Dr. Meyers zu befassen – sie erklärte sich einverstanden, ihm zu assistieren.
Und während er dieses kleine Verbrechen gegen die völlig ver-

schreckte und halb betäubte Mrs. Pope beging, konnten Beth und ich nichts tun, als entsetzt und schweigend zuzusehen.

Ich ging rückwärts zum Schreibtisch und ließ das Fenster keinen Moment aus den Augen. Ich setzte mich hin, schaute absichtlich ein paar Sekunden fort und dann schnell und mißtrauisch wieder hin.
Aaah! Immer noch zu.
Das Klingeln des Telefons ließ mich vor Schreck auf meinen Zahnschutz beißen.
Kathy McCormacks Stimme fragte nach Miss Heron.
»He, wie geht's im Lande der Rehabilitation?« fragte ich und vergaß für einen Moment das Fenster, obwohl meine Augen fast unmittelbar wieder zu ihm zurückkehrten.
»Was machen Sie morgen früh um etwa acht Uhr?« fragte sie mit Freude in der Stimme.
»Schlafen, es sei denn, Sie haben was Besseres für mich.«
»Wollen Sie zusehen, wie die nicht aufzuhaltende McCormack aus diesem Laden geht?«
»Das werde ich mir nicht entgehen lassen.«
Ich zuckte zusammen. Irgend etwas bewegte sich ganz langsam am oberen Ende des Fensters beim Schloß. Ich zwinkerte mehrmals, rückte meine Brille zurecht und zwinkerte wieder.
»Okay, also dann sehe ich Sie morgen um acht Uhr am Haupteingang.«
Mein Kiefer fühlte sich an, als sei er ausgehängt worden. Ich war nicht in der Lage, »auf Wiedersehen« zu sagen; ich murmelte irgend etwas und legte tastend den Hörer auf.
Langsam, so langsam, daß ich glaubte, meine Augen spielten mir einen Streich, drehte sich das Schloß. Ich stand da und biß in meinen Daumenknöchel.
Pia, die gerade mit einem Tablett voller Imbisse für ihre Patienten aus der Küche gekommen war, blieb stehen und folgte mei-

nem Blick. Beide sahen wir, daß das Fenster sich von ganz allein öffnete.

Vorsichtig gingen wir in das Zimmer, wobei wir uns aneinander festklammerten. Wieder war die Luft eiskalt, obwohl ich den Thermostat zuvor auf 25 °C eingestellt hatte. Wir untersuchten das Fenster eingehend; ich ging sogar so weit, am Rahmen entlangzuschnüffeln. Pia protestierte erst, als ich meinen Mut zusammenraffte und mit meiner Zungenspitze eine der Ecken nach Geschmack überprüfte.

Obwohl wir weder den Trick noch eine Erklärung für das unverbesserliche Fenster fanden, gebe ich doch zu, daß wir erleichtert waren, keine ekligen Substanzen im Inneren herunterlaufen oder das Gesicht von Jesus auf der Oberfläche abgebildet zu sehen.

Ich begann zu lachen, denn ich stellte mir vor, wie albern wir aussahen, an einem blöden, unbelebten Fenster herumzuriechen und es zu untersuchen, als sei es der Teufel selbst.

Ich kicherte immer noch, als die Tür mit der Macht der Hölle selbst zuknallte und das Fenster so hart zuschlug, daß es in tausend verschiedene Spinnwebmuster auseinanderbrach. Mehrere Glasstücke fielen zu Boden und zersplitterten zu unseren Füßen.

Pia und ich schrien so laut, daß uns gut und gerne einige Adern im Hals hätten platzen können. Das Tablett mit den Imbissen flog gegen die Wand und schickte den Orangensaft, die Milch, die Grahamcracker und Bananen in sechs verschiedene Richtungen. Als wir zur Tür rannten, wobei wir versuchten, einander zu überholen, rutschte ich in einer Pfütze Orangensaft aus und fiel vor Pias wild pumpenden Knien hin. Immer noch schreiend, machten wir uns nicht die Mühe, wieder aufzustehen, sondern rutschten zur Tür und tasteten nach dem Griff. Pia gelang es, die Tür zu öffnen. Draußen stand eine kleine Gruppe völlig verdutzter Leute: Honey, Dr. Cramer, der Techniker und Dr. Meyers

starrten an uns, die wir immer noch auf den Knien lagen, vorbei und in die Trümmer des Zimmers 5/6.
Dr. Meyers warf uns einen angewiderten Blick zu und murmelte etwas von Irren auf freiem Fuß; der Techniker, der immer noch die Klingel in der Hand hatte, ging tapfer ins Zimmer, sah sich um und kam schnell wieder heraus. Eine kichernde Honey sammelte ein paar Bananen auf und aß eine, während sie das Chaos betrachtete. Dr. Cramer nahm ganz unauffällig sein schwarzes Buch heraus und begann zu schreiben.
Ich schaute über seine Schulter und sah, wie er in großen Buchstaben das Wort »WIRRSAL« schrieb.

Montag, 2 Uhr 27 – Mit knirschenden Zähnen haben sie uns sechs Schwestern zugestanden. Beängstigend ist nur, daß Honey eine Doppelaufgabe hat: Sie ist schichtführende Schwester ohne reguläres Herzstationspersonal. Die ganze Zeit drehte sie ihr verdammtes Haar, ließ ihren Kaugummi knallen und fragte, was sie tun sollte, wenn jemand stürbe. Sie fragte nicht falls, sondern wenn.
Ich blieb, so lange ich konnte, aber ich habe trotzdem das Gefühl, als hätte ich unschuldige Menschen im Stich gelassen.
Kam nach Haus und fand Simon vor, wie er eine alte Folge von *Topper* anschaute. Bevor Pia nach Haus ging, marschierten sie und ich in Zimmer 5/6 und schlossen die Tür. Während sie ständig wiederholte: »Ich treibe dich aus, Satan-Dillworth, im Namen Gottes!«, stimmte ich »Namu amida Butsu« an, bis Joe Cramer mit seinem schwarzen Buch auf der Bildfläche erschien. Er muß heute abend mindestens drei Seiten geschrieben haben.
O Gott, ich bin so müde von dem Versuch, mein Kurzzeitgedächtnis zu verlieren, damit ich überleben kann.
Großes Ereignis morgen. Werde Kathy sehen, wie sie geht,

dann zum Zahnarzt, die Ergebnisse von meinem letzten Aidstest abholen und dann nachsehen, ob die Herzstation noch steht. Dann werde ich weitere neun Stunden Zwangssozialisierung über mich ergehen lassen.
Daß Autoren Meister des Aufschubs sind, ist eine Untertreibung. Sobald ich erst einmal vor der Tastatur sitze, finde ich jede nur denkbare Ausrede, um wieder aufzustehen. Heute morgen setzte ich mich hin, und einen Satz später beschloß ich, daß das Fenster dringend geputzt werden müßte – was eine halbe Stunde dauerte. Dann setzte ich mich wieder hin und schrieb zwei Worte und beschloß, mir eine Kanne Tee zu machen; das dauerte eine Viertelstunde. Dann schaffte ich es, einen weiteren Satz zu beenden und erinnerte mich daran, daß ich meine Fingernägel machen mußte. Als ich mich dabei ertappte, wie ich überlegte, ob ich den Scheitel in meinem Haar von der Mitte nach rechts verlegen sollte, schaltete ich den Textprozessor aus und ging noch mal laufen.
Okay. Frage des Tages: Wenn ein Eskimo-Teenager seine Nase reibt, ist das das gleiche, als wenn ein amerikanischer Teenager auf seinem Handrücken Küssen übt?
Oh, mein Königinnenreich für einen, der hier neben mir liegt und über meine Witze lacht.
Es scheint, ich habe mehr Wünsche als je zuvor. Bedeutet das, daß ich von mir selbst enttäuscht bin?

9. Kapitel

»Fürsorge ist das Wesen der Pflege. Das schmälert nicht die wissenschaftliche Seite der Pflege. Vielmehr hat diese die Wissenschaft mit der Fürsorge identifiziert.«

Nancy Sharts Engel, Krankenschwester

Kathy und ihr Mann warteten in der Eingangshalle auf Dr. Schupbach und eine Schwester aus der orthopädischen Rehabilitationsabteilung. Ein großer, metallener Karren, vollbeladen mit Kathys Habseligkeiten, stand neben der Vordertür geparkt.

»Also? Was haben Sie gelernt?« Ich hockte mich neben den Rollstuhl und hielt mich an der Armlehne fest – nicht, weil ich auf ihrer Sichthöhe sein wollte, sondern weil ich so müde war, daß ich kaum stehen konnte, ohne zu schwanken.

Kathy ließ ihren Arm hochfahren und brachte ihn dicht über meine Hand. Ihre Finger waren fest gegen ihre Handfläche gepreßt und ständig geschlossen. »Die Frage habe ich mir gestern abend auch gestellt.«

»Und?«

»Zunächst einmal mußte ich der Tatsache ins Auge sehen, daß der einzige Grund, weshalb ich überhaupt auf dem blöden Gerüst gearbeitet habe, der war, daß ich ein komplettes Silber- und Porzellanservice kaufen wollte, um Gäste zu beeindrucken. Ich fiel runter, weil ich am Abend vorher Büros geputzt hatte und so müde war, daß ich kaum noch gehen konnte.«

Kathy schaute ihren Mann an, und sie schienen beide an denselben Insiderwitz zu denken. »Ich hab' sogar Brian überredet, einen zweiten Teilzeitjob anzunehmen, weil ich einen Swimmingpool wollte und weil das Haus bis zum Ende des Jahres renoviert werden sollte.«

Ihr Bein zuckte unkontrolliert nach vorn. Sie sah es streng und mit demselben warnenden Blick an, den eine Mutter einem ungebärdigen Kind zuwirft, das außerhalb ihrer Reichweite ist. »Ich habe Tage damit zugebracht, mir vorzustellen, welches BMW-Modell ich leasen wollte; es sollte möglichst auffällig in unserer Einfahrt stehen, weil die Nachbarn auch einen haben, und ich konnte es nicht ertragen, überboten zu werden.« Der Rotschopf ließ einen Seufzer hören. »Ich geb's zu: ich war ein Yuppie und nur darauf versessen, die besten *Sachen* zu haben.«

»Ja«, sagte ihr Mann in gespielter Ernsthaftigkeit. »Sie wollte sogar F. Lee Bailey anheuern, um unseren Konkurs anzumelden, damit sie überall erzählen könnte, wir seien stilvoll untergegangen.«

»Jetzt könnte ich in einem Zelt leben«, sagte Kathy. »Ich schwöre: Solange ich meine Familie und meine Gesundheit habe, wird das das einzige sein, was ich jemals will. Alles andere ist mir gleichgültig.«

»Ach, hör schon auf, Kath«, schimpfte Brian. »Vor zwanzig Minuten hast du dich noch gefragt, ob BMW auch einen 450-SL-Rollstuhl macht.«

Kathy lachte und lehnte sich mit einiger Mühe nach vorn und biß ihn in den Schenkel.

Es war eine Versammlung von Menschen, die an Mut und Wunder glauben, die sich versammelten, um Kathy gehen zu sehen. Drei Leute von der Physiotherapie, Dr. Schupbach, Brian, zwei Schwestern von der orthopädischen Rehabilitation, die freihatten, und ich sahen schweigend zu, wie sie sich aus dem Rollstuhl und zur Gehhilfe hinaufzog.

Sieben mühevolle Schritte weiter hatten die drei noch halb funktionierenden Finger ihrer rechten Hand den Türgriff gefun-

den und umgedreht. Kathy blieb einen Augenblick stehen und drehte sich triumphierend zu uns zurück.
Über ausbrechenden Beifall hinweg rief eine der beiden Reha-Schwestern: »Zugabe! Noch einmal das Wunder!«

Der Zahnarzt pfiff *Begin the Beguine,* während er meinen Wurzelkanal ausräumte. Ich war froh, daß er eine Maske trug, denn er sah aus, als könnte er vielleicht einer von jenen Naßpfeifern sein, die pro Strophe einen halben Liter Spucke versprühen. Ich hatte Glück: Er hätte ein sympathischer Zahnarzt sein können, der einem Hunderte von Fragen stellt und beleidigt ist, wenn man nicht eine ganz klare Antwort an der Absaugung vorbei gibt. Außerdem: Sympathische, gesprächige Zahnärzte paßten nicht zu meiner speziellen Zahnarztmarotte: unerlaubter Schlaf.
Unerlaubter Schlaf ist jener tiefe, letztendlich ruhevolle Schlummer, der einen ereilt, wenn man unter verbotenen, für das Schlafen nicht gedachten Umständen ist. Oder, einfacher ausgedrückt: Es ist die Art von Schlaf, in den man außerhalb des eigenen Bettes und Schlafanzugs sinkt.
Jeder macht sich mindestens einmal in seinem Leben dieser kleinen Verfehlung mehr oder weniger schuldig. Unerlaubtes Schlummern kann zu verbotenen Zeiten und an unerlaubten Orten stattfinden, zum Beispiel während einer sehr persönlichen Unterhaltung mit Freunden oder in einem Konzertsaal während eine Klavierkonzerts. Es kann auch ganz unschuldig sein, wenn man beispielsweise einfach nur in Straßenkleidung einschläft – die üblichste Form des Vergehens »verbotener Schlaf«.
Mein spezieller Fauxpas in dieser Hinsicht passiert in dem Augenblick, in dem ich den Stuhl eines Zahnarztes berühre: Ohne Hilfe von Lachgas bin ich ausgeknipst wie ein Licht. Nach meinen ersten Erlebnissen dieser Art bei Zahnärzten war ich sicher, daß sie mir das Gas durch die kleine Absaugtube verabreichten (die den größten Teil – nicht alles – von dem Sabber entsorgt,

der einem immer das Kinn herunterläuft, ohne daß man's merkt, weil man von der Nase abwärts taub ist); aber als ich schon zu schnarchen begann, bevor die Helferin mir die Serviette gegen Speichel, Blut und anderes festgeknipst hatte, war deutlich, daß ich am verbotenen Schlafsyndrom litt (oder es genoß?).

Es klingt vielleicht ein wenig ausgefallen, aber ich kann in aller Ehrlichkeit sagen, daß ich enttäuscht war, als mein Zahnarzt nichts fand, was er mit meinen Zähne noch anstellen konnte. Ich hatte das Gefühl, seit Jahren nicht mehr so gut geschlafen zu haben. Aber so saß ich denn sozusagen wieder im Sattel und hatte es einem Wurzelkanal zu verdanken.

Die Magie des Zahnarztstuhls und der Geruch, der allen Zahnarztpraxen zu eigen ist, hatten mich an einen Ort des Vergessens gelockt. Während ich den Brunnen hinunterfiel, muß ich ein paarmal fürchterlich gezuckt haben, denn der Zahnarzt unterbrach sein Pfeifen und machte erst weiter, nachdem er meinen Puls gefühlt hatte.

Leider muß ich zugeben, daß die Ankunft meiner Post immer einer der Höhepunkte meines Tagesablaufs gewesen ist. Nun sollte man meinen, daß ich in meinem Postfach im Krankenhaus mit der gleichen Vorfreude nachsehen würde – aber dem ist nicht so. Meistens bringe ich es nicht öfter als zweimal im Jahr fertig, mein Fach zu leeren, in den letzten Jahren eher noch seltener.

Da ich von meinem Schlaf beim Zahnarzt noch erfrischt war, schien es mir eine gute Idee zu sein, den vollgestopften Holzkasten leer zu machen und ihn von seinem Inhalt zu befreien, solange ich noch guter Laune war. Dies erbrachte drei Einladungen zu Geschenkpartys für Bräute und werdende Mütter, die vor so langer Zeit stattgefunden hatten, daß die erwarteten Babys in der Vorschule und die hoffnungsvollen Bräute inzwischen verheiratet, traumatisiert, rechtlich getrennt und geschieden worden waren.

Es gab nicht weniger als 13 Ankündigungen für Pflichtkurse und sieben Hinweise auf Personalbesprechungen, deren Besuch ebenfalls Pflicht war und an denen ich nicht teilgenommen hatte. Der Rest bestand aus vier Anzeigen der Redwood-Kreditgenossenschaft; einer Benachrichtigung, daß ich eine von 63 Mitarbeitern der Herzstation war, die in einer Auslosung eine Grapefruit gewonnen hatten (die entsprechende Kiste war ein Geschenk des Kardiologiekartells an die Schwestern der Herzstationen – und zwar alle Jahre wieder); einem Brief von einer Universität, in dem ich gebeten wurde, auf einer Konferenz zu sprechen, die sechs Monate zuvor stattgefunden hatte; fünf Ankündigungen für Verkaufspartys und einem versiegelten Umschlag mit dem Zeichen der Verwaltung des Redwood Memorial in der oberen linken Ecke. Der Brief war jüngeren Datums.

War ich gefeuert oder auf Probezeit gesetzt worden? Es würde ihnen ähnlich sehen, mich weiterarbeiten zu lassen, ohne mir zu sagen, daß ich eigentlich nicht hier sein sollte.

Die Anrede lautete: »Seid gegrüßt, Kollegen!« Ich schaute nach der Unterschrift und lachte: Der Brief kam von der Oberschwester. Welche Heuchelei! Meiner Schätzung nach würden 90 Prozent der im Redwood beschäftigten Krankenschwestern ihre eigene Oberschwester nicht erkennen, wenn sie über sie stolperten. Niemand sah sie jemals auf Station, und wenn man sie sprechen wollte, brauchte man eine Anmeldung. Wahrscheinlich war sie schon seit Jahren nicht mehr in die Nähe einer kranken Person gekommen oder hatte acht Stunden am Stück gearbeitet – geschweige denn 16. Was sie allerdings sehr gut konnte, war teure Kostüme zu tragen und bei den monatlichen Ärztesitzungen den Kaffee einzugießen.

Ich las weiter, und das Mißtrauen streckte sein Schlangenhaupt aus seinem schwarzen Loch, jederzeit bereit, den Pferdefuß zu finden.

Würden Sie Ihren Patienten gern mehr persönliche Zeit widmen können? Haben Sie es satt, nichtpflegerische Arbeiten machen zu müssen?

Beiliegend finden sie einen Fragebogen, der ermitteln soll, wieviel Stunden je Schicht Sie auf diese lästigen, nicht zur eigentlichen Pflege gehörenden Arbeiten verwenden. Es gibt auch einen Abschnitt, in dem Sie uns mitteilen können, wobei Sie gern Hilfe hätten. Wenn Sie zum Beispiel finden, daß der größte Teil Ihrer Zeit mit Waschen, Füttern, dem Kalibrieren von Maschinen und dem Verteilen von Medikamenten draufgeht, lassen Sie uns wissen, wie Ihrer Meinung nach ausgebildetes Personal diese untergeordneten Aufgaben übernehmen könnte.

Ihr Wohlergehen und Ihre Arbeitszufriedenheit liegen mir sehr am Herzen. Ich bin mit den Frustrationen der heutigen Krankenschwester durchaus vertraut. Die zunehmende Technologisierung der Medizin führt dazu, daß die Schwestern weniger Zeit als je zuvor mit dem Patienten verbringen. Lassen Sie uns Ihnen helfen, damit Sie zum wahren Wesen der Krankenpflege zurückkehren können – zur Sorge für jene, die Sie brauchen.

Ich schüttelte meinen Kopf, knüllte den Brief zusammen und warf ihn in den Papierkorb auf der anderen Seite des Zimmers. O Mann! Hier zeigten sich die Ergebnisse allerbester Managementausbildung. Es war wie mit den verlogenen Briefsendungen, die jeder von uns bekommt: »HERZLICHEN GLÜCKWUNSCH, [hier folgt Ihr Name]! SIE HABEN EINE MILLION DOLLAR GEWONNEN!«
Ich fragte mich, wie viele der Schwestern zwischen den Zeilen

dieser Wurfsendung gelesen hatten oder lesen würden und wie viele das trojanische Pferd erkennen würden, das sich da versteckte.

Welche Schrecken die Station in der Nacht zuvor auch erlebt haben mochte: Sie hatte sie überlebt und stand noch. Der einzige auffällige Unterschied bestand darin, daß sowohl der Fensterriegel als auch die Klingel ausgetauscht worden waren und sich anständig benahmen. Davon abgesehen war die Schicht fast eine exakte Kopie der letzten. Die Station hatte dasselbe Personal, obwohl das Chaos und die Zahl der Patienten größer geworden waren. Pias Zuteilung war um zwei Patienten gewachsen, und Beth drehte wegen des neuen Infarktpatienten durch, weil sie kaum Zeit hatte, ihm seine Medikamente zu geben. Honey, der man versprochen hatte, die Nachtschicht freizuhaben, weil sie in der Nacht zuvor die Schichtführung gehabt hatte, wurde nach fünf Stunden Schlaf wachgeklingelt und mit Überredung, Druck und Manipulation dazu gebracht, wieder zur Arbeit zu kommen.

Die einzige Neuigkeit, die dem Abend ein wenig Aufregung versprach, ergab sich, als Mrs. Popes Sohn von der medizinischen Vergewaltigung seiner Mutter erfuhr und senkrecht durch die Decke ging. Ich glaube, diese Reaktion würde wohl jeder an den Tag legen – selbst wenn er nicht einer der anerkanntesten Kunstfehleranwälte von San Francisco wäre.

Laut Mrs. Popes Krankenschwester der Tagschicht ging die Geschichte so, daß Dr. Meyers zwischen dem Zeitpunkt, an dem er in die Station marschierte, und dem Augenblick, als er in Mrs. Popes Zimmer ging, um mit ihrem Sohn zu sprechen, erfuhr, wem er da gegenübertreten würde und wie dessen Laune war.

Chris sagte, Dr. Meyers habe die Hand des Rechtsanwalts mit einem tragischen, entschuldigenden Ausdruck geschüttelt und anschließend sei er damit herausgeplatzt, daß dieses unverzeihliche, gegen seine Mutter begangene Verbrechen fast ausschließlich der Fehler der Schwestern gewesen sei.

Vom anderen Ende der Telefonleitung kamen Geräusche, als ob ein Hund eine ausgewachsene, langhaarige Katze wieder herauswürgte.

»Heron?«

»Ja, Miss Milks?«

»Nein.«

»Spreche ich nicht mit Miss Milks?«

»Doch, hier spricht Milks, Sie Trottel. Wer denn sonst?«

Mir kamen so viele sarkastische Antworten in den Sinn, daß ich völlig überwältigt schwieg.

»Haben Sie mich gehört? Ich sagte nein.«

»Nein?«

»Ja.«

»Meinen Sie ›nein‹ wie in ›ja oder nein‹, oder meinen Sie ›nein‹ wie in ›Nein, was ist das Wetter wieder schön!‹?«

»Ich meine nicht ja oder nein. Ich meine ganz einfach ›nein‹. Was ist los mit Ihnen? Sind Sie taub?«

So gern ich diese surrealistische Unterhaltung fortgesetzt hätte, hatte ich doch nicht die Zeit dazu. Ich mußte dem ein Ende machen.

»Nein, ich bin nicht taub, Miss Milks, aber ich weiß nicht, wovon, zum Teufel, Sie reden.«

»O verdammt, Heron. Sie werden nicht sterben. Ihr letzter HIV-Test ist negativ. Nein, kein Aids!«

»Fein«, sagte ich und fühlte ein leises Kribbeln der Erleichterung, obwohl ich mir bereits eingeredet hatte, daß es kein anderes Resultat geben könne.

»Ja, nein. *Das* habe ich gesagt.« Miss Milks ließ wieder ihren trockenen, verärgerten Reizhusten hören.

»Nein, ich sagte ›fein‹, nicht ›nein‹.«
»Ja, das Ergebnis ist ›nein‹. Holen Sie sich das Schmalz aus den Ohren!«
»Ja, Miss Milks.«

Als ich die Patientenordner nachgesehen, mich um Irrtümer bei den Anweisungen gekümmert, fehlende Ordner wiedergefunden und die Nachmittags-EKG-Ausdrucke gemacht hatte, knirschte ich so laut auf meinem Zahnschutz, daß er quietschte. Ich bugsierte Honey (deren weiße Schwesternuniform so eng saß, daß Whip und Flippy fast aus ihren Behausungen gedrückt wurden) von den männlichen Patienten im Zimmer 9/10 weg, die den größten Teil von Honeys Zeit damit belegten, Dinge aus dem Bett zu werfen und sie zu bitten, diese wieder aufzuheben. Honey, die sich über die wahren Motive ihrer Patienten nicht im klaren und wohl auch zu müde war, sich darum zu kümmern, war erleichtert, als ich sie hinter dem Schreibtisch zurückließ, um mich um meine Patienten zu kümmern.
Mrs. Green, meine Dreifach-Bypass-Patientin, hatte an der Stelle ihres rechten Beins, wo man ihr den Pfropf aus der Vene geholt hatte, eine häßliche Infektion entwickelt. Ich war mitten im Verbandwechsel – keine sechs Minuten nachdem ich Honey am Schreibtisch zurückgelassen hatte –, als die Geräusche ständig läutender Patientenklingeln und Telefone an mein Ohr drangen. Am beunruhigendsten war der Monitoralarm, der darauf hinwies, daß jemand seine Elektroden verloren hatte, seine Zähne putzte, einen Herzstillstand oder Herzrhythmusstörungen hatte.
Ich hielt meine sterilen Handschuhe hoch und von meinem Körper weg, ging zur Tür hinüber und beobachtete die Stummfilmszene, die sich im Stationszimmer abspielte: Honey drückte verzweifelt auf alle möglichen Monitorknöpfe – mit dem Radiergummiende ihres Bleistifts (damit ihre rot und gold gestreiften

Krallen keinen Schaden nahmen), während sie telefonierte und zu Pia hinüberschrie, bei welchen Patienten diese nachsehen solle, ob sie in Ordnung seien.

Dr. Cramer stand über ihr und gab Anweisungen, die niemand hörte. Beth stand zwischen den beiden Stationen, zeigte auf die Uhr und beschwerte sich bei Dr. Cramer, daß Dr. Meyers sie wegen eines wichtigen Laborergebnisses nicht zurückgerufen hatte. Pia zeigte auf Mr. Williams' Zimmer und sagte etwas über unerträgliche Schmerzen.

Vielleicht war es falsch, aber ich schloß die Tür zu Mrs. Greens Zimmer, lächelte über die sofort eintretende Stille und ging wieder an meine Arbeit zurück.

Im Gegensatz zu Mr. Galante, der im Verlauf seines Delirium tremens die Schwestern kratzte und biß, war Mr. Lingle, alias der »Konfusionskönig«, in seiner Verwirrung sehr nett. Als ich in sein Zimmer kam, war er gerade dabei, einen ständigen Strom von Gedichten in seine Telemetriebatterien zu rezitieren; zwischendurch unterbrach er sich immer wieder und dankte einem unsichtbaren Publikum für den freundlichen Beifall. Die Gedichte waren so fesselnd, daß ich alles vergaß – einschließlich des Chaos auf der anderen Seite der Tür –, das heißt, bis Honey hereinplatzte, um zu sagen, daß Mr. Williams dabei sei durchzudrehen.

Sein Ordner lag offen in meinen zitternden Händen, und meine Verwunderung verwandelte sich in Zorn. Ginger hatte ihn wieder einmal ins Land des Vergessens geschickt – mit insgesamt 80 Milligramm Morphium IV innerhalb einer achtstündigen Schicht. Sie hatte dies getan, ohne irgendwo Art oder Ort der Schmerzen zu dokumentieren. Sie hatte die (in Rot geschriebenen) Memos sowohl in der Stammkarte als auch auf der Außenseite des Ordners ignoriert, die besagten, daß der Patient keinerlei Morphium bekommen solle – außer als allerletzter Ausweg und nachdem alle anderen Schmerzmittel gegeben worden seien.

Eine Krankenschwester, die arbeitsfrei hatte, zu Haus anzurufen, machte man nicht leichtfertig. Wenn man nicht gerade einen Mordvorwurf zu erheben oder einen ähnlich gewichtigen Grund hatte, wurde das Zuhause einer Schwester als ihre »Sicherheitszone« angesehen. Als ich Ginger anrief und nur ihren Anrufbeantworter hörte, war ich dementsprechend erleichtert, ihr ohne direkte Konfrontation, die doch nur in einem verbalen Faustkampf geendet hätte, eine Nachricht hinterlassen zu können.

Mr. Williams' Klingel war ebenso unerbittlich wie seine Schreie über »unträähliche« Schmerzen und »Ich habe ein Recht auf meine Drogen!« Sterile Baumwolle in den Mechanismus der Klingel zu stecken konnte, das wußte ich, die unerfreuliche Konfrontation nur aufschieben, aber es gab mir ein wenig Zeit, mich um Dr. Cramer, Mr. Cooney und Mr. Pope zu kümmern.

Dr. Cramer war wütend. Er hatte eine Lungenperfusionsszintigraphie bei einem seiner Patienten angeordnet, und diese war nicht durchgeführt worden, weil die schichtführende Schwester der Tagschicht die Anordnung nicht abgehakt hatte. Der getrocknete Fleck Hafermehl auf seiner neuen Seidenkrawatte sowie die dunklen Ringe unter seinen Augen sagten mir deutlich, daß er empfindlich sein würde.

»Was ist hier eigentlich los?« Sein Nacken war rot angelaufen. »Warum haben wir keine Schwestern, die wissen, was sie tun?«

»Ach, hör auf, Joe!« sagte ich. Leider sagte ich es mit so viel Vehemenz, daß ich dabei meinen Zahnschutz über den ganzen Tresen spuckte. Joe fing den Gegenstand ein, bevor er auf den Boden glitt, und hielt ihn ins Licht. Er starrte das häßliche Ding an, als ob es ein Artefakt vom Mars sei. Ich schnappte es ihm weg und schob es wieder über meine unteren Zähne.

»Dies ist kein Fall einer Schwester, die nicht weiß, was sie tut. Die Schwester, die deine Szintigraphieanweisung übersehen hat, ist eine ausgezeichnete Krankenschwester; aber Tatsache ist, daß sie sich um vier Patienten kümmern mußte und außerdem Schichtleitung hatte. Das ist ein Arrangement, bei dem man Details leicht übersieht. Warum machst du daraus immer einen Fehler der Schwestern? Wir tun ständig unser Bestes mit dem, was uns zur Verfügung steht. Das Problem ist die Arbeit, die man uns aufhalst.«

Obwohl er offensichtlich immer noch wütend war, sagte Joe nichts. Ich versuchte nicht einmal zu raten, was in seinem Kopf, diesem eklektischen und fest verschlossenen Ort, vor sich ging. Er stand auf und ging, dann blieb er stehen und kam zum Schreibtisch zurück.

»Für eine Frau, die in ihren öffentlichen Äußerungen so bitter über Ärzte spricht, finde ich es bemerkenswert, daß du nicht einmal die kleinste Kritik an deinem eigenen Berufsstand ertragen kannst.«

Ich trat einen Schritt zurück und sah ihn an. In seinen Augen las ich Zorn und das Gefühl, verraten worden zu sein. Ich war überrascht – nicht nur von seiner Reaktion, sondern auch über die Erkenntnis, daß Joe und ich zwar seit mehr als zehn Jahren befreundet waren, er mir aber noch nie seine Meinung zu meinen politischen Ansichten gesagt hatte.

»Meine Meinung über Ärzte ist dir ein Problem?« krächzte ich.

»Was glaubst du denn?« Er schaute mich wegen meines offensichtlichen Mangels an Scharfsinn ungläubig an.

Allmählich wurde mir unter meinem Zopf warm im Nacken. Verdammt! Bevor ich es richtig bemerkt hatte, war ich mitten in einem Streit.

»Aber wenn ich von Ärzten spreche, sage ich immer ganz deutlich, daß ich nicht über alle spreche. Ich sage ganz klar, daß die meisten Docs fair sind und hart arbeiten, aber daß es einige gibt ...«

»Macht keinen Unterschied. Wenn die Gesellschaft Leute wie

dich negativ über irgendeinen Arzt reden hört, verliert sie das Vertrauen in alle. Das betrifft uns als Freiberufler, als Geschäftsleute, und letztendlich schadet es den Patienten.«

Er wandte seinen Blick dem Schreibtisch zu und schüttelte den Kopf. »Es macht mich traurig, daß du wegen der Ärzte und der Verwaltung so verbittert bist. Es tut mir wirklich leid, daß du so denkst, aber es bleibt eine Tatsache, daß ich das meiste, was du über Ärzte sagst, unglaublich beleidigend finde.«

Sofort marschierten die Selbstzweifel über die Leichen meiner inneren Kraft und Entschlossenheit. Vielleicht hatte Joe recht, dachte ich, vielleicht war ich zu den Docs nicht fair gewesen. Vielleicht hatte tatsächlich jemand, der dringend einen Arzt brauchte, diesen nicht aufgesucht, weil ich irgend etwas gesagt hatte. Vielleicht war ich nicht ...

He, einen Moment mal! Ich wehrte mich gegen diesen Anfall von Scham und nahm statt dessen eine schnelle Überprüfung der Realität vor. Gewiß, vielleicht sollte ich meinen Zorn, der manchmal hochkam, ein wenig abmildern; aber auf dem Grunde dessen, was ich sagte, blieb immer noch die Wahrheit übrig. Außerdem: Waren meine Ansichten nicht Hunderte von Malen von Schwestern und Laien zwischen Maine und Hawaii bestätigt worden?

Die Last der Zweifel wich, und ich sah Joe an: »Und *mir* tut es leid, daß *du* so denkst. Ich stimme dir, was die Verbitterung betrifft, zu, und ich werde meiner Negativität einen Maulkorb anlegen. Aber es bleibt eine Tatsache, daß die meisten Ärzte an ihrer Haltung gegenüber Patienten und Krankenschwestern arbeiten müssen. Die Leute werden klüger. Wir betreten endlich das Zeitalter der Gesundheitsfürsorgekunden, der Patientenrechte, alternativer und präventiver Medizin, der Teamarbeit in der Medizin und all dessen. Die Leute wollen mehr für ihr Krankenkassengeld, als von einem Arzt schlecht behandelt oder ignoriert zu werden. Die Tage gehen ihrem Ende zu, da die Leute glaubten, der Arzt sei der einzige, der den Laden schmeißen könne. Die Ärzte müssen von ihren Elfenbeintürmen runterkommen, aufhören, Edikte zu verteilen, und beginnen, mit uns anderen wie mit Gleichen zu kommunizieren. Ärzte, die Gottvater spielen, kommen bei niemandem mehr gut an, Joe, einschließlich der Schwestern.«

Ich unterbrach mich, um ein paar Einstellungen an den Monitoren zu ändern, und fuhr in einem ruhigeren Ton fort.

»Und was die Art und Weise betrifft, auf die ich meine Ansichten darlege: Andere Schwestern können all den Mist zur Sprache bringen, indem sie mit den Ärzten und der Verwaltung nett und gesittet in einem Sitzungszimmer reden; wenn das Ärzte und Verwaltungen dazu bringt, die Dinge aus einer realistischeren Perspektive zu sehen und Veränderungen in die Wege zu leiten: großartig. Ich mache es nun mal auf eine viel direktere und öffentlichere Art, weil das die Möglichkeit ist, die man mir gegeben hat.«

Joe und ich starrten einander zwei Sekunden lang an, dann lächelten wir beide. Joe zuckte mit den Schultern, ich zuckte mit den Schultern. Er verließ die Station, und ich ging wieder an meine Arbeit.

Unser Streitgespräch hätte nur mit der Auflistung aller Themen und Argumente noch Stunden so weitergehen können; aber die Ansichten und Meinungen hätten sich auf keiner der beiden Seiten geändert – jedenfalls nicht schnell.

Mr. Cooney ist ein Teil des Inventars im Redwood Memorial. Er ist jedoch keine Besonderheit des Redwood. Jedes Krankenhaus im Lande hat einen Mr. Cooney: Jeder, der irgendwann in einem Krankenhaus gearbeitet hat, dort Patient gewesen oder ein häufiger Besucher gewesen ist, kennt ihn als den Mann, der den Staubsauger und die Reinigungsmaschine bedient – den ganzen Tag, Tag für Tag.

Immer wenn ich meinte, ich hätte sein Arbeitsschema herausgefunden – zum Beispiel beginnend in der linken Ecke des Erdgeschosses und endend in der rechten Ecke des fünften Stocks –, änderte er es. Eines Tages konnte ich ihn in der südlichsten Ecke des Westflügels im zweiten Stock finden, und am nächsten Abend (seine Schichten waren ebensowenig vorhersagbar wie sein Reinigungsschema) sah ich ihn in der Cafeteria, wie er das Linoleum wachste.

Welchem Plan auch immer er folgen mochte: Tatsache blieb, daß er und seine Maschinen im ganzen Krankenhaus jede Menge Probleme verursachten. Wie viele Mitarbeiter hatten sich schon in den Kabeln seiner Maschinen verfangen und waren der Länge nach hingeschlagen, während sie versuchten, an ihm vorbei zu einem Infarktpatienten zu sprinten? Und wie viele Tausende von Patienten hatten sich schon über den Lärm seiner auf Industrieanforderungen ausgelegten Maschinen beschwert, der sie nicht schlafen ließ und sie nervös machte? Viele Schwestern, mich selbst mit eingeschlossen, waren allergisch gegen die Reinigungsmittel und Polituren, die er verwendete, und konnten sich in der Nähe seiner Maschinen nicht aufhalten. Wann immer jedoch die Schwestern versuchten, etwas zu unternehmen, reinigte und polierte er weiter und brüllte über den Lärm hinweg, daß wir dies wie Straßenarbeiten ansehen sollten: Er halte die Autobahnen des Krankenhauses sauber!

An diesem Abend war er in seinem immerwährenden Streben nach sauberen Fußböden wieder mit seiner Reinigungsmaschine unterwegs, was dazu führte, daß alle Fernsehgeräte auf der Station Bildstörungen hatten. Vielleicht wären die Patienten nicht so verärgert gewesen, hätte nicht *Der Zauberer von Oz* auf dem Programm gestanden. Meine Aufgabe war es nun, Mr. Cooney zu sagen, hier mit der Arbeit aufzuhören und woanders hinzugehen – zumindest bis die böse Hexe geschmolzen war.

Mr. Cooney hängte seinen Hängebauch über den Griff des Tep-

pichreinigers und suchte in seiner Hemdtasche, während er die Maschine mit seinem Abdomen hin und her bewegte. Der Rhythmus des Reinigens wurde nicht den Bruchteil eines Augenblicks unterbrochen.
Mit grimmigem Gesicht gab er mir ein Stück Papier, das so abgewetzt war, daß es sich wie weiche Baumwolle anfühlte, und zeigte auf eine Zeile in der Mitte des Blattes. Diese besagte, daß der Hauptkorridor der Herzstation an diesem speziellen Tag und zu dieser speziellen Stunde zu reinigen sei. Er sagte etwas in dem Sinne, daß das Reinigen nicht unterbrochen werden dürfe – und wenn der ganze Schnee verbrennen müßte.
Ich protestierte noch ein wenig, bis die Maschine mich schließlich abwürgte; also ging ich Verstärkung suchen. So nett Pia auch sein konnte, wenn sie wollte, konnte sie auch sehr verschlagen sein, folglich unterbreitete ich ihr mein Problem. Während die Räder in ihrem Kopf sich drehten und wirbelten, beendete sie die Massage ihres 25jährigen Perikarditis-Patienten. Dann wusch sie ihre Hände und strich sich eine einzelne blonde Strähne hinter das Ohr. »Folge mir unerschrocken«, sagte sie und marschierte auf Mr. Cooney los.
Als sie an ihm vorüberging, schnappte sie laut nach Luft und ergriff seinen Arm. »O mein Gott!« rief sie und sah ihm direkt ins Gesicht. »Was fehlt Ihnen, Mister Cooney? Haben Sie Schmerzen in der Brust?«
Mr. Cooney schenkte ihr einen mißtrauischen Blick, verlangsamte aber trotzdem sein Arbeitstempo.
Pia löste seine Hände von den Griffen des Reinigers und schrie, man solle sofort einen Rollstuhl bringen. »Es ist in Ordnung, Mister Cooney, versuchen Sie, sich zu entspannen. Wir lassen nicht zu, daß Ihnen etwas geschieht, machen Sie sich keine Sorgen.«
Mr. Cooney war völlig verwirrt. »Was ist los? Warum sagen Sie so etwas? Sehe ich ... sehe ich krank aus?«

»Also, Mister Cooney, Sie sind eindeutig grau im Gesicht. Ich möchte, daß Sie sich hinsetzen, bevor Sie ...« – Pia legte einen Arm um seine Hüfte und zog ihn zum Rollstuhl – »hypotonisch werden und in Ohnmacht fallen.«

Allmählich begann er, ein wenig bleich auszusehen, und wischte sich den Schweiß von der Stirn. »Aber ich ... ich fühl' mich nicht krank. Ich bin niemals krank.«

Ich ging auf seine andere Seite und drückte ihn sanft in Richtung Rollstuhl. »Sie müssen sich jetzt nicht zusammenreißen, Mister Cooney«, sagte ich. »Sie sehen schon den ganzen Abend nicht besonders gut aus. Ich weiß, wie sehr Ihnen Ihre Arbeit am Herzen liegt, aber Sie dürfen sich nicht überanstrengen, wenn Sie krank sind. Das ist gar nicht gut. Schließlich brauchen wir Sie ja noch als Reiniger aller Fußböden, nicht als Patienten auf einem von ihnen.«

Pia klopfte ihm auf die Schultern und vermied es, mich anzusehen. Ein einziges Kichern, und wir hätten zu lachen begonnen und den ganzen Plan ruiniert.

Er ließ sich in den Rollstuhl drücken. »Wissen Sie, jetzt, wo Sie's sagen – ich fühle mich tatsächlich etwas daneben heute abend. Ich hab' gedacht, 's wären Blähungen, aber ich ... ich glaube, ich fühl' mich ein bißchen schwindlig. Vielleicht sollte ich mich etwas hinlegen, wenn ich den Korridor fertig hab'.«

»Nein, nein, nein«, beharrte Pia und zog die Schnur aus der Steckdose. Die sofort nachlassende Spannung war deutlich spürbar, denn überall gingen die Fernseher an. Man konnte die Lutscher-Brigade im Hintergrund singen hören. »Sie sollten sich heute abend überhaupt nicht mehr anstrengen. Sie sollten in Ihr Büro zurückgehen – oder wohin auch immer Sie gehen ...«

»In den Maschinenabstellraum«, unterbrach sie Mr. Cooney traurig.

»Okay, gehen Sie zum Abstellraum, gönnen Sie sich ein wenig

Ruhe, und gehen Sie dann nach Haus. Vielleicht fühlen Sie sich morgen ja besser.«
Als Pia ihn davonrollte, schwitzte er heftig, und sein Gesicht war aschgrau. Ja, wir hatten einen kerngesunden Mann innerhalb von drei Minuten in einen übernervösen Hypochonder verwandelt, aber alle Patienten – mit Ausnahme von Mr. Williams – waren glücklich und ließen sich über die gelbe Ziegelsteinstraße von ihrer Krankheit fort und ins Land Oz davontragen.

»Psssst.« Beth steckte ihren Kopf durch die Doppeltür. »Er ist da.«
Fragend hob ich meine Augenbrauen.
»Douglas Pope, Rechtsanwalt.«
Durch den Spalt in der Doppeltür besah ich mir den Mann und entdeckte zu meiner Überraschung, daß er jünger war, als ich ihn mir vorgestellt hatte, und außerordentlich gut aussah. Entweder war Mrs. Pope sehr spät in ihrem Leben noch Mutter geworden, oder der Herr Rechtsanwalt hatte eine sehr erfolgreiche schönheitschirurgische Operation hinter sich.
Die Tatsache, daß er so gut aussah, verwirrte mich; sie versetzte mich in eine unterlegene Position, denn normalerweise begann ich in der Gegenwart eines Mannes, den ich attraktiv fand, stotternd über meine eigenen Füße zu stolpern.
Mrs. Pope schien es nicht schlechtzugehen, obwohl die Art und Weise, auf die sie immer wieder die Sonde aus dem Weg schnippte, deutlich zeigte, daß sie mit der derzeitigen Situation überhaupt nicht zufrieden war.
Ich war froh, daß sie sich ärgerte und nicht depressiv geworden war, wie älteren Menschen dies manchmal passiert, wenn man ihnen mit invasiven medizinischen Prozeduren Gewalt angetan hat.
Mit einem verärgerten, brütenden Ausdruck in seinen Augen stand ihr Sohn am Fußende ihres Bettes.
Ich dachte an ein paar vorfabrizierte, vollkommen plausible Er-

klärungen, die ich ihm hätte geben können – und dann an meine Mutter, die mir in einem ihrer lichteren Momente gesagt hatte, Ehrlichkeit sei immer die beste Politik und Lügen hätten kurze Beine ... usw. usw. Als ich mich dann noch erinnerte, wen ich da eigentlich deckte und wie er den Schwestern die Schuld gegeben hatte, bekam ich genügend Energie, mich von hinter der Tür und in Mrs. Popes Zimmer zu bewegen.

Ich hätte alles darum gegeben, nicht so zu schwitzen, denn das war das einzige, das meine Nervosität verriet. Ich ging den attraktiven Anwalt frontal an, ergriff seine Hand und sagte mit klarer, fester Stimme: »Guten Tag, meine Name ist Miss Heron, und ich bin an den vergangenen Abenden als Schwester für Ihre Mutter zuständig gewesen. Ich höre, Sie sind verärgert wegen der Ereignisse gestern abend, und ich würde Ihnen gern genau berichten, was passiert ist.«

Ich weiß nicht, was ich erwartet hatte – vielleicht daß er sanft werden und auf der Stelle nachgeben würde: »Oh, machen Sie sich keine Sorgen, was geschehen ist, ist geschehen.« Statt dessen fixierte er mich mit einem stahlharten, intensiven Blick und sagte: »Bitte tun Sie das – wenn Sie es können.«

Sofort war ich im Zeugenstand und ließ eine Befragung durch den Staatsanwalt über mich ergehen, der mich zu »lebenslänglich« verurteilt sehen wollte. Ich war so nervös, daß ich mich an meinen Namen nicht erinnern konnte, als der Richter mich danach fragte.

Mr. Pope wartete und suchte in meinem Gesicht nach dem leisesten Zucken, das die behauptete Schuld der Schwestern beweisen würde. Jetzt oder nie, dachte ich, und riß mich zusammen. Ich erzählte ihm genau, was geschehen war, Wort für Wort, Untat für schreiende Untat.

Als ich geendet hatte, nickte er nachdenklich – so, wie sie es in der »Perry-Mason-Schule für juristisches Getue« lernen. »Ich weiß, daß es nicht die Krankenschwestern waren«, sagte er grim-

mig. »Ich habe ständig mit Ärzten zu tun, ich bin also wohlvertraut mit dem, wozu sie imstande sind. Meyers ist außerdem ein miserabler Lügner.«
»Aber er *ist* ein guter Kardiologe«, schwärmte ich; nennen wir dies einen Anfall von Schwäche. »Ich verteidige nicht, was er getan hat, Mister Pope, aber ich glaube, er war der Meinung, im Interesse Ihrer Mutter zu handeln.«
»Das weiß ich«, sagte Mr. Pope mit einem steinernen Gesicht. Er ging zum Spülbecken hinüber und drehte sich um. Es war die klassische Gerichtssaalpose. »Das entschuldigt jedoch nicht die Tatsache, daß er ohne Zustimmung handelte, als er gegen den Willen meiner Mutter die Prozeduren an ihr durchführte.«
»Um Himmels willen, das reicht jetzt, Douglas!« sagte Mrs. Pope irritiert. »Der Mann hat sich schrecklich verhalten, ja, aber wir wollen keinen Verfassungsfall draus machen. Gib ihm einen Klaps auf die Hand und laß es gut sein.«
Mr. Pope ließ seine Rechtsanwaltsfassade fallen und lächelte wunderschön.
Bei dem Anblick verkrampften sich meine Zehen.
»Bedeutet dies, daß der Richter das Urteil über den Angeklagten gesprochen hat?« fragte Douglas seine Mutter.
Mrs. Pope schnalzte mit der Zunge. »Ja, ja. Er soll nur wissen, daß er das nie wieder tun darf ... mit niemandem.«
»So soll es sein«, sagte Douglas und wandte sich zu mir. »Ich danke Ihnen für Ihre Aussage, Schwester.«
»Echo Heron«, sagte ich und ging zur Tür. Vielleicht würde er sich in einem seltenen, einsamen Augenblick an meinen Namen erinnern.
An der Tür stolperte ich, fing mich wieder und lief direkt in Dr. Meyers hinein, der mich wütend anstarrte. Seine Augen schienen förmlich zu schreien: »Verräterin! Petze! Kollaborateurin!«
Alle Gefühle der Loyalität und des schlechten Gewissens ver-

schwanden. Was immer Mr. Pope sich als Strafe ausdenken würde, war nicht annähernd genug.

»He du! He du! He du!« bellte Mr. Williams wieder, lauter als je zuvor. Ich vermutete, daß es die Krankenhausversion des Schlagens eines Blechnapfs gegen die Gitterstäbe seiner Zelle war.
Ich hatte ihn so lange aufgeschoben, wie ich nur konnte. Ich überließ Pia den Schreibtisch und rüstete mich mit Stethoskop, Tylenol mit Kodein, seiner Akte (sollte ich etwas beweisen müssen), Nitroglyzerintabletten und Entschlossenheit aus.
Mr. Williams sah gerade zu, wie Dorothy mit dem ängstlichen Löwen tanzte. Für einen Augenblick erhellten sich seine Augen über einen Spaß der Vogelscheuche. Immer noch lächelnd, begann er wieder zu schreien: »He du! He du! He ...«
»Jetzt ist es genug, Williams«, sagte ich. »Hier sind kranke Menschen, die gut ohne Ihr Geschrei zurechtkommen.«
Als er meine Stimme hörte, fuhr Mr. Williams herum und zeigte auf mich.
»Jetzt reicht's, du Schlampe«, sagte er. Seine Augen wurden ganz schmal, und er sah mich an mit einem Blick, den ich seit jener Nacht nicht mehr gesehen hatte, als ich mich mit der Untergrundbahn in Harlem verfuhr. Er streckte mir einen Finger ins Gesicht. »Ich werde rausfinden, wo du wohnst, dann sorge ich dafür, daß man sich um dich kümmert, das ist mal sicher.«
Er lehnte sich im Bett zurück und betrachtete mich langsam und feindselig von oben bis unten. Ich bemerkte, daß seine Nasenlöcher weit offen waren, als ob ihm etwas sehr Unangenehmes in die Nase stiege. Er nahm einen Zahnstocher vom Bettisch und begann, seine Zähne zu säubern.
»Ich wette, du wohnst in einem von diesen großen Häusern drüben in Tiburon, oder, weißes Mädchen? Leichtes Leben und ein Herz aus Stein. Ich wette, du hast sogar 'ne Niggerfrau, die bei dir saubermacht und ...«

Ich wandte mich zu den Wärtern an der Tür. »Meine Herren, würden Sie bitte Mister Rose auf seinem Spaziergang begleiten? Und schließen Sie die Tür, wenn Sie rausgehen.«
Der kleinere der beiden Wärter rieb sich verlegen den Nacken. »Das können wir nicht machen, Schwester. Wir dürfen einen Gefangenen nicht allein lassen, vor allem nicht mit den Krankenschwestern. Können wir Ihnen irgendwie helfen?«
»Nein, nein. Mister Williams und ich müssen nur ein paar Dinge klären. Alles ist in Ordnung. Lassen Sie den anderen Wärter bei der Tür stehen und begleiten Sie Mister Rose.«
Voller Zweifel schüttelte der Wärter den Kopf und zögerte weiterhin, mich mit Mister Williams allein zu lassen.
»Schauen Sie«, sagte ich, »der einzige Weg hier heraus führt durchs Fenster, und es gibt nicht einmal ein Sims, an dem er sich festhalten könnte. Er müßte schon springen, und das wäre ein sehr weiter Weg nach unten.« Ich ging auf den Wärter zu und bat: »Ich brauch' nur fünf Minuten allein mit ihm. Ich verspreche, daß ich ihm nicht sehr weh tun werde.«
Der Wärter, der Mr. Rose in seinen Bademantel half, lachte leise.
»Laßt mich nicht allein mit dieser hartherzigen Schlampe«, schrie Mr. Williams. »Bringt mich in' Knast zurück. Gefängnis ist besser, als mit diesem Weibsstück zu tun zu haben, Mann!«
Von diesen Sätzen beruhigt, zwinkerte mir der Wärter zu. »Okay, fünf Minuten. Wir sind vor der Tür, falls Sie uns brauchen.« Er klopfte Mr. Rose auf die Schulter. »Auf geht's, Casanova.«
Mr. Williams schlug auf sein Kissen ein, und sein Wecker meldete sich.
Die Tür schloß sich hinter uns, und wir waren allein. Ich kreuzte meine Arme vor der Brust. »Erst einmal muß ich Ihren Blutdruck messen und Ihr Herz und Ihre Lunge abhorchen.«
»Ist mir egal, was Sie müssen, Sie machen gar nichts mit mir. Sie fassen mich nicht an, bevor ich mein Morphium bekommen habe.« Er starrte mich kalt und herausfordernd an.

Ich gab ihm den gleichen Blick zurück und setzte noch einen obendrauf, indem ich zwei Schritte auf das Bett zu machte. »Ich kann Ihnen nichts geben, bevor ich Ihren Blutdruck gemessen und Herz und Lunge abgehorcht habe.«
»Du lügst! Die andere Schwester, die hat mir Morphium gegeben und kein' Scheiß erzählt von Druck und Lunge. Gib mir mein Morphium oder verschwinde und laß mich in Ruhe.«
»Ich muß mich für die andere Schwester entschuldigen, Mister Williams. Sie hat einen Fehler gemacht; sie sollte Ihnen diese Drogen nicht geben, und ich garantiere Ihnen, es wird nicht passieren, solange Sie keine wirklichen Schmerzen haben.«
Ich nahm die Manschette aus dem Korb an der Wand und zog den Klettverschluß auseinander; dann wartete ich auf seinen Arm.
Statt dessen schüttelte er den Kopf. »Sie verweigern einem kranken Mann seine Medizin. Sie werden mit den anderen Niggerhassern verbrannt werden.«
Ich bewegte mich nicht, aber meine Wut näherte sich rasend schnell der zulässigen Obergrenze. Im Licht der Bettlampe starrte Mr. Williams mich wütend und herausfordernd an.
»Du glaubst, du bist mutig, was, weißes Mädchen? Warte, bis mein Freund zu dir nach Haus kommt und sich um dich kümmert. Danach wird man nichts mehr von dir finden, außer ein paar Resten von deinem weißen Arsch.«
Ich hielt seinem Blick stand und sagte nichts, obwohl ich gleichzeitig ein neues Loch in meinen Zahnschutz knirschte. Mr. Williams schaute weg und grinste höhnisch. »Nun, was ist, Weißarsch? Krieg' ich jetzt mein Morphium, oder soll ich einen meiner ...«
Mir gefiel gar nicht, welchen Verlauf dieses Gespräch nahm. Ich versuchte, seine Drohungen objektiv zu sehen, aber es gelang mir nicht. Der Ausdruck »Weißarsch« und seine Drohungen ließen mich senkrecht an die Decke gehen.

»Sind Sie jetzt fertig?!« Ich schrie so laut, daß er zusammenfuhr. »Was glauben Sie wohl, mit wem Sie hier reden, Mister? Sie glauben, ich bin Miss Weißarsch-Amerika, ich lebe in Abrahams Schoß mit Hausmädchen und Fahrer für meinen Mercedes? Verdammte Scheiße, benutz deinen Kopf, Mann – ich bin eine Krankenschwester! Ich werde schlechter bezahlt als eine Kassiererin im Supermarkt!«

Ich senkte meine Stimme. »Du glaubst, das ist einfach, mir dein Gejammere anzuhören? Mann, du mit deinen ›unnträählichen‹ Schmerzen. Du gehst mir gewaltig auf den Keks! Du glaubst, du bist hier der taffe Larry, weil du 'n Sträfling bist, was?« Langsam ging ich um sein Bett herum und schaute ihn mit schmalen Augen an. »Ich sag' dir mal was, Meister.« (Plötzlich sprach ich mit einem dicken Brooklyn-Akzent.) »Als du noch Lollys aus 'm Tante-Emma-Laden geklaut hast, stand ich schon auf den Straßen von New York.«

(Gut, gut, also einmal, als ich mal wieder von zu Haus weggelaufen war, ging ich in die Stadt runter und den Weg von der 107. Straße West zur 12. Straße West – und mitten im Dezember war das harte Arbeit.)

»'66 bin ich dann auf Güterwagen getrampt, und ich mußte mich ganz schön regen, um am Leben zu bleiben.«

(Na ja, eine kurze Zeit bin ich getrampt und einmal hab' ich mir fast das Genick gebrochen, als ich auf einen fahrenden Zug aufsprang.)

Mr. Williams tat so, als interessiere ihn das alles nicht, aber seine Augen waren größer als sonst.

»Ich bin nicht stolz drauf, aber eine Zeitlang hab' ich gesessen, weil ich Shit verkauft hab'.«

(Einmal, bei einem Flohmarkt in unserer Nachbarschaft, saß ich zwei Tage lang rum und versuchte einen 25-Kilo-Sack uralten Hühnerdünger loszuwerden. Er war keine zwei Cents wert, aber ich war damals ziemlich klamm.)

»Der einzige Unterschied zwischen dir und mir ist: Ich hab' gewußt, wann Schluß ist.«
(Stimmt. Ich haute ab, bevor der Kerl mit dem Hühnerdünger zurückkam und sein Geld wiederhaben wollte.)
»Ich hab' so viel Drogen gesehen in meinem Leben, daneben bist du ein Weichkeks, Mann ...«
(Wenn wir eine Serie akuter Fälle von Angina pectoris hatten, kam es vor, daß ich in einer Woche zwei bis drei Schachteln Morphium oder Demerol verteilte.)
»Also, versuch nicht, mich einzuschüchtern. Ich kenne jeden Fixertrick und jede Geschichte, die's gibt. Also, merk's dir zum letzten Mal, Alvin: Du kannst so viel zittern und schütteln, wie du willst, du wirst mir keinen Fix aus dem Rücken leiern. Und wenn du nicht aufhörst, hier rumzukrakeelen und zu klingeln, verleg' ich dich auf Station sieben.«
»Was ist Station sieben?«
»Entbindungsstation.«
Mr. Williams betrachtete mich skeptisch.
»Du bist wirklich mit Güterzügen getrampt?«
»Jawoll. Vor allem in Tennessee und Kentucky.«
»Oh, Scheiße, Mann, das is' schon was«, brummelte er. »Hab' 'ne Heidenangst vor Zügen. Zu groß, zu laut. Hattest du keine Angst, unter die Räder zu kommen?«
»Nö. Ich bin mit Zügen großgeworden. Mein Vater und Großvater waren bei der Bahn. Steckt im Blut.«
Er schüttelte langsam seinen Kopf. Über ihm war die böse Hexe dabei, mit ihrem Besenstiel DOROTHY, ERGIB DICH in den Himmel zu schreiben.
Ich boxte ihn leicht gegen seine Tätowierung. »Kein Mist mehr, okay? Laß mich meine Arbeit machen.«
»Oh, Mann«, seufzte er und streckte den Arm aus. »Warum muß ich auch Miss Weißarsch-Cinderella als Krankenschwester kriegen?«

»Nein, ich kapier's immer noch nicht«, sagte Honey und drehte an derselben Strähne ihres sonnengebleichten Haars.
Pia seufzte. Beth stand an ihrem üblichen Platz an der Doppeltür, ließ die Akutmonitore nicht aus den Augen und stöhnte. Ich hielt den Atem an und hoffte, Honey würde zu kichern anfangen und sagen, sie mache nur Spaß und sie würde sehr wohl die durchsichtige Strategie der Verwaltung verstehen. Wenn es um Medizin und Patienten ging, konnte sie manchmal sehr scharfsinnig sein; deshalb war mir der Verdacht gekommen, daß ihr Dummes-Blondchen-Getue nur eine Fassade sein könnte.
Pia war da anderer Meinung. Sie glaubte, daß Honey eher ein Fall extrem einseitiger Begabung war.
»Ist dir nie in den Sinn gekommen ...« Pia zögerte, betrachtete Honeys leeren, von blauer Mascara umrahmten Blick und korrigierte ihre Formulierung. »Hat dich in dem Brief von der Oberschwester nichts mißtrauisch gemacht?«
Honey schüttelte den Kopf. »Ich fand den Brief sehr nett. Er klang, als wollte sie uns wirklich helfen.«
»Wann hat die Oberschwester das letzte Mal versucht, uns zu helfen?« fragte Beth.
Das Blondchen spitzte die schwer geschminkten Lippen und dachte angestrengt nach. Dann runzelte sie die Stirn und schüttelte den Kopf. »Ich kann mich nicht erinnern.«
»Du kannst dich nicht erinnern, weil es kein letztes Mal gab. Der Brief ist eine Finte«, sagte ich.
»Eine Tinte? Wieso Tinte, er ist doch get...?«
Beth räusperte sich und machte sich davon. Sie wünschte Pia und mir viel Glück bei unserer Unterweisung der intellektuell Abwesenden.
»Honey, eine Finte ist ein Trick, ein Täuschungsmanöver«, sagte ich. »Die Verwaltung hofft, daß alle Schwestern den Bogen ausfüllen und angeben, sie wollten Hilfe für die Routinearbeiten. Dann kann sie nämlich Leute anheuern, die ein paar Wochen

angelernt worden sind und Blutdruck messen oder die Patienten waschen können; denen kann sie niedrigere Gehälter zahlen, stimmt's?«
Honey nickte. »So weit, so gut«, sagte sie fröhlich.
»Richtig«, sagte Pia. »Aber eines Tages willst du gerade zur Arbeit gehen, und sie rufen dich an und sagen dir, daß du dir die Mühe sparen kannst, denn an dem Tag brauchen sie dich nicht. Dann rufen sie Echo und mich an und sagen uns dasselbe.«
»Dann haben sie wohl gerade nicht allzu viele Patienten«, meinte Honey.
»Nein, das ist es nicht«, sagte ich. »In Wirklichkeit ist die Station voll, und Beth hat die Leitung auf der Zwischenstation und Risen im Akutbereich, aber um die allermeisten Patienten kümmern sich diese Leute, die nur neun Wochen lang angelernt worden sind.«
»So ein Quatsch«, sagte Honey. »Das können die gar nicht. Die würden gar nicht merken, wenn etwas Ernsthaftes mit einem Patienten los ist. Sie könnten nicht einmal die Monitore lesen.«
»Das stimmt.« Ich lächelte zufrieden: Das Licht begann den Nebel zu durchdringen. »Aber sie verdienen ein Viertel von dem, was wir bekommen, und die Verwaltung zahlt lieber weniger für einen von ihnen als viermal so viel für eine Vollschwester.«
»Außerdem«, sagte Pia, »Beth und Risen wären letztendlich verantwortlich für die Sicherheit aller Patienten. Wenn eine dieser Hilfspersonen einen Fehler macht oder Beth nicht sagt, daß ein Patient sehr niedrigen Blutdruck oder Schmerzen in der Brust hat, und am Ende kommt jemand zu Schaden, dann verliert Beth ihre Zulassung.«
»Du meinst, jemand von uns wäre für alles verantwortlich, was die tun? Selbst wenn sie einen Fehler machen?«
Pia und ich nickten bejahend, erfreut über unseren erzieherischen Erfolg.

Honey dachte ein paar Minuten lang nach, heftig an ihrem Haar drehend. Schließlich warf sie ihre Mähne zurück und stand auf. »Ich glaube, ihr seid nur gemein und gedankenlos«, sagte sie empört. »Was ihr hier erzählt, ist Kommunismus.«
Pia und ich sahen einander von der Seite an.
»Unsere Oberschwester versucht, uns das Leben leichtzumachen, und ihr verbreitet Gemeinheiten über sie. Sie ist eine gute Amerikanerin, sie würde niemals unausgebildete Leute an die Patienten heranlassen.«
Honey rückte ihren Busen zurecht, indem sie Flippy und Whip teilweise aus ihren Behausungen zog, und stürmte so schnell davon, wie ihr enger Rock es nur zuließ.
Nach einigen Augenblicken der Stille schauten Pia und ich einander an. »Wenn ich eine Fahne hätte, würde ich sie jetzt schwenken«, sagte sie.
Statt dessen legten wir beide die rechte Hand aufs Herz und sangen so laut wir konnten *America*.

Um 22 Uhr begann ich die Berichte von den Schwestern einzuholen, machte die letzte Runde in beiden Abteilungen der Station, überprüfte die Personalbesetzungsliste und nahm die Zuteilungen für die Nachtschicht vor. Ich machte wieder von meinem 30minütigen Spielraum Gebrauch, indem ich die 9- und die 10-Uhr-Medikamente um halb 10 verteilte; also blieben mir nur noch die 11-Uhr-Medikation sowie ein Verbandwechsel zu erledigen. Honey vermied es betont, mich anzusehen, und Pia war damit beschäftigt, einen Patienten mit Brustschmerzen, Herzrhythmusstörungen und zu hohem Blutdruck aufzunehmen. Das bedeutete Überstunden für uns beide, aber ich denke, es geschah uns ganz recht, denn der Patient war Mr. Cooney.
Schließlich bat ich Beth, einen Stuhl und einen Bettisch an die Doppeltür zu stellen und beide Monitorgruppen im Auge zu be-

halten, während ich versuchte, mich um die Karteien zu kümmern.

Ich hatte noch fünf Minuten, bevor die Übergabe an die Nachtschicht stattfinden würde. Als ich das Zimmer von Mr. Rose und Mr. Williams betrat, sah ich, daß sie sich einen Blick zuwarfen. Mr. Rose lächelte freundlich, als ich ihm seine Schlaftablette gab. »Al möchte Sie was fragen«, sagte er.

»Keine Drogen, außer einer Schlaftablette«, sagte ich.

»Nää«, sagte Mr. Rose. »Es geht um was anderes, stimmt's, Al?«

Mr. Williams lächelte und senkte den Kopf. Er sah aus wie ein verlegener Schuljunge.

»Also, was wollten Sie mich fragen?«

Mr. Williams schaute zu Mr. Rose hinüber, und sein Blick bat um Unterstützung. Dann sah er mich an. »In sechs Monaten krieg' ich bedingten Straferlass. Ich wollte Sie zum Essen einladen.«

»Sag ihr, was noch alles«, flüsterte Mr. Rose ihm zu und rieb sich vergnügt die Hände.

»Ich miete uns einen Nobelwagen und führ' Sie in eins von den feinen Restaurants in der Stadt, danach vielleicht in einen Jazzclub, Champagner trinken und bißchen tanzen.«

Warum, dachte ich. Warum ausgerechnet ich?

Mr. Williams hatte ganz strahlende Augen und erzählte weiter von seiner Traumverabredung, während Mr. Rose ihn von der Seitenlinie aus antrieb. Mit ihren erwartungsvollen Gesichtern sahen sie aus wie zwei Eichhörnchen, die um Nüsse betteln.

»Dann, wenn wir bei Mama's gewesen sind, können wir ja weiterfahren, nach Las Vegas, bißchen Glückspiel, und dann ...«

Ich schüttelte den Kopf. »Moment mal! Erstens ist es uns verboten, irgendwas Persönliches mit Ihnen zu besprechen, geschweige denn, Einladungen anzunehmen. Zweitens wollten Sie mich vor ein paar Stunden noch umbringen lassen, und jetzt laden Sie mich zum Essen ein? Und haben Sie jemals daran gedacht, daß ich verheiratet sein oder einen Freund haben könnte?«

»Für einen Kerl wie mich kann man Verbote vergessen«, sagte Mr. Williams ungerührt.

»In sechs Monaten ist er auch kein Sträfling mehr, also gilt das Verbot nicht«, warf Mr. Rose ein.

»Und ich hab' doch nur versucht, Ihnen Angst einzujagen«, lachte Mr. Williams.

»Und wir wissen beide, daß Sie allein leben«, sagte Mr. Rose und zwinkerte dem anderen zu.

»Ja«, meinte Mr. Williams. »Frauen, die einen Mann haben, sind dick und umgänglich. Sie sind zu dünn und nervös, um einen Mann zu haben.«

Dienstag, 2 Uhr morgens – Zu dünn und zu nervös? Kommt das Nervössein vom Mangel an Sex? Ich dachte, nur die Haut sei davon betroffen. O Gott, jetzt mach' ich mir Sorgen, daß jeder, der mich sieht, denkt: armes Ding, sie kriegt es nicht. Was soll ich tun? Ist es meine Schuld, daß mein Sexualtrieb sich vor lauter Vernachlässigung eines Tages klammheimlich verabschiedet hat?

Wie paßt das Dünnsein da mit hinein? Zu verzweifelt, irgend etwas zu essen?

Morgen ist Vollmond. Gott sei Dank habe ich frei. Pia hat irgendeine Überraschung für Simon und mich. Ich hoffe, sie hat nicht wieder eins von ihren fernöstlichen Rezepten gebacken. Das letzte funktionierte großartig als Türstopper, aber Simon biß sich ein Stück Zahn aus, bevor wir merkten, was los war.

Ein Teil der Strafe für Dr. Meyers, die Mr. Pope verhängt hatte, bestand darin, daß er sich bei allen betroffenen Schwestern für sein Verhalten entschuldigte. Ein Stück But-

ter hätte in seinem Mund nicht schmelzen können, er sah aus wie das Gesicht auf einer Giftflasche, so sehr ging es ihm gegen den Strich.
Simon hat mir eine Liste von Fischködern mit den merkwürdigsten Namen gegeben, die er von mir zu Weihnachten haben möchte. Wohlgemerkt: Er angelt gar nicht ... hat noch nicht mal eine Angel. Ich verstehe nicht, was in diesem adoleszenten Kopf vor sich geht, dabei hatte ich doch mal selbst einen.
Ich denke die ganze Zeit über Honeys Kommunismus-Gerede nach. Andererseits, wie Beth sagte: Was kann man schon von einer Frau erwarten, die Mitglied im Click-Clack-Club von Los Angeles ist und einmal im Monat eine Stunde an der Kunst (?) arbeitet, die Aufmerksamkeit der Männer auf sich zu ziehen, indem sie mit ihren hohen Absätzen einen Höllenlärm veranstaltet?
Als ich ging, sah ich Mr. Pope im Warteraum sitzen, den Kopf auf seine Hände gestützt. Ich fragte ihn, ob alles in Ordnung sei, und er antwortete, er habe schlimme Kopfschmerzen. Ich dachte mir, ich versuch's mal mit einer holistischen Akupressur, nahm seine Hand und sagte, mit ein wenig Kooperation von seiner Seite könne ich ihn von seinen Kopfschmerzen befreien.
Er schaute mich ganz merkwürdig und unterwürfig an und sagte: »Ja, aber ich bin verheiratet.«
Vielleicht haben Williams und Rose ja recht, vielleicht sehe ich wirklich so hungrig und bedürftig aus wie diese müden, verblassenden Sekretärinnen, die man Freitag abends in den Single-Bars herumhängen sieht, auf der Suche nach Zuneigung und Liebe.
Oh, bitte, lieber Gott: Laß diesen dünnen und nervösen Körper heute nacht ein wenig schlafen.

Als Pias dritter HIV-Test ebenfalls negativ war, veranstaltete ich eine Feier, in deren Mittelpunkt ihr Lieblingsessen stand: die stinkende Rose. Es gab gebackenen Knoblauch als Vorspeise, Knoblauchbrot und Knoblauchcremesuppe sowie Pasta primavera mit einer dicken Knoblauchsoße. Zum Nachtisch machte ich Knoblaucheis, das ich in vorgekühlten Schälchen mit einem Zweiglein Petersilie servierte.

Das Fest war durchaus erinnerungswürdig zu nennen; allerdings trauten wir uns während der nächsten Tage nicht, mit irgend jemandem in Kontakt zu treten, der noch über einen intakten Geruchssinn verfügte. Ich erinnere mich, daß sogar Mooshie in dieser Zeit unter der Badewanne schlief und den Atem anhielt, wann immer ich ihn hochnahm, um mit ihm zu reden.

Um ihre Dankbarkeit zu zeigen, lud Pia Simon und mich zum Abendessen ein und sagte, es werde noch eine Überraschung geben. In Pias Fall konnte das alles mögliche bedeuten, von Zwiebel-Münzkuchen – Zwiebelpfannkuchen, in die in Folie gewickelte Münzen eingerollt waren; ein Rezept aus dem *Women's Home Journal* von 1956, das sie irgendwie »lustig« gefunden hatte – bis hin zu einem Abend mit gegenseitigem Augenbrauenzupfen.

Simon war skeptisch, als wir die ungeteerte Straße zu ihrer geodätischen Kuppel hoch oben auf einem der Hügel hoch über Tiburon hinaufgingen. Er hatte Pia in der Zeit unserer Schwesternausbildung kennengelernt und sie sofort gemocht. Aber obwohl er sie jetzt seit zwölf Jahren kannte, war er, was ihre unberechenbare, verrückte Seite betraf, eher zurückhaltend.

Das Essen war fast normal zu nennen: Spaghetti mit Tofuvierteln in Erdbeersoße als Hauptgericht und Selleriestangen, gefüllt mit Erdnußbutter und Gelee, als Nachtisch.

Als das letzte Stückchen Sellerie hochgehustet, wiedergekäut und heruntergeschluckt worden war, begab Simon sich ins Wohnzimmer und beschäftigte sich mit Pias umfangreicher

Kassettensammlung und seinem Walkman. Wir waren in der Küche, machten den Abwasch und sprachen über die Arbeit, Pias ständigen Strom an Verehrern und meinen Mangel an selbigen.

»Dein Problem, Ec, ist, daß du nicht rausgehst«, sagte Pia, nahm eine Schüssel mit Deckel aus dem Kühlschrank und stellte sie auf den Tisch zwischen uns. »Du mußt dich weniger rar machen, wenn du Männer treffen willst. Du hast diese eine Arbeit, bei der du nur Männer triffst, die krank oder verletzt sind, und die andere, bei der du dich sechzehn Stunden am Stück mit einem Computer in deinem verwunschenen Zimmer einsperrst, das du dein Büro nennst.«

Ich linste durch den Plastikdeckel auf der Schüssel. Sie war voller Haferbrei, der leicht gelatineartig aussah, wie dies oft der Fall ist, wenn man ihn im Kühlschrank kalt stellt. »Ach, zum Teufel, Pia. Ich weiß nicht, wie man Männer anspricht. Ich war nie eine von diesen modernen Frauen, die mit den Schenkeln denken. Ich bin schüchtern, und außerdem bestand die einzige Anweisung, wie ich einen Mann ansprechen sollte, darin, ihm auf die Schulter zu schlagen und zu sagen, ›Na, wie steht's mit den Mets, hm?‹ Ich hab's mal in der Bücherei versucht. Der Kerl, es war in der Sportbuchabteilung, sah mich ganz merkwürdig an und ging in die Psychologieabteilung rüber, ohne auch nur einen Mucks von sich zu geben.«

»Vielleicht war er schwul, oder seine eifersüchtige Freundin war drüben bei den schmalzigen Romanen«, sagte Pia.

»Aber das ist nicht das einzige Problem, das ich mit Männern habe«, sagte ich. »Als ich schließlich mal eine Verabredung an Land zog, brachte mich der Typ vor dem Essen in seine Wohnung. Das beunruhigte mich schon ein wenig, aber als ich dann die drei Tüten mit Wegwerfzahnbürsten im Regal über dem Waschbecken in seinem Badezimmer sah, bin ich nur noch gerannt.«

Pia stellte beziehungsweise legte eine Tüte Puderzucker, eine Schale mit weicher Butter, zwei Plastiktischsets, mehrere Tupperbehälter und zwei Eßlöffel neben die Schüssel. »Ich weiß nur: Irgendwo da draußen wartet ein Mann auf dich, und du läßt ihn einfach warten.« Mit melancholischer Stimme fügte sie hinzu: »Du bringst dich und einen wunderbaren Menschen um sehr viel Liebe.«

»Bitte, Pia«, sagte ich spöttisch. »Du bist fast so süchtig nach Romantik wie ich selbst. Wenn ich tatsächlich jemandem begegnen soll, wird das auch geschehen. Ich bin nur dafür verantwortlich, alle Bewerber zu durchleuchten, um sicherzugehen, daß sie funktionsfähige, gesunde Leute sind.«

Ich beobachtete, wie meine Kollegin ein Klümpchen Haferbrei mit dem Löffel aus der Schüssel holte, es zu einem Bällchen formte, erst in der Butter und anschließend im Puderzucker rollte. Das Ergebnis sah aus wie ein Golfball. Dieses Meisterwerk legte sie ordentlich in die Ecke eines der Behälter und betrachtete es mit großer Zufriedenheit.

»Nun, er wird nicht von sich aus an deiner Haustür anklopfen, Ec.« Pia gab mir den anderen Löffel und bedeutete mir, ich sollte ihrem Beispiel folgen. Im Hintergrund konnten wir Simon hören, der mit dem Lied, das er gerade durch seine Kopfhörer dröhnen ließ, mitsang. Sein willkürliches, unmelodiöses Geheul klang ein wenig nach Billy Joels *Innocent Man* – oder war es *Happy Birthday?*

»Wenn vorgesehen ist, daß ich ihm begegne, dann wird das auch passieren.« Ich rollte den Haferbrei, als hätte ich seit Jahren nichts anderes getan. »Ich hab' es mir schon alles ausgemalt: Es wird in der Obstabteilung vom Safeway passieren, bei den Mandarinen. Er wird mich fragen, ob es die kernlosen sind und woran man sehen kann, ob sie reif sind ... Apropos kernlos: Was machen wir hier eigentlich?«

»Das ist Teil der Überraschung.« Pia holte einige Rosinen hervor

und steckte jeweils ein paar in jeden Golfball. »Sag doch noch mal, was dieser Wahrsager dir erzählt hat.«
Ich lächelte über Pias Gedächtnis für romantische Details: Ein paar Jahre zuvor hatte ich einen Patienten gehabt, der angeblich ein bekannter Wahrsager gewesen war. Als ich zum ersten Mal in sein Zimmer kam, sagte er mir, ich sei mehrere Jahrhunderte alt, eine Autorin und hätte einen musikinteressierten Sohn namens Simon. Dann fragte er mich, ob ich David schon begegnet sei.
»Er erzählte mir, ich würde eine wunderbare, mein Leben verändernde Beziehung zu einem Mann namens David haben. Und er hatte recht.«
Pia unterbrach ihre Arbeit mit dem Bällchen. »Du hast einen David getroffen?«
»Jawohl. Er bildet das romantische Interesse der Hauptfigur meines neuen Buches.«
»Tssssss, Hauptfigur – Blödsinn. Was ist mit *dir*? Was unternimmst du, um den David zu finden, der dein Leben verändert?«
Ich tätschelte ihre Hand und hinterließ dabei einen kleinen Fleck Haferbrei. »Ich tue genau das, was von mir erwartet wird: Ich mache diese merkwürdigen Haferbreibällchen in deiner Küche.«
Nachdem die erste Tupperdose gefüllt war, begannen wir mit der zweiten.
»Mach dir keine Sorgen, Pia«, sagte ich, »ich hab' mir schon alles zurechtgelegt. Ich werde als einsame alte Frau im Schaukelstuhl und mit einer Katze auf dem Schoß enden, Kitschromane für die romantisch Behinderten und Handbücher für automatische Handfeuerwaffen für radikale Krankenschwestern schreiben. Ich werde einigermaßen zufrieden, aber bei schlechter Gesundheit sein, weil es bis dahin keinen Arzt im Lande geben wird, der mich ohne den Wunsch, mich umzubringen, behandeln wird.«

Als wir drei Dosen voller Haferbreibällchen fertig hatten, gab Pia Simon und mir je ein Paar ihrer Reithandschuhe. Dann mußte ich meinen Rock gegen ein Paar alter Bluejeans und meine Strümpfe gegen wollene Socken vertauschen. Nachdem wir die Tupperdosen und zwei Thermosflaschen mit heißem Apfelwein unter uns verteilt hatten, gingen wir über die Hügel von Tiburon zu dem Stall, wo Pias Pferde standen.

Unser Weg wurde vom Mond hell erleuchtet, der riesengroß im klaren, mitternachtblauen Himmel stand. Wir gingen durch die kühle Stille, jeder in seine Gedanken versunken, als Simon plötzlich stehenblieb. Wie in einer Stummfilmszene liefen Pia und ich gegen ihn beziehungsweise einander an.

»Wa...?«

Simon hielt seine Hand über meinen Mund und zeigte nach vorn. Keine vier Meter vor uns stand ein Rotluchs mit einem leblosen Kaninchen im Maul. Obwohl er so reglos wie ein ausgestopfter Löwe in einem Museum dastand, fühlte ich, daß die Begegnung ihn irritierte und er ungeduldig darauf wartete, mit seinem Einkauf nach Haus gehen zu können.

Durch unsere Unentschlossenheit paralysiert, starrten wir einander 15 oder 30 Sekunden lang an, während wir überlegten, wie wir aus dieser verfahrenen Situation herauskommen sollten.

Dann trat Pia in einem Anfall leichtsinniger Tapferkeit einen Schritt auf die Katze zu und erhob einen Arm. »Sssscat!« zischte sie und ging immer weiter auf das Tier zu. Als sie so dicht an ihm dran war, daß sie nur noch den Arm hätte ausstrecken müssen, um seine Nase zu berühren, drehte es sich um und lief mit seiner Beute über den Hügel davon.

»Ein starker Geist hat sich uns gezeigt«, sagte Pia feierlich. »Die Miwoks würden uns sagen, daß dies ein Vorzeichen ist.«

Simon verdrehte die Augen.

»Wofür?« fragte ich. »Einen Rückgang in der Kaninchenpopulation?«

Pias Gesichtsausdruck blieb unverändert. »Dies ist ein gutes

Omen. Die Wildkatze ist ein romantisches Symbol weiblicher Stärke und Sinnlichkeit. Das Kaninchen ist ein Symbol für Fruchtbarkeit. Ich glaube ...« Sie verengte ihre Augen und schaute zum Mond hoch, schnupperte in den Wind und ließ dann ihren Blick auf mir ruhen. »Ich glaube, du wirst innerhalb eines Jahres einen echten Krieger heiraten und noch ein Kind bekommen.«

Simon und ich brüllten vor Lachen. Als ich endlich wieder gerade stehen konnte, wischte ich mir die Lachtränen fort und schlug ihr auf den Rücken. »O Mann, Pia, du wohnst schon zu lange in der Kuppel – einige von diesen kosmischen Strahlen sind dir ins Hirn geraten.«

»Okay«, sagte sie und ging weiter. »Ihr werdet es sehen, oh, ihr Ungläubigen.«

Was die Überraschung anging, übertraf Pia sich selbst und deklassierte hausgemachtes Knoblaucheis ein für allemal: Es kann wohl kaum etwas Besseres geben als einen Ritt im Mondlicht über die Hügel der San Francisco Bay.

Fast eine Stunde lang ritten wir gemächlich dahin und sangen dreistimmig alle Country-and-Western-Lieder, deren Text wir kannten, als der Weg am Rand eines flachen, offenen Feldes endete.

Ich glaube, jeder von uns hielt den Atem an, während unsere kleine Gruppe von dem Zauber berührt wurde. Selbst die Pferde spürten die Veränderung und stellten die Ohren auf. Wir waren ausgelassen von der frischen Luft und ihrem Geruch nach Süßgras und wildem Thymian und fühlten uns unbesiegbar.

Simon und Pia schauten einander an; dann, ohne ein Wort oder Vorzeichen, galoppierten sie gleichzeitig in vollem Tempo über die Wiese.

Zunächst führte Pia, dann übernahm Simon. Aus voller Kehle jauchzend, rasten sie die gesamte Länge des Feldes hinunter und

an den Bäumen entlang wieder zurück. Wie geisterhafte Reiter verschwanden sie in den langen Schatten der Eichen und tauchten einen Augenblick später in der mitternächtlichen Helligkeit wieder auf.
Im Licht des Mondes war Simons Gesicht voller Leben und der Verzückung des Augenblicks. Sein langer Körper war nach vorn und flach gegen den Hals des Tieres gebeugt. Sein helles, feines Haar und die schwarze Mähne des Pferdes flatterten wild durcheinander und trennten sich dann wieder, als der Wind sich brach und über ihre Körper wehte.
Ein Bild, das mir für den Rest meines Lebens im Gedächtnis bleiben wird.

Die Haferbreibällchen, man glaube es oder nicht, waren nicht nur für die Pferde. Simon und ich mußten erst überredet werden; nachdem wir uns jedoch mit dem Gedanken angefreundet hatten und sahen, wie sehr sie den Pferden schmeckten, aßen auch wir unseren Anteil.
Sie schmeckten gar nicht einmal so schlecht.

> Mittwoch, 6 Uhr morgens – Ich bin ganz groggy vor lauter Schlafmangel. Meine Beine fühlen sich wie Gummibänder an, mein Gehirn wie Götterspeise. Wenn dies hier in verständlichen Worten verfaßt ist, ist das ein Wunder.
> Kam gegen Mitternacht von Pia nach Haus und fand eine tränenreiche Nachricht von Beth aus der Ambulanz auf meinem Anrufbeantworter: Sie hatte sich einen Knöchel gebrochen und war durch eine Glastür gefallen, als Mr. Galante einen Infarkt hatte.
> Sie rannte aus dem Zimmer, um den Wagen mit den Schrittmachern zu holen, als sie auf einem Klecks Kontaktpaste ausrutschte und der Länge nach durch die Tür fiel. Sie sagte, das Knacken ihres Knöchels sei so laut gewesen, daß

Risen und Chris es draußen beim Schreibtisch gehört hätten. Außerdem hatte sie Schnittwunden am Ohr sowie auf der Kopfhaut.
Sie macht sich natürlich große Sorgen, wie sie zurechtkommen soll, wenn sie arbeitsunfähig ist. Aber das ist nicht der Hauptgrund für ihre Tränen. Ich glaube, was sie wirklich bedrückt, ist, daß sie nicht wird tanzen können, denn das ist die Sucht, mit der sie immer den Alkohol ersetzte.
Ich brachte sie nach Haus und verbrachte viel Zeit damit, sie zu beruhigen. Als sie wieder zuhören konnte, sagte ich ihr, daß sie ohne ihre Ersatzsucht 24 Stunden am Tag Hilfe brauchen würde und daß ich, obwohl ich sie liebte, nicht in der Lage sei, ihr diese zu geben.
Ich sagte, was ich vor Monaten schon hätte sagen sollen – nämlich, daß es an der Zeit sei, mit ihrer Heilung weiterzumachen und wieder zu den Anonymen Alkoholikern zu gehen, wo es Leute gebe, die sie verstehen würden und ihr wirklich helfen könnten. Ich weiß nicht, ob das angekommen ist, aber ich glaube, es ist ihre einzige Chance, zu überleben und glücklich zu werden. Ich beneide sie nicht, ich glaube, da ist ein sehr alter Schmerz, über den sie hinwegkommen muß.
Muß jetzt schlafen, oder ich bin morgen bei der Arbeit keinen Pfifferling wert.
Ich habe mir vorgenommen, von fliegenden Pferden zu träumen.

10. Kapitel

»Niemand hat es je gegeben, der der Liebe ganz entkam ...«
Longus, *Daphnis und Chloe*

In den letzten Minuten des Jahres 1988 beobachtete ich die Festlichkeiten von einem Tisch aus, der mit Papptellern, verknüllten Papierservietten, durchsichtigen Plastikbechern und Knallern in unterschiedlichen Stadien der Verstümmelung übersät war. Sie veranlaßten mich, über die Tatsache nachzudenken, daß die Zeit immer weiterging. Genaugenommen hüpfte sie eher sprunghaft hin und her als zu gehen; manchmal allerdings schlurfte sie auch nur dahin.

Ich dachte über die Tatsache nach, daß ich die ganze Zeit mitgeschlurft war – allein. Die Beweise für meinen einsamen Zustand waren überall um mich herum: Die Party bestand aus 101 Leuten: 50 Paaren und mir. Selbst die Mitglieder der Band wurden von ihren besseren Hälften begleitet.

Die alte Trauer setzte in der Mitte meiner Brust ein und kroch mir langsam in die Kehle hoch – wie eine Katze, die sich auf den Küchentisch schleicht, weil dort der Fisch liegt. Ich kämpfte gegen meine Melancholie an, indem ich mir vorstellte, was Dale Carnegie, der Meister des positiven Denkens, über meine jämmerliche Lage zu sagen hätte.

Dale sah schmuck aus mit seiner Silvesterkappe und dem Smoking, und sein Rat lautete, man solle sich an die guten Dinge, die einem im zurückliegenden Jahr passiert waren, erinnern und bei ihnen verweilen.

Okay. Gute Dinge. Mal sehen ... Nun, ich war gesund gewesen

und hatte fünf Punkte in meiner Liste »Dinge, die ich tun will, bevor ich zu alt werde oder sterbe« abgehakt: drachenfliegen; mit einer Kutsche durch den Central Park fahren; in einem Segelflugzeug fliegen, ohne mich zu übergeben; schnorcheln und klettern. Damit blieben nur noch 347 Dinge, die zu erledigen waren.

Ich hielt nach wie vor zahlreiche Vorträge, und obwohl mir der Lektor ständig im Nacken saß, ging es mit meinem zweiten Buch planmäßig voran.

Ach ja: Außerdem war niemand von meinen Freunden oder nahen Verwandten gestorben.

Dale Carnegie lächelte: »Siehst du? Es geht dir besser als den meisten. Was ist schon ein wenig Einsamkeit, verglichen mit all diesen herrlichen Dingen?«

Ich war drauf und dran, in resignierter, halber Zustimmung zu nicken, als die negativen Ereignisse, die sich während des Jahres zugetragen hatten, die gleiche Aufmerksamkeit von mir verlangten und in einem langsamen Trauermarsch durch mein Gedächtnis zogen. Die positiven traten beiseite und ließen sie durch.

Zunächst einmal wurde das Leben im Krankenhaus von Tag zu Tag schwieriger und stressiger. Gewiß, die Intensivstationen profitierten vom neuen Anbau, aber die Verwaltung schrie ständig »Verarmung!« und zog die Schrauben bei den Schwestern an. Je schmutziger die Auseinandersetzungen wurden, um so mehr verloren die Schwestern die Geduld. (Gott sei Dank waren noch keine Patienten zu Schaden gekommen.) Der Kampf war auch nicht länger auf die Aufwiegler beschränkt; alle Krankenschwestern hatten die Nase voll.

Wir hatten schon längst mit der Arbeitsbelastung und -unsicherheit zu kämpfen, als das Management den Etat weiter kürzte. Was das randvolle Faß endgültig zum Überlaufen brachte, war die Tatsache, daß mehrere unserer Sozialleistungen verringert oder ganz gestrichen worden waren, ohne daß man uns zuvor davon in Kenntnis gesetzt hatte.

Meine Toleranz gegenüber der Dummheit der Verwaltung war auf dem absoluten Tiefpunkt. Ich war empört, weil ich meinen Patienten nicht die Pflege geben konnte, die sie brauchten. Nachdem ich diese Geschichte nun zwölf Jahre lang erlebt hatte, war ich eher geneigt, vor Wut zu platzen, als nach Haus zu gehen und dort von Alpträumen von Patienten gequält zu werden, die zu leiden hatten, weil ich irgend etwas nicht hatte tun können. Dann wachte ich eines Nachts um zwei Uhr auf und sah einen fremden Mann über meinem Bett stehen und meine Handtasche durchwühlen. Da bei mir zuvor noch nie eingebrochen worden war, war mir das in solchen Situationen korrekte Benehmen nicht vertraut. Die Polizei war schockiert, weil meine erste Reaktion darin bestanden hatte, auf den Kerl einzuschlagen und ihm dann in den Rücken zu springen, wobei ich einige Obszönitäten schrie, in denen vor allem von seiner Mutter die unfreundliche Rede war.

Auf seinem Weg nach draußen machte der Dieb den weiteren Fehler, Simon im Nacken zu packen und mitzuzerren. Obwohl die Polizisten sagten, er habe dies nur getan, um mich abzuschütteln, veranlaßte es mich doch, ihn an eine äußerst empfindliche Stelle zu treten. Er ließ Simon los und humpelte in das Dunkel der Nacht davon. Das alles reichte aus, während der nächsten Woche meinen Alpträumen Nahrung zu geben und die Adern an meinem Hals deutlich hervortreten zu lassen.

Ich weiß nicht, ob der Vorfall mit dem Einbrecher etwas damit zu tun hatte, aber ein paar Wochen später sprach Simon mit seinem Vater und mir über sein Bedürfnis nach mehr männlichem Einfluß in seinem Leben. »Maskuline Bindung« nennen wir das im progressiven Kalifornien; andererseits hatte ich, als ich ihm beim Umzug half, eher das Gefühl, mit etwas Primitivem in Kontakt zu sein: Ich übergab meinen Sohn den Männern des

Stammes, damit sie ihn durch die notwendigen Mannbarkeitsriten geleiteten.
Die Schürzenbänder durchzuschneiden war ja recht und schön, aber die Auswirkungen von Simons Auszug hielten noch monatelang an. Der allererste Effekt war die hohle Stille im Haus (ähnlich dem Geräusch, das man in leeren Muscheln hören kann) und die Tatsache, daß ich für niemanden mehr kochte (und ein Kochbuch »Kochen für eine Person« war mir zu deprimierend).
Etwa drei Wochen nachdem er gegangen war, entdeckte ich, daß ich Simon mit all seiner Klugheit, seinem Humor, seinen guten Ratschlägen und seiner Verrücktheit vermißte. Ich sehnte mich danach, ihn wieder, vor einem Spiegel stehend, die allererstaunlichsten Grimassen schneiden zu sehen oder ihn im Schlaf sprechen zu hören.
Nachts wachte ich auf und war in Panik wegen des geringsten Geräusches. Das Haus, das mir einmal so gemütlich erschienen war, empfand ich jetzt als kalt und leer. Die Eintragungen in meinem Tagebuch wurden lang und länger – nicht, weil ich mehr zu sagen hatte, sondern weil ich Angst vor den Stunden hatte, in denen ich mich schlaflos und frustriert hin und her wälzte. Mehr als jemals zuvor wurde ich von der ständig schmerzenden Einsamkeit gequält – wie jemand, der ohne schützende Kleidung in einem endlosen Hagelsturm steht.
Gewiß, meine Freunde waren freundlich und endlos tolerant gegenüber ihrem fünften Rad. In der Freundlichkeit ihres Herzens luden sie mich an Wochenenden gezielt zum Essen ein. Und für die Gastgeber war das immer ein Problem, denn die Anzahl der Stühle war nie gerade. Ich kann gar nicht sagen, wie oft ich an einem Kartenspieltisch aß, der gegen den Eßtisch geschoben worden war, an dem die Erwachsenen paarweise saßen. Es erinnerte mich an die Thanksgiving-Essen meiner Kindheit, nur daß meine Cousins nicht da waren, die Isolation mit mir zu teilen.

Das geistige Bild Dale Carnegies verblaßte vor meinem geistigen Auge. Relativ gesehen hatte ich ein gutes Leben – ich hatte nur kein persönliches Leben.

Vom Lärm von 100 Knallern aus meinen Träumen gerissen, fand ich mich unbeholfen durch ein Meer von 50 einander umarmenden und küssenden, feuchtäugigen Paaren treiben.

Bevor die mitternächtliche Minute vorbei war, schlüpfte ich in meinen Mantel und fuhr, meinen Handrücken küssend, nach Haus.

Am 2. Januar kaufte ich einen Schaukelstuhl und beschloß, nunmehr meine Energien auf meine innere, spirituelle Reise zu konzentrieren. Ich sah mich als weise, silberhaarige alte Frau gelassen in meinem Stuhl schaukeln, irgendwo in der verlassenen Wüste von New Mexico oder Arizona, völlig glückselig und innerlich im Frieden wie irgendeine exzentrische Figur von Castaneda. Ich beschloß, daran zu arbeiten, mich mit dem Gedanken, daß ich mein Leben als Single leben würde, abzufinden. Ich hatte bereits den größten Teil meines Lebens allein verbracht und konnte mir nicht vorstellen, daß die Einsamkeit noch unangenehmer werden könnte, als sie bereits war.

Ich irrte mich.

Ganz gleich, wieviel ich auch meditierte oder schrieb, ich konnte die Gefühle von Einsamkeit und Trauer nicht unterdrücken. An meinen schlechteren Tagen weinte ich sogar bei romantischen Werbespots oder Filmen, in denen das Paar nach 108 Minuten Streit und emotionalen Trampolinspringens zusammenblieb. Es wurde so schlimm, daß ich in Flughäfen beim Anblick von Paaren, die sich trennten oder einander begrüßten, zu weinen anfing.

Zu diesem Zeitpunkt meines Lebens waren meine inneren Geschworenen immer noch mit der Frage göttlicher Intervention beschäftigt. Sehr oft schien es, als sei dort oben niemand zu Haus – ganz gleich, zu wem ich auch sang oder betete.

Ich sollte bald etwas erleben, das mich davon überzeugen würde, daß sehr wohl jemand zu Haus war und daß dieser Jemand sehr wohl auf mich achtgab.

Einige Leute, die ich kenne, haben eine eindeutige Begabung für ASW, sogenannte außersinnliche Wahrnehmungen.

Nehmen wir meine jüngere Schwester Mari zum Beispiel: Wenn sie einen ihrer »besonderen« Träume von einer ihr bekannten Person hat – zack! –, dauert es keine drei Tage und die Person fällt tot um.

Janey und ich haben schon immer eine Art von ASW-Verbindung miteinander gehabt. Wenn ich denke, daß ich mit ihr reden möchte, steht fest, daß sie mich innerhalb der nächsten zwölf Stunden anruft. Wenn ich dann den Hörer aufnehme, sind ihre ersten Worte: »Warum winkst du mir die ganze Zeit zu?«

Ich habe gehört, daß ich auf einer metaphysischen Ebene ein offenes Buch bin. Oft sind völlig fremde Menschen mit Informationen zu mir gekommen, von denen niemand außer mir weiß (oder wissen *möchte).*

Also war ich nicht sehr überrascht, als ich Ende Juli einen Brief von einem älteren Herrn aus Maryland bekam, der mir schrieb, mein Buch habe ihm sehr gefallen, und der mir etwas dafür zurückgeben wollte. Sein »Geschenk« waren die letzten beiden Seiten seines Briefes:

> *Ich habe noch nie zuvor einem Autoren oder einer Autorin geschrieben, aber ich dachte mir, es würde Ihnen nichts ausmachen, vor allem da ich sehe, daß Sie zur Zeit durch eine schwierige Phase Ihres Lebens gehen. Wenn ich mich auf Sie konzentriere, fühle ich den Schmerz der Einsamkeit, der Sie nicht in Frieden schlafen läßt. Sie glauben nicht, daß Sie die Liebe Ihres Lebens finden werden.*

Sie gehen sogar so weit, daß Sie sich mit den Insignien einer alten Witwe umgeben (ich sehe einen Schaukelstuhl?). Sie allein sind die Architektin dieses Elends. Es ist an der Zeit zu renovieren.
Glauben Sie mir, wenn ich Ihnen sage, daß Sie auf Grund all der Leben, die Sie berührt haben, ein Bankkonto voll Liebe angesammelt haben, das Ihre wildesten Träume übertrifft.
Sie haben jahrelang in dieses Konto nur eingezahlt, aber bis heute nichts abgehoben. Warum verlangen Sie nicht etwas von dieser Liebe zurück? Ich muß Sie jedoch warnen: Seien Sie wählerisch bei dem, worum Sie bitten.

Eine Gänsehaut lief meinen Arm hoch – nicht so sehr, weil dieser Mann offensichtlich eine übersinnliche Verbindung zu mir hatte, sondern weil ich fühlte, daß er mir eine Art magischer Formel gegeben hatte, eine moderne Version des Geistes in der Flasche.
Der erste Tag im August hat immer eine besondere Faszination für mich, vielleicht weil ich den August schon immer für den romantischsten Monat des Jahres gehalten habe. Mit diesem Gedanken durchlebte ich den Juli und plante derweil genau, wohin ich gehen und worum ich bitten würde.
Am Morgen des 1. August marschierte ich voller Begeisterung hinaus zum Ozean. Der verlassene Strand war meine Bank, die Wellen der Kassierer. Ich war gekommen, um etwas von meinem Konto an Liebe abzuheben. Mit lauter Stimme nannte ich meine wichtigsten Anforderungen: Ich wollte einen normalen, netten Mann – nie wieder einen gewalttätigen Frauenhasser; keinen Retter und kein Opfer; keinen Süchtigen auf der Suche nach einem Helfer; jemanden, der das Wort »Verpflichtung« aussprechen konnte, ohne dabei einen Krampf im Kiefer zu bekommen. Der Rest war das Übliche, das wir aus den Briefen der

Briefkastenonkels in den Zeitungen kennen: glücklich; gesund; ohne Angst vor der Liebe; kommunikativ; freundlich; mit einem starken Selbstwertgefühl; praktisch; intelligent; vernünftig; bereit, dafür zu arbeiten, daß es funktioniert; treu; vertrauenswürdig; schräg; liebevoll; mit einer großen Portion verdrehten Humors; sportlich; gut aussehend und so weiter und so weiter bis zum Erbrechen.

Eine Woche später kam der eine Mann unter tausend, auf den genau diese Beschreibung paßte, an meine Haustür und klopfte. Sein Name war David.

Eine zobelbraune Katze hing dem Mann über die Schulter und leckte ihm spielerisch und Spuren in seinem Gesicht hinterlassend am Ohr. Ich erkannte den Mann als einen der Mieter in dem Wohnblock neben meinem Haus; es war die Katze, die mich völlig verwirrte.

Diese Katze sah aus wie der Moosh, aber Mooshie war ein verzogenes, unfreundliches Tier, das niemals einen Fremden näher als sechs Meter an sich heranließ – geschweige denn, ihm unter allen Anzeichen seiner Zuneigung erlauben würde, ihn zu halten.

Ich machte keine Anstalten, das Tier wieder in Besitz zu nehmen, das schnurrte – ein Geräusch, das *meinem* Mooshie völlig fremd war. Wenn er gefaucht oder geknurrt hätte, ja dann ...

»Ist das nicht Ihre Katze?« fragte der Mann mit einem wundervollen Lächeln. »Ich sah ihn, wie er mitten auf der Straße saß und sich damit amüsierte, daß die Autos ihm ausweichen mußten. Ich hab' ihn auf Ihrer Veranda gesehen und dachte mir, daß er zu Ihnen gehört.«

Ich betrachtete das Tier genauer. Es *war* der Moosh, es sei denn, es hätte hier in der Nachbarschaft noch einen zweiten untersetzten Burmesen gegeben, der ein neonorangefarbenes Halsband mit neongrünen Glöckchen dran trug.

Ungläubig streckte ich die Arme nach meiner Katze aus, die sich weigerte, vom Hemd des Mannes getrennt zu werden. Aus seiner zusammengerollten Position auf der Schulter des Mannes warf er mir einen tödlichen Blick zu, der deutlich sagte: »Hau ab. Du hattest deine Chance – ich liebe jetzt jemand anders.«
Die einzige Möglichkeit, Mooshie von seinem Retter weg- und in das Haus zu locken, bestand in einer Dose Thunfisch – eine Delikatesse, die sonst nur seinem Geburtstag und Weihnachten vorbehalten war.
Mein Nachbar trat in den vorderen Flur und zeigte sofort Interesse für die ungewöhnlichen Flechtwände des kleinen Hauses; das führte zu meiner üblichen historischen Führung durch das Haus, das wiederum zu einer entspannten Unterhaltung darüber, wer wir waren, welche Berufe wir hatten und warum wir uns nie zuvor begegnet waren, da ich doch schon 17 und er fast drei Jahre hier wohnte.
Ich erinnerte mich, daß ich ihm einmal zugewinkt und -gelächelt hatte, während ich die gemeinsame Ausfahrt verließ, aber er hatte meinen Gruß nicht erwidert. Damals hatte ich nur mit der Schulter gezuckt und mir gedacht, daß er wie so viele gutaussehende Männer in der Bay-Gegend entweder Angst hatte, ich könnte eine weitere einsame, alleinlebende Frau auf der Suche nach einer Verabredung sein, oder daß er völlig ichbezogen war.
Er könne sich an die Geste auch erinnern, sagte er, sei jedoch über den Anblick einer lässig über meinem Kopf drapierten Katze viel zu erstaunt gewesen, um reagieren zu können.
Irgendwann zu Beginn des Gesprächs fragte ich ihn, wie er es während des Vietnamkriegs geschafft habe, sich der Einberufung zu entziehen. Er brüllte vor Lachen. Als er wieder zu Atem kam, sah er mich an, als ob ich von einem anderen Planeten sei, und sprach von Wehrpflicht und darüber, daß er während der Zeit in Vietnam den Kindergarten verlassen habe.

In aller Stille rechnete ich nach, daß, als er in die dritte Klasse kam, ich im People's Park herumhing und mich an Antikriegsdemonstrationen in Berkeley beteiligte.

Dann fragte er mich direkt, wie alt ich gewesen sei, als John Kennedy erschossen wurde. (Ich war in der Junior-High-School, und er war ein Junior in seinem Laufstall.) Und da realisierten wir zum ersten Mal, daß es zwischen uns einen Altersunterschied von 14 Jahren gab – zu seinen Gunsten.

Ich kann mich nicht an alles erinnern, worüber wir an jenem Abend sprachen, aber ich weiß genau, daß wir an meinem Küchentisch saßen und bis drei Uhr am folgenden Morgen miteinander redeten. Es war das angenehmste, ehrlichste Gespräch, das ich je mit einem Mann gehabt hatte.

Das war der erste Abend. Mit Ausnahme der Abende, an denen ich arbeitete, war es an allen Abenden der nächsten drei Wochen das gleiche: David kam nach der Arbeit herüber, wir nahmen ein leichtes Abendessen ein, machten das Feuer an und redeten bis drei, manchmal fünf Uhr des nächsten Morgens.

Bei diesem Tempo dauerte es nicht lang, bis wir entdeckten, daß wir einander besser kannten und mehr miteinander gemeinsam hatten, als dies bei irgend jemandem in unseren Leben der Fall war – einschließlich unserer Freunde, mit denen uns jeweils eine gemeinsame Geschichte verband.

In unserer vierten Woche mit durchschnittlich vier Stunden Nachtschlaf wurde David beschuldigt, am Arbeitsplatz zu trinken, und die Damen in meiner Vermittlung waren so konfus, daß sie drohten, in Streik zu treten. Da wir beide jeden Tag mit Autos unterwegs waren, beschlossen wir im Namen der Sicherheit, unsere Gespräche spätestens um Mitternacht zu beenden.

Kurz nach Beginn dieses neuen Arrangements sagte ich ihm eines Abends in der Haustür auf Wiedersehen, als ich ihn plötzlich ganz neu zu sehen schien. Vielleicht war es das leise Lachen, waren es die Grübchen oder die braunen Augen – was immer es auch war, es verschlug mir den Atem und ließ mich verwirrt und schlaflos zurück.

Vor diesem Augenblick war mir nie der Gedanke an eine romantische Beziehung zu David gekommen. Schließlich war er ein »Kind« und ich eine »Erwachsene«. Gewiß, in vielen Dingen war er älter und klüger als ich; aber dennoch: 14 Jahre Unterschied ...

Die Verwirrung verwandelte mein Denken in ein Schlachtfeld, bis ich schließlich die Situation in den Griff bekam und mir einen Tag lang den Gedanken an David als meinen Liebhaber ausredete. Ich beschloß, daß alles, was über eine schöne Freundschaft hinausging, nicht zur Debatte stand. Intimität hatte schon immer meine Beziehungen in Katastrophen verwandelt. Außerdem war es lächerlich anzunehmen, daß ein junger und gutaussehender Mann wie David, was mich betraf, an mehr als einer Freundschaft interessiert sein könnte. Ich stellte erleichtert die fließenden Säfte zurück in den Kühlschrank und ließ die wilden Wünsche verstummen; David würde ein sehr wertvoller Freund bleiben und nie von meiner Albernheit erfahren.

Alles, so sagte ich mir, würde sich zum Guten wenden.

Zwei Abende später spielten wir Karten vor dem offenen Kamin und diskutierten nebenher Methoden der Bestattung in den USA. Ich erinnere mich, daß ich gerade die Argumente für und wider Einäscherung beziehungsweise Einbalsamierung erörterte, als David mit blassem Gesicht seine Karten hinlegte.

»Echo, was zum Teufel tun wir hier eigentlich?« Seine Stimme war unsicher, und er saß auf seinen Händen. Mooshie sprang von seinem Schoß, von wo er sich sonst nicht so einfach vertreiben ließ.

»Wir spielen Karten und reden über die ...«

»Ich meine dich und mich. Was tun wir?«

Eine Welle der Panik kroch sofort vom Knoten in meinem Ma-

gen in meine Kehle, breitete sich über beide Schläfen aus und lähmte mich.
»Du weißt ganz genau, daß hier mehr ist als nur zwei Freunde, die Karten spielen«, sagte er.
Einige Augenblicke lang war es still, nur das Feuer knackte herbstlich. Ich hatte gerade eben entdeckt, daß ich aufgehört hatte zu atmen, als ich mich sagen hörte: »Was stellst du dir vor?«
David holte tief Luft, streckte den Arm aus und berührte meine Hand. »Ich glaube, du und ich sollten ... zusammensein.«
Es war das erste Mal, daß wir uns wirklich berührten. Die Damen in meiner Vermittlung kippten hintenüber und fielen in Ohnmacht. In einem Zustand doppelter Wahrnehmung sah ich mich selbst, wie ich aufstand, mich hinter seinen Stuhl stellte und meine Hände auf seine Schultern legte. Ich legte meine Wange leicht gegen sein Haar und dachte: Ist das der eine, der für mich ausgewählt worden ist?
Nein.
Ja.
Nein. Ich brauche mehr Zeit zum Nachdenken.
Ja. Du hast es schon zu Tode überlegt. Es gibt nichts mehr nachzudenken.
Ich habe Angst.
Dazu hast du auch allen Grund nach sechs Jahren Zölibat, aber keine Sorge – es ist wie mit Radfahren.
Ich bin zu alt. Demnächst brauche ich eine Lesebrille.
Immer mit der Ruhe: Du hast mehr von einem Teenager an dir als dein Sohn. Das sagen alle.
David ist zu jung.
Mit Ausnahme seiner Geburtsurkunde ist er in jeder Hinsicht älter als du.
Was werden die Leute denken?
Ach, du lieber Gott! Wann hast du dich jemals in deinem Leben

darum gekümmert, was die Leute denken? Ist dies dieselbe Frau, die hoch oben auf schmalen Brückengeländern tanzt und beim kleinsten Anlaß ihre verdrehten, unsinnigen Gedanken von allen Hausdächern schreit?
Worauf lassen wir uns da ein?
Höre ich da die ehemalige Mrs. Abenteuer?
(David legte seine feuchten und eiskalten Hände auf mein Gesicht.)
Was, wenn ich mich noch mehr in ihn verliebe, als ich es jetzt schon bin? Ich will nicht wieder verletzt werden.
Mit wem rede ich hier eigentlich? Wo bleibt der alte Schlachtruf »Ich sterbe lieber auf dem Tanzboden, als ein zuschauendes Mauerblümchen zu sein«?
Okay. Okay. Du hast gewonnen. Führt mich ins Kolosseum, wo sind die Löwen?
Jetzt holte ich tief Luft, schloß die Augen und küßte mein Geschenk.

11. Kapitel

»Moderne Krankenpflege in einem Satz? – Florence wohnt hier nicht mehr!«

Echo Heron, Krankenschwester

In der unnatürlichen Ordnung der Dinge gibt es Nachtschichten. Nachts zu arbeiten hat etwa zwei Vor- und 200 Nachteile, es sei denn, man hat einen einzigartigen Biorhythmus, ist ein Vampir oder ein Waschbär.

Während meines Alptraums als Neuling, als ich auf der Isolierstation Nachtschicht hatte, entdeckte ich, daß außer Schlafentzug und der Zerstörung meines Privatlebens ein weiterer der anderen 198 Nachteile darin bestand, daß eine normale Zuteilung aus neun bis zwölf mittelschweren Fällen pro Schwester besteht. Auf den anderen Stationen gilt das als eine gute Nachtschicht. Dann gibt es die schlechten, wenn eine Schwester für bis zu 20 Patienten zu sorgen hat, ohne daß ein Pfleger, eine »zirkulierende« Schwester oder sonstiges Pflegepersonal zugeteilt wird.

Einer der beiden Vorteile ist, daß die meisten Verwaltungsleute nach Haus gegangen sind, der zweite, daß die meisten Ärzte nachts schlafen.

Aber wenn Nachtschichten auf den Intensiv- und anderen Stationen schon übel sind, dann ist die Nachtarbeit in der Ambulanz eine wahre Horrorgeschichte. Ambulanzschwestern wissen, daß laut einem ungeschriebenen Gesetz die wirklich unglaublichen Fälle erst nach Mitternacht aus den Gullys hervorkriechen und sich auf den Weg in die nächstgelegene Ambulanz machen.

Die Zombieschicht geht von sieben Uhr abends bis sieben Uhr morgens, und obwohl es Schwestern gibt, die diese Schicht tatsächlich gern arbeiten (Näheres von den Schauspielern aus *Nacht der lebenden Toten*), sahen die Regeln des Redwood vor, daß das gesamte zur Verfügung stehende Personal mindestens zwei Zombieschichten pro Monat abzuleisten hatte.
Diese blödsinnige Regel führte dazu, daß das Personalbesetzungsbüro eine reguläre Ambulanzschwester abzog und in eine Tag- oder Abendschicht verlegte, was für die betreffende Schwester meistens sehr unpraktisch war. Dann wurde eine andere Schwester von ihrer normalen Tag- oder Abendschicht abgezogen, was wiederum nur Chaos verursachte, um die Lücke zu füllen, die man soeben geschaffen hatte. All dies geschah nur, um die Vorschrift zu erfüllen, daß alle Angehörigen des Pflegepersonals eine vorgegebene Anzahl an Nachtschichten arbeiten mußten.
In Ermangelung einer plausiblen Erklärung behauptete das Personalbesetzungsbüro, dieses Personenkarussell sei notwendig, um die »Nachtschichtfähigkeiten« aller Schwestern auf dem laufenden zu halten. Ich sage Ihnen hier und jetzt, daß die Behandlung einer Schußwunde oder das Schienen eines gebrochenen Handgelenks um drei Uhr nachts nicht anders ist als um drei Uhr nachmittags.
Obwohl der Oberpfleger auf der Ambulanz schriftlich festgehalten hatte, daß ich auf Nachtschicht ein Sicherheitsrisiko war, bestand er dennoch darauf, daß ich meine vorgeschriebene Anzahl pro Monat machte. Daß die Ärzte sich darüber beschwerten, daß ich gegen vier Uhr morgens begann, undeutlich zu sprechen und gegen alle möglichen Gegenstände zu laufen, konnte die Bedeutung der Vorschriften nicht mindern.
Im Oktober fielen meine Zombieschichten auf Vollmond. Ich schlafe tagsüber nicht gut, aber ich wußte aus Erfahrung, daß ich mich auf den Irrsinn vorbereiten mußte, der auf mich wartete, wenn ich um sieben Uhr abends in der Ambulanz ankam.

Um zwei Uhr nachmittags kroch ich ins Bett und sagte mir, ich würde doch keinen Schlaf finden, sondern nur für drei, vier Stunden ruhen. Zur Strafe für all die Wochen, in denen ich ihn mit meinem Gesprächsmarathon mit David unbeachtet gelassen hatte, versetzte mich der Gott des Schlafes sofort in einen Zustand der tiefsten REM-Bewußtlosigkeit.

Der Hauptfilm meines Traumes war sehr merkwürdig, wie dies bei Träumen am Tage häufig der Fall ist. Es begann mit einer weiteren Folge meines Mafia-FBI-Gangster-jagen-Echo-durch-dunkle-alte-Häuser-und-Straßen-Traums. Danach fand ich mich im Paris der zwanziger Jahre wieder, in einer kleinen Wohnung in der oberen rechten Ecke des Arc de Triomphe. Ich war mit Dr. Cramer verheiratet und enorm schwanger mit unserem ersten Kind.

Ich arbeitete nachts im Louvre, wo ich Gemälde niederländischer Meister bei Kerzenlicht restaurierte, weil der Kurator der Meinung war, auf diese Weise würden die Farben denen des Originals ähnlicher. Statt mit Farbe versuchte ich jedoch die Bilder mit Hilfe von Defibrillatorelektroden und Spritzen voller Lidokain zu restaurieren.

An diesem speziellen Abend arbeitete ich an Dous *Die Frau mit Wassersucht,* als dieses Bild sich zu meinem Entsetzen in Goyas alptraumhafte *Alte Frau* verwandelte. Das alte Weib wurde lebendig und kroch auf mich zu, wobei sie die in dem Gemälde gestellte Frage kreischte: *»Qué tal?«*

Als sie meine Kehle erreicht hatte, verwandelte sich die *Alte Frau* in eine Walt-Disney-Version des *Letzten Abendmahls,* in der Jesus und die Apostel die Gestalten von Schneewittchen und den zwölf Zwergen annahmen.

Ich arbeitete verzweifelt, um das ursprüngliche Gemälde wiederherzustellen, als Schneewittchen zu einem Dämon wurde, der einen Baseballschläger schwang. Das Gesicht des Monsters war ein einziger Horror aus Reißzähnen und gelben Augen, während

es den Schläger auf dem Judas alias Zwerg Dopey niedersausen ließ. Blut spritzte aus dem Gemälde hervor und lief in Strömen über mein Gesicht und meine Arme. In dieser für Träume typischen eingefrorenen Panik galt mein erster Gedanke der Tatsache, daß Dopey HIV-positiv war, sowie der Sicherheit meines Babys.
Miss Milks tauchte aus dem Nirgendwo der Träume auf; sie hielt ein Blatt Papier in der Hand, aus dem hervorging, daß das Blut, das jetzt in meine Augen und meinen Mund tropfte, in der Tat HIV-positiv war.
Es war einer dieser Träume, die geheimnisvolle und schwer zu definierende Gefühle hervorrufen, die einem auf der Schulter hocken und einen noch verfolgen, wenn man schon längst wieder wach ist.

»Bleib bei mir, Osbert, hörst du mich!?« Ich tastete nach dem grünen Plastikluftschlauch und dem Ambubeutel, die ich zwischen die Matratze und den Stahlrahmen der fahrbaren Ambulanztrage gesteckt hatte. »Kooperiere, Risen, und ich geb' 'ne Runde aus!«
Ich rechnete nicht wirklich mit einem Lachen, aber ich betete um mindestens ein Lächeln. Aber nein, Risen lag totenstill und sah ziemlich aschgrau aus. Abgesehen von einem gelegentlichen Grunzen war er nicht in der Lage gewesen, mit uns zu kommunizieren, und die Polizei war noch nicht mit Einzelheiten aufgekreuzt. Wir wußten nur, daß von Risens Wohnung aus jemand einen Notruf getätigt hatte, und als die Sanitäter dort eintrafen, fanden sie ihn bewußtlos und mit gebrochenem Schädel auf dem Fußboden liegen.
Schweißnaß schob ich die Trage so schnell ich konnte zum Scannerraum. Wenn man Risens Gewicht in Betracht zog sowie die Tatsache, daß ich gegen den tiefen Flor des Teppichs im Hauptkorridor ankämpfte (ein weiteres Beispiel dafür, wie sehr die Ver-

waltung die Belange der Schwestern berücksichtigte), kam ich ganz gut voran. Das heißt – bis ich Mr. Cooneys Weg kreuzte, der gerade den Teppich vor der Tür des Scannerraums reinigte.

»Ich muß sofort da rein, Mister Cooney. Gehen Sie bitte zur Seite.«

Mr. Cooney hatte Pia und mir nie verziehen, daß wir ihn mit Herzbeschwerden geängstigt hatten – ganz gleich, wie oft wir ihn davon zu überzeugen suchten, daß wir möglicherweise sein Leben gerettet hatten, als wir ihn so krank redeten, daß er Hilfe aufsuchte. Bei ihm fiel das auf taube Ohren; statt dessen beschwerte er sich darüber, daß, wenn er nie von seinem Bluthochdruck erfahren hätte, er vollkommen in Ordnung gewesen wäre und nicht jeden Tag diese »verdammte Druckmedizin« nehmen müsse. Er weigerte sich, unsere tragischen Geschichten von anderen Leuten mit Herzinfarkt anzuhören, die auch nichts von ihrem hohen Blutdruck gewußt hätten und nun entweder dahinvegetierten oder tot seien.

»Fußboden ist naß«, brummelte er und machte keinerlei Anstalten, beiseite zu gehen.

»Mister Cooney«, sagte ich, und meine Stimme war aus Granit. »Ich habe einen Pfleger hier mit einem gebrochenen Schädel. Wenn Sie Ihren Arsch nicht bewegen, ich schwöre Ihnen, ich werde Sie *und* diese gottverdammte Maschine nehmen und ans andere Ende des Korridors schmeißen.« Ich starrte ihn wütend und herausfordernd an.

Er ignorierte mich und betrachtete Risen näher. Überraschung und Bestürzung traten sofort an die Stelle seines selbstzufriedenen und mürrischen Gesichtsausdrucks. »Um Gottes willen! Das ist der Pfleger von der Herzstation. Er sieht schlimm aus. Was ist passiert?«

»Das wissen wir nicht, Mister Cooney, aber ich muß ihn sofort da reinbringen.«

Mit der Beweglichkeit und Geschwindigkeit eines viel jüngeren und schlankeren Mannes hob er die Reinigungsmaschine aus dem Weg und schob die Trage in den Scannerraum. »Er hat sich wirklich sehr nett um mich gekümmert«, sagte er und ging zu seiner geliebten Maschine zurück. »Er ist anders, aber ich hoffe, er kommt wieder in Ordnung.«

Ein unterdrücktes »Dnnnk« kam von der Trage. Risens Augen bewegten sich unter den Lidern.

Ich weinte fast vor Erleichterung. »Hallo, Süßer, ich bin's, Echo. Bist du wach?« Ich nahm seine Hand und küßte sie. »Sag mir, wie du heißt.«

»Sandy. Bastard.«

Ich lachte. »Sandy Bastard, guter Name. Wer ist der Präsident der Vereinigten Staaten, Risen?«

»Mister Cooney.«

»Fast richtig, aber nicht ganz. Risen, hör zu, du bist im Krankenhaus. Du hast eine schlimme Kopfverletzung. Kannst du mir sagen, was passiert ist?«

Sandy Bastard trat wieder weg, und die angstvolle Verzweiflung breitete sich wieder über meine Schläfen aus. Sich um eine Kollegin oder einen Kollegen zu kümmern war eine völlig andere Art der Fürsorge, vor allem im Fall eines Traumas. Für mich war es, als ob ich die verletzte Person wäre, das ganze Geschehen fühlte und beobachtete und meine eigene Kompetenz durch das Bewußtsein einer anderen Person beurteilte. Die andere Seite war natürlich, daß man keine Krankenbettlügen erzählen konnte, wenn man sich um jemanden vom Fach kümmerte. Man konnte einer anderen Pflegeperson nicht sagen, daß alles in Ordnung kommen würde, wenn dies nicht der Fall war. Man konnte nicht auf Zeit spielen, indem man die Diagnose oder Prognose weitergab.

Am schwierigsten war jedoch die Tatsache, daß dieser Patient im wahrsten Sinne des Wortes zu meiner Familie gehörte. Objektiv zu sein war manchmal unmöglich.

Der Röntgentechniker und ich zogen Risen auf den schmalen Scannertisch und schnallten ihn fest an. Ich legte die EKG-Kabel und stellte den Monitor an eine Stelle, wo ich ihn durch den Beobachtungsspiegel der Station sehen konnte. Nachdem ich die Signale auf volle Lautstärke gestellt hatte, konnte ich damit beginnen, Risens Werte zu notieren und gleichzeitig den Monitor mit meinen Ohren zu »beobachten«. Risens Rhythmus war gleichmäßig und stimmte haargenau mit dem Tempo des mir am meisten verhaßten Liedes überein: *Mack the Knife.*
Ich notierte die letzten Vitalzeichen, küßte meinen Kollegen auf die Wange und versank in einem der überladenen Ärztesessel. Während ich mir die Untersuchungshandschuhe von den Händen streifte, schüttelte ich meine Füße aus, die sich anfühlten wie mit heißem Wasser gefüllte Fußbälle.
Es war erst Mitternacht, aber ich war seit 19 Uhr nonstop unterwegs gewesen. Als wir die Schicht antraten, hatten Gus und ich es noch nicht einmal bis zur Mitte des Korridors geschafft, als Dr. Kin uns schon schnappte, damit wir ihm bei einem Betrunkenen assistierten, der sich eine tiefe Rißwunde von der Hüfte bis zum Knöchel geholt hatte, als er versuchte, über den von seiner Frau vor ihrem Schlafzimmer aufgestellten Stacheldraht zu klettern.
Danach kamen die üblichen durchgedrehten Vollmondschnittwunden, Magenverstimmungen, seltsamen und knotigen Ausschläge, Überdosen und verdrehten Gelenke; es kamen die Kopfverletzung einer Frau, die aus einem Fahrzeug gezogen worden war, das an seinem Stoßdämpfer von einem Telefonmast hing, sowie eine Nonne, die sich einen Arm und die Nase im Schlaf gebrochen hatte – zumindest behauptete sie dies.
Kurz vor 21 Uhr schickte mich Dr. Mahoney zum »Raum der Verdammnis«, wo ein 46jähriger Pilot gerade mitten in einem Infarkt war. Er hätte kein großes Problem dargestellt, wenn er nicht meine Hand mit eisernem Griff gepackt und um nichts

in der Welt wieder losgelassen hätte. In meinen zwölf Berufsjahren hatte ich noch niemanden mit soviel Angst vor dem Krankenhaus gesehen. Er tat mir leid, aber andererseits fühlte ich eine perverse Genugtuung, als ich sah, wie er sich an das Seitengitter klammerte und schwitzte. Irgendeine Art von Gerechtigkeit wurde mir zuteil für all die turbulenten Flüge, die ich erlebt hatte, auf denen der Pilot mit großer Eindringlichkeit verkündet hatte, daß jeder auf seinen Platz zurückkehren *müsse* – und wir dann den Rest des Fluges angeschnallt, hyperventilierend und in einem gräßlichen Zustand der Panik verbrachten. Soweit es mich betraf, hätten sie genausogut verkünden können, daß wir jetzt alle sterben würden und uns auf den Tod vorbereiten sollten.

Während der Techniker den Scanner einstellte, suchte ich eine Stammkarte und begann, die Progression von Risens Vitalzeichen von mehreren Stückchen Papierhandtuch und meiner Handfläche zu übertragen. Ich versuchte gerade, den verschmierten Blutdruck von meinem Zeigefinger abzulesen, als der Takt von Risens Monitorrhythmus von *Mack the Knife zu Stille Nacht* wechselte. Der Adrenalinstoß trieb mich gerade noch rechtzeitig in den Scannerraum, um zu sehen, wie sich sein Rhythmus von Bradykardie zu einer einfachen geraden Linie veränderte.

Ich schrie »Notfall!«, riß die Klettverschlüsse der Elektroden weg und schlug mit der Faust auf Risens knochigen Brustkasten. Statt der netten, normalen Sinuskurve, um die ich gebetet hatte, wechselte die Kurve auf dem Monitor von Asystolie zu Kammerflimmern; immer noch eine Katastrophe, aber besser. Zumindest gab es noch einen elektrischen Strom, mit dem man arbeiten konnte.

»Verdammt, Risen!« Ich schob den Tubus in seinen Mund und legte die Sauerstoffmaske über seine untere Gesichtshälfte. »Tu uns das nicht an!«

Während ich ihn für ein paar schnelle Atemzüge zurechtlegte, versanken meine Finger in dem breiigen Teil, der sein Hinterkopf war. Es war ganz so, wie wenn man eine Melone aus einem Korb nimmt und entdeckt, daß die Unterseite bereits verfault ist.
Ich hatte noch nicht richtig Atem geholt, als Dr. Menowitz und das Notfallteam mit dem Notfallwagen zur Tür hereingerannt kamen. Ich trat beiseite, damit der Atemgerättechniker übernehmen konnte; ich mußte meine Stimme nur wenig erheben, um meinen Bericht geben zu können; im Gegensatz zu dem chaotischen, wilden Lärm bei Notfällen am Tage ging es nachts kontrollierter und ruhiger zu.
Jemand drückte mir die eingefetteten Defibrillatorelektroden in die Hand. Ohne hinzusehen, lud ich sie auf 300 Joules auf und plazierte sie an die richtigen Stellen auf Risens Brust.
»Fertig!«
Der Atemgerättechniker und die Schwester, die die Wiederbelebungsversuche machte, sprangen vom Scannertisch zurück. Ich stellte sicher, daß ich nirgendwo mit Risen oder dem Tisch in Berührung war, und schaltete die Entladungsknöpfe ein.
Der Stromstoß hob Risens dünnen Körper vom Tisch hoch.
Zwei ewige Sekunden würde es dauern, bis der neue Rhythmus des Herzens auf dem Monitor sichtbar sein würde. In dieser Zeit dachte jeder von uns rasend schnell nach, ging durch, was schon getan worden war, plante, welche Medizin als nächste zu geben, was als nächstes zu tun sei. Sollte man schon mehr Epinephrin geben? Sollten wir noch einmal defibrillieren? Jetzt intubieren oder noch ein bis zwei Minuten warten?
Ich zog mich innerlich aus all diesen Überlegungen zurück; es waren schon genügend medizinische Fachleute im Zimmer, um eine ganze Armee von Notfällen zu retten. Statt dessen konzentrierte ich mich auf Risen. Das eckige, schmale Gesicht war totenbleich. Sogar die Sommersprossen waren verblaßt und saßen als aschgraue Flecken auf seiner Nase und seinen Wangen. Ich

nahm seine Hand und drückte sie. Es war seltsam, einen von uns, den Heilern, in einer Situation zu sehen, in der er selbst der Heilung bedurfte.

»Wir sind wieder im Geschäft, Leute!« rief jemand. Risens Rhythmus setzte mit dem Taktschlag von *Angel Baby* ein, hüpfte noch einmal und beschleunigte sich dann auf ein vom Epinephrin ausgelöstes *Let's spend the night together.* Der Labortechniker lachte, und der Atemgerätetechniker seufzte vor Erleichterung. Jemand erzählte schnell einen Witz über Petrus und einen Arzt.

Ich mischte mich wieder ein, indem ich das wenige, was ich von Risens Krankheitsgeschichte wußte, auf Dr. Menowitz' Bitte hin berichtete – die Tatsache zum Beispiel, daß er an Asthma litt, im Kindergarten Hepatitis gehabt hatte, daß er seine schweren Allergien mit Steroiden bekämpfte, daß er für Bronchitis anfällig und außerdem homosexuell war ...

Das Geräusch, als ich schlagartig den Atem anhielt, erregte Dr. Menowitz' Aufmerksamkeit. Er sah die Panik in meinem Gesicht und folgte meinem Blick auf meine Hände – meine nackten Hände, die mit Blut bedeckt waren.

»Nicht sehr schlau, Echo.« Seine Stimme war rauh und vorwurfsvoll.

Ich nickte und ging zum Spülbecken hinüber. Während ich Risens Blut von meinen Händen und unter meinen Fingernägeln wegschrubbte, hätte ich mich selbst dafür treten können, daß ich, bevor ich zur Arbeit ging, Mooshie dazu verleitet hatte, mir die Hände beim Spielen zu zerkratzen.

Mit einem Paar frischer Handschuhe an den Händen stellte ich mich wieder ans Kopfende des OP-Tisches.

»Risen?«

Mühevoll öffnete er die Augen. »Ec?«

»Ja, ich bin's. Du bist in Ordnung, halte durch.«

»Ec?« Er schien sich in einem Zustand ungläubiger Leere zu befinden.

»Ja, Risen?«
Sein Mund bewegte sich kaum merklich und flüsterte ein paar unverständliche Worte. Ich hielt mein Ohr an seinen Mund.
»... sterben?«
Das Wort kam ganz schwach.
Ich rieb seine Schulter, bis meine Kehle wieder frei war, so daß ich sprechen konnte.
»Nein, Risen, du wirst nicht sterben.« Ich beugte mich zu ihm hinab, dicht an sein Ohr. »Und wenn du so was noch einmal während meiner Schicht machst, werde ich dir Ginger zuteilen, und das wird dir – in deinen eigenen berühmten Worten – wirklich die Unterhose verdrehen.«
Ich hielt den Atem an und betete um die richtige Reaktion.
Risen lächelte kurz und schwach.

Ich bat den Polizisten, den Bericht über Risen am Tisch im Ärztezimmer auszufüllen. Bewaffnet mit einem Dunkin-Doughnuts-Becher mit seinem Namen darauf und einem halben Dutzend Berlinern, tunkte Officer Lansing seine Berliner ein und aß, während er das Formular durchging.
»Muß unangenehm sein, mit einem Perversen zusammenzuarbeiten, oder? Mann, ich wette, die Patienten drehen durch, wenn er in ihr Zimmer getänzelt kommt.«
Ich unterbrach mich einen Augenblick in meiner Suche im Schrank mit den »geheiligten Instrumenten« und warf dem Mann einen scharfen Blick zu. »Dazu ist zu sagen, daß Risen ein Riesentyp und ein wirklich guter Intensivpfleger ist.«
Officer Lansing war viel zu sehr damit beschäftigt, einen Tropfen Erdbeermarmelade vom Berichtsformular zu lecken, als daß ihm mein Blick oder die Warnung in meiner Stimme aufgefallen wären.
»Außerdem hat er eine lausige Menschenkenntnis. Sein Freund, der bei ihm wohnte, dreht seit zwei Jahren die Runde in den Le-

derbars und -saunas in der Castro Street. Scheint, daß immer, wenn Ihr Freund zur Arbeit ging, er seine Kreuzfahrt machte.«

Voller Trauer erinnerte ich mich an die zahlreichen kurzen Anrufe, die Risen während jeder Schicht gemacht hatte. Ich stellte mir vor, wie er in seiner Wohnung anrief, nie eine Antwort bekam und voller Zweifel war.

»... also beschloß er, Ihrem Freund mit einem Baseballschläger den Kopf einzuschlagen«, sagte der Polizist und lachte in sich hinein. »Als ich ihn fragte, was ein Schwuli mit so einem Sportgerät macht, erzählt mir die kleine Tucke, sie hätten es für eine Sportart benutzt, bei der man mit mehr als einem Ball spielt.«

Mitten im Lachen inhalierte er ein wenig Puderzucker von seinem Berliner und wurde krebsrot.

Ich schnappte mir die Nasopharyngealklammer, ließ ihn würgend zurück und lieferte das Instrument bei Dr. Menowitz ab, der vorhatte, ein Stück Modeschmuck aus den Tiefen des Nasenganges einer Bauchtänzerin zu entfernen.

Als ich zum Schreibtisch zurückkehrte, wischte sich Officer Lansing immer noch die Tränen aus den Augen.

»Haben Sie den Namen von dem Kerl gesehen?« fragte er. »Sandy Lace. Ist das nicht der perfekte Name für einen Homo?«

Der Polizist steckte seinen Kugelschreiber wieder in die Brusttasche seines Hemdes, hinter das viel zu große Namensschild aus Messing. Er stand auf und streckte sich. »Ich persönlich finde, Aids dauert viel zu lange. Ich würde lieber sehen, wie beim nächsten Erdbeben der ganze perverse Verein im Ozean ersäuft.«

Ich ging dicht auf ihn zu und starrte auf seine Hemdbrust. »Wo haben wir denn heute unser kleines Parteiabzeichen?« fragte ich ihn.

Er lachte ein wenig unsicher.

»Kennen Sie Officer Templeton? Michael Templeton?« wollte ich wissen.

»Klar doch. Er macht Tagschicht. Toller Kerl. Nette Familie. Scheiße, er wäre fast ...«
»Ich weiß. Er wäre fast gestorben. Ich war auf der Herzstation an dem Abend, als er zusammenbrach.«
Officer Lansing wurde deutlich ernster und senkte den Kopf. »Die haben sein Leben gerettet.«
»Wer hat sein Leben gerettet, Officer Lansing?«
»Die Ärzte.« Er zögerte. »Und das Pflegepersonal natürlich. Doktor Ostermann sagte ...«
Ich hob meine Hand und unterbrach ihn, dann bedeutete ich ihm mit einer Geste näher zu kommen. Aber da er merkte, in welcher Stimmung ich war, blieb er stehen.
»Ich verrate Ihnen ein Geheimnis, Officer. Die Person, die am meisten dazu beigetragen hat, daß Officer Templetons Leben damals gerettet wurde, war eine schnell reagierende, verdammte Tucke von Pfleger, den Sie beim nächsten Erdbeben am liebsten im Ozean ersaufen sehen würden.«

Gegen 2 Uhr morgens bekam ich für kurze Zeit meine »zweite Luft«. Leider galt das auch für viele andere in der Gemeinde. Gus ging die Luft nie aus, sie rannte herum wie der Blitz und kümmerte sich um Motorradhackfleisch und gebrochene Knochen, Überdosiswahnsinn und Säuglinge mit Koliken.
Melanie, die reguläre Ambulanzschwester der Nachtschicht, die um 23 Uhr kam, übernahm die beschwerliche Aufgabe, den Materialbestand der gesamten Abteilung wieder aufzufüllen – eine Arbeit, die Gus und ich beide haßten. Ich wurde eingeteilt, mich zusammen mit Gus um die Patienten zu kümmern und außerdem die Mikrofone für den Sanitäter- und den County-sprechfunk zu bedienen.
Dr. Menowitz war mal wieder besonders »empfindlich« oder, um genau zu sein, er war in einer extrem miesen Stimmung, wie nur er sie zustande brachte. Gus und ich gingen in seiner Nähe auf

Zehenspitzen, besonders nachdem er seine Sarah-Bernhardt-Schau abgezogen und eine Spritze gegen die Wand geworfen hatte, wo sie zitternd steckenblieb.

Ich versuchte, ihn mit einem Witz aus seiner Stimmung zu holen, indem ich ihn den »Robin Hood des Redwood« nannte; aber er warf mir einen solch vernichtenden Blick zu, daß ich es nicht noch einmal probierte.

Wie Dr. Mahoney zu sagen pflegte: Manchmal mußte man ihn einfach ein Arschloch sein lassen.

Um 2 Uhr 20 wurde eine Frau, die in eine Kneipenschlägerei geraten war, mit einem gebrochenen Kiefer und Arm eingeliefert; 2 Uhr 34 brachte man uns eine 17jährige, die sagte, sie habe eine halbe Flasche Rattengift getrunken. Ihr auf den Fersen folgte eine Frau, die als erste von fünf Autofahrern einen Mann überfahren hatte, der, bewaffnet mit seiner Bibel als Schutz und Schild, beschlossen hatte, einen Spaziergang auf der Stadtautobahn zu machen.

»Wir können die Röntgenaufnahme nicht noch mal machen, solange sie die Kanone nicht aus ihrer Tasche nimmt.« Die Stimme am anderen Ende der Leitung klang wie die eines lustlosen Zombies.

»Welche Kanone?« fragte ich dämlich. Es war halb 4 Uhr morgens, und wenn ich wollte, konnte ich dämlich sein. Ich war erstaunt, daß ich noch nicht halluzinierte.

Als sie einen Revolver erwähnen hörte, schaute Gus von ihrem Kürbiskuchen und Kaffee hoch, neugierig auf mögliche Aufregung und Abwechslung. Ihre dunklen Augen funkelten voller verquerer Erwartung.

Es war erstaunlich, wie unterschiedlich wir auf die Arbeit in der Nachtschicht reagierten. Nehmen wir zum Beispiel das Mädchen mit dem Rattengift: Ich muß leider zugeben, daß ich die junge Dame sofort als ein völlig verzogenes, dummes Gör einstufte.

Der Ehrlichkeit halber muß ich sagen, daß mein Urteil nichts mit der Tatsache zu tun hatte, daß sie ihren eigenen Rolls-Royce fuhr und auf Belvedere Island wohnte, wo die kleineren Häuschen für zweieinhalb Millionen weggehen; auch der Umstand, daß sie ausgesprochen wütend darüber war, daß »Mutti und Vaaahti« sie allein in den Händen der Gouvernante und des Chauffeurs zurückgelassen hatten, um in Monte Carlo Shopping zu machen, beeinflußte meine Meinung nicht; sie hatte noch nicht einmal etwas damit zu tun, daß sie eine Fahrradkette über ihrer schwarzen Lederjacke und einen jener Haarschnitte trug, die den Gesetzen der Schwerkraft trotzen. Tatsächlich hatte mein Eindruck etwas damit zu tun, daß sie mir erzählte, ich könne ihre Schuhe küssen und tot umfallen, als ich ihr in ein Patientenhemd helfen wollte.

Nur ein aufsässiges, deprimiertes, verzogenes Teenagergör, das morgens um 3 eine Schau abzieht, kann in mir so stark den Wunsch wecken, ebenfalls Rattengift zu trinken.

Gus war da ganz anders. Sie war eine Heilige, sie gurrte und besänftigte das Mädchen mit ihrer eigenen Südstaatenversion einer Mutter Teresa. Sie setzte ihren ganzen Vorrat an Verbalsirup ein und schaffte es so, die feindselige Haltung des Kindes abzumildern. Als Gus die Göre verließ, hatte diese sich tatsächlich bereit erklärt, einen Milkshakebecher voller eiskalter, schäumender, tintenschwarzer Holzkohle zu trinken.

Für diejenigen, die noch nicht mit medizinischer Holzkohle in Berührung gekommen sind: Es handelt sich dabei um ein Gebräu, das in den tiefsten Tiefen der Pharmaziehölle erdacht worden sein muß. Die Krankenschwester erhält das feine Pulver in einer unbeschrifteten, bernsteinfarbenen Flasche. Wenn nicht gerade schwarze Flecken erwünscht sind, öffnen Schwestern, die Erfahrung mit Holzkohle haben, die Flasche nur, nachdem sie Schutzhandschuhe, -maske, -kittel, -haube und, wenn sie weiße Schuhe tragen, -gamaschen angelegt haben.

Also geschützt, schüttete Gus summend das Pulver in den Behälter, fügte Glukose, Wasser und Eis hinzu, stellte die üble Mischung in den Mixer und schaltete diesen an. In das fertige Produkt steckte sie einen dicken Strohhalm, dann hielt sie stolz das Glas hoch.
»Würde doch hübsch aussehen mit einer Kirsche obendrauf, meinst du nicht?« fragte sie.
Ich schauderte und konnte mich nicht entscheiden, ob das da eher wie ein Halloween-Milkshake oder flüssige Tomatenfäule aussah, aber ich nickte und folgte stumm, um Zeugin zu sein, wie die impertinente, adoleszente Hexe das Zeug tatsächlich trinken würde.
Und sie trank es – aber erst nachdem Gus auf sie wie auf eine störrische Ziege eingeredet hatte. Das Mädchen verzog seine hübsche Nase und folgte Gus' Anweisung, nur große Schlucke durch den Strohhalm zu nehmen und sich nicht die Lippen zu lecken, um sich außerhalb ihres Mundes nicht schwarz zu machen.
Sie zog einmal, zweimal, dreimal – ohne zu schlucken.
Dr. Mahoney, von Dr. Menowitz herbeigerufen, um ihm gegen den Ansturm an Patienten zu helfen, stand am Fußende des OP-Tisches, während Gus und ich die Seiten flankierten. Unbewußt den Atem anhaltend, starrten wir alle das Mädchen an. Was Gus dem kostbaren Teenager nicht erzählt hatte, war, wie widerwärtig das Zeug schmeckte, wenn man es einmal im Mund hatte. Alle medizinischen Bücher behaupteten, es habe weder Geschmack noch Konsistenz; in Wahrheit jedoch schmeckte es genauso, wie man sich die Reste im Kamin auf der Zunge vorstellt. Die Wangen des Mädchens waren gebläht, trotzdem sog sie immer weiter am Strohhalm.
»Du solltest lieber schlucken«, sagte ich. »Denk dran, was mit dem Kerl in *Die fünf chinesischen Brüder* passierte.«
»Komm schon, Püppchen«, gurrte Gus. »Du mußt es schlucken,

damit es das ganze schlimme Rattengift absorbiert. Du möchtest doch nicht, daß das Zeug deine schönen, weißen Zähne ...«

Das Mädchen beugte sich vor und holte durch die Nase tief, sehr tief Luft. Dann zeigte sie uns mit beiden Händen den Stinkefinger, zielte und sprühte die Tinte über uns drei.

Dr. Mahoney und ich hatten es kommen sehen und waren einen Sekundenbruchteil bevor sie die Ladung losließ zurückgesprungen. Gus war völlig arglos gewesen; unsere Schuhe waren möglicherweise ruiniert, aber Gus sah aus wie ein schwarz geschminkter Al Jolson, der drauf und dran war, *My Mammy* anzustimmen.

Am Ende stellte sich heraus, daß unser verzogener Liebling überhaupt kein Rattengift zu sich genommen hatte. Es war alles nur eine Schau gewesen, um »Mutti und Vaaaahti« zu bestrafen, weil sie sie nicht mitgenommen hatten.

Gus jedoch ließ sich von alledem nicht niederdrücken. Sie wischte einfach das meiste der Holzkohle weg und setzte sich hin, um sich wieder ihrem Kuchen und Kaffee zu widmen.

Ich plumpste in den Sessel wie ein luftleerer Ballon und legte den Telefonhörer wieder auf. Irgendwo draußen in der Eingangshalle grölte jemand »hipp, hipp, hurraaa!«, und ein ganzer Chor von Lachern antwortete ihm. Wie konnten die Leute um diese Uhrzeit so munter sein? Waren sie alle auf Drogen?

»Was ist jetzt, mein kleines Präriehündchen?« fragte Gus und trank schmatzend ihren Kaffee, dem sie mit Zucker und viel Sahne eine hübsche, hellbraune Farbe gegeben hatte.

»Die Frau, die in der Kneipenschlägerei war, hat eine Kanone in der Tasche und will sie nicht rausrücken. Die Röntgenleute wollen keine Aufnahme machen, solange sie das Ding bei sich hat.«

Gus hob ihre dunklen Augenbrauen. »Nun ja, das ist auch sehr unhöflich. Wo ich herkomme, gibt eine Dame ihre Kanone an der Tür ab.«

Ich grinste und rieb mir übers Kinn. »Halt mal! Ich dachte, du

kommst aus Tennessee, dem Land der süßen Klänge und der pfirsichhäutigen Schönheiten?«
»Das stimmt, Schätzchen«, sagte Gus und marschierte pflichtbewußt in Richtung Röntgenraum. »Aber du solltest deine Südstaaten-Schwestern nicht unterschätzen – wenn wir mit Mintjuleps umgehen können, dann können wir auch ein Eisen tragen.«

Gus brachte die Waffe, entlud sie fachmännisch und wickelte sie in einen Kissenbezug.
»Also, wer ist es?« fragte sie, während sie den Revolver in eine Plastiktüte steckte und diese mit »Zulassung« beschriftete.
Gus schnalzte mit der Zunge. »*Der* Mann. Derjenige, der es geschafft hat, daß du wie eine rosa Neonröhre leuchtest.«
Ich wurde rot und lächelte. »Oh, *der* Mann. Er heißt David und er ist wunderbar.«
Gus schrie laut auf und flog durch das Zimmer auf mich zu; sie umarmte mich so fest, daß mir die Luft wegblieb. »Priiiima, Ecker, Baby! Es wird auch höchste Zeit, Schätzchen. Ich schwöre, nach dem letzten Drecksack dachte ich, du hättest den Kuchen weggeschmissen und den Ofen abgeschlossen.«
Gus hatte eine ganz eigene Art, Dinge zu sagen; ich wußte nie, ob sie ein Teil ihrer Südstaatensprache waren oder ob sie sie spontan erfand.
»Also, erzähl schon, wie sieht er aus, was macht er, wo wohnt er?«
»Nun, er sieht großartig aus, dunkle Locken, wunderbare braune Augen, schlank und muskulös. Er ist Hypothekenmakler, und wir wohnen praktisch zusammen – entweder in meinem Haus oder in seiner Wohnung.« Ich drückte Gus' Hand und ließ mich von meiner Begeisterung forttragen. »Ich habe noch niemals eine so solide und gesunde Beziehung gehabt, Gus. Wir reden über alles, und wir mögen einander wirklich so, wie wir sind, mit allen Fehlern und so ... Wir haben sehr viel gemeinsam und

sehr viel Spaß zusammen. Wir passen zusammen wie Topf und Deckel. Sogar Simon mag ihn.«
»Hat David eigene Kinder?«
»Nein.«
Gus zögerte, und ich konnte eine winzige Wolke am sonnigen Horizont heraufziehen sehen. »Oh. Ist er denn jemals verheiratet gewesen?«
»Äh, nun, nicht wirklich.«
Gus goß sich noch eine Tasse Kaffee ein. Die Aura der Erregung ließ nach. Die Unterhaltung lief in eine mir bereits bekannte Richtung.
»Wie alt ist der Kerl?«
»Siebenundzwanzig.« Ich beobachtete ihr Gesicht und hoffte auf eine andere als die übliche Reaktion, aber nein, eine ihrer Augenbrauen schoß in Richtung Haaransatz hoch.
Sie schüttelte den Kopf. »Oh, Schätzchen.« Sie sagte das mit einer sanften Stimme, die etwa sagte: Wie konntest du nur solch ein Trottel sein? »Bist du *sicher,* daß du das willst? Ich meine, sich mit so jungem Gemüse abzugeben, das ist, wie wenn du einen Alligator beim Schwanz packst und versuchst, seine Schnauzenhaare einzeln abzubeißen.«
Ich zwinkerte unsicher.
»Was ich meine, Ec, ist: Du bringst dich nur in Schwierigkeiten, glaubst du nicht? Ich meine, das hat doch keine Zukunft!«
»Es ist eine gute Beziehung, Gus«, sagte ich ruhig. »Wir sind wirklich einer für den anderen wichtig. Wir sind nicht nur Liebhaber, sondern Freunde.«
Gus hörte die Kränkung in meiner Stimme und legte ihren Arm um mich. »Ach, ich bin ein Idiot. Vergiß, was ich gesagt habe. Ich freue mich wirklich für dich. Ehrlich.«
Es entstand eine peinliche Stille. Schließlich hob ich den Kopf und starrte sie an.
»Schnauzenhaare?«

»He, Hall, schnapp dir das Demerol und komm her.« Dr. Mahoneys Stimme kam aus der Richtung von Bett 3, dem zeitweiligen Refugium der Frau, die die arme Seele auf der Stadtautobahn überfahren hatte.
Ich trug die Spritze im Giftbuch ein und schlüpfte hinter den Vorhang. Eine Frau von etwa 40 Jahren übergab sich in eine Nierenschale, die Dr. Mahoney ihr hinhielt. Sie gehörte zu den leisen Erbrechern, die ich so sehr bewunderte.
»Es war nicht Ihre Schuld«, sagte Dr. Mahoney und rieb sanft den Rücken der Patientin. »Der Mann war verrückt. Sie hatten nur das Pech, zum verkehrten Zeitpunkt am falschen Ort zu sein.«
Susan schaute über den Kopf der Frau hinweg. »Geben Sie ihr fünfzig Milligramm intramuskulär. Sie hat Migräne.«
Gemeinsam legten wir die Frau hin und drehten sie auf die Seite. Mit einem Finger zeichnete ich ein imaginäres Kreuz auf die obere Hälfte eines der beiden entblößten Gesäßhälften, machte ein V im oberen seitlichen Quadranten, wischte diesen mit Alkoholtupfern ab und setzte die Injektion in die Spitze des V.
»Was zum Teufel soll der Zirkus?« fragte Dr. Mahoney ganz erstaunt.
Ich schaute sie an, verwundert und ein wenig gekränkt. »Ich zeichne mir die Injektionsstellen vor und gebe die Injektion im äußeren Quadranten, wie ich es auf der Schule gelernt habe.«
»In Ihrem Alter zeichnen Sie sie noch vor?«
Ich zuckte die Achseln und rümpfte die Nase. »Nun, so komm' ich am besten zurecht. Wenn Sie in irgendwelche x-beliebigen Stellen reinstechen wollen, dann ist das sicher Ihr gutes Recht. Ich bin nur zufälligerweise der Meinung, daß ...«
Ohne Vorwarnung rollte sich die Patientin auf dem OP-Tisch herum und übergab sich auf den Fußboden: Die grüne Galle gesellte sich zu der schwarzen Holzkohle auf den Kappen unserer Schuhe.

Dr. Bell, der viel Ähnlichkeit mit Abraham Lincoln hatte, nickte uns vieren eine kurze Begrüßung zu und goß sich eine Tasse Kaffee ein. Es war allgemein üblich, daß die Fachärzte auf ihrem Weg nach Haus noch einmal bei der Ambulanz vorbeischauten, um zu sehen, ob man sie brauchte.

Nicht nur wurden seine Dienste nicht gebraucht, sondern wir hatten alle gerade nichts zu tun; der Ansturm der verwundeten oder verrückten Massen hatte nachgelassen.

Im weichen Licht des Schreibtischs (wir hatten die kopfschmerzproduzierenden Neonlichter ausgeschaltet) bemerkte ich, daß wir alle in formlose Uniformhemden und -hosen gekleidet waren; es sah aus wie eine Pyjamaparty – ohne Kissen, Decken und Teddys.

Dr. Mahoney grüßte von ihrer Matte auf dem Fußboden herüber, ohne ihre Sitzübungen einmal zu unterbrechen. »Sechsundfünfzig. Du bist entweder früh oder spät dran, Al. Was ist los? Siebenundfünfzig.«

Der Chirurg dachte eine Minute lang sorgfältig über seine Antwort nach. Er war ein Mann von wenigen Worten. »Ich hatte den Jungen, der mit Gott auf der Autobahn spazierenging.«

Melanie, die auf Dr. Mahoneys Füßen saß, hob fragend eine Augenbraue.

»Oh«, sagte Gus, die gerade ihre vierte Tasse Kaffee schlürfte, »irgendein armer Kerl, der dachte, wenn er seine Bibel dabeihätte, könnte er auf der Stadtautobahn herumlaufen und Jesus würde ihn vor Unfällen bewahren.«

»Zweiundsechzig. Fünf Wagen haben ihn erwischt«, keuchte Dr. Mahoney. »Die Frau im ersten Wagen sagte, er hätte ausgesehen wie eine hüpfende Stoffpuppe, die von der Kühlerverzierung aufgespießt wurde. Dreiundsechzig.«

»Uuaach!« mischte ich mich ein. Gegen meinen Willen wurde dieses Bild sofort für spätere Alpträume abgespeichert.

»Praktisch jedes Organ in seinem Körper ist verletzt«, fügte Dr.

Bell nachdenklich hinzu. »Als ich ihn aufmachte, sah er innen aus wie ein Obstsalat.«

Ich wünschte mir um alles in der Welt, ich könnte Kaffee trinken. Leute, die Kaffee trinken, können praktisch alles tun, was sie wollen und wann sie wollen.
Ich näherte mich einem Zusammenbruch. Ich konnte kaum gehen, geschweige denn nachdenken; trotzdem hatten sich Dr. Mahoney und Melanie im kleineren OP-Raum eingeschlossen und hatten sich halbwegs durch Jane Fondas Kassette gearbeitet, während sie in hochtechnischem Psychogespräch Dr. Menowitz' Persönlichkeit diskutierten. Dr. Menowitz und Gus waren mit einer möglicherweise ektopischen Schwangerschaft beschäftigt, die ganz sicher auch Kaffee trank.
Da meine Beine zweimal unter mir nachgegeben hatten, wurde mir gestattet, beim Schreibtisch zu bleiben, um das Telefon zu bedienen und den Sprechfunk zu verfolgen. Sobald ich saß, fiel mein Kopf auf die Tischplatte, landete auf einem Radiergummi, und ich war auf der Stelle weg.
Was die nächsten Geschehnisse betrifft, muß ich mich ganz auf Dr. Menowitz' Augenzeugenbericht verlassen. Offensichtlich meldete sich zweimal der Triage-Summer. In meinem Nebel muß ich den Summer mit dem Signal des Sanitätersprechfunks verwechselt haben, denn pflichtbewußt stand ich auf (wobei ich eine kleine Pfütze auf dem Löschblatt zurückließ), aber anstatt zur Sprechfunkkonsole zu gehen, wankte ich zum Spülbecken, drehte den Hahn auf, beugte mich zum Wasserstrahl und gab meine Codebuchstaben an. Das kalte Wasser machte mich so weit wach, daß ich realisierte, woher das Geräusch kam und was ich zu tun hatte.
Der Summer ertönte ein zweites Mal, ich drehte mich um und ging in Richtung Korridor. Dr. Menowitz sagte, ich sei über den Bürostuhl gestolpert, gegen die Wand und eine Ecke von Zim-

mer 6 gelaufen, dann gegen die Vorderseite des Schreibtisches und auf die Führungsschienen der pneumatischen Tür zu. Dr. Menowitz gab mir einen sanften Stoß, und ich segelte in die Eingangshalle, um zu sehen, was los war.

Die schwarzen, mandelförmigen Augen starrten mich hilfesuchend an. Das breite, chinesische Gesicht mit seinen hohen Backenknochen war weder häßlich noch hübsch, es war einfach nur chinesisch.

Ihre Haltung war verkrampft, sie trug einen formlosen, alten Pullover und ausgebeulte Jeans. Mit Händen und Armen gestikulierend, sprach sie wieder in der dünnen, zerbrechlichen Stimme, die bei fernöstlichen Frauen normal zu sein scheint.

»Du Schwester?« fragte sie, und ihre dunklen Augen blickten wild und gehetzt. »Kommen mit mir jetzt. Mutter sehr krank. Komm jetzt zu Auto. Zu alt. Nicht gehen. Kommen, bitte.«

Sie nahm mich beim Arm und führte mich zur Eingangstür. Nunmehr hellwach, entzog ich mich ihrem Griff und schnappte mir einen der orangefarbenen Rollstühle, die an der Wand standen. »Okay, Kind«, sagte ich lächelnd. »Sie gehen voraus. Ich bin direkt hinter Ihnen mit der Rettungskutsche.«

Die Frau blieb stehen und schaute mich mit einem verwirrten, vorwurfsvollen Ausdruck an. »Nicht verstehen. Du kommen mit mir zu kranke Mutter.« Ihre Hände zitterten, und ich sah, daß sie rot und spröde waren.

Sofort ließ ich mein Lächeln wieder fallen. Dies war eine ernste Situation; leichtfertiges Gebabbel war hier völlig unangebracht. Ich bedeutete ihr, daß sie vor dem Rollstuhl hergehen solle, und sagte bedeutungsschwer: »Ich komme jetzt mit Ihnen«, und ahmte ihre abgehackte Sprechweise nach. »Bitte. Gehe zur alten Mutter.«

Mit einem fast unhörbaren »Ah, aiiee« lief sie vor mir her, wobei sie sich immer wieder umdrehte, um sicherzugehen, daß ich auch Schritt hielt.

Draußen an der frischen Luft schaute ich zum klaren Nachthimmel hoch. Die Frau im Mond zwinkerte mir zu, wahrscheinlich lachte sie über den Gedanken, daß es irgendwo Leute gab, die die Folgen ihrer Streiche zu beseitigen hatten. Ich würde vermutlich auch lachen, wenn die sehen würde, wie die Sterblichen wie wildgewordene Hühner durcheinanderlaufen und versuchen, andere vor sich selbst und voreinander zu schützen.

In der Mitte des Parkplatzes, zwischen einem BMW und einem Winnebago, stand ein schwarzer 78er Pontiac ohne Stoßdämpfer und Rückfenster. Die vier nagelneuen Weißwandreifen paßten irgendwie nicht dazu.

Die Frau begann, auf chinesisch zu plappern, wobei sie auf den Rücksitz zeigte. Ich starrte durch das Fenster und sah nur ein kleines Bündel dunkler, fadenscheiniger Decken. Ich zog die Handbremse am Rollstuhl fest und öffnete die Tür.

Der Geruch von Urin und verfaulendem Fleisch traf mich wie eine Faust. Unwillkürlich hielt ich mir den Mund zu und trat würgend einen Schritt zurück. Der giftige Gestank hatte etwas beunruhigend Vertrautes. Erst zweimal in meinem Leben hatte ich etwas Ähnliches gerochen; das eine Mal war es die »rollende Rita« gewesen, das andere Mal der Wagen, der die toten Fische und Möwen nach einer Sturmflut eingesammelt hatte.

Die Frau, die immer noch auf chinesisch geschnattert hatte, sah meine Reaktion und wechselte ins Englische. »Tut mir leid. Mutter sehr krank, schlimmes Fieber. Zu krank für Baden. Du geben jetzt Medizin? Sie bald gesund. Geruch gehen weg.«

Mich auf die Widerstandskraft meiner Eingeweide verlassend, nahm ich einen sehr tiefen Atemzug der frischen Luft und zog an einem der ausgefransten Enden einer der Decken. Der ganze Haufen ließ sich mühelos zur Tür hin ziehen. In meiner unnatürlichen Neugier schlug ich die obere Decke zurück.

Zwei fiebrige schwarze Augen starrten mich aus einem sehr alten chinesischen Gesicht an. Die aufgedunsene, gelbe Haut auf der Stirn und den Wangen war von einzelnen Strähnen steifer, grauer Haare umrahmt und mit dicken Flecken eines häßlichen Ausschlags bedeckt, der ohne Zweifel von mangelnder Sauberkeit herrührte.

Die trockene, arthritische Hand der alten Frau kam wie eine Schlange aus den Decken hervor und ergriff mein Handgelenk. Während sie sich zu mir hochzog, verzerrte sich ihr Gesicht zu einer scheußlich grinsenden Maske.

Im unheimlichen Licht des Mondes sah ich einen weit offenen Mund, wie eine dunkle Höhle, in dem schwarze Stümpfe standen, die einstmals Zähne gewesen waren. An einigen Stellen sah es aus, als seien die Zähne spitz zugefeilt worden, um das Kauen von Fleisch und anderem zähen Essen zu erleichtern. Im Zwielicht sah ihre Zunge wie eine geschwollene schwarze Röhre aus.

Ihr Lachen wurde lauter und höher, bis es wie das Gekreisch eines Pfaus klang. Der durchdringende Ton gellte durch die stille Nacht, schlug gegen die Mauer des Gebäudes und kam von allen Seiten zu uns zurück.

Ich versuchte, mich zurückzuziehen, aber das wahnsinnige Grinsen und die undurchdringlichen Augen machten mich bewegungsunfähig; so hing ich zwischen rationalem Denken und nackter Angst. Als sie meine Furcht sah, sprach die Tochter in scharfen Worten zu der alten Frau. Diese hörte abrupt auf zu lachen und ließ meinen Arm los.

Ich riß mich aus meiner Lähmung und machte meinen Kopf so weit klar, daß ich über die beste Möglichkeit, die Frau vom Auto zum Rollstuhl zu transportieren, nachdenken konnte. Bevor ich jedoch die Chance bekam, etwas zu tun, hatte die Tochter ihre Mutter bereits mitsamt der Decken hochgehoben und in den Rollstuhl gesetzt.

Zum ersten Mal lächelte sie und sagte: »Alte Mutter sehr kleine. Wiegt wie Baby.«

Bis ich meine streng riechende Patientin in Zimmer 5/6 gebracht hatte, war mein Geruchssinn bis zur Funktionsunfähigkeit beleidigt worden. Der höllische Gestank schien jetzt nur noch ein entfernter, unangenehmer Geruch zu sein, wie ein Stück Gorgonzola, das irgendwo in einer heißen, ungelüfteten Küche herumliegt.

Um Zeit und Ärger zu sparen, nahm ich das Bündel Lumpen und hob es auf den OP-Tisch. Die Tochter hatte recht: Die Frau wog kaum mehr als 32 Kilo und war nicht größer als 1,38 Meter.

Die alte Frau lehnte ihren Kopf gegen mein Gesicht und zwang mich so zu sehen, daß große Teile ihrer nackten Kopfhaut mit Flechtengrind bedeckt waren. Vielleicht war es nicht ganz so widerwärtig wie die von Läusen und Kakerlaken bewohnten Haare der »rollenden Rita«; aber wenn die Dinge, was die persönliche Hygiene betraf, erst einmal so schlecht standen, hatte ich andererseits wenig Lust, genaue Unterscheidungen zwischen schlimm und schlimmer zu treffen.

Mehrere der schäbigen Decken waren beiseite gerutscht, und an der Stelle, wo ihre Füße hätten sein sollen, sah ich zwei winzige, verformte, mit Brokat bedeckte Stümpfe.

Kurz nachdem ich nach San Francisco gezogen war, hatte ich eine Phase, in der alles Chinesische mich faszinierte. In dieser Zeit erfuhr ich auch von der längst verbotenen Sitte, den Mädchen die Füße abzubinden. In den Familien der chinesischen Oberschicht galten »Lilienfüße« nicht nur als Maßstab für die Attraktivität einer Frau, sondern auch als Zeichen von gesellschaftlicher Überlegenheit und guter Erziehung. Da dieses Abbinden die Füße verkrüppelte, mußten diese Frauen niemals arbeiten; sie wurden statt dessen nur bedient und von einem Ruheplatz zum anderen getragen.

Ich zeigte auf die Stümpfe. »Lilienfüße?«
Die alte Frau gackerte und nickte heftig mit dem Kopf. Aus dem, was von ihren Haaren noch übrig war, flog ein Rest getrocknetes Essen.
Während ich einen Kittel anzog und meine Handschuhe wechselte, erklärte ich der Tochter, daß ich ihre Mutter würde ausziehen müssen, um ihr ein Nachthemd anziehen zu können.
»Alte Mutter niemals erlauben«, sagte die Tochter, offensichtlich voller Angst. »Sie niemals ausziehen Kleider. Sie tragen selbe Kleider zu Ehren toten Vater. Schon viele Jahre. Wenn sie Kleider ausziehen, Geist von altem Vater wird strafen. Er gehen in Herz und machen mehr Krankheit.«
»Moment mal.« Ich biß mir auf die Lippe. »Wollen Sie mir sagen, daß Ihre Mutter seit dem Tod Ihres Vaters diese Kleider nicht mehr ausgezogen hat?«
Sie nickte. »Wann ist Ihr Vater gestorben?«
Die Frau zählte an den Fingern, wobei sie auf chinesisch die Zahlen hersagte. »Zwei Jahr, vier Monat, zwölf Tag.«
Ich konnte nicht glauben, daß irgend jemand dieselbe Kleidung länger als eine Woche, geschweige denn zwei Jahre anbehalten konnte – obwohl Simon einmal einen Versuch in diese Richtung unternommen hatte. Gespannt, was wohl unter den Kleidern sein würde, berührte ich den Rockbund der Hose und hoffte, ich würde nicht allzu weit nach einer Öffnung suchen müssen. Die alte Frau, die meine Absicht durchschaute, schnappte meine Hand, biß hinein und begann, mich kreischend zu beschimpfen. Der Biß war nicht so stark, daß ich zu bluten anfing, aber doch schmerzhaft genug.
Ich weiß nicht, weshalb ich so schockiert war; schließlich wurden diese Kleider ja zu Ehren des verstorbenen Ehemanns getragen. Wer war ich, diese dreiste amerikanische Amazone, daß ich mich an ihrer geheiligten Kleidung zu Ehren eines Toten zu schaffen machte?

»Erklären Sie ihr, daß dies getan werden muß«, sagte ich der Tochter mit fester Stimme, während ich meine Hand rieb. »Der Doktor kann sich nicht um sie kümmern, solange sie nicht ausgezogen ist. Sie muß kooperieren, oder die Kleider werden möglicherweise ruiniert.«

Gehorsam übersetzte die Tochter, was ich gesagt hatte. Es klang, wie wenn jemand sehr schnell eine Seite voller Abkürzungen vorliest. Es gab ein Kreuzfeuer ärgerlicher Kreischlaute zwischen den beiden Frauen, das abrupt damit beendet wurde, daß die alte Frau ihrer Tochter ins Gesicht schlug. Diese zuckte nicht einen Millimeter zurück und ließ sich auch sonst nicht anmerken, daß sie geschlagen worden war.

Die alte Frau warf mir einen vorwurfsvollen Blick zu, aber in ihren Augen sah ich Resignation. Sie nickte einmal gemessen und stolz und war dann still.

Ich hatte mich in der Situation bereits unwohl gefühlt; jetzt fühlte ich mich schuldig.

Ohne ihr ins Gesicht zu sehen, löste ich den dünnen, fadenscheinigen Gürtel und übergab ihn der Tochter. Die alte Frau begann in einer Art Singsang zu wimmern: »Ajiieee. Ahhhh. Ajiieee.« Entschlossen, mich davon nicht beeindrucken zu lassen, öffnete ich die Sicherheitsnadeln, die das Vorderteil der zerrissenen Seidenbluse zusammenhielten. Der Stoff war steif vor Fett, getrocknetem Speichel und Speiseresten. Während ich an den Verschlüssen herumfummelte, stieg die Spannung deutlich merkbar an.

»Ich jetzt gehen«, sagte die Tochter und öffnete den Vorhang. »Nicht zusehen. Kommen später wieder.«

»Warten Sie! Sie müssen übersetzen. Sie können Ihre Mutter jetzt ...«

Ich sah, wie die Frau den Läufer entlang und zur Tür lief.

In Ordnung. Vielleicht gab es ein altes chinesisches Gesetz, demzufolge es verboten war, daß eine Tochter ihre Mutter im Zustand der Demütigung durch gefühllose Amazonen sah.

Ich schaute wieder die Mutter an und zuckte entschuldigend mit den Achseln. In stummer Rache steckte die Frau einen krummen und knotigen Finger in ihre Nase.
»Wie schön für Sie«, sagte ich zähneknirschend. Mein Magen legte sich in einen Seemannsknoten.
Die alte Frau antwortete auf chinesisch und mit böse leuchtenden Augen; dabei ließ sie, Buddha sei Dank, ihren Finger, wo er war.
Nachdem nun also die Formalitäten erledigt waren, beendete ich die Entfernung der Bluse; dabei achtete ich darauf, sie nicht zu falten, da ich befürchtete, sie könnte brechen. Als ich die Bluse über den Kopf der Frau zog, blieben die Ärmel am Oberarm hängen. Erst jetzt bemerkte ich die klebrige Flüssigkeit, die das Hemd von den Ellbogen bis zu den Schultern bedeckte.
Ich berührte die betroffenen Körperteile und hatte das seltsame Gefühl, als steckte ich meine Finger in heißen, klumpigen Schlamm. Die Frau heulte wild auf – als Protest und, wie mir jetzt klar wurde, vor Schmerzen.
»Aber, aber, Sie tun so, als würde ich Ihnen die Haut bei lebendigem Leibe abziehen«, sagte ich und zog einmal fest an dem Hemd, das sich daraufhin löste. »Das kann doch nicht so weh ...«
Angewidert fuhr ich zurück und stieß gegen die Seite des Schranks. Gleichzeitig biß ich mir auf die Lippe, um sicherzugehen, daß ich nicht träumte:
Hunderte von Gummibändern, Stückchen Bindfaden und Draht waren von den Schultern bis unterhalb der Ellbogen fest um die Arme der Frau gewickelt. An mehreren offenen Stellen stand der Eiter, und in ihm wimmelte es vor Maden.
Die alte Frau war entzückt von meiner Reaktion. Grinsend und voller Stolz zeigte sie auf ihr verfaulendes Fleisch und kreischte etwas auf chinesisch. Wild schaukelte sie hin und her, und ihr gackerndes Lachen zerrte an meinen Nerven wie eine Aufnahme von Whitney Houston, die mit hoher Geschwindigkeit abgespielt

wird. In ihren verrückten Augen sah ich eine merkwürdige Leere, die Visitenkarte der Senilität.

Bis ich meinen Mut zusammengerafft hatte, die sechs oder sieben rostigen Sicherheitsnadeln zu entfernen, die die Öffnung ihrer Hose zusammenhielten, zitterte ich am ganzen Körper. Voller Angst vor dem, was unter dem Kleidungsstück zum Vorschein kommen mochte, zog ich vorsichtig den vollkommen verdreckten Seidenstoff über ihre Hüften. Der scharfe Ammoniakgeruch von altem Urin brannte in meiner Nase, und ich mußte gegen den Wunsch ankämpfen, davonzurennen und mich zu übergeben.

In der Mitte der Schenkel, wo zwei Streifen klebrigen Eiters den Stoff durchweicht hatten, blieb die Hose hängen. Darüber waren ihr Bauch und ihre Leisten mit getrocknetem Kot und Schmutz bedeckt.

Ich fand eine Flasche mit Kochsalzlösung in der unteren Schublade des Schrankes und goß den größten Teil des Inhalts über ihre Beine in der Hoffnung, daß der Stoff sich dadurch lösen würde.

Ihr Wimmern ging in schrille Schreie über. Im Takt ihres Schaukelns schlug sie nach mir und zerkratzte mir dabei die Haut meines rechten Arms über dem Handschuh. (Noch zwei Wochen danach war der tiefe Kratzer infiziert – trotz einer ganzen Batterie von Antibiotika.)

Als die Kruste sich so weit aufgelöst hatte, daß der Stoff nachgab, biß ich die Zähne fest zusammen und zog die Hose vollständig herunter. Beide Beine waren vom Fußknöchel bis zur Mitte der Oberschenkel abgebunden worden. Von den Teilen zwischen den Gummibändern, Bindfäden und was sie sonst noch benutzt hatte, floß ungehindert der von der Kochsalzlösung verdünnte Eiter. Die Maden, zahlreicher als auf ihren Armen, fielen in Trauben auf das saubere Tuch auf dem OP-Tisch. Ich wischte sie in eine Abfalltüte und holte meine OP-Schere

hervor. Bei ihren Armen beginnend, schnitt ich so viel wie möglich von den alten Fäden und Bändern weg.
Als ich bei ihren Beinen anfing, floß mir der Schweiß in Strömen. Nachdem ich die äußerste Schicht entfernt hatte, stellte ich die Seitengitter auf und bedeutete der Frau in einer kindlichen Zeichensprache, daß sie ruhen solle. Sie zeigte ihr verrücktes Grinsen, machte das O.-K.-Zeichen, legte den Kopf zurück und schloß die Augen.
Ich bedeckte sie mit einem sauberen Laken – vor allem, um den gräßlichen Anblick zu verdecken. Sie ergriff das Ende des Lakens und zog es sich über den Kopf. Unter dem Leinen hörte ich die Geräusche übertriebenen Schnarchens, unterbrochen von Anfällen ihres gackernden Gelächters.
Ich fand Dr. Mahoney und Gus, die wieder am Tisch saßen und debattierten, wie stark der Kaffee für die Tagschicht wohl sein solle. Susan bestand auf der dreifachen Konzentration, während Gus der Meinung war, die normale Stärke sei ausreichend. Beide schienen in Hochstimmung zu sein.
»Ihr werdet nicht glauben, was gleich kommt«, verkündete ich und setzte mich hin. Zum ersten Mal, seit ich in die Eingangshalle gegangen war, schaute ich auf die Uhr und war überrascht festzustellen, daß es 6 Uhr morgens war. »Ich bin nicht einmal sicher, daß ich es selbst glaube. Wenn ich nicht so müde wäre, würde ich wahrscheinlich irgendwo in einer Ecke sitzen und jemanden bitten, mich aufzuwecken.«
»Lassen Sie mich raten«, sagte Dr. Mahoney. »Da drüben ist eine Frau, die soeben einen Wurf Feldmäuse zur Welt gebracht hat und jetzt wissen will, ob sie es wohl riskieren kann, sie zu stillen.«
Gus verzog die Nase. »Nach dem Geruch würde ich sagen, es ist diese Frau aus San Rafael, die ihre schwarzen Gummistiefel Monate am Stück trägt, ohne sie je auszuziehen.«
Ich schaute sie beide an und bemerkte, daß sie trotz des Kaffees dunkle Ringe unter den Augen hatten. »Nicht schlecht, aber

doch daneben. Ihr wißt von der alten chinesischen Sitte, den Frauen die Füße abzubinden?«
Beide nickten.
»Nun, da drüben ist eine senile Chinesin, die versucht hat, sich aus dem Leben abzubinden.«
Beide schauten erst einander an, dann wieder zu mir.
»Sie hat zehn, zwanzig Schichten von Gummiband und Bindfaden um ihre Oberarme und Beine gewickelt, und das schon vor Monaten, vielleicht Jahren. Sie verhilft Hunderten von Maden zu einem Festessen«, seufzte ich. »Es sind so viele, daß ich glaube, sie sind das einzige, was ihrer Kleidung Form gibt.«
Keine von beiden rührte sich, und ihr Blick war voller Zweifel.
»Schaut selber nach, wenn ihr mir nicht glaubt.«
Dr. Mahoney stand langsam von ihrem Stuhl auf und sprach zu Gus: »Autoren tun sich immer so leicht, ihre Geschichten auszuschmücken. Haben Sie gelesen, wie sie mich in ihrem Buch beschrieben hat?« Susan ging zum Vorhang von Bett 5. »Sie nahm eine ganz reizende, hinreißende und ernsthafte Frau und verwandelte mich in eine sarkastische, männerhassende Neurotikerin. Ich weiß nicht, wie sie auf solche Sachen kommt.«
Sie verschwand hinter dem Vorhang, und gleich darauf hörten wir ihre professionelle Stimme: »Hallo, ich bin Doktor Mahoney. Ich höre, es geht Ihnen nicht so gut. Mannomann, irgendwas riecht hier nicht so toll, oder? Na ja, ich schau' einfach mal nach Ihren ... Na, na, nicht treten und nicht beißen! Ich muß doch sehen, wo der Schmerz sitzt. Ich werde einfach mal unter diese Decke hier sehen ...«
Ich zählte bis zwei.
»Jesus, Maria und Josef!« Susan steckte ihren Kopf durch den Vorhang. »Ich will ein CBC und SMAC, eine Blutsenkung und einen Röntgen-Thorax für den Anfang. Wir brauchen ein paar Vitalzeichen, und wer immer diese Frau hierhergebracht hat, soll auf der Stelle kommen!«

Die Tochter saß in der hintersten Ecke des Warteraums und starrte ihre Hände an. Als ich ihre Schulter berührte, erschrak sie.
»Doktor will jetzt mit Ihnen reden. Kommen mit.« Ich nahm an, die Frau würde mir folgen und marschierte auf die Station zurück. Bei Zimmer 5/6 angekommen, stellte ich fest, daß sie nirgends zu sehen war.
Ich ging in die Eingangshalle zurück und sah, daß sie sich nicht von der Stelle gerührt hatte.
»Warum kommen Sie nicht und sprechen mit Doktor?«
Als sie mich anschaute, sah ich, daß sie geweint hatte.
»Alte Mutter sterben. Sie lange krank, ich nichts tun. Ihr Kopf krank. Ich nichts tun zu helfen.«
Die Eingangstür öffnete sich und ließ einen Schwall kalte Luft und Dr. Cramer ein. Ich kreuzte die Arme gegen die Kälte über der Brust und betrachtete die untreue Tochter. Die Falten in ihrem Gesicht sagten mir, daß ihr Leben weder einfach noch glücklich gewesen war.
Ich ergriff ihre Hand. »Schauen Sie: Die Ärztin muß viele Fragen stellen, und das kann sie nicht ohne Sie. Auf diese Weise können Sie Ihrer alten Mutter jetzt helfen.« Innerlich verdrehte ich die Augen über das, was ich gesagt hatte. Ich klang wie David Carradine in *Kung Fu*.
Sie ließ ihren Kopf noch tiefer sinken, als ich dies für möglich gehalten hätte, dann stand sie von ihrem Stuhl auf. Traurig bedeutete sie mir, sie zu ihrer Schande zu führen.

Montag, 10 Uhr 30 – Nur ein paar Zeilen. Wenn ich den Füller zum dritten Mal fallen lasse, werde ich aufhören.
Ich muß dran denken, auf der Seite einzuschlafen, damit ich während der tiefen Bewußtlosigkeit, die dann folgen wird, nicht den Aspirationstod sterben kann.
Ich habe auf der Zombieschicht Überstunden gemacht –

zum ersten und, wie ich hoffe, zum letzten Mal. Bis wir Mrs. Lin zu den Badewannen im fünften Stock geschafft hatten, war es halb neun, aber ich wollte mir um keinen Preis den Anblick entgehen lassen, wie sie in den Whirlpool glitt. Es hatte etwas absolut Zufriedenstellendes zu sehen, wie die Maden und der übrige Schmutz aus ihrem Fleisch gewaschen wurden. Von dort brachten wir sie zur chirurgischen Aufnahme, wo Dr. Bell bereits auf sie wartete. Wenn ich mir zugetraut hätte, ohne Stütze stehen zu können, hätte ich gern dem Debridement zugesehen; aber zu dem Zeitpunkt konnte ich nur noch nuscheln und taumelte umher, daß es nicht mehr feierlich war.

Dr. Menowitz brachte mich zu meinem Wagen und entschuldigte sich für sein seltsames Verhalten gestern abend. Es ist immer das gleiche, nur daß seine Depression immer schlimmer wird und sein Burnout allmählich seine geistige Gesundheit zu versengen droht. Ich glaube, Dr. Neidlers Selbstmord hat ihn doch mehr mitgenommen, als er zugeben möchte. Sie waren gleich alt.

Ich fragte ihn, ob er mir einige der Sachen zeigen würde, die er zuletzt geschrieben hat, aber er ist ein sturer Kerl und behauptete, es sei noch nicht soweit. Bevor ich ging, schaute ich noch einmal nach Risen. Die Schwester auf der Herzstation sagte, Dr. Schupbach sei der Meinung, er komme durch, obwohl man sich wegen seines HIV-Status schon Sorgen macht. Ohne sein Wissen hat man ihm Blut für einen Test abgenommen; ich glaube, daß das nicht erlaubt ist, aber ich gebe zu, daß ich sehr daran interessiert bin, Bescheid zu wissen. Der Gedanke, daß sein Liebhaber wahllos herumgebumst hat, macht mir eine Höllenangst. Sandy Bastard – wie treffend!

Risen hat alle Rollen eines Pflegers gespielt: unverzichtbarer Heiler, Märtyrer, Heiliger, Supermann. Aber wie die meisten von uns hat er es versäumt, auf sich selbst aufzupassen, statt dessen weiterhin den Retter in seinem persönlichen Leben gespielt, bis er selbst – unvermeidlich – zum Opfer wurde.

Dienstag nachmittag sehe ich wieder Miss Milks. O Freude! Mein einziger freier Tag, und ich verbringe ihn mit einem sprechenden Schornstein!

Als ich zu Haus ankam, hatte David ein kleines Essen für uns vorbereitet und geheizt. Als ich zur Arbeit ging, küßte er mich und fragte: »Habe ich dir heute schon gesagt, daß ich dich liebe?«

Ich habe mich schon an die verletzenden Bemerkungen und Fragen der Nachbarn gewöhnt. Die Frau, die eine Tür weiter wohnt und ein Auge auf David geworfen hatte, zum Beispiel, besitzt die Unverschämtheit zu fragen, wie lange ich denn babysitten wolle. Jim und Liza rufen nicht mehr an. Wann immer ich mit Bill, Moira oder Shelley spreche, erwähnen sie meine Beziehung nicht, und wenn ich die Sprache darauf bringe, werden sie taubstumm.

Ich weiß immer noch nicht, ob meine Freunde einfach nur Probleme haben, sich daran zu gewöhnen, daß ich eine gesunde Beziehung zu einem wertvollen Menschen habe, oder ob sie alle Angst haben, daß David mich verlassen wird und sie herbeigeeilt kommen müssen, um die Scherben zusammenzukehren.

Soweit ich sehen kann, habe ich keinen Freund, der meine Beziehung zu David ernst nimmt. Sogar Janey seufzte und sagte, sie hätte nicht gewußt, wie sehr ich mir noch ein Kind gewünscht hätte.

Wie rückständig ist unsere Kultur doch! Es ist vollkommen normal, eine Frau von dreißig mit einem Mann von fünfzig oder noch älter zu sehen. Es fällt den Leuten nicht einmal auf. Aber laß einen jungen Mann mit einer älteren Frau zusammensein, dann ist das pervers ... unnatürlich. Die Therapeuten sagen, daß die Verbindung ältere Frau/ jüngerer Mann oft sehr gut funktioniert. Ich wünsche mir ...

Hoppla. Entschuldigt die Verzückung. Ich muß plötzlich weggesackt sein. Weiß nicht einmal mehr, was ich mir wünschen wollte, aber ich habe nur noch zwei Stunden Schlaf, bevor ich wieder zur Stephen-King-Horrorparade zurückmuß.

12. Kapitel

»Das Leben als Krankenschwester, für das wir uns entschieden haben ..., ist nichts für die Hasenherzigen: Es verlangt ungewöhnlich viel innere Stärke.«

Geraldine Felton, Krankenschwester

»Lasset fahren alle Hoffnung, die ihr hier eintretet«, sagte Sarah, als sie an Gus und mir vorbeirauschte und in den Geräteraum der Ambulanz eilte. Das Durcheinander von Geräuschen, die aus dem Hauptraum drangen, sagte uns, daß sie nicht scherzte. Wir schauten um die Ecke, um uns anzusehen, was da vor sich ging, bevor wir endgültig durch die Tore des Chaos traten.

Zwei Kinder im kleineren OP schrien wie am Spieß; bei dem einen nähte gerade Dr. Menowitz eine Wunde am Bein, das andere wurde von Dr. Kin und Melanie zum Nähen vorbereitet. Im Hauptraum lief Don von einem Tisch zum anderen und verteilte Medikamente und Trost.

Ich schaute durch den Spiegel in das »Öffnungszimmer« und war überrascht, vier Sanitäter der Rettungseinheit 56 zu sehen. Dr. Papaneau, ein für das Personal zuständiger Psychiater, sprach mit ihnen. Seine Krawatte hing lose vor seinem Hemd, und er hatte Ringe unter den Augen. Insgesamt sah die Gruppe aus, als ob sie Zeuge eines Massakers gewesen sei.

Ohne ein Wort zu sagen, verstauten Gus und ich unsere Handtaschen, machten eine Bestandsaufnahme der vorhandenen Narkotika bei Schichtwechsel und gingen anschließend zu Sarah.

»Ob ihr's glaubt oder nicht, aber Don und ich sind noch von der Tagschicht hier.« Müde lehnte sich Sarah gegen den Schreib-

tisch. »Katy hat sich im letzten Augenblick krank gemeldet und im Personalbüro sagten sie, sie hätten keinen Ersatz; ich wußte, daß das gelogen war, also rief ich Melanie selbst an.«
Gus holte tief Luft und machte große Augen.
»Oh, zum Teufel mit denen«, sagte Sarah und strich sich die Haare aus der Stirn. »Ich sehe es so, daß ich sie vor einer Anzeige bewahrt habe ... Also, Melanie ist seit fünf Uhr hier, und Don hat angeboten, bis nach elf zu bleiben, wenn das nötig sein sollte. Menowitz und Mahoney haben Doktor Kin dazugerufen, damit er ihnen hilft, bis sich die Dinge ein wenig beruhigt haben, was allerdings ...«
Ileta unterbrach sie, indem sie ihr das Telefon entgegenstreckte. »Anruf für dich, Schätzchen«, sagte sie entschuldigend. »Wieder deine Kinder, sie wollen wissen, wann du nach Haus kommst.«
Sarah sprach mit ihren Kindern, während Gus und ich höflich mithörten. Wir kannten beide die mütterlichen Erklärungen und Entschuldigungen. Die Kinder von Krankenschwestern oder Pflegern haben es nicht leicht: Sie sehen ihre Eltern an freien Tagen und am Wochenende, und nur selten sind sie dann nicht hundemüde.
»Doctores Mahoney und Bell sind im OP mit dem OP-Team«, fuhr Sarah fort, noch bevor sie den Hörer richtig aufgelegt hatte. »Ich glaube, sie sind drauf und dran, den Patienten nach oben zu verlegen. Sobald du hier rausgehst, Echo, möchte ich, daß du den Raum säuberst und wieder aufräumst. Gus, du mußt hierbleiben und Melanie und Don helfen, die Leute für Menowitz und Kin vorzubereiten. Das ›Öffnungszimmer‹ wird so lange nicht betreten, wie Doktor Papaneau noch die Leute von der Rettungseinheit 56 befragt. Wenn er damit fertig ist, gehen Don, Doktor Mahoney und ich für unsere Befragung rein.«
»Mann, was ist passiert, daß ihr alle eine Sitzung mit dem Psychomann braucht?« fragte Gus.

Sarah wandte sich zum Gehen, und ihr Gesicht verdunkelte sich, als ob sie mit hohem Blutdruck zu kämpfen hätte oder mühevoll ihre Tränen zurückhalten müßte. »Um ehrlich zu sein, Gus, möchte ich jetzt nicht darüber sprechen. Mach einfach, worum ich dich gebeten habe, okay?«

Gus zuckte zusammen, nahm eine neue Stammkarte vom Stapel und ging zum Wartezimmer. Ich fragte mich, wann sie merken würde, daß wir keinen Platz mehr hatten, neue Patienten unterzubringen.

»Eine Befragung in der Ambulanz?« hörte ich sie sagen, als sie über den schwarzen Läufer verschwand. »Mannomann.«

Mannomann war korrekt. Die Befragung einer Station wie der Ambulanz durch einen Psychiater war ein höchst seltenes Ereignis. Normalerweise wurde dies nur dem Personal einer Station oder Abteilung angeboten, die unter so viel Belastung gestanden hatte, daß es die Arbeitsmoral dieser Gruppe zu unterminieren drohte.

Ich hatte einmal an einer solchen Befragung teilgenommen, als eine Schwester auf der Herzstation Anzeichen eines mentalen oder emotionalen Zusammenbruchs zu zeigen begann. Wir rieten ihr alle, Hilfe aufzusuchen, aber sie weigerte sich, unserem Rat zu folgen. Da ihre Arbeit als Krankenschwester nicht zu beanstanden war, waren unsere Hände gebunden, obwohl wir alle das bizarre Verhalten erlebten, das sie im Stationszimmer ihren Kollegen gegenüber manchmal an den Tag legte.

Nealy und ich hatten mit ihr an dem Abend gearbeitet, an dem sie nach Haus ging, ihre drei Jahre alte Tochter tötete und anschließend versuchte, sich selbst umzubringen. »In einem Beruf wie dem Ihren«, sagte uns der befragende Psychiater zwei Tage später, »haben Sie es mit einem ungeheuren Streß zu tun; und ganz gleich, wie viele Schutzmechanismen oder Verdrängungstechniken Sie entwickeln, an einigen Tagen ist es einfach zu viel.«

Ich drückte die Tür zum OP auf, und der Anblick ließ mich zurückschrecken.
An einigen Tagen, dachte ich, *ist es einfach zu viel.*

Auch wenn der Patient ein sehr großer Mann war, war es doch schwer zu glauben, daß so viel Blut von einer einzigen Person stammen sollte. An einigen Stellen des Fußbodens hatten sich Pfützen gebildet. Ein hellrotes Flickenteppichmuster unterschiedlicher Schuhabdrücke bedeckte den Boden, hier und da unterbrochen von einer langen Schmierspur, wo jemand ausgerutscht war.

Als ich durch den klebrigen, allmählich gerinnenden Belag zu den Materialwagen ging, machten die Sohlen meiner Schuhe ein Geräusch wie *kruuuupt, kruuuupt, kruuuupt.* Zwischen dem Beatmungstechniker und der OP-Schwester sah ich den Patienten auf dem OP-Tisch liegen; er war intubiert und bewußtlos. Eine Blutkonserve wurde mit hoher Geschwindigkeit durch einen der vier intravenösen Katheter gepumpt, während durch die anderen drei ein Volumenexpander und Antibiotika liefen.

Seine Verletzung lag unterhalb seiner Hüfte. Einen Augenblick lang zögerte ich, dann stellte ich mich auf die Zehenspitzen, um besser sehen zu können.

Der abgetrennte Teil des Mannes – seine Innenschenkel, sein Penis, seine Hoden und der Unterbauch – war violett gesprenkelt. In einem fast perfekten U-förmigen Bogen begann der Schnitt direkt oberhalb des Schambeins und endete in der Mitte beider Oberschenkel. Es sah aus, als habe jemand einen riesigen U-förmigen Keksausstecher benutzt, um den Unterleib des Mannes wegzuschneiden.

Dr. Bell konzentrierte sich auf die Wunde, während der Facharzt für plastische Chirurgie einer OP-Schwester die zahlreichen Instrumente auflistete, die er im OP-Saal bereitgelegt haben wollte. Dr. Mahoney schrubbte ihre Hände am Spülbecken und sprach dabei leise mit dem Supervisor.

Dr. Bell bedeckte die Wunde mit mehreren sterilen Tüchern. »Okay, Leute«, sagte er und streifte langsam seine sterilen Handschuhe ab, »schaffen wir ihn in den OP hinauf.«

Wie eine gut eingespielte Karawane ergriffen das OP-Team und der Beatmungstechniker den OP-Tisch mitsamt dem Monitor und rollten alles hinaus, bevor irgend jemand »autsch« sagen konnte.

Sobald sie außer Sicht waren, rief Dr. Mahoney zu Ileta hinüber, sie solle sofort eine Reinigungskolonne anfordern. »Sagen Sie denen, sie sollen ein kräftiges Reinigungsmittel benutzen«, rief sie und verzog das Gesicht. »Ich will den Geruch hier raus haben.«

Wegen des Anblicks, der sich mir bot, hatte ich den Geruch des Blutes noch gar nicht bemerkt, der schwer in der Luft hing. Durch den Mund atmend, begann ich, den blutdurchtränkten Abfall aus leeren Materialkartons, halbvollen Infusionsbeuteln, Tüchern und Gaze wegzuräumen.

Als ich damit fertig war, kämpfte ich gegen eine langsam ansteigende Depression an. Mit noch elfeinhalb Stunden Arbeit vor mir würde ich eine andere Inspiration als Kaffee brauchen, um die Zeit durchzustehen.

Ich verlangte nach dem sicheren Schutz von Davids Armen, schloß die Augen und suchte nach einem friedvollen Gedanken. Was ich fand, war nicht der Gedanke, sondern vielmehr das Geräusch von Frieden: Der Ventilator im Luftschacht quietschte leise und in einem regelmäßig-unregelmäßigen Takt und ahmte so perfekt das Geräusch von Grillen nach. Sofort war ich wieder zwölf Jahre alt und trieb an einem heißen Sommerabend den Mohawk-Fluß hinunter, fühlte mich warm und ungeheuer glücklich, am Leben zu sein ...

»Lassen Sie das alberne Lächeln, Hall.« Dr. Mahoney stand in der

Tür, die den OP mit der Röntgenabteilung verband. »Es ist ein wenig unpassend, wenn man bedenkt, daß Sie hier nach einem größeren Gemetzel aufräumen.«

Der Sommerabend verblaßte, als Susan sich auf den Untersuchungsschemel setzte und in die Ecke hinter den Notfallwagen, weit weg vom Sichtfenster in der Tür rollte. Sie kreuzte die Arme und lehnte den Kopf gegen die Wand.

»Was war hier los?« fragte ich und wischte den Raum einmal oberflächlich durch.

»Nur ein armer Kerl, der zur falschen Zeit in der falschen Straße joggen ging.« Sie unterbrach sich und setzte ihre Brille mit einer sorgfältigen, kontrollierten Bewegung ab. »Ein Müllwagen konnte nicht mehr bremsen und spießte ihn an einer Betonwand auf.«

»Fand deshalb die Befragung durch den Psychiater statt?«

»Nur zum Teil.« Dr. Mahoney schauderte. »Es gab davor noch einen anderen Unfall mit einem Lastwagen, der die Sanitäter wirklich fertiggemacht hat.«

Ich konnte mir beim besten Willen nicht vorstellen, was die Sanitäter entnerven könnte. Sie waren oft die allerersten Zeugen der schrecklichsten Verletzungen.

»Es gab einen Notruf von einer Baustelle, wo eine Gruppe mexikanischer Bauarbeiter ein Betonfundament gießen sollte. Als die Sanitäter ankamen, führte sie der am wenigsten hysterische von den Arbeitern zum Zementmischer und …«

»Halt«, sagte ich laut. »Ich will den Rest nicht hören.«

»Höre ich da die Autorin sprechen?« sagte Susan ärgerlich. »Sind Sie nicht die offizielle Chronistin menschlicher Dummheit und der Inhumanität des Menschen gegenüber seinen Mitmenschen und all das Zeug?«

Sie ist erschöpft, dachte ich, am Ende ihrer Kräfte. Wie viele Soldaten im Krieg muß sie einfach über die Schrecklichkeiten sprechen.

Dr. Mahoney lehnte sich wieder gegen die Wand und fuhr sich einmal abwesend durchs Haar. Ihr Zorn war schnell aufgeflackert und wieder verschwunden. »Der Sohn des Vorarbeiters – ich glaube gehört zu haben, daß er erst siebzehn Jahre alt war – machte irgend etwas an dem Laster, während die anderen am anderen Ende der Baustelle waren, und sein Hemd verfing sich in dem Mechanismus. Die Maschine hat ihn ganz langsam hineingezogen. Als unsere Jungs dort ankamen, konnten sie sein Bein sofort herausziehen, aber den Rest von ihm zu finden war nicht sehr erfreulich. Als Russ den Schädel des Jungen fand, mußte er sich übergeben, und ein anderer Sanitäter mußte für ihn einspringen.«

Die Reinemachefrau kam zur Tür herein und rollte einen mit Seifenwasser gefüllten Eimer vor sich her. Sie starrte auf den Fußboden, stöhnte und gab einen Laut tiefen Ekels von sich.

Dr. Mahoney senkte die Stimme. »Wir haben den Vater sediert und dann zur Schockbehandlung weitergereicht.«

Ich schüttelte das Bild vom Todeskampf des Jungen und den noch größeren Qualen seines Vaters ab; ich konnte – wollte – die Bilder nicht akzeptieren, die meine Phantasie heraufbeschwor.

Dr. Mahoney stand müde auf und streckte sich. Eine Minute lang sahen wir der Reinemachefrau zu. Das Wasser in ihrem Eimer hatte sich schon nach wenigen Drehungen ihres Mops von Grau zu einem matten Rot verfärbt.

»Dann betrifft die Befragung von Ihnen, Sarah und Don einen ganz anderen Fall?« fragte ich.

Dr. Mahoneys Gesicht fiel herab, und sofort bereute ich meine Frage.

»Ganz andere *Fälle*«, sagte sie mit der Betonung auf der Mehrzahl. »Davor hatten wir eine zweiundvierzig Jahre alte Frau mit einem abdominalen Aneurysma und einen Achtjährigen, der von einem Auto überfahren worden und teilweise enthauptet worden war. Beide kamen gleichzeitig rein, Notfallstufe drei. Beide sind gestorben. Die Eltern des Jungen waren ...« Sie unterbrach sich. »Ich glaube, ich muß Ihnen das nicht erzählen, oder?« Susan suchte plötzlich das Zimmer mit den Augen ab, fand anscheinend, was sie suchte und entspannte sich wieder.

»Es war ein grauenvoller Tag«, sagte sie verzweifelt. »Ich verliere allmählich meinen Sinn für Humor. Ich glaube nicht, daß ich dies hier Jahr für Jahr weitermachen kann.«

Ich nahm sie ein wenig unbeholfen in den Arm. Dr. Mahoney gehörte zu den Leuten, die immer Abstand bewahrten und den körperlichen Ausdruck von Zuneigung nur schwer akzeptieren konnten. Trotzdem drückte sie meinen Arm in Dankbarkeit für mein Mitgefühl.

»Der Mann von der Frau mit dem Aneurysma drehte völlig durch und verschaffte sich gewaltsam Zugang zum Raum. Doktor Bell wurde fast über den Haufen geworfen. Einen Augenblick lang dachte ich, ich wäre wieder im Traumazentrum in Oakland. Keine zwanzig Minuten nachdem die beiden in die Leichenhalle geschafft worden waren, sah ich einen neununddreißigjährigen Bibliothekar, der selbst hierhergefahren war, sich hatte aufnehmen lassen und eine Stunde lang im Warteraum saß; dann erzählte er uns die bizarre Geschichte, daß er beim Zahnarzt eine Goldkrone eingeatmet hätte. Es stellt sich heraus, daß dieser Kerl der netteste, freundlichste Mensch ist, den man sich vorstellen kann. Er sitzt da mit einer blöden Goldkrone in seinem rechten Bronchus und versucht, alle anderen aufzumuntern. Er schafft es sogar, Menowitz Mürrisch dazu zu bewegen, sich zivilisiert mit ihm zu unterhalten.«

Dr. Mahoney schaute mich von der Seite an und schüttelte den Kopf. »Er war so nett, daß ich sogar daran dachte, ihn zum Abendessen oder so einzuladen.«

Ich hob die Augenbrauen und fragte, wo er sei.

»Wir brachten ihn rauf in den OP. Er hatte einen Herzinfarkt und starb, bevor wir ihn auf dem Tisch hatten.«
»Er war erst neununddreißig Jahre alt«, wiederholte sie und schaute mich dabei an. Eine Art von Bitten mischte sich in ihren Ausdruck von Verzweiflung. »Er wacht heute morgen auf, zieht sich an und trinkt seinen Kaffee wie alle anderen auch – und sechs Stunden später ist er tot.«
Sie legte die Hände behutsam auf den Kopf und verschränkte die Finger. »Hall, warum hab' ich mir nicht eine nette, kleine Praxis irgendwo im Mittleren Westen eingerichtet und kümmere mich jetzt um Babys mit Kolik und alte Damen mit Arthritis?«
»Ein Grund«, sagte ich leise, »ist der, daß Sie vor langer Zeit beschlossen haben, im Königreich des Chaos zu arbeiten. Seitdem haben Sie sich die goldene Mitgliedskarte für die Schwesternschaft der Narren verdient – Sie sind katastrophensüchtig. Ein weiterer Grund ist, daß Sie am Ende eines Achtstundentages mit Halsentzündungen und Impfungen von lästigen Säuglingen zu Tode gelangweilt wären und sich fragen würden, warum zum Teufel Sie nicht in der Ambulanz eines Großstadtkrankenhauses arbeiten.«
Sarah klopfte ans Sichtfenster der Tür und winkte Susan und mich zu sich. »Doktor Papaneau hat jetzt Zeit für uns, Susan. Echo, du mußt hier draußen die Stellung halten, während wir drei nicht da sind.«
»O Gott«, seufzte Dr. Mahoney. »Psychozeit für die Überlebenden des Tags der Toten.«

»Es ist mir gleichgültig, wie oft sie sich beschweren und es nicht einsehen.« Dr. Menowitz sprach zu Gus und mir, während er auf zwei Patientenkarten die Entlassungsanweisungen eintrug. »Von jetzt an möchte ich, wenn ich hier bin, keine Verwandten oder Bekannten mit den Patienten hereinkommen sehen, es sei denn, diese sind blinde Taubstumme oder brauchen jemanden, der für sie dolmetscht.«

»Das wird schwierig werden, Morton«, sagte Gus schmollend.

»Das ist mir egal, Augustine. Gestern abend habe ich eine ganze Stunde bei dieser Frau mit der Eileiterschwangerschaft vertan. Und wissen Sie, warum?« Dr. Menowitz beugte sich dicht zu uns herüber und starrte uns mit einem wütenden Grinsen an.

Gus und ich schüttelten den Kopf, aber wir wußten, daß er es uns auf jeden Fall erzählen würde.

»Alles nur, weil ihre verdammte Schwester dabei war. Sie hatte mich fast davon überzeugt, daß ihre Bauchschmerzen von dem Schweinefleisch stammten, das sie abends gegessen hatte. Nur gut, daß ich eine Eileiterschwangerschaft auf Anhieb erkenne, denn wenn ich sie mit einer Flasche Mylanta nach Haus geschickt hätte, wäre sie in ernsthaften Schwierigkeiten oder tot – und das gleiche würde für meine Karriere gelten.«

Er gab mir die zu dem gebrochenen Knöchel gehörende Stammkarte, Gus bekam die Kinnverletzung. »Wenn Freunde und Verwandte mit dabei sind, können die meisten Leute nicht hundertprozentig ehrlich sein, meine Damen. Diese Frau wollte – aus welchem Grund auch immer – nicht, daß ihre Schwester erfuhr, daß sie eine sexuelle Beziehung gehabt hatte. Sobald ich die Schwester rausgeschickt hatte, sagte sie mir die Wahrheit.«

»Das heißt also, wenn Ihre Frau eingeliefert wird, können wir Sie rausschmeißen?« fragte Gus. Ihr Gesicht war ganz ernst, aber ihre Augen funkelten.

»Natürlich«, antwortete der Arzt steif. »Ich würde niemals das Recht eines meiner Familienangehörigen auf seine Privatsphäre verletzen.«

»Großartig«, sagte ich zu Gus gewandt. »Dann können wir alle möglichen Informationen aus ihr herausholen.«

»Ja«, rief Gus begeistert, »zum Beispiel, ob es wahr ist, daß er wirklich Roy-Rogers-Schlafanzüge trägt.«

Dr. Menowitz lächelte gequält. »Ich glaube kaum, daß Sie irgendwo Roy-Rogers-Schlaf...«
»Und ob er wirklich um drei Uhr morgens im Schrank Posaune spielt und dabei nackt ist«, sagte ich.
»Das ist absurd, wer behauptet ...«
»He, wir könnten sie fragen, wie er es schafft, bei Frank-Sinatra-Platten mitzusingen, wenn er auf dem Klo sitzt.«
»Ich *hasse* Frank Sinatra.« Dr. Menowitz' Gesicht war rot angelaufen. »Wer hat Ihnen diesen Dreck erzählt? Das ist ein Haufen dreckiger Lügen!«
»Ich würde mir an Ihrer Stelle nichts aus Lügen machen, Morton«, sagte Gus listig. »Wir haben zuverlässige Quellen. Erinnern Sie sich daran, als Ihre Mutter mit ihrem gebrochenen Handgelenk hier war?«
»*Mutter* hat Ihnen diesen Unsinn erzählt?« Dr. Menowitz war erschüttert.
Gus und ich nickten.
»Ja«, sagte ich. »Wissen Sie noch, Morton: Das war, als sie darum bitten mußte, daß man Sie aus dem Untersuchungszimmer rauswarf.«

Ich erkannte die Frau sofort. Sogar die Verbände, die ich an ihrem Fußknöchel und Arm zwei Wochen zuvor angelegt hatte, lagen immer noch ordentlich an und waren relativ sauber – abgesehen von den frischen Blutflecken.
Trotz der schweren Kopfverletzung konnte ich sehen, daß Mrs. Turner vor kurzem ihr silbergraues Haar gewaschen und frisiert hatte. Von ihrem ersten Besuch in der Ambulanz wußte ich noch, daß sie stolz darauf war, immer noch ihr eigenes Haar pflegen zu können. Angesichts der Tatsache, daß sie 79 Jahre alt war und Menschen ihres Alters oft Probleme haben, die Hände länger als einen Augenblick über den Kopf zu heben, geschweige denn ihre Haare zu waschen, war dies eine Leistung.

Andererseits hatte sie in ihrem Oberkörper mehr Kraft als die meisten älteren Leute, da sie auf Grund einer Kinderlähmung (in der Zeit vor der Entdeckung des Impfstoffs durch Dr. Salk) den größten Teil ihres Erwachsenendaseins im Rollstuhl verbracht hatte.

Die Sanitäter hatten sich um 9 Uhr 02 über Sprechfunk gemeldet und mitgeteilt, sie hätten jemanden mit einer einzelnen Schußwunde am Kopf, Eintrittstelle hinter dem linken Ohr. Als sie sagten, sie seien im Greenwood Seniors Center, wußte ich, daß sie Mrs. Turner bringen würden.

Als die Sanitäter Mrs. Turner zwei Wochen zuvor abgeholt hatten, hatte diese ihnen erzählt, daß ihr »kleines Mißgeschick« durch einen Fehler verursacht worden sei. Sie berichtete ganz ruhig, sie sei zur Klippe hinter dem Wohnblock für alte Leute gefahren, habe die Tür im Zaun geöffnet und sei in voller Fahrt die Klippe hinabgestürzt. Der Rollstuhl, einschließlich des Silikonsitzkissens, das ihr Mann ihr zur goldenen Hochzeit geschenkt hatte, wurde dabei völlig zerstört.

Mrs. Turner war enttäuscht gewesen, daß sie wie durch ein Wunder den Sturz mit ein paar Schnittwunden, Quetschungen und einer leichten Gehirnerschütterung überlebt hatte.

Diesmal hatte sie weniger Glück (obwohl ich sicher bin, daß Mrs. Turner anderer Meinung gewesen wäre), denn von dem Augenblick an, als man sie in den OP rollte, war klar, daß sie nicht überleben würde. Die Notfallmaßnahmen wurden bestenfalls halbherzig durchgeführt. Als Dr. Menowitz die letzten Medikamente verschrieb (und das auch nur, um kein Kunstfehlerverfahren zu riskieren), ging ich schnell zum Warteraum hinaus, um Mr. Turner zu suchen und ihm die Information persönlich im Ruheraum zu geben.

Anstelle von Mr. Turner fand ich zwei Polizisten vor, die etwas über Mrs. Turners Zustand erfahren wollten.

»Der Mann hat sie erschossen, dann den Rettungsdienst angerufen und eine Nachricht hinterlassen, daß er einkaufen gegangen sei«, sagte der kleinere der beiden Beamten.

Der große Polizist, dessen Dienstmarke sich auf gleicher Höhe wie meine Stirn befand, sagte: »Die Nachbarn sagen, die alte Dame hat ihn seit über einem Jahr gebeten, sie zu töten – seit sie erfuhr, daß sie Krebs hat.«

»Nun«, sagte ich schließlich, »es sieht so aus, als sei ihr Wunsch endlich erfüllt worden.«

Der Mann mit den Tüten schlurfte hinter mir her und summte *Amazing Grace.* In früheren Zeiten hätte ich ihn einen Penner oder Stadtstreicher genannt; aber heutzutage, da man zwanghaft nach höflichen Etiketten sucht, war Mr. Breton Birdy ein Angehöriger der ständig wachsenden Obdachlosen-Bevölkerung.

Mr. Birdy war darüber hinaus der illegale Besitzer eines Einkaufswagens, den er mit großem Stolz vor sich herschob. Dieser Besitz versetzte ihn in die oberen Ränge der Obdachlosigkeit, bis einer der jüngeren und rücksichtsloseren Penner zu dem Schluß kam, *er* brauche den Wagen dringender als der alte Mann. Dieser Zusammenstoß wegen der Besitzfrage hatte diese tragische Gestalt zu uns geführt; oder war es eher sein Bedürfnis nach einem freundlichen, tröstenden Wort in seiner Niederlage als seine kleinen Schürfwunden, größeren blauen Flecken und die geschwollene Lippe, was ihn veranlaßt hatte, uns aufzusuchen?

Ich half ihm, seinen umfangreichen Cordmantel auszuziehen, und bewunderte die 18 Außen- und zehn Innentaschen, in denen er die notwendigen Dinge für das Leben auf der Straße bei sich trug: Zahnbürste und -creme, Handschuhe, Socken, Seife, verschiedene Schuhe, Mütze, Plastiktüten, Eßbesteck, Bindfaden, Armeemesser, Zeitung, zusammenfaltbarer Becher, Klopapier und eine Jesusfigur aus Plastik mit einem

Saugfuß. (»Steck ich mir an den Kopf, wenn ich mich zum Schlafen hinlege. Keiner stört einen Mann mit einem Jesus auf der Stirn.«)

Nachdem ich seine Wunden gereinigt hatte, notierte ich seine Vitalzeichen; das Stammkartenfeld »Beruf« erregte meine Aufmerksamkeit. In einer zittrigen, altmodischen Schrift stand da: »TRAUMSAMMLER«.

Die Falten in seinem Gesicht, tief wie Risse in getrocknetem Lehm, bewegten sich lebhaft, während er erklärte: »Ich gehe jeden Tag in den Straßen herum und sammle auf, was die Leute so wegschmeißen. Die Leute, wissen Sie, schmeißen gute Sachen weg, Sachen, die noch 'ne Menge wert sind.«

Er unterbrach sich, um zu sehen, ob ich ihn verstanden hatte. Da ich mich mein Leben lang auf Flohmärkten herumgetrieben hatte, verstand ich ihn sehr wohl.

»Ich finde jede Menge Aluminiumdosen und Flaschen, und die verkauf' ich bei der Recyclingstelle. Dann krieg' ich Geld, und ich spare das, bis ich genug hab', mir 'ne Flasche zu kaufen. Nichts Besonderes, ich brauch' keinen teuren Whiskey, um gute Träume zu haben. Das übliche Zeug macht mir schon Träume, daß ich ein reicher Mann bin.«

Ein paar Minuten nach 23 Uhr brachte Dr. DeMarco, der diensthabende Orthopäde, seinen Hund, einen Golden-Retriever-Welpen, dessen linke Vorderpfote eingegipst werden mußte. Als erste hündische Patientin in der Geschichte des Krankenhauses erhielt Femur mehr liebevolle Zuwendung als jeder andere Patient bis dahin.

Als sie wieder entlassen wurde, hatte jeder Arzt einmal vorbeigeschaut, einschließlich eines Urologen, Dr. Bell, Dres. Menowitz und Mahoney, eines Anästhesisten und Dr. Schupbach.

Um nicht vom Supervisor entdeckt zu werden, wickelte Dr. DeMarco das Hündchen in ein Badelaken, so daß nur seine

Schnauze hervorschaute, und trug es wie ein krankes Kind hinaus.

Pete, einer unserer regelmäßigen Alkoholiker, schaute einmal mit glasigen Augen auf das Bündel und sah den wedelnden Schwanz unter der Decke hervorlugen. Das alte Fossil schüttelte den Kopf und war völlig verwirrt. »Mann, ich hoffe, der Kerl hat 'ne gute Versicherung, das Kind wird noch jede Menge Behandlung brauchen.«

Ileta war gerade im Begriff zu gehen, als die Aufnahme anrief und sagte, ein Mr. Turner sei im Warteraum und habe nach seiner Frau gefragt.

Ich fand den distinguiert aussehenden alten Herrn, der in einem Sessel an der hinteren Wand saß. Er trug eine blaßgelbe Strickjacke, eine graue Hose und eine karierte Mütze. Auf der Bank neben ihm lagen mehrere sauber aufeinandergeschichtete Kuchenschachteln.

»Mister Turner?«

Er stand auf, nahm seine Mütze ab und streckte mir die Hand entgegen. »Ja, das bin ich.«

Es entstand eine kurze, peinliche Pause, dann setzten wir uns beide hin. Mr. Turner räusperte sich. »Wie geht es Agnes?«

Mit dieser Frage hatte ich nicht gerechnet. Ich hatte eher erwartet, er würde fragen, was mit ihrem Körper geschehen sei oder ob die Polizei nach ihm suche.

»Sie starb, kurz nachdem sie ankam.«

»Hat sie noch gelitten?«

»Nein. Ich glaube nicht, daß sie überhaupt noch zu Bewußtsein gekommen ist.«

Mr. Turner nahm diese Information mit einem Nicken auf, dann senkte er langsam den Kopf. »Gott sei Dank. Sie wollte schon seit langem ihre Ruhe haben, wissen Sie. Sie hatte einen schlimmen Krebs in ihrem Bauch, wollte die Schmerzen nicht länger ertragen. Sie hatte die Nase voll davon, krank zu sein.« Er schaute mich an. »Sie wollte, daß ich der letzte war, den sie sah und berührte, nicht irgendein Fremder.«

Ich blieb stumm und beobachtete sein Gesicht. In den von Sorgen gezeichneten Augen las ich Trauer über den Verlust seiner Frau, aber auch Erleichterung darüber, daß sie den Schmerzen entkommen war.

Ununterbrochen drehte er seine Mütze in den Händen. »Sie hat mich in alle möglichen Richtungen geschickt, damit ich alles auf ihrer verdammten Einkaufsliste abhakte. Ich sagte ihr, ich wollte bei ihr sitzen bleiben, bis man mich holen würde, aber sie sagte, die Liste wäre wichtiger.« Mr. Turner beugte sich zu mir vor. »Agnes gehörte der Episkopalkirche an«, sagte er. »Sie wollte, daß die Damen in ihrer Gemeinde so bald wie möglich Bescheid wissen. Steht in der Liste.«

Langsam und als ob er Schmerzen im unteren Rücken hätte, stand Mr. Turner auf. »Die beiden oberen sind für die Ärzte und die Schwestern«, sagte er und zeigte auf die Kuchenschachteln. »Agnes hatte sie auf ihrer Liste. Einer mit Rhabarber und einer mit Apfel für das medizinische Personal und einer mit Kürbis für die Polizisten.«

Der alte Mann nahm einen Briefumschlag aus seiner Brusttasche und gab ihn mir. »Da steht der Name des Beerdigungsinstituts drin, auch alle notwendigen Papiere sind dabei und unterschrieben. Agnes hat alles selbst geregelt. Wenn Sie für mich die Leichenhalle anrufen würden, wäre ich Ihnen sehr dankbar, Schwester. Ich gehe jetzt rüber zur Polizeiwache. Ich danke Ihnen für ...«

»Mister Turner?«

»Hmmm?«

»Warum waren Sie bereit, ihr ... zu helfen?«

Überrascht und ein wenig beleidigt wegen meiner Frage schaute der alte Mann mich an. »Weil ich sie liebte, deshalb. Ich habe diese Frau an jedem einzelnen Tag geliebt, an dem wir ...« Seine Stimme brach, und er wandte sich ab. Er winkte noch einmal kurz und verschwand dann durch die Tür.

Das hübsche Gesicht kam mir bekannt vor, aber die Damen in meiner Vermittlung hatten gerade keine Datei aus meiner Datenbank bei der Hand. Der Name, Charles R. Henley jr., sagte mir nichts, und seine Diagnose, eine gequetschte Hand, gab mir auch keinen Hinweis. Dieses lästige Gehirnweh, das sich einstellt, wenn ich mich an jemandes Namen nicht erinnern kann oder nicht mehr weiß, woher ich ihn kenne, kroch unter die Damen in der Vermittlung und über meine Sehnerven und legte sich auf meine Stirnhöhle.

Das Seltsame war, daß ich das deutliche Gefühl hatte, mit diesem Mann einmal auf fast intime Weise bekannt gewesen zu sein.

»Woher kenne ich Sie?« fragte ich. (Ungeschriebenes Gesetz Nr. 71: Wenn man in der Ambulanz arbeitet, zahlt es sich aus, direkt zu sein. Subtilität ist Zeitverschwendung.)

Der Patient rückte den Eisbeutel auf seiner geschwollenen Hand zurecht und zeigte auf mich. »Ja, Sie kommen mir auch bekannt vor. Kaufen Sie Ihr Fleisch und Ihren Fisch im Cordova-Lebensmittelmarkt? Ich leite dort die Metzgerei.«

Ich schüttelte den Kopf. Ich konnte es mir nicht leisten, im Cordova einzukaufen. Es war eines dieser »Gourmet«-Geschäfte, die jede Menge teure und exotische Lebensmittel führen wie zum Beispiel südafrikanische Bananenfliegenleber in Aspik. Es war so exklusiv, daß ich mich nicht einmal gewundert hätte, wenn die Kunden Eintritt und eine Stundenmiete für die Einkaufswagen hätten bezahlen müssen.

»Nein, ich bin Vegetarierin«, sagte ich mit einem entschuldigenden Achselzucken.

»Sind Sie Mitglied im Belfast-Fitneßstudio?« fragte er hoff-

nungsvoll. Anscheinend litt er am selben Gedächtnisschwund wie ich. »Ich trainiere da jeden Tag.«
»Nein, das bin ich nicht. Aber laufen Sie manchmal, hab' ich Sie vielleicht auf einer der Laufstrecken um die Seen gesehen?«
»Nein, ich trainiere nie im Freien.«
Mein Gehirnweh wurde langsam unerträglich, eine Warnung, daß ich es aufgeben sollte. Wenn ich mir weiter das Hirn zermarterte, woher ich den Mann kannte, würde ich möglicherweise bis morgens früh wach liegen.
»Was haben Sie mit Ihrer Hand gemacht?« fragte ich, um unsere Aufmerksamkeit abzulenken. Gehirnweh konnte manchmal – wie Schluckauf – behoben werden, wenn man es ignorierte.
»Oh«, er lachte, »mein Partner hat die Tür vom Gefrierschrank draufgeknallt.«
Ich schob den Ärmel seines Hemdes hoch und schaute mir seine Hand und seinen Arm genau an. Schwache Stellen von sehr alten Nadeleinstichen waren auf seinem Innenarm zu sehen. Mein Gedächtnis meldete sich wieder.
»Ich hab's!«
»Bitte?«
»Vor einiger Zeit waren sie auf der Herzstation mit Endokarditis.«
»*Daher* kenn' ich Sie!« Er schlug sich aufs Knie. »Sie waren die Schwester, die mich geduscht hat. Sie wurden klatschnaß dabei.«
»Stimmt.«
»Ich erinnere mich, daß alle Schwestern und der Pfleger mir von ihrem Abendessen etwas gaben. Es war so ... Mein Gott!« Sein Lächeln verschwand plötzlich. »Ich war so gottverdammt krank und am Ende, jämmerlich.«
»Ja, aber schauen Sie sich jetzt mal an. Sie sehen aus und klingen, als ob es Ihnen sehr gut ginge.«
Er zuckte bestätigend mit den Achseln. »Nun, ich sagte damals,

daß ich nie wieder zu dem Leben zurückgehen würde. Es war verdammt schwer, aber ich hab's geschafft.«

Erleichtert, daß ich mich nicht länger mit der Frage herumquälen mußte, woher ich den Mann kannte, gratulierte ich ihm noch einmal, legte den Eisbeutel wieder auf seine Hand und fing an, seine Vitalzeichen zu notieren.

»He, erinnern Sie sich an den Pfleger, der reinkam und mich fütterte?«

Ich hörte auf, seinen Puls zu fühlen. »Meinen Sie Risen?«

»Ja, so hieß er. Wissen Sie, an dem Abend sagte er, der Grund, weshalb alle so freundlich zu mir waren, wäre, weil Sie Vertrauen in die Lebenden hätten. Ich hab' mir das täglich tausendmal wiederholt während meiner Entziehung. Es hat mir sehr geholfen ... Ist er immer noch hier im Krankenhaus?«

»Ja«, sagte ich wahrheitsgemäß. »Er ist oben auf der Herzstation.« *Weil er den Lebenden zu sehr vertraut hat.*

»Wenn Sie ihn das nächste Mal sehen, richten Sie ihm dann ein Dankeschön von mir aus und sagen Sie ihm, wie sehr es mir geholfen hat, was er damals sagte?«

»Werde ich machen«, sagte ich. *Sobald er seine Unterhose wieder geradegezogen und sich den Lebenden wieder angeschlossen hat.*

Doris Klanger hielt sich den geschwollenen Unterleib, stand von ihrem Stuhl auf und ging, in der Hüfte vornübergebeugt; bei jedem Schritt verzog sie vor Schmerzen das Gesicht. Ein kleines, mageres Mädchen von etwa sechs Jahren klammerte sich an ihren Rock.

Nachdem ich soeben Anweisungen von Dr. Menowitz bekommen hatte, keine Besucher zuzulassen, wollte ich dem Mädchen gerade sagen, daß es mit seiner Mutter nicht mitkommen könne, als der Mann, der die beiden begleitet hatte, mit der flachen Hand auf den Stuhl schlug, auf dem das Mädchen gesessen hatte. Das explosionsartige Geräusch ließ uns alle drei zusammenfahren.

»Beweg deinen verdammten Arsch wieder in den Stuhl, oder du kannst was erleben«, sagte er mit zusammengebissenen Zähnen.

Das Kind drückte sich gegen das Bein seiner Mutter und weinte.

»Oh, Billy, schrei sie doch nicht vor allen Leuten so an.« Aber noch während sie sprach, schob Doris Klanger ihre Tochter schon in die Richtung des Mannes, und ihre Augen waren voll nervöser Angst.

»Bitte, Mama.« Das Mädchen schaute sein Mutter an, und seine Stimme klang verzweifelt. »Bitte, Mama, neiiiiiin.«

»Beweg deinen« – der Mann schlug heftig gegen die Lehne des Stuhls, der kleine goldene Ring in seinem linken Ohrläppchen zitterte mit der Bewegung – »verdammten Arsch« – er schlug noch stärker auf den Sitz – »wieder hierher« – der Stuhl verrutschte mit dem Schlag – »zurück!«

Die Möglichkeit eines Ausbruchs körperlicher Gewalt bereitete mir großes Unbehagen. Ich sprach sehr schnell, wobei ich meinen Blick knapp über sein zurückgekämmtes, fettiges Haar richtete; ich vermied es, ihm direkt in die Augen zu sehen: »Nein, wirklich, es ist schon in Ordnung. Wir haben hier eine Ecke für Kinder, wo sie Gesundheitsplakate anmalen können – wir brauchen noch ein paar für die Eingangshalle.«

»Möchtest du malen, Schätzchen?«

Das Kind warf dem Mann einen schnellen, ängstlichen Blick zu und nickte dann.

»In Ordnung, dann ist das geklärt.« Ich legte einen Arm um die dünnen Schultern des Kindes und führte es von den tiefliegenden, wilden Augen fort.

»Ja, nun, ich weiß, das klingt völlig abgedreht, aber ich und mein Freund, wir wollten einfach diesen tollen Vollmond nutzen und diese hervorragenden Wellen, um unsere Bretter auszuprobieren. Es war echt geil, ey. Ich meine, es war der ultimative Surf.«

»Du meinst, bis dieser echt geile Hai vorbeikam und dich ein wenig mit seinen ultimativen Zähnen in den Hintern gekniffen hat!« Ich schnitt den Rest seines Surfanzugs weg und goß ein wenig Jod auf die unregelmäßige Rißwunde auf seiner Hüfte und Gesäßbacke.

Der Junge jaulte auf und biß ins Kissen. Sein Freund unterbrach seine Arbeit an einem Pickel in seinem Nacken und stierte herüber. »Oh; laß mich an Land! Das ist doch irgendwie *echt* ätzend, ey.«

Dr. Mahoney streifte die Handschuhe ab, die jetzt mit einer Vielzahl von Doris Klangers Körpersekreten verschmiert waren, und warf sie fort.

Sie zog ein frisches Paar an und beugte sich zu der Frau vor. »Okay, Doris, wir werden diese Kultur ein paar Tage lang wachsen lassen, aber ich bin mir ziemlich sicher, daß Sie eine Gonorrhöe, einen Tripper, und venerische Warzen haben. Bevor Sie gehen, wird Ihnen die Schwester Penicillin spritzen, aber ich möchte, daß Sie danach noch die nächsten zwei Wochen Penicillin einnehmen. Auch Ihr Partner wird behandelt werden müssen.«

Mrs. Klanger, müde und mit einem teigigen Gesicht, starrte schweigend und mit zusammengebissenen Zähnen an die Zimmerdecke.

»Ich werde jetzt die Warzen mit etwas bepinseln«, sagte Susan. Als sie weitersprach, schwang eine Warnung in ihrer Stimme mit. »Sie sollten mindestens die nächsten zwei Wochen keinen Geschlechtsverkehr haben.«

»Doc, Sie sagen, die einzige Möglichkeit, wie ich das bekommen habe, ist ...« Doris stockte, dann fuhr sie entschlossener fort, »... daß ich mit Billy geschlafen habe?«

»Nun, wenn es stimmt, daß sie noch nie venerische Warzen oder einen Tripper hatten und außerdem mindestens zwei Jahre lang mit niemand anderem geschlafen haben, dann sage ich, es ist ziemlich sicher, daß Sie es von ihm haben.«
»Sie meinen, ich könnte es nicht davon haben, daß meine Unterwäsche schmutzig war?«
»Auf keinen Fall«, sagte Susan. »Es ist eine durch Geschlechtsverkehr übertragene Krankheit.«
Die Frau runzelte die Stirn, während die Information langsam bei ihr ankam. Eine Sekunde später stützte sie sich auf die Ellbogen; in ihrer Stimme schwangen Zorn und Ekel mit.
»Doc, wenn Sie mit mir fertig sind, können Sie dann nach meiner Tochter sehen?«
Dr. Mahoney hob fragend die Augenbrauen.
»Ich weiß nicht, Doc, aber ich glaube, sie hat eigentlich dasselbe wie ich.«

»Wenn hier einer reinkommt, der wie Harpo Marx aussieht, dann mußt du hier verschwinden, Mann.« Ich warf das sterile Handtuch über das Nahtset und zog meine Handschuhe aus.
Der Junge legte den Kopf schief. »Wer ist Harpo Marx?«
Ich verdrehte die Augen. »Okay, wenn jemand kommt, der aussieht wie Peewee Herman, nur mit roten Locken, dann sieh zu, daß du verschwindest.«
Der andere junge Mann lag mit dem Gesicht nach unten auf dem OP-Tisch und stöhnte. »O Mann, kann der Typ nicht bleiben? Er ist irgendwie, also, mein bester Freund. Er ist cool. Er niest auch nicht auf die Wunde oder so. Ich *brauche* moralische Unterstützung, Mann. Das Ding da tut weh wie Larry.«
»Nun«, sagte ich zweifelnd, »ihr könnt versuchen, Doktor Menowitz zu überreden, aber ich warne euch: Er ist ein sehr launischer, temperamentvoller Mann – etwa so, wie euer schlimmster Alptraum von Lehrer ist.«

»O Mann!« Sie lachten unisono, und ihre Augen leuchteten. »Mister Owens!«
»Ja«, sagte ich trocken. »Wie Mister Owens, nur zusätzlich noch ein wenig blutrünstiger.«

»Das ist nicht mein Onkel«, schrie das Kind seine Mutter an. Es sah zerbrechlich aus in dem Patientenkittel, der an ihm hing wie ein Zelt.
»Also, hör zu, Cory: Ich möchte, daß du der Ärztin hier alles erzählst, was Onk... was Billy gemacht hat.«
Dr. Mahoney legte die Hände auf die Schultern des Mädchens und drehte es so, daß es ihr ins Gesicht sehen konnte. »Schätzchen, hat Billy dich da unten angefaßt, wo ich gerade nachgesehen habe?«
Das Mädchen rückte, seine Augen waren rotgerändert und groß. Die Mutter stöhnte und sank in sich zusammen; sie sah ebenso zerbrechlich aus wie ihr Kind.
»Hat er dich da mit seinem ...?« Susan schaute fragend zur Mutter hinüber.
»Piepmatz«, sagte Doris.
»Hat er seinen Piepmatz da unten hineingesteckt?«
»Ja«, antwortete Cory flüsternd. Sie zog an einem losen Faden in ihrem Kittel und schwieg.
»Hat er dir weh getan?«
Tränen traten in die Augen des Kindes und liefen ihm die Wangen herab. »Ja«, sagte es und verbarg sein Gesicht an Susans Brust.
Doris begann zu weinen. »Cory, Schätzchen, warum hast du Mama nichts davon gesagt?«
Cory schaute unter Susans Arm hervor. »Er ... er sagte, wenn ich es dir erzähle, wird er dich umbringen, und dann muß ich immer bei ihm bleiben.«
Mutter und Tochter weinten eine Weile, bis Dr. Mahoney sanft

eine Hand auf den Arm der Mutter legte. »Doris, ich bin gesetzlich verpflichtet, den Kinderschutzdienst anzurufen«, sagte sie leise. »Ich kann nicht zulassen, daß Cory in Umstände zurückkehrt, in denen sie ...«

In blinder Panik stand Mrs. Klanger auf. »Aber ... ich muß sie mitnehmen. Verstehen Sie doch: Wenn ich hier ohne sie herauskomme, bringt Billy mich um. Dann weiß er, daß sie geredet hat. Er schlägt mich tot!«

»Wären Sie bereit, in ein Frauenhaus zu gehen und dort zu bleiben?« fragte Susan.

Doris ließ den Kopf hängen, ihre Augen wanderten über den Fußboden, während sie nachdachte. Es schien unbegreiflich, daß sie auch nur einen Sekundenbruchteil zögerte.

»*Bitte,* Mama!« bettelte Cory und weinte noch lauter. »Bitte, bitte, bitte. Wir wollen ihn nicht mehr sehen. Immer tut er uns weh. Er ist ein böser Mann, Mama.«

»Okay«, sagte Doris mit Entschiedenheit. »Ich weiß nicht, wie die ihn von uns fernhalten wollen, aber ich will ihn nicht mehr um mich oder mein Kind haben. Er wird alles versuchen, uns umzu...«

Draußen hörten wir Geschrei und dann ein Geräusch, als ob jemand gegen eine Wand fiele. Susan und ich rannten zur Tür, die im selben Augenblick von der anderen Seite geöffnet wurde.

»Verdammte Scheiße, was ist hier los?« Billy stand in der Tür und ballte die Fäuste. Er schnippte eine halbgerauchte Zigarette auf den Fußboden, griff sich die schreckensstarre Doris und stieß sie roh in den Hauptraum. »Verdammte Schlampe. Du gehst jetzt sofort in den Wagen!«

Cory duckte sich, aber bevor Dr. Mahoney oder ich sie aus der Reichweite des Mannes ziehen konnten, hatte er sie schon am Haar gepackt und von den Füßen gerissen. Das kleine Mädchen begann wild zu schreien. Er schlug sie mit dem Handrücken und stieß sie auf den Fußboden neben ihre Mutter.

»Ich prügel euch beide windelweich!« schrie er. Mühevoll standen sie auf. »Ihr werdet einen Monat nicht mehr laufen können!«

Er fuhr herum und streckte Susan und mir warnend einen Finger entgegen. »Und wenn ihr beiden Schlampen irgendwelchen Ärger macht wegen den Lügen, die die beiden Drecksstücke hier erzählen, dann schneid' ich eure Gesichter in Stücke.«

Dr. Mahoney zitterte. Hätte ich sie nicht gekannt, hätte ich ihren Zorn fälschlicherweise für Angst halten können. Sie schlug seine Hand beiseite, als ob es eine Fliege sei. »Sie werden dieses Kind nicht mehr mißbrauchen. Ich werde persönlich dafür sorgen, daß ...«

Grinsend drückte der Mann seine Hand in Susans Gesicht und stieß sie zurück. Dr. Mahoney stolperte rückwärts gegen die Wand.

Ich war hin und her gerissen zwischen dem Wunsch wegzulaufen und dem Drang, auf den Mann zuzustürzen und ihn zu schlagen, also schrie ich um Hilfe. Ich beschloß, ihn zumindest aufzuhalten, und hob gerade meinen Arm, um ihn aus dem Gleichgewicht zu stoßen, als ich sah, daß Dr. Menowitz und ein bewaffneter Mann vom Sicherheitsdienst auf den Raum zustürzten.

Ich stellte mir vor, daß Dr. Menowitz – wie Kevin McCarthy in der Originalversion von *Invasion of the Body Snatchers* – eine Spritze Thorazin hinter seinem Rücken versteckt hielt und sie dem Verrückten in den Hintern stechen würde. Wenn es in Hollywood funktionierte, warum dann nicht auf dieser Bühne.

Billy drehte sich um und schaute in dieselbe Richtung.

Erst in diesem Augenblick bemerkte ich Gus und die Surferjungs, die mit Augen so groß wie Untertassen hinter Dr. Menowitz hervorlugten.

»Hast du das Gesicht von der alten Dame gesehen, als der Drecksack über ihr Bett sprang?« Die beiden Jungs lachten das für ihr Alter typische gebrochene Lachen, das mich immer an junge Tiere erinnerte, die einer Hormonbehandlung unterzogen werden, oder an Esel, die einander anschreien.

»Und als dieser Sheriff schrie, ›Stehenbleiben, oder ich schieß dir deinen verdammten Schädel weg‹? Das war vielleicht cool, Mann.«

Wieder brüllten sie vor Lachen.

»Hör auf rumzuzappeln, oder du hast eine Naht, wo du keine willst«, sagte Dr. Menowitz, mußte aber trotzdem lächeln.

Er hatte allen Grund, sich wohl zu fühlen. Der Mann war zwar entkommen; aber Dr. Menowitz war es fast gelungen, ihn so lange in einem Halbnelson festzuhalten, bis er verhaftet werden konnte.

»Klar, Mister Owens.« Der Patient kicherte. »Wir sind cool.«

»Cory und ihre Mutter gehen in ein Frauenhaus, stimmt's?« fragte Gus.

Ich nickte mit einem Mund voll mit meinen geliebten Grahamkeksen. Es war kurz vor drei Uhr morgens, und entweder waren die Massen inzwischen alle behandelt worden und ruhten sich vorübergehend aus, oder sie dachten daran, behandelt zu werden.

Dr. Menowitz war in den Ruheraum der Ärzte gegangen, um zu schlafen, während Dr. Mahoney noch damit beschäftigt war, ihren Bericht für die Polizei auszufüllen. Immer wieder unterbrach sie sich, betastete ihren Hinterkopf und murmelte »dieser Bastard!«

Melanie schlürfte gedankenverloren ihren Kaffee und füllte die Inventarliste aus, während sie den Rest von Mrs. Turners Rhabarberkuchen verdrückte. Gus war ungewöhnlich ruhig und blickte mürrisch drein.

Ich schaute sie eine Weile kauend an; sie hatte schon zu lange nicht mehr gelächelt.

»Also gut, was ist das Problem, Gus?«

»Kein Problem«, sagte sie und leerte ihre Kaffeetasse.

»Nun komm, sag schon.«

»Da gibt's nichts zu sagen.« Sie lächelte ein wenig.

»Jetzt hör schon auf damit und sag mir, warum du so ruhig bist. Trinkst du Entkoffeinierten oder was?«

»Ich hab' ziemlich beschissene Nachrichten für dich, Ec.«

Ich schluckte und biß in einen weiteren Graham. »Nicht noch eine fäkale Katastrophe? Um drei Uhr morgens? Gib dem Patienten ein Feen-a-mint und sag ihm, er kann irgendwann nach halb acht wiederkommen.«

»Dein Freund Osbert ist HIV-positiv. Alles deutet darauf hin, daß er schon eine ganze Weile positiv ist.«

Der Grahamcracker in meinem Mund verwandelte sich in Sägemehl, und die Damen in meiner Vermittlung erstarrten auf ihren Plätzen.

»Das war auch der Grund für den Streit zwischen deinem Freund und seinem Liebhaber«, sagte Gus und vermied es, mich anzusehen. »Osbert bekam gestern früh die Ergebnisse seines Tests und stellte den Kerl zur Rede. Sie waren beide HIV-negativ, als sie vor vier Jahren zusammenzogen. Osbert hatte keine Ahnung, daß seine bessere Hälfte die letzten drei Jahre rumgebumst hat.«

Urplötzlich war ich sehr wach. Ich stand auf und ging zur Tür. »Ich gehe spazieren«, sagte ich.

Melanie ergriff meine Hand. »He, tut mir leid. Können wir etwas für dich tun?«

»Nein. Haltet mir nur den Rücken frei, solange ich 'ne Pause mache.«

»Wenn Sie sich Ihretwegen Sorgen machen, Hall, tun Sie's nicht«, fügte Dr. Mahoney hinzu. »Ich hab' von der Sache mit den Handschuhen gehört. Das allein ist noch kein Grund.«

Gus zog sich ihren Pullover an. »Ich gehe mit Ec«, sagte sie zu Melanie. »Ich bleib' nur 'ne Minute weg.«
Ich wollte zunächst widersprechen, zuckte dann jedoch die Achseln und ging ihr zum Parkplatz der Ambulanz voraus. Wir saßen auf der Kante eines großen Blumentopfs und hielten einander gegen die Kälte im Arm.
»Machst du dir wirklich Sorgen, du könntest dich angesteckt haben?« fragte Gus schließlich.
Ich schüttelte den Kopf. »Nein. Dieser Tod ist für mich nicht vorgesehen.«
Ich starrte zum Mond hinauf, ließ mich von seinem sanften Licht hypnotisieren und dachte über das Leben nach, das Risen noch verblieb. In ein oder zwei Tagen würde er wieder zu Bewußtsein kommen, vielleicht würde er einen Schaden von der Verletzung übrigbehalten, vielleicht auch nicht. Sobald sein Verstand wieder klar wäre, würde er sich an den Streit und den Aidstest erinnern. Und natürlich würden sie ihn noch im Krankenhaus feuern. Dann würde er eine Art von Arbeitsunfähigkeitsrente bekommen und wie ein Aussätziger leben, alle vier Stunden seine Medikamente nehmen, bis er sterben würde. Ein Jahr? Zwei?
Dann würde man seinen Namen in eine Decke sticken, zu den Tausenden von anderen. Vielleicht würde sich jemand die Zeit nehmen, darunter »Unser freundlicher Pfleger« hinzuzufügen. Und Risen, der großherzige, begabte Künstler, unser witziger, klatschsüchtiger Bruder, wäre endgültig aus unserem Leben verschwunden.
Gus hakte ihren Arm unter meinen und drückte sich enger an mich heran. »Das Leben kann manchmal so beschissen sein. Es ist einfach nicht fair.«
»Ja, und wir können nicht mehr tun, als einfach weiterzumachen.«
Wir saßen eine Weile still da, bis irgendwo im vierten Stock eine

sehr laute Infusionspumpe sehr laut Alarm schlug und bis hinunter zum Parkplatz zu hören war.
»Also, wie glaubst du, daß du sterben wirst?« fragte Gus mit einem verschmitzten Ausdruck im Gesicht.
Ich schürzte die Lippen, schaute in meinen Schoß und lächelte. »Je nun, meine Schwester Mari hatte vor kurzem einen ihrer besonderen Träume. Sie sah mich von sadistischen Lektoren entführt und in einen Raum geschleppt werden, den man hergerichtet hatte wie die Bücherei in Schenectady; dort bekam ich nur Romane von Danielle Steel zu lesen.«
Gus preßte die Lippen zusammen, um nicht laut loszulachen. »Weißt du, wie ich sterben möchte?« fragte sie.
Ich schüttelte den Kopf und lachte. »Wie?«
»Sehr schnell.«

9 Uhr 30, keine Ahnung, welcher Tag heute ist – Als wir gingen, war der »Drecksack« noch nicht gefunden worden. Wie werden Menschen so gemein, so abgeschnitten vom Leben? Können sie das ihre nicht reparieren? Worauf läuft das alles hinaus? Erziehung? Geld? Schicksal?
Ich kann gar nicht beschreiben, wie gut es sich anfühlte, nach Haus zu kommen und neben David in ein warmes Bett zu kriechen. Laßt die Verrückten frei herumlaufen, diesen Frieden können sie nicht stören ... selbst wenn David laut genug schnarcht, um die Toten aufzuwecken.
Mein letzter Patient, bevor ich ging, war ein echter Vertreter der Theorie von den begrenzten Herzschlägen. Seit Jahren schon höre ich von diesen Leuten, die glauben, daß wir alle nur eine begrenzte Anzahl von Herzschlägen in unserem Leben zugeteilt bekommen haben; und wenn wir Sport treiben, sterben wir früher, als wenn wir uns still verhalten.
Kein Wunder also, daß der Kerl über 126 Kilo wog. Er war

eine echte Type, allerdings hatte er es nicht so mit der persönlichen Pflege: Als er hereingerollt kam, klebte ihm ein Schabenei am Hemd. Oh, Erinnerungen an die »rollende Rita«.

Aber Gus' letzter Patient schoß den Vogel ab: Es handelte sich um einen 32jährigen Insassen von San Quentin, der hereinkam, alle Fragen korrekt beantwortete – und gleichzeitig ragte ein Bleistift aus dem Winkel seines rechten Auges. Es war sehr merkwürdig, mit einem Menschen zu sprechen, der um einen Radiergummi herumblinzelte.

Anscheinend waren die Anhänger der Theorie von der weißen Überlegenheit mit seinem Mangel an rassistischer Ideologie nicht einverstanden und beschlossen, ihn auf dem Fußboden festzuhalten, während der Anführer der Gang ihm den Bleistift ins Gehirn hämmerte.

David hörte sich die Ereignisse meiner Schicht an und sagte dann, daß niemand, der seinen Verstand noch beisammen hätte, sich seinen Lebensunterhalt als Krankenschwester verdienen würde. Es ist gut, daß er in einem so frühen Stadium unserer Beziehung schon so viel begriffen hat.

Gerade wird mir klar, daß es Dienstag ist und ich für morgen einen Termin bei Miss Milks habe. Muß unbedingt schlafen, bevor ich da hingehe. Unausgeschlafen zu Miss Milks zu gehen wäre etwa so, als ginge ich zu einer Party der Jungen Republikaner – voller LSD.

»Was ist los, Heron? Wollen Sie aus medizinischen Gründen entlassen werden, oder haben sie die Neigung zum Selbstmord?«

»Nein, Miss Milks. Ich habe einen Fehler gemacht, das ist alles. Es wird nicht wieder vorkommen.«

Die runzlige alte Dame entließ einen Schwall Zigarettenrauch in Richtung des riesigen Plakats, das über ihrem Schreibtisch hing. Es war eine Kopie des berühmten Plakats aus dem Zweiten Weltkrieg: Uncle Sam, der auf den Betrachter deutet und sagt: »Ich will dich.« Darunter war die Zeile hinzugefügt worden: »... nicht mehr rauchen sehen!«, was dem Ganzen einen zeitgemäßen Anstrich gab.

»Ich dachte, Sie dürften in Ihrem neuen Büro nicht mehr rauchen, Miss Milks.«

»Darf ich auch nicht«, sagte sie und starrte mich unverwandt an, dabei ein Auge gegen den Rauch verschließend.

Ich schlug die Beine übereinander und stellte sie dann wieder gerade hin. Die alte Dame beobachtete mich eine Weile, ohne etwas zu sagen. Ich fragte mich, ob sie vielleicht einen kleinen Schlaganfall gehabt und vergessen hätte, wer ich war und was ich hier wollte. Die Asche an ihrer Zigarette wurde immer länger, und die Glut kam ihren Fingern immer näher. Es machte mich sehr nervös.

»Nettes Plakat haben Sie da, Miss Milks.«

Geistesabwesend tat sie einen tiefen Zug, spuckte sofort darauf die Zigarette aus und warf sie in den Aschenbecher.

»Mist!« sagte sie und spuckte in ihre Hand. »Ich *hasse* es, wenn das passiert!«

»Miss Milks?«

Der verstimmte alte Vogel warf mir einen bösen Blick zu. »Ach, diese verdammten Filterzigaretten. Ich hasse diese Dinger! Als ob man Zement durch eine Banane saugt. Dann zum Schluß raucht man diesen verdammten Dreck am Ende: Plastik und Altmännerschnurrbarthaare, so schmeckt das. Es sollte ein Gesetz dagegen geben. Filter ruinieren jeden Rauchgenuß in diesem Lande.«

»Haben Sie schon viele Altmännerschnurrbarthaare probiert, Miss Milks?«

Ein arthritischer Zeigefinger wurde gegen meine Nasenspitze gedrückt. »Vorsicht, Heron. Ich sehe vielleicht aus wie ein alter Furz, aber ich hab' noch nicht mal *angefangen*, Luft abzulassen.

Jetzt roll den Ärmel hoch und laß diese erbärmlichen Venen sehen, oder ich melde dich nach oben wegen Insubordination.«
Ich salutierte und tat, wie mir geheißen.

Das Treppenhaus des Redwood Memorial ist schon Bühne für viele Szenen und Austauschort für manchen Tratsch gewesen. Falls man die Neigung verspürt hätte, in diesem Treppenhaus ein wenig zu lauschen, hätte man alles Wissenswerte darüber erfahren, wer mit wem wie oft schlief; wer wütend war und weshalb; wer glücklich war und weshalb; und wenn man Glück hatte, bekam man auch noch höchst geheime Informationen. Ohrenzeuge eines lustvollen Stelldicheins zu werden war zwar selten, konnte aber nachts durchaus vorkommen.
Da sie meist klein und abgetrennt sind, laden Treppenhäuser zu solchen Ereignissen förmlich ein und lockern die Zunge derjenigen, denen sie ein falsches Gefühl von Sicherheit und Privatsphäre geben – ähnlich wie die scheinbare Abgeschiedenheit in einem Auto viele Leute veranlaßt, wortreich mit sich selbst zu reden oder in der Nase zu bohren – und sich dabei unbeobachtet zu glauben.
Weil mir dies von Treppenhäusern bekannt ist, war mir gar nicht wohl zumute, als Gene, der Oberpfleger der Ambulanz, mich am Treppengeländer zwischen dem dritten und vierten Stock zur Seite zog.
»Heron, ich muß mit Ihnen reden.«
Ich mußte den Drang davonzulaufen bewußt unterdrücken. Gene war direkt von einem privaten, straff geführten Krankenhaus an der Ostküste ins Redwood gekommen. Leider hatte er es nie geschafft, sich an die entspannte Lebensweise Kaliforniens anzupassen; er war ungewöhnlich steif und zwanghaft – vor allem im Umgang mit dem Pflegepersonal in seiner Abteilung. Ich hatte den leisen Verdacht, daß er eigentlich von uns erwartete, wir würden strammstehen und salutieren, sobald er einen Raum

betrat. Gus, Sarah und ich weigerten uns als einzige, uns seiner Autorität zu beugen, und es missfiel ihm ganz offensichtlich. Wie immer stand er in einer Art schlaffer Habtachtstellung, eine seltsame Kombination aus reicher Leute Kind und Erziehungsheimrebell.

»Ab heute gibt es eine Veränderung, was das Abrufpersonal betrifft«, sagte er und stemmte eine Hand in die Hüfte.

Ich erstarrte und wartete schweigend ab. Der Mann erzeugte ein instinktives Mißtrauen in mir; seine kaum verhüllte Feindseligkeit gegen über den Schwestern war meiner Meinung nach gefährlich: Er war eine Mine, die auf die winzigste Erschütterung wartete.

»Damit Sie Ihre Stellung als Abrufschwester behalten können, müssen sie jetzt mindestens ein volles Wochenende pro Monat in der Ambulanz arbeiten. Außerdem werden wir drei anstatt zwei Nachtschichten pro Monat verlangen, und für die Weihnachtszeit haben wir die Zahl der zu arbeitenden Tage von einem auf zwei erhöht.«

Mein Herz sprang einmal auf und ab, und mein Magen verwandelte sich in einen Klotz Zement. »Aber ich arbeite jetzt schon zwei Wochenenden auf der Herzstation und zwei von fünf Feiertagen. Ich könnte die eine zusätzliche Nacht schaukeln, aber wenn ich ein Wochenende in der Ambulanz arbeite, habe ich insgesamt nur eins für mich selbst. Ich bin nicht so verrückt nach Weihnachten, Gene, aber nur einen einzigen freien Tag zu haben ist nicht fair – vor allem für die Schwestern, die kleine Kinder haben.«

»Das ist Ihr Problem.« Er zuckte die Achseln und schnalzte mit der Zunge. »Wenn Sie die Bedingungen nicht erfüllen können, werden Sie von der Abrufliste gestrichen.«

Die alte Wut, die sich angesichts der tyrannischen Manipulationen der Geschäftsleitung immer einstellte, setzte sich in meiner Kehle fest wie eine Klette. »Darf ich fragen, wer diese Entschei-

dungen getroffen hat und ob Angehörige des Abrufpersonals zuvor befragt wurden?«
Gene strich sich hastig seinen Schnurrbart. Ich meinte, ihn ganz kurz lächeln zu sehen. »Der Leiter der Ambulanz und ich selbst haben dies entschieden. Wir haben uns nicht verpflichtet gefühlt, die Schwestern zu konsultieren, weil wir sowieso nur einen Haufen hysterisches Geschrei zu hören bekommen hätten.«
»Können Sie mir sagen, auf welche Überlegungen Ihre und Doktor Manvilles Entscheidungen zurückgehen?«
Er lachte und begann, sich abzusetzen. »Vergessen Sie's, Heron, zu spät! Entweder Sie kommen runter und unterschreiben Ihr Einverständnis mit den neuen Verpflichtungen, oder Sie reichen Ihre Kündigung ein. Ich habe keine Zeit für politische Reden.«
»Einen Augenblick, Gene.«
Er blieb stehen und wandte sich um, sein Gesicht zu einer verächtlichen Fratze verzogen.
»Was ist, wenn niemand von den Leuten auf Abruf bereit ist, hier mitzumachen? Die meisten von uns arbeiten in Teilzeit auf anderen Stationen. Leute wie Gus haben eine Familie; die werden nicht ein drittes Wochenende im Monat aufgeben.«
Er zuckte verächtlich die Achseln. »Wie gesagt, Heron: Entweder Sie stimmen zu oder Sie kündigen. Es gibt genügend Leute, die darum betteln, auf der Ambulanz arbeiten zu dürfen.«
»Ja, aber wer sind diese Leute, Gene? Sind sie dafür ausgebildet? Sind sie diplomierte Intensivschwestern? Sind sie schon seit Jahren hier und kennen sie alle persönlichen Eigenheiten der Ärzte? Wie können Sie willkürlich eine Entscheidung von dieser Tragweite treffen und sie uns aufzwingen? Glauben Sie wirklich, daß niemand damit zur Gewerkschaft gehen wird? Welches sind Ihre ...«
Gene hob eine Hand und begann, die Treppe hinunterzugehen, getreu der alten Verwaltungstaktik: zuschlagen und weglaufen. »Sie können machen, was Sie wollen. Gehen Sie zur Gewerk-

schaft. Machen Sie einen Aufstand. Sie verschwenden Ihre Zeit. Unterschreiben Sie den Vertrag, oder verlassen Sie die Ambulanz.«

Ich fühlte mich, als hätte er mich ins Gesicht geschlagen. Ich arbeitete gern in der Ambulanz mit all ihrer verrückten Aufregung und Dramatik. Aber mußte ich nicht auch auf mich selbst achten? Ich wollte mehr Zeit, nicht weniger mit Simon, David und meinen Freunden verbringen. Ich brauchte mehr als ein freies Wochenende im Monat, um mindestens so tun zu können, als gehörte ich zu den Normalen.

Der alte Zorn schmerzte in meiner Kehle. Ich hatte die Nase gestrichen voll davon, immer nur in Verteidigungsstellung zu sein. Ich lehnte mich über das Geländer und sah, daß mindestens drei weitere Personen in unterschiedlichen Stockwerken das gleiche taten. »He, Gene?«

»Heron?« Er war am Geländer unter mir, blieb aber nicht stehen.

»Sie und Manville, ihr könnt eure neuen Regeln nehmen und sie dahin stecken, wo es sehr, sehr dunkel ist!«

Irgend jemand in einem der Stockwerke über mir klatschte laut Beifall.

Dienstag, 17. Oktober 1989, 23 Uhr – Ein Tag, den man ein Leben lang nicht vergißt.

Nachdem ich bei Miss Milks gewesen und nach Risen geschaut hatte, ging ich nach Haus, um mir einen Nachmittag in der Küche zu gönnen. Ich war so versunken in der kulinarischen Kunst, daß ich nicht hörte, wie die Vordertür aufging.

Ich hörte allerdings die Schritte im Flur. Ich schaute auf die Uhr: Es war zu früh für David und nicht sehr wahrscheinlich, daß Simon gekommen war. Ich weiß nicht genau weshalb, aber einen Augenblick lang ließ ich meinen Löffel ruhen, und anstatt Angst zu haben, fühlte ich nur Hoffnung.

Und da war David. Er war früher nach Haus gekommen, und Mooshie hing ihm über die Schulter; beide, Mann und Katze, schnurrten und lächelten. In diesem Augenblick liebte ich ihn so sehr, daß ich überrascht war, daß ihn die Kraft des Gefühls nicht umwarf.
Ich brach in Tränen aus und konnte mein Weinen nicht lange genug unterbrechen, um einem verwirrten David zu versichern, daß ich mich nicht verletzt hatte und niemand gestorben war. Sein Heilmittel für mein Leiden, was immer es auch sein mochte, bestand darin, daß er mich aufs Bett legte und mir chinesische Suppe und heißen Tee versprach.
Auf dem Bett liegend, war ich gerade dabei zu erklären, daß ich geweint hatte, weil ich noch niemals in meinem Leben so glücklich gewesen sei, als Mooshie plötzlich die Ohren anlegte. Er plusterte sich zu doppelter Größe auf, ließ ein klägliches Maunzen hören und floh unter das Bett.
Verwundert über das plötzliche und seltsame Verhalten des Tieres lachten David und ich, bis ich das vertraute leise Rumpeln hörte, das den Bewegungen der Erde vorausgeht. Das obere Ende des Himmelbetts begann, anmutig hin und her zu schwanken, und als ich in den Flur schaute, sah ich, daß mein 40 Kilo schwerer, goldgerahmter Spiegel wie ein Strohhalm im Wind hin und her schwang. Als der Schreibtisch in meinem Arbeitszimmer in den Flur rutschte, sagte ich zu David, wir müßten uns in die Tür stellen.
David, ein echter Yankee aus Connecticut, lachte und sagte: »Oh, das ist nur ein kleines, keine Sorge.« Ein oder zwei Sekunden lang entspannte ich mich, aber dann dachte ich: Was? Spinnst du? Dies ist es, und was zum Teufel weiß einer von der Ostküste denn schon über Erdbeben? Zittrig vor Aufregung, weil dies das große Beben war, das ich seit 22 Jahren erwartete, schaute ich in den Flur, um mich zu

orientieren, und sah, daß das Haus auf seinen Fundamenten buchstäblich von einer Seite zur anderen schaukelte. Als ich hörte, wie die Bücherregale krachend umkippten, schnappte ich mir meinen jetzt nicht mehr lächelnden David am Kragen und zog ihn zur Tür und zum Haus heraus – in der Absicht, uns in der Mitte des Parkplatzes aufzustellen.

Als ich jedoch sah, wie der Teerbelag sich wellte, als hätte er ein ganz eigenes Leben, blieb ich sofort stehen. Ich dachte mir, in der wackligen Hütte sei es dann immer noch sicherer, und behielt sowohl die Stromleitungen als auch den Boden wegen möglicher Risse im Auge.

Ich drehte mich um, um David zuzuschreien, er solle auf Stromleitungen achten, als mir klar wurde, daß er nicht hinter mir stand und auch sonst nirgendwo zu sehen war. Ich rannte ins schwankende Haus zurück und stellte mir vor, der riesige Spiegel habe ihn möglicherweise k.o. geschlagen. Statt dessen sah ich ihn vor dem Bett knien und versuchen, Mooshie darunter hervorzulocken.

Als ich ihn fragte, was er da treibe, sagte er: »Ich konnte Mooshie nicht zurücklassen. Der arme, kleine Kerl hätte erdrückt werden können.«

Wer ist dieser Mann? Von welchem Himmel ist er heruntergefallen?

Sobald ich eine freie Leitung bekam, rief ich an, um sicherzugehen, daß Simon in Ordnung ist. Er war in einem Auto unterwegs und hat nichts bemerkt. Wo sein Vater ist, weiß niemand, er war auf dem Weg von Oakland nach Haus.

Wir haben kein Gas, haben aber insofern Glück, als wir Strom haben und das Telefon meistens funktioniert. Die Nachbarn haben sich alle zusammengetan, teilen sich Mahlzeiten und trösten einander. Ich habe die Krankenhäuser an der Bucht angerufen und meine Hilfe angeboten; aber sie haben mehr Leute, als sie gebrauchen können.

2 Uhr 30 – Gott sei Dank. All meine Schäfchen sind in Sicherheit. Patrick hat Simon und mir gerade die Nachricht zukommen lassen, daß er in einem der letzten Autos war, die von der Interstate 880 fuhren, bevor sie zusammenbrach. Da die Brücken jetzt geschlossen sind, hat er den Rettungsteams geholfen, die Toten auf den Rampen zu bergen.
Mooshie liegt zusammengerollt auf Davids Brust und leckt seine Nase. Ich muß aufhören und Moosh von ihm runterholen, bevor der arme Mann unter einer tödlichen Dosis Katzenatem das Bewußtsein verliert.

13. Kapitel

»Von allen im medizinischen Bereich Tätigen kümmern sich Krankenschwestern am persönlichsten um Menschen in Situationen extremer Schutzlosigkeit: Manchmal halten wir das Leben eines Menschen in unserer Hand – aber fast immer seine Würde.«

Leah L. Curtin, Krankenschwester

Der sommerliche Kälteeinbruch kam über uns, bevor irgend jemand Gelegenheit hatte, lange Unterhosen und Wollsocken einzulagern. Das Gebiet um die Bucht von San Francisco erlebte sein fünftes Jahr der Dürre, und es war kälter, als die meisten Leute aus anderen Gegenden des Landes für möglich halten würden – es sei denn, sie konnten es sich leisten, als Touristen an die Goldene Küste zu kommen, überhöhte Preise zu zahlen und sich im August den Hintern abzufrieren. (»Aber das hier ist *Kalifornien,* Marge; es kann *unmöglich* kälter sein als Muskegon!«)

Wir näherten uns dem ersten Jahrestag des großen Erdbebens; andererseits hörten die Bewohner der Bay Area ständig von den Seismologen, daß das wiiiiiirklich große Beben jeden Tag kommen würde. Kein selbstbewußter, gelassener Kalifornier nahm sie nach einer Woche noch ernst, und die vorhersagenden Fachleute galten bald als leicht verrückt.

Das Redwood Memorial hatte sich in Millionenhöhe durch den Anbau eines neuen Gebäudeflügels verschuldet. Die Herzstation war ohne größere Störungen in neue Räumlichkeiten umgezogen, die doppelt so groß waren wie die früheren, und funktionierte jetzt reibungslos. Mit ein paar Abänderungen bewältigten wir die architektonischen Fehler, die man hätte vermeiden können, wenn irgend jemand mit dem Pflegepersonal gesprochen hätte, *bevor* das Gebäude errichtet wurde.

Das Beste an dem neuen Flügel waren die vielen Fenster, die auf die Mündung und umgebenden Sümpfe hinaussahen. Jedes Zimmer in der akuten und mittleren Abteilung badete in natürlichem Licht und dem Gesang der Vögel, was den Patienten eine friedliche und tröstende Umgebung verschaffte.

Unsere Arbeitsplatzbeschreibungen waren noch einmal erweitert worden, als man dazu überging, jetzt auch Operationen am offenen Herzen durchzuführen. Wir wurden nicht nur in den Techniken und Verfahren zur Pflege der entsprechenden Patienten unterwiesen, sondern mußten auch Erziehungs- und Rehabilitationsprogramme für die Zeit vor und nach einer Operation aufstellen und einführen.

Neue Schwestern wurden schneller eingestellt, als alte gingen. Insgesamt hatte die Station einen Fortschritt gemacht, aber das alte »familiäre« Gefühl war verlorengegangen.

Die neuen, frisch von der Schule gekommenen Krankenschwestern schienen sich weder mit den alteingesessenen Kräften noch untereinander anfreunden zu wollen.

Ich erwähnte dies Annie gegenüber, die mir sagte, man fördere eine Jeder-ist-sich-selbst-der-nächste-Haltung, weil jede Schwester auf diese Weise eine unabhängige Arbeitseinheit werden solle. »Zu enge Beziehungen«, sagte Annie, »führen zu Eifersüchteleien und Cliquenbildung.« Als ich sie daran erinnerte, daß eine Familienatmosphäre zu einem starken Arbeitsteam führe und den Mitgliedern dieses Teams die dringend benötigte emotionale Unterstützung gebe, antwortete sie, daß auf diese Weise persönliche Loyalitäten anstelle einer Loyalität gegenüber dem Krankenhaus geschaffen würden.

Annie hatte sich also auf die Seite der Geschäftsleitung geschlagen, und die Station wurde unpersönlich und kalt. Pia, Beth, Nealy und ich waren die einzigen, die von der ursprünglichen Familie der Herzstation übriggeblieben waren. Wir vier fühlten uns ziemlich fehl am Platz und beobachteten angeekelt, wie die Verwaltung, ohne auf Gegenwehr zu stoßen, ständig neue Widerwärtigkeiten beging. (Ich verglich es mit Reagan und Bush, die einen Republikaner nach dem anderen an den Obersten Gerichtshof beriefen.)

Entweder wußten die neuen Schwestern es nicht besser, es war ihnen gleichgültig, oder sie waren von der Verwaltung eingeschüchtert worden, aber auf jeden Fall behielten sie ihre Unzufriedenheit für sich.

Es gab jedoch ein umstrittenes Thema, bei dem sogar die Neuen zu jammern anfingen.

Wir wußten, daß irgend etwas nicht ganz astrein war, als die Leitung der Herzstation sich über Etatbeschränkungen hinwegsetzte und in einem ungeheuren Tempo Tagschwestern anzuheuern begann. Als wir von allen Stationen des Krankenhauses die größte Anzahl Schwestern beisammen hatten, fing die Leitung an, die einzelnen Schichten stark überzubesetzen. Die Folge war, daß die »überzähligen« für die Herzstation ausgebildeten Schwestern täglich auf die anderen Abteilungen und Stationen geschickt wurden.

Pia erfuhr schließlich den Grund: Zwischen der Leitung der Herzstation und der Verwaltung hatte es eine heimliche Absprache gegeben, derzufolge die Herzstation gezielt überbesetzt werden sollte, damit dann die überzähligen Schwestern eingesetzt werden konnten, im übrigen Krankenhaus die »Personallücken« zu füllen. Dieses Verfahren bedeutete, daß das Redwood zum Füllen dieser Lücken nicht länger teure Tagschwestern von außerhalb anheuern mußte. Mit einem Wort: Die Schwestern der Herzstation wurden für allgemeine pflegerische Tätigkeiten im Haus herumgereicht, ohne selbst gefragt zu werden.

Abgesehen davon, daß man offensichtlich nicht mehr mitbestimmen konnte, wo man arbeitete, war das schlimmste, daß ein so großer Anteil der für die Herzstation ausgebildeten Schwestern auf andere Stationen verteilt wurde, daß die Herzstation selbst oft unterbesetzt war. Das bedeutete eine größere Arbeitsbelastung für das auf der Station verbliebene Personal.

Die kontrollierte Meuterei nahm die Form der Dezentralisierung an, ein häufig angewandtes Verfahren, bei dem eine Abteilung ihre eigene Personalbesetzung und -einteilung übernahm – unabhängig vom Krankenhaus. Das bedeutete einerseits zwar mehr Arbeit und verlangte einen größeren Zusammenhalt, andererseits konnte keine Krankenschwester »zirkuliert« werden, wenn sie das nicht wollte. Bezeichnenderweise gehörte das Redwood Memorial zu den ganz wenigen Krankenhäusern in und um San Francisco, die ihre Intensivstationen noch nicht dezentralisiert hatten.

Ich konnte es natürlich nicht lassen, genau dort meinen Kopf vorzustrecken, wo die Axt geschwungen wurde, und borgte mir das schriftliche Protokoll des Mercy Hospital über Dezentralisierung, änderte es auf die Bedürfnisse des Redwood ab und stellte es dann bei einer Personalversammlung vor. Die Idee wurde von den Schwestern, die vom »Zirkulieren« die Nase voll hatten, bereitwillig akzeptiert. Wir einigten uns darauf, daß sie drei Monate Zeit hatten, die Informationen durchzulesen, über die Vor- und Nachteile nachzudenken, Vorschläge aufzuschreiben und ihre Namen anzugeben, wenn sie wollten, daß darüber abgestimmt würde. Die vier Vertreter der Leitung der Herzstation würden natürlich nicht an der Abstimmung teilnehmen.

Die allgemeine Begeisterung war beeindruckend. Alles lief wie geschmiert, dachte ich; niemand außer den Marionetten der Geschäftsleitung würde gegen das System stimmen, von dem alle letztendlich profitieren würden.

Aus diesem Anfall an blühender Phantasie könnte man – sehr zu Recht – schließen, daß ich niemals dazulernen werde.

»Du bist Vegetarierin, stimmt's?« fragte Chris mit einem nervösen Lächeln. Hinter mir saß Phoebe, überwachte die Monitore und das Telefon und kicherte. Chris rollte ihren Stuhl dichter zu mir heran und öffnete einen Patientenordner, auf dem der Name DeGraff stand.
Chris gehörte zu den Tagschwestern, von denen ich am liebsten die Schicht übernahm – vor allem deshalb, weil ihre Berichte kurz und genau waren und sie es schaffte, auch in Krisen ihren Humor zu behalten. Ihr Lächeln machte mich jedoch mißtrauisch.
»Ja – warum? Ist mein Patient ein Ochse oder so was?«
»Nun, eigentlich nicht«, sagte Chris. »Aber er ist etwa so vegetabil wie ein Teller Rosenkohl.«
Ich legte den Kopf auf die Tischplatte und stöhnte.
»Du wirst ihn wiedererkennen. Er ist der Mann, der vor zwei Jahren seinen ersten Herzstillstand hatte, und zwar im ...«
»Pflegeheim von San Rafael«, beendete ich den Satz für sie; ich erinnerte mich an den Patienten. »Der Mann ist verheiratet mit dieser ...« Ich suchte nach dem richtigen Wort. Es war schwierig, eine genaue Beschreibung für Mrs. DeGraff zu finden.
»Ungewöhnlich grausame Viper, die als Frau verkleidet geht?« schlug Chris vor.
Ich nickte. Die traurigen Einzelheiten von Mr. DeGraffs Leben, die ihn zu einem verkrümmten, sprechunfähigen Homunkulus in Bett 22 hatten werden lassen, waren zum größten Teil auf dem fruchtbaren Boden des Alkoholismus und einer unglücklichen Ehe mit einer Frau, die ihn verachtete, erblüht.
Zugegeben, als langjährige Ehefrau eines starren und emotional nicht vorhandenen Mannes mochte Mrs. DeGraff allen Grund gehabt haben, sich zu rächen. Diabolisch war allerdings, wie

weit sie ihre Rache trieb; und das traurigste daran war, daß sie das Gesundheitssystem und seine Angehörigen dazu benutzte, diese Rache auszuführen.

Ich zog die Decken von dem seltsam geformten Klumpen in Bett 22 fort und betrachtete die mitleiderregende Gestalt von Elmer DeGraff. Der geschrumpfte Körper war durch dauerhaft kontrahierte Muskeln in seiner ständigen fötalen Haltung fixiert; die Knie berührten tatsächlich das Kinn. Das einzig Lebendige an dem Mann waren die linke Seite seines Gesichts und seine buschigen, weißen Augenbrauen.

Nach dem ersten Schlaganfall, der Mr. DeGraff seines Sprechvermögens beraubte, steckte seine Frau ihn in ein Pflegeheim, das überall für seine niedrigen Sätze und schlechte Pflege bekannt war. Da man sich kaum um ihn kümmerte und ihn im eigenen Urin marinieren ließ, bekam er zunächst vom vielen Liegen wunde Stellen, die sich dann entzündeten; außerdem magerte er stark ab, da sich niemand die Mühe machte, ihn zu füttern. Kontrakturen, das heißt Verkürzungen und Fixierungen der Muskeln in einer Stellung auf Grund schlechter Lagerung und/oder eines Mangels an Bewegung, ließen seine Gliedmaßen in einer grotesken, brezelähnlichen Position »einfrieren«.

Als die Behörden jenes Pflegeheim schlossen, verlegte Mrs. DeGraff ihren Mann widerwillig in ein anderes, besser geführtes Heim, wo man bald entdeckte, daß er Prostatakrebs hatte.

Mrs. DeGraff überhörte beharrlich den Rat des Arztes ihres Mannes, weigerte sich, seine Lebensqualität zu berücksichtigen, und bestand darauf, daß er in vollem Umfang chirurgisch und chemotherapeutisch behandelt wurde.

Bald nachdem seinem Körper diese Torturen zugemutet wurden, hatte Mr. DeGraff in stummem Protest seinen ersten Herzstillstand. Seine Frau verweigerte einer Sterben-mit-Würde-Anordnung ihre Unterschrift; ihre einzige Sorge war, daß alles

nur Erdenkliche unternommen wurde, ihren Mann am Leben zu behalten.
Jetzt, sechs Monate später, hatte Mr. DeGraff wieder versucht, seiner Frau mit einem weiteren Herzstillstand zu trotzen. Noch während man mit der kardiopulmonalen Wiederbelebung beschäftigt war, rief die schichtleitende Schwester bei seiner Frau an – in der Hoffnung, sie würde diesmal ihre Einwilligung geben.
»Muß er leiden?« fragte sie.
»Ja«, versicherte ihr die Schwester, »er hat fürchterliche Schmerzen.«
»Gut. Halten Sie ihn am Leben.«
Das Bündel im Bett starrte mich aus durchdringenden, kalten, blauen Augen böse an. Mr. DeGraff war von meiner Anwesenheit irritiert; er wollte, daß man ihn in Ruhe sterben ließ – nicht, daß man sich um ihn kümmerte und ihn versorgte.
»Tut mir leid, Mister DeGraff, aber ich muß Sie umdrehen und Ihre Vitalzeichen aufnehmen.« Ich griff das Wendetuch und zog seinen Körper zu mir hin.
Er war klein – oder vielleicht sah er auch nur klein aus, weil er völlig zusammengerollt war –, aber sein Gewicht war es nicht. Es war, als versuchte ich, einen Konzertflügel umzudrehen. Ungläubig schaute ich nach den Ziegelsteinen, die er in seinem Flügelhemd versteckt haben mochte, und da ich keine fand, versuchte ich es noch einmal.
Ich hatte ihn fast vollständig umgedreht, als die Ecke des Tuches aus meinen Händen rutschte und er wieder in seine ursprüngliche Haltung zurückrollte. Die heftig zusammengezogenen Augenbrauen und das tiefe Grunzen sagten mir, daß Mr. DeGraff mich sprachlos verfluchte.
»Kann ich Ihnen helfen?« Die Stimme war glatt und melodiös und gehörte zu einem großen Mann, der aussah wie Mr. Peepers auf Drogen. Er betrat das Zimmer und drehte Mr. DeGraff mit einer Hand mühelos um.

Ich seufzte ein deprimiertes, feministisches Seufzen; wieder einmal hatte maskuline Muskelmasse einen Sieg davongetragen. »Danke. Wer sind Sie?«

Der Mann, der etwas über 30 sein mochte, streckte mir eine Hand mit erstaunlich langen Fingern entgegen. »Doktor Voorhees. Ich bin der neue freie Arzt hier. Nennen Sie mich Eric.«

Ich ergriff die Hand mit einigem Zögern, weil seine Finger über mein Handgelenk hinausreichten: ein eigenartiges Gefühl. »Ich bin Echo Heron, die alte, mitfühlende Hexe. Nennen Sie mich Ec.«

»Ich weiß, wer Sie sind«, sagte er. »Sie sind die Anarchistin. Ich hab' Sie vor zwei Jahren bei einer Schwestern-Solidaritätsveranstaltung reden hören.«

»Dann muß ich Sie wohl fragen, ob Sie irgendeinen Groll gegen mich haben.«

»Nein.« Er lachte und wickelte seine Finger von meinem Arm. »Ich hatte den Eindruck, daß Sie die Ärzte ein wenig hart rannahmen, aber die meisten von ihnen verdienen es auch.«

Ich steckte die Wegwerfspitze auf das Thermometer und fettete sie ein. »Ja, nun, wenn man unter dem Absatz von jemandem hervorschaut, hat man einen anderen Blick, als wenn man von oben auf seine Schuhspitze guckt, nicht wahr?«

Dr. Voorhees nickte, als ob er Bescheid wisse, und wärmte den Kopf seines Stethoskops unter seinem Arm.

Als ich mich daranmachte, das Thermometer einzuführen, entdeckte ich die kleine, übelriechende Pfütze Kot, die sich unter Mr. DeGraff angesammelt hatte. Automatisch faltete ich die blaue Plastikunterlage zusammen und begann, Handtücher und Waschlappen zusammenzusuchen. Während ich eine Waschschüssel mit Seifenwasser vorbereitete, horchte Dr. Voorhees Herz und Lunge des Patienten ab, untersuchte ihn gründlich von Kopf bis Fuß und maß anschließend Blutdruck, Puls und Atemfrequenz. Er schrieb die Ergebnisse auf die Rückseite eines Papierhandtuchs und steckte es mir in die Tasche.

»Wie geht es Ihnen, Mr. DeGraff?« fragte er und strich eine Strähne aus Mr. DeGraffs Stirn.

Dieser bedachte ihn mit einem gleichzeitig feindseligen und bittenden Blick.

»Tut mir wirklich leid, Elmer.« Eric Voorhees schüttelte den Kopf. »Ich bearbeite Ihre Frau schon die ganze Zeit, aber sie gibt den Kampf nicht auf.«

Während ich die Handtücher und frischen Unterlagen ausbreitete, schaute ich zum Arzt hinüber und fragte mich, ob ihm die doppelte Bedeutung dessen, was er soeben gesagt hatte, wohl bewußt sei. Dr. Voorhees gab meinen Blick auf eine Weise zurück, die mir sagte, daß er ganz genau wußte, wie die Dinge zwischen dem Mann und seiner Frau standen.

»Ich versuche, seine Frau dazu zu bewegen, daß sie ihr Einverständnis gibt, wenn wir keine Wiederbelebungsversuche machen. Ich habe ihr ganz klar gesagt, daß, solange ich diese nicht habe, ich den Fall abgebe. Mister DeGraff hat sehr deutlich zu erkennen gegeben, daß er sein Leben nicht verlängert haben möchte.« Er beugte sich zu Mr. DeGraff hinunter. »Ist das immer noch Ihre Haltung, Elmer?«

Mr. DeGraff schloß bejahend seine Augen und öffnete sie wieder: Ja. Bitte.

»Elmer war eigentlich sehr vorausschauend«, sagte der Arzt. »Ein paar Monate bevor all dies passierte, machte er ein Testament, in dem stand, daß er im Falle seines körperlichen oder geistigen Verfalls sterben wolle, ohne daß noch irgendwelche heldenhaften Versuche zu seiner Rettung unternommen würden. Er zeigte dieses Testament seinem Arzt und ließ es von ihm als Zeugen unterschreiben, gab ihm jedoch leider keine Kopie.« Dr. Voorhees nahm zwei Untersuchungshandschuhe aus der Schachtel auf dem Bettisch und streifte sie mit einiger Mühe über seine außergewöhnlichen Finger. »Mistress DeGraff sagte, sie könne sich nicht daran erinnern, ein solches Dokument jemals gesehen zu haben. Stimmt's, Elmer?«

Mr. DeGraff zwinkerte zweimal.

Dr. Voorhees bedeutete mir, ich solle den Platz mit ihm tauschen. Ich nahm an, er wolle Mr. DeGraffs Lunge noch einmal abhorchen und folgte seiner Aufforderung; aber anstatt die Lunge des Patienten abzuhorchen, begann er, dessen Hintern zu waschen.

»Holen Sie noch ein paar saubere Waschlappen, und waschen Sie sein Gesicht und seine Hände«, sagte er. »Ich mach' den Dreck weg.«

Ich war beinahe sprachlos. »Mann, seit wann machen Ärzte Dreck weg?«

Er lächelte und legte die schmutzigen Waschlappen in den Korb und nahm zwei frische. »Die Schwestern drüben im Pacific-Beach-Krankenhaus haben mich gut erzogen; außerdem war meine letzte Freundin eine Krankenschwester.« Eric holte frisches Wasser und gab mehr Seife hinzu. Als das Wasser richtig schäumte, begann er, die Schultern und den mitleiderregend verformten Rücken des Patienten zu waschen. Elmer ließ ein genußvolles Stöhnen hören, und die scharfen Linien in seinem Gesicht glätteten sich.

»Versuchen Sie nur, einen guten Eindruck zu machen, oder sind Sie immer so?« fragte ich und entfernte den Schmutz unter jedem einzelnen von Mr. DeGraffs schmutziggelben, eingerissenen Fingernägeln.

»Wenn ich Zeit dazu habe«, sagte er, »lerne ich meine Patienten gern aus dem Blickwinkel der Schwestern kennen. Das tut mir gut.« Der junge Arzt tupfte den Rücken trocken und puderte ihn mit Maisstärkepuder ein.

»Ja, aber haben Sie keine Angst, daß einer der anderen Ärzte Sie dabei sehen könnte und man Sie dann einen Schwächling nennt, weil Sie mit den Mädchen spielen?«

»Daran bin ich gewöhnt«, sagte Dr. Voorhees und schob eine frische Unterlage unter Elmers Hüften. »Als ich noch Assistenzarzt war, hat mich mein bester Freund damit aufgezogen, daß er sagte: ›Au weia, Eric wird noch seine Gottähnlichkeit verlieren; heute hat er schon wieder vergessen, seine Arroganz anzuziehen.‹«

»Was hat man Ihnen von mir erzählt?« fragte Miss Racklyn mit einer Stimme, die sich noch nicht entschieden hatte, zu welchem Geschlecht sie gehörte.

Weder ihr Tonfall noch ihr permanent mürrischer Gesichtsausdruck sagten mir, ob sie nun wollte, daß ich etwas über sie wußte, oder nicht. Ich beschloß, ihr nur das Minimum dessen zu sagen, was mir bekannt war, denn das meiste, was Chris mir erzählt hatte, war überhaupt nicht schmeichelhaft und konnte leicht als Verleumdung interpretiert werden. Wenn ich zum Beispiel gesagt hätte: »Es heißt, Sie seien nachweislich eine Gaunerin und voller Tricks«, hätte das wohl niemandem genützt.

»Nun, ich weiß, daß Sie hier sind, weil Sie vor fünf Tagen die ersten atypischen Anfälle bekommen haben, für die die Ärzte keine neurologischen Ursachen finden können; deshalb wollen sie Herzrhythmusstörungen als mögliche Ursache ausschließen.«

Außerdem wußte ich, daß diese 44jährige seit ihrem 21. Lebensjahr behauptet hatte, »geistig behindert« zu sein, und ihre Anfälle nach eigenem Belieben bekam – wenn sie wach war, etwa alle 15 Minuten, und auch dann nur, wenn sie Gesellschaft hatte. Die allgemein übliche Aura und der typische postiktale Zustand traten bezeichnenderweise nicht auf.

Der auslösende Faktor des allerersten Anfalls war der Erhalt eine Briefes von irgendeiner Regierungsstelle gewesen, in dem es in gewundener Beamtensprache geheißen hatte, daß man ihre Arbeitsunfähigkeitsbescheinigung, die 15 Jahre unbeachtet geblieben war, neu überprüft habe. Dabei sei man zu dem Schluß gekommen, daß sie geistig gesund genug sei, einer einträglichen Tätigkeit nachzukommen, und demzufolge ihre Arbeitsunfähigkeitszahlungen eingestellt würden; und achten Sie darauf, daß Sie beim Verlassen des Versorgungssystems nicht die Tür ins Kreuz bekommen. Gezeichnet Mr. Soundso, Abteilungsleiter.

Dr. Hunt, Miss Racklyns Internist, und Dr. Schupbach konnten keine Ursache für diese atypischen Anfälle finden, da jedoch Miss Racklyn bereits Klagen gegen mehrere Regierungsstellen eingereicht hatte, hielten sie es für das beste, auf Nummer Sicher zu gehen und sie für eine 24stündige Überwachung auf die Herzstation zu verlegen.

Fanny Racklyn war sehr aufgebracht wegen meines offenkundigen Mangels an Informationen.

»Man hätte Sie auch darüber informieren sollen, daß das kleinste Ereignis einen Anfall bei mir auslösen kann. Meine Tür hat immer geschlossen zu sein, es darf kein Geräusch oder unnötiges Licht außer vom Fernseher geben. Das einzige, was ich bei mir behalten kann, ist Pizza, Cola light und Mars; bringen Sie mir also kein anderes Essen, denn allein schon der Geruch könnte zu einem Anfall führen. Ich sage Ihnen eine Stunde bevor ich essen will Bescheid, damit Sie loslaufen und die Pizza holen können. Sie muß nämlich ganz heiß sein, oder Sie müssen sie wieder heiß machen. Ich will keine kalte Pizza.« Fanny unterbrach sich, holte tief Luft und fuhr fort. »Ich brauche mein Beruhigungsmittel genau dann, wenn ich es Ihnen sage, und ich muß im Bett bewegt werden. Sie müssen ...«

In meiner Eile, sie zu unterbrechen, biß ich mir versehentlich auf die Zunge und zuckte zusammen. »Moment, Moment, Moment«, sagte ich, ohne meine schmerzende Zunge zu benutzen. »Was wollen Sie damit sagen: Sie müssen im Bett bewegt werden?«

Fanny schien über die offensichtlich dumme Frage irritiert zu sein.

»Sie müssen mich umdrehen und meine Beine wieder richtig hinlegen. Ich habe Angst, daß, wenn ich mich zu sehr bewege, etwas in meinem Gehirn verrutscht.« Sie sah mich genau an, um festzustellen, ob ich diese etwas schwache Erklärung wohl schlucken würde, aber ich war zu sehr damit beschäftigt zu untersuchen, ob ich mir die Zunge amputiert hatte. Währenddessen langte die kräftige Frau nach unten und holte sich ein Mars aus der untersten Schublade des Bettischchens – was nur wenige Nichtsportler in dieser liegenden Haltung fertiggebracht hätten.

»Und Sie müssen flüstern, denn wenn Sie ...« Sie unterbrach sich wieder und begann, wie ein Bluthund auf einer frischen Spur zu schnüffeln. »Heiler Strohsack, benutzen Sie Parfüm?«

»Kein Parfüm, Miss Racklyn, nur ein Deodorant. Limone, glaube ich.«

»Waschen Sie es sofort ab!« Sie scheuchte mich fort. »Ich darf nichts riechen, in dem irgendwelche Chemikalien ...«

Miss Racklyns rechter Arm fuhr senkrecht in die Luft und begann zu zittern; dann schoß ihr linkes Bein unter der Bettdecke hervor und vollführte einige Tai-Ch'i-Tritte, die Chuck Norris gut hätte gebrauchen können. Während sie sich wild von einer Seite auf die andere warf, streckte sie ihre Zunge heraus und ließ sie herumwirbeln, als sei sie eine besessene Schlange. Gleichzeitig bemerkte ich, daß sie ihren Marsriegel nicht eine Sekunde lang losließ und darauf achtete, ihn nicht allzu fest zu drücken. Als sie dazu überging, wie Eddie Cantor mit den Augen zu rollen, hörte ich auf, ihr zuzusehen.

Ich habe sehr unterschiedliche epileptische Anfälle gesehen. Was immer Miss Racklyn haben mochte: Dies war weder ein Anfall noch ein Veitstanz, sondern nichts weiter als sehr alberne Mätzchen.

Während dieses Getue ablief, schaute ich auf den Monitor und sah einen ziemlich normalen Sinusrhythmus. Als ich mich wieder umdrehte, sah ich, daß Miss Racklyn mich beobachtete; sobald unsere Blicke sich begegneten, begann sie wieder mit ihrer Eddie-Cantor-Masche, wobei sie sich die Elektroden eine nach der anderen herunterzog. Die V6-Elektrode mußte sie erst suchen, da Chris sie ein wenig zu weit seitlich plaziert hatte.

Phoebe kam zum Glasfenster und zeigte auf den Monitor mit einem Blick, der sagte: Was ist da drinnen los? Eine Weile sah sie sich Miss Racklyns Zuckungen und Windungen an, dann verdrehte sie die Augen und verschwand wieder zu ihren Monitoren.

Während ich dieser phantastischen Vorstellung zuschaute, empörte ich mich immer mehr darüber, daß jemand sich solche Mühe machen würde, um nur ja nicht die Verantwortung für sein eigenes Leben übernehmen zu müssen. Vielleicht kam da ein bis dahin unterdrückter republikanischer Persönlichkeitsanteil an die Oberfläche, aber als Steuerzahlerin machte mich Miss Racklyns lebenslanges Schmarotzertum einfach nur wütend. Wenn sie schlau genug war, das System hinters Licht zu führen, dann war sie auch schlau genug, sich eine bezahlte Arbeit zu suchen. Und jeder, der diese Art von Gymnastik vollführen konnte, war ohne Zweifel körperlich fit genug zu arbeiten – wenn nötig als Schauermann.

»Wenn Sie fertig sind, Fanny, würden Sie dann bitte Ihr Ruflicht einschalten? Ich muß Ihre Elektroden wieder anlegen und Ihre Daten aufnehmen.«

Zur Antwort zuckte die Frau noch ein-, zwei-, dreimal mit Armen und Beinen – wie eine Comicfigur im Todeskampf – und lag dann vollkommen schlaff da. Mit einem leicht schmatzenden Geräusch fiel ihr Kiefer herab und entließ ein Rinnsal marsgefärbten Speichels, der auf das Kissen floß.

»Wenn Sie das Bewußtsein wiedererlangen, Fanny, lassen Sie's mich wissen.«
Ich wandte mich zum Gehen. Die Patientenklingel ertönte.
Als ich mich umdrehte, spielte Miss Racklyn immer noch bewußtlos. Ich beugte mich vor und schaltete die Klingel aus. »Sie haben geklingelt, Miss Racklyn?«
Flatternd öffneten sich ihre runden, wimpernlosen Augen. »Was ist passiert? Hab' ich wieder einen Anfall gehabt?«
»Ich glaube nicht, daß das ein Anfall war, Miss Racklyn. Ich bin mir zwar nicht sicher, was es war, aber es war als Aerobic hübsch anzusehen.«
Fanny hatte eine Art Tauziehen mit ihren Mundwinkeln. Das Kind in ihr, da war ich mir sicher, hätte über ihre eigenen kleinen Tricks am liebsten gelacht. Um ihre aufsteigende Freude im Zaum zu halten, runzelte sie die Stirn und fuhr fort, ihre Liste mit Forderungen vorzutragen. »Außerdem muß ich alle paar Stunden massiert werden, und vor dem Zubettgehen und gleich morgens, wenn ich aufwache, muß mir jemand die Zähne putzen und sie mit Zahnseide nach jeder Mahlzeit ...«
Die Zahnseide war der Tropfen, der das Fass zum Überlaufen brachte. »Bitte, Miss Racklyn?«
Sie nahm einen großzügigen Bissen – etwa zwei Drittel – von ihrem Mars und schenkte mir ihre unschuldige Aufmerksamkeit.
»Hören Sie zu, Fanny. Ich habe heute drei weitere Patienten außer Ihnen zu versorgen. Wenn Sie eine private Krankenschwester oder eine persönliche Sekretärin anheuern wollen, solange Sie hier sind, muß das auf Ihre eigenen Kosten geschehen. Was die Pizza und die Cola betrifft: Wenn Doktor Hunt sie Ihnen verschrieben hat – nun gut, es ist Ihr Cholesterin und Zucker; aber vergessen Sie nicht: Dies ist eine Intensivstation und kein McDonald's. Ich bin ja bereit, vieles zu machen, vielleicht zeige ich Ihnen sogar meine Imitation von Marlo Thomas in *That Girl*,

aber ich bin kein Pizzaservice und ich hantiere nicht mit Zahnseide.«

Ich wandte mich zum Gehen, dann fiel mir noch etwas ein. »Ach ja, ich glaube außerdem, daß Sie bestens in der Lage sind, Ihre Beine selbst zu sortieren. Sie sind zu jung, um an SMKS zu leiden.«

»SMKS?«

»Schüttel-mein-Kissen-Syndrom, Fanny. Eine sehr schlechte Angewohnheit. Vielleicht kommt sie in den Krankenhäusern von Beverley Hills ja gut an, aber nicht hier.« Ich unterbrach mich. »Und wenn ich je auf mein Deo verzichten sollte, Miss Racklyn, dann würden Sie wirklich einen Anfall bekommen.«

»Was ist mit Linda Blair los?« fragte Beth und zeigte auf Fanny. »Ich bin reingegangen, weil sie geklingelt hatte, und sie führte wieder ihre Bettszene aus dem *Exorzisten* vor, dann sollte ich ihre Beine wieder richtig hinlegen und ihre Zähne mit Zahnseide säubern.«

Ich sah Beth amüsiert an. »Ja, und was hast du ihr gesagt?«

»Ich hab' sie gefragt, warum sie das alles nicht selbst erledigen könne, und sie sagte, das sei, weil sie eine ganz besondere Person sei.« Beth schnappte sich den Schreiber hinter Phoebes Ohr und suchte im Papierwust auf dem Schreibtisch nach einer neuen Stammkarte. »Als ich sie fragte, weshalb sie dieser Meinung sei, sagte sie, in der Schule hätten die beratenden Lehrer sie immer nur in die Spezialkurse gesteckt.«

Nachdem Beth und ich die Zimmer für zwei neue Aufnahmen vorbereitet hatten – einen Vier-Gefäße-Bypass, postoperativ, und ein akutes Lungenödem –, drehten wir Mr. DeGraff um und »sortierten« Fannys Arme und Beine. Ein Publikum von zwei Personen zu haben war eine zu große Verlockung für sie, und kaum waren wir fertig, hatte sie einen Anfall, der alles Bisherige

in den Schatten stellte. Wir mußten sie buchstäblich festhalten, um zu verhindern, daß sie sich vom Bett warf.
Beth, die bei den Anonymen Alkoholikern gründlich geschult worden war, unterlief Fannys Manipulationsversuche, indem sie ihr unverblümt mitteilte, was sie von diesen hielt. Dies kam jedoch nicht sehr gut an, denn Fanny warf Beth zum Zimmer hinaus und ihr einen halben Marsriegel in den Rücken.
»Nun, hast du schon die letzte Folge von *Redwood rotiert* mitbekommen?« fragte Beth, als ich wieder im Schwesternzimmer war.
Ich schüttelte den Kopf. Seitdem Risen nicht mehr da war, hörte ich nur noch selten Klatsch, und im Treppenhaus herumzulungern, erschien mir einfach zu demütigend.
»Wie heißt deine Freundin, die mit dem Südstaatenakzent, die in der Ambulanz arbeitet?«
Ich ließ meinen Schreiber fallen, und mein Herz klopfte laut. »Meinst du Gus?«
Sie nickte. »Letzten Mittwochabend, während der Schaukelschicht, sagte ihr der Supervisor, sie müsse für jemanden in der Nachtschicht einspringen, der sich krank gemeldet hatte. Deine Freundin hatte schon die Tagschicht gearbeitet, war dann für eine andere erkrankte Kollegin in der Abendschicht eingesprungen, und wenn sie jetzt auch noch die Nachtschicht machen würde, hätte sie vierundzwanzig Stunden am Stück gearbeitet. Also weigerte sie sich zu bleiben. Der Oberpfleger mußte geholt werden und die Schicht übernehmen.«
Ich ließ ein leises Pfeifen hören. Genes Reaktion, als er mitten in der Nacht angerufen wurde und man ihm erzählte, er müsse die Nachtschicht übernehmen, weil sein Personal sich geweigert hatte, dies zu tun, wäre sicher hörenswert gewesen. Ich hätte gern das Loch in seiner Zimmerdecke gesehen, durch das er senkrecht hochgegangen war.
»Zwei Tage später kam sie wieder zur Arbeit«, fuhr Beth fort,

»und sofort hatte sie einen hitzigen Streit mit dem Oberpfleger. Er drohte ihr, man werde sie suspendieren, weil sie die Patienten im Stich gelassen habe; als Gus ihm sagte, das könne er nicht tun, eskalierte die Konfrontation, und der Kerl wurde handgreiflich. Sie hat eine Klage wegen Belästigung gegen ihn eingereicht.«

Ich zwang mich, einmal tief Luft zu holen und den ersten Zorn herunterzuschlucken. Ich brachte sogar ein Lächeln zustande. Seit Gus sich bei der Krankenhausleitung wegen Genes Veränderungen im Dienstplan beschwert hatte, befand sie sich mit dem Mann auf Kriegsfuß. Nur die neue Urlaubsregelung hatte verhindert werden können, aber es reichte aus, sie als Querulantin dastehen zu lassen. Gene wollte ihren Skalp, und er würde erst Ruhe geben, wenn er ihn hatte.

Ich seufzte und schüttelte den Kopf. »Nun gut, ich wünsch' ihr viel Glück.«

»Au Mann.« Beth trat einen Schritt zurück und sah mich ungläubig an. »Das klingt für deine Verhältnisse aber recht zahm. Ich dachte schon, ich müßte dich mit Gewalt zurückhalten, damit du nicht auf die Ambulanz schießt und den Kerl an seinen Eiern aufhängst.«

»Das ist vorbei«, sagte ich leise. »Ich hab' die Nase voll von Politik.«

»Moment mal!« Beth rollte zu meinem Stuhl herüber, bis ihre Knie die meinen berührten. »Ich kann nicht glauben, daß da Echo Heron spricht, Vorkämpferin für die Rechte der Krankenschwestern und Aufwirblerin des Staubes.«

»Glaub's ruhig«, sagte ich. »Ich bin müde. All die Kämpfe für die gute Sache – und immer auf verlorenem Posten gegen die raffgierigen Typen, die die Macht haben!« Ich schaute meine Kollegin an und schob das Kinn vor. »Es nutzt sich ab, Beth – vor allem, wenn man einfach keine Chance hat und weiß, daß es niemals aufhören wird.«

»Nimm diesen letzten Vorfall: Gus wird durch die Mangel gedreht; sie wird nicht schlafen können und außerdem Geld verlieren. Man wird sie öffentlich demütigen und auf ihren Gefühlen mit genagelten Stiefeln herumtrampeln. Am Ende – vorausgesetzt, sie trifft auf keinen Richter, der irgendwo Anteile an einem Krankenhaus hält – bekommt sie ihre Stelle wieder, wo sie ständigen Schikanen ausgesetzt ist. Und was *dann?* Gene oder jemand anders wird ihr das Leben zur Hölle machen. Sie werden auf ihr herumhacken und sie für den kleinsten Vorfall verantwortlich machen, vielleicht wird man ihr sogar wieder eine Klage anhängen. Sie werden sie mürbe machen, bis sie kündigt.« Wütend riß ich Fannys vollkommen normalen Laborbericht aus dem Drucker.

»Und an ihrer Stelle wird dann eine unerfahrene Abgängerin kommen, die die Hälfte von dem verdient, was Gus bekommt, und außerdem keinen Ärger macht. Es hat keinen Zweck, Schätzchen.« Ich unterbrach mich und bereute es bereits, mich so aufgeregt zu haben. Das Frustrationstier, das direkt neben meinem Ulcus hauste, begann Feuer zu speien.

»Das bedeutet wohl auch, daß du dich für die Dezentralisierung nicht weiter einsetzt, oder?« sagte Beth ärgerlich. »Du weißt ganz genau, daß niemand diesen Ball spielen wird, wenn du ihn fallen läßt, und es ist dringend notwendig, daß die Station dezentralisiert wird.«

»Ich bringe zu Ende, was ich angefangen habe, Beth, aber ich werde mein Elend darüber hinaus nicht verlängern.«

»Was ist mit deinen Vorträgen?«

»Das ist ein völlig anderes Paar Stiefel. Solange ich nicht direkt in der Feuerlinie stehe, kann ich die Schwestern moralisch unterstützen und den Drecksäcken auf die Finger klopfen, bis ich umfalle. Es ist einfacher, anderer Leute Schlachten zu schlagen, wenn man im Laufgraben hockt und ein Kostüm mit einer kugelsicheren Weste darunter trägt. Wenn du ...«

Beths Aufmerksamkeit wurde von etwas anderem abgelenkt. Ihrem Gesichtsausdruck nach zu schließen, erblickte sie gerade entweder den Gevatter Tod oder Gene höchstselbst hinter mir.

»Rufen Sie mir sofort ein Taxi.«

Ich wandte mich um; hinter mir stand eine wutschnaubende Fanny Racklyn mit zwei aufgerollten Krankenhausdecken unter einem und einem Kissen sowie ihrem knallroten Matchbeutel unter dem anderen Arm. Sie sah seltsam aus, wie sie da in ihren Straßenkleidern stand: Anstelle einer hilflosen, bettlägerigen Patientin war sie jetzt ein anderthalb Meter großer Zwerg in einem viel zu großen gelben Sweater; um das Bild abzurunden, trug sie auf dem Kopf eine handgestrickte rote Pudelmütze.

Sowohl Beth als auch ich waren eine Weile stumm – vermutlich aus lauter Verwunderung über den bizarren, aber gleichzeitig liebenswerten Anblick, der sich uns bot.

»Ich sagte, rufen Sie mir ein Taxi.« Fanny unterstrich ihre Worte, indem sie mit dem Fuß aufstampfte.

Ich ging auf sie zu und fragte: »Wo ist das Problem, Miss Racklyn?«

»Ich will hier nicht bleiben, wo man mich nicht beachtet«, schmollte Fanny. »Sie sind zwanzig Minuten lang nicht bei mir drin gewesen, also gehe ich ins Mercy-Krankenhaus, da gibt es nettere Schwestern.«

»Was«, fragte ich, »würde mich zu einer netteren Schwester machen, Fanny?«

Diese Frage schien ihr inneres Gleichgewicht empfindlich zu stören, denn ihre Augen begannen, das Schwesternzimmer hektisch abzusuchen, als vermutete sie irgendwo Heckenschützen. Sie trat eine Weile von einem Fuß auf den anderen, dann riß sie sich zusammen. »Ich will, daß Sie mir den Rücken massieren und eine Geschichte über eine schöne Prinzessin erzählen.«

Die kindliche Unschuld ihrer Bitte brachte mich zum Schmelzen. Ich legte meinen Arm um ihre breiten und muskulösen Schultern und wollte sie in ihr Zimmer zurückführen. Aber es war, als wollte ich den Felsen von Gibraltar bewegen. »Okay, okay«, gab ich nach. »Ich schrubbe Ihnen den Rücken und erzähle ein Märchen von einer Prinzessin, aber Sie müssen versprechen, daß Sie keinen Anfall bekomme, bevor ich fertig bin.«

Fanny dachte lange nach. Währenddessen versuchte ich, die Decken unter ihrem Arm hervorzuziehen und befand mich unvermittelt in einem Tauziehwettbewerb, den ich klar verlor.

Schließlich nickte sie. »Ich verspreche es.«

»Gut. Und jetzt bringen wir Sie ins Bett zurück und sortieren Ihre Arme und Beine.«

Mrs. DeGraff kam in Begleitung von Dr. Voorhees auf die Station. Wenn man die übertriebene Menge an Schmuck, den sie trug, sowie die Tatsache, daß sie ein wenig betrunken war, übersah, hätte sie für jemandes nette, weißhaarige Großmutter durchgehen können.

Dr. Voorhees führte sie zum Sessel neben meinem Stuhl und hielt sie am Arm fest, während sie sich langsam hinsetzte. Phoebe und ich unterbrachen unsere Tätigkeiten und schauten auf die überwältigende Schmucksammlung: zwei Paar Ohrringe (Clips *und* gestochen), eine Diamanthalskette und ein Armband aus Diamanten und Rubinen, das so protzig war, daß es eine Fledermaus zum Blinzeln gebracht hätte. An jedem Finger blinkten jede Menge Gold und Karat. Ringe sind meine Leidenschaft, und ich mußte mich zwingen, nicht mit offenem Mund zu starren.

»Echo ist heute abend Elmers Krankenschwester, Mistress DeGraff. Sie wird unserer Unterhaltung zuhören und kann Ihnen vielleicht in ein paar Dingen Klarheit verschaffen.«

Mrs. DeGraff nickte teilnahmslos in meine Richtung, bevor sie ihre Aufmerksamkeit Bett Nr. 17 zuwandte, wo Beth damit beschäftigt war, ihren Patienten vor einem Atemstillstand zu bewahren.

»Mistress DeGraff?« Dr. Voorhees beugte sich nach vorn, um ihr in die Augen sehen zu können. »Mistress DeGraff, Ihr Mann ist so geschwächt, daß wir ihm nicht länger helfen können.« Er öffnete den Patientenordner und nahm einige Laborberichte heraus, die er vor ihr auf den Tisch legte. Sie betrachtete sie ohne großes Interesse, dann schaute sie wieder den Arzt an.

»Seine Prognose ist schlecht. Sein Herz hat diesmal so viel Schaden gelitten, daß ich mit einem weiteren Stillstand rechne.« Der junge Arzt nahm Mrs. DeGraffs Hand. »Elmer hat Schmerzen, er *möchte* sterben, Bernice. Sie müssen ihn mit einem Rest Würde sterben lassen.«

»Ich werde darüber nachdenken«, antwortete Mrs. DeGraff und lächelte. Es war seltsam, diese Kälte in einem so hübschen Gesicht zu sehen.

»Ich würde mich freuen, wenn Sie es mir sagen könnten, bevor Sie gehen«, sagte Dr. Voorhees. Sein Kiefermuskel stand dick hervor, so stark biß er die Zähne zusammen.

Mrs. DeGraff unterbrach ihr Lächeln nicht eine Sekunde. Auf eine teuflische Weise war dies sehr beeindruckend, und in diesem Augenblick kam ich zu dem Schluß, daß sie unbedingt in die Politik gehen mußte.

»Nun, Doktor, vielleicht kann ich Sie morgen früh informieren, aber bis dahin möchte ich, daß alles getan wird, damit er am Leben bleibt.« Sie unterbrach sich und betupfte fast schon kokett ihre trockenen Augenwinkel. »Sie haben keine Vorstellung, wie schwer all dies für mich ist, Doktor. Ich verlasse mich darauf, daß sie es mir ein wenig erleichtern.«

Ich biß mir von innen in die Wange, um nicht laut aufzustöhnen: Schmierentheater in San Francisco.

Dr. Voorhees betrachtete sie, ohne seinen Gesichtsausdruck zu verändern. Schließlich stand er mit einem Seufzen auf. »Okay, Mistress DeGraff, Sie haben gewonnen. Sie sind diejenige, die das mit ihrem Gewissen vereinbaren muß.«

»Möchten Sie Ihren Mann sehen, Mistress DeGraff?« fragte ich.
Sie schaute mich zweifelnd an. »Nein, ich glaube nicht. Nicht heute.«
»Ich glaube aber, Sie sollten es tun, Mistress DeGraff«, sagte ich mit möglichst fester Stimme. »Er braucht Sie.«
Unsicher stand sie auf und schaute umher. Vielleicht suchte sie das Zimmer, wahrscheinlicher jedoch einen Fluchtweg.
Ihr Zögern ausnutzend, zog ich sie ins Zimmer ihres Mannes.
»Elmer?« Ich berührte ihn am Rücken und bemerkte, daß seine Schulterblätter, dicke, knochige Vorsprünge, wie die nackten Stümpfe von Flügeln aussahen. »Elmer, Ihre Frau ist hier.«
Bernice DeGraff setzte sich in den Stuhl neben seinem Bett, legte ihr Kinn auf das Seitengitter und grinste betrunken zu ihm herab. Beim Anblick seiner Frau weiteten sich seine Augen erst, dann verengten sie sich wieder und starrten sie mit einem eisigen, intensiven Haß an. »Gefallen dir meine neuen Ohrringe, Elm?« Mrs. DeGraff drehte sich ein wenig seitlich und fingerte am unteren der beiden Paare. »Ich hab' sie von dem Geld für dein altes Boot gekauft.«
Mr. DeGraffs rechter Arm zuckte etwa fünf Zentimeter von seinem Körper weg. Er ballte eine zitternde Faust. Mit jedem wilden Stoß kam er näher an das Gesicht seiner Frau. In seinem Mundwinkel bildeten sich Bläschen, während die grunzenden Laute aus seiner Kehle sich zu Worten formen wollten: »Gaaaa ... wein ... wein ... Ga Ga wein.«
Ich mußte mich zurückhalten, um ihm das fehlende »Sch« nicht wie ein Lehrer vorzusprechen.
Mrs. DeGraff lehnte sich außerhalb der Reichweite der pumpenden Faust zurück. »Deine Angelausrüstung ging natürlich mit dem Boot mit. Ach ja, hätte ich fast vergessen: Ich hab' deine Gewehrsammlung Thelmas Jungen gegeben. Ich dachte mir, daß du sie ja doch nicht mehr benutzt. Das macht dir doch nichts aus, oder? Ich weiß, du kannst Randy nicht leiden, aber zumin-

dest wird er sie benutzen, so daß sie nicht herumsteht und Staub ansammelt.«

Mr. DeGraffs Gesichtsfarbe wechselte ins Krebsrote. Seine Infusionsbehälter klapperten gegen den Ständer, so sehr zitterte er. Hinter mir begannen die Alarmsignale auf dem Monitor durchzudrehen. Ich mußte nicht erst auf den Bildschirm schauen, um zu wissen, daß die unregelmäßigen Piepstöne keine harmlosen Interferenzen waren. Mehr warnende Hinweise brauchte ich nicht, um zu begreifen, daß der Mann gleich einen Herzstillstand haben würde.

Schnell zog ich die Frau von dem Bett fort. »Das reicht. Wir müssen ihn jetzt in Ruhe lassen.«

Nach einem kurzen, unbeholfenen Gerangel befreite sie ihren Arm aus meinem Griff, beugte sich zu ihrem Mann herunter und flüsterte ihm etwas ins Ohr. Die Heftigkeit seiner Reaktion auf das, was sie ihm gesagt haben mochte, ließ ihn fast ersticken. Hastig schob und zog ich sie zum Zimmer hinaus und bedeutete Phoebe, sie von der Station zu bringen. Ich riß die Sauerstoffmaske von der Wand, legte sie auf sein Gesicht und gab ihm ein paar Atemzüge, bevor die Verzweiflung in seinem Gesicht mich innehalten ließ.

Bitte, laßt mich sterben. Bitte, laßt mich sterben. Selbst wenn er es über die Sprechanlage geschrien hätte, es hätte nicht eindeutiger sein können.

Ich blickte zur Seite und schaute in die mitleidsvollen Augen von Dr. Voorhees. In diesem kurzen Blick, der zwischen uns hin und her ging, lag eine ganze Welt von Verständnis: Wir waren die Hüter seines Lebens, aber wir waren auch dazu da, für einen möglichst ungestörten Übergang vom Leben zum Tod zu sorgen. In der Bibel der Pflegenden war die Würde des Todes ebenso wichtig wie das Heilen im Leben. Wir hatten beide Sterbende in unseren Armen gehalten und hatten gelernt, was sie brauchten. Die Art und Weise, auf die ihre Augen die unseren suchten und festhielten, bis ihre Seelen gegangen waren, hatte mich schon vor Jahren davon überzeugt, daß wir nicht allein, voller Schmerzen oder ohne Frieden sterben durften.

Der Monitor schlug Alarm und erinnerte uns lautstark an das Kammerflimmern, das in diesem Augenblick über den Bildschirm zuckte. Mr. DeGraff verdrehte die Augen.

Ich ließ das Seitengitter herab in der Absicht, ihm einen gezielten Schlag auf den Brustkorb zu versetzen. Aber meine Faust, die jetzt in der Luft hing, fand keine Stelle, auf der sie hätte landen können. Seine starren Arme und Beine hatten ein fast undurchdringliches Bollwerk um die Mitte seiner Brust gebildet.

Schließlich drückte ich einen Arm zwischen seine Knie und holte aus, um eine Art horizontalen Schlag anzubringen. In diesem Augenblick hielt Dr. Voorhees meinen Arm fest. »Lassen Sie das«, sagte er. »Wir werden diesen Mann nicht weiter durch die Hölle gehen lassen.«

»He, Leute, ihr habt da ein Kammerflimmern«, flüsterte Phoebe von der Tür her. »Soll ich Herzalarm geben oder was?«

Eric zögerte, dann schüttelte er den Kopf. »Wir werden eine langsame Wiederbelebung vornehmen – nur wir drei.«

Sofort zog Phoebe den Vorhang um das Bett zu, während ich den Alarm ausschaltete. »Okay«, sagte Phoebe und starrte den sterbenden Mann mit einer Mischung aus Mitleid und Angst an. An der Tür schaute sie über ihre Schulter hinweg zurück. »Mistress DeGraff wartet draußen.«

Er ging – sehr langsam – zum Notfallwagen.

Ich drehte mich nicht um, um auf den Monitor zu sehen. Statt dessen wischte ich sorgfältig mit einem Zipfel des Lakens den Schweiß von Mr. DeGraffs Gesicht. Irgendwie glitt seine Hand in meine. Endlose Sekunden lang massierte ich seine Finger, und als der unfreiwillige Kampf seines Körpers einsetzte, schob ich einen Luftschlauch in seinen schlaffen Mund und pumpte Luft

hinein. Trotz des Sauerstoffs nahm seine Haut allmählich eine rotgraue Färbung an.
Mr. DeGraffs Pupillen waren bereits starr und geweitet und schauten blicklos zur Zimmerdecke hoch. Er hatte den Ort so schnell verlassen, daß es schien, als sei er im kleinsten unbewachten Augenblick außerhalb unserer Reichweite gesprungen.
Ich schloß seine Augen und wünschte seinem Geist Frieden. In meinem Herzen hatte ich nicht den geringsten Zweifel, daß es moralisch richtig gewesen war, den Mann ohne Einmischung von außen sterben zu lassen. Gleichzeitig jedoch war mir unwohl. Gewiß, dies war nicht die erste stillschweigend betont langsam vorgenommene »Wiederbelebung«, an der ich teilgenommen hatte, aber Mrs. DeGraff machte mir Sorgen. Wer wußte schon, wie tief ihre Enttäuschung darüber sein oder was sie tun würde, nachdem sie jetzt ihren Prügelknaben verloren hatte?
Das vordere Ende des roten Notfallwagens kam durch die Vorhänge.
Eric öffnete eine der Schubladen – vorsichtiger, als notwendig gewesen wäre – und holte das Intubationstablett hervor.
»Ist er tot?« fragte er.
Ich rückte, zog die Defibrillatorelektroden hervor und bestrich sie mit Leitungscreme. Mr. DeGraffs Herz trotzte den ersten beiden Elektroschocks, und das Kammerflimmern dauerte an. Beim dritten Schock wurde daraus das typische Muster, das den Herztod anzeigte.
Eric sprach ruhig mit seinem Patienten, während er einen halbherzigen Versuch machte, ihn zu intubieren. Der gleichmäßige, beruhigende Strom von Worten rief Erinnerungen an die seltenen Abende in mir wach, an denen mein Vater am Rand meines Bettes saß und mir Geschichten erzählte.
Sobald ich jene gewisse Veränderung in der Atmosphäre spürte,

die meinem Gefühl nach den endgültigen und nicht mehr umkehrbaren Abschied der Seele bedeutet, überprüfte ich noch einmal die Pupillen des Toten. In meinen Aufzeichnungen würde ich festhalten, daß sie starr und geweitet waren. In Wirklichkeit war dies nur noch eine weitere Verifizierung für diejenigen, die diese Aufzeichnungen überprüften, daß Elmer DeGraff nicht mehr existierte.

Blutdruck und Puls waren nicht länger messbar, aber seine Lunge arbeitete insofern noch, als sie immer wieder mal Luft einsog. Dies waren reflexive Atemzüge, sie konnten, noch eine ganze Weile nachdem jemand gestorben war, auftreten – auf die gleiche Weise, wie auch das Herz immer wieder mal schlagen konnte. Ich kannte den klinischen Grund hierfür, fand es jedoch immer noch entnervend. Einen Körper für die Leichenhalle fertig zu machen, in dem das Herz von Zeit zu Zeit immer noch schlägt, ist eine unheimliche Erfahrung.

»Holen Sie schnell die Medikamente raus«, sagte Dr. Voorhees. »Wir werden ihm ein paar verabreichen ... für die Aufzeichnungen.«

Ich verstand und nickte. Wir würden alles tun, was medizinisch geboten war, um die gesetzlichen Bestimmungen zu erfüllen, aber es erschien mir lächerlich, einen toten Mann mit Medikamenten vollzupumpen.

Ich nahm einen Waschlappen und wusch Mr. DeGraffs Körper mit Seife ab; dabei fragte ich mich, wieviel »normale Leute« jetzt wohl über das schockiert wären, was wir getan hatten. Von den erschreckten Reaktionen, die ich allein in meinen Interviews erlebte, wußte ich, daß den meisten Amerikanern nicht klar war, in welchem Umfang Euthanasie in medizinischen Einrichtungen des ganzen Landes praktiziert wurde. Welche erfahrene Krankenschwester hatte einem Sterbenden noch nicht jene Dosis Morphium gegeben, die sein Leiden verringern und seinen Tod erleichtern würde? Und welcher erfahrene Arzt hatte noch keinen Wiederbelebungsversuch bewußt verlangsamt und angeordnet, daß ein Patient um jeden Preis ein friedliches Ende haben sollte?

Bei einer Fernsehsendung mit Zuschauerbeteiligung in Texas hatte mich einmal jemand vorwurfsvoll gefragt, weshalb ich mich nicht als Mörderin betrachtete, weil ich an der Beendigung des Lebens von Menschen beteiligt gewesen sei.

Zuerst wollte ich der Anruferin einfach nur sagen, daß sie dies nur verstehen könne, wenn sie dabeigewesen sei. Aber um nicht der Schnoddrigkeit geziehen zu werden, forderte ich sie auf, sich vorzustellen, der ihr liebste Mensch sei tödlich erkrankt, und die letzten Tage seiner Krankheit würden nicht so gelassen, friedlich und umhegt ablaufen, wie dies im Kino immer gezeigt werde, sondern dieser Mensch sei völlig geschwächt und würde vor Schmerzen schreien, die auch dann nicht mehr nachließen, wenn die höchstmögliche Dosis an Schmerzmitteln verabreicht worden sei.

Vielleicht ertrinkt dieser Ehemann oder dieses Kind an seinen eigenen Körperflüssigkeiten, muß um jeden Atemzug kämpfen, kann sich nicht eine Minute entspannen, um nicht zu ersticken. Die Haut wird teigig weiß, grau oder senfgelb und hängt von den Knochen herab, weil die meisten Muskeln völlig rückgebildet sind. Oder diese Person ist völlig aufgeschwemmt von jenen Körperflüssigkeiten, weil das Herz die Kraft nicht mehr hat zu pumpen und die Nieren nicht mehr filtern. Aus der papierdünnen Haut, die bei der geringsten Belastung reißt, tritt eine gelbliche Flüssigkeit. An Schultern, Fersen und am Gesäß haben sich riesige Druckstellen entwickelt, aber der Patient kann nicht bewegt werden, weil die fragilen Knochen zu brechen drohen. Ständig lauern Infektionen, da alle möglichen Bakterien sofort in einen Körper eindringen, der über kein oder kaum ein Immunsystem mehr verfügt.

Stellen Sie sich vor, daß diese Person, die Sie lieben, Tag für Tag

leidet und jede Minute ihr wie eine Ewigkeit in der Hölle erscheinen muß; dann stellen Sie sich vor, daß Sie dafür verantwortlich sind, daß diese Schmerzen nicht aufhören.
Ich beendete meine Antwort an die Anruferin damit, daß ich sagte, ich fühlte mich keineswegs wie eine Mörderin, sondern vielmehr wie ein barmherziges menschliches Wesen.

»... und dann bekam die schöne Prinzessin einen Job als Lagerarbeiterin im Lebensmittelladen an der Ecke, aß nur noch gesundes Essen, trieb sehr viel Sport, nahm ab und fand viele neue Freunde. Dann lebte sie bescheiden, aber glücklich bis an ihr Lebensende.«
Ohne meine Augen von Fanny zu wenden, ging ich auf Zehenspitzen zur Tür und summte das Schlaflied aus *Pu, der Bär*. Die tiefen und regelmäßigen Atemzüge, die fast wie ein Schnarchen klangen, kamen aus der klaffenden Öffnung ihres mit Zahnseide wohlgereinigten Mundes. Als ich das Licht ausschaltete, öffnete sich ein Auge und sah, daß ich im Begriff war zu gehen. Sofort begann sie, einen weiteren Anfall einzuleiten.
»Fanny, Sie haben es versprochen.«
Ein Bein fiel aufs Bett, aber ihre Arme schwebten immer noch zitternd über der Decke. Ich wußte, sie würde ihr Wort brechen, wenn ich ihr nicht ein weiteres Angebot machte.
»Kein Anfall, und ich sorge dafür, daß die Nachtschwester Sie durchschlafen läßt und nicht um fünf Uhr zum Wiegen weckt.«
Ihr ganzer Körper entspannte sich. »Können Sie mir noch eine Geschichte erzählen?« fragte sie ungeniert.
Ich begann zu lachen, dann sah ich Mrs. DeGraff, die gerade auf die Station kam und auf Dr. Voorhees zuwankte, der mit dem Rücken zu ihr stand. Meine Augen suchten die neugebackene Witwe nach Waffen ab.
»Fanny, ich muß mich jetzt sofort um etwas anderes kümmern, aber wenn ich noch Zeit habe, bevor Sie einschlafen, komme ich

wieder und erzähle Ihnen die Geschichte vom Sonnenscheinmädchen und Frankensteins Kaninchen.«
Statt einer Antwort schaltete Fanny den Fernseher ein, zog die Augenbrauen zu einem Stirnrunżeln zusammen und holten ein Mars unter ihrem Kissen hervor.

»Was haben Sie mit ihm gemacht?« fragte Mrs. DeGraff. Tränen strömten aus ihren rotgeränderten Augen und auf die Revers ihrer königsblauen Kostümjacke.
»Er befindet sich in seinem Zimmer. Ich bringe Sie zu ihm.« Dr. Voorhees legte eine Hand unter ihren Ellbogen, aber sie schlug sie fort.
»Sie Trottel. Ich meine, was haben Sie mit meinem Mann gemacht? Sie haben ihn sterben lassen. Ich hatte Ihnen gesagt, er sollte nicht sterben.«
Bevor der Arzt antworten konnte, sank Mrs. DeGraff auf die Knie und schlug mit den Fäusten auf den Teppich. »Elm, Elm, was haben sie getan? Was soll ich nur ohne dich anfangen?«
Ich versuchte, sie wieder aufzurichten, als Dr. Voorhees sich vorbeugte und sie auf die Füße stellte. Sie warf ihre Arme um mich und barg den Kopf an meinem Hals. Ihr drahtiges, weißes Haar fühlte sich an meiner Wange wie grobe Stahlwolle an.
»Er war alles, was ich hatte«, schluchzte sie in mein Ohr. »Er war mein Leben.«
Ich löste mich aus ihren Armen und lehnte sie gegen die Wand. Die vereinigten Gerüche von Alkohol-Knoblauch-Atem, schalem Lippenstift und Chanel No. 5 waren widerwärtig. »Mistress DeGraff, er hat jetzt seinen Frieden. Er wollte unbedingt, daß man ihm erlaubte zu sterben.«
»Oh, natürlich!« Sie machte ganz kleine Augen und legte ihr Gebiß frei. »Das einzige, was der Drecksack mit aller Macht wollte, war, von mir loszukommen. Als er seinen Schlaganfall hatte, wollte er sich gerade von mir scheiden lassen. Wenn es nach ihm

gegangen wäre, hätte er mich schon vor vierzig Jahren fallengelassen.«
Sie sah jeden von uns verständnisheischend an, und in ihren Augen stand echte Trauer. Während sie heftig meine Hand knetete, erzählte sie mir in einem langen, wimmernden Schluchzen, wie sie seit dem Tag ihrer Hochzeit alles versucht hatte, daß er sich in sie verliebe. »Ich hätte ihn nicht gehen lassen können, sonst wäre ich allein gewesen. Das war nämlich, was er wollte; er wußte, wie sehr ich es haßte, allein zu sein.«
Innerhalb einer Sekunde wandelte sich ihre Trauer in Wut. Sie ballte die Fäuste und preßte sie gegen ihre Augen. »Die gottverdammte Laus soll in der Hölle verrotten!« schrie sie, legte die Hände auf ihre Ohren, und ihr Oberkörper beugte sich nach vorn, als habe sie starke Schmerzen. »Was soll ich jetzt nur tun? Er war mein Leben.«
Ich führte die verwirrte Witwe zum Leichnam ihres Mannes und fragte mich gleichzeitig, ob wir es hier mit einer Art von komplexer Schizophrenie oder einem Fall von simpler Haß-Liebe-Sucht-Machtkontrolle-Verwirrung zu tun hatten. Auf jeden Fall war es eindeutig ansteckend, denn ich paßte mich ihrem mentalen Durcheinander an, indem ich mich gleichzeitig schuldig und gerechtfertigt fühlte, weil ich dabei geholfen hatte, daß Mr. DeGraff in Frieden sterben konnte.
An seinem Bett warf sie sich auf ihn und heulte wie ein untröstlicher Elefant, der seinen Führer verloren hat. Die Art und Weise, auf die Dr. Voorhees nervös an seinem Daumennagel kaute, ließ mich vermuten, daß alle Schrecken eines Kunstfehlerprozesses an seinem geistigen Auge vorbeimarschierten.
Im Geiste ging ich noch einmal alle Notfallmaßnahmen durch, die wir dokumentiert hatten; dann besah ich mir Mrs. DeGraff, deren hysterischer Anfall zum Teil Drama, zum Teil alkoholisch bedingt und zum Teil echte Trauer war. Ich konnte mir nicht vorstellen, daß sie eine Autopsie verlangen oder, was geschehen

war, in Zweifel ziehen würde. Was sollte es auch nutzen? Elmer war endlich ihren Fängen entkommen, und ihre Rolle als Gefängniswärterin und Quälerin war vorbei.

»Das zeigt mal wieder, wie wichtig es ist, ein Testament zu machen und eine Vollmacht für den behandelnden Arzt auszustellen, oder?« Phoebe riß einen weiteren EKG-Streifen von Mr. DeGraffs »Notfall« ab und klebte ihn in seine Stammkarte.

»Das kann man wohl sagen«, antwortete ich und unterschrieb das Notfallblatt.

»He, Leute, ratet mal, wer gerade in die Intensiv gerollt ist!« Beth bewegte sich elegant um den Schreibtisch herum und legte ihren jetzt leeren Essensbeutel in ihren Matchsack. Für einen kurzen Augenblick konnte ich ein Paar abgenutzter schwarzer Tanzschuhe, einen Hundekauknochen, eine halbgestopfte Herrensocke und eine Windel sehen – Gegenstände, die ihr gegenwärtiges Leben perfekt illustrierten.

Sie war wieder trocken, und die Therapie hatte Wunder bewirkt: Sie war glücklich verheiratet, hatte einen weiteren Sohn und eine zweite Karriere als Mitglied einer Tanztruppe in San Francisco begonnen. Dobbie, die nach wie vor bei ihrer Adoptivherrin wohnte, genoß ihren neuen Status als ältestes Kind.

»Ich hoffe«, sagte Phoebe, überzeugte Anhängerin der Demokraten, »Dan Quayle und Doktor Kevorkian.«

»Ja«, meldete ich mich zu Wort »entweder das, oder Dan ist hergekommen, um zu fragen, ob die Hirnabsauganlage, die sie bei seiner Geburt installiert haben, auf Gegenrichtung umgestellt werden kann.«

Beth lächelte nicht. »Risen ist eingeliefert worden. Ich glaube, er wird uns bald verlassen.«

Phoebe legte eine Hand auf den Mund und setzte sich hin. Ich hatte Gänsehaut auf Armen und Kopfhaut, obwohl ich andererseits nicht überrascht war. Zwei Wochen zuvor hatte ich Risen besucht, und in seinen eingesunkenen Augen hatte ich das ungeduldige Gespenst des Todes gesehen. Über ein Jahr lang hatte er gegen den unbesiegbaren Feind angekämpft. Obwohl er tödlich krank und sehr geschwächt war, hatte Risen es doch geschafft, durchzuhalten und in seinem Kampfgeist nicht nachzulassen.

Sein Körper lag auf nicht weniger als 20 Kissen, und täglich hielt er von seinem Messingbett aus, das direkt vor einem der großen Fenster seiner Wohnung stand, eine Art Salon ab.

Besucher aus der Schwulenszene und dem Krankenhaus lieferten ihm ständig den intimsten und vertraulichsten Tratsch. Niemand hatte ein Geheimnis vor ihm, nicht einmal anderer Leute Geheimnisse wurden dem Sterbenden verschwiegen. Wir alle erzählten ihm Vertraulichkeiten, von denen wir geschworen hatten, daß wir sie keiner anderer lebenden Seele mitteilen würden. Aber man mußte nur in diese todesklaren Augen schauen, um zu wissen, daß Risen nicht mehr viel Zeit haben würde, unser Vertrauen zu verraten.

Risen, der begnadete Geschichtenerzähler, unterhielt uns mit witzigen Geschichten darüber, wie die »normale«, bürgerliche Gesellschaft in Panik geraten konnte, wenn sie gezwungen war, mit Aidsopfern umzugehen. In seinen Erzählungen klangen die scheußlichen, gedankenlosen Ungerechtigkeiten, die man ihm gegenüber beging – Erlebnisse, die einen anderen hätten gewalttätig werden oder fluchen lassen –, wie die Witzeleien eines Conférenciers. Wenn er erzählte, wie Mütter ihre Kinder beiseite rissen oder alte Männer mit ihren Spazierstöcken auf ihn losgingen, rollten wir oft auf dem Fußboden vor Lachen oder mußten eiligst das Klo aufsuchen.

Während er sprach, arbeiteten seine Hände ununterbrochen und fertigten Federzeichnungen von den Straßenszenen unter seinem Fenster an oder von den Leuten, die gekommen waren, sich

von ihm zu verabschieden, bis schließlich die Zeichnungen überall auf und um sein Bett herum verstreut lagen.
Diese Bilder waren außergewöhnlich, denn sie zeigten nicht nur Risens offensichtliches künstlerisches Talent, sondern sie stellten auch eine visuelle Enthüllung dar: In den Gesichtern seiner Porträts spiegelte sich jede Reaktion, jede Bewertung und jedes Gefühl, die ein Mensch haben kann, der an einem Tisch mit dem Tod selbst sitzt. Die Zeichnungen gaben den Schmerz einer Mutter, die Liebe einer Freundin, das Mitleid einer Krankenschwester, die Angst eines ehemaligen Geliebten oder den unterdrückten Zorn eines Arztes wieder. Allen Porträts gemeinsam war der Schatten von Verzweiflung und Resignation.
Seine Straßenszenen zeigten das tägliche Leben im Viertel der Schwulen: Männer, die nach einem Liebhaber Ausschau hielten, Männer, die zusammen arbeiteten und spielten, Männer, die wie Frauen gekleidet waren, Männer, die einander liebten, Männer, die an Aids starben.
»Warum konnten sie ihn nicht zu Haus sterben lassen?« stöhnte ich. »Risen will hier nicht sterben.«
»Ach, Ec«, seufzte Phoebe. »Du weißt doch, wie Leute, die sich um Todkranke kümmern, manchmal gegen Ende in Panik geraten und davonlaufen. Mein Bruder und ich haben dasselbe gemacht, als meine Mutter starb. Ihr habt ein- oder zweimal die Woche mit dem Tod zu tun – Laien höchstens ein- oder zweimal in einem *Leben.* Die Vorstellung, daß man mit jemandem redet und ihn zehn Minuten später tot vorfindet, wenn man aus der Küche mit dem Mittagessen zurückkommt, ist für die meisten Leute einfach zuviel.«
»Ja, aber Risen hatte Krankenschwestern unter seinen Freunden, die sich um ihn kümmerten.«
»Nicht an jedem Tag«, sagte Beth. »An geraden Tagen waren seine ›normalen‹ Freunde dran. Heute ist ein gerader Tag.«

Um halb 11 abends rannte ich zur Intensivstation hinüber und stellte fest, daß man Risen in die 5-Nord verlegt hatte, die inoffizielle Aidsstation des Redwood Memorial. Da in den letzten Stadien der Krankheit keine aufwendigen medizinischen Maßnahmen mehr notwendig waren, kamen die Aidspatienten in erster Linie dorthin, um in ihren letzten Stunden bestmöglich gepflegt zu werden. Ich fragte nicht beim Schreibtisch nach, sondern ging direkt zu Risens Zimmer.

Dort standen zwei Betten; eins war bis auf die grüne Kunststoffmatratze abgezogen worden, im anderen lag ein junger, blonder Mann, der vor lauter Husten blau angelaufen war. Seine hervorstehenden Rippen bewegten sich heftig auf und ab, während der ganze Körper nach Atem rang.

Ich gab ihm ein paar nachbarliche Klapse auf den Rücken und goß ihm ein Glas Eiswasser ein. Als er nicht mehr hustete, hielt ich ihn an seinen knochigen Schultern fest und setzte das Glas an seine Lippen. Bevor er trank, lächelte er mich an und tätschelte sanft meine Wange.

»Ist wieder alles okay?« fragte ich.

»Abgesehen davon, daß ich an Aids sterbe, bin ich in Ordnung, vielen Dank.«

Ich kicherte, und nach einer Sekunde stimmte er ein, obwohl es ihm schwerfiel, gleichzeitig zu lachen und Atem zu holen.

»Ich dachte, ich kenne alle Schwestern auf der 5-Nord. Sind Sie neu hier?«

Ich schüttelte den Kopf. »Nein, ich suche meinen Freund Osbert. Der Computer sagt, er ist in dem Bett da.« Ich nickte zum abgezogenen Bett hinüber. »Ich glaube, die haben einen Fehler gemacht. Wahrscheinlich ist er eine Tür weiter.«

»Kein Fehler«, sagte er und senkte sofort den Blick.

Mein Magen fühlte sich an, als habe ihn jemand getreten. Ich hakte einen meiner Finger um einen der seinen. So fiel es mir leichter, seine Worte anzuhören.

»Er starb ein paar Minuten nachdem er eingeliefert worden war.« Der Junge legte einen Arm um meine Taille und drückte mich. »Es tut mir leid.«
Eine Weile blieb ich so sitzen, bis der Kloß in meinem Hals verschwand und ich wieder sprechen konnte. »Mir auch«, sagte ich und stand auf. »Wir haben einen ganz besonderen Menschen verloren.«

Dienstag, 12 Uhr 14 – Nach der Arbeit suchten Beth, Nealy, Phoebe und ich Mr. Cooney auf und baten ihn um den Schlüssel für die Leichenhalle. Überflüssig zu erwähnen, daß er sich widerspenstig zeigte – bis wir ihm sagten, worum es ging. Sofort händigte er uns den Schlüssel aus und fragte, ob er sich uns anschließen könne.
Wir standen um Risens Bahre herum und erzählten nacheinander eine Geschichte aus seinen Tagen auf der Herzstation. Beth war die erste, und sie erzählte von dem Abend, an dem sie ihn weinend vorgefunden hatte, nachdem einer seiner Langzeitpatienten gestorben war. Mr. Cooney sagte, Risen sei ein sehr netter junger Mann gewesen und ein guter Pfleger, denn er habe nie an ihm herumgenörgelt, daß er zu dick sei. Phoebe sagte, sie habe wirklich gern mit Risen gearbeitet, weil er sich immer die Zeit nahm, sie mindestens einmal in jeder Schicht mit einer seiner verrückten Geschichten zum Lachen zu bringen. Ich erklärte so gut ich konnte, welche Gefühle seine Bilder in mir wachgerufen hatten. Nealy war die letzte mit einer Geschichte über den Abend, an dem Risen sich in einem leeren Tablettwagen versteckt und die Küche heimgesucht hatte. Er kam zurück auf die Station im Servierwagen mit zwei Kartons Milch, einer Gallone Eiscreme und einer Schokoladentorte.
Als ich nach Haus kam, verglichen Simon und David gerade die Musik irgendeiner neuen Rockband – deren Namen

ich nicht buchstabieren, geschweige denn aussprechen kann – mit der von Cream und Procol Harum. Ich wartete, bis sie damit fertig waren und erzählte ihnen dann von Mr. DeGraff und unserer improvisierten Gedenkfeier für Risen. Wahrscheinlich hatte ich etwas mehr erwartet als verständnislose Blicke – auch eine Umarmung wäre nett gewesen. Ich ging ins Schlafzimmer, um meine verletzten Gefühle zu pflegen und habe mich – natürlich – in meine kleine Selbstmitleidsecke zurückgezogen. Andererseits stimmt auch, daß Simon mich heute abend nicht einmal begrüßte, obwohl ich ihn wochenlang nicht gesehen habe. David war ebenfalls distanziert, und ich vermute, er ist immer noch beunruhigt, weil wir darüber gesprochen haben, uns eine gemeinsame Wohnung zu suchen und offiziell zusammenzuleben.

Er ist ganz eindeutig unwillig, diesen Schritt zu tun, und das Ganze wird zu einem »Thema« in unserer Beziehung. Janey versuchte mir klarzumachen, daß ich einmal in meinem Leben die Zeichen an der Wand sehen und alles freundschaftlich und nach meinen Bedingungen beenden solle.

Das tat mir so weh, daß ich mich weigerte, auch nur in Erwägung zu ziehen, daß sie recht haben könne. Aber ich denke die ganze Zeit an die Art und Weise, wie Davids Freunde mich ansehen, wenn wir ausgehen – als ob ich ein Museumsstück oder eine Außerirdische einer anderen Generation wäre. Und jedes gottverdammte Mal, daß jemand die Geschmacklosigkeit besitzt, einen Witz über Alter zu machen, krampft sich mir immer noch alles zusammen. Ich bin es so leid, gezwungen lächeln und lachen zu müssen, um zu beweisen, wieviel Humor ich doch habe.

Gestern morgen wachte ich auf, und David war dabei, eins nach dem anderen, meine grauen Haare herauszuziehen.

Ich möchte hierüber nicht einmal nachdenken. Wie Risen gesagt hätte: Ich habe jetzt schon genug Sorgen auf meinem Teller.
Ich bin müde. Mein Körper haßt den ständigen Streß der Arbeit. Ich schreibe jetzt ein Geheimnis auf, das ich noch nicht einmal mir selbst laut gesagt habe: Die Arbeit bringt mir keine Erfüllung mehr. Ich freue mich nicht mehr, wenn jemand durchkommt; ich schreibe es dem Schicksal zu. Selbst der Gedanke, in der Ambulanz zu arbeiten, läßt mein Herz nicht mehr halb so schnell schlagen, wie dies einmal der Fall war.
Aber hier noch etwas Leichteres: Sean und Cathleen waren in der Akutabteilung und diskutierten über Bücher à la *Ich bin o. k., du bist o. k.* Cathleen, die zu den Alleropferbereitesten gehört, schlug vor *Wenn du o. k. bist, dann bin ich o. k.;* Sean, der solchen Dingen immer aus dem Weg geht, beschloß, ihr Buch sollte betitelt sein *Wenn ich o. k. bin, bist du unwichtig.* Wir brüllten vor Lachen.
Ich kann David und Mooshie hören, wie sie ihr Ich-beiße-deine-Ferse-du-ziehst-an-meinem-Schwanz-Zubettgehspiel spielten. Davids Lachen ist so warm und tröstend; ich werde es genießen, solange ich es noch hören darf.

14. Kapitel

»Es gibt im Gesundheitswesen keinen Bereich, der ohne Krankenschwestern funktionieren könnte.«

Judy Collins, Krankenschwester

Erst kamen Gitterstäbe, dann, im Abstand von 15 Zentimetern, die graue Metalltür mit vier Einheitsschlössern und einem roten Schild, auf dem stand: »Vorsicht – nicht eintreten – nach Personal klingeln«. Ich drückte den Knopf, und in der Ferne hörte ich das schrille Läuten einer elektrischen Klingel. Während ich wartete, betrachtete ich meine Umgebung.

Die aus groben Blöcken gemauerte Wand war in jenem deprimierenden Lachsrot gestrichen, das man oft in heruntergekommenen Motels findet, und mit Flecken und Graffiti bedeckt. Auf einem Betonquadrat stand die scharfsinnige Erkenntnis: »Sie müssen verrückt sein, hierherzukommen!« Daneben, mit rotem Lippenstift geschrieben: »Bekämpft den Hunger – eßt die Reichen« und »Alle Männer sind Lesben!« Über der Tür befand sich eine Überwachungskamera, über die jemand die Tasse eines Eßgeschirrs geschoben hatte.

Ich war an die vornehme Country-Club-Atmosphäre des Redwood gewöhnt; das einzige, was mir verriet, daß ich mich hier in einem Krankenhaus und nicht irgendwo am Times Square befand, waren die Sprechanlage, über die gerade ein Dr. Manly ausgerufen wurde, der sofort in die Ambulanz kommen sollte, sowie der Geruch nach Desinfektionsmitteln und schmutzigen Socken.

Nein, keine Spur von Country Club. Dies war das Herz des

berüchtigten Mercy Hospital, einer Pflegeeinrichtung an vorderster Front. Die 302-Betten-Einrichtung, überall bekannt für die riesige Zahl von Patienten, die sie aufnehmen und versorgen konnte, durfte von Gesetzes wegen niemanden, der Hilfe brauchte, abweisen. Das Mercy lag in der übelsten Gegend von San Francisco, und ein großer Teil seiner Patienten waren Leute von der Straße: Junkies, Gangmitglieder, Prostituierte und heruntergekommene Schwule – menschliche Wracks, die häufig eine umfangreiche medizinische Versorgung dringend brauchten.

Sein Ruf als einer der gefährlichsten Orte zum Arbeiten war wohlbegründet. Obwohl eine kleine Anzahl von Polizisten in und beim Krankenhaus stationiert war, kam es immer wieder zu Raubüberfällen und Vergewaltigungen.

1988 durfte ich einen Abend lang als Beobachterin am Schreibtisch der Notfallaufnahme des Mercy zubringen. Ich werde niemals vergessen, wie meine Kontaktperson, ein Pfleger, den ich während eines Seminars über Erdbebentraumata kennengelernt hatte, sich am Ende der Schicht dafür entschuldigte, daß es so ein ereignisloser Abend gewesen sei.

Was er als ereignislos bezeichnete, bestand aus vier Schießereien, drei Messerstechereien, vier Überlebenden der Auseinandersetzung »Auto gegen Fußgänger«, vier Selbstmordversuchen und außerdem noch drei schwer mißhandelten Kindern von fünf Jahren.

Außerdem gab es an jenem Abend fünf Vergewaltigungsfälle. Die Opfer waren zwei heranwachsende Jugendliche, ein achtjähriges Mädchen und eine 56jährige Prostituierte. Das letzte Vergewaltigungsopfer war eine 22 Jahre alte Frau, die in einem der Ambulanz-OPs verblutete. Die Polizei berichtete, sie sei von vier Männern, die von einer johlenden Menge angefeuert wurden, angegriffen und über eine Stunde lang vergewaltigt worden. Als sie damit fertig waren, schoben sie ihr eine leere Wein-

flasche in die Vagina und sprangen auf ihr Becken und Hinterteil, bis die Flasche in ihr zerbrach.
Die Geräusche von Schritten und eines klappernden Schlüsselbunds brachten mich in die Gegenwart zurück. Die Metalltür öffnete sich weit, und eine nett angezogene ältere Frau wollte einen Ausweis mit Foto sehen. Während ich nach meinem Führerschein suchte, rezitierte sie einen langen, monotonen Hinweis darauf, daß alle Waffen, die ich bei mir hätte, konfisziert würden und daß ich alles, was als Waffe benutzt werden könnte, wie zum Beispiel Gürtel, Streichhölzer oder Schuhe mit hohen Absätzen, abzugeben hätte.
Ich reichte ihr meinen Führerschein durch die Gitterstäbe hindurch. Sie studierte ihn sorgfältig und verglich das Foto mit der Person, die vor ihr stand, und als sie davon überzeugt war, daß wir ein und dieselbe waren (wie das passieren kann, weiß ich niemals, denn auf meinen Paßfotos sehe ich immer aus, als hätte ich eine Darmgrippe und müßte sofort in den nächsten Ruheraum), schloß sie das Gitter auf und ließ mich bis zu einer gelben Linie auf dem Fußboden vortreten. Oberhalb der Linie stand in Rot und Weiß: »Hier warten, bis Durchsuchung und Identifikation abgeschlossen sind.«
Die Tür schloß sich mit einem so endgültig klingenden Geräusch, daß es in mir den Wunsch hervorrief, laut schreiend zum Ausgang zu rennen. Statt dessen lächelte ich und hielt meine Arme hoch, während die Frau mit einem Metalldetektor über meinen Körper fuhr und mich fragte, ob ich irgendwelche Waffen an oder in mir versteckt habe. Nachdem ich sie davon überzeugt hatte, daß ich keinerlei Dolche oder Feuerwaffen bei mir trug, bekam ich einen kleinen, grünen Aufkleber für mein Revers (ähnlich denen, die man auf Avocados oder Birnen findet und die verkünden, daß die Frucht reif ist) und durfte zur nächsten gelben Linie vortreten.
Während ich wartete, kamen mir Zweifel an meiner Wahl

der Fortbildungsmaßnahme. Ich hätte etwa 20 Stunden in einem sauerstoffarmen Klassenzimmer verbringen und langweilige Vorträge über Ernährungsstörungen oder Wechseljahre verschlafen können, um mir die 30 Fortbildungseinheiten zur Verlängerung meiner Schwesternlizenz zu verdienen. Aber da ich dies nur alle zwei Jahre tun mußte, hatte ich gedacht, daß ich mir genausogut etwas Aufregenderes aussuchen könne.

Der Kurs, den ich ausgewählt hatte, lautete: »Behandlung des geistig gestörten Patienten: Eine praktische Erfahrung« und klang, als würde er mir gefallen. Ich sah die gefängnisähnlichen Wände und seufzte; das nächste Mal würde ich vorsichtiger sein und die Kursbeschreibung lesen.

Die Pförtnerin kramte eine Weile in Unterlagen und kam dann wieder zurück. »Tut mir leid«, sagte sie, »aber wir müssen auf dieser Station jede mögliche Vorsichtsmaßnahme treffen. Zum größten Teil zu Ihrem eigenen Schutz. Bei uns hier kann es ziemlich haarig werden – wir hatten allein in der letzen Stunde zwei Runternahmen.«

Ich nickte, ohne zu wissen, was »Runternahmen« waren, aber meine Phantasie amüsierte sich bestens. Nun gut, es war jetzt zu spät zum Umkehren. Und wie Gus immer sagte: Du bist schon mitten reingetreten, da kannst du genausogut weitermachen und dich an den Gestank gewöhnen.

Mit diesem Gedanken ging ich durch die letzte vergitterte Tür, auf der stand: »Station zwölf – Psychiatrie.«

»Ich fing hier an zu arbeiten, nachdem ich meine Schwesternausbildung beendet hatte«, sagte die unscheinbare Frau ohne Augenbrauen, die an diesem Tag meine Mentorin sein würde. Sie nahm das Berichtsblatt vom Tresen und warf mir gleichzeitig einen Blick von der Seite zu.

Valerie war eine Kühlschrankpersönlichkeit – kalt und voller kleiner Behälter mit verschimmelten Resten von Problemen eines unerfüllten Lebens. Sie war der Typ Frau mittleren Alters, die kein Make-up benutzte, ihre Haare immer auf Ohrläppchenlänge trug, allein in einer kleinen, nach Bratfett riechenden Wohnung lebte, Rollkragenpullover und große Holzperlenhalsketten trug, um von ihrem Doppelkinn abzulenken, und einen kurzhaarigen, neurotischen, ständig kläffenden Hund besaß, den sie vergötterte.

Als Valerie mich am Abend zuvor anrief, um mich zum fünften Mal daran zu erinnern, daß ich weder eine Schwesterntracht noch -schuhe tragen solle, bekam ich den Eindruck, daß sie entweder ein schlechtes Gedächtnis hatte oder zu jenen humorlosen Krankenschwestern gehörte, die dem kleinsten Detail ungeheuer viel Aufmerksamkeit widmeten und immer logisch dachten – »Schwester-Spock-Typen«.

»Eine Zurschaustellung pflegerischer Autorität könnte einige Patienten aufregen«, hatte sie gesagt. »Bei uns findet die Pflege in Zivilkleidung statt – wir sind sozusagen verdeckte Helfer, die sich unauffällig unter die Menge mischen.«

Dieser Satz ließ mich herzlich lachen. Als ich während meiner Schwesternausbildung meinen Pflichtteil in der Psychiatrie ableistete, hatte mich am meisten beunruhigt, daß ich das Personal nie von den Patienten hatte unterscheiden können. Diese Beobachtung wurde von einer der Gruppenleiterinnen bestätigt, als sie zu mir sagte: »Im Grunde genommen sind wir Patienten mit Schlüsseln.«

»Das erste, was ich lernte, war, Grenzen zu setzen«, sagte Valerie und zog an ihrer plumpen, altersfleckigen Hand. »Kein Tanzen, kein Sex, kein Schlagen und kein Ausziehen. Das zweite, was ich lernte, war, immer auf der Hut zu sein und auf einen Mindestabstand zwischen den Patienten und mir zu achten.«

»Ach du lieber Gott«, sagte ich und lächelte, um ihren todernsten Tonfall zu unterbrechen. »Wenn ich gewußt hätte, daß dies hier einem Selbstmord gleichkommt, hätte ich noch schnell meine

Lebensversicherung erhöht. Um drei muß ich wieder bei der Arbeit sein; soll ich mich tot melden oder darauf vertrauen, daß ich hier lebendig rauskomme?«
»Nun, ich denke, so schlimm ist es nicht«, sagte sie und lachte ein wenig – eine Aufgabe, die sie ohne zu lächeln bewältigte. »Aber achten Sie darauf, daß Sie immer dicht in meiner Nähe sind. Wir gehen immer so vor, daß über jeden einzelnen berichtet wird und dann die Patienten aufgeteilt werden. Dann gehen wir die Stammblätter nach Anweisungen durch und interagieren mit den Patienten; dabei achten wir darauf, daß jeder seine Medizin bekommt und unter Kontrolle ist. Außerdem kümmern wir uns um medizinisch notwendige Maßnahmen wie das Aufnehmen von Vitalzeichen, Wechseln von Verbänden, sonstige Behandlungen – was auch immer. Nach dem Mittagessen gibt es obligatorische Gruppensitzungen mit Patienten und Pflegepersonal.«
»Wenn Sie sagen, sie interagieren mit den Patienten, was meinen Sie damit?«
»Ich meine« – Valerie schnalzte ungeduldig mit der Zunge –, »daß wir Medikamente an sie verteilen und ihnen Gelegenheit geben, mit uns zu reden. Wenn wir ihre Energien umdirigieren müssen ...«
»Ihre Energien umdirigieren?«
Die Frage schien sie zu irritieren. »Wir müssen ihren Input begrenzen«, sagte sie kurz angebunden. »Einigen Patienten fällt es schwer, mit vielen Reizen umzugehen, die von uns oder anderen Patienten ausgehen; also halten wir alles möglichst einfach und sagen ihnen, was sie zu tun haben; wir setzen ihnen strikte Grenzen, damit sie ihre Aggressionen oder Wahnvorstellungen nicht ausagieren. Wenn wir die Patienten tun lassen, was sie wollen, hätten wir innerhalb einer Stunde ein Schlachtfeld hier. Diese Patienten haben kaum Kontrolle über ihre Impulse. Im Grunde genommen sind sie hier, damit wir sie davor bewahren können, sich oder anderen Schaden zuzufügen.«

Valerie schaute in ihren Schoß, als ob da ein Manuskript läge. »Ach, übrigens: Wenn Sie hören, daß jemand ›Personal!‹ schreit, bedeutet dies, daß jemand verletzt wird. Ein Patient bringt entweder seine eigene Gesundheit oder die eines anderen in Gefahr. Das Wort ›Personal‹ hat hier die gleiche Wirkung wie ›Notfall!‹ auf der Herzstation; nur kommen wir nicht mit einem Notfallwagen, sondern reagieren mit einer Demonstration von Stärke, um den Patienten zu bändigen und auf den Boden zu bringen.«

»Und das ist eine Runternahme?«

»Ja, und ich bin sicher, wie die Dinge jetzt stehen, werden Sie mindestens eine zu sehen bekommen.« Valerie seufzte. »Die Manischen sind in den letzten Tagen ständig aufeinander losgegangen, und wir haben mehrere Patienten mit Wahnvorstellungen, die wirklich verrückt sind; einer von ihnen sprang gestern aus dem Fenster.«

»O mein Gott, ist er gestorben?«

»Nein, aber er holte sich zwei gebrochene Handgelenke und eine Fußknöchelfraktur.«

»Wollte er sich umbringen oder was?«

»O nein, nein, nein. Dieser Typ ist kein Selbstmörder, er hat Wahnvorstellungen. Er ist gesprungen, weil ›Die‹ den großen Magneten, der unter der Straße versteckt liegt, aktiviert hatten und dieser ihn aus dem Fenster zog.«

»Wer sind ›Die‹?«

Valerie lächelte dünn. Ihre Zähne hatten die Farbe einer alten Porzellanspüle. »Miss Heron, ›Die‹ nehmen viele Gestalten an. Meistens sind es die Stimmen, die im Kopf eines Patienten wohnen und ihm sagen, was er tun soll.«

Mein eigenes Lächeln verblaßte zu einem nervösen, ängstlichen Zucken. Galten die Damen in meiner Zentrale auch als »Die«?

»Wie auch immer: Wir haben einundzwanzig Patienten und sechs Leute, sie unter Kontrolle halten. Wenn Sie ›Personal!‹ schreien hören, rennen Sie – nicht gehen! – in dieses Zimmer,

und kommen Sie erst wieder raus, wenn Sie kein Geschrei mehr hören.«
»Was mache ich, wenn jemand versucht, mit mir zu reden? Ich meine, soll ich mich stumm stellen oder ...«
»Verhalten Sie sich natürlich, und lassen Sie sich in keins der Patientenspielchen hineinziehen. Sie können sagen, Sie seien eine Besucherin, aber versuchen Sie nicht, jemanden in ein wirkliches Gespräch zu ziehen, und erlauben Sie niemandem, Sie zu berühren.« Valerie fingerte an einem losen Faden am Ärmel ihres Pullovers. »Bei unseren Patienten eskalieren die Dinge sehr schnell. Es ist wichtig, daß Sie immer in meiner Nähe sind.«
»Ich verspreche, daß ich Ihnen auf die Hacken treten werde.«
»Gut. Achten Sie nur darauf, daß Ihnen keiner auf Ihre tritt.«

Der Aufenthaltsraum war ein großer, trostloser Ort. Ungefähr zwölf gelbe Plastikstühle, zwei blaue Kunstledersofas sowie die konkaven Sicherheitsspiegel, die hoch an den krankenhausgrünen Wänden angebracht waren, gaben ihm die Atmosphäre einer staatlich finanzierten Einrichtung um 1955. Der Raum war verlassen bis auf eine ältere Frau mit glanzlosem, rötlichem Haar, die auf einem der Sofas saß. Sie hatte ihren Wintermantel an.
»Guten Morgen, Shirley.«
Die Frau lächelte Valerie freundlich an. Einen Augenblick lang dachte ich, sie müsse zum Personal gehören, denn sie sah überhaupt nicht nach den kreischenden wilden Tieren aus, auf die Valerie mich vorbereitet hatte. »Ich sehe, daß du heute nach Haus gehst. Da bist du wohl sehr glücklich.«
Die Frau kicherte. »Ja. Ja. Ja. Ja. Ja. O ja. Ja. Nach Haus heute nach Haus heute nach Haus heute ja ja ja ja heute nach Haus heute ja ja ja ...«
»Hör auf, dich zu wiederholen, Shirley«, befahl Valerie ruhig. »Kommt dein Mann dich abholen?«

Plötzlich vollführten Hände und Finger der Frau rasend schnelle Bewegungen auf und ab vor ihrem Körper – wie ein Saxophonspieler in einer hektischen Jazznummer, aber ohne Sax.
Valerie ahmte sie nach. »Was bedeutet das?«
Verärgert über Valeries Mangel an Geschick, drückte die Rothaarige deren Hände herunter.
»Aber doch nicht *so*«, sagte sie und setzte die bizarren Handbewegungen mit noch größerer Geschwindigkeit fort. »Sondern *so*!«
»Und was bewirkt das?« fragte Valerie und paßte die Bewegungen ihrer Hände an.
»Es hält die Strahlungsteilchen auf Abstand«, sagte Shirley. »Die haben mir gesagt, es wäre mein Schutzschild.«
»*Wer* hat Ihnen das gesagt?« fragte ich.
Shirley runzelte die Stirn. »Ich hab' Valerie schon von ›Denen‹ erzählt.«
»Würden Sie's mir auch erzählen, ich weiß noch nichts von ›Denen‹.«
Die Frau schaute Valerie fragend an; diese nickte zustimmend.
»Am siebzehnten Dezember 1978 haben ›Die‹ einen Sender in mein Gehirn gepflanzt. Ihre Stimmen kommen da durch und reden mit mir.«
Ich nickte. »Ah ja, und wo kommen die Stimmen her?«
»Von da draußen«, sagte Shirley und zeigte auf die Fenster.
Ich sagte »oh«, und Valerie hielt die fliegenden Hände der Frau fest. »Shirley, möchten Sie Ihre Medikamente, bevor ihr Mann Sie abholen kommt?«
Shirley schüttelte heftig den Kopf. »Nicht jetzt. ›Die‹ wollen nicht, daß ich Medikamente nehme, sie verstopfen ›Deren‹ Maschinen.«
Gerade noch rechtzeitig konnte ich ein Lachen unterdrücken und mich zur Seite drehen, als suchte ich irgend etwas – zum Beispiel das unsichtbare Saxophon oder »Die«.

»Nein, ich hoffe, alles geht glatt zu Haus, Shirley.« Valerie schüttelte der Frau die Hand.

Shirley klopfte sich mehrere Male an die Schläfe. »Oh, vielen Dank vielen Dank vielen Dank vielen Dank vielen ...«

»Sender im Gehirn sind eine verbreitete Wahnvorstellung«, sagte Valerie, während wir zur Frauenabteilung gingen. »Ich schwöre Ihnen, die Geschichten sind so gleich, daß ich mich manchmal frage, ob sie nicht doch stimmen.«

»Wie kann man sie in dem Zustand nach Haus schicken?« fragte ich; dabei fiel mir ein, daß vor kurzem eine Nachbarin morgens um sechs bei mir angeklopft und mir erzählt hatte, in den Bäumen zwischen unser beider Häuser gebe es Schlangen. »Die«, so hatte sie gesagt, wollten, daß sie die Reptilien fange und lakkiere, um sie als Spazierstöcke an alte Männer zu verkaufen.

»Ihr Mann hilft ihr zurechtzukommen«, sagte Valerie. »Er bringt sie, wenn sie wieder zu verrückt wird und er nicht mehr mit ihr umgehen kann. Dann, nach etwa sechs Wochen, vermißt er sie und will sie wieder zurückhaben. Bis dahin haben wir ihre Medikation so angepaßt, daß sie sich nicht so wild verhält. Der Mann saß neulich in einer unserer Gruppensitzungen, und einer der Patienten fragte ihn, wie er es mit ihr aushalten könne. Seine Antwort war: ›Nun, ich weiß, sie ist ein wenig merkwürdig, aber ich liebe sie, und sie gehört zu mir.‹ Ich wollte, sie hätten alle so jemanden. Leute wie die nächste Patientin, die wir gleich sehen werden, haben überhaupt keine Unterstützung von ...«

Valerie unterbrach sich und schaute auf den Haufen verknüllter Bettwäsche, der auf uns zugewankt kam. Unter den Laken und Decken schauten zwei Füße in Hausschuhen und die untere Hälfte eines Paars dürrer Beine hervor, auf denen die blauen Krampfadern dick hervortraten. Aus der Mitte des wandelnden Berges kam Gesang mit einem spanischen Akzent.

»Gabriela?« Valerie hielt den Berg an und nahm eine Handvoll

Laken von oben herunter. Die kleine Mexikanerin hörte auf zu singen und lugte neugierig über ihre Wäsche.
»Gabriela, was machst du da?«
»Ich reinigen Zimmer von Frauen. Ich reinigen Klos. Ich jetzt reinigen Betten«, sagte sie unschuldig.
Valerie legte den Kopf schief und betrachtete die Situation. »Nun gut, das ist sehr nett vor dir, aber du darfst China nicht stören und auch nicht in das Isolationszimmer gehen. Hast du das verstanden?«
»Ich nicht sprechen kleine China.« Gabriela rückte schnell ihr Haarnetz zurecht. »Bleiben weg von Isolation. Da Teufel drin.«
»Und in den Flur der Männerabteilung gehst du auch nicht.«
»O nein. Die Männer, sie mehr dreckig. Ich warten. Wenn sie gehen nach Haus, dann ich reinigen.«
»Nein, Gabriela, auch wenn sie gehen, darfst du dort nicht saubermachen. Heute reinigst du nur den Aufenthaltsraum.«
Gabriela nickte und nahm ihre Laken wieder an sich.
»Unkontrollierbarer Reinigungszwang, wahrscheinlich in Verbindung mit einer Psychose«, erklärte Valerie, als Gabriela außer Hörweite geschlurft war. »Sie macht sauber.«
»Was zum Beispiel?«
»Als sie hierherkam, vor allem sich selbst. Sie duschte sechs- oder siebenmal am Tag und verbrauchte eine ganze Flasche Shampoo in zwei Tagen. Wir mußten ihr ein persönliches Wasserverbot erteilen. Jetzt reinigt sie alles andere. Letzte Woche hab' ich sie bei den Müllcontainern erwischt. Sie hatte den ganzen Müll nach Arten herausgeholt und sortiert: Verpackungen waren sauber aufgestapelt, alles Papier geglättet, die Styroportassen waren gewaschen und getrocknet. Als ich hinzukam, fing sie gerade mit dem feuchten Müll an: Sie war dabei, Bananenschalen zu polieren.«
»Könnten Sie sie vielleicht einen oder zwei Tage zu mir nach Haus schicken?«

»Das wäre sehr viel lästiger, als Sie vielleicht glauben«, sagte Valerie. »Sie würde die Hunde der Nachbarn waschen oder in der ganzen Stadt die Wäsche von der Leine holen, um sie zu Haus zu waschen.«

»Was also machen Sie mit ihr?«

»Wir passen die Dosierung ihrer Medikamente so an, daß sie umgänglich wird, und schicken sie in ihr normales Leben zurück.«

»Und das ist?«

»Sie ist seit 20 Jahren Reinemachefrau im Holiday Inn.«

Wir waren in der Frauenabteilung angekommen und standen in der Tür zu einem Zimmer, in dem vier Betten standen, von denen drei abgezogen waren – Dank sei Gabriela.

Auf dem vierten Bett lag eine außergewöhnlich aussehende, junge Frau chinesischer Abstammung, eine Art chinesisches Rapunzel: Ihr dichtes Haar hing seitlich über den Rand des Bettes und fiel in Kaskaden bis auf den Boden herunter. Es war so lang, und sie war so klein, daß es, wenn sie aufrecht gestanden hätte, wie eine lange, schwarze Schleppe hinter ihr hergeschleift wäre. Von der Hüfte bis zu den Zehen bandagiert, lag sie auf der Seite und wiegte sich hin und her, wobei sie ihre dünnen Arme gegen die Ohren gepreßt hielt.

Valerie zog mich in den Flur zurück. »Sie heißt China«, flüsterte sie leise. »Sie ist zweiundzwanzig und ist – war Studentin an der S. F. Staatsuniversität. Vor sieben Wochen wurde sie von einer Straßengang vergewaltigt. Nachdem die Kerle mit ihr fertig waren, haben sie ihre Haare in einer Autotür eingeklemmt und sie etwa drei Kilometer weit mitgeschleift. Als sie damit aufhörten, war mehr als die Hälfte der Haut und Muskeln von Gesäß, Beinen und Füßen weggebrannt. »Ihre Familie sind traditionsbewußte Chinesen, und in ihren Augen hat diese Tochter Schande über die Familie gebracht. Ihr Freund will nichts mit ihr zu tun haben, und viele Freunde hatte sie sowieso nicht. Ein Mädchen aus ihrer Kunstklasse an der Uni kam sie mal besuchen und ist nie wieder aufgekreuzt.«

Valerie erzählte noch weiter, aber ich hörte ihr nicht mehr zu – eine schlechte Angewohnheit, der ich manchmal nachgebe. Zum millionsten Mal wurde mir schwindlig bei dem Gedanken, welche Art von Mentalität wohl nötig war, um so etwas anderen Menschen anzutun. Darüber hinaus fragte ich mich, welche Mutter und welcher Vater eine Tochter verstoßen konnten, deren Leben gerade zerstört worden war, und welche Art Freund jemanden im Stich ließ, der verzweifelt Hilfe brauchte.

»... Vorsichtsmaßnahmen gegen Selbstmord«, sagte Valerie. Ich bemerkte, daß sie diesen gehetzten Gesichtsausdruck hatte, den Krankenschwestern oft haben, wenn sie von Patienten reden, deren Aussicht auf Heilung schlecht stehen. »Sie kooperiert nicht bei der Physiotherapie und redet kaum. Vor allem erzählt sie uns, daß die Geister dies haben geschehen lassen, weil sie sie nicht mögen. In der ersten Woche nach ihrer Einlieferung wollte sie weder Wasser noch Nahrung, noch Medikamente annehmen. Also haben wir uns eine gerichtliche Genehmigung verschafft, daß wir alles tun dürfen, was notwendig ist, sie am Leben zu halten und zu pflegen.« Valerie kramte in ihren Taschen.

»Sie ist jetzt an dem Punkt, wo sie ihre Medikamente und Flüssigkeiten zu sich nimmt und manchmal auch Essen, wenn sie allein ist. Aber es findet immer noch keine wirkliche Kommunikation statt. Letzte Woche hat sie versucht, sich in einer Kloschüssel zu ertränken. Davor wollte sie sich mit ihren eigenen Haaren strangulieren.« Valerie fand, was sie gesucht hatte, tief unten in der Tasche ihres Kittels. Sie holte eine Rolle exotisch aussehender Pfefferminzdrops hervor und bot mir eins an. »Das heißt, daß sie nunmehr vierundzwanzig Stunden am Tag überwacht werden muß.«

»Wie lange werden Sie sie hierbehalten?« Ich zerbiß das scharf

schmeckende Bonbon sofort. Valerie würde ihres natürlich so lange im Mund behalten, bis es sich aufgelöst hatte.
Sie strich sich eine graue Strähne hinter das Ohr und zuckte die Achseln. »Bis wir einigermaßen sicher sein können, daß sie sich nichts antun wird.«
Dieses »einigermaßen« ließ mich einen Augenblick lang zweifeln. »Und wo kommt sie dann hin?«
»Wir werden versuchen, Verwandte oder sonst jemanden zu finden, der bereit ist, sie aufzunehmen; und wenn das nicht klappt, werden wir warten, bis in einer offenen Anstalt ein Platz frei wird. Solange sie gekleidet und ernährt wird und ihre Medikamente einnimmt, kann sie unter Leuten sein.«
Als wir den Raum betraten, nickte Valerie einem älteren Mann zu, der in einem roten Kunstledersessel in einer Zimmerecke saß. China beachtete uns nicht, sondern wiegte sich weiter hin und her, ihr zartes, blasses Gesicht zur Wand gekehrt. Der Mann legte das Buch beiseite, in dem er gelesen hatte, und streckte sich, bevor er sich als Graham vorstellte und sagte, er sei freiwilliger Betreuer für geistig Kranke und käme jeden Morgen zu China.
»China hat zum Frühstück ein süßes Brötchen gegessen und zwei Tassen Tee getrunken«, sagte er und verschwand sofort, wahrscheinlich in seine Pause. Später erst wurde mir klar, daß sein eiliges Verschwinden vielleicht eher damit zu tun hatte, daß er zu den »normalen Leuten« gehörte, die nicht gern die Tragödien unter dem Verband sehen.
»Das ist herrlich, China«, sagte Valerie und breitete ein großes Badehandtuch auf der unbenutzten Seite des Bettes aus. »Du brauchst sehr viel Flüssigkeit, um wieder gesund zu werden.« Sie öffnete das Bettischchen, das mit Verbandschachteln und Tiegeln voller Silvadin-Creme vollgestopft war. »Könntest du dich vielleicht hier herüber auf den Bauch rollen, damit ich deinen Verband wechseln kann?«
Das Mädchen wiegte sich weiter hin und her. Ich fragte mich, ob

sie irgend etwas von dem hören konnte, was gesagt wurde, oder ob sie so weit unten in einem schwarzen Loch saß, daß sie nicht einmal für das Geräusch empfänglich war.
»Du mußt dich auf den Bauch legen, wenn ich deinen Verband wechseln soll, China.« Valerie wartete ein paar Sekunden, dann drehte sie das Mädchen mit einer einzigen Handbewegung auf den Bauch.
Während des Verbandwechsels gab China überhaupt nicht zu erkennen, ob sie etwas fühlte. Ich kann nicht ergründen, wieviel Selbstbeherrschung dafür notwendig gewesen sein muß, denn als die letzte Schicht des Verbands entfernt worden war und ich sah, was von ihren Beinen und ihrem Gesäß übrig war, fing die Haut auf der Unterseite meiner Beine allein von dem Anblick schon zu schmerzen an.
Valerie verteilte das cremige, weiße Silvadin über die Löcher und füllte sie aus. Der Anblick rief in mir die Vorstellung eines angebissenen Pfefferkuchenmännchens hervor, das neu mit Zuckerguß bestrichen wird.
Während des gesamten Verbandwechsels sprach Valerie mit ihrer Patientin; sie versuchte, ihr einige Antworten zu entlocken, stieß jedoch auf tiefes Schweigen. Als sie das letzte Stückchen Mull an Chinas Zehen festgeklebt hatte, ließ sie mich mit ihr allein, um die Medikamente für das Mädchen zu holen.
Vorsichtig setzte ich mich aufs Bett. Es war eine unbewußte Geste meinerseits, als ich ihr Haar aufnahm und es streichelte. »Du hast so schönes Haar, China. Ich gäbe alles dafür, solches Haar zu haben.«
Einen Augenblick lang unterbrach sie ihre Schaukelbewegung und legte sich mit einer geschmeidigen Bewegung anders hin. Sie hob ihren Blick zu mir hoch und betrachtete kurz mein Gesicht. »Nein«, flüsterte sie heiser. »Es ist schlechtes Haar. Es ist häßlich. Die Geister hassen es.«
Für eine weitere Sekunde starrte sie mich an, dann warf sie ihre

Haare wie einen Umhang um sich herum und begann wieder, sich hin- und herzuwiegen.
Ich berichtete den Vorfall Valerie, während wir zum Aufenthaltsraum zurückgingen, wo die vormittägliche Zwischenmahlzeit eingenommen werden sollte; aus ihrer teilnahmslosen Reaktion konnte ich jedoch nicht schließen, was sie davon hielt.
Im Eßzimmer begegneten wir Gabriela, die wieder mit einem Berg Wäsche beladen war. Irgendein plötzlicher Verdacht veranlaßte Valerie, die Stirn zu runzeln und über ihre Schulter zu der kleinen Person zurückzuschauen, die schnell auf das Wäschezimmer zuwatschelte.

Frisches Obst, Granola und Toast waren über den Eßtisch verteilt. Krüge mit kalter Milch und Plastikbecher standen auf einem Tisch daneben. Um dieses karge Angebot herum war eine Anzahl von Menschen gruppiert – wie eine Ansammlung psychologischer Verirrungen an einem kalten Büfett.
Mein Blick wurde von der größten Person in der Gruppe angezogen, einem ausgemergelten Mann, dessen Arme nur aus Knochen und Adern zu bestehen schienen. Er versuchte, sich das Gesicht mit einer Scheibe Toast zu waschen. Nachdem er dies zu seiner Zufriedenheit erledigt hatte, ging er die Äpfel durch und wählte sorgfältig einen am Boden der Schüssel liegenden aus. »Den krieg' ich!« schrie er. »Er ist für mich.« Er legte sich den Apfel ans Ohr und unterhielt sich mit ihm darüber, Mitglied in einem der Tanzstudios von Arthur Murray zu werden. Die Unterhaltung war sehr angeregt, auch wenn er Probleme hatte, seine Stimme zu modulieren. Von einer normalen Tonlage glitt sie ganze Oktaven hinauf oder hinunter, was auf Dauer die Ohren auf eine harte Probe stellte.
Ich bemerkte, daß niemand ihm viel Aufmerksamkeit schenkte, sondern vielmehr einem Streit, der zwischen einem jungen

Mädchen mit einem rasierten Kopf und einer magersüchtig aussehenden Frau ausgebrochen war. Sie wurden von mehreren Angehörigen des Personals zurückgehalten.
»Sie hat mich mit ihrer Banane berührt!« kreischte das rasierte Mädchen. »Sie versucht damit zu spritzen!«
»Hab' ich nicht!« Die dünne Frau wedelte mit ihrer Banane vor dem Gesicht der anderen herum. »Ich wollte es gar nicht. Sie hat mich gezwungen.«
Die dünne Frau entzog sich dem Griff des Pflegers und schlug der Kahlköpfigen mit der Faust in den Magen. Diese krümmte sich vor Schmerzen und brach zusammen.
Valerie schob mich hinter sich. Mit schwindelerregender Geschwindigkeit hatten drei Angehörige des Personals die Frau mit der Banane zu Boden geworfen; dabei flog ihre Banane in die Luft und landete auf einem der gelben Plastikstühle. Ein Mann, der im Stuhl daneben saß, nahm sie auf, steckte sie in seine Hemdtasche und fuhr fort, sich mit dem Sicherheitsspiegel an der Wand zu unterhalten.
»Martine und Ellen hacken ständig aufeinander rum«, sagte Valerie, als sie zurückkam. »Wir versuchen, sie auseinanderzuhalten, aber manchmal ist es nicht möglich.«
»Weshalb sind sie hier?« fragte ich und erinnerte mich an den Film *Frauengefängnis*.
Valerie zeigte auf die ehemalige Besitzerin der angriffslustigen Banane, die gerade hinausgeführt wurde. »Martine wurde aufgegriffen, als sie nackt die Market Street hinunterging und dabei eine Taube an der Leine mit sich führte. Sie war auf dem Weg ins oberste Stockwerk des Bechtel Buildings, weil die Taube ihr gesagt habe, sie würde sie Fliegen lehren ... Ellen hat Wahnvorstellungen und ist manisch-depressiv.«
»Was soll der rasierte Kopf?« fragte ich.
»Eines morgens bekam sie einen der Rasierer der Männer in die Finger, rasierte sich alle Haare ab und stopfte sie in ei-

nen Bettbezug. Als wir sie fragten, weshalb sie das täte, sagte sie, die Haare gehörten nicht ihr und sie habe sie zurückzugeben.«

»Wem?«

Valerie schaute mich an, als wollte sie sagen: Das wissen Sie doch wohl selbst.

»Denen?«

»Wem denn sonst?«

Das Mittagessen wurde wie in einem Selbstbedienungsrestaurant im Eßzimmer serviert. Ich fand dies ein merkwürdiges Verfahren für eine psychiatrische Abteilung – angesichts der Tatsache, daß diese Patienten keine Wahlfreiheit, sondern eine strukturierte Situation brauchten.

Die Schlange bewegte sich im Schneckentempo vorwärts, da jeder Patient irgend etwas mit dem Essen aufführte. Ein Mann, der einen Fahrradhelm und Windeln (über seiner Hose) trug, hatte Schwierigkeiten, das richtige Brötchen auszusuchen, da er befürchtete, es könne auf seinem Teller Junge bekommen. Ein anderer, der die Angewohnheit hatte, seinen Stuhlgang aufzuheben, um ihn dem Pflegepersonal als Geschenk zu überreichen, mußte auf Anweisungen seiner Stimmen warten, bevor er sich zwischen dem Blumenkohl und den Erbsen entscheiden konnte. Ellen war diejenige, die alles am längsten aufhielt. Sie verzauberte ihre Mitinsassen damit, daß sie, nachdem sie sich einen Berg Püree auf den Teller geladen hatte, die Pulverkartoffeln zu einem großen Phallus formte.

Valerie und ich setzten uns an einen Tisch, an dem schon zwei Patienten saßen. Martine saß links von mir, und mir gegenüber saß ein paranoider Schizophrener namens Peggy, der sein Brötchen über den Tisch hin und her schob, als ob es ein Ouija-Brett sei.

»Steve, der Mann, den Sie gerade mit dem Apfel haben reden

sehen, war früher Herzchirurg am Mercy«, sagte Valerie und warf meinem Teller voller Erbsen und Blumenkohl einen mißbilligenden Blick zu; selbst in Kalifornien macht man sich bei Tisch oft über Vegetarier lustig. (Sie können ja mal einer Versammlung von Fleischfressern erzählen, daß Sie nichts essen, was einmal Augen hatte; dann beobachten Sie die Reaktion.)

»Vor zwei Jahren hat er sich bei der Operation des verkehrten Patienten geschnitten. Seit etwa zwei Monaten ist er hier mit Aidsdemenz, und wahrscheinlich wird er bis zu seinem Tod hier bleiben.«

Aus dem Augenwinkel sah ich, wie Martine meine Erbsen beobachtete. Ihre Augen strahlen vor habgieriger Freude.

»Das Schlimmste daran ist, daß er weiß, was mit ihm los ist.« Mit einiger Schwierigkeit durchbohrte Valerie ihre Hühnerbrust mit einem Plastikmesser und sägte sich durch die triefende, fettige Haut. »Immer wieder mal wird er ansprechbar und redet – vor allem darüber, welch eine Verschwendung seine Krankheit ist. In letzter Zeit ist es allerdings schlimmer geworden. Neulich fand ich ihn, wie er versuchte, sich die Zähne mit seinem Schuh zu putzen.«

Ich fühlte ein feuchtes Kitzeln an meinem Handgelenk und schaute hin. Martine war gerade dabei, sehr sorgfältig vier meiner Erbsen in einer geraden Reihe auf meinen Arm zu legen. Meiner Mutter hätte dies sehr gefallen; während jeder Mahlzeit meiner Kindheit hatte sie oder das programmierte Tonband in meinem Kopf mich daran erinnert, daß ich nicht in einer Scheune großgeworden sei und meine Arme vom Tisch runternehmen solle.

»Ist Aidsdemenz wie die Alzheimersche Krankheit?« wollte ich wissen, dabei gleichzeitig gegen eine aufkommende Übelkeit ankämpfend, als ich sah, wie Valerie ein großes Stück Hühnerfett zu genießen schien. Ich wandte den Kopf ab, nur um festzustellen, daß die Erbensreihe jetzt bis zu meinem Ellbogen reichte

und Martine ihr Material um Blumenkohl erweitert hatte, der nunmehr meine Armbanduhr zierte.
»Hm, in gewisser Weise, nur daß Aidsdemenz-Patienten etwas mehr mitbekommen und von Zeit zu Zeit ihren klaren Verstand haben. Alzheimer-Patienten verlieren ihn schneller und bleiben in dem Zustand.«
Plötzlich erhob sich Valerie von ihrem Sitz und versuchte angestrengt, jemand im konkaven Sicherheitsspiegel zu sehen. Sie wischte sich den Mund ab, legte ihre Serviette weg und schob ihren Stuhl zurück. »In diesen Spiegeln gibt es zwei tote Winkel«, sagte sie, »und die Langzeitinsassen wissen genau, wo sie sich aufhalten müssen, um in ihnen drin zu sein.«
Da sie anscheinend nicht sehen konnte, was sie sehen wollte, stand sie schließlich ganz auf und ging um die Säule herum zu einem der gelben Stühle. Ich folgte ihr, dabei überall Erbsen und Blumenkohl verstreuend.
Im Stuhl saß derselbe junge Mann, der sich die Banane in die Tasche gesteckt hatte, und masturbierte geschäftig zum Nachtisch.
»Jonathan, das kannst du hier nicht machen«, sagte Valerie ganz sachlich. Sie klang sogar ein wenig enttäuscht, ihn nicht bei etwas ein wenig Zerstörerischem erwischt zu haben. »Das mußt du in deinem Zimmer oder unter der Dusche machen.«
Jonathan hörte auf und zog seinen Reißverschluß hoch; dabei schaute er drein, als habe er einen guten Freund verloren.
»Wenn es nötig ist, kannst du das in der Dusche zu Ende bringen.«
Der Mann schüttelte den Kopf. »Kann den Stuhl nicht verlassen.«
Valerie wurde etwas freundlicher. »Natürlich kannst du aufstehen, wenn du das willst, Jon.«
Wieder schüttelte Jonathan den Kopf. »Dritter gelber Stuhl von der Säule aus. Wenn ich aufstehe, schießen ›Die‹ mich in die Eier.«

»Erinnerst du dich, was wir gestern gesagt haben, als wir darüber sprachen?«
Jonathan nickte.
»Erinnerst du dich, daß du sagtest, wenn du es wirklich wolltest, könntest du aufhören, auf diese Stimmen zu hören? Du sagtest, du ...«
Innerhalb eines Sekundenbruchteils hatte Valeries Hand mich am Kragen gepackt. Ich war gerade dabei, mich hinzusetzen, und mein Hintern schwebte etwa fünf Zentimeter über dem Kunstledersofa. Ihre Bewegung erschreckte mich so sehr, daß ich aufschrie, das Gleichgewicht verlor und über Jonathan fiel. Ohne mich loszulassen, riß sie mich von ihm fort und stellte mich wieder auf die Füße.
Der eiskalte Blick, den sie mir zuwarf, dieser insektenäugige Blick, der einen fragt, was zum Teufel man da eigentlich treibt, ließ mir das Blut gefrieren. Es war derselbe Blick, mit dem mein Geigenlehrer in der Grundschule mich immer angesehen hatte. Ich brachte gerade noch ein »Was zum Teufel ...« heraus, bevor sie mich am Ärmel zurück ins Eßzimmer schleifte.
»Mein Fehler«, sagte sie und zupfte an der Haut ihres Halses, auf der überall rote Flecken zu sehen waren. So erregt hatte ich sie den ganzen Vormittag nicht gesehen. »Tut mir leid, ich hätte es Ihnen sagen sollen. Setzen Sie sich *niemals* auf diese blauen Sofas.«
Ich hob die Augenbrauen, bis ich fühlen konnte, wie mein Eyeliner sich dehnte und riß.
»Die Patienten agieren ihre Gefühle mit ihren Körperflüssigkeiten aus. Auf diese Sofas wurde schon geschissen, gepinkelt, gekotzt, ejakuliert, geblutet oder gespuckt – jeweils mindestens einmal am Tag.« Valerie wurde rot. »Uach. Mir wird übel, wenn ich nur an die Bakterien denke, die sich auf den Dingern herumtreiben. Niemand vom Personal sitzt jemals drauf.«
»Warum setzen Sie nicht Gabriela mit einem Desinfektionsmittel und einer Scheuerbürste drauf an?«

»Gabriela geht noch nicht mal in ihre Nähe«, sagte Valerie, »das dürfte Ihnen zeigen, wie dreckig sie sind.«
Ein uralter Mann, der ein Kissen fest gegen seine Brust gedrückt hielt, erschien am anderen Ende des Zimmers. Genauer gesagt hatte ich ihn schon gut 15 Minuten lang kommen sehen, denn er bewegte sich so langsam und gleichmäßig durch den Raum wie die Zeiger einer elektrischen Uhr. Als ich ihn zum ersten Mal bemerkte, dachte ich, er befände sich in einer Art katatonischen Zustands, aber nach einer Weile konnte ich sehen, daß er in Richtung Schwesternzimmer vorankam.
»Was ist mit dem alten Mann mit dem Kissen?« fragte ich. »Sieht aus, als ob er seine Schilddrüsenmedikamente braucht.«
»Mr. Lever? Wir nennen ihn Zeitlupen-Lever. Heute ist er sogar recht schnell; meistens hat er gerade seinen Frühstückssaft getrunken, wenn das Mittagessen vorbei ist.«
Zeitlupen-Lever schob seinen linken Fuß etwa sieben Zentimeter vor den rechten und machte dann eine Pause.
»Sein Gehirnsender schickt ihm seit drei Jahren dieselben Botschaften«, sagte Valerie. »Die warnen ihn, nicht zu schnell zu gehen, weil er sonst die Erde zum Kippen bringt und herunterfällt. Er trägt das Kissen bei sich, damit er nicht so hart aufschlägt.«
»Gerät er nicht in Panik, wenn alles um ihn herum rennt?«
»Er schaut immer nur auf seine Füße.« Sie betrachtete ihn mit einem Blick, den ich als liebevoll interpretierte. Sie ließ ihr dünnes Lächeln sehen. »Und über Größenwahn gesprochen: Zeitlupen-Lever glaubt, er habe das letzte große Erdbeben ausgelöst, als er aus Versehen nieste und dabei das Gleichgewicht verlor.«

Es war Zeit für die heutige Gruppensitzung, und alle waren im Aufenthaltsraum versammelt. Zusätzliche Stühle waren vom Eßzimmer herübergeschleift worden und standen jetzt zwischen den gelben.
Martine und Ellen saßen auf einem der blauen Sofas und gurr-

ten und turtelten wie die allerbesten Freundinnen. China saß auf einer anderen Seite der Gruppe, wo sie in ihrem Rollstuhl hin und her schaukelte. Ihr langes Haar lag hinter ihrer Schulter wie ein Kissen. Gabriela, ohne ihren Wäscheberg oder einen Putzlappen völlig verloren aussehend, polierte heimlich die Armlehne ihres Stuhls mit einem Ärmel ihres Pullovers.

Trevor, der Personalleiter der Station, machte die einführenden Anmerkungen, die sich in der Hauptsache an die neuen Patienten richteten. Diese Einleitung ähnelte den Regeln eines Erziehungsheims: keine sexuellen Handlungen, kein Fluchen, kein Schlagen, kein Spucken, kein Rauchen und alles sauber hinterlassen.

Nach den Regeln trat ein Augenblick des allgemeinen Hustens und Auf-dem-Stuhl-Rutschens ein.

Trevor kreuzte die Beine. »Nun, wer möchte anfangen?«

Die zu Beginn eines Meetings übliche Minute setzte ein, in der jeder voller Panik den Druck auf sich lasten fühlt, nach vorn zu kommen und das Eis zu brechen, aber gleichzeitig hofft, wie durch ein Wunder werde es niemand tun, und die Sitzung werde damit vorbei sein.

Martine zerstörte jedermanns Hoffnungen, indem sie die Hand hob. »Ich möchte etwas sagen.« Ellen begann zu gackern, was Martine wütend machte, obwohl sie gegen ihren Willen kicherte. »Ich möchte sagen, daß ich ... Hör damit auf, Ellen!«

Ellen zog an Martines Sweatshirt und versuchte, sie unter den Armen zu kitzeln.

»Ellen, du gehst jetzt bitte für zehn Minuten aus dem Zimmer«, sagte Valerie mit fester Stimme.

»Aber sie hat mich ...«

»Ellen, zehn Minuten nach draußen. Jetzt!«

Die kahlköpfige Frau kratzte sich mit einem langen, dünnen Finger auf der Kopfhaut, dann fuhr sie plötzlich herum und schlug auf die Armlehne der Couch. »Ich tu's nicht! Martine hat mich zum Lachen gebracht. Sie versucht, mein Gehirn auszusaugen!«

Trevor stand auf und zeigte in die Richtung des Flurs. In seiner Geste lag eine solche Bedrohlichkeit, daß ich zusammenzuckte. Ellen machte jedoch ein Geräusch, als ob ein Sumoringer einen riesigen Furz ließe, steckte Trevor ihre Zunge heraus und zog beleidigt ab – rückwärts.

Nachdem einigermaßen wieder Ruhe eingekehrt war, fuhr Martine fort. »Ich möchte, daß alle aufhören, mein Gehirn steuern zu wollen«, sagte sie.

»Niemand versucht dein Gehirn zu steuern, Martine«, sagte eine Krankenschwester mit einem üblen Hautausschlag auf den Händen und im Gesicht.

Auf seinem Sitzplatz auf dem Fußboden streckte Jonathan voller Unschuld die Hand hoch und sagte: »Doch, ich.«

Diese Antwort war wohl für diejenigen mit geringer Impulssteuerung unwiderstehlich, denn sofort riefen mehrere im Chor »Ich auch!«, immer lauter und lauter, bis der ganze Raum von Schreien erfüllt war: »*Ich* steuere ihr Gehirn«, und: »Nein, tust du nicht. *Meine* Stimmen sagen Martine, was sie tun soll.«

Unter mehreren Patientinnen brachen kleinere Schlägereien aus, und sofort brüllten alle unverständliches Zeug und sprangen von ihren Stühlen auf. Das Durcheinander war perfekt – nun, jeder kann es sich vorstellen, vor allem jeder, der *Die Schlangengrube* gesehen hat.

Die Hälfte der Angehörigen des Personals sprang zu den sich schlagenden Patientinnen und trieb sie wie Schafe in Richtung Isolationszimmer. Zwei Patienten mußten überredet werden, unter ihren Stühlen hervorzukommen.

Ich bemerkte, daß Chinas Rollstuhl, der nicht gesichert gewesen war, zur Seite geschoben worden war. Sie saß vornübergebeugt und hielt wie zum Selbstschutz ihre Haare gegen sich gepreßt.

Ich gab meine Rolle als unsichtbare und unbeteiligte Beobachterin auf und rollte sie zurück in ihr Zimmer, wo ich darauf wartete, daß die freiwillige Besucherin für den Nachmittag kommen würde.

»Mannomann, das erlebt man nicht jeden Tag.« Ich lachte und half dem dünnen Mädchen ins Bett zurück. »Hast du den Kerl gesehen, der so tat, als ob er ein Orchester dirigierte? Und die andere Frau, die herumtanzte und ...«

»J. J. und Rachel.«

In dem Glauben, die Stimme sei von der Tür gekommen, sah ich in diese Richtung, aber da stand niemand.

»Sie sind lustig«, sagte China.

Ich wußte, daß es China war, die da sprach, denn ich starrte sie an und sah, wie ihr Mund sich bewegte. »Wer ist der alte Kerl, der jeden um eine Unterschrift in seinem Autogrammbuch bittet?« fragte ich.

»Billy Ball.«

»Und der Mann mit dem Helm und den Windeln?«

»Duffy.«

Ich lächelte und nahm ihre Hand. Ich war begeistert, als sie sie nicht zurückzog. »Kennst die Namen von allen hier?«

Sie nickte.

»Du mußt ein tolles Gedächtnis haben. Ich vergesse manchmal meinen eigenen Namen.«

Sie betrachtete mich mit einiger Sorge. »Wie heißen Sie denn eigentlich?«

»Echo.«

China lächelte. »Das ist hübsch.«

Ich sprang fast vor Freude hoch. »Danke. China ist auch ein sehr seltener und schöner Name.«

Sie hob zu einer Antwort an, schaute in die in Ferne, und dann schloß sie ihre innere Tür ebenso schnell, wie sie sie geöffnet hatte und begann wieder, hin und her zu schaukeln.

»War das ein normales Gruppentreffen?«
Valerie war unzufrieden, machte ein saures Gesicht und antwortete nur zögernd.
»Nein, natürlich nicht.« Sie schniefte. »Die Patienten sind üblicherweise zu stark sediert, um so aufeinander losgehen zu können.«
»Was ist denn dann passiert?«
»Alles eskalierte schneller, als wir es unter Kontrolle bringen konnten. Wenn wir die Situation nicht so schnell in den Griff bekommen hätten, hätte jemand den Panikknopf drücken müssen.«
»Ist ›Panikknopf‹ bildlich gemeint oder ist das ein wirklicher ...«
»Es ist die letzte Stufe einer Runternahme«, sagte Valerie. »Sogar ›Die‹ müssen den Panikknopf respektieren.«
Valeries Schlüssel machten ein Geräusch wie bei einer Heimkehr, während sie sie nervös in ihrer Tasche bewegte. »Wir nennen es den Isolationsraum.« Sie zeigte auf die Metalltür mit dem Einwegspiegel. »Die Patientin da drinnen ist extrem psychotisch und paranoid, wahrscheinlich eine der verrücktesten Patientinnen, mit denen ich je zu tun hatte.«
Einen Augenblick lang zögerte sie. Ich spürte, daß sie schwankte, ob sie das folgende sagen oder für sich behalten sollte. »Einige Angehörige des Personals glauben ernsthaft, daß sie besessen ist«, sagte sie schließlich.
»Ach was, das gibt's nicht!«
»Ich mache keine Witze. Ich selbst bin Atheistin, also glaube ich an solche Dinge nicht. Aber ich kann Ihnen sagen: Die Dame hinter dieser Tür ist ziemlich gottlos.«
Ich beschattete mit der Hand meine Augen, schaute durch den Spiegel in der Tür und zuckte sofort wieder zurück. Was ich gesehen hatte, erinnerte mich an das Hinterzimmer einer Monstrositätenschau auf dem Jahrmarkt.
Als wir den zellenähnlichen Raum betraten, überrollte uns ein

primitiver, schwerer, warmer animalischer Gestank. Auf dem Bett lag eine grotesk fette Frau von etwa 40 Jahren; ihre dicken Hand- und Fußgelenke waren mit schweren Lederriemen, die jeweils durch ein Stahlschloß gesichert waren, fest an die Ecken des Bettes gebunden. Das baumwollene Patientenhemd war über das dunkelbraune Fleisch ihres Bauches hochgerutscht und ließ ihre Fettwulste sowie einen Streifen schwarzen Haares sehen, der von ihrem Venushügel bis zum Nabel hoch wuchs. Das Hemd selbst war naß vor Urin.

Erst nachdem meine Sinne sich an den Geruch und die Geräusche dieses Raumes gewöhnt hatten, begann ich, die anderen Einzelheiten zu bemerken, wie zum Beispiel die wunde Haut unter den Lederriemen und ihren offenstehenden, zahnlosen Mund.

Tief in diesem Gesicht lagen zwei seltsame Augen. In ihnen sah ich eine Wildheit, die weit jenseits der Grenzen des Wahnsinns lag; ich blickte in ein Reich, das zu etwas sehr Dunklem gehörte.

Sie schien angestrengt auf etwas zu lauschen, das nur sie hören konnte. Mehrere Male nickte sie oder murmelte: »Ich höre dich«, als ob jemand ihr Anweisungen gab oder eine interessante Geschichte erzählte.

Voller Mißtrauen beobachtete sie mich, als ich mich vorsichtig und wie in Zeitlupe näher an ihr Bett schob. Als ich mich bis auf zwei Meter genähert hatte, knurrte sie und ließ anschließend mit hoher Stimme eine Flut von Worten hören, von denen ich einige als italienische und französische Flüche, durchsetzt mit lateinischen Sätzen aus dem katholischen Hochamt, erkannte.

»Sie heißt Inez.« Valerie sprach dicht an meinem Ohr. Ich bemerkte ihren festen Griff an meinem Arm, der mich vom Bett zurückzog. Ich fühlte ihre Angst und bezweifelte für einen Augenblick die Sicherheit der Lederriemen; sie erinnerten mich an King Kongs ersten Auftritt in New York.

»Die Polizei brachte sie hierher, nachdem Satans Stimme ihr befohlen hatte, in ein Haus in Oakland einzubrechen und die Bewohner zu töten. Sie tötete eine schwangere Frau und deren 26jährigen Bruder mit 79 Messerstichen, dann aß sie Teile ihrer Körper.«

Mir drehte sich der Magen um. Ich wünschte, ich hätte Valerie nicht zugesehen, als sie das Hühnchen aß; ich sah nur noch Hautstreifen und gelbliche Fettschichten vor mir.

»Bevor wir sie noch in den Isolationsraum schaffen konnten, versuchte sie als erstes, eine Krankenschwester zu erwürgen, also setzten wir sie einige Tage heftig unter Drogen, dann ließen wir sie aus der Isolation wieder heraus. Sie war ganz umgänglich, bis die Stimme ihr befahl, den in ihrer Kehle eingebetteten Draht herauszuziehen.«

Bei der Erwähnung des Drahtes richtete Inez ihren schrecklichen Blick auf Valerie, die diesem jedoch auswich. »Die Hurenhündin wird in der Hölle brennen!« kreischte sie. »Ihr Blut wird sich mischen mit Satans und des Weibes von Lot! Schwanzlutschen! Schwanzlutschen!«

Valerie sprach über die Kakophonie dieses Geheuls hinweg: »Sie war so außer Kontrolle, daß sie eine ihrer Mandeln mit den Fingernägeln herausriß und verschluckte. Sie war dabei, auch die andere herauszuholen, als Gabriela sie keuchen hörte und uns holte.«

Ich versuchte mein Bestes, nicht zu würgen. »Sie wollen damit sagen, daß sie eine Auto-Tonsillektomie mit ihren Fingernägeln durchgeführt hat?«

Valerie zuckte die Achseln. »Ich denke, so könnte man es nennen. Wir schafften sie in den OP, und dort wurde sie versorgt. Als sie wieder zu uns zurückkam, war sie völlig wahnsinnig.«

Die gequälte Frau hob sich in diesem Augenblick von ihrem Bett in die Luft – mit rollenden Augen und einem Heulen, das mir die Haare zu Berge stehen ließ. Valerie sprang zurück. Ich ging einen Schritt näher heran, weil ich mir nicht sicher war, was ich da mit angesehen hatte: Ich glaubte gesehen zu haben, wie sich ihr Körper vollständig vom Bett erhoben hatte – wie bei einer Levitation.

Aus ihrer Tasche zog Valerie zwei zuvor gefüllte Spritzen. Sie zog die Schutzkappe von beiden ab und wartete auf ihre Chance, wobei sie die Augen nicht von ihrer Patientin ließ. »An den letzten beiden Tagen haben wir ihr so viel Droperidol gegeben, daß ich kaum glauben kann, daß sie noch atmet. Ich weiß nicht, weshalb wir es weiterhin versuchen, nichts scheint eine Wirkung zu haben – Clonopin, Ativan ... nichts.«

Ich trat noch einen Schritt näher und machte mich auf die wilde Reaktion der Frau gefaßt, obwohl ihre schrillen Schreie zu einem warnenden Knurren tief unten in ihrer Kehle geworden waren.

»Ich werde ihr beide in den linken Schenkel geben«, flüsterte Valerie. »Wenn Sie aufpassen könnten« – sie ging einen Schritt näher –, daß Sie nichts versucht, wenn ich gerade nicht hinsehe ...«

Valerie wartete, bis Inez' Aufmerksamkeit abgelenkt war, dann stach sie die erste Spritze bis zum Anschlag ein.

Inez fauchte. Sie hob ihren großen, dunklen Kopf, legte ihr Zahnfleisch frei und heulte wie ein Wolf. Mit Zähnen im Mund hätte sie für Cujos Zwilling durchgehen können.

Der Einstich der zweiten Nadel versetzte die Frau in einen rasenden Anfall, bei dem sie Schaum vor dem Mund bekam. Sie verdrehte die Augen, und wieder hob sich ihr ganzer Körper vom Bett; dann fiel er zurück, als sei er fallen gelassen worden.

Ihr Kopf hob sich vom Kissen, schwankte wie der einer Schlange unheimlich hin und her. Sie streckte sich mit aller Kraft nach vorn – vielleicht um Valeries Arm zu beißen (ohne Zähne?), aber statt dessen ließ sie ihre Zunge vor und zurück schnellen und machte ein Geräusch wie eine fauchende Katze.

Ich beugte mich vor und wartete. Und als sie herumfuhr und

mich anbrüllte, hatte ich eine gute Sekunde lang Zeit nachzusehen, ob ihre Augen Pupillen oder Schlitze hatten.

Es war die Ruhezeit nach dem Mittagessen; die Patienten durften im Gemeinschaftsraum fernsehen oder draußen auf der Veranda rauchen. Valerie hatte im Schwesternzimmer zu tun, was ihr Gelegenheit gab, sich an einige der illustren Patienten zu erinnern, die hier einmal gewesen waren. Sie erzählte gerade detailliert von D., einer berühmten Dichterin, die seit ihrem 15. Lebensjahr immer wieder in psychiatrischen Einrichtungen gelandet war.

»Bei jeder Gelegenheit schnitt sie sich die Haut auf, weil das ihr einziger Trost ist«, sagte Valerie und kaute auf einem Stück Melbatoast. »Die Wärme des Blutes gibt ihr das Gefühl, umsorgt und geliebt zu sein ... Haben Sie jemals etwas von ihr gelesen?«

Ich nickte und erinnerte mich vage daran, daß ihre Gedichte in der Hauptsache von Tod und Nichtexistenz handelten. Es war die Art von Lektüre, die die Leute lasen, wenn sie eine positive Einstellung zu Selbstmord oder Mord suchten.

»Als Patientin ist sie äußerst fordernd, sie braucht ständige Verwöhnung und Bestätigung. Sobald sie keine Aufmerksamkeit bekommt, schneidet sie sich mit allem, was ihr unter die Finger kommt. Das letzte Mal, als sie hier war, hackte sie sich den Arm mit einer Tellerscherbe auf.«

Das Telefon klingelte. Valerie nahm den Hörer ab und meldete sich.

Einige Augenblicke lang hörte sie nur zu. Dann rief sie: »Bettwäsche? Wie viele Wagen hat sie geleert?« Sie biß sich auf die Lippe. »Wie sah diese Putzfrau aus? Aha. Ja. In Ordnung, ich kümmere mich darum. Tut mir leid.«

Sie legte den Hörer auf und runzelte die Stirn. »Ich wußte, daß etwas im Busch war. Gabriela hat die gesamte saubere Bettwäsche aus den Wäschewagen geholt. Wir werden ihr ein Wäscheverbot erteilen müssen.«

»Ach du lieber Gott. Wäscheverbot?«

»O ja.« Valerie seufzte. »Auf dieser Station gibt es Verbote, die jedes Vorstellungsvermögen überschreiten: Wasserverbote, Essensverbote, Haarverbote, Kleiderverbote. Wir hatten sogar einmal einen Kerl mit einem Staubsaugerverbot. Er hatte sich in unseren Staubsauger verliebt, behauptete steif und fest, seine Mutter spräche durch ihn zu ihm. Er nahm ihn immer wieder heimlich mit zu sich ins Bett, bis ...«

Eine junge Frau in einer zu großen, abgetragenen Armeejacke näherte sich dem Schreibtisch.

»Donna, bleib bitte hinter der gelben Linie stehen«, sagte Valerie. Die Art und Weise, wie Valerie ihre Kiefermuskeln anspannte, sagte mir, daß Donna eine schwierige Patientin war.

»Mach die Tür auf. Ich will raus hier.« Das Mädchen zog an einer krausen Strähne seines blond gefärbten Haars, das nach allen Seiten von seinem Kopf wegstand und anscheinend das Opfer einer schlechten Dauerwelle war.

»Geh bitte jetzt vom Schreibtisch weg. Stell dich hinter die gelbe Linie.«

Angesichts der Entschlossenheit in der Stimme des Mädchens war ich nicht überrascht, als es dieser Anordnung nicht folgte. Ich drückte mich tief in meinen Sessel, da ich eine Katastrophe herannahen sah.

Die Patientin trat aus dem Licht heraus. Im Schatten waren ihre tiefliegenden Augen fast unsichtbar. »Wenn du die Tür nicht aufmachst, schneid' ich mir die Kehle durch.«

»Tritt vom Schreibtisch zurück und beruhige dich, Donna.«

»Wenn du die Tür nicht öffnest, schneid' ich mir die Kehle durch.«

Valerie bewegte ihren Finger näher an einen roten Knopf auf dem Schreibtisch, über dem »PANIK« stand. »Ich werde dir ein

Ativan geben, und dann gehen wir in den Aufenthaltsraum und reden darüber, was dir hier nicht paßt.«

Von meinem Sitzplatz aus sah ich, wie Donnas Hand in eine ihrer Jackentaschen glitt. Sie würde sich auf keine von Valeries Therapien einlassen. »Mach die Tür auf, oder ich schneid' mir die Kehle durch.«

Valerie drückte den roten Knopf und lief schnell um den Schreibtisch herum; in diesem Augenblick fuhr die Hand des Mädchens zu seiner Kehle.

Beim Anblick der blutigen Glasscherbe sprang ich aus meinem Sessel auf und griff nach dem Arm der Patientin. Während ich unter der heranstürmenden Wand der Pfleger und Schwestern zu Boden ging, hörte ich Valerie fluchen.

In dem Handgemenge, das nun folgte, wurde ich mit Gewalt von der Patientin gerissen und gegen die Seite des Schreibtisches geschleudert – wie das überflüssige Teil einer großen Maschine.

Auf dem Fußboden sitzend, zählte ich nicht weniger als fünf Personen, die auf der Patientin lagen. Ich beobachtete das Durcheinander von Armen und Beinen, Füßen und schreienden Köpfen, bis ich eine Hand sah, die die Glasscherbe hielt. Vorsichtig nahm ich sie an mich und brachte sie in einer meiner Taschen in Sicherheit.

Um das Gewimmel der Körper herum stand ein Kreis von Patienten, einige nur schaukelnd, andere schreiend. Drüben bei den blauen Sofas, die angeblich vor unsichtbarem Leben wimmelten, kniete die manische Putzfrau und säuberte Zeitlupen-Levers Turnschuhe mit einem Schwamm.

Dann flogen die drei Türen zur Station auf, und eine Horde von etwa zehn Leuten – zum größten Teil Pflegepersonal und Polizisten – stürmte herein. Diese neue Gruppe verteilte sich und »lenkte die Energien« aller Patienten um, die in der Nähe des Aufruhrs standen. So unauffällig wie möglich rutschte ich zum Schreibtisch und zog mich in meinen Sessel hoch.

Meine frühere Entscheidung, keine Laufbahn als Schwester in der Psychiatrie einzuschlagen, war bestätigt worden. Während ich weiterhin zusah, mußte ich denken, daß die einzigen Leute, die freiwillig an einem solchen Ort arbeiteten, verrückt waren.

Ich schnippte ein großes Stück getrockneten Blumenkohls von meiner Armbanduhr und sah, daß es 2 Uhr 15 war. Um 3 mußte ich meinen Dienst im Redwood antreten; das hieß, ich hatte 45 Minuten für eine einstündige Fahrt und den Kleiderwechsel. Angesichts des Pandämoniums konnte ich von Glück reden, wenn ich um 4 Uhr hier rauskam. Ich gebe zu, daß ich, was Pünktlichkeit betrifft, sehr pingelig bin; sobald ich den Eindruck bekomme, ich könnte mich verspäten, fangen die Damen in meiner Vermittlung an, alle Sorgenknöpfe zu drükken, was meinen Magen veranlaßt, literweise Salzsäure zu produzieren.

Jonathan, unser masturbierender Bananenbesitzer, hatte wohl meine Gedanken gelesen, denn er bedeutete mir, er würde mich zur äußeren Tür begleiten. Einen Augenblick lang war ich im Zweifel, dann sah ich jedoch Valerie unter der blutenden, aber jetzt gebändigten Patientin liegen. Ich zeigte auf meine Uhr und winkte ihr auf Wiedersehen.

Sie runzelte die Stirn, und ihre Wangen waren knallrot.

Ich formte mit den Lippen ein »Dankeschön!«, und ihr Stirnrunzeln vertiefte sich. Ich übergab die Glasscherbe einer vorbeikommenden Schwester und bat Jon, mir den Weg zu zeigen.

Er hielt die letzte vergitterte Tür offen, und als ich in den Flur trat, schloß er sie schnell hinter mir. »*Das* ist der Ort für die Verrückten«, sagte er und zeigte auf meine Seite der Gitter. »Da draußen können sie einen erwischen.«

Ich nickte. »Da hast du nicht so ganz unrecht, mein Freund.«

Er warf mir eine Kußhand zu und schloß fast geräuschlos die innere Metalltür.

Ich rannte durch die Doppeltür und in die fast verlassene Akutstation – außer Bett 20 waren alle Betten leer. Ich schaute kurz ins Zimmer und sah Lederriemen von allen vier Ecken des Bettes herunterhängen. Ich mußte noch nicht einmal auf das schwarze Brett gucken, um zu wissen, daß Bett 20 mir für den Abend zugeteilt worden war; die (im Gegensatz zu »Die«) gaben mir immer die Leute mit den vier Lederriemen. Aber, bitte schön, ich hatte den ganzen Vormittag mit Verrückten zugebracht; kam es da auf einen mehr an?

»Fünf Leute von deiner Schicht werden woanders hingeschickt, betrachte deine Zuteilung also als Ausgleich dafür.« Cordelia hielt sich die Hand vors Gesicht, lugte durch die Finger hindurch und lachte eines dieser angewiderten, müden Lachen, die, wenn man sie übersetzt, bedeuten: der Gelackmeierte bist du.

»Ach, was soll's?« seufzte sie und begann, im bekannten Singsang-Rhythmus den Übergabebericht abzugeben. »Big Tom Grennan in Bett zwanzig ist ein einundfünfzig Jahre alter Patient von Doktor Cramer und hatte vor drei Tagen einen Hinterwandinfarkt. Er ist 1,96 groß, wiegt 127 Kilo, ist ein arbeitsloser Koch und ehemaliger Restaurantbesitzer. Er ist Mitglied der Aktiven Alkoholiker und gegen seinen Willen seit vier Tagen trocken.«

Ich stöhnte. Cordelia klopfte mir auf die Schulter, ohne ihren Redefluß zu unterbrechen. »Daß er ins Delirium überging, haben wir heute morgen erst bemerkt, als er versuchte, seine Frau zu erwürgen, die er im Verdacht hatte, ihn mit dem Infusionsständer zu betrügen. Sechs Leute waren nötig, um ihn von ihr wegzuziehen und ins Bett zurückzubringen.«

Cordelia unterbrach sich. »Willst du noch mehr hören?«

»Klar – solange es nichts mit Tieren oder Hühnern zu tun hat.«

»Kein Problem.« Sie schaute wieder in die Stammkarte des Patienten und fuhr fort. »Sein Infarkt war nur klein, also bekommt er kein Lidokain mehr und hat seit zwei Tagen keine Ektopie und keine Angina mehr gehabt. Er wird mit Pronestyl, oral, unter Kontrolle gehalten, und wir geben ihm Librium rund um die Uhr. Immer wieder ist er bei Verstand, aber wenn nicht, dann ist er gaaaaanz weit weg.«

Ich erwog das Wesentliche des Berichts und fühlte mich ganz gut; mich nur um einen drei Tage alten Infarkt mit Delirium zu kümmern, schien mir eine ganz angenehme Arbeitszuteilung zu sein. Ich sprach ein stilles Dankgebet und fühlte mich wie das kleine Mädchen auf der Schaukel. »Weißt du, Cord, das ist gar nicht so schlimm. Ich hätte mich genausogut auf der Vier-West um zehn Patienten kümmern müssen.«

»Nun, aber da ist noch was.«

Cordelia mochte Überraschungen und Streiche.

Die kurze Stille war erwartungsschwer.

»Du wirst Big Tom um sieben Uhr früh mit einer Ambulanzfirma ins St. Joseph auf die Herzstation bringen.«

Meine Selbstgefälligkeit verschwand, und ich wollte etwas sagen; mein Mund öffnete sich, aber meine Zunge wollte die Worte nicht abliefern. Folglich war es wieder still – bis auf das Geräusch meiner Zähne, die gegen meinen Zahnschutz schlugen.

»Allerdings«, sagte Cordelia, die sich bestens amüsierte, »Cramer sagte, er würde vor der Überführung kommen und eine große Dosis von irgendwas anordnen, damit er sediert ist, bis du ihn ins St. Joseph geschafft hast.«

Ich richtete mich auf. »Halt mal. Das St. Joseph liegt eine Stunde und zwanzig Minuten entfernt, und ich sitze hinten in einem Krankenwagen mit einem hundertsiebenundzwanzig Kilo schweren frischen Infarkt, der immer wieder deliriert?«

Cordelia nickte fröhlich. »Ja, und möge die Kraft Gottes mit dir sein.«

»Wo sind die Formulare für gefährliche Zuteilungen?«

Cordelia grinste. »Das sagte ich heute morgen auch. Anderer-

seits sage ich das jeden Morgen.« Sie klappte die Stammkarte zu und schnalzte mit den Fingern. »O ja, das ist noch was Unangenehmes.«
Ich sackte zusammen. Aus Bett 20 kam ein Geheul, das mich an die Isolation im Mercy erinnerte.
»Die Ambulanzfirma wird ihn nur transportieren, wenn sie zuvor das Geld bar bekommt. Fünfhundertfünfzig Dollar.«
Ich ließ einen leisen Pfiff hören. »Teure Fahrt. Wie steht's mit seiner Versicherung?«
»Der Kerl hat keine.« Cordelias Stuhl knarrte, als sie aufstand, um zu gehen. »Deshalb wird er ins St. Joseph überführt.«
»Was also soll ich machen? Ich hab' etwa zehn Dollar bei mir.«
»Ursprünglich sollte Mistress Grennan das Geld vorbeibringen, aber sie stürmte heute morgen hier raus und sagte so Sachen wie ›Scheidung‹, also denke ich, das wird nichts. Mister Grennan sagt, er kann es von seinem Schwager borgen, der eine Pizzeria in San Rafael hat.«
»Großartig.«
»Ja ... irgendwie schon«, korrigierte Cordelia. Ihre Augen glänzten kaum wahrnehmbar.
»Ich erwürge dich, Cordelia.«
»Der Typ kann seinen Laden nicht verlassen, du mußt das Geld also abholen«, sagte sie und stellte sich neben mich – angesichts der Situation nicht ganz ungefährlich.
»Wissen die Leute von der Ambulanzfirma, daß sie einen Boxenstopp machen sollen?«
»Nicht genau«, sagte Cordelia lahm.
»Zum Teufel, Cordelia! Wie konntest du mich so reinlegen?«
Sie zog sich den Mantel an, und ihr Kichern machte alles noch schlimmer: »Oh, Eç, es wird dir *Spaß* machen.«
Vom Bett 20 kamen ein weiteres Heulen und das Geräusch der Stahlschlösser, die gegen die Seitengitter geschlagen wurden. Eine tiefe Männerstimme dröhnte: »Hiiiiiier ist Big Tom! Bedie-

nung! Diese Runde zahlt Tom, der Bomber. Maria? Komm her, Schätzchen, beweg deinen süßen Hintern hierher und setz dich auf mein Gesicht.«
Ich starrte Cordelia finster an. »O ja, wir werden heute abend jede Menge Spaß haben.«

Les und Del Proctor, eineiige Zwillinge, rollten die einzige Trage von Proctors Ambulanz-Service in die Station, während ich Mr. Grennans Medikamentation für die Überführung durchging.
»Ist der Patient soweit?« fragte einer von den beiden.
»Nein«, antwortete ich, im Augenblick abgelenkt von ihren identischen Uniformen: Jeans und rote Seidenjacken mit Goldbesatz. Über den Taschen waren goldene Drachenembleme sowie der Vorname des Trägers eingestickt. Der Zwilling mit dem Gesichtstick war Les. »Ich habe gerade erst die Anweisung bekommen, ihm für die Fahrt Medikamente zu verabreichen.«
Del, der aggressivere und humorlose der beiden, zog ein schmuddeliges, steifes Taschentuch hervor und putzte sich die Nase. »Wir haben erwartet, daß Sie fertig sind, wenn wir kommen«, sagte er. »Die Überführung war auf sieben Uhr festgesetzt, und jetzt ist es zehn nach. Ich will in fünf Minuten hier rausrollen. Wir betreiben hier ein Geschäft.«
Sofort ging ich an die Decke: Wieder so ein Mann, der, sobald er sich in einem Krankenhaus befand, das unveräußerliche Recht zu haben glaubte, die Schwestern wie Dreck behandeln zu können. »Und wenn Sie weiterhin im Geschäft bleiben wollen, schlage ich vor, daß Sie sich schnell abkühlen. Sie sind nicht die einzige Ambulanzfirma in der Gegend, Mister!«
Schäumend vor Wut drehte ich den Zwillingen den Rücken zu und ging zum Schränkchen mit den Narkotika, um das Librium aufzuziehen. Während ich das Medikament in Mr. Grennans Infusion injizierte, hörten die Damen in meiner Ver-

mittlung nicht auf, gegen meine Schläfen zu hämmern – ein schlechtes Zeichen, denn an meinen Schläfen liegen meine Panikknöpfe.
Ich überging das Warnzeichen und bereitete Mr. Grennan weiter für den Transport vor. Ich stellte die Überführungspapiere und Kopien seiner Stammkarte zusammen, als mein Blick auf das Blatt mit den Medikationsanweisungen fiel. Ich schluckte schwer, als ob sich ein Ziegelstein in meiner Kehle verkantet hätte. Wieder ging ich das Blatt durch und las die Anweisung zehn-, fünfzehnmal.
Aber gleichgültig, wie oft ich auch las, dort stand es in Dr. Cramers winzigem Gekritzel, ebenso klar und deutlich, wie ein Kunstfehlerprozeß teuer ist: »Librium, 400 mg. – IM.« Ich hatte mich verlesen und das Medikament auf den direkteren und wirkungsvolleren intravenösen Weg geschickt und nicht, wie angegeben, intramuskulär.
Großer Unterschied. Großer Fehler.
Mein Atem beschleunigte sich urplötzlich, und die Knie wurden mir weich. Das Gefühl einer Krankenschwester, wenn sie bei der Medikation einen Fehler gemacht hat, kann nur mit dem Zustand eines Autofahrers verglichen werden, der soeben auf einem Zebrastreifen ein kleines Kind und einen Polizisten gleichzeitig überfahren hat.
Nachdem die erste Panikattacke etwas nachgelassen hatte und ich wieder sehen konnte, schaute ich nach dem Patienten, der fröhlich *Big John* sang und dazu den Takt auf dem Seitengitter schlug.
Gott sei Dank, er atmete noch. Ich rannte zu ihm hin und rief: »Singen Sie, Tom! So laut Sie können. Hören Sie nicht auf!« Eine schnelle Blutdruckmessung zeigte mir, daß er stabil war, aber er fing an, undeutlich zu sprechen und zu kichern, und er hatte Probleme, seine Augen zu kontrollieren. Ich interpretierte dies als Zeichen für einen baldigen Kreislaufkollaps.

Les und Del saßen am Schreibtisch und versuchten, Druck auf mich auszuüben, indem sie mürrisch auf die Uhr schauten. Sie hatten ihre Jacken ausgezogen; auf dem Rücken ihrer goldfarbenen Rayonhemden stand das Logo ihrer Firma: »Proctors Ambulanz-Service – ein Musterbeispiel der Perfektion.«

Trotz meiner Hysterie konnte ich ein kurzes Lachen nicht unterdrücken – und stolperte in meiner Hast, auf die mittlere Abteilung zu gelangen, prompt über den Papierkorb. Am Schreibtisch saß Joe Cramer und schrieb in seinem schwarzen Buch.

»Joe!« Meine Stimme war voller Panik; ich konnte fühlen, wie die Schweißringe unter meinen Armen sich ausbreiteten und auf dem Rücken meiner Uniformjacke vereinigten. »Joe, hör zu: Ich habe einen schrecklichen Fehler gemacht.«

Dr. Cramers Gesicht zeigte keine Regung außer einem schiefen Lächeln. »Hast du so lange gebraucht herauszufinden, daß du den verkehrten Beruf hast?«

»Du kennst Mister Grennan, für den du das Librium angeordnet hast?«

Joe starrte mich nur an.

»Um Gottes willen, Joe, du hast die Anweisung vor zehn Minuten herausgeschrieben. Der große Kerl mit Delirium tremens, der ins St. Joseph kommt!?«

Er hob die Augenbrauen. »Ah ja, Mister Big.«

»Ich hab' ihm das Librium intravenös anstelle von intramuskulär gegeben. Die ganzen vierhundert Milligramm. Was soll ich machen?«

Ich fühlte mich elend. Ich wollte, daß Joe mir sagte, die Überführung abzubrechen oder daß es kein so schlimmer Fehler sei und ich mir keine Sorgen zu machen brauche.

Statt dessen schaute er mich düster an und sagte: »Bete, daß er seinen Blutdruck nicht verliert oder einen Atemstillstand hat, bevor du ihn zum St. Joseph geschafft hast.«

Der Motor des Krankenwagens war so laut, daß es mich eine volle Minute kostete, bis ich in der Lage war, Mr. Grennans entstellte Worte zu verstehen: »Sie sind mir vielleicht ein kleiner Teufel, was?« Spielerisch zog er an meinem Zopf, während seine Augen von einer Seite zur anderen und von oben nach unten rutschten.

Ich lächelte nervös, kaum in der Lage, meine Mundwinkel unter Kontrolle zu halten. »Was meinen Sie?«

»Sie haben mir irgendein Dope untergejubelt, nicht? Kann meine Zehen nicht mehr fühlen.« Er kicherte. Ich versuchte mitzukichern, aber was herauskam, ähnelte mehr einem unterdrückten Schrei.

Les und Del behielten ihre Attitüde als stockkonservative, junge, weltgewandte Geschäftsleute bei und drehten sich nicht um. Das war mir ganz recht so; sie hätten bemerken können, daß ich Mr. Grennans Atem wie ein Adler überwachte, und Verdacht schöpfen können. Ihre Weigerung, mir zu helfen, den Patienten vom Bett auf die Trage zu bekommen, hatte mir die Mühe erspart, mir eine Erklärung auszudenken, weshalb der Patient null Muskelkontrolle hatte und schlaff wie ein Segel ohne Wind war.

Die Proctors, die wahren Musterbeispiele der Perfektion, gehörten zu den Leuten, die für einen riskanten Transport mehr berechnet hätten.

Der Krankenwagen bog in eine Seitenstraße im übelsten Teil von San Rafael ein. Das Last Chance Motel war eine Straße weiter.

Les klopfte gegen die Trennscheibe. »Hier ist es. Beeilen Sie sich. Zeit ist Geld.«

Erstaunlicherweise hatten die Proctors sich wegen des ungeplanten Umwegs nicht ins Hemd gemacht. Die Art und Weise, wie Del seine Backen aufblies, zeigte mir, daß er sich beschweren und den Umstand als Knüppel gegen mich verwenden wollte. Ich mußte ihn einfach nur daran erinnern, daß – unorthodoxe

Überführung oder nicht – die Pizzeria nun mal der Ort war, wo das Geld herkommen sollte.

Ich nahm noch einmal den Blutdruck, der stabil, bevor ich Mr. Grennan aus seiner Benommenheit schüttelte. »Nach wem soll ich fragen, und was sage ich?«

»Vinny. Frahng Sie nach Vinny. Sahng Sie, Tomderbomm schick Sie wehng dem Geld.«

»Okay, Tom, jetzt tun Sie mir einen Gefallen und singen ein paar der guten, alten Lieder, während ich weg bin.«

Unfähig, seine Augen zu öffnen, murmelte Mr. Grennan: »Klahdoch. Tommderbomm singdich inn Schlaf.« Er öffnete den Mund. »Oh, wenn irische Lippen sihingen ...«

Ich gab Del die Anweisung, nach den Vitalzeichen des Patienten zu sehen, und kletterte aus dem hinteren Teil des Krankenwagens, schaute schnell die Straße hinauf und hinunter und rannte zur Tür des kleinen Restaurants. An einer provisorischen Halterung aus Paketdraht hing ein rotweiß kariertes Tischtuch und diente als Vorhang für die Glastür. Im vorderen Fenster verkündete eine rosafarbene Neonreklame »VINNY'S PIZZA« – nur daß das V und das A nicht brannten; wenn man in ein paar Meter Entfernung ein Auge zukniff, las man »INNY'S PIZZ«. Umrahmt war das Ganze von einer Kette ausgebrannter elektrischer Weihnachtskerzen.

Als ich in die dämmrig erleuchtete Grotte von Inny's Pizz trat, schleuderte mich der ungeheuer appetitanregende Duft zurück an einen beliebigen Freitagabend im Vorderzimmer von Scuvellos Bäckerei, Schenectady, 1951. Ich erwartete sogar, die alte Italienerin mit einem warmen Cannoli für mich und der üblichen weißen Papiertüte voller Pizzateig für meinen Vater hinter dem Tresen hervorkommen zu sehen.

Ich wartete, bis meine Augen sich an das Licht gewöhnt hatten, dann betrachtete ich den Raum, in dem ich stand. Zu meiner Linken war ein kleines Eßzimmer, groß genug für drei Zweipersonentische. An einer Wand sah ich ein amateurhaft ausgeführtes Gemälde von einem rundlichen Gondoliere in seiner allerbesten Karnevalskleidung, der mit auf die Brust gelegter Hand und weit geöffneten Augen eine Opernarie zum besten gab. Die anderen Wände waren mit Kopien alter italienischer Opernpartituren tapeziert.

Ich duckte mich unter den von der niedrigen Decke hängenden Weinflaschen und staubigen Plastikweintrauben hindurch und ging die zwei Schritte zum Tresen zu meiner Rechten. Über die Registrierkasse hinweg sah ich einige große Pizzaöfen links und rechts von der Tür in einer hell erleuchteten Küche.

»Was soll's sein?« Der Brooklyn-Akzent gehörte zu einem Danny-DeVito-ähnlichen Kerl, der einen runden Teigfladen in die Luft schleuderte; zweimal wirbelte er als mitteldicker Fladen nach oben und kam als großer, dünner Boden zurück.

»Tom der Bomber schickt mich wegen der Knete«, sagte ich und fühlte mich dabei ziemlich albern – nicht so sehr wegen des Inhalts meiner Worte, sondern vor allem, weil ich in meine Nord-New Yorker Sprechweise gerutscht war.

»Der Kerl tut einem im Hintern weh«, klagte er und breitete den Teig auf einem Backbrett aus. »Wieviel will der Penner diesmal?«

»Fünfhundertundachtundfünfzig Dollar.«

Der Mann wischte seine Hände an einem Küchentuch ab, das an seinem Gürtel hing, und öffnete die Kasse. Er zählte das Geld auf den Tisch und gab es mir dann; dabei fiel sein Blick auf mein Stethoskop.

»Sind Sie seine Krankenschwester?«

Ich nickte.

»Wie geht's ihm?«

»Sie wissen doch, daß er einen Herzanfall hatte.«

Vinny zuckte die Achseln und löffelte die mit Basilikum und Oregano gewürzte Tomatensoße über den seidig glänzenden Teig. Das war italienisch für: »Ja, weiß ich, na und?«

»Heute morgen ging er ins Delirium, aber sobald er trocken ist, ist er in Ordnung.«

»Oh, gewiß«, sagte er und verteilte Pilze und Oliven. »Bis er wieder an die Flasche kommt.«

Im Hintergrund klingelte eine Küchenglocke einmal kurz.

Er verstreute zwei großzügige Hände voll zerkleinerten Mozzarellakäses über die Pizza. Ich schluckte, um beim Sprechen nicht zu sabbern.

»Er muß mit dem Trinken aufhören«, sagte ich, »oder der nächste Herzanfall bringt ihn um.«

Ich weiß nicht genau, weshalb ich das sagte; vielleicht, weil Vinny ein New Yorker war: Ich kannte diesen Hang zur dramatischen Formulierung.

Wieder zuckte Vinny mit den Achseln. »Auch gut. Dann hat meine Schwester eine Menge weniger Kummer. Sie braucht nicht noch mehr Ärger mit dem Kerl.« Er sprenkelte ein paar Tropfen Olivenöl und ein wenig gehackten Knoblauch auf das Ganze.

»Ja, Trinker sind eine Last«, sagte ich laut, um das Knurren meines Magens zu übertönen, der dabei war durchzudrehen.

Vinny ging zum Ofen zurück und zog mit dem Schieber eine große Pizza heraus. Er legte sie vor mir auf den Tresen und schob die soeben vorbereitete hinein.

Er schaute mich kurz prüfend an. »Sind Sie Italienerin?« Von dem Stapel, der an der Wand stand, nahm er ein flaches Stück Pappe und verwandelte es mit zwei schnellen Bewegungen in eine flache Schachtel.

»Zur Hälfte.« Ich zuckte mit den Achseln und verfiel sofort in die abgehackte, wortarme Sprechweise des Staates New York. »Die Familie meines Vaters kam über Ellis Island. Aus dem Campobasso. Ließen sich im Norden bei Albany nieder.«

»So?« Er legte die halb Gemüse-, halb Hackfleischpizza in die Schachtel und begann, sie mit einem dieser runden Pizzaschneider zu teilen, die mich immer an Reitersporen erinnern. »Meine Mutter kam aus Neapel über Ellis Island.«

Ich nickte feierlich, als ob diese Erläuterungen unserer Wurzeln etwas wären, das unserem Leben Bedeutung gab.

»Schon gegessen?«

»Nein, ich muß Big Tom ins St. Joseph schaffen.«

Vinny schloß die Schachtel und schob die Pizza in meine Richtung. »Für Sie und die Fahrer. Sie sind viel zu dünn. Wenn Sie mit Big Tom fertig werden wollen, müssen Sie mehr auf den Knochen haben.«

Normalerweise lehne ich Geschenke von Patienten oder ihren Angehörigen ab, aber mein Magen war dabei, sich wegen des Duftes, der aus der Schachtel aufstieg, selbst zu verzehren. Ich schluckte einen weiteren Mundvoll Speichel herunter. »Oh, vielen Dank. Das ist verputzt, bevor wir in Novato sind.«

Er gab mir den bekannten italienischen Gruß: ein leichtes Zukken einer Schulter, das Heben der anderen Hand und ein langsames Hin- und Herwiegen des Kopfes. »Ja, ja, ja, gewiß.«

Ich tastete nach dem Packen Geldscheine in meiner Tasche und öffnete, die Pizza auf einer Hand balancierend, die Tür.

»Sagen Sie dem blöden Iren, er soll mich anrufen, sobald er ankommt«, sagte Vinny und verschwand in der Küche. »Ich will nicht, daß meine Schwester sich noch weiter zu Tode sorgt.«

»Wird gemacht.« Das heißt: Wenn er nicht stirbt, bevor wir ankommen.

Bis auf den heutigen Tag bin ich davon überzeugt, daß es die Pizza war, die den Verlauf der Fahrt ins St. Joseph von katastrophal zu fast hervorragend änderte.

Als ich zurückkam, war Mr. Grennan in feindseliger Stimmung (solange er atmete, wen störte es?) und versuchte auf seine irisch-katholische Weise, Les und Del (englisch und Episkopalkirche) zu einer Schlägerei zu verleiten. Er hatte bereits einen

Lederriemen abgestreift, arbeitete beharrlich am zweiten und drohte, ein paar englische Knochen zu brechen.

Die Ankunft der Pizza auf der Szene des Geschehens schien sofort jedermann zu beruhigen. Vielleicht war es das Aroma, vielleicht das Gefühl des Geldes in den Taschen der Proctors – was immer es auch war, wir waren auf dem Weg, bevor die Schachtel auch nur geöffnet werden konnte.

Während Les und Del den größeren Teil der Pizza verschlangen, überredete ich Mr. Grennan, sein gesamtes Repertoire an irischen Volksliedern zu singen. Solange ich ihn singen hören konnte, war alles in Ordnung.

Donnerstag, 1 Uhr 41 – Ich sitze hier und frage mich, an welchem Punkt des Abends alles schiefzulaufen begann.

War es, als die Proctor-Zwillinge mich im St. Joseph mit der Begründung stehenließen, es sei nicht ihre Aufgabe, mich zum Krankenhaus zurückzubringen? War es der Ärger, den ich hatte, bevor ich ein Taxi fand, das bereit war, mich zum Redwood zu fahren? Waren es die Vorwürfe des Supervisors, weil er einem Taxifahrer soviel Geld zuschieben mußte?

Vielleicht war es die halbe Stunde, die ich in der Schwesternkantine mit Juanita verbrachte, die mir von Annies Einstellung gegenüber schwangeren Krankenschwestern auf der Herzstation erzählte: Mißbilligung, Ekel und Verachtung.

Juanitas Frauenarzt hatte ihr gesagt, sie könne nicht weiterhin die Nachtschicht arbeiten, ohne ihr eigenes Leben und das ihres ungeborenen Kindes zu gefährden. Da sie wußte, daß Annie manchmal vorübergehende Tag- und Abendschichten einrichtet, um ihren Lieblingen entgegenzukommen, bat Juanita sie um denselben Gefallen, bis sie in den Mutterschutz ginge. Annie hat bisher nicht reagiert. Nach

Claires letzten beiden Fehlgeburten – wie es heißt, hervorgerufen durch die Belastung der Nachtarbeit – können wir nur hoffen, daß Annie nachgibt.
So oft frage ich mich, was Jan Tobin zu all den Veränderungen und der Pferdescheiße sagen würde, die in dieser kalten Welt namens »Herzstation« passiert. Ich frage mich, ob sie inzwischen nichts mehr mit uns zu tun haben will.
Wie auch immer: Ich könnte wetten, daß mein Abend spätestens in dem Augenblick im Eimer war, als ich ab 11 Uhr meine drei Telefonanrufe bekam, nachdem der Neuzugang mit dem Herzstillstand versorgt worden war.
Der erste kam von Valerie, die mich reichlich herunterputzte, weil ich dem Bananenmann gestattet hatte, mich zur Tür zu begleiten; der zweite Anrufer war Simon, der mir erzählte, er wolle sich jetzt ein Motorrad kaufen, und der dritte – und gewiß nicht angenehmste – Anruf kam von David, der mir sagte, er werde bei meiner Rückkehr nicht dasein, weil er ab jetzt mehr Zeit in seiner eigenen Wohnung verbringen wolle.
Buuuuummmmm.
Ich liege hier und beobachte Mooshie, der versucht, die Blasen aus meinem Mineralwasser zu essen, und frage mich, weshalb ich nicht lachen kann. Meine Innereien fühlen sich schlaff an, als hätte ich einmal zuviel an der Marihuanazigarette gezogen.
Ich weiß nicht, wer diesen Satz schrieb, aber er paßt: »Hier sitze ich und bin verwirrt, und niemand ist da, der mir ›ja‹ oder ›nein‹ sagen könnte.«

15. Kapitel

»Die Krankenschwester kann eine Atmosphäre schaffen, in der ein angemessener und wichtiger Umfang an Hoffnung die Panik ersetzen und die Heilungskräfte des Körpers freisetzen kann ...«

Norman Cousins, *Anatomie einer Krankheit*

Als ich die versammelten Teilnehmer am Quartalstreffen des Personals der Herzstation betrachtete, kam ich nicht umhin, zu bemerken, wie unterschiedlich der Ausdruck in ihren Gesichtern war: aufgeregt erfreut und hoffnungsvoll beim Pflegepersonal und gehetzt (wie bei in die Enge getriebenen Ratten) beim Personal der Verwaltung. Von den 45 Pflegepersonen hatten 35 unterschrieben, daß sie eine geheime Abstimmung über Dezentralisierung wünschten; von den anderen zehn wollten fünf weitere Informationen, eine schrieb, sie sei zu faul, darüber nachzudenken, eine sagte, sie »zirkuliere« gern, eine gab zu, sie möge keine fortschrittlichen Veränderungen, eine sagte, es sei unamerikanisch (Honey?), und eine war unentschlossen.

Annie hatte einen Anfall von widersprüchlicher Körpersprache – sie lächelte und kaute an ihren Fingernägeln gleichzeitig. Sie hatte dafür gesorgt, daß die Dezentralisierung letzter Punkt der Tagesordnung war – in der Hoffnung, da war ich mir sicher, daß uns die Zeit ausgehen und das Thema bis zum nächsten Treffen in drei Monaten verschoben würde. Sie hatte nicht mit der Tatsache gerechnet, daß alle so wild waren, diesen Punkt zu besprechen, daß sie über alles andere flüchtig hinweggingen.

Als sich keine Hände für weitere Fragen mehr erhoben, hielt ich meinen üblichen Vortrag darüber, daß wir alle würden Opfer bringen müssen, bevor der neue Plan reibungslos funktionieren würde. Ich erläuterte gerade, wo die Wahlurne stehen würde, als Annie ihre angekaute Hand hob.

»Wenn wir über Dezentralisierung abstimmen«, sagte sie, ohne das Wort erhalten zu haben, »sollten Sie alle, glaube ich, *meine* Ansichten kennen, bevor Sie sich entscheiden.«

In der nachfolgenden Stille rutschten einige Leute unruhig auf ihren Stühlen hin und her. Es gab niemanden in diesem Raum, der nicht aus dem einen oder anderen Grund Angst vor Annie hatte. Ich begriff, daß ich auf einen unerwarteten Stolperstein gestoßen war, biß die Zähne zusammen und wartete ab.

Annie schenkte den Versammelten ihren bekannten Blick, der sagte: »Wer hat hier gefurzt?!«, und fuhr fort: »Ich glaube, noch niemand hat etwas darüber gesagt, was die anderen Schwestern in diesem Krankenhaus denken werden, wenn Sie sich selbstsüchtig vom übrigen Pflegepersonal absondern. Es wird den Eindruck hinterlassen, daß die Schwestern dieser Station sich zu gut sind, eine hilfsbereite Hand auszustrecken. Wie wollen Sie weiterhin den Kopf hochhalten, wenn Sie wissen, daß Sie Ihren Kolleginnen, die Ihre Hilfe brauchen, den Rücken zugekehrt haben?«

Annies Verwendung negativer Schlagwörter (»absondern«, »selbstsüchtig«) war sehr wirkungsvoll und veranlaßte alle Anwesenden, sich auf der Stelle zu schämen.

Annie arbeitete wie verrückt, um diesen Geländegewinn zu sichern, und sonderte genug politische Rhetorik ab, um eine olympische Debatte damit zu gewinnen. Ihr »Schämt-euch«-Doppelaxel ging über in einen dreifachen Salto rückwärts des Inhalts »Fragt nicht, was euer Land für euch tun kann, fragt, was ihr für euer Land tun könnt« à la John F. Kennedy und endete in einer dreifachen »Es-wird-euch-noch-leid-tun«-Pirouette. Der gewünschte psychologische Effekt wurde damit auch erreicht: Jede der Schwestern wurde wieder zu einer Sechsjährigen, fühlte sich ganz schlecht und schämte sich – als ob sie dabei erwischt worden war, wie sie die Katze in die Mikrowelle steckte. Fünfunddreißig Augenpaare wandten sich mir voller Mißtrauen und Vorwurf zu.

»Als ich mich über Dezentralisierung sachkundig gemacht habe«, begann ich, »bin ich auf jede einzelne Station unseres Krankenhauses gegangen und habe erläutert, was wir vorhaben und warum. Einige der besten Teile des Plans stammen sogar von Schwestern des Redwood, die in anderen Krankenhäusern in dezentralisierten Abteilungen gearbeitet haben. Ich möchte hinzufügen, daß man uns allgemein Glück wünschte und sagte, man werde für uns Stimmung machen; denn wenn wir Erfolg haben, würde die Intensivstation gern die nächste sein, und eine ganze Reihe von anderen Stationen würde es ebenfalls gern ausprobieren.«

Annie machte sich diesmal gar nicht die Mühe, die Hand zu heben, sondern riß das Wort an sich. »Ich glaube nach wie vor, bevor Sie über die Klippe springen, sollten Sie daran denken, daß einige von Ihnen für den Vorteil von ein paar egozentrischen Leuten zu leiden haben werden.« Annie starrte mich böse an. »Einige werden keine Arbeit haben. Einige werden am Ende für andere arbeiten, die ihren Anteil der Last nicht tragen wollen.« Wieder wandten sich alle Augen mir zu.

»Alle werden reichlich zu tun haben«, sagte ich und schaffte es, dabei ruhig zu bleiben, »und niemand wird die Last einer anderen tragen müssen. Wenn wir alle zusammenhalten und unseren gerechten Anteil übernehmen, wird sich dies für alle zum Vorteil auswirken. Das Wichtigste, was sich verändert, ist, daß jede von uns eine Wahlmöglichkeit haben wird. Wir werden Optionen haben, jetzt haben wir keine. Wir werden Einfluß auf unsere Arbeitsbedingungen haben, jetzt sind wir ohne Einfluß. Vergesst

nicht: Es geht nur um einen Probelauf, nichts wird in Stein gemeißelt. Es wird nach wie vor genügend Raum für Vorschläge und Entwicklung und neue Ideen geben.«
Viele der Anwesenden nickten, und bei den meisten war das Lächeln zurückgekehrt.
Wieder hielt Annie eine Hand hoch. »Ich beantrage, die letztendliche Abstimmung für das nächste Personaltreffen anzukündigen. Wenn Sie dennoch über Ihren Plan abstimmen, beantrage ich, ihn erst zu jenem Zeitpunkt in Kraft treten zu lassen.«
»Das ist noch drei Monate hin«, wandte Beth ein, die hinten im Raum saß und ihren Sohn stillte. »Sie haben diese Abstimmung bereits sechs Monate hinausschieben können. Wenn wir warten, wird das nichts an der Einstellung des Pflegepersonals ändern.«
»Dann dürfte es ja auch keine Rolle spielen.« Annie starrte ihre Assistentin wütend an, die sofort die Hand hob.
»Ich unterstütze den Antrag, mit der Abstimmung über Dezentralisierung bis zum nächsten Personaltreffen zu warten«, sagte sie.
»Die Versammlung«, sagte Annie, »ist damit geschlossen.«

Phoebe sagte hinterher, wir hätten alle verspannt ausgesehen, als wir aus der Personalversammlung kamen. Annie und ihr Hofstaat kamen hinter uns, steckten die Köpfe zusammen und flüsterten. Ich begann, mir Sorgen darüber zu machen, wie sie möglicherweise die Abstimmung verhindern könnten; dann schaltete ich den Alarm wieder aus: Was immer geschehen würde, würde geschehen. Ich mußte einfach dem grundsätzlichen menschlichen Streben nach Wahlfreiheit vertrauen.
Im Augenblick hatte ich selbst jedoch keine Wahlfreiheit, denn ich hätte freiwillig weder Mrs. Fullerton noch Mr. Jacobsen als meine Patienten gewählt.
Daß die verwirrte Muriel Fullerton ständig versuchte, mich zu beißen, störte mich nicht annähernd so sehr wie das bei vollem

Bewußtsein befindliche Ehepaar Jacobsen. Sie spielten die Art von Passiv-aggressiv-Spiel, die für Pflegepersonen ein leider allzu bekanntes Problem ist. Das Szenario sah üblicherweise etwa so aus:

Die Krankenschwester betritt das Zimmer des Patienten mit dem Essenstablett, überprüft den Patienten, fragt, wie er sich fühlt und ob er etwas braucht. Der Patient akzeptiert und ißt sein Mittagessen, lächelt und sagt ganz unbefangen, daß es ihm gutgeht und er nichts braucht, vielen Dank für Ihre Bemühungen.

Die Krankenschwester tritt mit Essenstablett ab und widmet sich, glücklich darüber, daß ihr Patient zufrieden ist, anderen Aufgaben.

Auftritt Ehegespons, das sofort fragt: »Wie geht es dir, Lieber? Du siehst schrecklich aus. Hast du Hunger? Hat sich irgend jemand um dich gekümmert?«

An diesem Punkt des Spiels erkennt der Patient die wunderbare Gelegenheit, 1. positive Aufmerksamkeit von seiner Frau zu bekommen, 2. eine Situation zu schaffen, in der sie sich wie die nährende Retterin fühlen kann, und 3. sich mit seiner Frau gegen einen gemeinsamen Feind zu verbünden: die Krankenschwester.

Der Patient, in diesem Fall Mr. Jacobsen, antwortet: »Mir geht es schrecklich schlecht. Ich habe überall Schmerzen, ich habe Hunger, und niemand will etwas dagegen tun. Ich habe den ganzen Tag über keine Schwester mehr als fünf Minuten gesehen.«

»So!« sagt die wütende, rettende Ehefrau. »Das wollen wir doch mal sehen!«

Sie begibt sich stehenden Fußes ins Büro der Verwaltung und beschwert sich; dabei präsentiert sie eine vollständige Liste aller verantwortungslosen Schwestern und droht vage mit einem Kunstfehlerprozeß sowie damit, in Zukunft zum Krankenhaus X zu wechseln.

Die Geschäftsleitung faßt sie mit Samthandschuhen an und schenkt ihr sehr viel Aufmerksamkeit. Andererseits weiß sie, daß es immer zwei Seiten einer Geschichte gibt. Wenn die Anschuldigungen sich als falsch oder stark übertrieben herausstellen, wird das Pflegepersonal, das mit diesem Patienten zu tun hat, angewiesen, sorgfältig jedes gesprochene Wort und jede Handreichung zu notieren, um sich und das Krankenhaus im Falle eines Kunstfehlerprozesses zu schützen.
Während ich die Vitalzeichen festhielt, kam ich mir vor wie eine Drehbuchautorin:

> *Mr. Jacobson sitzt in einem Winkel von 45 Grad in seinem Bett und schaut* Phil *(eine Fernsehserie über erwachsene Männer, die sich gern infantil verhalten).*
> *Ich frage: »Wie geht es Ihnen?« Der Patient antwortet lächelnd: »Sehr gut.« Ich frage: »Haben Sie Schmerzen in der Brust?« Der Patient antwortet: »Überhaupt nicht. Vielen Dank, daß Sie fragen.«*
> *Ich messe den Blutdruck (128/76), den Puls (82), die Atemfrequenz (18) und die Temperatur (36,4). Patient fragte nach den Vitalzeichen und bekam sie genannt. Patient verneinte mehrmals während der Untersuchung, Schmerzen oder sonstige Beschwerden zu haben. Lunge klar, Hautfarbe normal, Haut warm und trocken, kein Ödem, normale Herztöne, Homonstest negativ. Die übrigen Untersuchungs- sowie die Laborergebnisse liegen alle innerhalb normaler Grenzen (Einzelheiten sind den Diagrammen zu entnehmen). Ich frage den Patienten, ob er irgend etwas brauche oder wolle. Er verneint dies (»Nein, mir geht es gut«) und schaut weiter seine Sendung an. Ich gebe ihm seine Vier-Uhr-Medikamente, erkläre die Wirkung jedes einzelnen Mittels und frage ihn, ob er dazu oder zu irgend etwas anderem eine Frage habe. Der*

Patient nimmt die Medikamente und wiederholt: »Nein, mir geht es gut.«

Später am selben Abend schrieb Mrs. Jacobsen eine formelle Beschwerde: »Mein Mann sagt, daß Schwester Heron während ihrer Visite um sechzehn Uhr seine Schmerzen in der Brust vollkommen ignoriert und sich nicht einmal nach seinem Zustand erkundigt hat.«

Mr. Zehger, mein Herzstillstandpatient, ähnelte überhaupt nicht dem ehrgeizigen Managertyp: Seine Augen und sein Lächeln strahlten einfach nur Gelassenheit aus. Es wollte schon etwas heißen, daß dieser Vorstandsvorsitzende einer großen Werbeagentur in San Francisco so friedlich dalag. Ich war mir nicht sicher, was das war – außer daß er seinen Streß sehr gut versteckte, höchstwahrscheinlich in seinen Koronararterien.
Der blasse, dünne Mann saß im Bett und las das *Wall Street Journal.* Dabei lachte er in sich hinein, was bei dieser Zeitung eine ungewöhnliche Reaktion ist. Ich stellte mich vor und legte die Stammkarte auf das Bettischchen neben einen weißen Teddybären, an dessen Arm ein Heliumballon festgebunden war.
»Wie geht es Ihnen?«
Mr. Zehger nahm die Zeitung herunter, und ein zweiter Teddy, der auf seinem Bauch saß, kam zum Vorschein. »Ich bin glücklich, am Leben zu sein«, antwortete er mit einer Stimme, die wunderbar geeignet war, Kindern Geschichten zu erzählen.
Der Bär, die Antwort, die Augen und die Stimme weckten in mir die Vermutung, daß er zu jenen Leuten gehörte, die – wie Scrooge nach den Heimsuchungen in Dickens' *Weihnachtsgeschichte* – auf der anderen Seite gewesen und als sanftere, klügere Seelen zurückgekehrt waren.
Ich öffnete den Patientenordner mit seiner Krankheitsgeschichte

und den Daten über seinen Zustand und las die ersten paar Zeilen. »Hier steht, daß Sie zu Haus einen kräftigen Herzanfall mit Kammerflimmern hatten und Ihre Frau Ihnen Erste Hilfe geleistet hat.«
Mr. Zehger nickte. »Meine Frau und ich hatten kurz zuvor den Erste-Hilfe-Kurs der Feuerwehr besucht. Jake und mich würde es andernfalls heute nicht mehr geben.«
Ich durchflog schnell die nächsten Absätze, fand eine Menge Angaben zu seinem Herzanfall und seinem früheren Gesundheitszustand, aber nichts über einen Jake.
»Jake?«
»Unser Vierjähriger. Ich war gerade dabei, ihm Erste Hilfe zu geben, als mein Herz stehenblieb. Nachdem ich weggetreten war, leistete meine Frau uns beiden Erste Hilfe, bis der Rettungswagen kam.«
Mein Kiefer renkte sich vor Verwunderung fast aus, was Mr. Zehger lachen machte, ein Geräusch, das so angenehm war wie seine Stimme.
»Nun gut«, sagte ich und setzte mich auf die Bettkante neben seine Füße. »Ich möchte die Geschichte hören. Niemand hat mir was von einem Erste-Hilfe-Festival gesagt.«
Mr. Zehger seufzte in gespielter Verzweiflung darüber, daß er *schon wieder* diese Geschichte erzählen sollte. Nur das zufriedene Lächeln in seinen Mundwinkeln sagte mir, daß er es genoß, jedes einzelne Wort zu rezitieren.
»Vorletzten Freitag, ich hatte das Haus verlassen, um zur Arbeit zu fahren; aber als ich am Auto ankam, fiel mir ein, daß ich vergessen hatte, Jake zum Abschied einen Kuß zu geben, also ging ich zurück. Als ich ins Wohnzimmer kam, sah ich ihn unter dem Teetisch liegen.« Mr. Zehger starrte an mir vorbei zur Wand, als ob dort die Szene wie auf einer Leinwand ablief. »Noch bevor ich ihn berührt hatte, wußte ich, daß etwas nicht stimmte, weil er sich nicht bewegte; und Jake ist seit seiner Geburt keine drei

Sekunden am Stück ruhig gewesen. Ich zog ihn hervor und sah, daß er nicht atmete. Sein Gesicht war ...«

Ich saß ganz still, während sich die Bestürzung wie eine Wolke über sein Gesicht legte. Es hatte jenen traurigen, unschuldigen Ausdruck, den man oft bei Menschen sieht, die zum ersten Mal mit einer Tragödie in Berührung gekommen sind.

»Es war blau, fast lila. Ich wandte den Heimlich-Handgriff an, und beim dritten Versuch flog ein Glöckchen, das zum Hundehalsband gehörte, aus seinem Mund. Ich dachte, das sei alles, aber dann sah ich, daß er immer noch nicht atmete. Da kam ich erst richtig in Panik, weil mir klar wurde, daß sein Herz möglicherweise stehengeblieben war und ich nicht wußte, wie lange er schon in dem Zustand war. Der Erste-Hilfe-Kursleiter hatte uns gesagt, daß der Hirntod nach sechs Minuten ohne Sauerstoff eintritt. Ich schrie meiner Frau zu, sie solle den Notarzt anrufen, und fing sofort mit Erster Hilfe an. Nach etwa einer Minute fühlte ich diese Schmerzen in der Brust, als ob ich von einem Elefanten zerdrückt würde. Das nächste, was ich bewußt wahrnahm, war, daß ich meine Augen öffnete und in eine Reihe von schwitzenden Gesichtern in der Ambulanz starrte.«

Aus seinem Bettschränkchen nahm Mr. Zehger einen Packen Fotos und gab sie mir. Obenauf lag der Schnappschuß von einem schönen, braunhaarigen Jungen, der eine Mickymaus-Sonnenbrille trug und die Lippen zu einem Kuß in Richtung Kamera spitzte. Um seinen Mund hatte er einen verräterischen roten Ring von irgendeiner Erdbeer- oder Kirschsüßigkeit. Das zweite Foto zeigte ihn, wie er Kopf an Kopf neben einem gelbbraunen Labradorhund lag. Die großen mandelförmigen Augen des Jungen waren auf die Kamera gerichtet und sein Lächeln war ebenso breit und zufrieden wie das seines Vaters.

»Das ist Jake«, sagte Mr. Zehger stolz. »Vier Tage nachdem das passierte, fuhr er wieder auf seinem Dreirad und redete hundert Kilometer pro Stunde.«

Als ich das letzte Foto in die Hand nahm, auf dem Jake Zehenspreizer trug und ein Fläschchen mit rotem Nagellack in der Hand hielt, lächelte ich und gab Mr. Zehger seine Bilder zurück.

Meine Neugierde erhob sich wie 50 Katzen, die an einer teilweise geöffneten Schranktür schnüffeln. »Sie müssen diese Frage nicht beantworten, wenn Sie nicht wollen, aber ...« Ich machte eine Pause. »Wie denken Sie über all dies? Ich meine, glauben Sie nicht, daß die Art und Weise, wie alles passierte, sehr ... bemerkenswert war?«

Mr. Zehger nickte und fuhr mit den Fingern leicht über die Spitze eines der Teddyohren. »Mehr als bemerkenswert. Wenn wir diesen Kurs nicht gemacht hätten, hätte keiner von uns gewußt, was zu tun war – oder wenn ich Jake nicht gefunden hätte, was dann? Ich bin überzeugt, daß wir für einen bestimmten Zweck verschont worden sind. Einige Leute meinen, wir haben einfach nur Glück gehabt, aber ich glaube, daß Jake und ich noch eine Menge wichtiger Dinge zu tun haben. Vielleicht ist einer von uns beiden dafür vorgesehen, eines Tages jemandem das Leben zu retten.«

Mit geschlossenen Augen legte er sich zurück und drückte sich in seine bequemen Kissen. »Wer weiß schon, was das Schicksal für uns bereithält?«

Ich legte ihm die Blutdruckmanschette um den Arm und dachte an die unerwarteten Wendungen, die mein eigenes Leben so genommen hatte. Ich hatte es aufgegeben, vorhersagen zu wollen, was das Schicksal mir zugedacht haben könnte, als ich fünf Jahre alt war. Die beste Art und Weise, mit dem Schicksal umzugehen, fand ich, war, die Augen offenzuhalten und den Überraschungen zu begegnen, wenn sie auf mich losgelassen wurden.

Mrs. Fullerton rülpste. Es war nicht der Rülpser einer Dame, wenngleich einer Dame von 85 Kilo mit kongestivem Herzversa-

gen, sondern eher der eines biersaufenden, bierbäuchigen Lkw-Fahrers.
»Mein Gott«, sagte sie empört, »ich wußte, daß hier Schweine in der Nähe waren, aber ich wußte nicht, daß sie *so* dichtbei sind.«
Ich schaute von meiner Kartei hoch und lachte. Trotz all ihrer verbalen Windungen war Muriel ziemlich komisch. Ihre eklektischen Fragen und ihre sprunghaften Vorträge boten mir eine hervorragende Übung für Unterhaltungen auf einer Cocktailparty. Sollte ich je zu einer eingeladen werden, wäre ich bestens darauf vorbereitet, jedes Wortgefecht zu überstehen.
Während ich sorgfältig darauf achtete, mich von ihren Zähnen fernzuhalten, löste ich die Riemen an ihrem Hand- und Fußgelenk, damit ihre Haut sich ein wenig erholen konnte, und setzte mich an ihr Fußende, um ein paar Notizen in ihrem Stammblatt zu machen. Es war eine nette Unterbrechung; ich war nicht nur aus dem Chaos heraus, das auf der Station herrschte, und konnte ein Auge auf Mrs. Fullerton haben, sondern ich konnte auch Mr. Jacobsen durch das Fenster sehen – für den Fall, daß er auch nur danach aussah, etwas zu brauchen.
»Romane«, dachte Muriel laut, »die auf dem Titelblatt eine Landkarte haben, ärgern mich. Was glauben Sie, wie kommt das?«
Ich legte meinen Stift beiseite und dachte nach. Ich wußte genau, was sie meinte. »Vielleicht weil sie eher den Eindruck eines langweiligen Schulbuchs als den einer spannenden Geschichte vermitteln.«
Muriel begann zu lachen. »Die sollten nackte Mädchen auf die Titelseite nehmen. Mein Mann würde sie alle lesen.«
»Liest Ihr Mann gern?«
Plötzlich war Muriel geistesabwesend. Ich sah, wie ihre Gedanken zum Fenster hinauswanderten und mit einer Reihe ganz anderer Ideen zurückkamen. »Mein Mann und ich sind wie Clark Kent und Superman«, stellte sie bündig fest. »Man sieht uns nie am selben Ort zur selben Zeit.«

»So?« sagte ich und legte das Stammblatt beiseite. Ich wollte noch ein wenig Puder auf ihre Hand- und Fußgelenke tun, bevor ich die Riemen wieder anzog.

»Er ist tot.«

»Oh, das tut mir leid.« Ich beeilte mich mit dem Puder.

»Das muß Ihnen nicht leid tun. Es stellt sich nur das kleine Problem, daß ich als Frau noch die Geheimnisse früheren Ablebens lernen muß.«

Mein Mund zuckte und wollte lächeln, aber noch mehr wollte ich die Riemen wieder anlegen. 85 Kilo beißende Frau konnten eine Menge Schaden anrichten.

»Er wurde im See beigesetzt, müssen Sie wissen«, fuhr sie wehmütig fort. »Es war ein so schöner See, aber jetzt ist natürlich alles unter Wasser.«

Ich legte die Riemen für die Fußgelenke in die richtige Position und führte ganz unauffällig ihre linke Hand an das Seitengitter. Das paßte ihr ganz und gar nicht, und sie entzog ihre Hand meinem Griff.

»Was, meinen Sie, passiert mit den Körpern von all den toten Vögeln?« fragte Mrs. Fullerton mich so, daß ich glauben mußte, dies sei einer der bedeutungsvolleren Fragen im Leben. Was mich wirklich verblüffte, war, daß ich keine Antwort wußte. Ich meine, wann findet man schon einen toten Vogel herumliegen? »Vogelbestattungsunternehmen« klingt irgendwie nicht richtig, und ich bezweifle, daß eine Katze mit Selbstachtung sich weigern würde, einen Vogel zu fressen, den sie nicht selbst getötet hat.

»Ich weiß es nicht, Mistress Fullerton.« Wieder versuchte ich, ihre Hand zum Seitengitter zu ziehen.

Das war der Augenblick, da sie meinen kleinen Finger erwischte und drückte. Ich dachte, sie wollte nur nett sein, bis sie ihn umdrehte und in den Mund steckte.

Sofort biß sie zu, und ich hörte den Finger brechen. Nach dem ersten Schock des Schmerzes projizierten die Damen in meiner Vermittlung ein großes geistiges Bild meiner brandigen rechten Hand minus dem kleinen Finger auf meine geistige Leinwand. Am Fingerglied sah ich große, vereiterte Stiche, die mich an das Frankensteinmonster erinnerten. Die Botschaft, die sie gleichzeitig mit diesem Bild sandten, lautete, daß mein Finger immer noch zwischen Mrs. Fullertons Zähnen war: *Tu was, zum Teufel!*

Also, bevor ich vor Schmerzen ohnmächtig wurde, konnte ich ihr die Wange verdrehen oder sie in den Arm beißen, bis sie mich losließ, oder ich konnte meinem Instinkt folgen und meinen Finger herausziehen, dabei vermutlich den größten Teil in ihrem Mund zurücklassend. Ich hatte nichts, womit ich ihre Kiefer hätte auseinanderdrücken können, und ich wollte meine anderen drei Finger nicht in Gefahr bringen.

Die Lösung kam mir auf einer Woge der Übelkeit: »Mrs. Fullerton?« Ich zog scharf den Atem ein und schaffte es irgendwie, die Worte kommen zu lassen. »Sind Sie jemals mit den Schwanbooten im Park von Boston gefahren?«

Es war die »Sesam-öffne-dich«-Frage, denn sofort ließ ihr Mund meinen Finger los und antwortete – irgend etwas in dem Sinn, daß sie in einem früheren Leben Leda gewesen sei.

Ich warf einen kurzen Blick auf den verformten, blutigen Finger, der wie Feuer brannte, bevor ich zum Spülbecken lief und ihn blindlings mit antibakterieller Seife behandelte. Ich wußte, er war gebrochen, ich wollte nur nicht genau hinsehen, um festzustellen, ob er noch komplett sei. Hinter mir konnte ich Muriel sich im Bett herumwälzen hören, wobei sie an ihren Beinriemen zerrte. Das wollte ich auch nicht sehen.

Ich schaute statt dessen zum Fenster hinaus und sah einen rotgesichtigen Mr. Jacobsen, der mir zuwinkte, damit ich ihm zu Hilfe komme.

Vorfallbericht Nr. 2. Im Schwesternzimmer befand sich ein ganzer Zoo von Ärzten und Schwestern, von denen die meisten damit beschäftigt waren, das Legen einer intraaortalen Ballonsonde vorzubereiten. Dr. Cramer und Dr. Mahoney sprachen über einen Patienten, der einen Herzstillstand hinter sich hatte und von der Ambulanz hochgekommen war. Dr. Meyers bellte Honey Anweisungen zu, die einen Swan-Ganz- sowie arteriellen Katheter bei einem Patienten mit Lungenödem legen sollte, der dabei war, sich endgültig zu verabschieden.

Ich begann, mich sehr schwach zu fühlen, weiße und blaue Flecken tanzten mir vor den Augen. Als ich den Mund öffnete, um zu schreien, sah ich ein Augenpaar, das mich anstarrte. Dr. Voorhees hob fragend die Augenbrauen, und mit meiner unverletzten Hand bedeutete ich ihm, er solle mir helfen.

Eric erhob sich von seinem Stuhl und kam auf mich zu. Es waren vielleicht vier Sekunden, die er bis zum Schreibtisch, an dem ich stand, brauchte, aber in dieser kurzen Zeit brach eine enorme Trauer über mich herein und ich begann zu weinen.

Die Eispackung, aus einem mit zerstoßenem Eis gefüllten Untersuchungshandschuh geformt, machte meinen Finger und einen Teil meiner Hand taub. Mein Handgelenk schmerzte vor lauter Kälte. Don hatte mich in das Tränen- und Klagenzimmer (mein neuer Name für den Ruheraum) gebracht, um mich nicht im Wartezimmer der Ambulanz den neugierigen Blicken der Wartenden auszusetzen, wo jeder die wimmernde Krankenschwester hätte anstarren können. Die Heulsuse.

Ich war erleichtert und gleichzeitig geniert, weil ich scheinbar mit dem Schmerz in einem gebrochenen Finger nicht fertig werden konnte. (Krankenschwesternirrtum Nr. 46: Schwestern sind hart wie Stahl; wenn sie verletzt sind, bluten sie nicht einmal.) Tatsache war jedoch, daß ich nicht wegen meines Fingers weinte, sondern wegen des allgemeinen Zustands meines Lebens.

Ganze Isolationsschichten aus mentaler Blindheit, Rationalisierung und Selbstverleugnung leisteten mir hervorragende Dienste, wenn es darum ging, unangenehmen Realitäten ins Gesicht zu sehen. Ich war sehr erfolgreich darin, meine Unzufriedenheit zu ignorieren, bis der Vorfall mit dem Mandeltee und dem weißen Kunststoffgartenstuhl die Sicherung durchknallen ließ.
Aber bevor ich mit dem Mandeltee anfange, muß ich festhalten, daß ich mehr als alles andere auf der Welt Kälte hasse.
Was insofern Pech war, als die Gegend um die Bucht von San Francisco Jahr für Jahr kälter zu werden schien. Es war nicht ungewöhnlich, an einem x-beliebigen Tag zwischen dem 1. November und dem 31. März die Windschutzscheibe des Autos freikratzen oder Bäume und Büsche fällen zu müssen, die vom Frost abgetötet worden waren. Es erinnerte mich an meine frühen Jahre im nördlichen Teil des Staates New York.
Noch unangenehmer war, daß mein rosa Häuschen nur über einen nicht funktionierenden Wandheizkörper verfügte, den mein Vermieter auf einem Flohmarkt gekauft hatte und der von den Gaswerken zu einem Gesundheitsrisiko erklärt worden war. Damit hatte ich zum Heizen nur noch den Kamin, was meinen Lebensraum auf einen Umkreis von etwa anderthalb Metern um den Kamin einschränkte.
An einem Morgen im November erwachte ich und sah, wie mein Atem in Wolken über dem Bett stand. Aus der Thermosflasche neben meinem Bett goß ich mir eine Tasse noch heißen Mandeltees ein, dann lag ich auf dem Rücken und starrte zum Schlafzimmerfenster hinaus, dessen Innenseite mit einer dünnen Eisschicht bedeckt war und das dem kiesbestreuten Parkplatz des benachbarten Psychiaters gegenüberlag.
Eine Weile lang stellte ich mir vor, wie ich wohl aussah in drei Paar Wollsocken, langen Unterhosen, Flanellnachthemd, Wollfäustlingen, Angoraschal und Wollmütze. Ich fühlte den unattraktiven Anblick meines Zahnschutzes und die dünnen, weißen

Speichelspuren an meinen Mundwinkeln und begriff sofort, weshalb David, bevor er zur Arbeit ging, nicht mit mir hatte schlafen wollen.
Von dort aus wanderten meine Gedanken zu den Rissen im Fenster und ihrer Entstehung. Oft verließen die Patienten die Praxis des Seelenklempners in einem Zustand starker emotionaler oder finanzieller Belastung. (Bei 155 Dollar pro 50 Minuten mußte dies einer der schmerzhaften Zahlungsmomente sein.) Die Folge dieser Anspannung war, daß sie ihre Räder durchdrehen ließen, wenn sie von dem Parkplatz herunterfuhren; die hochfliegenden Kieselsteine trafen mein Fenster mit voller Kraft.
Draußen hatte ein Patient den Motor seines Wagens gute zehn Minuten lang laufen lassen. (Wahrscheinlich versuchte er, seine Windschutzscheibe abtauen zu lassen, während er gleichzeitig sein Mantra für den inneren Frieden sang.) Der Auspuff befand sich weniger als anderthalb Meter von meinem Fenster entfernt, und eine blaue Wolke drang träge und gleichmäßig durch die zuvor erwähnten Risse. Ich konzentrierte mich auf diese Wolke, als ein Glitzern in meinem Tee meine Aufmerksamkeit erregte.
Ein Sonnenstrahl war durch die obere Fensterscheibe gedrungen und in meiner Tasse gelandet. In dem Licht reflektierten Tausende von winzigen Staubkörnchen, die in meinem Tee umherschwammen.
Wahrscheinlich war die Tasse schmutzig, dachte ich, oder vielleicht hatte der Teekessel im Inneren Rost angesetzt. Der polaren Hölle meines zugigen, eisigen Hauses trotzend, schlurfte ich in die Küche, um Tasse und Kessel abzuwaschen und mit frischem Wasser von neuem zu beginnen.
Immer noch waren da die Staubkörnchen.
Ich wiederholte den Vorgang mit einer anderen Tasse, einem anderen Kessel, ohne Tee, einem anderen Tee – es änderte nichts: In meinem Tee schwammen Tausende von Körnchen, einige

glitzerten, andere nicht; einige trieben umher, andere bewegten sich aus eigener Kraft.

Mit der Tasse im Handschuh rannte ich eine Tür weiter zum Vermieter, einem freundlichen Herrn in den Siebzigern, der nur nachdenklich nickte, mir eine jüngere Ausgabe der örtlichen Zeitung gab und mich aufforderte, auf Seite 12 zu lesen.

Ich ging zurück in den Kühlschrank, der mein Haus war, und stellte fest, daß es draußen wärmer war als drinnen. Ich stellte einen meiner neuen Gartenstühle auf und setzte mich zum Lesen hin. Auf Seite 12 wurde berichtet, daß die Regierung nach einer Reihe von Atomtests angeblich eine Reihe von Behältern mit atomarem Müll in der Bucht von San Francisco, nahe den Farallon-Inseln, deponiert hatte. Verstümmelte Fische und andere seltsame Formen leuchtenden Lebens waren vor kurzem in der Gegend entdeckt worden. Unsere Westküsten-Einsteins befürchteten, daß möglicherweise mehrere Behälter undicht geworden seien.

Danach machte der Artikel ein paar Sprünge, Hüpfer und Haken und gelangte schließlich zur Qualität der Wasserversorgung der Gegend. In zweieinhalb Spalten wurde berichtet, daß sie in zweifelhafter Verfassung sei. Der Artikel schloß mit der Feststellung, daß die Krebserkrankungen in der Gegend in alarmierendem Umfang gestiegen seien.

Zutiefst deprimiert legte ich die Zeitung beiseite und wandte meine Aufmerksamkeit den neuen Gartenstühlen zu. Mit pragmatischem Stolz bemerkte ich, daß sie trotz ihres geringen Gewichts stabil waren, sehr haltbar im Falle weiterer Erdbeben und daß ich sie ohne Furcht vor Rost draußen stehenlassen konnte – im Regen, der seit sechs Jahren nicht mehr gefallen war. Weiß war vielleicht keine sehr praktische Farbe ...

Äh ... Weiß??

Ich setzte meine Brille ab, ging etwas näher heran und strich mit einem Finger über die Armlehne. Gegen einen grauen Hintergrund stach eine deutliche weiße Spur auf der Lehne ab. Ich schaute meinen Finger an: Eine feine, schwarze Pulverschicht lag auf der Kuppe wie eine Todesanzeige.

Ruß aus dem Schornstein? Vielleicht. Oder möglicherweise hatte es mit dem Verkehr auf der Autobahn zu tun, die weniger als 150 Meter von meiner Haustür entfernt lag. Wenn ich in Betracht zog, daß die Bevölkerung sich verdreifacht hatte und die Leute denen in Los Angeles immer ähnlicher wurden – das heißt, ihre Autos immer mehr als natürliche Erweiterung ihres Körpers betrachteten –, dann wurde mir klar, daß die einstmals frische Luft um die Bucht von San Francisco die gleiche Qualität wie die von Südkalifornien hatte.

Wenn also die Stühle mit einem schwarzen Staub bedeckt waren, was passierte dann mit meinen Lungen?

Diese Erkenntnis veranlaßte mich, mir in Gedanken die Stadt noch einmal genau anzuschauen, in der ich 23 Jahre gewohnt hatte: Die einstmals schläfrige, ländliche Schlafgemeinde war jetzt überbevölkert, verschmutzt, kalt und – mit Einzelgaragen, die für 200 000 Dollar verkauft wurden – viiiiiiel zu teuer.

Wenn Umweltverschmutzung die Spitze meines Eisbergs war, dann war meine Arbeit im Redwood Memorial der Gletscher. Für die Propagandistin des »unglaublichsten Berufes auf der Welt« wurde Krankenpflege rasend schnell zu einer langweiligen Tätigkeit. Ich war in einem Land jenseits des Burnouts, und es war nicht zu ertragen.

Regelmäßig wie ein Uhrwerk plagte mich Migräne am Tag bevor ich wieder zur Arbeit zurückkehren mußte und verschwand erst wieder, wenn ich das Krankenhaus für meine planmäßigen freien Tage verließ. Die Verwaltung nahm jede Gelegenheit wahr, mich daran zu erinnern, daß ich in meiner Arbeit austauschbar war und daß die persönliche Fürsorge, die ich als

Schwester meinen Patienten angedeihen ließ, ersetzt werden konnte.
Da sie nicht länger bereit waren, sich von dieser Haltung beherrschen zu lassen, hatten sowohl Pia als auch Nealy gekündigt, um in Einrichtungen zu arbeiten, in denen man Schwestern freundlicher behandelte. Beth hatte die Nase so voll von der ungleichen Verteilung der Arbeit zwischen Annies Lieblingen und Sklaven und war so frustriert über die vielen gefährlichen Patientenzuteilungen, daß sie mit einem Monat Frist kündigte.
Bis ich bei meinem Arbeitsplatz angekommen war, hatte ich mich so sehr gegen die täglichen Ungerechtigkeiten und Angriffe gewappnet, daß es Stunden brauchte, bevor die angespannte Feder meiner Wut sich wieder entspannte; und auch dann stellte sich nur das Gefühl der Vergeblichkeit und Frustration ein.
Fast nach jeder Schicht weinte ich mich in den Schlaf. In den anderen Nächten wälzte ich mich hin und her, weil mich quälte, was die Franzosen *l'esprit de l'escalier* nennen, was sich wörtlich als »Witz der Treppe« übersetzt – all die klugen und überzeugenden Antworten, die ich den Verwaltungsleuten *hätte* geben können und die mir erst einfielen, wenn ich die Treppe zu meinem Auto hinunterging.
Am schlimmsten jedoch war der Verlust meiner »Familie«. Jeden Tag ohne das Sicherheitsnetz aus Pias Wärme und Mitgefühl, Nealys praktischen Sinn oder Beths trockenen Humor und Kraft arbeiten zu müssen, gab mir das Gefühl, isoliert und ungeschützt zu sein. Die Last gemeinsam getragen zu haben, hatte es für jeden von uns leichter gemacht, sich zu behaupten. Jetzt gab es niemanden, mit dem ich ein heimliches Lachen und die ständig wachsende Enttäuschung hätte teilen können.
Als David zum ersten Mal sagte, ich solle den Pflegeberuf aufgeben, erschreckte mich der Gedanke. *Ich* sollte nicht länger Krankenschwester sein? Es schien mir ebenso undenkbar wie die

Vorstellung, der Papst könnte der Kirche den Rücken kehren und Büstenhalter-Bewahrer von Madonna werden. Aber die Saat war gesät, und immer wieder ertappte ich mich dabei, wie ich das Thema mit mir selbst durchdiskutierte.

Ich 1: Ja, aber Krankenschwester sein ist der Boden, auf dem ich stehe.

Ich 2: In Grund und Boden wird es dich rammen. Es ist zu einer unwürdigen Lebensweise geworden, Ec. Wie David auch sagt: Es bringt dich um. Die Verwaltung saugt dich aus. Ich meine, wo bleibt da noch der Spaß?

Ich 1: Aber ich kümmere mich immer noch gern um Menschen.

Ich 2: Es gibt noch sehr viel mehr Möglichkeiten, das zu tun, ohne ausgebeutet zu werden.

Ich 1: Aber was soll ich denn sonst tun? Krankenschwester sein ist mein Leben.

Ich 2: Krankenschwester sein wird dein Tod werden, und erzähl mir nicht diesen Mist von wegen »was soll ich sonst tun?« Du hast 14 Jahre als Intensivschwester hinter dir – es gibt noch reichlich für dich zu tun.

Ich 1: Ich würde mich zu Tode langweilen oder durchdrehen.

Ich 2: Du würdest dich nicht einmal langweilen, wenn sie dich in einer ein mal einen Meter großen Zelle einschließen würden, und durchgedreht zu sein ist für dich der Normalzustand. Lebe – zum ersten Mal in deinem Leben. Tu, was dir wirklich Spaß macht. Schreibe, wandere, arbeite im Garten, nimm dir Zeit für dich selbst. Versuch, normal zu sein.

Don holte mich aus meinen deprimierenden Träumen heraus, indem er die Eispackung von meinem Finger nahm. Die beiden Schmerztabletten, die er mir zuvor gegeben hatte, linderten den Schmerz kaum, bewirkten jedoch, daß er mir weniger ausmachte.

Bevor ich aufstehen und ihm in den Röntgenraum folgen

konnte, schaute ich noch einmal lange die Fototapete mit den Bäumen an und fragte mich, weshalb ich den Wald vor lauter Bäumen nicht sah.
Im Röntgenraum beachtete kaum jemand mich oder meinen Finger, der aussah wie ein violetter, wurstförmiger Ballon, welcher darauf wartete, zur Figur eines Hundes geformt zu werden. Zwanzig Minuten später wurde ich mit dem fotografierten Beweis eines gebrochenen Phalangens zur Ambulanz zurückgeschickt.
Während Dr. Kin den Finger säuberte und schiente, hielt er mir die Rede, die wir allen Patienten halten – des Inhalts, daß der Biß eines Menschen zu den schmutzigsten Wunden gehört und ich unbedingt Antibiotika haben und meine Hand mit Eis kühlen und über meinen Kopf halten müsse.
Ich nickte während seines gesamten Vortrags, und mir wurde klar, das einzige, das mich wirklich interessierte, war, wie lange ich nicht würde arbeiten müssen.
Ich fuhr nach Haus in einem verwirrten Zustand gleichzeitigen Schmerzes und Hochgefühls. Ich war insgeheim sehr zufrieden damit, daß Muriel sich meine rechte, meine Arbeitshand ausgesucht hatte, obwohl es andererseits ein trauriger Gedanke war, daß ein pochender, übel zugerichteter Finger mehr wert war als fünf Tage Arbeitsunfähigkeit.
Etwas, das wurde mir klar, war hier gar nicht in Ordnung.

Mittwoch, 5 Uhr 30 – Der Tag bricht an, und wegen meiner körperlichen und seelischen Schmerzen bin ich außerstande zu schlafen. Ich trage drei Schichten Kleidung, sitze am Kamin und weine – so unkontrolliert wie ein trockener Weihnachtsbaum, der Feuer gefangen hat.
David ist heute abend in seiner Wohnung geblieben, obwohl er anrief, als ich nach Haus kam, und geduldig meiner Tirade über das Personaltreffen lauschte. Wir kamen schnell

auf das Thema zu sprechen, daß meine Arbeit mich umbringt, machten ein paar Umwege über Konversationsnebenstraßen und hielten schließlich beim wichtigsten Gesprächsgegenstand: unserer Beziehung. Es war das gleiche alte »Laß-uns-die-Dinge-in-diesem-quasi-Zusammenleben-aber-nicht-wirklich« gegen »Laß-uns-in-einer-Wohnung-zusammenziehen«. Die letzte Aussage von David war, und ich zitiere: »Ich liebe dich sehr. Wir passen großartig zusammen. Du bist meine beste Freundin. Aber, Ec, welche Zukunft hat diese Beziehung?«

Seine Frage hing in der Luft wie der letzte, mit viel Pedal gespielte Ton eines Klaviers. Dem Mann, der immer hiergewesen ist, scheint jetzt etwas in der Beziehung zu fehlen. Die Kapitulation ist in Widerstand übergegangen, und ich bin traurig und fühle mich irgendwie verraten.

Ich stampfe wie ein Kind mit dem Fuß auf und schmolle. Ich möchte nicht eine von den 24 067 Frauen in den Vereinigten Staaten sein, die in diesem Augenblick den Schmerz, die Wut und/oder die Depression durchleben, weil sie eine Beziehung loslassen müssen. Ich möchte gar nicht daran denken, wie es ist, aufzuwachen und Davids Arme nicht um mich herum zu haben.

Ich bin selbstsüchtig und habe zur Zeit weder den Anstand noch gesunden Menschenverstand, wegzugehen und weiterzumachen. Stark wie ein Felsen aus Götterspeise lasse ich zu, daß mir die Hoffnung immer wieder in die Quere kommt.

Andererseits: In der Post war meine Bewertung. Der letzte Satz lautet: »Manchmal fällt es Mrs. Heron schwer nachzugeben, wenn sie der Meinung ist, im Recht zu sein – sei es gegenüber einem Arzt oder der Personalleitung.«

Meine formelle Antwort lautet, daß ich weiterhin für meine Überzeugungen eintreten und mich als nichts anderes als

eine professionelle Person behandeln lassen werde. Außerdem habe ich bemerkt, daß man jetzt im Bewertungsblatt (das aussieht wie die Zeugnisse in meiner Realschule) das Wort »Kunde« anstatt »Patient« verwendet; hätten sie nicht wenigstens »Gesundheitskunde« schreiben können? Kellnerinnen und Verkäufer haben Kunden, Krankenschwestern haben Patienten.
Draußen ist es taghell, und immer noch verhindert das Durcheinander in meinem Kopf, daß ich einschlafen kann. Ich bin so gottverdammt müde. Ich glaube, ich muß mich irgendwo anders hin flüchten.

16. Kapitel

»Für einen, lange eingeschlossen in der Stadt,
Ist es sehr süß, zu schau'n das schöne,
Offene Gesicht des Himmels.«
John Keats, *Sonette*

Unter mir lag eine ganze Welt aus glitzerndem, blaugrünem Wasser, das sich, so weit das Auge sehen konnte, in jede Richtung erstreckte. Ein kleiner, dunkler Schatten huschte über die Wellen und fiel zu keinem Augenblick zurück. Ich suchte den Himmel nach dem einsamen Vogel ab und begriff schließlich, daß es sich um den Schatten des zweisitzigen Flugzeugs handelte, in dem ich derzeit als Passagier mitflog.
Für mich bedeutet Fliegen Stunden der Angst, nur unterbrochen von einem oder zwei Momenten nackter Panik – wenn ich mich in einem normalen Linienflugzeug befinde. Aber hier war ich nun, in der Mitte des Monats Dezember, 1000 Meter über der Karibischen See, in einem '56er Volkswagen mit Flügeln. Daß er an einigen Stellen mit Draht zusammengehalten wurde, seine Leitungen zum Teil mit Klebeband repariert worden waren und er im übrigen bis zum Stehkragen mit mehr als 800 Kilo Broccoli und gefrorenen Hühnchenteilen vollgepackt war, heiterte mich keineswegs auf, sondern verstärkte nur noch die Ähnlichkeit des Flugzeugs mit einer Todesfalle.
Zu all diesen Nachteilen kam noch die Tatsache hinzu, daß dieser verfallene Gemüsekarren von einem harten, einsilbigen Buschpiloten namens Pinky geflogen wurde, der entweder ein Überbleibsel aus einem *Indiana-Jones*-Film oder ein entsprun-

gener Roboter aus den *Piraten der Karibik* im Disneyland hätte sein können.

Ich war gerade damit beschäftigt, die Broccolispitzen abzubrechen, die gegen meinen Nacken rieben, als Pinky fluchte, den aufgeweichten Stummel seiner Zigarre in den anderen Mundwinkel manövrierte und die Abdeckung seines Armaturenbretts losriß.

Ein Geruch nach verbrannten elektrischen Teilen füllte die Kabine, während Drähte und seltsam aussehende mechanische Teile in jede Richtung über die Kante des Armaturenbretts federten. Pinky kämpfte sich aus seiner ledernen Bomberjacke (die in Kombination mit den Khakishorts, karierten Strümpfen und Zoris ganz zweifellos einen echten »Look« darstellte), griff in das Durcheinander und begann wild herumzufummeln. »Du Tochter einer Hure!« Er spuckte in das Gewirr der Drähte. »Versuchst du, mich *schon wieder* umzubringen?!«

Die Worte »*schon wieder* umzubringen« tauchten das Innere meines Magens in einen Whirlpool aus Salzsäure und versetzten meinen Kopf in einen Mein-Leben-glitt-an-mir-vorbei-Zustand. Wie kam es nur, daß ich immer wieder in solche Situationen geriet? wollten die Damen in meiner Vermittlung wissen.

Nun, erklärte ich, all dies fing etwa zur selben Zeit an, als ich wieder Kontrolle über meinen von mir so genannten Mrs.-Fullerton-Finger bekam. Mein fünf Tage langer Krankheitsurlaub sollte sich als die Vorbereitung für das Nachfolgende herausstellen. Als ich am ersten Arbeitstag durch die Doppeltür der Herzstation ging und sich sofort die mörderische Migräne und die kalten Schweißausbrüche einstellten, begriff ich, wie sehr ich eine Zeit der Abwesenheit von der ständig eskalierenden Arbeitsbelastung brauchte. Nachdem ich eine Woche in diesem Zustand gelebt hatte, raffte ich meinen Mut zusammen und bat Annie um einen vollen Monat Urlaub.

Wenn ich heute daran zurückdenke, hätte mir klar sein müssen, daß angesichts des unentschiedenen Streits über die Dezentralisation es für die Geschäftsleitung nur zum Vorteil sein konnte, wenn ich möglichst lange abwesend war. Annie gewährte mir nicht nur den Urlaub, sondern wünschte mir auch noch fröhlich eine »gute Reise«.

Da der Zufall häufig eine entscheidende Rolle in meinem Leben gespielt hat, konnte es nicht überraschen, daß ich an dem Tag, an dem ich zu entscheiden versuchte, wohin ich verreisen wollte (ich hatte schon den Globus hervorgeholt und war dabei, die Augenbinde anzulegen), einen Brief von einem Freund, »Doc« Jim, dem Apotheker auf St. John, bekam, in dem er mir schrieb, er wisse, wie sehr ich die Kälte hasse, bei ihm zeige das Thermometer gerade 29 °C und in San Francisco 6 °C. Er fügte hinzu, daß sein Gästehaus für ein oder zwei Monate leer stünde, und fragte, ob ich Lust hätte, es zu benutzen.

Ich war noch nie in der Karibik gewesen, und die Temperatur schien für meine abgestorbenen Finger gerade das richtige zu sein. Außerdem kosteten die derzeitigen Flugsonderangebote etwa so viel, wie ich in einem Monat für Brennholz ausgab. Als ich, weitere Bestätigung suchend, zum Fenster hinausschaute, sagten die gefrorenen Zweige meiner toten Rosensträucher: »Ja!« Mooshie und David bestätigten mich beide auf ihre jeweils eigene Weise. Mooshie weigerte sich, von mir hochgenommen zu werden, und klammerte sich statt dessen an Davids Hosenbein oder Schulter, sobald ich auch nur in seine Nähe kam (in Kalifornien nennt man dies eine »neurotische Vater-Haustier-Beziehung«). David erinnerte mich einfach nur daran, daß es einen deutlichen Hinweis auf meine Urlaubsbedürftigkeit darstellte, wenn ich mich jede Nacht in den Schlaf weinte und an 25 von 30 Tagen unter Migräne sowie kalten Schweißausbrüchen litt. Simon, der im dichten Nebel der Pubertät umhertappte, würde meine Abwesenheit erst bemerken, wenn er Pizza satt oder kein Geld mehr hatte.

Außerdem brauchte ich dringend ein wenig Bräune; meine Haut war so weiß, daß man beim Licht meiner Beine hätte lesen können.
An meinem dritten herrlichen Tag in den Tropen lag ich bratend auf dem weißen Sand der Trunk Beach Bay, als James zu mir kam und mir von einem Freund erzählte, der Pilot sei und mit einer zweimotorigen Maschine nach Montserrat, der Smaragdinsel der Karibik, fliege. Wenn ich es innerhalb von zwei Stunden zum Flugplatz von Thomas schaffen könne und wenn es mir nichts ausmache, zusammen mit einer Ladung Broccoli und gefrorener Hühnchen zu fliegen, hätte ich Gelegenheit, umsonst zur Insel zu fliegen, mich dort ein paar Tage umzusehen und dann wieder zurückzufliegen.
Montserrat, so versicherte mir James, während ich losrannte, um meinen kurz zuvor ausgepackten Koffer wieder zu packen, sei eine der herrlichsten Inseln der Karibik. Sie sei eine britische Kolonie, liege im tropischen Gürtel der Passatwinde, und es gebe dort einen Berg, einen 27 Meter hohen Wasserfall, eine Schwefelquelle sowie Ruinen alter Zuckerplantagen, das Ganze in üppiger Dschungelumgebung. Es sei die Chance meines Lebens, sagte James, als ich auf die Fähre nach Redhook ging. Und er sollte recht behalten – nur daß es sich um die *letzte* Chance meines Lebens handelte, denn ich war kurz davor zu sterben.
Während Pinky mit dem Armaturenbrett kämpfte, hatte er mit seinem Bauch, der sich in Jahren des Verzehrs von karibischem Rum gewölbt hatte, aus Versehen den Steuerknüppel nach vorn gedrückt, woraufhin wir steil nach unten fielen. Der Ozean war schon gefährlich nahe gekommen, als er mir bedeutete, ich solle den Knüppel übernehmen, bevor wir abstürzten.
Mit ausgetrocknetem Mund betete ich zu Buddha, legte die Kopfhörer an und griff nach dem Steuerknüppel. Aus der Tüte mit den »nützlichen Erinnerungen« der Damen in meiner

Vermittlung zog ich ein paar angestaubte Flugkenntnisse, die ich als naive 17jährige (oh, die süßen Tage vor dem Sterben!) irgendwo auf einem schlammigen Flugplatz gesammelt hatte: »Wenn man am Steuerknüppel zieht, fliegt man nach oben, wenn man ihn niederdrückt, nach unten.« Die Tatsache, daß ich einmal allein geflogen war – das heißt, ich war gestartet, war um ein Feld herumgeflogen und hatte ganz allein die Maschine aufrecht und in einem Stück wieder heruntergebracht –, war jetzt, während das Flugzeug schnell an Höhe verlor, ohne jede Bedeutung.

Langsam zog ich den Knüppel an, und sofort stiegen wir hoch ... direkt in eine riesige Masse von Wolken mit null Sicht.

Die Klaustrophobie- und Todespanikleitungen in meinem Hirn berührten einander, und ich hatte einen Kurzschluß. Die Damen in meiner Vermittlung zogen den mentalen Reservefallschirm und das Rettungsfloß hervor, pusteten in aller Eile den Staub von meinen Flugstunden und projizierten sie auf die Leinwand, so daß dort, vor meinem geistigen Auge, das Standardarmaturenbrett eines kleinen Flugzeugs auftauchte.

Also gut: Das große Instrument war der Horizontalanzeiger – die Linie immer schön waagrecht halten. Den Richtungsanzeiger mit dem Kreiselkompass synchronisieren – gut. Jetzt ausgleichen, eindrücken, okay, gerade halten, Druckanzeige ist grün, Treibstofftanks sind halb voll, gut. Der Vertikalanzeiger sagte mir, daß die Nase der Maschine nach oben gerichtet war – das war ermutigend.

Es bedurfte keines genialen Verstandes, um zu wissen, daß ich, um aus den Wolken herauszukommen, entweder über sie steigen oder unter sie fliegen mußte. Ein rotes Licht leuchtete auf der Leinwand der Damen in meiner Vermittlung auf: »Denk daran, daß, je höher du bist, du um so mehr Zeit und Kontrolle hast, um aus einer gefährlichen Situation herauszukommen.« Ich zog noch ein wenig mehr an, und wir stiegen, bis wir nach einer halben Ewigkeit in der Wolkenhölle mitten in einer riesigen blauen Schüssel voller luftigen Kartoffelpürees ankamen. Vor uns wölbte sich ein Regenbogen zwischen zwei Wolkenbergen.

Trotz meiner festen Überzeugung, daß wir an diesem Tag sterben würden, verschlug mir der Anblick den Atem und gab mir Mut. In diesem Augenblick kam die pure Lebensfreude wie eine liebe Erinnerung zu mir zurück, und ich flog voller Verzückung durch den weiten, weiten Himmel.

Während ich spaßeshalber ein wenig herumprobierte und über, unter und durch die Wolken manövrierte, arbeitete mein zigarrenkauender Kopilot am Armaturenbrett, und der Schweiß rann ihm unter einer schäbigen Fliegerkappe aus dem Zweiten Weltkrieg hervor und sein Gesicht herunter. Einmal schaute er von den Armaturen hoch, hob die Augenbrauen und zeigte mit einem Gesichtsausdruck, der so viel besagte wie: »Nicht schlecht für eine Tussi«, nach unten. Ich drückte nach vorn, und langsam flog ich uns unter die Wolken.

An der Flügelspitze vorbei sah ich eine kleine, grüne Insel, die in der Sonne badete. Der alte Buschpilot klappte die Abdeckung des Armaturenbretts zu und übernahm wieder den Steuerknüppel. »Montserrat«, murmelte er.

Wir flogen an, direkt auf die Bergflanke zu. Im letzten Augenblick (ich konnte die Blüten in den Büschen sehen, die in den Felsspalten wuchsen) zog Pinky nach links und flog auf die einzelne Landebahn zu, die sich am Strand entlangzog. Sobald die Propeller sich nicht mehr drehten, öffnete ich die Tür und trat auf die Tragfläche hinaus.

Umgeben von der sauberen, seidenweichen Luft, die nach Meer und Sonne roch, hatte ich sofort ein Gefühl, als ob ich nach einer langen und mühevollen Reise endlich zu Haus angekommen sei. Eine große Gelassenheit erfüllte mich, als ich über den Flugplatz zum Einwanderungsschalter ging.

Der Einwanderungsbeamte, ein großer, schlanker Montserrater,

schaute mich belustigt an. »Wofür sind Sie nach Montserrat gekommen, Schwester?« Sein Lächeln zeigte perfekte, weiße Zähne, etwas, das ich noch oft auf Montserrat sehen sollte.
»Ich mache hier Urlaub«, sagte ich lächelnd und reichte ihm meinen Pass.
»Ein wenig limonen, wie?«
Ich fand das eine merkwürdige Frage, aber nahm schließlich an, daß seiner Familie möglicherweise ein Garten mit Limonenbäumen gehörte und er mir sagen wolle, wo ich welche kaufen könne. »Äh, nun, ich bin mir nicht sicher; vielleicht pflück' ich mir ein paar Limonen, während ich hier bin.«
Der Einwanderungsbeamte warf den Kopf zurück und lachte; anscheinend fand er etwas ausgesprochen komisch. In einem schnellen westindischen Pidgin-Englisch erzählte er den Witz zwei Männern, die in der Nähe Domino spielten. Als das allgemeine Gelächter sich ein wenig beruhigt hatte, stempelte er meinen Paß ab und salutierte lässig. »Einen guten Tag noch und alles Gute.«

Pinkys Transportmittel zu Lande erwies sich als ebenso fragwürdig wie sein Flugzeug. Es handelte sich um die britische Version dessen, was man eine Mischung aus Golfwagen und einem Jeep nennen könnte, und wurde »Moke« genannt. Wir verließen den Flugplatz und schlängelten uns auf der gewundenen Straße durch üppiges Dschungelgelände über die Insel.
Entlang der Straße lächelten uns Männer auf Eseln und mit Macheten in den Händen zu, während die Frauen, von denen viele große Bündel auf dem Kopf trugen, unsere Grüße zurückhaltender erwiderten. Jedes Kind, das wir sahen, aß eine Mangofrucht, deren Schale wie bei einer Banane in Streifen heruntergezogen worden war. Aus einiger Entfernung sah es aus, als ob sie Orangensorbet aus grünen Pappbechern aßen.
Einmal hielten wir wegen eines Esels an, der sich mitten auf

der Straße ausruhte, und sofort stürmten mehrere Jugendliche den Moke. Unbeeindruckt von Warnungen, nur ja mit keinem Fremden mitzufahren, besetzten diese Kinder jeden Quadratzentimeter des Fahrzeugs. »Mitfahren, Mann? Läßt du uns mitfahren?«

Als wir an einer Handvoll Hütten aus Beton und Holz vorbeifuhren, die in den karibischen Farben Hellblau, Rosa und Türkis angestrichen waren, erregte eine riesige Königspalme, um deren Stamm ein Stück Wellblech gewickelt worden war, meine Aufmerksamkeit. Jemand hatte das Wort »HUGO« auf das Wellblech gesprüht und ein Pfeil zeigte die Richtung an, in der der Hurrikan offensichtlich durchgezogen war.

Wir verlangsamten das Tempo, als wir in die größte Stadt, Plymouth, hineinfuhren, ein Labyrinth von engen Straßen, in denen die Gebäude aus Stuck und Stein ineinander überzugehen schienen; sie standen so eng beieinander, daß nicht einmal der kleinste Gedanke zwischen ihnen hindurchgepaßt hätte. Auf grünen Fensterläden, von denen einige geschlossen, andere geöffnet waren, klebten Plakate, auf denen für alles mögliche geworben wurde, von Sauerapfeleis und Ziegenwasser bis Guavakäse und gerösteten Hühnchen. Das Plakat, das mir am besten gefiel und mich wirklich lachen machte, lautete: »Montserrat Möbel – täglich frisch!«

Wir verließen Plymouth und fuhren die andere Seite des Berges durch kleine Orte namens Weekes, Cork Hill, Frith und Salem hinauf. Als wir in eine Gegend der Insel kamen, die St. Peter's Parish hieß, bogen wir in eine schmale, nur teilweise gepflasterte Straße ein. Nachdem wir weitere anderthalb Kilometer geklettert waren, fuhren wir durch ein Steintor auf eine kreisförmig angelegte Auffahrt und hielten vor einem prächtigen Haus.

Während ich tief beeindruckt die das Anwesen umgebenden Gärten betrachtete, holte Pinky einen Schlüssel hervor und öffnete die Eingangstür. Ich trat in eine Kathedrale von Wohnzimmer und ließ den Anblick in fassungslosem Schweigen auf mich wirken.

Die gesamte Länge des Raums öffnete sich auf einen weiten Blick auf das lavendelfarbene Meer und den rosafarbenen Himmel. Auf der einen Seite dieses Panoramas ging die Sonne golden unter und legte hinter einer purpurnen Wolke gerade ihr Abendkleid an.

»Dies ist die einzige Aussicht in der ganzen Karibik, die mich nach wie vor beeindruckt«, sagte Pinky und gab mir den Schlüssel zum Haus.

»O mein Gott«, brachte ich flüsternd hervor, »ich bin zu Haus.«

Pinky nahm die Zigarre aus dem Mund und lachte leise. »Das Gefühl kenne ich. Genau dasselbe habe ich gesagt, als ich vor zehn Jahren zum ersten Mal eine karibische Insel betrat.«

»*Wohnen* Sie hier?« fragte ich und konnte nicht glauben, daß jemand tatsächlich an diesem Ort leben konnte, ohne an dessen Schönheit zu sterben.

»Ich passe für die Besitzer auf das Haus auf, sie wohnen in England«, sagte Pinky. »Aber ich bin fast niemals hier, außer wenn es wenig zu tun gibt; und auch dann bin ich nicht mehr als ein oder zwei Tage pro Woche da. Meistens fliege ich sieben Tage die Woche Transporte von San Juan nach den Inseln. Apropos ...« Pinky sah auf seine Uhr. »Ich muß nach Antigua rüberfliegen und dann nach Nevis, bevor der Flughafen schließt. In ein paar Tagen komm' ich zurück und hol' Sie ab – wenn Sie mitwollen. Wenn nicht, können Sie so lange hierbleiben, wie Sie wollen.« Er sah mich von der Seite an. »Verstehen Sie was von Gartenarbeit?«

»Natürlich.« Ich nickte.

Ein Lächeln wie ein Tagesanbruch breitete sich auf seinem Gesicht aus und ließ einen goldbekronten Schneidezahn sehen. »Großartig. Lassen Sie sich auf keinen Fall daran hindern. In den Küchenschränken sind reichlich Lebensmittel, aber wenn Sie

mehr brauchen, können Sie am Samstag nach Plymouth auf den Markt fahren oder im Kontrollturm eine Nachricht für mich hinterlassen, und ich versuch' dann, alles für Sie zu besorgen und es für Sie beim Flugplatz zu hinterlassen, sobald ich durchkomme.«
Die etwas hastige Besichtigungstour durch das Anwesen ließ mich noch mehr in Ehrfurcht erstarren. Die beiden Schlafzimmer hatten jeweils ihr eigenes Bad und zwei Balkone mit einem herrlichen Ausblick auf das Meer beziehungsweise die tropischen Gärten. Die anderen Gästezimmer waren größer, hatten aber jeweils nur einen Balkon und ein Bad und waren größer als mein gesamtes Haus.
Umgeben von tropischen Bäumen und Blumen, lag der Swimmingpool in einem mit Terrakotta gepflasterten Hof oberhalb des Meeres. Entlang einer Seite des Pools sorgte ein tiefer gelegenes Filtrierbecken für einen ständig fließenden Wasserfall. Zur Seite hin, hinter einer Wand aus exotischem Jadewein, lag ein weiterer Hof, der zu einem aus Betonsteinen gesetzten Haus führte, das gleichzeitig als Waschhaus und Unterkunft im Falle eines Hurrikans diente.
Der Gärtnerraum mit seiner vollständigen Sammlung an Geräten war wirklich sehenswert, und Pinky nahm sich reichlich Zeit, mir alles zu erklären.
Wieder an der Eingangstür angekommen, drückte mir Pinky einen weiteren Satz Schlüssel in die Hand. »Ich nehme den Moke zurück zum Flugplatz. In der Garage steht ein alter Landrover, der zum Haus gehört. Er fährt sich nicht so lustig wie der Moke, aber er ist sicherer.«
Auf seinem Weg nach draußen hielt Pinky inne und wandte sich um. »Sie müssen keine Angst vor dem Getier haben, das hier nachts hereinkommt. Die einzigen, die auch nur annähernd giftig sind, sind die Bufo-Frösche, und die sind kaum zu übersehen.«
Sofort entstanden vor meinem geistigen Auge Bilder von men-

schenfressenden Fröschen mit Reißzähnen so lang wie ein Männerbein. »Es gibt hier giftige Frösche?«
»Na ja, sie haben auf dem Kopf diese Drüsen, aus denen so eine weiße, klebrige Flüssigkeit kommt, die angeblich giftig ist, aber man muß schon an so einem Frosch lecken, um krank zu werden.«
»Äääch, ich werde mich zurückhalten können«, sagte ich. »Es wird mir schwerfallen, aber ich glaube, ich kann mich beherrschen.«
Pinky zwinkerte mir von der Tür her zu. »Und achten Sie auf die Jack-Spaniards, die unter den Elefantenohrenblättern hängen; sie stechen wie der Teufel.«
Obwohl ich keine Ahnung hatte, wovon er sprach, lächelte ich tapfer und wischte es beiseite, als ob ich genau wisse, was gemeint war. Im Geiste stellte ich mir Horden von Matadoren namens Jack vor, die sich in den Büschen versteckt hielten und auf Vorübergehende mit ihren Degen einstachen.

Auf der oberen und der unteren Veranda befanden sich jeweils eine Hängematte, zahlreiche Tische und Stühle sowie ein Teleskop zur Beobachtung des Meeres und des Himmels. Es fiel mir nicht leicht, mich zu entscheiden, aber schließlich ließ ich mich auf der oberen Veranda nieder und sah voller Ehrfurcht zu, wie die Sonne in einem Feuerwerk aus Orange, Gold und Lavendel unterging. Mit dem Einsetzen der Dunkelheit nahm der Dschungel ein anderes Gesicht an, eines voller Geheimnisse und verborgener Gefahren. Bevor der endlose Himmel endgültig schwarz wurde, fühlte ich einen Luftzug an meinem Kopf, und irgend etwas zog an meinen Haaren. Ich wandte mich gerade noch rechtzeitig um und sah etwa zehn Fledermäuse, die in etwa zehn Meter Höhe durch ein Loch in der Decke schossen. Sie glitten durch die Dachbalken und über den Pool, verschwanden für ein paar Sekunden und flogen wieder durch das Loch.

Nun gut, hatte ich also Fledermäuse im Glockenturm. Ich mochte Fledermäuse. Doc Jim hatte mir erzählt, sie äßen jede Nacht das Dreifache ihres Gewichtes an Insekten, und das sei teilweise der Grund, weshalb es um das Haus herum kaum Moskitos und anderes Getier gab.
Ohne mit der Wimper zu zucken, zog ich mich schnell aus ihren Flugbahnen zurück und machte mich daran, das übrige Haus zu erkunden. Ich fand frische Bettwäsche (vier Schränke voll) und war gerade dabei, das Bett im oberen Schlafzimmer zu beziehen, als ich bemerkte, daß das Geräusch, das vom Dschungel und Regenwald hereinkam, nicht länger der Gesang von Vögeln, sondern eine ohrenbetäubende Kakophonie von Zikaden, Eidechsen und ... (schluck!) Fröschen war. In diesem Durcheinander gab es ein Geräusch, das in meinen Ohren klang, als ob jemand mit einer Machete gegen die Mauer des Anwesens schlug. Ich wehrte Visionen von wilden Dschungelbewohnern ab und machte mir ein Abendessen aus den Vorräten, die reichlich vorhanden und sehr britisch waren: Wo sonst würde man zehn Dosen mit Tee, vier Gläser Orangenmarmelade, zwölf Blechbüchsen mit Wasserkeksen und fünf Gläser »Marmite« finden?
Ich duschte in der Dusche eines der beiden Herrenzimmer, wobei ich von einer Taube beobachtet wurde, die auf dem offenen Fensterladen saß. Ich nahm dies als gutes Omen, kroch glücklich und zufrieden ins Bett, zog das Moskitonetz um mich herum und horchte auf die Geräusche des nächtlichen Dschungels.
Ich mußte mich selbst kneifen, um glauben zu können, daß ich mich nicht in einem Technicolortraum befand. Ich, Echo, wohnte im Dschungel, Kilometer vom nächsten menschlichen Wesen entfernt, umgeben von sauberem Wasser, sauberer Luft und der Musik des Regenwaldes, die mich in den Schlaf ...
Aus der Küche kam der Lärm herabstürzender Töpfe und Pfannen.
Ich hielt den Atem an und lag so still wie ein Kilometerstein auf

dem Boden eines Flusses. Dann schlug ein Besen auf die Keramikfliesen des Küchenfußbodens.
Zugegeben, es war immer noch fast 30 °C warm, aber ich begann, heftig zu schwitzen, während ich mir auszumalen versuchte, was diesen Krach verursacht haben könnte. Pinky hatte gesagt, daß Verbrechen auf der Insel praktisch unbekannt seien, Diebstahl eingeschlossen: Es konnte vorkommen, daß sich jemand ein Gartengerät auslieh oder einen Kissenbezug von einer Leine nahm. Ein paar Monate später würde man jedoch den sauber gebügelten und gefalteten Bezug vor seiner Tür oder das gesäuberte und geschliffene Gerät an seinem Platz wiederfinden.
Eine Schranktür öffnete sich mit einem Knall, und etwas fiel mit einem Dumpfen Poltern herunter.
Vorsichtig öffnete ich das Netz, griff meine Taschenlampe und ging auf Zehenspitzen durch das Haus. Bevor ich schließlich in die Küche trat, langte ich um den Türpfosten herum und schaltete das Neonlicht an der Decke ein.
Daß mein lautes und lang anhaltendes Schreien nicht ganze Horden von Menschen herbeieilen ließ, wunderte mich damals selbst. Was ich nicht wußte, war, daß, selbst wenn man mich gehört hätte, niemand auch nur in die Nähe gekommen wäre, da die Montserrater davon überzeugt waren, daß die Bäume des Anwesens von Jumbies, bösen Geistern, bevölkert seien. Ich hätte allerdings das, was sich in der Küche ausgebreitet hatte, für jeden Jumbie der Welt eingetauscht: An der Zimmerdecke, den Wänden und über den Keramikfußboden kroch, huschte und flitzte eine Armee von Kakerlaken, die etwa halb so groß waren wie der Staat Rhode Island. Die Leute im Süden der USA nennen sie manchmal Palmkäfer; aber mich hältst du nicht zum Narren, Gertrude: Eine Kakerlake ist eine Kakerlake.
Zwei Sekunden und einen Lidschlag später gab es keine einzige Spur dieser ekelhaften Dinger mehr, und nur noch das Echo meiner Schreie hing in der Luft. Ich weiß nicht, was ich erwartet

hatte: Ich befand mich in einem tropischen Dschungel, in einem Haus, das weit offenstand. Es war einfach nur natürlich, in einem solchen Haus Kakerlaken zu finden – so, wie man Yuppies in Kalifornien findet.
Schuld an der Unordnung in der Küche war eine große, graue Buschratte, die sich jetzt in eine Ecke der Küche drückte und sich nicht eine Sekunde lang beim Verzehr der getrockneten Aprikosen unterbrechen ließ, die ich aus St. John mitgebracht hatte. Ich wedelte heftig mit dem Arm, und der Nager hoppelte auf die Veranda und in den Dschungel davon, eine Aprikose mitnehmend.
Ich traute mich nicht, meine Füße zu bewegen, da ich nicht wußte, was ich als nächstes aufstören würde. Ich hatte nicht das Gefühl, für eine Begegnung mit weiteren Dschungelkreaturen gewappnet zu sein. Ein weißer Klecks fiel auf meinen Arm. Ich sah nach oben, und ein weiterer Tropfen landete auf meiner Stirn: Über den Deckenbalken hängend und direkt auf meinen Kopf zielend, hing das Hinterteil eines »Waldsklaven«, einer 30 Zentimeter langen Eidechse. Schnell wich ich der dritten Attacke aus. Am Spülbecken wusch ich mich und bemerkte dabei, daß sich in allen Klecksen unverdaute Teile von Kakerlaken befanden. Damit wurden Eidechsen gemeinsam mit Fledermäusen zu den Lebewesen, die in Ordnung waren: Den Schmutz von meinem Kopf zu wischen war allemal und jederzeit angenehmer, als Kakerlaken zu begegnen.
Erste Lektion im Dschungel: Lasse niemals Müll oder Essensreste herumliegen, die dem flatternden oder nagenden Publikum zugänglich sind. Ich legte eine fest schließende Abdeckung auf den Mülleimer und legte alle offenen Lebensmittel in den Kühlschrank; dabei behielt ich die ganze Zeit im Auge, wo der »Waldsklave« sich aufhielt. Aber alles war in Ordnung; er war gerade dabei, sich an eine Motte heranzuschleichen, deren Flügel eine Spannweite von 25 Zentimetern hatten und aussahen

wie Seidentuch, das mit den komplizierten Mustern eines Perserteppichs bemalt worden war.
Das Gewimmel um die Deckenbeleuchtung erregte meine Aufmerksamkeit. Entlang der drei Neonröhren hatten sich Hunderte von Motten versammelt – einige winzig, einige so groß wie diejenige, an die der »Waldsklave« sich heranmachte. Die Wolke aus flatternden Körpern und Flügeln in Orange, Weiß, Limonengrün, Rosa und Rot veränderte sich ständig wie ein Kaleidoskop. Sie erinnerte mich an den Parkplatz des »Jumpin' Jack«, eines Sommertreffs für Teenager in meiner Heimatstadt.
Ich ging ganz dicht an die Lampen heran und sah einige der seltsamsten fliegenden Wesen, die ich jemals gesehen hatte. Eine Motte hatte die Form eines Sarges, eine andere die eines prähistorischen Monsters. Eine nannte ich die »karierte Rasta-Motte«: Ihr Kopf war mit glänzenden Dreadlocks bedeckt, und sie trug haarige, karierte Hosen an den Beinen. Ich konzentrierte mich auf das prähistorische Monster, das mit seinen Antennen unter einen meiner Fingernägel tastete, als ich im Augenwinkel sah, wie sich etwas Rotes kurz bewegte.
Ich fuhr gerade noch rechtzeitig herum und sah eine behaarte, rote Tarantel, die aus drei Metern Höhe direkt auf den Tresen herabfiel, gegen den ich lehnte. Der Körper, so groß wie ein Haferkeks, schlug fünf Zentimeter von meinem Ellbogen entfernt auf die Tischplatte.
Es steht fest, daß ich mich niemals in all meinen Jahren auf diesem Planeten so schnell bewegt oder so laut geschrien habe. Ich drückte mich gegen die Tür der Besenkammer, als ich sah, wie dieser King Kong unter den Arachniden auf mich zuhüpfte – ja: hüpfte.
Mit Lichtgeschwindigkeit setzte ich mich in Gang und rannte ins Wohnzimmer – rückwärts.
Das verdammte Ding hüpfte hinter mir her.
In meiner Panik fiel mir nichts Besseres ein, als nach unten ins

dortige Herrenzimmer zu gehen und die Tür zu verschließen. Auf halbem Wege die Treppe nach unten schaute ich über meine Schulter, nur um zu sehen, wie DAS DING Stufe für Stufe hinter mir herhüpfte.
Ich erreichte das Herrenzimmer und schlug, immer noch schreiend, die Tür zu. Zehn Minuten später öffnete ich sie wieder ganz vorsichtig.
Dort saß die rote Tarantel und wartete geduldig. Mit einem Hüpfer war sie im Zimmer und saß auf meinem nackten Fuß.
Während der nächsten endlosen vier oder fünf Minuten beobachtete ich DAS DING, das – ich bin bereit, dies auf jedermanns Bibel zu schwören – zu mir zurückstarrte, während es mich mit seinen Antennen (oder seinem Geweih, so groß waren sie) abtastete. Als es mit dem Ergebnis zufrieden war, hüpfte es wieder von meinem Fuß und die Wand hoch und machte sich auf die Suche nach Beute, vermutlich einer Kuh oder einem Schaf.
Ich machte, daß ich nach oben kam, schaltete die Lampe ein, legte mich ins Bett und zog das Moskitonetz wieder um mich herum. Während ich mit keuchendem Atem und klopfendem Herzen dalag, wurde mir klar, daß ich nicht mehr im Paradies war; ich befand mich in der Dschungelterror-und-Geschrei-Hölle.
Während dieser Gedanke immer noch durch meine Synapsen strich, zappelte plötzlich ein haariges, schwarzes Ding, das sich im Moskitonetz gefangen hatte, neben mir. Ich schrie immer noch, als mir klar wurde, daß es sich nur um eine Fledermaus handelte.
Ich zog die einzelnen Schichten des Netzes auseinander und befreite sie; da sie jedoch blind wie eine Fledermaus war, flog sie nicht etwa auf den Balkon hinaus, sondern krachte immer wieder gegen die Wand und schlug zu Boden.
Nachdem das fliegende Säugetier dieses Kunststück zehn- oder fünfzehnmal wiederholt hatte, zog ich schließlich das Laken

vom Bett, warf es über das Tier und schüttelte es draußen auf dem Balkon aus. Natürlich machte es, daß es eiligst davonkam. Wieder im Bett. Licht ausschalten. Aber halt ...
Ein Buckel auf der Oberfläche des Nachtschränkchens bewegte sich. Ich konzentrierte mich und sah eine kleine Eidechse, die vom Eichenschränkchen zur hellblauen Wand eilte. Innerhalb einer Minute hatte sie ihre Farbe von Hellbraun zu Hellblau verändert. Ihre kleinen, goldenen Augen starrten in meine. Ich legte den Kopf zur Seite, das Chamäleon tat dasselbe. Ich bewegte den Kopf nach links, und seine Augen folgten der Bewegung. Ich begann, eine Reihe von Insektengeräuschen von mir zu geben – in der Hoffnung, eine Art Unterhaltung in Gang zu bekommen, bis die winzige Eidechse mich mitleidsvoll anschaute.
Wieder ins Bett.
Ich war tatsächlich fast eingenickt, als das Rascheln von Zellophan mich weckte. Es ähnelte dem Geräusch, das man im Kino hinter sich hört, wenn jemand eine Tüte mit Lakritz öffnet. Allerdings erkannte ich, daß jemand dabei war, meine Packung Reiskräcker zu öffnen, und anschließend auf einem der Kräcker herumkaute.
»Wer immer du bist«, sagte ich mit einer klaren, kräftigen Stimme, »nimm ruhig die ganze Packung. In der Brotdose in der Küche sind noch zwei weitere Schachteln, aber paß auf die Kakerlaken auf.«
Das Rascheln und Kauen wurde für eine Minute unterbrochen und ging dann von vorn los. Mutiger geworden, langte ich durch das Moskitonetz und schaltete das Licht ein.
Noch heute frage ich mich, ob irgendwer die unregelmäßigen Ausbrüche meines Geschreis in dieser und den folgenden Nächten gehört hat. Ich würde nur allzugern einige der Geschichten hören, die damals umgegangen sein müssen.
Dort, auf dem Kissen neben meinem eigenen, saß eine riesige schwarze Landkrabbe. In einer Schere befand sich meine Pak-

kung mit den Reiskräckern, in der anderen ein halbgegessener Kräcker. Das häßliche Ding beäugte mich mit einem säuerlichen Gesichtsausdruck und biß noch einmal ab.

Ich griff nach der Packung, und die Krabbe eilte seitwärts vom Bett und auf den Keramikfußboden. Während sie ihren Weg zum Badezimmer klapperte, machte sie ein Geräusch wie ein Steptänzer auf einem Tisch mit Glasplatte.

Vor der Toilette ließ ich mich auf eine Art Tauziehen um die Kräcker ein. Während des Gerangels wurde deutlich, daß die Krabbe sehr stur und ziemlich kräftig war. Als sie schließlich mit ihrer freien Schere einen Ausfall nach meinem Bein machte, wurde ich wirklich böse. Die Kräcker waren mir gleichgültig, aber einer von uns beiden mußte hier verschwinden. Mit der Klobürste schob ich die Krabbe zur Tür heraus und schloß die Tür mit den Jalousien.

Wieder ins Bett.

Diesmal schlief ich vielleicht eine Stunde, bis jemand die Geräusche der Nacht ausschaltete und durch Vogelstimmen ersetzte. So hatte ich denn meine erste Nacht im Dschungel verbracht.

Nach einem schnellen Frühstück mit Joghurt und frischen Mangos zog ich mich an und ging zur Garage, um den Landrover zu besichtigen, ein britisches mechanisches Wunder, das nicht nur wie ein Panzer oder Militärtransporter aussah, sondern sich auch so fuhr.

Ich kann Ihnen sagen: Mit dem Lenkrad auf der rechten Seite zu fahren, dabei mit der Linken die Gänge einzulegen und auf der linken Straßenseite zu fahren, ist eine Erfahrung, die jeder analphabetische Masochist einmal machen sollte. Die Stadt war nur etwa zehn Kilometer entfernt, aber die Fahrt dauerte 30 Minuten. Zum Teil lag das daran, daß der Landrover für eine schwache Person von 49 Kilo schwer zu steuern war, zum Teil an den engen und kurvenreichen Straßen – und zum Teil an den Zeigern.

Nach den ersten Kilometern fand ich die Hauptstraße und bog in sie ein. Kurz danach sah ich eine Gruppe von fünf Jugendlichen, die alle schrien und aufgeregt auf die weiter unten entlang der Straße stehenden Bäume zeigten. Ich fuhr im Schrittempo weiter und verdrehte den Hals, um sehen zu können, was nichts anderes als ein echtes Naturwunder sein konnte.

Die Teenager rannten zum Rover und kletterten herein. Als sie bemerkten, daß ich ihr Pidgin-Englisch überhaupt nicht verstand, zeigte der junge Mann, der neben mir saß, nach vorn. »Schon in Ordnung, wir fahren in die Stadt.«

Um meinen guten Willen zu zeigen, lächelte ich und schaffte es nach ein paar knirschenden Versuchen, den ersten Gang zu finden, und mit einem Sprung nach vorn ging es los.

Anderthalb Kilometer weiter, in Salem, hörten drei Frauen, die anscheinend große Pakete mit Wäsche auf ihren Köpfen trugen, den Rover (er fuhr sich nicht nur wie ein Panzer, er hörte sich auch so an) und begannen, in die Bäume zu zeigen.

Wieder verlangsamte ich das Tempo, um zu sehen, worauf sie zeigten, und die gleiche Szene wiederholte sich: Die drei Frauen kletterten in den hinteren Teil des Autos und setzten sich. Mehrmals hörte ich: »Schon in Ordnung, Bruder, schon in Ordnung, Schwester«, und wieder holperten wir weiter.

Schließlich raffte ich meinen Mut zusammen und wandte mich an den Jungen neben mir, dessen Name, soweit ich das verstehen konnte, Denver war. »Worauf zeigen die bloß alle?«

Jedermann im Rover brüllte vor Lachen. Als man sich beruhigt hatte, erklärte Denver: »Wenn die Leute mitfahren wollen, zeigen sie, wo sie hinwollen. Wir zeigen alle auf die Stadt.«

Jetzt dämmerte es mir. Anstatt den internationalen Tramperdaumen zu zeigen, deuteten die Montserrater in die Richtung, in die sie fahren wollten. Ich lachte, bis ich keuchen mußte, was alle anderen wieder zum Lachen brachte.

In Cork Hill nahm ich sechs weitere Zeiger auf: vier Männer, einen Oberschüler und eine sehr alte Frau. Die vorn sitzenden

Jungs verzogen sich nach hinten und stellten sich auf die Stoßstange, zwei der Männer aus Cork Hill drückten sich hinten zu den anderen, und zwei kletterten über den Kühler auf das Dach. Die Frauen saßen vorn bei mir. Und wieder hörte ich: »Schon in Ordnung« von allen Seiten, und wieder ging es mit einem Hüpfer weiter.

Als wir Plymouth erreichten, war ich schweißgebadet (35 °C im Schatten um zehn Uhr morgens, Tendenz steigend). Jedesmal, wenn wir einen Passagier aussteigen ließen, rief er: »Danke, Schwester, alles Gute!« Nunmehr ohne Zeiger fand ich zum Strand, parkte den Rover und machte mich zu Fuß auf den Weg in die Stadt.

Was mir als erstes auffiel, war das Fehlen jeglichen Weihnachtskitsches, und ich dankte dem Jesuskind dafür. Anstelle von bunten Lichterketten an Tannenbäumen sah ich Kinder, die, in helle Farben gekleidet an den Zweigen von Mangobäumen baumelten und wie überreife Früchte aussahen. Statt Heilsarmeeweihnachtsmännern und mit Heu und Heiligenscheinen bestreuter Korbwiegen gab es drei Meter große Jumbie-Gestalten, die durch die engen, gewundenen Straßen rannten und Kinder sowie abergläubische Erwachsene erschreckten.

Ich bahnte meinen Weg zu einem kleinen Gemischtwarenladen, der mich an einen Five-and-dime aus den vierziger Jahren erinnerte (wahrscheinlich waren die Vorräte ebenso alt). Dort sagte mir eine ernst blickende Kassiererin, man akzeptiere keine US-Währung, nur mit ostkaribischem (East Carribean oder E.C.) Geld könne ich meine Flasche Kokosnußöl bezahlen. Die sechs Leute, die hinter mir in der Schlange standen, murrten keineswegs, wie dies Amerikaner getan hätten, sondern machten ebenfalls ernste Gesichter. Ich suchte in meinem Matchbeutel herum, gegen besseres Wissen hoffend, ein wenig E.C.-Geld möge auf wunderbare Weise erscheinen. Als dies nicht der Fall war, schlug ich mir ärgerlich gegen die Stirn und rief: »Ach

Gott, es tut mir wirklich leid, aber ich glaube, ich habe mein Gehirn zu Haus im Kleiderschrank hängen lassen.«

Die Kassiererin hielt sich die Hand vor den Mund und kicherte. Sofort begannen die anderen zu lächeln, und ohne ein Wort zu sagen, nahm die Kassiererin meinen Dollarschein und tauschte ihn gegen E.C. um. Die Frau, die hinter mir in der Schlange gestanden hatte, nahm meine Hand und führte mich eine Tür weiter zur Bank. Sie zeigte auf das Fenster, auf dem »Geldwechsel« stand, und hielt mir eine ziemlich lange, lebhafte Rede, von der ich nicht ein Wort verstand. (Von jenem Tag an versuchte ich, wann immer ich mit Montserratern zu tun hatte, eine Rolle zu spielen, die eine Kreuzung aus »Bozo, der Clown« und Woody Allen war. Das brachte mir meistens den Respekt der Montserrater, allerdings auch mißtrauische Blicke der Briten ein.)

Ich wanderte durch die Straßen und winkte jedem, dem ich begegnete, lässig »alles in Ordnung« zu. An einer Straßenecke saß eine alte Frau unter einer Markise und legte sanft ihre Hand um mein Fußgelenk, als ich vorübergehen wollte. Sie nahm zwei längliche, in weißes Pergamentpapier gewickelte Päckchen aus dem zugedeckten Korb vor ihr und streckte sie mir entgegen. »Du dünnes Mädchen, essen meine *rôti*. Machen dick. Nur zwei Dollar.«

Ich gab der Frau zwei E.C.-Dollar, was etwa 74 Cent entsprach, und ging weiter die George Street zum Wasser hinunter, wo zahlreiche Männer unter dem Glockenturm neben dem Postamt in Gruppen saßen und Domino spielten. An einem Fenster mit grünen Läden erstand ich ein Sauerapfeleis und setzte mich auf die Steinmauer daneben.

Alle Vorsicht und mein Vegetariertum in den Wind werfend, biß ich in eine Teigtasche, die mit in einer dicken Currysoße schwimmenden Kartoffeln, Zwiebeln, Karotten und (wie ich annahm oder hoffte) Hühnchenfleisch gefüllt war. Das schaumige, kalte Sauerapfeleis war orgasmisch.

Ich verschlang meine Mahlzeit und kümmerte mich nicht darum, daß einige der Männer ihr Spiel unterbrochen hatten und sich über meine Gier lustig machten. Nachdem ich das Papier und das Innere des Pappbechers ausgeleckt hatte, begab ich mich auf den Weg zurück zum Berg.

Ich las acht Zeiger auf und ließ sie alle in Cork Hill wieder aussteigen, wo, wie ich den Worten eines der langsamer sprechenden Passagiere entnehmen konnte, ein »Jump-up« im Gange war. Das Ereignis selbst schien aus einer Wand aus etwa 25 Lautsprechern zu kommen, aus denen eine Art westindischer Reggae-Rap-Steeldrum-Musik so laut dröhnte, daß es – buchstäblich! – die Bananen von den Bäumen schüttelte.

Eine Gruppe von etwa 20 Montserrater Männern tanzte zu dem Beat der Musik, während die Frauen in einem weiten Kreis darum herum standen und sich mit gesenkten Augen unterhielten.

Dreißig Minuten später bog ich in die Einfahrt ein – und überfuhr beinahe eine von sechs Ziegen, die von der Veranda heruntersprangen. Verräterische Teile von Paradiesvogelpfoten hingen aus dem Maul der Anführerin. Ein Zicklein, das noch zu klein war, den Sprung wagen zu können, drückte sich in eine Ecke und plärrte sich sein kleines Herz aus dem Leib.

Ich nahm das winzige Tier in meine Arme und folgte dem Meckern der Mutter in den dichteren Teil des Dschungels. Als wir nahe genug waren, setzte ich mein zappelndes Bündel auf den Boden und sah zu, wie es auf unsicheren Beinen zu Mama hin trottete. Ich ging noch etwa anderthalb Kilometer weiter, bis ich lange Lianen sah, die überall von den Bäumen hingen – wie jene, die Johnny Weissmüller in den alten Tarzanfilmen als wichtigstes Transportmittel gedient hatten. Ich erkannte die perfekte Gelegenheit, einen alten Kindertraum auszuleben und von Baum zu Baum schwingen zu können. Ich ergriff das Ende einer kräftig aussehenden Liane und schwang mich auf einen sonnigen Felsen, der meinen kurzsichtigen Augen nach mit exotischen, türkisfarbenen Pflanzen bewachsen war.

Sofort verwandelten sich die »Pflanzen« in ausgewachsene Leguane, von denen einige 60 Zentimeter lang waren und die so schnell wie die Kakerlaken am Abend zuvor im Gebüsch verschwanden. Dies löste nur einen kleinen Schrei bei mir aus; ich machte Fortschritte.

Als ich meines Tarzanspiels überdrüssig wurde, legte ich mich auf den unteren Teil des Felsens und starrte in den Himmel. Ich war auf dem besten Wege, in ein Sechziger-Jahre-Nirwana überzugehen, als die Anwesenheit einer Person mich in den lebendigen Traum des Regenwaldes der Gegenwart zurückbrachte. Wie in Zeitlupe drehte ich meinen Kopf nach rechts. Über mir stand ein alter Montserrater mit erhobener Machete und kurz davor, sie niedersausen zu lassen.

Ich schnappte nach Luft und war drauf und dran zu schreien, als er den Finger an seinen Mund legte. Eine Sekunde später fuhr die Klinge der Machete zweieinhalb Zentimeter neben meinem Kopf durch die Luft und traf den Spalt zwischen Felsen und Erde. Keuchend sprang ich hoch und von dem Mann weg, der jetzt wild ins Unterholz hackte. Wer konnte schon wissen, was sein Problem war? Vielleicht war er sauer, weil ich auf seinem privaten Felsen lag, oder vielleicht hatte er auch nur einen seiner schlechten Dschungel-Voodoo-Tage.

Als er meine Angst bemerkte, langte der alte Mann ins Gebüsch und zog die beiden Hälften einer einen Meter langen, schwarzen Schlange hervor. Der Schrei, der schon ungeduldig darauf gewartet hatte, kam aus meinem Mund wie das Geheul von Turandot im zweiten Akt.

Er ließ die Reptilienhälften fallen und wedelte mit den Armen. »Beruhigen Sie sich, beruhigen Sie sich. Schlange fort. Sie nicht weh tun, aber Bibel sagen, Schlange böse.«

Ich hörte abrupt auf zu schreien. Weil mir nichts Besseres einfiel, sagte ich: »Alles in Ordnung?« und setzte mich hin.
Der schwarze Mann grinste und streckte mir eine wettergegerbte Hand hin. »Ich Salem. Sie neue Frau von Pilot, hä?«
Ich schüttelte die Hand und bemerkte gleichzeitig, daß er an einer silbernen Kette um den Hals ein Kreuz, ein Stöckchen und einen schwarzen Stein trug. »Ich heiße Echo. Ich passe nur auf das Haus auf, solange Pinky fort ist.«
Der Mann nickte und setzte sich ins Gebüsch, wobei er darauf achtete, daß nirgendwo noch Schlangenteile lagen. »Waslos?«
Und ich hatte schon gedacht, daß unsere Kommunikation klappte.
»Waslos?«
»Oh, diese Ziege da drüben, machen Ärger. Waslos Ihnen?«
Waslos? Waslos? Ich dachte, abgekürzt, mit einem Akzent. Was ist los. »Oh, ich hänge nur so rum und genieße den Dschungel.«
»Limonen, häh?«
Schon wieder dieser seltsame Ausdruck. »Äh, nein, ich hab' bisher noch keine Limonenbäume gefunden.«
Der alte Mann schaute mich ein paar Sekunden neugierig an und zuckte dann mit den Achseln. »Sie wissen, wo Avocadobaum ist?«
»Nein.«
»Sie wissen, wo Sauerapfel?«
»Ich habe einen Sauerapfelbaum im Garten?« fragte ich mit plötzlich interessierten Geschmacksknospen.
»Oh, Sie haben drei Ar von allen Früchten und Blumen. Ich der Mann, der sie pflanzen vor zwanzig Jahren.« Er stand auf, hackte ein paarmal in einige der größeren Büsche und begann sich zu verabschieden. »Ich komme anderen Tag wieder, zeige Ihnen, wo Früchte wachsen.« Er schaute über die Schulter zurück. »Ich muß Ziege nach Haus bringen, bevor meine Alte Tür abschließen.«

»Ich möchte wirklich gern mehr über die Pflanzen erfahren«, rief ich der sich zurückziehenden Gestalt hinterher. »Ich hoffe, Sie bald wiederzusehen, und alles Gute.«
»Alles Gute, gehen Sie nach Haus, bevor Dunkelheit kommt und alle Schlangen nach ihrem Bruder suchen.«

> 5. Tag auf Montserrat, Westindien, 3 Uhr morgens – Ich schreibe dies hier bei Kerzenlicht im Schrank des unteren Herrenzimmers. Draußen heult der Wind wie ein verwundetes Tier und schiebt die metallenen Terrassenstühle wie Federn umher. Einer wurde schon in den Swimmingpool gepustet und ruht nun auf dem Boden. Der Regen fällt so schwer, daß ich nicht weiter als einen Meter sehen kann, wenn ich mich traue, die Jalousien an der Tür zu öffnen.
> Um 1 Uhr nachts war der Wind so stark, daß er 60 Zentimeter hohe weiße Wellen auf dem Wasser im Pool warf. Daraufhin rannte ich durchs ganze Haus und verschloss alle Hurrikanfensterläden. Natürlich war der Strom (zum dritten Mal in dieser Woche) ausgefallen. Salem sagt, die »Lektrisch« versuche, von Montserrat zu entkommen, denn es gefalle ihr nicht, in Kabeln gefangen zu sein. Ich entdeckte drei Kerosinlampen und sechs Kerzen in den Notvorräten. Gott sei Dank hat Pinky daran gedacht, mir zu zeigen, wo sie aufbewahrt werden.
> Salem kam um 4 Uhr nachmittags kurz vorbei, um zu sagen, daß sein »inneres Denken« (ich glaube, er meint seine Intuition) ihm sage, daß ein Sturm komme. Ich war so in meine Gartenarbeit vertieft, daß ich seine Warnung komplett vergaß. Als ich ins Bett ging, war mir bewußt, daß etwas nicht stimmte, aber ich achtete nicht auf meine eigene Intuition. Dabei hätte ich merken müssen, wie unnatürlich ruhig es war. Selbst die Tiere waren still. Es war heißer als sonst, und es herrschte vollkommene Windstille. Um Mit-

ternacht weckte mich der Lärm. Als ich die Augen öffnete, sah ich die Königspalme im vorderen Garten, die sich beunruhigend tief niederbeugte, und über den Hof flog ein geblümtes Bettlaken wie ein herausgeputzter Jumbie. Ein paar Männerhosen hatten sich im Brotfruchtbaum verfangen, und die Beine tanzten wie ein bekiffter Rastafarier bei einem Jump-up. Apropos Jumbies: Ich werde Salem nicht dazu überreden können, hierher zu kommen.
Die Wildheit dieser Kraft ist erschreckend, aber in mir ist auch eine wilde Kraft, die um jeden Preis mitten hineinlaufen möchte.
Ich bezweifle, daß der neue Hibiskus oder die Farne auch nur annähernd dort sind, wo ich sie gepflanzt habe, wahrscheinlich finde ich sie auf dem Dach (wenn es noch ein Dach gibt).
All dies macht nicht nur meinen Nerven, sondern auch meinen Ohren zu schaffen. Der Lärm ist ohrenbetäubend, und meine Ohren schmerzen wegen des ständigen Luftdruckwechsels – wie beim Fliegen.
Bildlich gesprochen erinnert mich die Insel an eine Frau, die soeben ihr langes Haar gewaschen hat und jetzt alles Wasser herausschüttelt. Ich möchte mir gar nicht vorstellen, was ein richtiger Hurrikan anrichtet. Salem sagt, »Hugo« sei das Schlimmste, was er je erlebt habe (und er hat die Insel nicht verlassen, seit er vor 76 Jahren hier geboren wurde), aber als ich ihm von den Erdbeben in San Francisco erzählte, sagte er, lieber werde er zum Himmel hinaufgeweht, als durch eine Spalte in die Hölle zu fallen.
Alles, was ich backe oder koche, gelingt mir so gut, als hätte es Tante Martha selbst gemacht. Mein Maisbrot ist so luftig und leicht wie ein Bild, und ich mache den sahnigsten, herrlichsten Joghurt aus Trockenmilch. Es muß an der Kombination aus Wasser, Wärme und Feuchtigkeit liegen.

Jack-Spaniards sind übrigens eine Art ganz normaler Wespe. Auch ein paar Bufos habe ich schon gesehen – ich trat fast auf einen, als ich einmal spazierenging. Sie sehen aus wie die Frösche daheim in Scotia.

Ach ja, und »limonen«? Es bedeutet nur, sich zurückzulehnen und sich zu entspannen. Ich bin leidenschaftlich in diesen Ort verliebt: Tiere, wildes Wetter und alles! Wie gut ist es, frische Luft zu atmen und frisches Wasser zu trinken!

Ich habe, seit ich hier angekommen bin, keine einzige Migräne gehabt. Alles in allem habe ich über die Entdeckung von Montserrat dasselbe Gefühl, das ich als Kind während meiner pyromanen Phase hatte, als ich einmal unter einem Haufen trockener Blätter eine volle Schachtel Streichhölzer fand.

Als Pinky zwischendurch kam, fragte ich ihn, ob ich bis zum Ende des Monats bleiben könne, wenn ich jeden Tag ein paar Stunden Garten- oder Hausarbeit machte. Der Vorschlag entzückte ihn. Meiner Meinung nach war es – angesichts des Zustands des Hauses und des Gartens – ein ehrliches Geschäft. Während ich aufräumte, fand ich mehrere verschiedene Nester im Küchenschrank, und auf dem Boden eines der Schlafzimmerschränke begegnete ich zwei grünen Samthaufen. Diese erwiesen sich als ein Paar roter und gelber Stiefel unter sieben Zentimeter dickem Schimmel. Leder und dunkle Stoffe halten sich nicht gut im tropischen Klima von Montserrat; meine Ledergürtel fingen innerhalb der ersten Woche an zu schimmeln, und mein schwarzes Tanktop sieht aus wie ein Tarnhemd.

Alle paar Tage tauchte Salem plötzlich aus dem Dschungel auf; er kündigte sich an, indem er mit seiner Machete gegen die Steinmauer schlug, die das Anwesen umgab. Für ein Malzbier und einen Korb Limonen gab er mir einen Schnellkurs sowohl in tropischem Gärtnern als auch in Buschmedizin.

Auf den zweieinhalb Ar Gartenfläche hatte Salem einen ganzen Gemüsemarkt aus Brotfrucht, Avocado, Limone, Tamarinde, Guave, Zitrone, Orange, Banane, Papaya, Mango, Sauerapfel, Passionsfrucht und Cashewbäumen angepflanzt. Basilikum, Oregano und Zitronengras, so sagte er, seien vom Wind gesät worden.

An meinem zweiten Tag im Garten lernte ich, daß Gartenarbeit ohne richtige Handschuhe, Schuhe und lange Hose die perfekte Voraussetzung für Verletzungen ist. Als erstes wurde mein Arm vom Stich einer unbekannten schwarzen Wespe mit orangefarbenen Fühlern taub; dann trat ich barfuß zu dicht neben einen Tausendfüßler.

Salem erschien, als ich meinen stark geschwollenen und schmerzenden Fuß in geeistem Salzwasser kühlte. Sofort lief er los, um »Busch« zu sammeln, und kam zehn Minuten später mit einer Ansammlung von Pflanzen und Wurzeln zurück, die er zu einem Brei einkochte. Den rückständigen schwarzen »Tee« gab er mir zu trinken.

Nachdem ich die übelschmeckende, bittere Flüssigkeit getrunken hatte, lächelte Salem stolz wie ein Kind. »Sie werden nicht mehr von Tausendfüßler gebissen.«

»Woher wollen Sie das wissen?« Ich rülpste den unangenehmen Nachgeschmack des Buschtees hoch, wobei mich die seltsamen Geräusche meines Magens ein wenig beunruhigten. Er hörte sich an, als ob er versuche, sich einen Weg nach draußen zu bahnen.

»In Busch ich zerdrücke alten Großvater-Tausendfüßler. Jetzt Sie haben ihn drinnen, die anderen werden riechen und laufen fort.«

> 10. Tag auf Montserrat, 10 Uhr abends – Ich finde es beunruhigend, daß ich immer noch kein Wort der Montserrater Variante des Englischen verstehe. Nachdem ich die Leute

vier- oder fünfmal gebeten habe, sich zu wiederholen, nicke ich am Ende nur und lächle. Gott allein weiß, wozu ich meine Zustimmung gebe. Manchmal allerdings beunruhigt mich der Blick, den sie mir zuwerfen, schon ein wenig.
Gestern nachmittag ging ich ins Emerald Café und gab des Abenteuers wegen ein weiteres Mal mein Vegetariertum auf. Ich bestellte Berghühnchen, was sich als Froschschenkel von der Größe von Truthahnschlegeln herausstellte. Eines Tages möchte ich die Kerle doch mal in natura sehen – oder vielleicht auch nicht.
Sie machten ihrem Namen alle Ehre und schmeckten wie Hühnerbeinchen mit einer leicht glitschigen Struktur. Der Ziegenwassereintopf verlockt mich ganz und gar nicht; der fast vollständig aus Blütenblättern angerichtete Salat allerdings war köstlich. Das Pfefferdressing hätte mich aus den Socken gehauen, wenn ich solche getragen hätte, und die Kokostorte mit Mangoeis verschaffte mir ein Erlebnis der besonderen Art.
Auf dem Weg nach Haus war ich so sehr damit beschäftigt, den Sonnenuntergang zu beobachten, daß ich die ersten anderthalb Kilometer auf der verkehrten Straßenseite fuhr. Dyett, der Mechaniker aus Happy Hill, winkte mir zu und lachte. Als ich an ihm vorbeifuhr, rief er: »Alles in Ordnung, aber Sie sollten anders fahren, wenn Sie am Morgen aufwachen wollen!«
Vorübergehend hat Pinky den Moke gegen den Rover eingetauscht, weil er eine Reihe von größeren Lieferungen für private Kunden hat. Diesen Spielzeugjeep zu fahren macht ganz entschieden mehr Spaß, hat aber auch seine Nachteile: Anscheinend haben die Briten in ihrer Autobauerweisheit den Verteiler direkt vor den Motor und neben den Kühlergrill gesetzt. Jedesmal, wenn es regnet (im Durchschnitt dreimal am Tag), wird das Ding naß, und der Moke bleibt

plötzlich stehen. Nachdem ich einmal fast überfahren worden war, fand ich einen alten Margarinebecher und stülpte diesen über den Verteiler.

Das Beste zum Schluß: Gestern, als ich die Weihnachtssterne und die Elefantenohrenpflanzen beschnitt, entdeckte ich einen moosbewachsenen Weg aus hellen Keramikfliesen. Der Nachmittagsschauer hatte gerade eingesetzt, aber ich benutzte eines der großen Elefantenohrenblätter als Regenschirm und ging den schmalen Weg am Bergrücken entlang, bis ich zu einer Bergnische kam.

Irgend jemand – ich vermute jemand, der dem Gott in sich selbst sehr nahe ist – hatte einen Sitz in den Felsen gehauen. Zu Füßen dieses Sitzes befand sich eine quadratische Bodenplatte zum Knien, die mit einem Kissen aus samtigem Moos bedeckt war.

Ich setzte mich auf den Sitz, der von orangefarbenen und violetten Bougainvilleas überhangen war, und betrachtete das endlose Panorama des grünen Meeres und des perlgrauen Himmels. Ich blieb dort auf der Schwelle des Himmels, bis die ersten Sterne mich daran erinnerten, daß ich auf der Erde und es Zeit zum Schlafen war.

Der Tag war herrlich. Ich nahm den Wanderstock, den Salem mir gemacht hatte, verließ früh meinen Garten und begab mich auf den Weg nach St. Peter. An einem Teil der Straße, der nur von großen Bäumen und Büschen flankiert war, kam mir aus dem Dschungel ein muskulöser, junger Mann, der nicht mehr als eine zerfetzte Baumwollhose trug, direkt entgegen. In der Hand hielt er eine große Machete.

Als wir aneinander vorbeigingen, lächelten wir beide und wünschten einander einen guten Morgen. Vielleicht ein Gärtner oder ein Bauer auf dem Weg von oder zu seinem Gemüse- (oder Ganja-)Garten am Berg.

Mir wurde bewußt, daß es nur wenige Orte auf der Welt gab, wo ich dieselbe Begegnung ohne jede Angst hätte haben können.
Als ich im Krankenhaus des Distrikts ankam, war ich erschöpft. Ich setzte mich in den Schatten eines Mangobaums und trank ein wenig Gatorade. Eine alte Frau kam aus dem Schulhaus, das nur ein Klassenzimmer hatte und in dem die Vorschulkinder unterrichtet wurden, und bedeutete mir, ich solle zu ihr kommen.
»Komm, komm, mein Kind«, sagte sie. »Alles in Ordnung. Kommen Sie her.«
Wie ein gehorsames Kind ging ich zu ihr, und als ich bei ihr war, trat sie dicht an mich heran. »Guten Morgen«, sagte sie und lächelte kaum dabei. »Ich liebe Ihr Gesicht. Ich Sie lieben.«
Die überraschende Wärme, Freude und Liebe rührte mich zu Tränen. Mein erster Impuls war, sie in den Arm zu nehmen, aber ich besann mich, da ich wußte, daß die Montserrater ihre Gefühle mit Worten und Handlungen und nicht mit Berührungen ausdrückten. Ich dankte ihr und, da ich die Schönheit und Klugheit ihres Geistes spürte, erwiderte das Kompliment.
Da mir nach dieser intimen Begrüßung nichts Besseres einfiel, die Unterhaltung fortzusetzen, fragte ich sie nach der kleinen Gruppe Vorschulkinder, die eifrig mit den Hühnern im Hof spielten.
Die Frau lächelte ein wenig, zuckte mit den Achseln und bückte sich, um einen langen Grashalm aufzuheben. Allmählich gewöhnte ich mich an die langsame Art der Montserrater, auf Fragen zu antworten, die mir vernünftiger schien als das sofortige Herausplärren des allerersten halbfertigen Gedankens, der einem in den Sinn kommen mochte.
»Oh, sie spielen jetzt, aber danach lernen sie die Lektionen«, sagte sie; und wie zum Beweis rief sie mit strenger Stimme die Kinder zurück zu ihren Plätzen auf der hölzernen Veranda des Klassenzimmers.

Ich ging weiter und hörte sie das Alphabet rufen, das von den kleinen Stimmen unisono wiederholt wurde: »A, B, C ...«

25. Tag auf Montserrat, 11 Uhr abends – Pinky wird morgen hierherkommen, um mich nach St. Thomas zu fliegen. Wenn es jemals einen Ort gegeben hat, der mich gefangenhält, dann ist Montserrat in jede Faser meines Seins gedrungen.
Es war ein perfekter letzter Tag. Ich fuhr mit dem Rover (meine Armmuskeln sind wieder in dem Zustand, als ich den '57er Chevy-Wagen fuhr) nach Galway hinunter, und als ich den Weg gefunden hatte, folgte ich ihm so weit, wie ich mich mit dem Auto in den Dschungel wagte. Als der Weg zu steil und holprig wurde, stellte ich den Rover ab und wanderte in die Schlucht. Ich fragte mich gerade, ob ich wohl auch zu den Leuten gehören würde, die in den Dschungel wandern und nie wieder gesehen werden, als ich den Great-Alps-Wasserfall hörte.
Welch ein Anblick. Welch ein Gefühl: Ich ließ das Wasser auf meinen Rücken fallen, bis ich mich wie ein Stück weichgeklopftes Stück Fleisch anfühlte.
Als ich zum Jeep zurückkehrte, kam mir der Gedanke, ich könne die Insel nicht verlassen, ohne meine Klaustrophobie zu überwinden, die mich daran gehindert hat, ganz ins Innere der Galway-Schwefelquelle zu gehen.
Ich fuhr ans obere Ende des Weges und dachte erst gar nicht darüber nach, daß der Vulkan immer noch aktiv ist. Ich dachte mir: Wenn die Tonnen von weicher Tonerde, aus denen die engen Kraterwände der Quelle bestehen, durch einen riesigen Zufall auf mich herabstürzen, so sei es.
Ich zog meine Schuhe aus und folgte dem warmen, milchigen Strom in Richtung der Dampfwolken in der Ferne. Gleichzeitig eingeschüchtert und aufgeregt, hielt ich an den

ersten Quellöffnungen an, zog mich bis auf die Schuhe aus und ließ mich vom Dampf einhüllen, bis meine Haut sich anfühlte wie Samt. Als ich jedoch zu den Stellen mit den blubbernden Schlamm- und Schwefelablagerungen kam, mußte ich mich konzentrieren, um nicht zu schnell zu atmen. Etwa 30 Meter weiter hatten die Ablagerungen den Schlamm mit roten, blauen, gelben, weißen, orangefarbenen und schwarzen Streifen versehen. Um meine Gedanken von der einsetzenden Panik abzulenken, bemalte ich mich von Kopf bis Fuß mit Mustern, die ich auf Bildern von Indianern gesehen hatte. Im vollen Schmuck meiner Schlammalerei ging ich weiter, bis die Wände um mich herum sich zu einem Durchgang verengten, durch den ich mich nur mit Mühe zwängen konnte.

Meine Angst ließ mir jeden engen Ort wiedererscheinen, vor dem ich jemals geflohen war. Ich blieb stehen, schloß meine Augen und atmete tief: Wenn ich da durchwollte, dann jetzt sofort. Also tat ich es einfach, drückte mich durch diesen hohen, engen Durchschlupf, als ob mir das Heer des Teufels auf den Fersen wäre.

Als ich die Augen wieder öffnete, stand ich im Herzen des Vulkans, und aus einem Kessel voller kochender Erde stieg Dampf auf. Ich setzte mich an die Kante und ließ mich in einer Stille gar kochen, die fast so ohrenbetäubend war wie der Wasserfall. Die Dampfwolken schufen eine Atmosphäre der Gelassenheit, die nicht von dieser Welt war. Wären Buddha oder Jesus oder Isadora Duncan vorbeigeschwebt, es wäre nur vollkommen natürlich gewesen.

Der Rest des Tages war nicht weniger traumhaft. Als ich in Plymouth einfuhr, ging gerade die Sonne unter. Um meinen letzten Sonnenuntergang nicht zu versäumen, stieg ich aus und ging am Wasser entlang. Ich hatte gerade um ein Zeichen gebeten, daß ich auf diese zauberhafte Insel zurückkehren würde, als ich zum Horizont schaute. Die sinkende Sonne explodierte in einem neongrünen Lichtschein. Ich hatte immer gedacht, daß die Leute mich zum besten hielten, wenn sie mir von dem »grünen Blitz« erzählten. Ich weiß immer noch nicht genau, wie das Phänomen zustande kommt, aber ich weiß, daß es nicht häufig auftritt.

Zu Ehren der guten, alten Zeiten hatte ich heute abend einen Schreirückfall. Nach dem Abendessen war ich beim Abwaschen, als ich die Roste im Ofen klappern hörte. Höchst verwundert schaltete ich das Ofenlicht an und schaute durch das Guckfenster.

Auf dem oberen Rost waren zwei kräftige Buschratten dabei, sich wie verrückt zu paaren. Wenn ich einen Stuhl davorgestellt und mir ein wenig Popcorn gemacht hätte, wäre es wie im Kino gewesen: Nagerporno. In dem Augenblick hatte ich jedoch keinen Sinn für die Komik der Situation, sondern verlor den Kopf und schrie mir die Seele aus dem Leib.

Dennoch muß ich sagen, daß ich mich gut entwickelt habe: Am Anfang konnte ich Kakerlaken nicht einmal ansehen, jetzt zerdrücke ich sie zwischen den Fingern und freue mich über das knackende Geräusch, das sie dabei machen.

Während ich dies schreibe, ist Stanley, die rote Tarantel, herausgekommen, um sich zu verabschieden. Über mir zielt der »Waldsklave« immer besser, anscheinend habe ich eine Zielscheibe auf der Stirn.

Salem glaubt nicht, daß ich tatsächlich gehe. Alles, was er zum Abschied zu sagen fertigbrachte, war, daß er sich um den Garten kümmern würde, solange ich fort sei.

Ich hasse es, wieder an jenem überfüllten, verdreckten Ort leben zu müssen. Ich habe Angst vor dem langen und schmerzhaften Abschied von David. Ich hasse es, zu einer

Arbeit zurückkehren zu sollen, bei der ich keine Rolle spiele und alles, was ich zu tun versuche, in Frage gestellt und kritisiert wird.

In diesem realen Traum hüllt mich eine warme Brise in Seide, während der volle Mond den Ozean in eine riesige Lagune verwandelt. Ich höre einen Hund drüben in Providence bellen und rieche den Ylang-Ylang-Baum im Nebenhof, Der Himmel wimmelt vor lauter Sternen.

O Gott, welch einen Traum hatte ich doch!

»Zählen wir die Hände noch einmal.«

»Wir haben sie schon zweimal gezählt, Annie«, sagte ich mit bebenden Nasenflügeln; meine Nasenlöcher waren so groß, daß auf jeder Seite ein Hammerstiel hineingepaßt hätte. »Es wird sich nichts ändern.«

Annie starrte durch den ganzen Raum und war bleich um die Nase. Ihre zahlreichen Versuche, die letztendliche Entscheidung über die Dezentralisierung zu kippen, waren gescheitert. Ich fand die Art und Weise, wie sie das Treffen auf den Tag vor meiner offiziellen Rückkehr gelegt hatte, einen billigen Trick. Daß ich zwei Tage zu früh gekommen war, mußte sie sehr geärgert haben, aber die Tatsache, daß die meisten, die die Dezentralisierung unterstützten, gerade arbeiteten oder in der Schule waren, gab ihr einen gewissen Vorteil. Von den 45 Mitarbeitern waren nur 23 zur Versammlung gekommen, und ein großer Teil von ihnen waren Annies Arschkriecher.

Annie wurde sichtbar blaß, als ich aufkreuzte, und steckte sofort mit ihren drei Stellvertreterinnen die Köpfe zusammen. Ich weiß nicht mehr genau, was ich in diesem Augenblick dachte, aber ich erinnere mich, daß der schleimige Geruch der Hinterlist in der Luft hing.

Wir zählten die abgegebenen Stimmzettel vor aller Augen. 37 waren für die Dezentralisierung, acht dagegen. Wir alle konnten es schwarz auf weiß sehen: 37 Unterschriften direkt neben den angekreuzten Kästchen unter dem Satz: »Ja, ich möchte einen sechsmonatigen Dezentralisierungs-Probelauf auf der Herzstation.«

Dann, wie bei einem Unfall, ging alles so schnell, daß ich danach noch Tage brauchte, um herauszufinden, wie die Dinge so schieflaufen konnten.

Annie stand auf und räusperte sich. »Ich glaube, daß, da die meisten dieser abgegebenen Stimmen über einen Monat alt sind und in Anbetracht neuer Informationen, wir jetzt erneut abstimmen sollten. Einige der Leute, die Stimmen abgegeben haben, arbeiten nicht mehr hier, und ich glaube nicht, daß es fair wäre, wenn wir anderen mit den Entscheidungen anderer, die die Folgen nicht zu tragen haben, dasitzen sollten, wenn dieses System eingeführt wird.«

»Einen Augenblick!« Ich rief so laut, daß einige Leute in der ersten Reihe zusammenzuckten. »*Welche* neuen Informationen gibt es?«

Annie wandte sich mir zu, bereit, ihren Vorteil zu verteidigen. »Während Sie im ... Urlaub waren« – sie sprach das Wort »Urlaub« aus, als sei ich unterwegs gewesen, um kleine Hunde zu töten –, »haben einige von uns über die Einführung von Eigenplanung gesprochen. Es wäre eine weniger drastische Maßnahme als Dezentralisierung, und wir dachten, man sollte zumindest darüber diskutieren, bevor wir uns in die anderen Probleme stürzen.«

Ich schluckte schwer an der Galle, die mir hochstieg. Annie war dabei, das Thema »Eigenplanung« einzuführen, um die ganze Angelegenheit komplizierter zu machen und alle von der Dezentralisierung abzulenken. »Bevor ich diesen Urlaub antrat, der, nur mal informationshalber gesagt, der erste in drei Jahren war, wurde in dieser Abteilung beschlossen, daß wir über Dezentralisierung, nicht über Eigenplanung abstimmen würden. *Wer* genau ist der Meinung, daß über Eigenplanung diskutiert werden sollte, und sind alle darüber informiert worden?«

Leslie, eine der neuen Schwestern, hob die Hand. »Ich habe Annies Ankündigung diesbezüglich gelesen, aber sie war verwirrend. Ich glaube, ich verstehe nicht ganz, wie Eigenplanung funktioniert und was sie mit Dezentralisierung zu tun hat.«

Chris, eine der Befürworterinnen der Dezentralisierung, stand auf. »In dem letzten Krankenhaus, in dem ich gearbeitet habe, gab es Eigenplanung, und es war eine Katastrophe. Das war auch der Grund, weshalb ich dort gegangen bin. Nur ein paar Lieblinge bekamen die Zeiteinteilungen, die sie wollten.«

Dennis, eine schwache »Ja«-Stimme, hob die Hand. »Ich bin noch in der Ausbildung«, sagte er entschuldigend. »Ich kann es mir nicht leisten, meine regelmäßige Einteilung zu riskieren. Dezentralisierung klingt recht gut, aber was ist, wenn einige Leute ihren Anteil nicht übernehmen oder wenn nicht genügend Arbeit da ist? Aber diese Eigenplanung klingt auch nicht so besonders gut. Ich möchte nichts riskie...«

J. B., eine von Annies Anhängerinnen, unterbrach ihn. »Nun, ich glaube, Dezentralisierung nützt nur ein paar Privilegierten.« Sie machte ganz schmale Augen und starrte mich direkt an.

Allmählich schauten alle immer verwirrter drein. Einige schüttelten den Kopf oder sprachen miteinander. Ich sah, was im Gange war, und mein Mut begann zu sinken.

Annie war jetzt voll in Fahrt; sie nutzte die Angst der Leute, und plötzlich stank die ganze Sitzung nach derselben Taktik wie in Orwells *Farm der Tiere*. »Wissen Sie, beim heutigen Stand der Wirtschaft sollten Sie sich die Tatsache zweimal überlegen, daß Sie möglicherweise im Falle der Dezentralisierung *nicht* sicher sein können, genügend Arbeit zu haben. Wenn Sie alleinerziehend sind und eine Hypothek oder Miete zu bezahlen haben, werden Sie eine zweite Arbeit annehmen müssen, um Ihre grundsätzlichen Ausgaben decken zu können.«

»Das wird *nicht* passieren, Leute!« rief ich. »Sie werden so viel Arbeit haben, wie Sie wollen. Das einzige, was sich ändern wird, ist, daß Sie die Wahl haben werden, wo und wann Sie ...«
»Stimmt nicht«, sagte Gail, eine weitere Hoffnung der Geschäftsleitung. »Die Leute, die Vollzeit arbeiten wollen, werden ›zirkulieren‹ müssen.«
Noch mehr Köpfe nickten zustimmend. Ohne Unterstützung seitens der stärkeren Mitarbeiter war die Verteidigung meiner Position wie der Versuch, die Niagarafälle hochzuschwimmen. Bitterlich vermißte ich Beth und Pia; sie hätten die Sitzung mit Leichtigkeit in die richtige Bahn lenken können.
»Zunächst einmal«, sagte ich so ruhig wie möglich, »wollen wir mal das ganze Gerede von wegen ›ihr werdet alle verhungern‹ vergessen. Zweitens: Wenn der Patientenandrang nachlassen sollte, wird jede von uns immer noch die Wahl haben, was sie tun will; es wird immer einige Leute geben, die mehr Freizeit haben wollen, andere werden ›zirkulieren‹ wollen. Dezentralisierung nützt uns allen. Was diese Abstimmung betrifft« – ich wedelte mit den Stimmzetteln –, »hat die Mehrzahl von uns dem bereits zugestimmt.«
Heather, eine geschickte Rednerin und langjährige Parteigängerin der Geschäftsleitung, hob die Hand, und ich ließ alle Hoffnung fahren.
»Ich persönlich glaube, daß Dezentralisierung eine gute Idee ist, und ich räume ein, daß sie den Schwestern mehr Einflußmöglichkeiten gibt ...«
Sowohl meiner als auch Annies Kiefer sackten herunter.
»... aber ich weiß nach wie vor nicht, wie sie auf der Herzstation funktionieren soll. Es scheint mir alles doch recht kompliziert zu sein.«
»Wie jedes neue System sieht es am Anfang kompliziert aus«, sagte ich. »Grundsätzlich geht es darum, daß wir die Diskussion über die Einteilung der Arbeit auf die Ebene der Station herun-

terholen, anstatt alle Entscheidungen der Managementebene zu überlassen. Wenn Sie lesen, wie ...«
Annie hob die Hand. »Ich bekomme den Eindruck, daß Sie alle nicht genau wissen, was Sie wollen. Es gibt zu diesem Thema noch zu viele offene Fragen. Ich beantrage, daß wir noch einmal abstimmen.«
Einen kurzen Augenblick lang schaute Annie mich an. Ich meinte, in ihren Augen ein kurzes Aufflackern von Scham zu sehen, als ob die alte Annie, die Vorkämpferin der Schwestern, die einst jeder einzelnen neuen Krankenschwester die Grundbegriffe der Krankenpflege auf einer Herzstation beigebracht hatte, weil ihr dies *wichtig* war, sich entschuldigen wollte.
»Alle, die für die Dezentralisierung sind, heben bitte die Hand.«
Dreizehn Hände gingen hoch.
»Wer stimmt gegen die Dezentralisierung?«
Zehn Hände.
Der Hammer war beinahe gefallen, als Annie und ihre drei Verwaltungsschwestern die Hände schneller hoben, als Gewehrkugeln fliegen können.
»Vierzehn Gegenstimmen«, sagte Annie rasch, »dreizehn dafür. Dezentralisierung abgelehnt. Die Sitzung ist geschlossen.«
»Wir waren uns einig, daß die Verwaltung in dieser Angelegenheit nicht mit abstimmen würde!« schrie ich gegen den Lärm der scharrenden, kratzenden Stühle und das allgemeine Stimmengewirr an.
Einige Leute hörten auf zu reden und drehten sich um, aber mein Einwand wurde nicht beachtet. Ich überlegte mir, ob ich auf den Tisch springen und auf die Ungerechtigkeit hinweisen sollte, die soeben stattgefunden hatte, als mir klar wurde, daß nichts etwas am Endergebnis ändern würde. Plötzlich wußte ich, daß, selbst wenn wir einstimmig für die Dezentralisierung gewesen wären, die Geschäftsleitung gesagt hätte, daß sie die Zustimmung der Verwaltung brauche, und damit wäre es erledigt

gewesen. Die ganze Abstimmungsprozedur war reine Augenwischerei. Wir hatten niemals eine echte Wahl gehabt.
Wenn ich heute darüber nachdenke, begreife ich, daß Annie uns einen Gefallen tat, als sie verhinderte, daß wir in einer aussichtslosen Situation noch mehr Zeit und Energie verschwendeten.

Freitag, 22 Uhr – Simon rief heute an, um mir zu sagen, daß er vorbeikommen würde, wenn ihm das möglich sei. Ich muß mir selbst gut zureden, mich nicht gekränkt zu fühlen, wenn ich ihn wochenlang nicht sehe. Er lebt sein eigenes Leben.
Andererseits muß ich über mich selbst lachen: Ich erinnere mich noch genau an die Augenblicke, als er jünger war und ich mir wünschte, er würde bald erwachsen werden und aus dem Haus gehen. Es stimmt – man muß sich genau überlegen, was man sich wünscht.
Ich wohne bei David, bis die Wasserleitungen in meinem Haus repariert sind. An dem Tag, an dem ich von Montserrat zurückkam, froren sie alle zu und platzten. Ich bin erst drei Tage hier, und David zeigt bereits Anzeichen von Junggesellenreizbarkeit, weil eine Frau in seiner Wohnung ist. Anstatt zusammenzurücken (»Eine Trennung tut der Beziehung gut« scheint hier nicht zu gelten), ist er nur noch fester entschlossen, nicht mit mir zusammenzuwohnen. Gestern abend sagte er nebenbei, er müsse allein bleiben. Eine klügere Frau würde sagen: Hörst du nicht das Totenglöcklein in der Ferne läuten? Aber scheinbar sind das alles nur Worte, denn im täglichen Zusammensein lieben wir uns und lachen wie immer.
Gut, David, wenn wir uns also voneinander »fortbewegen« sollen, warum tanzen wir dann immer noch engumschlungen miteinander im Wohnzimmer?
Was heute in der Mitarbeitersitzung passiert ist, dreht mir

einfach den Magen um. Ich frage mich nur: Wie können Leute wie Annie nachts schlafen?
Ich beginne, mich wie eine Blinde zu fühlen, die den Obstsalat ein wenig zu verwirrend findet. Mannomann, wann wurde dieses Leben nur so bizarr?

17. Kapitel

»Ich hörte einmal eine Krankenschwester sagen, es sei schon eine heroische Tat, auch nur eine Achtstundenschicht durchzustehen. Das ist wahr: Krankenschwestern, die jeden Tag an jenem Tanz um Leben und Tod beteiligt sind, setzen sich visuellen, emotionalen, mentalen, geistigen und manchmal sogar körperlichen Angriffen aus. Auch wenn wir aus dem, was wir tun, eine tiefe Befriedigung ziehen, kenne ich nicht eine Krankenschwester, die nicht jeden Tag an ihrer ramponierten Seele leidet.«

Laura Gray, Krankenschwester

Der Winter war wie ein Schauspieler im Ruhestand, der noch einmal in einem alten Stück ein Comeback hat: Er zog seinen Text in die Länge und schlachtete alle Szenen noch aus, nachdem der Vorhang schon längst hätte fallen sollen.

Nordkalifornien war in eine neue Eiszeit eingetreten, die erst noch verkündet werden mußte. Jeden Morgen begegnete ich der Herausforderung, meine lange Unterhose sowie die drei Lagen Nachtkleidung aus- und meine warme Laufkleidung, Ohrenschützer, Handschuhe und zwei Pullover anzuziehen, bevor ich mir irgendwo Frostbeulen geholt hatte. Mit einem dicken Wollschal über Mund und Nase zu laufen war eine ganz neue Joggingerfahrung.

Um meine Gedanken während des Laufens von der Kälte abzulenken (ich hatte diese unangenehme Vision von meinen Lungen, die zu Eisblöcken froren und zerbrachen), begann ich, während des Laufens Tonbandkassetten zu hören. Nach kurzer Zeit

war jedoch offenkundig, daß Musikaufnahmen ihre Nachteile hatten: Ich konnte nicht zur selben Zeit laufen und zuhören; entweder begann ich mitzusingen und verschluckte am Ende meinen Schal, oder ich fing unbewußt an, zu tanzen oder zum Takt der Musik zu laufen, wodurch mein Laufrhythmus total durcheinander kam.
Auftritt der Anhängerin von »Bücher auf Kassetten«. Wann immer ich lief, hörte ich mir Teile eines Buches an – von blutrünstigen Krimis bis zu Kindergeschichten. Das lenkte mich nicht nur vom Wetter und meinen nunmehr ständigen Kopfschmerzen ab, sondern führte dazu, daß ich völlig von dem, was ich hörte, gefangen wurde und so drei, vier Kilometer zusätzlich lief, bevor ich bemerkte, wie weit ich schon gelaufen war.
Es war Anfang März, und die kleinen gefrorenen Pfützen knackten unter meinen Schuhen, während ich auf einem der Wege im Südosten des Mount Tam lief. In meinem Kopfhörer las Bernie Siegel Ausschnitte aus seinem Buch *Liebe, Medizin und Wunder*. Dieses Band hatte ich nicht wie sonst zufällig ausgesucht. Bei dreien meiner Freunde hatte man vor kurzem Krebs diagnostiziert, also stellte ich mir vor, dieser Mensch würde mir etwas Neues darüber sagen, wie ich sie und mich selbst durch diese Phase bringen könnte.
Ich bog gerade um die letzte Kurve des Weges, als Dr. Siegel erzählte, daß er Patienten frage, was sie in ihrem Leben verändern würden, wenn sie wüßten, daß sie nur noch einen Tag, eine Woche oder ein Jahr zu leben hätten. Dies, so sagte er, sei eine Möglichkeit, diesen Menschen ein direktes Bewußtsein dessen zu verschaffen, wie es ihnen ginge.
Ich schaltete das Band aus und fragte mich, was ich tun würde, wenn ich noch ein halbes Jahr hätte. Die Antwort kam mir, ohne daß ich auch nur eine Sekunde gezögert hätte: mit der Krankenpflege aufhören und aus dem Rattenrennen aussteigen.
Ich lief zur Kante des Hügels und ließ das Panorama von Mill

Valley, Sausalito und San Francisco auf mich wirken. Durch den rosabraunen Smog konnte ich die Golden Gate Bridge kaum erkennen; anderthalb Kilometer weiter kroch der Verkehr mit einem dumpfen Brüllen und Stoßstange an Stoßstange die Küstenstraße entlang.

Nach einem Augenblick bahnte sich der verzweifelte Wunsch, von meinem derzeitigen Leben frei zu sein, seinen Weg in meine Kehle und blieb dort wie eine Art permanenter Trauer stecken.

»He, Moment mal«, sagte ich, als ich auf das Brett mit der Arbeitseinteilung schaute. »Der erste April war *letzte* Woche. Wer war der Witzbold?«

Kate, eine der neuen Schwestern der Tagschicht, warf mir einen mitleidigen Blick zu. »Das ist kein Witz«, flüsterte sie. »Annie hat es selbst so eingeteilt. Sie sagte, wenn es irgendwelche Beschwerden gebe, sollten sie an sie persönlich gerichtet werden.«

In diesem Augenblick kam eine der vier Schwestern, die zum »Zirkulieren« eingeteilt worden waren, zur Tür herein, sah das Brett und fluchte, während sie in Richtung Treppe davonstürmte. Ich hatte kein Mitleid mit ihr; sie hatte zu denen gehört, die gegen die Dezentralisierung gestimmt hatten.

Für jede einzelne der drei auf der Herzstation übriggebliebenen Pflegepersonen waren die Patientenzuteilungen schwer und gefährlich. Andererseits hatten wir uns übers Ohr hauen lassen, damit der Etat für die großen Tiere stimmte.

In mir begann die alte Wut hochzusteigen, dann starb sie wieder ab. Im stillen erneuerte ich meinen Schwur, mich in nichts hineinziehen zu lassen; ich würde mir das nicht mehr antun. Ich ging zur Übergabe und wiederholte im Geiste mein übliches »Ich habe nur zwei Arme und Beine«. Ich würde nicht die Superkrankenschwester spielen. Ich würde mich nicht für eine Geschäftsleitung kaputtmachen, die sich einen Dreck um ihre Krankenschwestern scherte.

Grimmig und schweigend ließen Jeffrey und Yolanda, die beiden anderen Pflegepersonen auf dem Schlachtfeld, die Übergabe über sich ergehen; sie wagten es nicht, sich zu beschweren, weil sie Angst hatten, Annie könnte es erfahren und sie zusammenstauchen. Während ich mir die Patientenbeschreibungen anhörte, dachte ich, wie absurd es war zu erwarten, daß wir drei so viele akut kranke Leute versorgen und dabei unsere Arbeit noch gut tun könnten. Es gab auch nicht den kleinsten Spielraum für Notzugänge, und dabei war Vollmond: Es würden noch einige kommen.

Ich trat meine erste Runde an und stellte mir dabei vor, ich sei in einem Feldlazarett in Vietnam und wir hätten das meiste Pflegepersonal bei einem Luftangriff verloren. Überall um mich herum bluteten Soldaten und starben und schrien um Hilfe.

So schlimm würde es nicht werden, dachte ich. Ich hatte noch Reserven – mindestens so lange, bis die nächste Bombe fallen würde.

Phoebe kam vorsichtig näher. Ich bin sicher, mein angespannter Gesichtsausdruck hätte jeden eingeschüchtert. Als Krankenschwester mit Berufsehre und acht Patienten, die von mir abhängig waren, fand ich Lächeln nicht so einfach. Im Hintergrund klingelten genau sechs dieser Patienten – und hatten schon eine Weile geklingelt. Da wir uns um die dringenderen Fälle kümmern mußten, rannten Jeff, Yolanda und ich mit grimmigen Gesichtern in den Zimmern ein und aus. Meine Priorität in diesem Augenblick war es, einen Lidocain-Tropf bei Mr. Hartquest anzulegen, der gerade an einem Anfall von Herzrhythmusstörungen sowie Schmerzen in der Brust litt.

»Ec?«

Ich zog mit den Zähnen die Schutzhülle vom Infusionsbeutel und grunzte, um sie wissen zu lassen, daß ich sie gehört hätte und nicht beißen würde.

»Eine Schwester von der Dritten Süd hat dies für dich hochgebracht.« Phoebe wedelte mit einem Briefumschlag vor meinen Augen. »Sie sagt, du müßtest es unbedingt vor heute abend lesen.«

»'ies es«, sagte ich mit dem Plastikröhrchen fest zwischen meinen Zähnen geklemmt.

»He, iß es gefälligst selbst«, sagte Phoebe eingeschnappt und wollte gehen.

Ich nahm das Röhrchen aus dem Mund. »Lies es. Ich sagte, lies es, nicht iß es. Ich kann's nicht lesen, ich habe die Hände voll.« Ich hielt die beiden Infusionsbeutel und das Gewirr der Schläuche hoch.

Phoebe lächelte listig. »Ach, Ec, warum gibst du nicht einfach zu, daß du niemals Lesen und Schreiben gelernt hast? Meinst du, wir würden den wahren Grund für deine unleserliche Handschrift nicht kennen?«

»Haha. 'ies es, 'oebe.«

Phoebe öffnete den Briefumschlag und schüttelte ein einzelnes Blatt heraus. »Nun gut. Hier steht: ›Liebe Miss Heron, mein Name ist Rachel, und ich bin Patientin auf der Inneren C. Ich las gerade Ihr Buch, als eine Krankenschwester mir sagte, daß Sie hier arbeiteten. Morgen früh werde ich operiert, und ich würde gern mit Ihnen reden, bevor ich gehe. Könnten Sie vielleicht in einer Pause vorbeikommen? Wenn es spät wird, wecken Sie mich ruhig.‹ Unterschrift: Rachel Goldsmith.«

Ich dankte Phoebe für das Vorlesen ('anke 'ön), schnappte mir ein Infusionstablett und rannte zu Mr. Hartquests Zimmer zurück. Auf dem Weg dorthin schaute ich kurz bei Mrs. Rubinstein vorbei. Ihre Klingel hatte sich schon lange gemeldet, zu lange jedenfalls für eine 84 Jahre alte Dame, der man harntreibende Mittel gegeben hatte. Mein Angst wurde bestätigt, als ich sah, wie sie verzweifelt aufzustehen versuchte.

Ich wollte hineingehen und ihr auf den Nachtstuhl helfen, aber die Brustschmerzen von Mr. Hartquest hatten jetzt höchste Priorität. Die Befürchtung, daß die alte Dame stürzen und sich einen Beckenbruch zuziehen könnte, ließ mir jedoch den Angstschweiß ausbrechen.

»Bleiben Sie im Bett, Mrs. Rubinstein«, rief ich ihr zu. »Ich bin sofort wieder da, um Ihnen zu helfen. Versuchen Sie nicht aufzustehen.«

Zwei Türen weiter sah mich Mr. Ruez, mein 78 Jahre alter Patient mit Stauungsinsuffizienz, vorbeifliegen und hielt die Hand hoch. »Miss? Bitte, Miss, ich brauche ...« Der Ausdruck der Verzweiflung, als ich ihm »Halten Sie durch, Mr. Ruez« zurief, drehte mir den Magen um.

Als ich in Mr. Hartquests Zimmer rannte, sah ich gleichzeitig die ventrikuläre Tachykardie auf dem Monitor neben seinem Bett und seinen Körper, der sich in einem Anfall aufbäumte.

Am anderen Ende des Flures schrie Phoebe: »He, hört mich jemand?! Mrs. Rubinstein ist gestürzt, und in Zimmer zweiunddreißig gibt's eine Kammertachykardie!«

Ich ließ das Kopfende des Bettes herunter und war gerade dabei, Mr. Hartquests Brustkasten den präkordialen Schlag zu verpassen, als ich sah, wie Jeffrey und Yolanda den Patienten im Zimmer gegenüber zu Boden gleiten ließen. Unter den Augen seiner entsetzten Familienangehörigen wurde der Mann blau im Gesicht. Eine Sekunde vor mir drückte Yolanda auf ihren Notfallknopf.

Und überall um uns herum klingelten die Patienten, ohne daß ihnen jemand geantwortet hätte.

»Das ›Zirkulationsteam‹ ist aus dem Etat gestrichen worden«, wiederholte Nan und legte eine zweite Infusion beim halb bewußtlosen Mr. Hartquest. Ich hängte einen Dopamin-Tropf auf und schloß ihn an die neue Infusion an, während Yolanda seine Lunge mit dem Ambubeutel ventilierte. Phoebe versuchte zur

selben Zeit die Angehörigen zu trösten und zu erklären, was geschehen war.
Wir manövrierten die fahrbare Trage und zwei Perfusoren zur Akutabteilung der Station, wo eine Beatmungsmaschine, aber keine Pflegeperson auf Mr. Hartquest wartete. Nan versuchte, einige der ›zirkulierenden‹ Herzstationsschwestern zurückzuholen, was sie jedoch in der Zwischenzeit tun würde, konnten wir uns nicht vorstellen.
»Warum haben die das ›Zirkulationsteam‹ gestrichen?« fragte Yolanda mit der ganzen Unschuld der Neuen. »Ich habe noch nie in einem Krankenhaus gearbeitet, das weder ein ›Zirkulations-‹ noch ein Infusionsteam hatte.«
»Es wurde beschlossen, daß es nicht gebraucht würde«, sagte Nan.
»Nicht gebraucht?« Yolandas Augen weiteten sich. »Warum? Sollen wir etwa so lange warten, bis jemand stirbt, um zu beweisen, daß wir zusätzliches Personal brauchen?«
Dr. Cramer kam aus Mrs. Rubinsteins Zimmer und schloß sich uns an. »Wir müssen Mistress Rubinstein zum Scanner runterbringen. Die Röntgenleute sagen, wenn wir sie sofort hinschaffen, können sie sie zwischenschieben.«
»Gut, dann bringen Sie sie, Joe, denn von uns kann niemand die Station verlassen. Falls Sie es noch nicht bemerkt haben: Wir haben mal wieder zuwenig Leute.« Ich schaute zu Nan hinüber, die ihren Blick abwandte.
Joe schaute auf die Wanduhr. »In vier Minuten übergebe ich an Doktor Meyers. Wenn ich nicht rechtzeitig zu Haus bin, verläßt mich meine Frau.«
»Dann wird Mistress Rubinstein heute abend nicht mehr gescannt werden«, sagte ich und steuerte Mr. Hartquests Trage in den Akutraum. »So einfach ist das. Wir haben keine Pflegeperson übrig.«
Joe wurde rot und bekam einen steifen Hals. »Ich hab' die Nase voll von dem Scheiß!«

Wir nahmen jeder ein Ende des Tragelakens und trugen Mr. Hartquest ins Bett.

»Dann schicken Sie Ihre Patienten in ein anderes Krankenhaus, oder beschweren Sie sich bei der Verwaltung«, sagte ich. »Sie sagen immer nur, wie sehr es Ihnen stinkt, Joe, aber Sie tun nichts dagegen. Ich hab's Ihnen schon ein paarmal gesagt: Warten Sie nicht darauf, daß die Schwestern etwas unternehmen, damit sich was ändert. Uns hat man gefesselt und geknebelt, wir haben nicht einmal ...«

»Bitte. Ich brauche Hilfe.« Mein Lungenödempatient Mr. Morales stand in der Tür und hielt sich am Türrahmen fest. Sein Bademantel öffnete sich, und wir sahen, wie Blut sein Urinkatheter entlang auf den Boden tropfte. »Ich blute. Niemand hat auf meine Klingel geantwortet, und ich ... ich ...« Er begann zu weinen.

Ich warf Joe einen »Sehen-Sie-was-ich-meine«-Blick zu und half Mr. Morales, sich in einen Rollstuhl zu setzen. Während ich ihn eilig in sein Zimmer zurückfuhr, kam ich an Mrs. Rubinsteins Nichte vorbei, die Phoebe anschrie, sie wolle die leitende Person sprechen. Die Ausdehnung ihrer Halsadern und ihr Stimmfall verrieten mir, daß sie die Information, daß niemand hier die Kontrolle, geschweige denn die Leitung hatte, nicht besonders gut aufnehmen würde.

Fünf weitere Lichter über Patiententüren waren an, und ich konnte Mr. Shackman, meinen 62jährigen Angina-pectoris-Patienten, im Korridor um Hilfe schreien hören. Die Essenstabletts, die bereits vor 40 Minuten angeliefert worden waren, standen immer noch in den Wagen, während das Essen kalt wurde. Yolanda und Jeffrey rasten, so schnell sie nur konnten, von einem Zimmer zum anderen.

Rasch warf ich ein frisches Badehandtuch über Mr. Morales' blutgetränktes Bett und entfernte den alten Katheter. Ich gab ihm ein sauberes Patientenhemd und einen Waschlappen mit

dem Versprechen, so bald wie möglich zurückzukommen, um einen neuen Katheter zu legen und ihn zu waschen.
Auf meinem Weg zu Mr. Shackman rannte Jeffrey mit einer Morphiumspritze an mir vorbei. »Mrs. Vernon ist auf dem Weg ins Abseits. Halte deine Ohren für die Notfallklingel offen.«
Yolanda, die mit drei übereinandergestapelten Tabletts unterwegs war, versuchte den Patienten zu ihrem Abendessen zu verhelfen. »Mrs. Raimer hat ihre Infusion herausgezogen«, sagte sie. »Ihr Hämoglobinwert befindet sich im Panikbereich, sie braucht zwei Einheiten Blut – und zwar ganz schnell. Kannst du ihre Infusion neu legen?«
»Kann ich nicht, Yolanda. Laß Phoebe jemanden ...« Ich hielt inne, da mir klar wurde, daß es niemanden gab, den man hätte rufen können. »Tut mir leid.«
Mr. Shackman hatte Schmerzen in der Brust, und sein Herzrhythmus war beschleunigt. »Wo, zum Teufel, haben Sie gesteckt?« schrie er und griff sich ans Herz. »Ich hatte zehn Minuten auf dieser gottverdammten Klingel gelegen. Geben Sie mir ein Nitroglyzerin. Was, zum Teufel, ist überhaupt mit dem Pflegepersonal los hier?«
Ich öffnete den Mund, um ihn zu besänftigen, dann besann ich mich. Mr. Shackman war der Vorstandsvorsitzende eines großen Unternehmens, ihn besänftigen zu wollen war sicherlich nicht der richtige Weg. Ich gab ihm Sauerstoff und nahm seinen Blutdruck, bevor ich ihm ein Nitro verabreichte. Während er es unter seine Zunge schob, setzte ich mich aufs Bett. »Das tut mir alles leid. Wir haben heute abend ein Problem mit der Personalbesetzung. Wie steht's mit Ihren Schmerzen?«
»Sind immer noch da, aber nicht so schlimm wie vorher.« Sein Zorn hatte sich offensichtlich ein wenig gelegt, und er sank in sein Kissen zurück, als ob sein Rückgrat sich zusammengefaltet hätte. »Tut mir leid, daß ich Sie angeschrien habe, aber das ist einfach keine Art und Weise, ein Krankenhaus zu

führen. Eins kann ich Ihnen sagen: Man kann nicht die Kunden verarschen, ohne sich gleichzeitig aus dem Geschäft zu katapultieren.«

Ich schob ein zweites Nitro unter seine Zunge. »Nun, ich hoffe, Sie schreiben der Verwaltung einen langen Brief, wenn Sie hier rauskommen, und machen sie mit diesem Gedanken vertraut. Ich bin sicher, er wird ihr völlig neu sein. Ich habe jetzt etwas anderes zu tun, aber ich werde in fünf Minuten zurück sein. Halten Sie so lange durch?«

Mr. Shackman schloß die Augen. »In Ordnung, aber vergessen Sie mich diesmal nicht.«

Auf meinem Weg zurück zu Mr. Morales sah ich Joe, der Mrs. Rubinstein aus der Station herausrollte, und zwickte ihn in den Arm. »Machen Sie sich keine Sorgen, daß Ihre Frau Sie verlassen wird. Wenn Sie wollen, schreibe ich Ihnen eine Entschuldigung: ›Liebe Mrs. Cramer, Joe konnte nicht nach Haus kommen, weil die Leidenden und Überarbeiteten ihn brauchten. Beiliegend seine Goldene Pfadfindermedaille für hervorragende Dienste am Pflegepersonal.‹«

Joe ignorierte mich und meine Versuche, die Dinge humorvoll zu nehmen, ganz einfach. Statt dessen ging er einfach weiter und murmelte dabei auf eine Weise vor sich hin, die mich an »Lurch« von der *Addams-Familie* erinnerte.

Bei den Monitoren bediente Phoebe die ständig klingelnden Telefone. Sie sah erschöpft aus. »In der Ambulanz ist eine Notaufnahme«, sagte sie, als ich an ihr vorbeiging. »Was soll ich tun?«

»Ruf Nan an. Mehr kannst du nicht tun. Zieh's dir noch nicht so rein. Es ist erst sieben Uhr.«

Mr. Morales weinte still vor sich hin. Er hatte weder das saubere Patientenhemd angezogen, das ich ihm gegeben hatte, noch sich zu waschen versucht. So schnell und sanft, wie mir dies möglich war, wusch ich ihn mit einem Schwamm ab und tauschte die blutigen Laken in seinem Bett aus. Als ich dem schwachen Mann in ein sauberes Hemd half, nahm er meine Hand. »Es tut mir leid«, sagte er.

»Was?« fragte ich überrascht.

»Daß ich Ihnen so viel von Ihrer Zeit wegnehme.«

Ich legte einen Arm um seine Schulter. »Das muß Ihnen nicht leid tun. Sie haben eine bessere Pflege verdient. Es sollte nicht nötig sein, daß sie losziehen und eine Schwester suchen müssen, weil Sie Schmerzen haben. Es ist nur ...« Ich schoß hoch wie von der Tarantel gestochen: Mr. Shackman und seine Schmerzen in der Brust! »Ich bin sofort zurück und lege den Katheter neu, Mister Morales. Halten Sie durch.«

Als ich zu Mr. Shackmans Zimmer zurücksprintete, sah ich Sarah, die Hände in die Hüften gestemmt, sich mit Nan im Flur streiten. Sie standen jede auf einer Seite einer fahrbaren Trage, auf der eine offensichtlich kranke Frau lag. Die Patientin war blaß, glänzte vor Schweiß und übergab sich in eine viel zu kleine Nierenschale.

Im Geiste versuchte ich, meine Prioritäten neu zu ordnen, damit die neue Patientin zumindest aus dem Flur herausgeholt werden konnte, als mir Mr. Shackman auf Händen und Füßen entgegenkam.

»Was haben Sie denn verloren?« fragte ich und zog ihn auf die Füße.

»Nichts. Ich versuche nur, die Luft in meinem Bauch loszuwerden.«

Sofort veranlaßte mein sechster Sinn für heraufkommende Katastrophen die Damen in meiner Vermittlung, alle Alarmknöpfe zu drücken. Mr. Shackmans Haut war grauweiß, und seine Nase hatte die Farbe von Kitt. Mir brach der Schweiß aus, und ich erlebte meine ganz eigenen Schmerzen in der Brust. Ich schob ihn zum Bett zurück.

»Gehen Sie bitte wieder ins Bett, Mister Shackman«, sagte ich

und legte gleichzeitig die Blutdruckmanschette um seinen Arm. Seine Haut fühlte sie kühl und feucht an.
»Ich fühle mich nicht wohl.«
»Bitte, Mister Shackman, gehen Sie ins Bett.«
Und er ging tatsächlich ins Bett – das heißt, er fiel hinein.
Ohne auf den Monitor schauen zu müssen, drückte ich den Notfallknopf und begann mit Wiederbelebungsversuchen.

Wir holten Mr. Shackman zurück, verloren ihn wieder, holten ihn wieder zurück und verloren ihn dann endgültig. Während des letzten Versuchs der Wiederbelebung fiel mir Mr. Morales wieder ein, und ich hätte am liebsten losgeheult.
Prioritäten zu setzen war eine schmerzhafte Angelegenheit geworden. Sollte ich erst Mr. Morales katheterisieren, oder sollte ich die 6-Uhr-Medikamente verteilen, die bereits zwei Stunden überfällig waren? Der Neuzugang stand immer noch im Flur und wartete darauf, daß eine Schwester sie aufnahm. Zweimal hatte der Mann der Patientin schon gedroht, sie wieder mit nach Haus zu nehmen.
Mr. Shackmans Frau und Sohn saßen immer noch im Warteraum. Der Kaplan war mit dem Abendgottesdienst beschäftigt, und sonst gab es niemanden, der ihnen die Prozedur für die Freigabe des Toten hätte erläutern können. Sollte ich zuerst sie trösten oder damit warten, bis ich mich um Mr. Morales gekümmert und die Medikamente verteilt hatte?
Mrs. Rubinstein hatte bereits vor 20 Minuten darum gebeten, auf die Bettpfanne gehoben zu werden, und ich stellte mir vor, daß sie wahrscheinlich ins Bett gemacht haben würde, bevor ich mich um sie kümmern konnte. Das würde einen Bettzeugwechsel und ein Bad bedeuten; außerdem würde ich sie umdrehen und ihr dabei weh tun müssen. Ich würde keine Zeit haben, die 8-Uhr-Runde zu machen und die Patientendaten aufzunehmen, sondern ich mußte alle 8-Uhr-Medikationen durchgehen, um

festzustellen, welche sofort zu erfolgen hätten. Mr. Ruez' infiltrierte Infusion mußte gewechselt werden, und dann waren da noch die Berichte über die Notfälle und die ausgefallene 6-Uhr-Medikation zu schreiben.

In dem Augenblick, da Dr. Meyers die Wiederbelebungsversuche bei Mr. Shackman aufgab, hörte ich mit meinen Brustkompressionen auf, wusch mir die Hände und rannte ins Zimmer von Mr. Morales zurück. Im Flur kümmerte sich Mrs. Silverstein, Jeffreys Angina-pectoris-Patientin, um die Frau auf der Trage, die immer noch nicht aufgenommen worden war. Um ihr dabei zu helfen, hatte Phoebe die Frau an einen Telemetriemonitor angeschlossen und ihr einen warmen Waschlappen gegeben.

Als ich am Schreibtisch vorbeikam, schaute Phoebe hoch. Sie schien weniger besorgt zu sein als vielmehr die Aufregung in der Kampfzone zu genießen.

»Ich habe Mistress Rubinstein auf die Bettpfanne gesetzt«, flüsterte sie. (Grundregel Nr. 12: Technisches Personal hat keinerlei körperlichen Kontakt mit den Patienten.) »Sie hat bis zu dem Strich gepinkelt, an dem 200 cc steht.«

Ich machte ein Kreuzzeichen über sie und segelte in Mr. Morales' Zimmer, wo der Telemetriemonitor, sorgfältig in Kreppapier verpackt, auf dem Nachttischchen stand. An das Papier war eine Notiz geheftet:

Liebe Krankenschwester,
bin nach Haus gegangen, um etwas zu essen, meine Pillen einzunehmen und mich ein wenig zu entspannen. Machen Sie sich wegen des Heparinlocks keine Sorgen, meine Frau wird sich gut um mich und Ihre Geräte kümmern. Seit der Katheter entfernt wurde, habe ich uriniert, und alles ist in Ordnung: kein Blut. Ich habe das Urinal im Bad gelassen, damit Sie die Menge messen können.

In ein paar Stunden bin ich zurück, wenn Sie nicht mehr so beschäftigt sind, also machen Sie sich um mich keine Sorgen.

Bert Morales

Mein erster Impuls war, seine Unterlagen zu holen und bei ihm zu Haus anzurufen und zu sagen, daß er sofort zurückkommen solle. Ich würde ihm alle medizinischen und juristischen Probleme auseinandersetzen müssen, mit denen wir uns jetzt herumschlagen mußten. Dann wurde mir klar, daß sich für ihn nichts ändern würde, wenn er zurückkäme: Zu Haus würde Mr. Morales besser gepflegt und schneller wieder gesund werden.

Ich setzte mich aufs Bett, und in mir stiegen Zorn, Schuld und Trauer wie eine Flutwelle hoch – und das Verlangen, Annie, die medizinische Leitung, Nan ... irgend jemanden anzurufen, der die Dinge so verändern konnte, damit die Patienten nicht ständig unterversorgt wären und die Schwestern sich nicht dauernd hilflos fühlen würden.

Ich las Mr. Morales' Notiz noch einmal, und mir wurde klar, daß der wichtigste Grundsatz für mich als Krankenschwester – als menschliches Wesen – darin bestand, bedürftigen Menschen zu helfen. Die Bedürfnisse der Patienten ständig nach Priorität einteilen zu müssen, um den jeweils Bedürftigsten am Leben zu erhalten, war nicht meine Vorstellung von heilender Fürsorge. Ich war dazu verurteilt, Notfälle zu sortieren, und hatte nicht einmal Zeit für eine einzige liebevolle Geste. Ich fühlte mich wie ein Automat, programmiert mit medizinischen Daten und dazu eingesetzt, der größtmöglichen Anzahl zahlender Kunden, die ich körperlich bewältigen konnte, eine Grundversorgung zu geben. Ich konnte, so oft ich wollte, schwören, daß ich nicht die Superschwester spielen würde, aber ich wußte, daß ich im Angesicht der Bedürfnisse von Patienten – wie die meisten Krankenschwestern – mich bis zur Erschöpfung verausgaben würde.

Phoebe stand in der Tür. »Mr. Morales ist nicht mehr auf dem Monitor«, sagte sie und schaute sich suchend nach ihm um. »Und der Mann der neuen Patientin hat sie soeben von der Station getragen und gesagt, er würde sie ins XY-Krankenhaus bringen. Doktor Meyers schreit sich die Seele aus dem Leib, und unten wartet ein weiterer Notfall in der Ambulanz auf eine provisorische Schrittmacherimplantation.«
Die Notfallklingel meldete sich, dann schwieg sie wieder. Irgend jemand hatte den Knopf aus Versehen gedrückt. Phoebe und ich waren in die Vorhalle gerannt und standen jetzt wild um uns blickend und voller Adrenalin da.
Überall um uns herum läuteten die Patientenklingeln. Von irgendwo am anderen Ende des Flurs kam ein einzelner Schrei: »Hilfe, hilf nur doch jemand!«
Ohne nachzudenken rannte ich in die Richtung dieser Bitte und wich dabei den fallenden Bomben aus.

Ich zögerte an der Tür und lauschte auf das rhythmische Atmen der schlafenden Patientin. Es war nach 2 Uhr früh, und ich überlegte, ob ich die Frau aufwecken sollte oder nicht. Die pragmatische Krankenschwester in mir war entsetzt bei dem Gedanken, eine Frau zu wecken, die in weniger als fünf Stunden operiert werden sollte. Die andere Seite wußte jedoch, daß ihrem Wunsch zu entsprechen dem Frieden ihres Körpers und Geistes dienlicher war als acht Stunden ununterbrochenen Schlafes.
Ich ließ das Seitengitter herunter und setzte mich. Unter mir war das Bett an der Stelle, wo sie gelegen hatte, immer noch warm. Ihr Kiefernmuskel war angespannt, während sie unruhig wie ein Krieger vor der Schlacht am nächsten Morgen schlief.
Ich betrachtete ihr Gesicht und versuchte mir vorzustellen, wie sie wohl sei. Ihr schwarzes Haar war dick und lockig und von der Art, die mir immer so sehr gefiel, wenn auch die dazugehörenden Personen meistens anderer Meinung waren. Trotz der

gerunzelten Stirn waren ihre Mundwinkel von Lachfalten gezeichnet und vermittelten den Eindruck, als ob sie sich häufig auf der helleren Seite des Lebens aufhalte.
Ein flüchtiger Blick in ihre Unterlagen hatte mir erzählt, daß sie die 32 Jahre alte Assistentin eines Tierarztes und unverheiratet war, keine Kinder hatte und man vor kurzem Gebärmutterkrebs bei ihr diagnostiziert hatte. Natürlich bezog sich alles in der Stammkarte nur auf ihren Körper und ihre Krankheit, und nirgendwo war von ihrem emotionalen oder mentalen Gesundheitszustand die Rede.
»Rachel?«
Die Kiefermuskeln entspannten sich, und die dunklen Wimpern öffneten sich so schnell, als habe sie nicht wirklich geschlafen, sondern nur mit geschlossenen Augen dagelegen und gewartet.
»Echo?«
»Hallo.«
Automatisch zog sie ihren Arm unter der Bettdecke hervor und nahm meine Hand, wobei sie wie eine Verrückte grinste. Eine Weile saßen wir so da, bis wir zu kichern anfingen. Nach ein paar Sekunden zogen sich ihre Mundwinkel nach unten, und sie begann leise zu weinen. Ich streichelte ganz leicht ihren Kopf und wartete.
»Tut mir leid«, sagte sie und setzte sich aufrecht hin. »Ich weiß nicht, was mich in letzter Zeit überkommt.«
»Das ist in Ordnung. Ihr Leben ist auf den Kopf gestellt worden, Sie können so viel weinen, wie Sie wollen. Sobald Sie zornig werden, lassen Sie's mich aber wissen, damit ich mich verziehen kann.«
Sie lächelte. »Oh, der Zorn ist schon gewesen – und wie! All dies stinkt mir gewaltig.« Rachel versuchte sich ein Glas Wasser einzugießen und stellte fest, daß der Krug leer war.
»Sie werden bald operiert«, erinnerte ich sie. »Das bedeutet, Sie dürfen weder etwas essen noch trinken.«

Rachel tippte sich an die Stirn, was ein überraschend hohles Geräusch erzeugte. »Ich hab' nach Halloween ganz vergessen, den Inhalt wieder zurückzutun«, sagte sie trocken. Es entstand eine kurze Pause. Dann sagte sie: »Vielen Dank, daß Sie rübergekommen sind. Ich weiß, daß das lästig für Sie ist. Ich meine, Sie kennen mich nicht, aber ich wollte Sie fragen, ob ... nun, in Ihrem Buch ... die Sache mit Ihrer Freundin Jan. Sie haben so viel für sie getan, damit sie nicht aufgab. Sie haben ihr Hoffnung gegeben.« Rachel unterbrach sich und schaute mir prüfend in die Augen, als wollte sie sehen, ob ich verstand, was sie mir zu sagen versuchte.

»Ich habe Angst. Seit ich weiß, daß ich Krebs habe, fühle ich mich, als ob ich tief unten in einem schwarzen Loch sitze und niemand kann zu mir herein und bei mir sein – egal, wie sehr er mich liebt. Ich bin ...« Sie wandte mir wieder ihre dunklen Augen zu und sagte sehr ernst: »Wissen Sie, wovon ich rede?« Die Frage bedeutete nicht, ob ich sie richtig verstand, sondern ob ich ihr vielleicht erklären könnte, was sie sagte.

Ich nickte. »Ich glaube, ja. Aber erst einmal muß ich Ihnen sagen, daß mir das Verdienst nicht zukommt, begriffen zu haben, was Jan brauchte; es war vielmehr so, daß sie wußte, was sie von uns wollte, und daß sie danach fragte. Ihre Krankheit dauerte sehr lange und war sehr hart. Immer wieder ließen die Krankheitszeichen nach und verstärkten sich dann wieder; am Ende bezeichnete sie sich als berufsmäßige Sterbende. Sie hätte Vorträge über die Kunst des Sterbens halten können.«

Rachel spielte mit einer Ecke ihres Kissenbezuges und nickte leicht. Sie wartete.

»Und Sie haben recht, Rachel.« Ich seufzte. »Am Ende sind wir ganz allein. Niemand, und er oder sie kann Sie noch so lieben, kann da an Ihrer Stelle sein. Das ist ihr Tonklumpen, den das Schicksal Ihnen überreicht hat. Es liegt ganz bei Ihnen, was Sie daraus formen.«

»Aber ich will nicht sterben«, sagte sie. »Ich bin noch nicht soweit.«
»Dann sorgen Sie dafür, daß Sie's nicht tun. Zum Teufel, hören Sie nicht auf zu leben, um Platz für Ihre Ängste zu machen. Es muß ganz genau andersherum laufen.« Ich kreuzte meine Beine, und eines machte ein knackendes Geräusch, worüber wir beide kurz lächeln mußten.
»Erziehen Sie sich für all die Möglichkeiten, und nehmen Sie den Kampf auf, immer ein Tag auf einmal, ein Labortest auf einmal. Tun Sie dazwischen alles mögliche, um ihr Leben zu genießen – verwöhnen Sie sich, seien Sie leichtsinnig, tun Sie, was Ihnen Spaß macht ... jeder von uns sollte das tun – ganz gleich, ob wir nun krank sind oder nicht. Wir sollten uns auf jeden Tag freuen, anstatt ...« Ich hörte auf zu reden.
Was für eine Heuchlerin. War ich nicht die Person im Spiegel, die sich von innen her auffressen ließ?
Rachel las meine Gedanken. »Leben Sie so?«
Ich schüttelte den Kopf. »Nein.« Wieder seufzte ich. »Mein Leben stimmt zur Zeit irgendwie nicht.« Ich fühlte mich unter ihren prüfenden Blicken unbehaglich, stand auf und stellte das Seitengitter wieder hoch. »Sagen Sie mir, was ich Ihrer Meinung nach für Sie tun oder sagen kann.«
Rachel dachte einen Augenblick lang nach. »Ich wollte, daß Sie mir sagen, daß alles gut ausgehen wird und ich nicht sterben werde.«
»Das kann ich nicht.« Ich sicherte das Gitterschloss. »Ich kann Ihnen nur sagen, daß Sie nicht aufhören sollen zu leben und daß Sie genau jetzt das Beste aus allem machen sollten.«
»Ja.« Sie gähnte. »Ich bin ziemlich knickerig mit mir selbst gewesen. Der größte Teil meines Lebens besteht aus nicht genutzten Gelegenheiten.«
»Nun, dann ist es an der Zeit für eine Neuprogrammierung.«
»Ich weiß, ich weiß«, sagte sie. »Ich verspreche Ihnen, wenn ich

aus diesem Krankenhaus komme – egal, wie das Urteil lautet –, werde ich mir als erstes eine einstündige Fußmassage geben und meine Haare glätten lassen.«
Plötzlich hatte ich einen harten Kloß im Hals und mußte gegen die aufsteigenden Tränen ankämpfen. Ich bin müde, dachte ich. Ich bin müde und traurig, und ich halte dies nicht mehr lange aus.
Rachel, die mich von der Seite angesehen hatte, drückte meinen Arm. »Was ist mit Ihnen? Was werden Sie tun, wenn Sie aus diesem Krankenhaus kommen?«
Alle üblichen leichtfertigen Antworten eilten zu meinem Mund, aber dort trafen sie auf einen fest zusammengeklemmten Kiefer. Wie die Montserrater dachte ich über Rachels Frage nach und wartete auf die richtige Antwort.
»Leben«, sagte ich nach einer Weile. »Ich werden versuchen zu lernen, für mich selbst zu leben.«

Um 3 Uhr morgens wachte ich schreiend aus einem Traum auf. Es war einer dieser Träume, in denen ich im Geräteraum gefangen war und mich weder richtig bewegen noch vollständig aufwachen konnte. Ich schrie die ganze Zeit um Hilfe, aber meine Stimme ging in den anderen Schreien der Patienten unter, um die sich während einer ganzen Schicht niemand gekümmert hatte. Ich konnte nur daran denken, daß jemand sterben würde und daß ich die einzige war, die das verhindern konnte.
Mit einer übermenschlichen Anstrengung brachte ich den Schrei zustande und wachte auf.

> Mittwoch, 3 Uhr 30 – Ich habe keine Lust mehr, mein Bettlaken weiter durcheinanderzubringen, liege da und beobachte David im Schlaf. Mir wird klar, daß ich mein Leben in den Griff bekommen muß. Mit meinen eigenen Worten: Ich muß den Ton in die Hand nehmen und zu formen be-

ginnen. Da gebe ich all die guten Ratschläge und befolge selbst nicht einen einzigen.
Von denen gesprochen, die vor ihrem Tod nicht zu leben aufhörten: Die Ausstellung von Risens Zeichnungen hat große Aufmerksamkeit erregt und viel Lob eingeheimst. Die Zeitungen schreiben, daß die Ausstellung auf Tournee gehen wird. Ich hoffe, er weiß, was vor sich geht; es hat ihm immer so gutgetan, wenn die Leute die Früchte seiner Begabung mochten.
Hmmm, ich frage mich, ob er und Jan eine Herzklinik für die dahingegangenen Seelen aufgemacht haben.
Von seinem Liegeplatz auf Davids Gesicht aus hat Mooshie mich gerade angesehen, als wollte er sagen: »Du machst dir zu viele Sorgen. Mach das Licht aus und schließ dich uns beim Schlafen an.« Die Spitze seiner rosa Zunge hängt ihm aus dem Maul, was mir sagt, daß er im siebten Katzenhimmel ist. Und warum auch nicht? Er ist sicher und überfüttert, er wird gewärmt, und Davids Schnarchen verschafft ihm Vibrationen.
Der Anblick macht mich lachen, und gleichzeitig kann ich mir mein Leben ohne David und sein Lachen nicht vorstellen. Warum muß es diesen Konflikt geben? Stimmt es wirklich, daß ich ihn nicht in meinem Leben haben kann, weil das für sein Leben nicht das Beste ist? Die Zeit, in der wir unsere Leben geteilt haben, kommt mir so kurz vor. Bin ich schrecklich selbstsüchtig, wenn ich mehr will?
O Gott, warum hast du mir diesen Streich gespielt?
Kann ich alles gleichzeitig loslassen? Habe ich den Mut, mein Leben zu ändern? Das macht angst, meine Lieben, sehr angst.

18. Kapitel

»Die Laufbahn einer Krankenschwester ist im allgemeinen eine Achterbahnfahrt zwischen Begeisterung und Burnout, Erfüllung und Frustration. Schließlich erreicht sie einen Punkt, an dem sie sich in einem Meer von Bitterkeit und Angst treiben lassen oder sich von diesen Gefühlen befreien und weitermachen kann. Es ist ein großer Irrtum zu glauben, die Prüfung einer wahren Krankenschwester sei die Prüfung der Zeit.«

Linda Stone, Krankenschwester

Durch den roten Schleier meiner Nylonautoabdeckung beobachtete ich die Invasion der drei Zeugen Jehovas, die auf meiner Vorderveranda standen und zum vierten Mal an der Tür läuteten. Sie waren beharrlich – wie dies nur die Hausierer Gottes sein können – und bereit, ihre Propagandabüchlein sofort auf das unglückliche Opfer loszulassen, das an die Tür kommen würde, und sie machten ganz den Eindruck, als würden sie, falls nötig, bis zur Ewigkeit warten, um ihren verbalen Kreuzzug antreten zu können.

Ich kicherte in mein unchristliches Ich hinein und widmete mich wieder dem Stapel Briefen, zufrieden in dem Wissen, daß eine weitere Störung abgewendet worden war.

Ich vermute, die Tatsache, daß ich den größten Teil des Tages im Inneren eines abgedeckten Autos verbrachte, dürfte vielen seltsam erscheinen, aber ich war begeistert. Es war beinahe so, als sei ich unsichtbar. (Ich gehöre zu den Leuten, die sich ständig fragen: Wärst du lieber unsichtbar oder imstande zu fliegen? Da

ich in meinen Träumen so häufig fliege, entscheide ich mich meistens für die Unsichtbarkeit.)
Die Not ist die Mutter der Erfindung. Dies hatte sich an dem Nachmittag gezeigt, an dem meine Hände aufgrund der Kälte unbrauchbar geworden waren. Der Kamin verrichtete seine Arbeit nicht, und warmes Wasser brachte nur vorübergehende Linderung. Als meine Fingerspitzen plötzlich weiß wurden, wanderte ich zu meinem Auto aus, öffnete – ohne die Abdeckung zu entfernen – die Tür einen Spaltbreit und schlüpfte hinein in die Stille und Wärme, die mich sofort umfingen.
Vom Morgen bis zum späten Nachmittag war es im Inneren des Autos, das von der Sonne aufgeheizt wurde, konstant 26 °C warm. Gewiß, die rote Nylonabdeckung verlieh allem einen rötlichen Schein, was dazu führte, daß ich noch Stunden nachdem ich das Auto verlassen hatte alles mit einem Grün- und Violettstich sah; aber das war ein geringer Preis für Wärme und Unsichtbarkeit, die ich so dringend zum Nachdenken und Schreiben brauchte.
Als die Zeugen Jehovas die Klingel zum fünften Mal attackierten, ging ich die Umschläge durch, bis ich auf einen Brief von Janey und einen von demselben älteren Herrn aus Maryland stieß, der mir einige Jahre zuvor geraten hatte, mehr Liebe in mein Leben zu bringen.
Ich öffnete zunächst Janeys Brief und fand eine Postkarte, auf der ein rubensähnliches Bild vom Garten Eden zu sehen war: Eva und ein Adam ohne Genitalien standen vor Gott, der ihnen beide Hände entgegenstreckte. In einer Hand lag ein Gehirn, in der anderen ein Satz männlicher Genitalien. Darunter stand: »In Ordnung, Leute, ich habe jeweils nur eins davon; ihr entscheidet, wer was bekommt.«
Auf der Rückseite hatte Janey geschrieben: »Stimmt's etwa nicht?«
Ich öffnete den zweiten Brief ein wenig ängstlich, da ich mir

nicht sicher war, ob ich wissen wollte, was die Zukunft für mich bereithielt.

Ich mußte Ihnen schreiben, mein liebes Kind, denn meine Zeit läuft aus, und ich möchte Sie ein letztes Mal dazu ermutigen, Ihr Schreibtalent für die weitere Förderung Ihrer Sache einzusetzen, anstatt weiterhin aktive Krankenschwester zu sein. Es ist an der Zeit, das loszulassen; Sie haben Ihre Zeit im Fegefeuer abgesessen. Überlassen Sie es jetzt Jüngeren, den harten und wunderbaren Weg zu beschreiten, wie Sie es taten.

Ich weiß, daß dies Sie erschreckt; aber Sie werden entdecken, daß Sie mit Ihren geschriebenen Worten weiterhin Positives bewirken werden. Die meisten Formen der Liebe, wie zum Beispiel die romantische Liebe, sind ohne Garantie, aber die heilende Liebe dauert auf ewig an. Schütteln Sie den Baum, der Ihr Leben ist. Um vorwärts gehen zu können, müssen Sie die Schmerzen der Veränderung ertragen.

Wenn ich mir erlauben darf, Ihnen einen Rat zu geben: Akzeptieren Sie die Gelegenheit, denn sie wird Sie zu einem positiven Ergebnis führen.

Ich glaube nicht, daß ich noch etwas von Ihrer Arbeit lesen werde, aber ich werde sie von einer anderen Ebene aus sehen. Geben Sie den Kampf für das Gute nicht auf.

Während ich geistesabwesend mit meinem großen Zeh auf der Windschutzscheibe herummalte, zuckten die Worte des Mannes durch meinen Kopf – »Fegefeuer«, »loslassen«, »vorwärts gehen«. Ich nahm ihre wahre Bedeutung in mir auf, und nach einer Weile begannen sie, die freudige Erregung in mir wachzurufen, die man »Möglichkeit« nennt.

San Francisco erlebte einen seiner überraschend warmen Tage, in denen der Nordwind sich gerade so weit legte, daß die Menschen für einen Tag auftauen konnten.

Es war, so dachte ich, ein guter Tag, um zum leeren Brunnen zu gehen.

Meine Verabredung mit Annie war für 13 Uhr festgesetzt. Als ich das Treppenhaus betrat, ertönte die Mittagssirene und sagte mir, daß ich zu früh dran war. Aber andererseits hatte ich die schlechte Angewohnheit, zu früh zu Verabredungen zu kommen, die lebenswichtig für mich waren.

Auf der Treppe zum ersten Stock kam ich an Dr. Cramer vorbei, der so sehr damit beschäftigt war, in sein schwarzes Buch zu schreiben, daß ich mich wunderte, wie er gleichzeitig die Treppe hinuntergehen konnte. Um zu sehen, wie er mit der Tür im Parterre fertig wurde, schaute ich über meine Schulter. Mir fiel auf, daß sein Stethoskop an einem der beiden Ohrstöpsel aus der Gesäßtasche seiner Arbeitshose hing und langsam hin und her pendelte – wie ein Schwanz. Ich stellte mir eine Abbildung von Joe, wie ich ihn in diesem Augenblick sah, im *New England Journal of Medicine* vor – mit einer Unterschrift, die lautete: »Das kultivierte medizinische Tier.« Ich lachte leise in mich hinein und stieg weiter die Treppe hoch.

Auf dem zweiten Treppenabsatz hörte ich jemanden leise weinen, und auf den oberen Stufen des dritten Absatzes traf ich Sarah.

Ich setzte mich hin und legte einen Arm um ihre Schulter. »He, was ist los?«

Schnell streifte Sarah meinen Arm wieder ab. In ihrer bitteren Trauer gab es keinen Platz für Hätscheln. »Gefühlskalte Arschlöcher!«

»Okay«, sagte ich. »Einmal abgesehen von George Bush, Rush Limbaugh sowie Nancy und Ronald Reagan – von wem ist hier die Rede?«

»Das ist doch egal«, sagte sie und putzte ihre gerötete Nase mit den Überresten eines Kleenextuchs.
Mit den Fingerspitzen holte ich ein Stückchen Kleenex von ihrer Oberlippe, grub in meiner Jackentasche nach den gefalteten Blättern Toilettenpapier, die ich meistens bei mir hatte, und gab ihr ein paar.
Sarah wischte sich die Augen und betrachtete die beiden Mascaraspuren auf dem Papier, während die unfreiwilligen Schluchzer, die einem heftigen Weinen folgen, sie rhythmisch durchschüttelten.
»Sarah, wenn es so schlimm ist, daß es dich so erwischt, dann ist es nicht egal. Erzähl's mir.«
Wir warteten, bis sie sprechen konnte.
»Vor etwa drei Jahren«, begann sie, »kam eine Frau mit ihrem Mann rein, der tödlich an Krebs erkrankt war. Er war so krank, daß wir ihm nur noch Schmerzmittel gaben, bis er ein paar Stunden später starb. Nell, seine Frau, blieb so lange bei ihm, bis die Leute aus der Leichenhalle kamen.« Sarah sah mich von der Seite an. »Nicht viele Leute können so lieben. Ich fragte sie, ob wir jemanden anrufen könnten, der sich um sie kümmern würde, aber sie hatte niemanden. Also bot ich ihr an, mit zu mir zu kommen.« Sarah zuckte mit den Schultern und rollte das Toilettenpapier zwischen Zeigefinger und Daumen zu winzigen Bällchen.
»Das war der Anfang einer Beziehung, in der sie genauso zu einem Teil meiner Familie wurde wie meine Mutter. Aber«, seufzte sie, »du weißt, wie das mit guten Menschen geht: Kurz danach wurde bei ihr ein Sarkom in der Lunge diagnostiziert. Bis vor kurzem kam sie ganz gut damit zurecht, aber vor ein paar Tagen rief sie an und sagte, sie könne kaum noch atmen. Sie sah aus wie der Tod, als ich sie in die Notaufnahme brachte, ihr Hämoglobin war runter auf sechs. Wie auch immer: Ich nehme sie also auf, und wie ich zurückkomme, steht da diese dumme Schwester

aus der Verwaltung über Nell, die um Atem ringt, und redet ständig auf sie ein, daß sie einen psychiatrischen Berater brauche, der feststellen müsse, ob sie in der Lage sei, kompetente Entscheidungen hinsichtlich ihrer Behandlung zu treffen. Jemandem in dieser Lage so etwas Grausames anzutun – ich verlor die Nerven und warf sie aus der Ambulanz raus und sagte ihr, wenn sie noch einmal in Nells Nähe käme, würde ich das Krankenhaus wegen Belästigung verklagen.«
»Um Gottes willen, Sarah, ich bin ...«
Sarah hob eine Hand, und ihre Stimme war jetzt kräftiger. »Dann ordnete ihr Arzt eine Röntgenuntersuchung an für gestern, dem Tag, an dem ich zwölf Stunden Dienst hatte. Ich bat die Leute in der Röntgenabteilung um einen frühen Termin; dann hätte ich Zeit gehabt, sie hin- und wieder nach Haus zu bringen und doch noch rechtzeitig zum Dienst zu sein. Aber dann dauerte die Untersuchung länger als geplant, und ich wäre eine halbe Stunde zu spät zum Dienst gekommen; also rief ich die Supervisorin der Ambulanz an, erzählte ihr, was passiert war und ob sie mich für die dreißig Minuten freistellen könne.«
Sarah streckte sich, und der dumpfe Ausdruck in ihren Augen verwandelte sich in Zorn. »Diese ...« Ihr Mund kaute wütend auf den Worten, die sich in ihm versammelten, aber nicht herauskamen. »Diese ... Person, die *ich* ausgebildet habe, als sie eine völlig ahnungslose Anfängerin war, sagt mir, Nell sei *nicht* meine Mutter, und wenn ich zu spät käme, würde sie mich melden. Sie weiß, was Nell mir bedeutet. Sie weiß, daß ich in all den zwanzig Jahren nicht einmal zu spät gekommen bin und mich mehr ins Zeug lege als jeder andere in der Abteilung. Aber natürlich macht das alles nicht den kleinsten Unterschied. Am Ende hab' ich sie angeschrien, daß Mitgefühl mächtiger ist als die Feder, und aufgehängt. In der Zwischenzeit hat Nell angefangen zu weinen, weil der Arzt ihr die Information verpaßt hat, er habe den Verdacht, sie hätte Lymphoma in Leber und Milz, aber jetzt

nicht die Zeit zu erklären, was das bedeute. Sie bittet mich, jetzt nicht zu gehen, und ich drehe durch, weil ich nicht bleiben kann, denn dieses gefühlskalte Dreckstück wird mir das Leben zur Hölle machen, wenn ich auch nur eine Minute zu spät komme.«

Jemand öffnete die Tür im zweiten Stock, und Sarah verbarg schnell ihr Gesicht in den Händen. Als sich die Schritte in Richtung des ersten Stocks entfernten, seufzte sie, behielt jedoch die Hände vor dem Gesicht.

»Ich bin seit zwanzig Jahren in der Ambulanz«, sagte sie langsam, als ob sie jedes einzelne Jahr fühlte. »In all der Zeit habe ich mich niemals beklagt, wenn jemand gebraucht wurde, der Überstunden machte, bis alles wieder rund lief; ich habe mich nie beschwert, ich hab's einfach getan. Ich bin die einzige, die die Geburtstage der Leute im Gedächtnis hat oder bei speziellen Gelegenheiten Partys organisiert oder Geschenke mitbringt. Ich bin die einzige, die sich darum kümmert ...«

Sie begann wieder zu weinen. Im Dämmerlicht konnte ich den schnellen Puls in ihrer Halsschlagader sehen – wie bei einem verletzten Kaninchen.

Plötzlich setzte sie sich wieder gerade hin. »Aber weißt du was? Das hört alles auf. Es bringt einem nichts ein außer Kränkungen. Ich werde nie ... nie wieder ...«

Ich zog ihren Kopf auf meine Schulter und ließ sie ihre Trauer herausweinen.

»Sarah, es gibt Leute in unserem Beruf, die ihre Gefühle aus- und den Autopiloten einschalten. Du gehörst zu den wenigen, die das bei sich nicht zulassen, weil jedesmal, wenn jemand Hilfe braucht, vergißt du, daß es Zeit ist, nach Haus zu gehen, oder daß dein Rücken weh tut oder daß du seit zehn Stunden nichts gegessen hast. Du machst weiter, bis du umfällst.«

»Oh, großartig«, sagte Sarah schließlich und wischte den Rest ihres Augen-Make-ups fort. »Eines Tages werden sie mich im

schmutzigen Abstellraum finden – zusammen mit den Bettpfannen: Tod einer Krankenschwester.«
Sie seufzte angeekelt. »Was, um Gottes willen, kann schlimmer sein, als als Krankenschwester zu sterben?«
»Nun«, sagte ich langsam, »ich glaube, wir könnten wie ›normale Leute‹ sterben.«

Aus reiner Langeweile ging ich zu meinem Schließ- und meinem Postfach, aber es war meine Intuition, die mir sagte, beide Fächer vollständig zu leeren. Drei Pfund Post und vier Pfund Krimskrams (eine saubere Arbeitsuniform, sechs Gabeln, zwei uralte Buttermesser, vier Zahnbürsten und zwei Tuben Zahnpasta, ein Deodorant, drei Joggingschuhe und ein Kittel der Firma »Dairy Queen«) holte ich heraus und stopfte sie in meinen Beutel. Ich legte Schloß und Schlüssel hinein und ließ die Tür des Fachs offen. Seit einmal ein vergessener Tofukarton drin explodiert war, stank es darin schlimmer als das Innere von Simons Basketballstiefeln.
Das Foto von Robert Redford (seufz!) blieb an der Tür – für die Nachwelt.
Als ich auf meinem Weg zu Annies Büro am Schwesternzimmer vorbeikam, rief mich die stationsleitende Schwester, eine Frau, die ich noch nie zuvor gesehen hatte, mit offiziellem Gesichtsausdruck zu sich her und fragte, ob ich Hilfe brauche.
Gewiß, ich hatte meine Dienstkleidung nicht an, aber die Tatsache, daß wir einander nicht erkannten und ich zu diesem Zeitpunkt überhaupt nur eine einzige Schwester auf der Station kannte, machte mich traurig und ein wenig ärgerlich. Der Verwaltung war es endlich gelungen, im pflegenden Personal eine »geschäftsmäßige« Einstellung zu schaffen.
Ich schluckte meine Gefühle hinunter, lächelte in das kalte Gesicht und sagte nur, ich hätte einen Termin mit der Oberschwester und könne meinen Weg selbst finden.

Die an Annies Tür geheftete Pappuhr zeigte an, daß sie in zehn Minuten wieder dasein werde. Ich setzte mich und begann, die Chaos-Kavalkade der Herzstation von einer völlig anderen Perspektive aus zu sehen. Es war etwas mehr Pflegepersonal da als bei einer Abendschicht, aber nach wie vor blieben zu viele Patientenklingeln unbeantwortet – trotz der vielen Schwestern, die zwischen den Zimmern hin und her rannten.
Irgendwo weiter unten im Flur hörte eine dünne Stimme nicht auf, um Hilfe zu rufen.
Durch die Doppeltür kam Annie auf die Station geeilt. Sie entschuldigte sich kurz für ihr Zuspätkommen und bat mich dann in das innere Heiligtum ihres Büros, eine vollgestopfte Kammer von drei auf zweieinhalb Metern, in dem zwei große Aktenschränke, zwei Schreibtische und drei Stühle standen: der Alptraum eines Klaustrophoben.
Unter Annies Schreibtisch stand ein Paar Joggingschuhe. »Sind das Ihre?« fragte ich, bevor sie ihren Mantel ausgezogen hatte.
Annie nickte.
»Ziehen Sie sie an«, sagte ich. »Sehen wir zu, daß wir hier rauskommen, und machen wir einen Spaziergang am Bach.«
Wir gingen den Weg, der am Wasser entlangführte, und sprachen kurz von den Dingen, über die wir uns früher ausgiebig unterhalten hatten: Gartenarbeit, Jan Tobin, Hunde, Simon, ihr Haus, mein Schreiben, Krankenpflege. Als wir uns etwa anderthalb Kilometer vom Krankenhauseingang entfernt hatten, blieben wir einen Augenblick stehen, um das Ruderboot des Buchanan College vorbeigleiten zu sehen.
Annie stand steif und erwartungsvoll da. »Also gut, Ec, worum geht's?«
Ich holte einmal tief Luft und entspannte meine Schultern. »Ich muß für eine Weile aus der Krankenpflege raus, Annie. Ich bin müde. Ich bin am Ende meiner Kräfte. Ich möchte ... Ich brauche sechs Monate Urlaub.«

Ausdruckslos starrte Annie vor sich hin. »Geht nicht. Die Verwaltung gestattet einen so langen Sonderurlaub nicht mehr.«
»Ach komm, Annie, ich bin jetzt fünfzehn Jahre hier, hat das denn gar nichts zu sagen?« Ich schluckte den Kloß hinunter, der sich in meiner Kehle gebildet hatte. »Ich brauche eine Pause. Jedesmal, wenn ich zur Arbeit komme, werde ich krank vor lauter Angst darüber, welchen miesen Streich man jetzt wieder dem Personal spielt oder welcher von den Patienten sterben wird, weil wir ihm nicht schnell genug helfen können. Wenn ich dann nach Haus komme, bin ich so aufgedreht, daß ich nicht schlafen kann.«
Wie auf ein geheimes Kommando gingen wir wieder weiter.
»Es ist nicht allein die Arbeit«, fuhr ich fort. »Ich kümmere mich gern um andere Menschen. Aber es ist die Geschäftspolitik, die mich umbringt. Es ist kriminell, nicht in der Lage zu sein, sich ...«
»Dann hast du große Probleme, Ec«, sagte Annie trocken. »Denn es wird noch schlimmer werden. Es werden weitere Etatkürzungen kommen, und je enger unsere Gürtel geschnallt werden ...«
Sie unterbrach sich, dann sprach sie in einem Tonfall weiter, der sagte: so ist es nun einmal.
»Das Redwood Memorial ist ein Unternehmen.«
(Als hätte ich das nicht gewußt.)
»Es ist unsere Aufgabe, zu helfen *und* Geld zu machen.«
(Aber auf wessen Kosten?)
»Nimm mich zum Beispiel ...«
(Siebzigtausend Dollar im Jahr? Mehr?)
»Ich liebe meine Arbeit ...«
(Bei dem Gehalt, wer würde das heutzutage nicht?)
»Ich vertraue den Neuerungen der Geschäftsleitung ...«
(Das möchte ich meinen, du bist schließlich diejenige, die davon profitiert.)
»Du hast so eine negative Einstellung gegenüber der Geschäftsleitung ...«

(Manchmal tut die Wahrheit weh.)
»Aber [seufz], wenn dir wirklich nicht gefällt, was so passiert ...«
(Und jetzt, Leute, kommt die Pointe.)
»... warum kündigst du dann nicht?«
(Lautete die unausgesprochene Frage vielleicht »... und erlöst alle von deiner Gegenwart?«)
»Egal, was du von meiner Einstellung gegenüber der Geschäftsleitung denkst, Annie: Ich *bin* zum größten Teil eine praktisch denkende Person. Ich möchte nicht kündigen und dann feststellen, daß ich eine verkehrte Entscheidung getroffen habe. Ich brauche nur etwas Zeit, mich selbst wieder auf die Reihe zu bekommen. Wenn ich mich nach dieser Zeit immer noch so fühle wie jetzt, dann werde ich kündigen.«
Schweigend gingen wir weiter, während einige Vertreter von Kaliforniens widersprüchlicher Fauna sich um uns tummelten: Yuppies joggten mit ihren Golden Retrievern vorbei, während die Obdachlosen der Killer's Cove auf den Parkbänken am Bach neben pittoresken Reihern und Enten schliefen.
»Wie wär's mit einem Krankheitsurlaub?« fragte Annie.
»Ich bin nicht krank.«
»Aber du stehst unter Streß aufgrund deiner Arbeit. Für diese Situationen gibt es die Möglichkeit, krankheitshalber Urlaub zu beantragen.«
Annie nahm einen schleimigen, abgekauten Tennisball auf, der in unsere Richtung gerollt war, und warf ihn einem wedelnden Retriever zu. »Ich sehe, was ich tun kann. Wann bist du wieder auf Station?«
»Ich habe am Wochenende Dienst.«
Annie dachte eine Minute lang nach. »Okay. Ich werde es über die Personalabteilung regeln und dir eine Nachricht auf deiner Zeitkarte hinterlassen.«
Vielleicht war es Annies Lächeln oder ihr plötzlich federnder Gang, aber als wir zum Krankenhaus zurückgingen, signalisier-

ten mir die Damen in meiner Vermittlung, daß man dabei war, mich reinzulegen.
Wieder in Annies Büro, nahm ich meinen Beutel und sagte, ich würde später mit ihr reden. Daß sie mich umarmte und sehr betont »auf Wiedersehen, Echo« sagte, gab mir ein solch unbehagliches Gefühl, daß ich mich an der Doppeltür noch einmal umdrehte und die Station mit dem deutlichen Gefühl betrachtete, sie zum letzten Mal zu sehen.
Nichts hatte sich verändert. Immer noch rannten die Schwestern, immer noch läuteten die Patientenklingeln, und immer noch hörte man am Ende des Korridors jenes mitleiderregende Jammern um Hilfe. Aber ganz plötzlich wollte ich in Annies Büro zurücklaufen und rufen: »Es war nicht so gemeint! Es war nur ein Scherz!«
Was hatte ich mir nur dabei gedacht? Ich wollte die Krankenpflege nicht aufgeben. Um wen sollte ich mich jetzt kümmern? Was sollte ich ohne all die Adrenalinschübe anfangen? Ich würde mich fühlen wie am äußersten Ende einer Drachenschnur – völlig sinnlos.
»Platz bitte!«
Der Befehl kam von einer der neuen, frischgebackenen Schwestern, die sich in diesem Augenblick am anderen Ende einer fahrbaren Trage befand und mit hoher Geschwindigkeit auf mich zukam. Auf der Trage lag ein Berg von einem Mann, der anscheinend große Schwierigkeiten hatte zu atmen. Als eines der vorderen Räder meine Achillessehne traf, ergriff ich den Arm der Frau kräftig genug, um sie *und* die Trage zum Stehen zu bringen. »Langsam!« Während der Schmerz die Unterseite meines Beins hochwanderte, begann ich zu zittern.
»Ich sagte: ›Platz bitte!‹«
Ich knirschte mit den Zähnen und richtete mich zu meiner vollen Größe auf; obwohl ich 1,68 Meter groß bin, gehe ich normalerweise so gebückt, daß ich 1,52 Meter klein wirke. »Die

Schwestern, die auf dieser Station arbeiten, versuchen auch in den schlimmsten Situationen, nicht die Kontrolle zu verlieren.«

Ich beschaute mir den Patienten, dessen Doppelkinn rasch grau zu werden begann. »Verhelfen Sie dem Mann zu Sauerstoff, und auf Ihrem Weg am Schreibtisch vorbei sollten Sie einen sofortigen Blutgastest anfordern und dafür sorgen, daß Ihnen jemand mit dem Notfallwagen ins Zimmer folgt.«

Während ich die Trage durch die Doppeltür schob, hörte ich das Mädchen brummeln: »Wer sind Sie überhaupt?«

»Ich bin eine der älteren Schwestern hier«, rief ich ihr nach, »und ich rate Ihnen dringend ...«

Die Doppeltür schloß sich mit einem leisen, hydraulischen Zischen.

Weniger als 24 Stunden nach meinem Spaziergang mit Annie kam der Anruf vom neu eingerichteten, rauchfreien Büro des internen Gesundheitsdienstes. (Miss Milks hatte man eine vergoldete Zigarettendose und ein Feuerzeug geschenkt und in allen Ehren verabschiedet.)

»Hallo, hier ist Judith vom Gesundheitsbüro. Spreche ich mit Echo Heron?«

Während des Sekundenbruchteils, der verging, bevor ich antwortete, zuckten mir 400 furchtsame Gedanken durchs Hirn. Hatte Miss Milks mir die verkehrten HIV-Ergebnisse durchgegeben? War ich mit Pest oder Tuberkulose in Berührung gekommen? Hatte Annie mein Schließfach gerochen und angenommen, es sei ansteckend?

»Nun ja, das hängt davon ab.« Meine Antwort war zögernd.

»Wir habe gerade mit Annie, Ihrer Oberschwester von der Herzstation, gesprochen.«

»So?«

»Und ich rufe jetzt an, um Ihnen zu sagen, daß Sie nicht wieder zur Arbeit zurückzukommen brauchen. Das Redwood kann es

nicht riskieren, daß Sie weiter erkranken und uns einen Prozess anhängen.«
»Wie bitte?!«
»Ihr sechsmonatiger Krankheitsurlaub gilt ab sofort. Sie müssen sich wegen der Einzelheiten, betreffend den Papierkram, noch mit dem Personalbüro in Verbindung setzen.«
»Sie nennen einen zeitweiligen Burnout tatsächlich ein medizinisches Problem?«
»O ja.«
»Nun, was genau hat Annie ihnen erzählt?«
Judith zögerte. Dann sagte sie: »Es tut mir leid, aber ich bin nicht befugt, das mit Ihnen zu besprechen; aber ich kann Ihnen verraten, daß ihr sehr daran gelegen ist, daß Sie diesen Urlaub bekommen.«
»Nun, dann können Sie mir wenigstens sagen, ob die Worte ›Störenfried‹ oder ›Querulant‹ gefallen sind?«
Am anderen Ende war es einen Augenblick still, und ich konnte die Frau beinahe grinsen hören. Dann sagte sie: »Ich glaube, Miss Heron, Sie sollten einem geschenkten Gaul nicht ins Maul sehen. Guten Tag.«
Wenn ich mir mein Leben betrachte, denke ich gar nicht daran, irgend etwas in Frage zu stellen, das mit Schicksal oder Zufall zu tun hat. Als eine Woche nachdem mein Urlaub genehmigt worden war der Anruf aus London kam und man mich fragte, ob ich mich vielleicht um das Haus auf Montserrat kümmern wolle, sagte ich konsequenterweise »ja«.
Ich dachte nicht weiter darüber nach; es war die Antwort, die auf ihre Frage gewartet hatte.
Schließlich und endlich: Warum sollte ich ausgerechnet jetzt die Regeln befolgen?

Wenn ich es rückblickend betrachte, dann war der schönste Teil meines Abschieds – neben der Flucht aus Umweltverschmut-

zung und Übervölkerung –, daß ich diesem Kühlschrank von einem Haus entkam und all das Zeug verkaufen konnte, das ich 25 Jahre lang angesammelt und von dem ich mir eingeredet hatte, ich könne ohne es nicht leben.
Schockierend andererseits war es, Adressenänderungsformulare zu verschicken und meinen alten, blauen Honda (inklusive der Abdeckung und ihrem Geheimnis der Unsichtbarkeit) an Simon zu übergeben. Als ich die Telefonnummer, die ich 22 Jahre lang gehabt hatte, abmeldete, fühlte ich mich, als verkaufte ich die Freiheitsstatue an die Japaner.
Die meisten meiner Freunde waren skeptisch hinsichtlich meines Umzugs. Nur weil ich mir Tomatenketchup und Meerrettich auf meine Frühstückshaferflocken tat, waren die meisten von ihnen der Meinung, ich sei ein wenig daneben; jetzt jedoch waren sie überzeugt, daß ich den Verstand verloren hatte, weil ich das Land der Sonne (ha!), des Surfens und der kulturellen Verfeinerung verlassen wollte. Untereinander schlossen sie Wetten ab, was mich als erstes erwischen würde: Einsamkeit? Seltsame Insekten? Mangel an Bequemlichkeit? Voodoo?
Ich fand jedoch, daß meine Therapeutin es am besten ausdrückte, als sie sagte, nur ein Exzentriker würde auf eine einsame Insel gehen, um mit der Midlife-crisis fertig zu werden.
Ich verbrachte sehr viel Zeit damit, meinen restlichen Haushalt zusammenzupacken; eine Hälfte lagerte ich ein, die andere schickte ich nach Montserrat. Wenn ich gerade nicht packte, rannte ich in der Bay Area umher und machte Fotos von bestimmten Orten. Gewiß, es war eine seltsame Auswahl, aber alle Bilder hatten eine besondere Bedeutung für mich: zum Beispiel das eine vom Chemiearbeitsplatz im Labor des Buchanan College, wo Janey und ich einander zum ersten Mal begegnet waren; die Platte im Bürgersteig mit Simons Handabdruck, als er drei Jahre alt war; Sadie, die Spinne, und ihre 200 Neugeborenen in der Ecke der Wohnzimmerfensterbank; die Vordersitze

des Honda, auf denen ich einen großen Teil meiner Bücher korrigiert hatte und auf denen Simon und ich unsere persönlichsten Gespräche geführt hatten; der Stuhl am Kamin, auf dem David und ich einander zum ersten Mal geküßt hatten.
Der Abschied von Simon und David war natürlich das Schlimmste. Simon und ich sprachen fast jedesmal, wenn wir zusammen waren, über Montserrat. Er machte mir Mut und vertrat die Ansicht, ich sollte mit meinem Leben tun, was ich für richtig hielte, und wenn dieses Abenteuer das sei, was ich wollte: großartig ... solange er mich besuchen kommen könne.
David Lebewohl zu sagen war eine ganz andere Geschichte. Wir steckten den Kopf in den Sand, und keiner von uns beiden erwähnte meine Abreise auch nur – bis zu dem Tag, an dem David ins Zimmer marschierte, in dem außer zehn oder fünfzehn gepackten Kartons nichts mehr stand, sich umschaute und völlig überrascht fragte: »Was ist denn hier los? Wo sind all die Möbel?«
Wären wir nur Liebhaber gewesen, die sich trennten, wäre es schlimm genug gewesen; aber gleichzeitig den besten Freund zu verlieren war unerträglich. Jedesmal, wenn wir versuchten, darüber zu reden, verschlug es uns die Sprache, bevor auch nur die ersten Worte heraus waren, und so war es unmöglich, das Gespräch zu irgendeinem Ende zu führen.
Ich ging nur noch einmal zum Krankenhaus, um einige Formulare zu unterschreiben. Obwohl erst wenige Tage seit meinem Gespräch mit Annie vergangen waren, fand ich einen neuen Namen an meinem Postfach, und in meinem Schließfach lagen die sauber zusammengefaltete Uniform und der Luftverbesserer einer mir unbekannten Person. Auch das Foto von Robert Redford war verschwunden; an seiner Stelle hing jetzt Fabio.
Eigentlich hatte ich vor, einen letzten Blick auf alles zu werfen, aber als ich mich der Doppeltür zur Herzstation näherte, ver-

krampfte sich mein Magen. Die pneumatischen Türen, durch die ich so oft gegangen war, waren jetzt eine Barriere, über die ich einfach nicht hinwegkam. Ich gehörte nicht mehr zur Welt auf der anderen Seite.

16. Januar, 23 Uhr – Dies ist mein letzter Abend in diesem Haus nach 20 Jahren, und die Erinnerungen besuchen mich eine nach der anderen: die Nächte, in denen ich mein gemütliches Kaminfeuer genoß und mir vorstellte, ich sei im Paris der Jahrhundertwende; die Monate, in denen Daniel und Kathleen im vorderen Schlafzimmer wohnten, in dem es spukte; all meine Heiligabende der offenen Tür; die Nacht, in der Simon beinahe an seinem Asthma gestorben wäre, die Male, da wir uns fast krank lachten; der Tag, an dem wir Mooshie mit nach Haus brachten; der Tag, an dem David an meine Tür kam; die Tausenden von Stunden in dem kleinen, sonnigen Zimmer, in dem ich mir die Seele aus dem Leib schrieb.

Gestern sagte ich Mary Dale, Pia, Tom, Kay, Beth und Phoebe ein letztes Mal »auf Wiedersehen« – alle machen sich Sorgen um mich und sind sehr aufgeregt. Phoebe sagte, ich solle nicht vergessen, daß aus diesem Stoff die Träume der Leute gemacht sind.

Träume? Ich habe schreckliche Angst. Heute morgen (ich habe an jedem Morgen eine andere Angst) brach mir regelrecht der Schweiß aus bei dem Gedanken, daß Mooshie einem der Bufos begegnen könnte. Ich kann mich an die Vorstellung nicht gewöhnen, nicht mehr im Krankenhaus zu arbeiten. Obwohl ich manchmal richtig erleichtert bin, quälen mich doch täglich Schuldgefühle, daß ich meinen Lebenszweck verrate, indem ich die Krankenpflege aufgebe.

Ich habe Sadie und ihren Nachwuchs in den Geräteschuppen verlegt; ich hoffe, sie kommt durch. Solange ich hier gewohnt habe, war sie immer auf dieser Fensterbank.

Nach dem Abendessen ging ich in Davids Wohnung, wo der Fernseher niemals schläft (ich habe ihm gesagt, er werde noch zu einem »Vidioten« werden). In meinem verzweifelten Versuch, über die bevorstehende Wirklichkeit nicht nachzudenken, schaute ich mir die Nachrichten an.

Sie kamen in dieser Reihenfolge: Es gibt nur noch 52 Kondore in Kalifornien; alle anderen sind von Jägern getötet worden oder an Bleivergiftung und Pestiziden zugrunde gegangen.

Als nächstes kam die Entdeckung, daß die NAMBLA (ich bringe es nicht fertig zu schreiben, wofür die Initialen stehen) in der Bibliothek von San Francisco Versammlungen abgehalten hat. Es handelt sich um einen Verein von Männern, die Sex mit kleinen Kindern haben. Der frühere Leiter der NAMBLA brüstete sich damit, zahllose kleine Jungen vergewaltigt zu haben; sein HIV-Test war positiv.

Darauf folgte die Geschichte von einer Frau in S. F., die verhaftet wurde, weil sie zwei Wochen zuvor ihre neugeborenen Zwillinge getötet hatte. Früher war sie schon einmal wegen Kindesmißhandlung verurteilt worden, aber zum Zeitpunkt des Mordes war sie eine vom County beschäftigte Pflegemutter. Die Sprecherin der Behörde sagte, wegen Geldmangels könne man nicht immer alle Pflegeeltern überprüfen.

Die Nachrichten endeten mit einem Bericht über ein Kind, das während eines Bandenkriegs in San Francisco versehentlich erschossen worden war.

Simon kam, um sich zu verabschieden. Wir sprachen über seine Kurse am Buchanan, und während er auf Davids Gitarre spielte, fiel mir plötzlich auf, welch ein gutaussehender, sanfter Mann er geworden ist. Er ging mit der Bemer-

kung, daß ich mich entspannen und mich amüsieren solle und daß er mit Sicherheit meine Pasta e Fagioli vermissen werde.
Dann rief Jack an, um mir zu sagen, daß Janice gestern gestorben sei. Vor anderthalb Jahren hat sie mir zum ersten Mal von ihren Symptomen erzählt sowie von ihrem Zorn, weil die Ärzte in ihrem Krankenhaus sie nicht ernstgenommen hatten. Ich erinnere mich, daß ich hinterher geweint habe, weil ich wußte, daß der Privatarzt, zu dem ich sie geschickt hatte, Darmkrebs bei ihr finden und sie nicht überleben würde. Trotz all unserer wütenden Hartnäckigkeit, sie festzuhalten, ist uns ihr Leben durch die Finger geglitten.
Meine arme Janice – dein ganzes Leben hast du es so schwer gehabt; andererseits sagte Jack, er meine, daß du am Ende schließlich glauben konntest, geliebt zu werden. Janice? Du wurdest und du wirst geliebt. Halte das Maisbrot warm für uns.
Die seltsamsten Dinge gehen mir zu den unmöglichsten Zeiten durch den Kopf – wie eine ständige Ausgabe von »Das ist Ihr Leben«. Und die Träume? Einen träume ich immer und immer wieder: David fährt auf einen eisbedeckten See hinaus und versinkt im Eis, ich stehe machtlos am Strand, und die Trauer ist einfach überwältigend.
Es fühlt sich an, als hätte ich einen großen, klaffenden Schnitt über die ganze Länge meiner Seele getan – und gleichzeitig hatte ich keine andere Wahl. Ich fühle mich wie eine obdachlose Person, aber gleichzeitig unabhängig. Ich bin aufgeregt und gequält, deprimiert, verängstigt und begeistert, ich möchte zurücklaufen und vorwärtsrennen: ein echter Neurosenwalzer.
Ich werde jetzt das Licht ausmachen und mich für die Nacht in Davids Arme kuscheln.
David, mein Herz, was wird sein, wenn ich aus einem

meiner 4-Uhr-Alpträume aufwache und du bist nicht da, mich festzuhalten und mir zu sagen, daß alles nur ein Traum ist?

Dienstag, ?? Uhr – Ich bin irgendwo über dem Bermudadreieck und bin voller Ängste über das, was ich getan habe. Unter dem Sitz hat Mooshie aufgehört zu miauen, und auch die Tragebox wackelt nicht mehr hin und her. Gott allein weiß, was ich vorfinden werde, wenn ich die Box öffne.
Die Fahrt zum Flughafen war Vermeidung in Reinkultur: Ich dachte über Filme nach, die ich einmal gesehen hatte, über Blumen und den Einkauf von Katzenfutter. David weinte, aber ich bilde mir nicht ein, daß die Tränen mir galten: Einen Mann von seiner Katze zu trennen ist ein unverzeihliches Verbrechen.
Wirklichkeit, bleib von meiner Tür fort, bis ich mehr Kraft habe, dich zu ertragen.
Morgen werde ich Pinky in San Juan treffen. Von dort wird er Mooshie und mich in unser neues Zuhause bringen. Es war sehr freundlich von ihm, den Hausbesitzern meinen Namen und meine Telefonnummer zu geben, aber er sagte, es wäre ein Verbrechen gewesen, wenn sich so lange niemand um das Haus und das Anwesen gekümmert hätte.
Ich beruhige meine Ängste mit dem Gedanken, daß dies ein Abenteuer ist und daß Flugzeuge in beide Richtungen fliegen. Das sind meine Fluchtmöglichkeiten; ich vermute, das hängt mit meinem Bedürfnis zusammen, immer wissen zu müssen, wo in Hotels oder Theatern die Notausgänge sind.
Während der Zwischenlandung in Atlanta hatte ich meinen schlimmsten Anfall von Zweifeln. Ich war schon dabei, nach einem Schalter für ein Ticket nach San Francisco Ausschau zu halten, aber statt dessen rief ich David an. Als ich ihn sagen hörte: »Hallo, Süße«, brach ich zusammen.

Die Turbulenzen haben eingesetzt, also muß ich dies hier beiseite legen, um mich ganz meiner Flugangst widmen zu können.
Ich werde durchhalten. Ich werde durchhalten – und wenn es nur ist, um zu sehen, was hinter der nächsten Wolke kommt.

Epilog

5. Juni

Liebste Janey,
ich weiß nicht, wie es kommt, aber der Tag scheint nicht genügend Stunden zu haben, damit ich alles erledigen kann. Ein Tag geht in den nächsten über, und bevor ich es weiß, stecke ich in der einfachen Routine eines alltäglichen Lebens. Als ich heute morgen aufwachte, mußte ich an meinen Fingern abzählen, welcher Tag heute ist – und stellte fest, daß es mein Geburtstag ist. Ich erinnere mich jedoch nicht, der wievielte es ist, und es ist mir auch nicht wichtig genug, jetzt komplizierte Berechnungen anzustellen. Das Paradies und das Alter haben die Eigenschaft, einstmals wichtige Zahlen belanglos zu machen.
Von Mooshie einmal abgesehen, bist Du die erste, die erfährt, daß heute morgen, genau 15 Jahre nachdem ich beim Redwood Memorial anfing, ich mich endlich vom Vorsitz des Vereins der Vergeßlichen befreit habe: Ich habe Annie angerufen und ihr gesagt, daß ich nicht mehr zur Arbeit kommen werde.
Sie brauchte eine Begründung für die offiziellen Unterlagen, also sagte ich ihr, daß ich eines Tages, mein Urlaub war schon vier Monate alt, aufwachte mit dem Gefühl, wieder ein menschliches Wesen zu sein. Meine alte Lebensfreude war wieder da, und ich wußte in dem Augenblick, daß ich nicht mehr zurückgehen würde.
Glaubst Du, daß sie das tatsächlich als Grund für meine Kündigung eintragen wird?

Da die Rezession immer schlimmer wird, bin ich sicher, daß mein Schritt von vielen als albern, nein, sogar dumm angesehen werden wird, aber ich kann noch nicht zu jenem Alptraum zurückkehren. Lieber verhungere ich hier in Frieden. Von hier aus ist es einfach zu erkennen, wie das Management mit seiner Geschäftspolitik und seinen Regeln die Moral der Leute untergräbt.

Die Welt der hochtechnisierten Medizin – und mein Anteil in ihr – scheint sehr fern zu sein, obwohl ich in aller Ehrlichkeit nicht weiß, wie lange ich mich von der Krankenpflege fernhalten kann. In der Zwischenzeit behalte ich einen Fuß in der Tür mit meinen literarischen Bemühungen und Vorträgen.

Am ersten Tag meiner Ankunft auf Montserrat hielt mich eine 32jährige Frau, die in einem der Schnapsläden der Stadt arbeitet, auf der Straße an und sagte, sie habe gehört, ich sei Krankenschwester (Nachrichten und Klatsch benötigen etwa fünf Stunden, um jeden Mann, jede Frau und jedes Kind auf der Insel zu erreichen, was den Geschichten von den Buschtrommeln einige Substanz verleiht). Sie nahm ein Blutverdünnungsmittel ein, hatte jedoch keine Ahnung, warum oder was für eine Art Mittel das sei. Nachdem ich es ihr erklärt hatte, beantwortete ich noch eine Stunde lang ihre Fragen über grundsätzliche Gesundheitsvorsorge für sie und ihre sechs Kinder.

Eine Woche später kam eine andere junge Frau mit ihrem Kind an die Tür und fragte, ob ich sie untersuchen wolle. Die beiden Frauen waren so vertrauensvoll und dankbar, daß ich das Gefühl bekam, etwas wirklich Wichtiges getan zu haben. Als »Bezahlung« für meine Dienste gab mir die eine Frau zwei Gläser Pfeffergelee, und die andere ließ drei reife Saueräpfel auf meiner Türschwelle liegen.

Die größten medizinischen Probleme der Montserrater sind dieselben wie die unserer afroamerikanischen Bevölkerung in den Staaten: hoher Blutdruck, Diabetes, Asthma, Herzkrankheiten und die daraus resultierenden Lungenbeschwerden. Immer wieder mal tritt die eine oder andere tropische Seuche auf, gegenwärtig gibt es zwei nachgewiesene Fälle von Denguefieber auf der Insel, außerdem ist eine Cholerawarnung herausgegeben worden.
Ich vermisse die direkte Pflege von Kranken und spiele seit einiger Zeit mit dem Gedanken, mich freiwillig für eine der Tageskliniken des Distrikts zu melden. Bisher habe ich damit nicht viel Glück gehabt, denn alle Nicht-Montserrater, die versuchen, hier zu arbeiten, müssen sich mit einem riesigen bürokratischen Aufwand herumschlagen. Das ist sehr entmutigend, wie die meisten Schwestern bin ich süchtig nach der Berührung von Menschen.
Die Gartenarbeit ist zu einer Zeitfalle geworden. Ich könnte zwölf Stunden am Tag arbeiten und würde nicht einmal die Oberfläche ankratzen, denn kaum habe ich eine Weinranke von einem der wunderbaren blühenden Bäume entfernt, ist sie zwei Tage später schon wieder nachgewachsen. Und die hiesigen Ziegen sind schlimmer als das Rotwild zu Haus. Andererseits ist Gartenarbeit die beste Arbeitstherapie der Welt, außerdem füllen die Frangipani, Ylang-Ylang, Orchideen, Himmelsblumen, Pride-of-Barbados, Hibiskus, Icora, roter Ingwer, Chenille, Weihnachtssterne, Paradiesvögel und Jasmin ständig die ungefähr zehn Vasen, die ich im Haus aufgestellt habe.
Ich, die Erzeugerin von 15pfündigen Zucchini und einpfündigen Tomaten, schaffe es um keinen Preis der Welt, auch nur ein mickriges Gemüse zum Sprießen zu bringen. Die Samen verrotten im Boden vor lauter Regen, oder

wenn die Sprößlinge es doch mal schaffen, erliegen sie sofort einer ganzen Auswahl feindlicher Kräfte wie der Hitze, den Insekten, den Ziegen oder den Agouti, einem merkwürdigen, rattenähnlichen Ding, dessen Anblick Dich völlig aus dem Häuschen bringen würde.

Du hast gefragt, was ich so zum Vergnügen mache. Jeden Abend sitze ich auf meiner Leiter unter dem Neonlicht in der Küche und mache Zeichnungen von den zahllosen fliegenden Viechern. Es ist wie in einer Sendung der National Geographic. Bisher habe ich 34 unterschiedliche Arten von Motten entdeckt.

Es ist hier viel heißer, als ich es mir vorgestellt habe. Als ich beispielsweise heute morgen um sechs Uhr aufwachte, war es schon 33 °C warm. Wasserverlust ist ein Problem für uns weiße Frauen mit einem Blutdruck von 90 zu 40; um mich also daran zu erinnern, daß ich viel trinken muß, trage ich ständig eine Plastiknachfüllflasche Gatorade *am Gürtel mit mir herum. Pinky erzählte mir, die Montserrater am Flughafen wollten wissen, welchen bösen Zauber ich mit einer Flasche Urin abwenden wolle.*

Apropos heiße Luft und Urin: Mooshie gefällt es hier sehr. Er schläft den ganzen Tag und wird dann gegen zehn Uhr abends wach, um die Kakerlaken und langsameren Eidechsen zu jagen. Der Swimmingpool macht ihm jedoch große Angst, er geht nie dichter als drei Meter an den Rand heran. Leider machen die Ziegen weder so noch so etwas aus; ich hatte gehofft, er würde sie mit seinem Gemaunze verjagen.

Allmählich begreife ich die Sprache. Ich verstehe nach wie vor den größten Teil dessen nicht, was man mir sagt, aber es gibt bestimmte Sätze, die mir gefallen. Zum Beispiel: Aus »Vorsicht, bissiger Hund« wird »Böser Hund«.

Ein freundlicher Hund wird »Spielhund« genannt. Ein Tier zu kastrieren oder zu sterilisieren heißt »sein Wesen verändern«, und wenn man an jemanden denkt, sagt man hier, daß die Gedanken »auf ihm ruhen« oder »hinter ihm herlaufen«.

Abgesehen von dem, was auf der Insel produziert wird, sind Lebensmittel ziemlich teuer, weil der größte Teil eingeführt werden muß. Stell Dir vor: 1,50 Dollar für einen faustgroßen Salatkopf, 6 Dollar für ein kleines Stück Käse. Frisches Gemüse, wenn es nicht gerade Saison hat, ist rar. Ich muß jedoch zugeben, daß das auffällige Fehlen von Junk food und Süßigkeiten, die man in amerikanischen Läden so überreichlich findet, sehr angenehm ist.

Während ich finde, daß viele Dinge – Stoffe, Haushaltsartikel, EDV-Geräte, Hautcremes, Shampoo, Seife, rezeptfreie Medikamente – normal teuer sind, liegen die Kosten für eine einfache Waschmaschine jenseits aller Möglichkeiten. Ich versuche jedoch eifrig, das Ausländergebot »Du sollst nicht vergleichen und dich nicht beklagen« zu befolgen. Also werde ich mir heute nachmittag selbst beibringen, wie man einen brauchbaren Käse aus selbstgemachtem Joghurt herstellt. Außerdem werde ich meine technischen Fähigkeiten auf die Probe stellen und einen Dinosaurier von Waschmaschine, den ich in einem Lager entdeckt habe, wieder in Gang zu bringen versuchen. Wenn ich scheitere, werde ich ein Waschbrett kaufen und so waschen, wie meine Großmutter es tat. Was einen Trockner betrifft, so habe ich auf der oberen Terrasse einen von Mutter Natur.

Die Bewohner der Insel haben die geniale Fähigkeit, alles zu nutzen, so daß nichts vergeudet wird. Diesen Leuten zuzusehen ist die beste aller Lektionen zum The-

ma »Recycling«. Außerdem gibt es ja kaum Müll, das Sprichwort der Montserrater lautet: »Aufheben, nicht wegwerfen.«
Wenn ich ihn dann mit meinem Joghurt-Maisbrot und einem Brathähnchen besteche, bringt mir Pinky Salat, Gatoradepulver, Tofu und Broccoli. Er versteht nicht, weshalb ich keine Zeitungen will, aber obwohl die Isolation mir durchaus zu schaffen macht, habe ich nach wie vor nicht den Wunsch, mit der Welt außerhalb in Kontakt zu treten. Es wäre ein Sakrileg, an diesem Ort endlose Berichte über Gewalt zu lesen.
Übrigens läßt mich Pinky sein Postfach in Puerto Rico benutzen, da die Post manchmal eine Ewigkeit braucht, von und nach Montserrat zu gelangen. Er fliegt die Post einmal die Woche, also kann ich sicher sein, von Euch in der zivilisierten Welt (haha!) Nachricht zu erhalten.
Bei 1,20 Dollar je Minute ist ein Anruf in den Staaten ein seltenes Vergnügen. Ich kann Dir gar nicht sagen, wie weh ein stummes Telefon tun kann.
Außer Salat und großen Kartoffeln vermisse ich manchmal die gute, alte amerikanische Effizienz. Eine einfache Transaktion – auf der Bank oder beim Einkauf oder bei der Bezahlung von Rechnungen – dauert dreimal so lang und ist dreimal so umständlich wie in den Staaten. Manchmal ist es sehr schwierig, überhaupt etwas getan zu bekommen. Letzte Woche zum Beispiel brauchte ich etwas Tesafilm und fuhr in die Stadt. Niemand hatte Klebestreifen, sie begriffen nicht einmal, was Tesafilm, durchsichtiger Klebestreifen, sein solle, es war allen ein großes Geheimnis.
Nun gut, es ist genauso, wie Dr. Cramer gesagt hat: Das gehört alles zum Spiel der Vor- und Nachteile: keine Umweltverschmutzung, aber schlechte Straßen und wenige

Autos, keine Erdbeben, aber Hurrikane; keine Pestizide oder Lebensmittelzusätze, aber auch keine großen Salatköpfe, keine Migräne, aber fertig werden müssen mit der Haltung: »Morgen ist auch noch ein Tag.«
Es gibt hier auch so etwas wie einen Rassenkonflikt, wenn auch nicht wie in den Staaten und sicherlich nicht so schlimm wie auf den Inseln, die mehr Tourismus haben. Das Urteil im Fall Rodney King hat die Leute verärgert und läßt einige gegen die Weißen gerichteten Gefühle an die Oberfläche kommen.
Ich muß Dir sagen, daß zu einer Minderheit zu gehören mich veranlaßt, Rassismus auf eine völlig neue Art zu sehen – wie wenn ich auf der anderen Seite des Zaunes stünde. Diese alte Liberale mit ihrem mitfühlenden Herzen lernt zur Zeit ganz neue Dinge. Als ich zum ersten Mal ein wenig Rassendiskriminierung zu spüren bekam, geriet ich völlig aus dem Häuschen und war voller Verärgerung über meine ungerechte Behandlung. Sofort kramte ich meine ganze Kassettensammlung nach den Reden von Martin Luther King durch!
Mir wird jetzt in einem sehr kleinen Rahmen klar, was den Kampf um Gleichberechtigung am Leben hält, wenn auf meine empörte Frage »Warum bezahlt er für den Sack Kartoffeln nur zwei Dollar und ich fünf?« mir geantwortet wird: »Warum ist dieses College nur für Weiße und nicht auch für mich?«
Und wenn wir schon bei solchen Themen sind: Eine alleinstehende weiße Frau auf den Westindischen Inseln zu sein ist ein schwieriges Unterfangen. Gloria Steinem würde einen Anfall bekommen. Ich habe hier mit Frauen gesprochen, die glauben, daß ihr größtes Ziel im Leben darin besteht, ein Kind von einem Mann »geschenkt« zu bekommen. Wenn sich jemand an den Namen einer Frau

nicht erinnern kann, wird von ihr als »Sowiesos Frau« gesprochen.
Ja, es gibt ein paar Frauen auf Montserrat, die in Regierungsämtern arbeiten oder ein eigenes Geschäft betreiben; aber es gibt auch sehr viel Machismo. Zum Beispiel: Als ich in der hiesigen Bank ein Girokonto eröffnen wollte, wobei ich das Bargeld in der Hand hatte, wurde mir gesagt, ich müßte den Brief eines Montserrater Mannes vorweisen können, in dem dieser bestätigt, daß ich »würdig« sei, der Bank mein Geld zu geben.
Muß ich betonen, daß ich immer noch bar bezahle?
Ich werde einsam. Kilometer vom nächsten menschlichen Wesen entfernt zu sein paßt mir einerseits ganz gut, aber es gibt Augenblicke, in denen es mich verlangt, diese menschliche Verbindung aufzunehmen. Ich vermisse die einfache Freude, mit einem angenehmen Freund herumzusitzen, zu lachen und zu reden. Ich als langjährige Einsiedlerin habe gedacht, so isoliert zu sein wäre eher ein Segen als ein Problem; damit habe ich mich geirrt.
Erst an dem Tag, als ich meine Sachen auspackte, wurde mir klar, daß mein Umzug längerfristig sein würde. Das war der Moment, als der Gedanke, daß ich die Menschen, die meinem Herzen am nächsten sind, lange Zeit nicht sehen würde, Wurzeln schlug und zu einer tödlichen Trauer aufblühte, die der Inbegriff meiner Unruhe an diesem Ort ist.
Wie Staubflocken unter einem Bett vergrößern sich diese Gefühle, so daß ich mir manchmal Sorgen mache über Fragen wie: Was wird geschehen? Dann begreife ich, daß all die Trauer und Angst ebenso dumm ist, wie auf dem Sterbebett zu liegen und sich zu fragen, wie es wohl ist, wenn man stirbt. Aber an einigen Tagen, anstatt meine

Gymnastik zu machen, verbringe ich die 15 Minuten damit zu weinen.
Alles in allem, Janey, habe ich angefangen, mich sehr genau anzusehen. Manchmal frage ich mich, wie weit ich damit gehen kann. An manchen Tagen glaube ich, den schlimmsten Fehler meines Lebens begangen zu haben, an anderen, daß ich mutig bin, an wieder anderen genieße ich die Ruhe und die Aufregung gleichzeitig. In diesem stillen Kampf ums Überleben in meiner Isolation habe ich tief in mich hineinschauen müssen. Und was ich dabei alles hochgeholt habe! Geheimnisse, Stärken, Schmerz, Ängste und Geisteskräfte, von denen ich nicht wußte, daß sie in mir waren. Meinen Dämonen gegenüberzutreten war, um es vorsichtig auszudrücken, eine komplizierte und bizarre Erfahrung.
Am Ende kann ich nicht leugnen, daß es einen Frieden gibt, der mich umgibt und den ich nie zuvor gekannt habe. Die Stimme, die aus diesem neuen inneren Raum kommt, ermahnt mich, dieses Gefühl zu nutzen, solange ich hier bin.
Ha! Soeben ist eine Buschratte über Mooshies Schwanz gelaufen. Dieser zurückgebliebene Felide hob nur seinen Kopf, um einmal zu gähnen, und schlief dann weiter. Zentimeter von seinem schlafenden Körper entfernt spielten zwei Eidechsen Verstecken. Nun, es ist 37 °C warm und feucht und kein Wind geht. Aber seht euch vor, ihr Kreaturen, wenn es zehn Uhr abends wird, ein kühlender Regen und eine Brise kommen: Dann erwacht der Panther.
Letzte Nacht erschütterte des Trommeln eines Jump-ups den Dschungel bis halb 4 morgens, bis es in einem interessanten, lauten Geschrei endete. Heute morgen waren die Kirchenlieder aus St. Peter den ganzen Weg bis hier oben zu hören.

Ich schaue über den Dschungel, der sich vor mir ausbreitet, ein einziges schwüles, tropisches Geheimnis. Wenn ich meinen Blick zwei Zentimeter anhebe, kann ich sehen, daß der Rest der Welt nichts weiter ist als die Weite des Ozeans und des Himmels, eingerahmt von den hellroten Blumen der Weihnachtssternbäume. Es ist kaum auszumachen, wo der eine aufhört und der andere beginnt.
In diesem dunkelorangenen Himmel ist eine silberne Sonne hinter einer violetten Wolke hervorgekommen. Einen Augenblick lang wußte ich nicht, ob es der Mond oder die Sonne war.
Ich muß jetzt den Kassettenspieler abstellen; Joan Baez beginnt nasal zu klingen, und ich möchte statt dessen die Sonnenuntergangslieder der Vögel hören. Umarme alle an meiner Stelle und schreibe, sobald Du kannst. Ich liebe Dich sehr und wünsche, daß Freude und Frieden Dich umgeben.
Bis zur nächsten Epistel bleibe ich

Deine durch den Dschungel
trampelnde Freundin
Echo